Une femme de passions

VIRGINIA HENLEY

La colombe et le faucon	*J'ai lu* 3259/**J**
La fleur et le faucon	*J'ai lu* 3416/**K**
La rose et le corbeau	*J'ai lu* 3522/**J**
Les amants secrets	*J'ai lu* 3641/**L**
Mariage à l'essai	*J'ai lu* 3866/**L**
La travestie de Venise	*J'ai lu* 3969/**L**
Le chevalier bâtard	*J'ai lu* 4104/**K**
Cœurs farouches	*J'ai lu* 4255/**I**
La gitane irlandaise	*J'ai lu* 4337/**K**
Esclave à travers les siècles	*J'ai lu* 4479/**K**
Un amant de rêve	*J'ai lu* 4848/**K**
La proie du Lynx	*J'ai lu* 5424/**J**
Une femme de passions	*J'ai lu* 5681/**M**

Virginia Henley

Une femme de passions

Traduit de l'américain
par Catherine Plasait

Éditions J'ai lu

Titre original :

A WOMAN OF PASSION

Island Books, published by Dell Publishing,
a division of Random House, Inc., New York

PROLOGUE

Derbyshire, Angleterre
20 août 1533

— Mais qu'est-ce que vous faites ? s'exclama la petite fille rousse en voyant deux robustes paysans soulever une lourde armoire en chêne.

Sans lui répondre, les deux hommes sortirent le meuble de la maison et remontèrent aussitôt à l'étage pour chercher un lit à baldaquin.

— Arrêtez tout de suite ! ordonna la petite Bess Hardwick, les mains sur les hanches.

Comme les adultes n'obéissaient pas à ses injonctions, Bess se mit à frapper rageusement du pied, tout en les insultant de plus belle. Tenant sa poupée préférée serrée contre son cœur, l'enfant dévala les marches. Elle faillit tomber à la renverse en constatant que les autres pièces de la maison étaient vides. Devant le manoir familial, elle découvrit une charrette où s'empilaient déjà tous les biens des Hardwick. Malgré sa tristesse évidente, sa mère assistait sans mot dire à ce spectacle désolant, de même que ses frères et sœurs.

— Non ! Non !

Désespérée, l'enfant se précipita vers la charrette et entreprit de décharger les objets qui s'y entassaient. Elle parvint à attraper la cage en osier de son oiseau, mais les autres meubles étaient solidement arrimés au véhicule. D'ailleurs, ils étaient bien trop lourds pour qu'elle puisse les déplacer d'un pouce. En désespoir de cause, la fillette s'écroula à terre, hurlant à pleins poumons, au bord de la crise d'hystérie.

— Toi, ma petite, tu mériterais une bonne fessée! lança l'un des hommes.

— Non! Laissez-la! dit aussitôt sa mère.

Bess est une enfant très fougueuse et très spontanée. Elle ressent les événements plus intensément que les autres enfants de son âge. Soyons un peu patients. Je la connais, elle se calmera d'elle-même.

Bess Hardwick pleurait à chaudes larmes. Cette rage d'enfant était la seule chose qui lui permît d'oublier sa peur. D'abord, son père adoré était monté au Ciel, puis les domestiques avaient dû quitter le foyer. Un à un, les animaux de la ferme avaient disparu à leur tour. Très vite, il avait fallu vendre les plus beaux meubles de la famille. À présent, ils allaient perdre leur maison. Où habiteraient-ils, désormais? Ils n'avaient nulle part où dormir. Comment vivraient-ils? Comment se nourriraient-ils? Toutes ces incertitudes ne faisaient qu'augmenter la terreur de la fillette. Fidèle à son caractère obstiné, Bess était décidée à se battre, à lutter contre le monde entier pour sauver Hardwick. Malheureusement, les autres membres de la famille ne montraient pas la moindre volonté de résister à l'adversité.

— Allons, Bess, nous ne pouvons pas rester à Hardwick. Ce n'est plus notre propriété, lui expliqua gentiment sa mère.

— Je refuse de partir! Je veux rester ici! répliquat-elle, têtue.

Pour prouver sa détermination, Bess s'assit au milieu du chemin de terre, fusillant sa mère du regard. Au bout d'une minute de patience, Elizabeth Hardwick ordonna au cocher de démarrer.

— Bess nous suivra, assura-t-elle. De toute façon, elle n'a pas le choix.

La fillette demeura pourtant immobile, aussi inébranlable qu'un roc, tandis que la charrette descendait la colline. Le véhicule se fit de plus en plus petit, puis finit par disparaître à l'horizon. Une fois seule, sans autre public que son oiseau et sa poupée, Bess ouvrit la porte de la cage en osier.

— Toi, au moins, on ne te chasse pas du domaine. Tu peux rester ici, si ça te chante.

L'oiseau sautilla hors de la cage, avant de s'envoler en direction d'un grand chêne. Bess se leva et observa un moment le manoir à colombages où elle était née. Elle se mit à lui parler, persuadée que son cher Hardwick comprenait chaque mot qu'elle prononçait.

— Tu es à moi ! s'exclama-t-elle, plantée devant le robuste édifice. Ne sois pas triste. Un jour, je reviendrai et je te récupérerai. Les autres sont incapables de lutter. C'est moi qui te sauverai !

Bess n'avait que quatre ans quand son père était mort, mais elle le revoyait, devant la maison, à cet endroit même. Elle sentait encore le poids de sa main rassurante sur son épaule et entendait ses paroles bienveillantes : « Ma fille, sache que la terre est la plus noble des richesses. Posséder des terres est ce qu'il y a de plus important au monde. Cher Hardwick ! Te rends-tu compte que le nom de notre famille vient de ce domaine ? Reste toujours fidèle à Hardwick, mon enfant, quoi qu'il arrive. »

Bess ravala les sanglots qui lui nouaient encore la gorge et s'essuya maladroitement les joues. Elle allait bientôt fêter son sixième anniversaire, elle n'avait plus l'âge de pleurnicher ainsi ! Elle baissa les yeux sur sa poupée et lui demanda avec le plus grand sérieux :

— Alors, tu es prête à partir, Lady Ponsonby ?

Puis elle ajouta à contrecœur :

— Dans ce cas, moi aussi.

La fillette se détourna lentement de la maison. En quittant Hardwick, elle avait l'impression d'abandonner une partie d'elle-même. Mais elle s'éloigna d'un pas décidé pour rejoindre les autres sur la charrette, serrant sa poupée dans ses bras. Très vite, un sentiment de vide la saisit, l'envahissant tout entière. Elle devinait qu'elle devrait s'y habituer, que ce malaise profond l'habiterait sans doute à jamais. Elle n'avait parcouru que quelques mètres quand son oiseau s'envola du chêne pour la suivre, lançant des pépiements désespérés. Bess le sentit voleter au-dessus de sa tête, comme s'il voulait faire son nid dans ses boucles rousses.

— Imbécile ! s'écria-t-elle. À ta place, je resterais à Hardwick pour toujours.

PREMIÈRE PARTIE

Jeune fille

Londres, 1543

Cueille les roses tant que tu le peux,
Le temps passe si vite;
La fleur qui aujourd'hui te sourit
Demain sera flétrie.

Robert HERRICK

1

Londres, 1543

— Il va se dérouler un événement merveilleux, aujourd'hui... Je le sens au fond de mon cœur !

Les lèvres pulpeuses de Bess Hardwick dessinèrent un large sourire, tandis que son regard balayait la galerie de la vaste demeure londonienne. Depuis maintenant un an, la jeune fille vivait chez Lady Zouche, une aristocrate. Cette année passée dans un cadre de rêve avait bouleversé son existence. Lorsque la famille Hardwick avait été chassée de son domaine, Elizabeth, la mère de Bess, avait d'abord trouvé refuge chez sa sœur Marcella, veuve comme elle. Bess était très vite devenue la complice de sa tante, dont elle appréciait le caractère volontaire et le franc-parler, qui lui rappelaient sa propre nature fougueuse. Un beau jour, Marcella déclara qu'il était temps pour la famille d'aller de l'avant. Avec sa sœur, elle s'attela à divers projets pour assurer leur avenir. En écoutant les conversations des adultes, Bess apprit que l'objectif principal de toute femme était de réussir un beau mariage. L'art et la manière de mettre le grappin sur un mari fortuné se trouvaient au centre de leurs préoccupations. La tante Marcella étant dotée d'un visage ingrat et d'une langue acérée capable d'intimider les plus audacieux, on décida que la mère de Bess, qui était plus douce et plus conciliante, servirait d'appât.

En très peu de temps, Elizabeth Hardwick captura dans ses filets le fils cadet de Sir Francis Leche de Chatsworth. Malheureusement, Ralph Leche, le beau-père de Bess, ne disposait pas d'une immense fortune. Après la naissance de plusieurs enfants, il commença à avoir des difficultés à entretenir toute la famille. Même la maison du village de Baslow, que Ralph tenait de son père, devint vite trop exiguë pour abriter tout ce petit monde, d'autant plus que la tante Marcella s'était installée sous leur toit pour participer à l'éducation des enfants. Une nouvelle fois, les deux sœurs durent réfléchir à une solution pour améliorer leur sort.

Par un heureux concours de circonstances, Lady Margaret Zouche vint alors passer quelque temps dans sa maison de campagne située à Ashby, près de Baslow. Elizabeth et Marcella connaissaient Margaret depuis leur enfance, car elles étaient cousines éloignées. Les deux femmes lui rendirent donc aussitôt une visite de courtoisie. Elles lui demandèrent sans détour si elle était à même de procurer un emploi convenable pour l'une des filles Hardwick dans sa résidence londonienne. Il était de coutume pour les enfants d'une famille noble mais peu fortunée de parfaire leur éducation et d'acquérir de l'expérience en séjournant au sein d'un foyer aisé. Lady Zouche ayant accepté leur requête, les deux sœurs retournèrent à Baslow pour prendre leur grande décision : laquelle des sœurs Hardwick quitterait le nid pour tenter sa chance dans la capitale ?

— Même s'il s'agit d'une place non rétribuée, c'est une occasion inespérée de nouer des relations utiles pour son avenir. Tu peux me croire, Bess nous sauvera ! assura Marcella.

— Bess ? fit sa sœur, hésitante.

Elizabeth avait en effet deux filles plus âgées… et bien plus enclines à recevoir des ordres et à obéir.

— Naturellement, ce sera Bess ! répliqua Marcella. Cette enfant possède ta beauté et mon sens de la repartie. Et, surtout, ses superbes cheveux roux la feront remarquer dans la société londonienne. À côté d'elle, ses sœurs si sages et si dociles paraîtraient ternes à mourir ! Bess saura tirer parti de la moindre opportunité intéressante. Regarde-la. Elle est magnifique. À quatorze ans, elle a déjà une poitrine digne d'une courtisane ! Bien sûr, elle me manquera cruellement, mais il ne faut pas qu'elle renonce à une chance pareille.

Bess n'avait jamais quitté les siens. Jamais elle n'avait dormi seule. Depuis toujours, elle partageait son lit et ses secrets avec sa sœur Jane. La jeune fille craignait de se languir de sa douce maman et de sa tante. Marcella lui donnait des conseils si avisés… Comment s'en sortirait-elle sans elle ?

Le soir précédant son départ pour Londres, alors qu'elle allait bientôt être coupée d'une famille aimante, Bess fit le cauchemar qui la hantait depuis son départ de Hardwick. Il revenait chaque fois qu'elle se sentait vulnérable.

Elle pénétra dans une pièce complètement vide. Affolée, elle dévala l'escalier et découvrit que les huissiers emportaient tout ce que sa famille possédait. Bess les supplia, pleurant à chaudes larmes, mais rien n'y fit. Dehors, on entassait les quelques effets de sa famille sur une charrette. Les Hardwick étaient chassés de leur maison et n'avaient nulle part où se réfugier. Une panique indescriptible envahit la fillette. La peur l'étouffait presque. Lorsqu'elle se retourna, la charrette avait disparu, ainsi que sa famille. Même le manoir s'était volatilisé. Bess avait tout perdu. La terreur s'empara d'elle, l'engloutissant tout entière.

Bess se réveilla en hurlant. Tout avait disparu... Elle se sentait désespérée.

Le lendemain matin, la perspective de son voyage vers la prestigieuse capitale du royaume dissipa les effets de son cauchemar. Une fois devant la somptueuse demeure de Lady Zouche, Bess sut qu'elle avait eu raison d'accepter la proposition de l'aristocrate. Elle était certaine que son destin se jouerait ici, au sein de l'élite du pays. Une envie irrépressible la saisit : devenir riche pour racheter le domaine de Hardwick et le restituer aux siens.

Soudain plongée dans un monde d'opulence et de luxe, Bess se sentit dévorée d'ambition. Comme une éponge, elle absorba toutes les règles de son nouveau monde et se rendit vite indispensable à Lady Zouche et à ses filles. Un an plus tard, au seuil de l'âge adulte, elle avait l'intuition qu'un événement capital allait changer le cours de sa vie.

En descendant du troisième étage, Bess s'arrêta un instant sur les marches. Le jeune Robert Barlow venait à sa rencontre, le souffle court. Robert occupait la fonction de page chez les Zouche et était originaire du même village qu'elle, dans le Derbyshire.

— Robert, asseyez-vous un moment, proposa-t-elle gentiment en le rejoignant.

Remarquant son extrême pâleur, elle entraîna le jeune homme dégingandé vers un banc. Robert était depuis toujours d'une nature très délicate et de santé fragile.

— J'éprouve une forte douleur à la poitrine chaque fois que je gravis les marches un peu rapidement, expliqua-t-il en esquissant un sourire de gratitude.

— Montez donc vous reposer dans votre chambre. J'ai l'impression que vous grandissez trop vite. Cette croissance vous vide de votre énergie.

Bess jouissait elle-même d'une santé robuste, et la faiblesse de Robert l'inquiétait.

— C'est impossible, Bess. Je dois porter ce message à Suffolk House et rapporter aussitôt la réponse à Lady Zouche.

Bess lui prit la lettre des mains.

— Je m'en occupe. À présent, allez vous reposer. Personne ne remarquera votre absence.

Bess savait qu'elle aurait dû demander à un valet de porter le message, mais, mue par une soudaine impulsion, elle décida de s'en charger elle-même. La jeune fille adorait Londres. Le Strand, que bordaient les magnifiques demeures de l'aristocratie, était son lieu de promenade favori.

La lettre était adressée à Lady Frances Grey, marquise de Dorset. Il s'agissait de la meilleure amie de Lady Zouche. Lors de sa première rencontre avec Lady Frances Grey, Bess avait appris que celle-ci était la nièce du roi Henri Tudor. Cette nouvelle l'avait à la fois réjouie et intimidée. Par la suite, elle s'était rendue si souvent dans la résidence londonienne des Grey qu'elle se sentait maintenant à l'aise en présence de la grande dame.

La résidence des Zouche, qui reflétait le style de vie féodal du passé, avait paru à Bess extrêmement impressionnante, jusqu'à ce qu'elle découvre Suffolk House, où les Grey menaient une existence digne de rois. Bien qu'immensément riches et puissants, Frances et Henri Grey étaient des gens charmants et d'une grande simplicité. Même si leurs filles, Lady Jane Grey et Lady Catherine Grey, figuraient sur la liste de succession au trône d'Angleterre, elles étaient très amies avec les filles de Lady

Zouche. En tant que jeune fille de compagnie, Bess faisait partie intégrante de cet environnement.

Bess sortit par une porte de service. Sous le soleil radieux, elle marcha d'un pas vif de Bradford Street jusqu'au Strand. Si la rue avait été pavée d'or, elle ne lui aurait pas semblé plus enchanteresse. Les imposantes demeures se succédaient, recelant mille trésors, grouillant de domestiques. Aux yeux de Bess, c'était le paradis tel qu'il était décrit dans la Bible. En passant devant Durham House et York House, la jeune fille ralentit. Derrière les hautes fenêtres, elle imaginait les vastes pièces aux murs ornés de tableaux de maîtres. Elle en frissonna d'émotion. Un jour, se promit-elle, elle aurait sa propre résidence à Londres. Et Hardwick ? lui rappela une petite voix intérieure. Bess secoua ses boucles rousses, faisant bouger le petit capuchon brodé rabattu sur sa tête. Hardwick serait sa maison de campagne, se dit-elle, sans prêter attention aux regards admiratifs des valets sur son passage.

Un homme ambitieux peut obtenir tout ce qu'il veut. Pourquoi pas une femme ? On ne vit qu'une fois, songea-t-elle. Alors, autant réaliser ses rêves. Bess était plus que jamais déterminée à gravir les échelons de la société et à profiter des richesses qu'offrait le monde. Elle entrevoyait clairement son avenir, savait exactement ce qu'elle désirait et n'ignorait pas le prix qu'elle devrait payer pour l'avoir. Mais cette contrepartie était naturelle. Bess était disposée à donner de sa personne, à marcher dans les flammes, à vendre son âme au diable pour réussir.

En peu de temps, la jeune fille s'était rendue indispensable à Lady Zouche. À tout moment, elle veillait à ce que sa maîtresse remarque sa vivacité d'esprit, son efficacité, son aptitude à diriger, car elle ne voulait pas s'attarder dans un emploi subalterne au sein de la domesticité. Elle s'était si bien adaptée au mode de vie des aristocrates, avait acquis de si belles manières et avait tant d'énergie que Lady Zouche reconnaissait avoir trouvé une perle. C'est pourquoi elle avait nommé Bess dame de compagnie pour elle-même et ses filles.

Bess savait qu'elle avait à présent l'occasion de trouver un riche mari. Elle n'était pas de sang noble et ne possédait pas de dot, mais elle était jeune, belle et jouissait d'excellentes relations au sein de l'aristocratie. De plus, la cour des Tudors attirait les hommes les plus fortunés et les plus ambitieux d'Angleterre.

Bess traversa le jardin de Suffolk House, savourant le doux parfum de la lavande et des roses en cette fin d'été. En atteignant les marches du perron, elle remarqua que deux hommes étaient installés sur la terrasse qui la surplombait. En levant les yeux, elle fut d'abord éblouie par le soleil. L'espace d'un instant, elle crut voir le roi Henri Tudor. Retenant son souffle, elle fit une révérence. Sa robe se plissa, formant comme un étang vert à ses pieds, tandis que les boucles rousses qui s'échappaient de son capuchon scintillaient au soleil.

Depuis la terrasse, les deux hommes purent admirer les formes généreuses de ses seins. William Cavendish esquissa un sourire sensuel.

— Bon sang ! Voilà deux fruits bien mûrs auxquels je goûterais volontiers.

Henri Grey, marquis de Dorset, donna un coup de coude complice à son ami et s'adressa à Bess :

— Mademoiselle Hardwick, pourquoi tant de manières, je vous prie ?

Il lui fit signe de se redresser. La jeune fille rougit en constatant que l'inconnu n'était pas Henri VIII.

— Pardonnez-moi, Lord Dorset, mais je croyais avoir affaire à Sa Majesté, souffla-t-elle.

L'inconnu fronça ses sourcils bruns, apparemment contrarié par cette méprise. Puis il rejeta la tête en arrière en s'esclaffant, à la grande surprise de Bess. L'homme mesurait au moins un mètre quatre-vingts. Ses épais cheveux bruns, coupés aux épaules, ondulaient sur son col. Ses joues rasées mettaient en valeur une mâchoire volontaire. Ses yeux, d'un marron si foncé qu'ils semblaient presque noirs, pétillaient d'amusement. Jamais Bess n'avait rencontré un homme aussi beau.

— Je vous présente mon excellent ami, William Cavendish, déclara Henri Grey.

William écarta son ami et prit la main de Bess pour la porter à ses lèvres.

Les doigts de la jeune fille tremblèrent d'émotion à ce contact. Lorsqu'il effleura sa main de sa bouche, elle crut défaillir.

— Quand donc avez-vous rencontré le roi pour la dernière fois ? s'enquit-il.

— Jamais, Monseigneur, répondit Bess en dégageant sa main. Mais il existe des portraits de lui un peu partout.

— Ah, ces portraits ! Ils datent tous de sa jeunesse, à l'époque où il était au mieux de sa vigueur et de sa virilité. Le roi est trop vaniteux pour permettre à ses sujets de le voir tel qu'il est vraiment.

« Quelle arrogance ! songea la jeune fille. On jurerait qu'il se trouve supérieur au roi ! »

— Tous les hommes sont pleins de vanité, Monseigneur, répliqua-t-elle.

— Touché, Cavendish, fit Henri Grey en riant.

Tu es aussi orgueilleux que Sa Majesté… et aussi débauché, ajouta-t-il.

De toute évidence, son ami changeait aussi facilement de maîtresse que de bottes.

Bess détourna les yeux de la silhouette puissante de Cavendish.

— J'ai une lettre pour Lady Frances…

— Vous venez de la manquer, ma chère. Elle est partie pour Dorset House avec des affaires qu'elle compte emporter à Chelsea, la semaine prochaine. Nous rentrons à peine de Bradgate, dans le Leicestershire. Pourquoi les dames doivent-elles sans cesse passer d'une résidence à une autre ? demanda-t-il avec un soupir.

— Pour le plaisir, Monseigneur, dit Bess avec un sourire candide. À présent, veuillez m'excuser, messieurs. Je vais rejoindre Lady Frances à Dorset House.

— Mademoiselle Hardwick, mon bateau est à votre disposition, intervint Cavendish. Permettez-moi de vous déposer sur le quai de Whitefriars.

Bess n'en croyait pas ses oreilles. Rusée, elle dissimula son enthousiasme et répondit avec une certaine réticence :

— Je ne peux m'imposer ainsi à vous, Monseigneur.

La lueur provocante qui brillait dans ses yeux sombres emplit l'esprit de Cavendish de pensées peu avouables.

— Il est de mon devoir de gentleman de vous escorter, mademoiselle, insista-t-il.

Bess s'humecta les lèvres.

— Vous me proposez votre escorte, Monseigneur, mais qui va me protéger de vous, je vous prie ?

— Il est fort judicieux de votre part de vous montrer aussi prudente envers les Londoniens, répliqua Cavendish en souriant, mais le marquis de Dorset se portera garant de ma bonne foi. J'insiste pour vous déposer à Dorset House en toute sécurité.

— Si vous insistez, Monseigneur, répondit Bess, impertinente, comment pourrais-je refuser?

Ce fut sa première concession. Cavendish se prit à espérer que ce ne serait pas la dernière.

— N'oublie pas qu'elle est très jeune, lui rappela Henri Grey, songeant à la réputation de libertin de son ami.

— Je m'occuperai d'elle avec le plus grand soin, promit William.

Tandis qu'ils descendaient vers le fleuve, Bess détailla ouvertement Cavendish. C'était un homme puissant, aux épaules larges et au torse musclé. La vie au grand air lui avait tanné le visage. Sa bouche généreuse semblait habituée à rire. Un éclat malicieux brillait dans ses yeux sombres. Bess devinait que Cavendish était plein d'orgueil et de morgue. Elle le soupçonnait de chercher à séduire tous les jolis minois qui se présentaient à lui... Mais il avait de nombreux amis influents et paraissait très intéressé par sa personne.

Il grimpa à bord du bateau, puis se retourna pour l'aider à monter. Les mains posées sur sa taille de guêpe, il la souleva de terre sans le moindre effort. Il dégageait une force incroyable, à tel point que Bess sentit ses jambes trembler malgré elle. À la faveur d'un coup de vent, le capuchon de la jeune fille tomba sur ses épaules, libérant sa magnifique chevelure rousse.

Le spectacle de ses cheveux, le contact de son corps svelte contre le sien éveillèrent aussitôt le désir de Cavendish.

Bess se dégagea vivement de son étreinte. Elle

n'avait aucune expérience sur le plan sensuel, et les réactions physiques des hommes lui étaient étrangères. Toutefois, elle était bien trop avisée pour ne pas garder ses distances face au trouble manifeste de son compagnon.

— Monsieur, je proteste! Je refuse qu'un inconnu se comporte de façon aussi familière avec moi.

Elle s'éloigna vers la poupe et s'assit, étalant sa robe sur le siège pour empêcher Cavendish de s'installer à côté d'elle.

Il lui sourit et fit signe aux bateliers de démarrer, puis se tint fermement en équilibre sur ses jambes musclées. Bess l'observa. Le roi donnait le ton en matière de mode masculine. Les vêtements qu'il portait tendaient à mettre en valeur sa virilité. Les pantalons moulants et les vestes qui s'arrêtaient juste à la ceinture ne cachaient rien des parties les plus menaçantes des hommes.

Bess aspira l'air parfumé qui flottait sur la Tamise et déclara, songeant aux propriétés des Grey :

— J'aime Londres. Je rêve de posséder trois maisons sur les rives de la Tamise, moi aussi !

— Chelsea Palace n'appartient pas aux Grey, même s'ils en ont la jouissance. Ainsi, vous aimeriez posséder trois résidences ? reprit-il, intrigué.

— Bien sûr. Cependant, une seule au bord de la Tamise me suffirait.

— Vraiment ? fit Cavendish, devinant chez la jeune fille une ambition formidable, à la mesure de la sienne. Quel est votre prénom ? ajouta-t-il.

Elle leva les yeux vers lui.

— Je suis Mlle Elizabeth Hardwick, dame de compagnie de Lady Zouche. Avez-vous un titre ? lui demanda-t-elle sans détour.

Cavendish éclata de rire.

— Non… Enfin, pas encore. Je dois gagner ma vie.

— Et que faites-vous, monsieur ?

— Je travaille à la cour, répondit Cavendish, que la spontanéité de la jeune fille enchantait. Je suis chargé de la gestion d'une partie de la trésorerie du roi.

Bess eut un mouvement de recul.

— Seigneur ! Ce poste aurait-il un rapport avec la Chambre des tutelles ?

Cavendish réfléchit à sa question.

— Plus précisément, je m'occupe de la dissolution des monastères. Mais notre objectif est le même : réunir de fortes sommes d'argent pour le compte de la Couronne.

— Vous dépouillez des gens de leurs propriétés ! s'écria la jeune fille.

— Calmez-vous, Elizabeth. Vous avez le droit de me dire ce que bon vous semble, mais une accusation portée contre la Couronne peut être considérée comme une trahison. Je travaillais sous les ordres de Thomas Cromwell jusqu'à sa mort. J'ai survécu à sa chute. À présent, je suis directement sous les ordres du roi. Et je ne garde mon poste que parce que je sais tenir ma langue.

Bess se pencha en avant.

— Ma famille possède le domaine de Hardwick, dans le Derbyshire, commença-t-elle. Mais mon frère James était mineur à la mort de mon père. Vos indignes collègues de la Chambre des tutelles et leurs huissiers ont débarqué sans crier gare et nous ont confisqué la maison jusqu'à la majorité de mon frère.

— J'en suis désolé. Mais il existe des moyens légaux d'échapper à ces mesures.

— Lesquels ? Ma mère a eu beau protester, ces monstres ont rejeté toutes ses requêtes, répondit Bess avec ferveur.

— La propriété aurait pu être confiée à des administrateurs. Vous auriez dû vous adresser à un homme de loi. Les démarches sont coûteuses, mais elles en valent la peine. C'est toujours celui qui a le meilleur avocat qui l'emporte.

Bess réfléchit quelques instants.

— Voilà un conseil fort avisé. Si seulement j'étais un homme ! Pourquoi n'enseigne-t-on ces choses utiles qu'aux garçons ? Les filles de Lady Zouche n'apprennent que le latin et l'italien, des matières qui ne servent à rien, selon moi. J'ai convaincu le précepteur des Zouche de m'initier à l'art de tenir les comptes d'un foyer. C'est bien plus important.

— Vous vous préparez pour le moment où vous posséderez votre propre domaine ? railla Cavendish.

— Ne vous moquez pas de moi, monsieur. Un jour, j'aurai une grande maison. Mais il me reste tant à apprendre ! Comment vendre et acheter une propriété, par exemple. Oh, je suis certaine que vous pourriez me faire découvrir une foule de choses ! J'ai une telle soif de connaissances !

Ces paroles un peu équivoques ravivèrent le désir de William pour la jeune fille. Si elle avait su ce qu'il mourait d'envie de lui enseigner...

— Vous feriez sans doute une élève modèle, répondit-il.

Ils venaient d'atteindre le quai de Whitefriars, mais William ne semblait pas avoir envie de la laisser partir. Il sauta sur les marches en pierre et lui tendit la main.

— Vous êtes de charmante compagnie, mademoiselle Elizabeth Hardwick. Il se trouve que Lady Zouche est une amie de longue date. Il serait grand temps que je lui présente mes hommages.

Bess se détendit enfin et lui adressa un sourire charmeur, consciente qu'elle avait éveillé son intérêt.

2

En tendant à Lady Zouche la réponse de Lady Frances Grey, Bess redoutait de se faire sévèrement réprimander pour s'être absentée tout l'après-midi sans autorisation.

— Robert Barlow était souffrant, Lady Margaret, expliqua-t-elle. J'ai donc porté moi-même votre lettre à Lady Frances. Elle était ravie de me voir, car elle avait une invitation à vous transmettre.

Margaret Zouche décacheta le message et en parcourut avidement le contenu.

— Oh, c'est merveilleux ! Nous sommes invités à passer la semaine prochaine à Chelsea. Frances et moi pourrons échanger à loisir les derniers potins de la cour. Bess, ma chère, nous avons un tas de choses à faire ! Je ne sais par où commencer !

— Ne vous inquiétez pas pour les enfants, Lady Margaret. Je vais tout de suite préparer les bagages.

— Chère enfant, tu es si bien organisée ! Je me demande comment j'ai réussi à survivre sans toi. Viens d'abord dans ma chambre. Tu me donneras ton avis sur les toilettes que je dois emporter à Chelsea.

Cette requête enchanta Bess. Elle s'intéressait beaucoup à la garde-robe de Lady Margaret et avait un goût inné pour la mode. En arrivant à Londres, la jeune fille ne possédait que deux robes toutes simples. À présent, grâce à la riche Lady Zouche, elle en avait quatre. Bess suivit sa maîtresse dans ses appartements. Si elle manœuvrait habilement, elle profiterait de l'occasion pour récupérer encore quelques robes.

Tandis que les deux femmes examinaient plusieurs toilettes, Bess déclara, désinvolte :

— Un ami de Lord Grey m'a priée de vous adresser ses hommages. Voyons, comment s'appelait-il, déjà ? Cavendale, peut-être ?

— Ce gredin de Cavendish ! En effet, c'est le meilleur ami d'Henri Grey. Un véritable bourreau des cœurs. Il faut absolument que je l'invite à ma prochaine soirée. Sir John apprécie beaucoup sa compagnie. Quant à moi, j'avoue que j'ai le béguin pour lui depuis ma plus tendre enfance.

Bess la regarda d'un air perplexe.

— Ce monsieur semblait pourtant plus âgé que vous, Lady Margaret.

Comme toujours, le stratagème de la jeune fille fonctionna à merveille.

— Je suis très flattée, Bess. Je crois cependant que nous avons à peu près le même âge. Le pauvre homme a perdu sa femme très jeune... Il ne doit pas avoir plus de trente ans.

— Trente ans ? Quand vous portez du rose, on vous donnerait vingt ans !

— Allons, Bess, rappelle-toi l'âge de mes filles ! Toutefois, j'emporterai ma robe rose à Chelsea.

— Je trouve que certaines couleurs ont tendance à vieillir une femme, reprit Bess d'un ton détaché.

— Vraiment ? Je n'y avais jamais pensé. Lesquelles, par exemple ?

— Certains tons de pourpre, ainsi que le gris perle, qui est très triste.

Bess caressa amoureusement une robe en velours émeraude.

— Quant au vert, il ne convient pas aux teints trop pâles, selon moi, ajouta-t-elle.

Lady Margaret s'empressa de saisir les vêtements incriminés.

— Tiens, prends-les ! Tu n'as pas à craindre de paraître plus âgée, chère enfant.

Bess rangea les précieuses toilettes dans son armoire en fredonnant gaiement. Les manches des robes étaient interchangeables. Bess imaginait déjà l'effet saisissant des manches en velours vert sur le gris glacé, et la façon dont ces tons froids contrasteraient avec sa chevelure flamboyante... Elle sourit. Depuis le matin, elle avait pressenti que cette journée serait décisive pour son avenir. Elle caressa de la joue le velours vert, tout en songeant à William Cavendish. Un veuf d'une trentaine d'années... Comment lui reprocher d'être mondain ? Heureusement, elle serait amenée à le revoir. Lady Zouche s'était promis de l'inviter, et il accepterait certainement.

Soudain, se rappelant le malheureux Robert Barlow, Bess gagna les chambres du quatrième étage, où logeaient les domestiques. Elle frappa doucement à la porte du jeune homme, puis l'entrouvrit. Le page était allongé sur son lit.

— Vous sentez-vous mieux, Robert ? demanda-t-elle à voix basse.

— Beaucoup mieux, merci, Bess. Vous êtes très gentille de m'avoir remplacé au pied levé. J'ai écrit à ma famille pour leur raconter combien vous étiez généreuse.

Lisant dans son regard une adoration sans limites, Bess souhaita ardemment qu'il cesse de la contempler ainsi.

— La semaine prochaine, nous serons tous à

Chelsea. Cela vous permettra de vous reposer, de reprendre des forces pendant notre absence.

— Vous me manquerez cruellement, avoua Robert, l'air triste.

— Balivernes ! lança-t-elle avec impatience, avant de le quitter pour aller surveiller les préparatifs du dîner.

Dans la grande salle de Whitehall, le roi Henri Tudor avait réuni ses courtisans autour d'une table bien garnie. À l'issue du repas, tandis que William Cavendish et Henri Grey repoussaient leur chaise, ce dernier déclara :

— Comme de coutume, la nourriture est bien trop riche.

Cavendish vida sa coupe.

— Parle pour toi, Henri. Ce soir, le roi reçoit les plus gros appétits d'Angleterre. Y compris le mien.

— Je pense que tu ne fais pas allusion à ces mets somptueux, ni au vin qui coule à flots.

Cavendish balaya la salle du regard.

— La formidable ambition des convives présents ce soir n'est surpassée que par leur goût de la débauche.

— Y compris le tien, ajouta malicieusement Henri en caressant sa moustache blonde.

Lady Frances Grey les rejoignit et embrassa Cavendish.

— Nous serons à Chelsea la semaine prochaine, lui annonça-t-elle. Il faudra nous rendre visite, William. J'organiserai une partie de chasse en votre honneur. Vous n'êtes pas venu à Bradgate, cet été, comme vous l'aviez promis. Il n'est pas question que vous nous fassiez faux bond, cette fois.

Sur ces mots, Frances se dirigea vers la piste de danse. Cavendish songea que l'orgie de ce soir serait bien plus exaltante que tout ce que son amie pourrait lui offrir à Chelsea. Il se réjouit d'avoir des affaires urgentes à régler à Douvres, ce qui lui fournirait une excuse pour ne pas aller à Chelsea. Puis il se demanda ce qui le mettait d'humeur aussi cynique. Après tout, il était heureux que son travail lui impose de nombreux déplacements. Il n'était pas tenu de se trouver en permanence à la cour. Depuis qu'il avait fait décapiter cette petite idiote de Catherine Howard, le roi s'entourait de femmes superbes chaque soir. La plupart n'étaient pas farouches et acceptaient volontiers de partager son lit le temps d'une nuit.

Cavendish aperçut Lord William Parr, son vieil ami, de retour d'Écosse où il s'était rendu pour rétablir le calme à la frontière. Parr était un homme de taille moyenne, mais sa prestance toute militaire et sa barbe bien taillée lui conféraient une autorité indiscutable. Cavendish arriva à temps pour entendre Parr donner rendez-vous à la délicieuse Elizabeth Brooke, la fille de Lord Cobham. En embrassant Cavendish, celle-ci lui murmura à l'oreille :

— Ne dites rien à personne.

William se garda donc de révéler à son ami que la jeune femme avait cédé aux avances du roi.

— Vous semblez très intimes, tous les deux, remarqua William Parr.

— C'est parce que je viens de fiancer ma fille au frère de cette dame, expliqua Cavendish.

Dans la société des Tudors, le mariage était le meilleur moyen de gravir les échelons. Trouver de bons partis pour ses enfants revêtait donc une importance primordiale.

— À la bonne heure ! s'exclama Parr en gratifiant son ami d'une vigoureuse tape dans le dos. Quand j'épouserai Elizabeth, nous serons parents !

Cavendish s'abstint de lui demander ce qu'il entendait faire de son épouse actuelle.

Thomas Seymour, le plus bel homme de la cour, traversa la salle pour saluer Cavendish et Parr. Grâce à Jane, sa sœur, il était devenu le beau-frère du roi. Malgré la disparition de Jane, Henri VIII était resté très attaché au frère de sa défunte femme. Thomas salua les deux hommes avec chaleur. Sa barbe dorée encadrait une bouche rieuse. Il ressemblait à un dieu tout droit descendu de l'Olympe.

— Cavendish, tu es un vrai génie. Ton pillage des monastères a fait de moi un homme riche.

— Seigneur, surveille tes paroles ! Tu vas nous envoyer tout droit au billot.

Seymour éclata de rire. Cavendish ne pouvait s'empêcher d'apprécier cet homme jovial et spontané. Thomas jouissait des faveurs de la sœur de Lord Parr, Lady Catherine, bien que celle-ci fût mariée au vieux Lord Latimer. Seymour tapa dans le dos de Parr et déclara :

— Tiens-moi informé de la santé de Latimer. J'ai l'impression que ce vieux bouc ne tardera pas à succomber.

À la cour, les veuves fortunées étaient assaillies de demandes en mariage dès le décès de leur conjoint.

William Parr lança un coup d'œil à Cavendish.

— Seigneur, dans peu de temps, nous serons tous parents !

Quand il aperçut Lady Catherine Parr Latimer, Cavendish sentit son cœur se soulever. Elle affichait une respectabilité irréprochable, même si elle trompait son mari avec Thomas Seymour. Selon son amie Frances Grey, Catherine était également l'une des dernières maîtresses du roi. « La cour ne vaut pas mieux qu'une maison close – une maison close incestueuse, par-dessus le marché», avait-elle dit.

William s'excusa et traversa la pièce, ignorant pour une fois les regards langoureux des femmes. Comme d'habitude, certains hommes ne s'éloignaient pas du roi. Edward Seymour, le frère aîné de Thomas, ne cessait de flatter le souverain, tandis que l'ambitieux Lord John Dudley monopolisait la conversation. Cavendish rejoignit Paulet, le trésorier du roi, qui leva immédiatement la main pour l'empêcher de parler.

— Non, ne dites rien ! Vos honoraires ont du retard, mon ami. Je croule sous la paperasserie. Je vous demande un peu de patience.

— J'ai une solution à vous proposer, monsieur le trésorier. M'autoriseriez-vous à prélever directement mes honoraires sur l'argent que je collecte pour la Couronne ? Cela vous éviterait un travail inutile. Je vous soumettrai mes comptes détaillés, mais ils seront déjà facturés.

— Très bien. Je pense que nous pouvons nous arranger ainsi. Je vais en parler à Sa Majesté. Vous avez effectué du très bon travail à Saint-Sépulcre, à Canterbury.

William remercia le trésorier et s'éloigna, satisfait d'avoir rempli la mission pour laquelle il était venu. Il balaya la salle du regard. Elle grouillait de femmes élégantes et richement parées. Il n'avait qu'un geste à faire pour que l'une d'entre elles le suive dans son lit. Pourtant, sans savoir pourquoi, il n'avait nulle envie de leur compagnie, ce soir-là.

En quittant Whitehall, Cavendish était hanté par l'image d'une jeune fille aux grands yeux sombres et à la crinière flamboyante. Elizabeth Hardwick représentait l'exact opposé des courtisanes qui se pavanaient à la cour des Tudors. Elle était fraîche, naturelle et innocente. En la rencontrant, il avait compris combien il était blasé.

Décidément, cette petite ferait une maîtresse délicieuse, se dit-il.

Le lendemain, dans l'après-midi, Bess donna une leçon de broderie aux filles Zouche. Sa tante Marcella lui avait enseigné cet art dès son plus jeune âge. Bess avait des doigts de fée, mais elle dessinait aussi des motifs originaux. Les fillettes brodaient avec application, tandis que Lady Margaret et Bess mettaient la dernière touche à une paire de manches qu'elles comptaient offrir à Lady Frances Grey. Bess avait dessiné elle-même de petits bouquets de roses, dont les pétales étaient en soie espagnole.

En entendant le majordome annoncer l'arrivée de William Cavendish, la jeune fille fut si émue qu'elle se piqua le doigt. Troublée elle aussi, sa maîtresse congédia ses filles et se précipita vers un miroir. Bess se leva pour suivre les enfants.

— Je crois qu'il ne serait pas convenable que je reste seule avec lui, déclara Lady Zouche. Reste donc ici, Bess. Tu broderas tranquillement.

Cavendish se montra si galant que Margaret céda aussitôt à son charme. Le regard ardent du visiteur effleura Bess, installée dans un coin de la pièce. La jeune fille comprit vite que ses paroles lui étaient adressées.

— Veuillez excuser mon audace. Je n'étais pas invité, mais je n'ai cessé de penser à vous depuis hier.

— Cavendish, vous n'êtes qu'un flatteur, un gredin de la pire espèce. Cela fait si longtemps que nous ne vous avons pas vu !

— Vous êtes encore plus charmante que dans mes souvenirs.

Bess réprima un sourire et baissa les yeux vers son ouvrage.

William observa la manche que Margaret venait de broder.

— Je vous interromps dans votre travail. Des roses Tudor… J'ignorais que vous aviez ce talent.

— Il s'agit d'un cadeau destiné à Lady Frances. Elle nous a invités à Chelsea, la semaine prochaine.

— Je suis convié, moi aussi. J'allais décliner l'invitation, mais vous m'avez fait changer d'avis. Soudain, je suis fort impatient, déclara-t-il d'une voix grave et chaude.

S'il n'arrêtait pas ces sous-entendus, Lady Zouche finirait par se douter de quelque chose, songea Bess. Elle devait trouver un moyen de mettre en garde son soupirant. À cet instant, un valet apporta du vin et des biscuits. Bess se leva d'un bond, s'empara du plateau et s'approcha du couple.

— Merci, chère enfant, dit Lady Zouche en prenant un verre.

Tournant le dos à Cavendish et à Bess, elle se dirigea vers une table, à l'autre extrémité du salon.

La jeune fille afficha un air fâché.

— Cessez vos insinuations ! murmura-t-elle en tendant le plateau au visiteur.

Les yeux de William pétillaient de malice. Il savait que Margaret ne pouvait les entendre.

— Non, chuchota-t-il.

Il remarqua alors une goutte de sang sur l'index de Bess. Sans lui laisser le temps de réagir, il porta sa main à ses lèvres et lécha discrètement la blessure.

Bess poussa un petit cri et faillit lâcher le plateau. Elle sentit ses joues s'empourprer. Comment cet homme osait-il se livrer à ce badinage sous le nez de Lady Margaret ? Elle risquait d'être renvoyée sur-le-champ !

— Quelque chose ne va pas, Bess ? demanda sa maîtresse sans se retourner.

— Je crains d'avoir renversé du vin, Madame, répondit Bess.

Tout en parlant, elle en projeta délibérément quelques gouttes sur Cavendish, puis se mordit les lèvres, sidérée par son audace.

— Veuillez me pardonner, monsieur. Je vais chercher un valet de ce pas.

En levant les yeux vers lui, Bess comprit que cette rebuffade ne l'avait pas contrarié. Au contraire, il y voyait un défi.

Le village de Chelsea, au bord de la Tamise, n'était guère éloigné de la capitale, mais il se trouvait déjà à la campagne.

De somptueuses demeures bordaient le fleuve, entourées de prairies et de forêts denses. Shrewsbury House n'échappait pas à la règle. Elle appartenait aux Talbot, l'une des familles les plus influentes d'Angleterre. De l'autre côté des Kew Gardens se dressait Syon House, une bâtisse monumentale, propriété de la famille Dudley. À moins de deux kilomètres s'élevaient les tours en brique du palais de Richmond, surplombant la Tamise. L'œil s'arrêtait ensuite sur le palais de Hampton Court, à la beauté incomparable.

Ce séjour à Chelsea enthousiasmait tant Bess qu'elle ne trouvait plus le sommeil. La perspective de revoir William Cavendish la tenait éveillée durant de longues heures. Toutefois, une certaine appréhension se mêlait à son impatience. Elle savait qu'elle lui plaisait, mais William était un homme du monde. Comment retenir son attention ? Il serait encore plus difficile de le pousser à lui faire sa déclaration. Bess n'ignorait pas qu'elle allait devoir déployer des trésors de subtilité, sans franchir les limites des convenances. Mais il fallait qu'elle parvienne à ce qu'il lui demande sa main. La jeune fille frissonna à cette idée.

En découvrant Chelsea Palace, Bess eut le souffle coupé. Les pièces, innombrables, étaient spacieuses et claires. L'imagination de Bess s'emballa. Le jour où elle ferait ériger la maison de ses rêves, elle aurait de nombreuses fenêtres, plus de fenêtres que de murs, se promit-elle.

Frances Grey accueillit Bess avec autant de chaleur que Margaret Zouche et ses filles, traitant de la même façon son amie aristocrate et la dame de compagnie de celle-ci. Tout le monde appréciait la décontraction et la simplicité de Frances. Cette absence de prétention était rare chez les gens de sang royal. La nièce du roi avait un beau visage rond et de superbes cheveux dorés. Quant à sa silhouette pulpeuse, elle reflétait son appétit de vivre.

Chelsea Palace ne manquait pas de domestiques, mais Frances avait malgré tout préféré s'entourer de nombreuses suivantes et des gouvernantes de ses enfants, qui étaient un peu plus jeunes que les filles de Lady Zouche. Bess se rendit compte qu'elle n'aurait pas grand-chose à faire, sinon tenir compagnie aux deux amies pendant qu'elles échangeraient les derniers ragots.

Au cours de l'année écoulée, Bess avait eu vent de tous les détails croustillants concernant la vie d'Henri Tudor et de sa cour. Elle savait tout du caractère autoritaire d'Anne Boleyn, de ses humeurs fantasques, de sa réputation sulfureuse, ainsi que de son doigt difforme. Elle apprit qu'Anne avait fait attendre le roi pendant six longues années avant de succomber à ses avances. Quand elle avait enfin cédé, elle s'était rapidement retrouvée enceinte, et le roi avait remué ciel et terre pour l'épouser.

Bess avait aussi entendu parler des remarques peu flatteuses du roi à l'égard d'Anne de Clèves, sa quatrième épouse : il refusait de chevaucher cette jument flamande. La jeune fille n'ignorait rien des indiscrétions de la capricieuse Catherine Howard, la cinquième épouse du souverain. À présent, Frances rapportait les dernières nouvelles à son amie :

— Lorsque Thomas Seymour est rentré de sa mission en Allemagne, Catherine Parr lui est littéralement tombée dans les bras. Il n'a eu qu'à la cueillir... Enfin, je ne donnerai pas de détails, mais avec sa petite bouche pincée et ses faux airs de femme respectable...

— Lord Latimer est donc décédé ? s'étonna Lady Margaret.

— Pas encore, mais ses jours sont comptés.

— Mon Dieu, Frances, comment peux-tu affirmer une chose pareille ?

— Il se trouve que notre souverain bien-aimé a demandé sa dulcinée en mariage ! Elle l'a confié à sa sœur sous le sceau du secret. Naturellement, celle-ci s'est empressée de me le raconter.

— Pauvre Catherine...

— Ne la plains pas, Margaret. Elle a été mariée à deux époux riches et âgés et sait parfaitement manipuler les hommes. Et quand je dis manipuler... Une catholique, en plus !

— Mais si elle est amoureuse de Thomas Seymour...

— Seigneur, Margaret, l'amour ne vaut rien contre l'ambition ! Pourquoi choisir le beau-frère du roi si le roi lui-même brandit son glaive ?

— Tu crois qu'elle voudrait devenir reine ?

— En effet. Qu'a-t-elle à y perdre, à part la tête ?

Frances éclata de rire. Bess dut se mordre les lèvres pour ne pas sourire de cette boutade.

— Pourtant, si elle lui accorde ses faveurs, il n'a aucune raison de l'épouser, objecta Margaret.

— Je n'ai pas dit qu'il obtenait d'elle tout ce qu'il désirait. J'ai dit qu'il l'avait demandée en mariage. Catherine est suffisamment avisée pour s'offrir à lui une fois et le repousser ensuite. Jouer les coquettes est encore le meilleur moyen de prendre un mari dans ses filets.

Bess écoutait avec attention, enregistrant les leçons de séduction que dispensait l'aristocrate. Malheureusement, les filles de Lady Margaret surgirent dans la pièce, interrompant cette passionnante conversation.

— Pouvons-nous accompagner Lady Jane aux écuries, mère ? Elle possède un nouveau cheval blanc.

— Bess ira avec vous. Mais il faut me promettre d'être prudentes.

— Il y a des dizaines de garçons d'écurie. Ces demoiselles ne risquent absolument rien, assura Frances.

Elle adressa un sourire à Bess.

— Vous en profiterez pour choisir une monture. J'ai organisé une partie de chasse pour demain.

Bess sentit ses espoirs renaître.

— Je ne crois pas que nous nous joindrons à vous, Frances. Je ne suis pas montée à cheval depuis mon séjour dans le Derbyshire, l'an dernier, déclara Lady Margaret.

Le cœur de Bess s'emballa. Ses projets allaient-ils échouer à cause des réticences de sa maîtresse ?

— Voyons, ma chère, si je réussis à hisser ma

carcasse volumineuse sur une selle, tu peux faire un effort, toi aussi. Tout le monde viendra, même les enfants. Il faut bien que mes domestiques méritent leurs gages.

Dans les vastes écuries, les fillettes ébahies découvrirent une portée de chatons nichés dans la paille. Elles les prirent dans leurs bras avec des cris d'enthousiasme et les emportèrent à l'extérieur. Pour rassurer la mère des petits, Bess la caressa doucement en lui murmurant des paroles apaisantes. La grosse chatte noire et blanche, un peu hésitante au début, se blottit rapidement dans les bras de Bess et se mit à ronronner.

— Alors, on aime les caresses ?

Bess sursauta. Une ombre la dominait. La chatte, affolée, se dégagea de son étreinte, lui griffant le pouce au passage. Un gémissement de douleur s'échappa des lèvres de la jeune fille.

— La gentille minette, murmura Cavendish, ravi de surprendre Bess dans un lieu isolé.

Il descendit de cheval.

— Vous êtes venue uniquement pour me revoir, n'est-ce pas ? demanda-t-il.

— On peut dire que vous avez une très haute opinion de vous-même ! répliqua la jeune fille. Par ailleurs, c'est la deuxième fois que vous me blessez en arrivant par surprise, ajouta-t-elle en brandissant son pouce.

Il lui prit la main pour examiner l'estafilade sanguinolente. L'espace d'une seconde, il imagina quelques gouttes de sang sur la peau laiteuse de ses cuisses et eut l'envie soudaine de la faire sienne dans le foin. Au lieu de cela, il ôta son gant en cuir pour lui caresser la main et essuyer la blessure.

— Savez-vous ronronner, vous aussi ?

— J'ai des griffes, rétorqua-t-elle en le défiant du regard.

— Alors, sortez-les, lança-t-il d'une voix rauque. Sortez-les donc !

Bess baissa les yeux, lui offrant le spectacle de ses longs cils soyeux.

— Nous ne devrions pas être seuls, déclara-t-elle en retirant sa main.

— Si je n'avais pas été certain de vous trouver seule, je ne serais pas venu. De plus, nous ne sommes pas vraiment seuls. Ces écuries grouillent d'enfants et de palefreniers.

Cavendish se tourna vers son valet, qui se tenait discrètement à l'écart.

— Montez mes bagages, James. Je vous rejoins tout de suite.

Bess s'éloigna et s'adressa à William par-dessus son épaule :

— Lady Frances m'a priée de choisir une monture pour la partie de chasse de demain. Je ne suis pas encore certaine d'y participer.

En quelques enjambées, William fut près d'elle. Il l'entraîna vers une rangée de boxes.

— Vous êtes bonne cavalière ? s'enquit-il.

— J'aime monter à califourchon, lui confia-t-elle.

Il s'arrêta et la regarda fixement. Ces paroles étaient le plus puissant des aphrodisiaques, mais l'air grave de la jeune fille lui disait qu'elle ne cherchait nullement à le provoquer. Elle énonçait simplement un fait anodin. Pourtant, ces simples mots avaient le pouvoir d'éveiller son désir.

— Demain, vous devrez monter en amazone. Voici une petite jument qui vous conviendra à merveille, ajouta-t-il en désignant un box.

Bess constata que l'animal n'avait rien de particulier. Elle porta son attention sur des chevaux plus fougueux.

— Habillez-vous en vert, demain, reprit William.

Abasourdie par cette requête, Bess se tourna vers lui. Il la détailla avec un intérêt grandissant.

Bess adorait le vert, car il contrastait avec le roux de ses cheveux, offrant un effet saisissant. Mais pourquoi William tenait-il à la voir en vert?

— Serait-ce votre couleur préférée, monsieur?

— Le vert nous permettra de passer inaperçus parmi les arbres, expliqua-t-il.

— Ah! souffla-t-elle, étonnée.

Elle comprenait enfin pourquoi il lui avait recommandé une jument placide. Une colère sourde naquit en elle. Cet arrogant semblait fort bien connaître les astuces des rendez-vous clandestins. Cavendish n'était-il qu'un vulgaire coureur de jupons? Était-elle en mauvaise posture? Elle observa son torse puissant, ses larges épaules. Ses yeux se posèrent enfin sur ses lèvres pulpeuses. Que ressentirait-elle à embrasser un homme aussi viril et séduisant? Soudain, l'idée que d'autres femmes l'aient embrassé, et pas elle, lui parut insupportable. Mais sa rage retomba vite: il valait mieux découvrir les plaisirs charnels avec un homme expérimenté.

William Cavendish était si beau qu'il avait sans doute toutes les femmes de la cour à ses pieds. Pourtant, il la désirait, elle. Manifestement, il cherchait à la séduire et, à voir son regard amusé, il appréciait ce petit jeu. Bess décida de relever le défi. Elle esquissa un sourire. S'il traitait leur relation à la légère, elle ne plaisantait pas le moins du monde. Elle le désirait autant que lui, peut-être davantage, mais pas pour les mêmes raisons. Cavendish pouvait lui apporter énormément.

— Finalement, je crois que je participerai à cette partie de chasse.

— Elizabeth, murmura-t-il, appelez-moi donc William.

— William, répéta-t-elle doucement, comme si elle prononçait quelque formule magique.

Puis elle rejeta ses longs cheveux roux en arrière et ajouta d'un ton mutin :

— Appelez-moi mademoiselle Hardwick.

3

Tandis que Bess l'aidait à se préparer pour le dîner, Lady Zouche s'interrogeait à voix haute :

— Je ne sais toujours pas comment m'habiller pour la partie de chasse de demain.

— J'ai mis votre tenue d'équitation et votre paire de bottes favorite dans vos malles, Lady Margaret.

— Tu es vraiment une perle, ma chère enfant. Comment y as-tu pensé ?

— Vos filles ont souhaité emporter leurs tenues d'équitation. Il paraît que tout le monde monte à cheval, à Chelsea Palace.

— Je sais enfin pourquoi Frances est venue ici, cette semaine. Le roi a transféré la cour à Hampton Court. Frances avait peur de manquer quelque événement d'importance.

— Le palais de Hampton Court... murmura Bess avec admiration. Comme j'aimerais le visiter un jour...

— Mais tu iras, ma chère. Nous nous y rendons jeudi. La jeune Lady Jane Grey est invitée à y séjourner pour parfaire son éducation auprès du petit prince. Frances tient à inspecter leurs appartements. Elle hésite encore à laisser partir sa fille cette année. Peut-être attendra-t-elle l'an prochain.

— Il faut dire que Lady Jane est bien jeune, déclara Bess, cherchant à contenir son enthousiasme.

— Elle a le même âge que le prince Edward. Les deux cousins s'adorent. Sa Majesté considère que son fils a besoin d'une camarade de jeux. Le pauvre enfant vit entouré d'adultes. Il ne connaît pas l'insouciance de la jeunesse. Frances m'a confié qu'elle et le roi étaient convenus de fiancer Jane et Edward. Naturellement, si Lady Jane doit devenir la future reine, il semble logique qu'ils reçoivent la même éducation.

Bess considérait que les deux enfants formeraient un couple parfaitement assorti. La sage Lady Jane était en effet trop sérieuse pour son âge, à l'exemple du prince Edward. Toutefois, la jeune fille se garda de faire part de cette opinion à Lady Margaret.

— Je pense que tu pourras dîner à notre table, Bess. Frances a les idées très larges, comme tu le sais. Elle refuse que ses suivantes mangent à l'office.

— Je dînerai avec les filles, Madame. Ensuite, je les coucherai.

Bess se sentait incapable d'avaler une bouchée sous le regard de velours de Cavendish. Et puis, elle préférait qu'il s'interroge, qu'il se demande où elle était passée… Un peu de patience lui ferait le plus grand bien !

Deux heures plus tard, Bess enfila une robe violette et releva ses cheveux roux en chignon. Elle ne portait pas de bijoux, mais tenait un petit éventail en soie qu'elle avait brodé de fleurs assorties à la couleur de sa robe. Elle descendit lentement au rez-de-chaussée, prenant le temps d'admirer les trésors et les meubles luxueux qu'elle rencontrait sur son passage.

Bess avait toujours eu le goût des belles choses. Elle contempla une tapisserie médiévale représentant une scène de chasse, songeant qu'elle était fort bien conservée. Les aristocrates étaient très attachés à leurs richesses. Bess comprenait cette attitude. Si elle avait un jour la chance de posséder de telles merveilles sous son toit, elle les garderait précieusement et les transmettrait à ses enfants et petits-enfants.

La salle à manger était vide. Les convives se tenaient dans une longue galerie éclairée par une myriade de chandelles. Un orchestre jouait une musique douce. Sur le seuil, Bess rêva un instant que tout cela lui appartenait. Elle vit ses laquais en livrée servir les meilleurs vins, ses invités bavarder gaiement...

Lady Frances ordonna à son personnel de préparer des tables de jeu. Elle n'ignorait pas que les hommes préféraient jouer aux cartes plutôt que de danser. Cavendish s'avança derrière elle et l'enlaça tendrement. Elle lui sourit.

— Quel est votre choix ? Le whist ?

Il se pencha vers elle et lui murmura à l'oreille :

— J'aimerais jouer avec cette petite rousse qui vient d'arriver. Soyez un ange, arrangez-moi un rendez-vous, je vous en prie, Frances.

— J'avoue qu'elle est assez tentante...

— Elle me tente, en effet, avoua Cavendish.

Frances ne demandait pas mieux que de rendre service à William. Elle appréciait Bess, une jeune fille exceptionnellement vive et volontaire. Il serait divertissant de guetter ses réactions lorsque Cavendish lui ferait la cour. En regardant Bess rejoindre Lady Margaret, une idée germa dans l'esprit de Lady Frances. Sachant combien son amie détestait les jeux de cartes, elle déclara :

— Il nous manque un quatrième joueur, Margaret.

— Oh, non ! J'ai horreur de jouer aux cartes ! John ne doit pas être bien loin. Bess, as-tu vu Lord John ?

— Non, Madame.

— Je t'en prie, Margaret ! insista Frances. Un petit effort ! Henri et moi contre toi et Cavendish.

Margaret blêmit.

— Pas question. Je n'ai aucune patience, et ces parties interminables m'agacent au plus haut point.

— Alors, peut-être que Bess pourrait venir à notre secours… suggéra Frances.

— Bien sûr ! Bess, tu vas jouer aux cartes avec Lady Frances, s'il te plaît.

— Je n'y entends rien, Madame.

— Qu'importe ! Vous êtes une fille intelligente. Vous comprendrez rapidement, fit Frances en la prenant par le bras pour l'entraîner vers le salon.

Les deux hommes saluèrent galamment la jeune fille. Lord Henri Grey l'aida à s'installer.

— Bess sera ma partenaire, puisqu'elle ne sait pas jouer, annonça Frances.

Elle s'assit face à la jeune fille. Cavendish battit les cartes et expliqua :

— Au whist, on utilise cinquante-deux cartes. Chaque joueur en reçoit treize.

Il distribua les cartes une à une.

— Une manche se joue en dix points, continua-t-il. Il faut d'abord déterminer l'atout.

Bess hocha la tête, un peu perdue, puis elle se concentra totalement sur les paroles de Cavendish, observant chacun de ses mouvements. Finalement, elle comprit que chaque équipe cherchait à tromper l'autre en lui jouant des tours. Les dames perdirent la première manche contre les messieurs. Par chance, Lady Frances ne sembla guère s'en offusquer. Bess assimila rapidement les subtilités du jeu. Si elle parvenait à mémoriser les cartes déjà jouées, ses chances de gagner étaient décuplées.

Ils changèrent de partenaire, de sorte que Bess et Henri Grey affrontèrent Lady Frances et Cavendish.

— Assez tourné autour du pot, Henri, il est temps de jouer sérieusement. William et moi allons vous battre à plate couture !

Les deux hommes posèrent de l'argent sur la table et fixèrent leurs paris. Bess se sentit soudain très mal à l'aise. Elle faisait une piètre partenaire. Henri Grey allait perdre son argent à cause d'elle.

Les trois amis continuaient leur conversation, ponctuée de commérages et de plaisanteries. Bess ne les écoutait pas. Toute son attention était accaparée par les cartes et la façon de jouer de Cavendish. À chaque manche, sa tactique lui apparaissait un peu plus clairement. Un valet leur servit du vin. Au bout de quelques verres, Bess avait fait des progrès énormes. Elle examinait à présent le visage des joueurs. Il était facile d'échanger des signes de connivence. À la pensée qu'elle serait bientôt la partenaire de William, son cœur s'emballa.

— Allons, réglez vos dettes, mon ami ! dit Frances à son mari, avant de ramasser les pièces d'argent qu'elle venait de gagner avec son partenaire.

Tandis qu'Henri et William changeaient de place, Bess vida son verre de vin pour se donner du courage. Peu après, elle sentit le regard ironique de Cavendish posé sur elle.

— Doublons la mise, proposa-t-il avec un sourire insolent.

La gorge nouée, Bess leva enfin les yeux vers lui. Il se comportait comme un maître envers un élève sur qui il fondait tous ses espoirs. Elle connut un instant de panique, puis il lui adressa un clin d'œil audacieux qui lui rendit son assurance. Tous ses doutes s'envolèrent. Sans lui, elle ne cessait de perdre. Mais, à ses côtés, elle serait capable de tout.

La chance sembla enfin lui sourire. L'équipe qu'elle formait avec Cavendish enchaîna les victoires. Bess commençait à s'amuser. Son partenaire et elle s'étaient lancés dans un petit jeu de séduction et se livraient presque ouvertement à leur badinage. Et, en même temps, il se tissait entre eux un lien bien plus intime... un lien magique.

Ils communiquaient sans avoir besoin de parler. Chacun lisait dans les pensées de l'autre, chacun donnait du plaisir à l'autre. Il ne s'agissait pas seulement d'un accord tacite, mais d'un partage, d'un plaisir de jouer ensemble.

Ils étaient à l'unisson.

Quand ils eurent battu les Grey, Cavendish offrit à la jeune fille la moitié de leurs gains.

— Avec mes félicitations, dit-il.

Bess n'en croyait pas ses yeux. Jamais elle n'avait possédé une telle somme d'argent.

— C'est la chance des débutants, commenta Henri en se levant.

— Pas question de changer de partenaire ! déclara William. Je n'ai absolument pas l'intention de céder Bess à qui que ce soit.

Bess s'empourpra et croisa le regard de Lady Frances, plein d'admiration. La jeune fille venait de

45

faire ses preuves aux cartes, mais elle s'était également distinguée dans le jeu auquel se livraient hommes et femmes depuis la nuit des temps.

Au fil des heures, Bess doubla ses gains. La partie s'interrompit lorsque Frances en eut assez de perdre. Il était tard. La plupart des invités s'étaient déjà retirés. Frances tendit à Bess une bourse en toile.

— Vous m'avez ruinée, ma chère. Tant que vous y êtes, prenez aussi la bourse.

— Merci, Lady Frances. Grâce à vous, j'ai passé une soirée merveilleuse.

— Merci à vous, Bess... Vous observer était un spectacle charmant.

— Ce n'est pas encore terminé, déclara Cavendish en rejoignant la jeune fille. Je sais ce qu'il nous faut, murmura-t-il d'un ton suggestif.

Bess lui jeta un coup d'œil timide, cherchant à maîtriser sa peur.

— Un peu d'air frais, ajouta-t-il.

Il l'entraîna sur la terrasse. La douce brise nocturne leur caressa le visage.

— Mademoiselle Hardwick, vous êtes une élève très douée.

— Votre grande expérience fait de vous un professeur très compétent, monsieur.

Elle s'adressait à lui avec le respect dû à son rang. Il eut l'impression que leur complicité avait disparu. Cette intimité qu'ils avaient partagée tout au long de la soirée s'était évanouie. Soudain, il se rendit compte de leur différence d'âge.

— Seigneur, à vous entendre, on dirait que je suis un vieil homme !

— Vous vous méprenez sur le sens de mes paroles. Je vous suis très reconnaissante.

Reconnaissante... Jusqu'à quel point ? se demanda-t-il.

— Qu'envisagez-vous de faire de vos gains si honteusement acquis?

Bess avait gagné deux livres.

— J'ai toujours rêvé d'une jolie collerette. À présent, je vais pouvoir me l'offrir.

Cavendish la dévisagea, étonné et ému par sa simplicité.

— Une collerette? Vous ne désirez donc pas de bijoux?

— Bien sûr que si. Un jour, j'en aurai, répondit-elle d'un ton désinvolte.

Il tendit la main pour lui effleurer l'épaule.

— Un mot de vous, et je vous couvre de bijoux, Elizabeth, déclara-t-il à voix basse.

La jeune fille recula d'un pas et leva la tête, le menton pointé en avant.

— Il faut que je rentre. Je ne voudrais pas déranger Lady Zouche ou les filles.

«Qu'elles aillent au diable!» songea William.

— Si vous veniez dans ma chambre, vous seriez certaine de ne pas les déranger, insista-t-il.

— Si j'osais m'absenter toute une nuit, je serais congédiée sur-le-champ, monsieur. Et à juste titre.

Il la prit par la taille et l'attira vers lui.

— Dans ce cas, je m'occuperais de vous, Elizabeth.

Elle le regarda droit dans les yeux.

— Je ne me laisserai pas séduire, Monseigneur. Je n'ai pas de dot. Je dois évoluer par mes propres moyens dans cette société impitoyable. Ce que je recherche, c'est un mariage respectable. Or, si je perds ma vertu, cela me sera impossible.

L'impatience submergea soudain Cavendish.

— Pour l'amour du Ciel! Vous êtes vraiment une jeune fille innocente!

— C'est justement ce qui fait mon attrait, répliqua-t-elle en lui adressant un sourire radieux.

Cavendish, désarmé, éclata de rire. Bess était à la fois une femme et une enfant bien trop mûre pour son âge, mais sa candeur le touchait au plus profond de lui-même. Le doux parfum des fleurs assaillit leurs narines, les invitant à explorer le jardin endormi. William lut le désir dans les yeux de la jeune fille, puis il l'entendit soupirer de regret.

— Il faut que je m'en aille. Vous êtes bien trop séduisant, monsieur Cavendish.

Il sentit aussitôt le désir l'envahir et le réprima à grand-peine.

— Vous pouvez partir, mais à une condition : promettez-moi que nous reprendrons cette conversation demain.

Bess souleva légèrement sa robe pour ne pas trébucher et se précipita vers la porte-fenêtre.

— Essayez toujours, Monseigneur ! lança-t-elle par-dessus son épaule. Nous verrons bien si vous réussissez.

William Cavendish regagna sa chambre, perdu dans ses pensées. James Cromp, son valet, l'attendait, mais il le renvoya aussitôt.

Quelques minutes plus tard, étendu sur son lit, s'efforçant de calmer ses ardeurs, William revoyait le visage d'Elizabeth Hardwick.

— Bess… murmura-t-il.

C'était le diminutif qu'employait Frances. Il lui allait à merveille.

William esquissa un sourire désabusé. Il aurait mis sa main au feu qu'elle partagerait un jour son lit, mais la petite mégère semblait avoir une volonté de fer. Il rit de s'être fait éconduire par une enfant. Cependant, il ne croyait pas une seconde qu'elle l'avait repoussé au nom de la morale ou d'une quelconque pruderie. Il était certain que c'était le bon sens de la jeune fille qui la retenait de se conduire comme une traînée. Elle avait suffisamment de dignité pour préserver sa virginité. À contrecœur, il dut admettre qu'il l'admirait.

Naturellement, il parviendrait à surmonter cet obstacle. Ce serait un pur plaisir de la persuader de se donner à lui. Il devrait simplement déployer de plus gros efforts qu'il ne l'avait prévu.

William laissa libre cours à son imagination. Bess était une partenaire de jeu idéale. Elle avait suivi ses conseils et s'était mise au diapason de son esprit, saisissant les moindres nuances de sa stratégie. La perspective de lui enseigner son savoir dans d'autres domaines excitait William au plus haut point. Il devinait qu'elle ferait une délicieuse compagne, une épouse irrésistible. Cette expérience lui était encore inconnue, lui pour qui le mot « épouse » avait toujours été synonyme d'ennui. Avec un soupir résigné, il se retourna et s'endormit presque aussitôt.

Dans les appartements des Zouche, seule dans son grand lit, Bess se remémorait les moindres détails de cette soirée enchanteresse. Le luxe, les convives de qualité, tout à Chelsea transformait la réalité en un conte de fées. Était-ce vraiment elle, Bess Hardwick, qui vivait ces instants merveilleux ? Elle se pinça, étouffant un petit rire. Sous son oreiller, elle avait placé la bourse en toile qui contenait toute sa fortune. Non, elle ne rêvait pas. Les pièces d'argent étaient bien réelles.

William Cavendish, lui aussi, était bien réel… tout comme le désir qu'il avait d'elle. Le simple fait de penser à lui donnait à Bess la sensation de flotter sur un petit nuage. Cavendish occupait des fonctions importantes à la cour du roi Henri VIII.

Pourtant, il semblait s'intéresser sincèrement à elle. Jamais elle ne s'était sentie si flattée.

Bess savait qu'il lui serait facile de tomber amoureuse de lui, mais elle préférait le laisser succomber à son charme. Si seulement il tombait amoureux d'elle ! Rien qu'un peu… Il lui avait proposé des bijoux, avait promis de s'occuper d'elle si elle perdait son emploi. Quand il l'avait effleurée, elle avait failli crier de bonheur. Elle avait eu toutes les peines du monde à réprimer son attirance pour lui. Cependant, elle avait trouvé en elle la force de refuser ses avances.

L'espace d'un instant, la panique lui serra le cœur. Elle s'en voulut de l'avoir repoussé. À présent, il allait sans doute l'ignorer. Toutefois, elle ne perdit pas espoir. S'il persistait à la courtiser lors de la partie de chasse, alors qu'elle avait clairement déclaré qu'elle recherchait le mariage, elle aurait la certitude qu'il lui faisait la cour.

Dans l'aile est du château, Henri Grey se blottit contre le corps généreux de sa femme. Repu, il se détendit.

— Henri, que pensez-vous de cette petite Bess Hardwick ?

— Elle a des seins superbes, répondit-il en caressant la poitrine de son épouse.

— Mlle Hardwick possède bien d'autres charmes, reprit Frances en lui caressant les cheveux.

— Hum… De beaux seins, intelligente… Je souhaite bien du bonheur à notre ami Cavendish.

— La beauté et l'intelligence forment parfois une combinaison fatale, répliqua Frances.

Les Grey s'endormirent très tard, mais ils se levèrent aux premières lueurs de l'aube pour diriger la partie de chasse de Chelsea. Tous les propriétaires de la région y avaient été conviés, ainsi que leurs enfants et leurs domestiques. Bess accompagna Lord John, Lady Margaret et leurs filles dans les vastes écuries. Elle en ressortit sur le dos de la jument que lui avait recommandée Cavendish. Dans la cour, les chasseurs se préparaient au départ, au milieu d'un brouhaha d'aboiements et de hennissements.

Les guides criaient vainement des ordres. Les chiens étaient impatients. Au son des cors, les hommes se disputaient, les enfants pleuraient. Les domestiques s'affairaient autour de leurs maîtres et aidaient les jeunes filles à monter en selle.

Bess arborait sa robe en velours vert. Ce n'était pas à proprement parler une tenue d'équitation, mais la jeune fille ne possédait que peu de toilettes. Ses cheveux étaient relevés en chignon et protégés par une coiffe qu'elle avait brodée de ses mains. Elle chercha Cavendish des yeux. Dès qu'elle le repéra, elle fit mine de ne pas le voir. En constatant qu'il était vêtu de vert, lui aussi, elle sentit ses joues s'empourprer.

Cavendish salua toute la famille Zouche et se plaça près de Lord John pour échanger quelques mots avec lui. Bess espérait qu'il ne lui dirait rien en présence de sa maîtresse, mais il se montra si discret que nul ne parut remarquer les quelques mots qu'il lui adressa. Son imposant cheval s'écarta brutalement d'une meute de chiens. En essayant de le calmer, William effleura la monture de Bess.

— Suivez-moi, lui glissa-t-il.

Trois palefreniers accompagnaient Lady Zouche et ses deux filles. Bess s'éloigna un peu de la famille. Si elle obéissait aux ordres de Cavendish et le suivait, il y verrait le signe de sa capitulation et penserait avoir remporté une victoire. Il la croirait soumise. Or Bess refusait de lui donner une telle impression. Puisqu'il aimait la chasse, elle allait lui permettre de se livrer à loisir à son activité favorite.

Lorsqu'on lâcha enfin les chiens, le cor retentit. Les chasseurs s'élancèrent derrière la meute. Du coin de l'œil, Bess observait Cavendish. Sans un regard en arrière, il demeura au sein du groupe, dans les champs, avant de bifurquer vers la gauche, en direction des bois.

Bess fit ralentir son cheval, mais elle commençait à douter de la réussite de son stratagème. Elle avait presque perdu tout espoir quand elle vit le cavalier solitaire émerger des sous-bois. Son cœur se mit à battre la chamade. Cavendish était revenu sur ses pas pour la chercher. Affichant un sourire triomphant, Bess éperonna son cheval et partit au galop à travers champs, dans la direction opposée.

S'il l'avait prise en chasse, Cavendish n'allait pas tarder à la dépasser. Elle résista à l'envie de regarder derrière elle. Après tout, elle saurait bien assez vite s'il la suivait. Le cheval de William était beaucoup plus puissant que sa propre monture. De plus, il montait à califourchon. Quand elle aurait atteint les bois, la petite taille de sa jument lui donnerait l'avantage, mais son chasseur finirait par la rattraper à un moment ou à un autre.

4

Une main vigoureuse saisit les rênes pour stopper la jument de Bess.

— Pourquoi diable me fuyez-vous ainsi ? lança William d'un ton glacial.

« Pour le plaisir de vous faire enrager ! » songea la jeune fille. Elle se contenta toutefois de le dévisager d'un air candide, les yeux écarquillés, le souffle court.

— Parce que j'ai peur de vous.

Ce n'était pas totalement un mensonge. William allait-il laisser libre cours à sa colère ?

— Pour l'amour du Ciel, pour qui me prenez-vous ? Je n'ai pas l'intention de vous violer !

Bess prit une profonde inspiration, puis elle demanda avec calme :

— Me donnez-vous votre parole d'honneur que vous ne me manquerez pas de respect, Monseigneur ?

— Absolument.

William plissa les yeux, comme pour lire dans ses pensées les plus intimes.

— On peut dire que vous êtes une petite futée, reprit-il. À présent, je suis sur mes gardes.

— Je parie que vous détestez cette position peu flatteuse pour un homme de votre trempe, répliqua-t-elle, le regard malicieux.

— À propos de positions… murmura-t-il avant de s'interrompre, se rappelant le jeune âge de Bess.

William retrouva vite son entrain, aussi Bess décida-t-elle de lui accorder sa confiance, sans toutefois lui permettre d'aller trop loin. Il tenait encore les rênes de sa jument. Avançant au pas, les deux cavaliers s'enfoncèrent dans les bois. Ils chevauchèrent jusqu'à une clairière bordée d'un ruisseau.

— L'intimité est un bien précieux, déclara William.

Sur ces mots, il mit pied à terre et attacha les deux montures à l'ombre d'un arbre. Ensuite, il s'approcha de la jeune fille et leva les yeux vers elle.

— Pour les heures à venir, moi seul aurai le plaisir de vous contempler.

Il lui tendit les bras. Bess hésita une seconde, puis elle se laissa glisser entre ses bras dans un froufrou de jupons et de dentelles. Téméraire, William la garda contre lui un peu plus longtemps que nécessaire, mais pas assez pour l'effaroucher. La pression de ses seins contre son torse, le doux parfum de verveine et d'agrumes qu'elle dégageait l'enivrèrent aussitôt. Il profita de ce bref instant de proximité pour lui faire sentir l'intensité vibrante de son désir. Lorsqu'elle voulut s'écarter de lui, troublée par ce contact intime, il ne la retint pas.

Il dégrafa sa cape et l'étala sur l'herbe, dans un coin ensoleillé.

— Mettez-vous à l'aise, ma chère.

Bess accepta son invitation et s'assit sur le vêtement. Il s'agenouilla près d'elle.

— Si je porte toujours du vert, c'est pour que les éventuelles taches d'herbe ne se remarquent pas, avoua-t-il sur le ton de la confidence.

— Monsieur Cavendish, vous êtes un soupirant bien trop expérimenté à mon goût ! répondit-elle franchement.

Elle fit mine de se lever.

— Et vous bien trop innocente, répliqua-t-il en la retenant par la main.

— Menteur ! souffla-t-elle, les yeux écarquillés. Mon innocence vous excite, au contraire !

— Je l'admets, concéda-t-il. Avec vous, je ne sais par où commencer.

— Vous n'êtes décidément qu'un gredin, un scélérat de la pire espèce ! s'exclama-t-elle. Mais vous montrerez-vous toujours aussi honnête avec moi ? ajouta-t-elle, l'air grave.

William hocha la tête.

— Si mon honnêteté vous excite…

Il porta la main de la jeune fille à ses lèvres et frôla sa paume du bout de la langue, puis il déposa un baiser sur son poignet.

Fébrile, Bess le laissa jouer avec ses doigts, les caresser, explorer leur finesse. Soudain, il en prit un dans sa bouche. Bess retint son souffle, s'abandonnant à ce contact chaud et humide. Un trouble inconnu naissait au plus profond d'elle-même. William avait une si grande expérience des femmes qu'il devina son excitation. Bess retira vivement sa main, provoquant l'hilarité de son compagnon.

Quand il voulut lui caresser la joue, elle s'écarta vivement, effrayée.

— Je promets de ne rien vous imposer, mais j'ai la ferme intention de vous ouvrir aux plaisirs des sens, à la volupté.

Bess réfléchit un instant, puis décida de lui autoriser quelques libertés. N'était-il pas temps pour elle de renoncer à son ignorance sur les relations entre hommes et femmes ? Elle avait entendu bien des commentaires sur le sexe, mais ne possédait pas la moindre expérience dans ce domaine. William serait certainement un excellent professeur. Pourquoi ne pas commencer tout de suite, sans pour autant sombrer dans la débauche ?

Il lui effleura la joue du dos de la main, arrachant un sourire à ses lèvres vermeilles et gourmandes.

— Vous êtes si belle… murmura-t-il. Vous êtes un miracle de la nature.

D'un geste lent, il lui ôta sa coiffe et glissa les doigts dans ses boucles rousses et soyeuses. La splendeur de sa crinière le laissa sans voix.

— Jamais je n'ai vu d'aussi beaux cheveux, dit-il enfin.

— Qu'ont-ils donc de si fascinant à vos yeux ? Leur couleur, peut-être ?

— Oui. Ils sont flamboyants. Je pourrais presque me réchauffer les mains à leur contact. Vous êtes une jeune fille très spéciale à bien des égards. À côté de vous, blondes et brunes semblent bien ternes.

— Il paraît que cette couleur est un signe de tempérament. Dans mon cas, la légende se vérifie, confia-t-elle.

— Voilà qui m'excite encore davantage. Quel homme n'aurait pas envie de dompter une aussi ravissante tigresse ?

Flattée par cette comparaison, la jeune fille éclata de rire.

— Continuez, vous m'intéressez.

— Vous voulez savoir la vérité ? s'enquit-il.

— Bien sûr.

— Je ne peux m'empêcher de penser que votre toison intime est tout aussi flamboyante.

— Oh ! s'exclama-t-elle, sincèrement choquée. Voilà donc à quoi songent les hommes ?

— Mille fois par jour, répondit William le plus sérieusement du monde.

— Vous n'êtes vraiment qu'un gredin ! lança-t-elle, persuadée qu'il plaisantait.

— Mais un gredin sincère.

Il prit son visage entre ses mains et, avec une délicatesse infinie, l'inclina légèrement en arrière pour capturer sa bouche tentatrice.

Bess ferma les yeux pour mieux savourer ce baiser. Le parfum viril de William l'enveloppa. Étourdie par ce contact intime, elle ouvrit les lèvres et s'abandonna.

— Depuis très longtemps, je me demandais ce que l'on pouvait ressentir en pareilles circonstances, déclara-t-elle, les joues empourprées. Je suis heureuse de constater que cela me plaît beaucoup.

— Vous n'aviez donc jamais embrassé un homme? s'étonna William.

Les yeux sombres de la jeune fille pétillaient, ses lèvres tremblaient. William dessina le contour de sa bouche du bout des doigts. Un long frisson de plaisir parcourut le corps de Bess. Sans réfléchir, elle mordit avidement le pouce de William, puis parut désolée.

— Vous n'auriez pas dû, Bess...

Elle lui adressa un regard candide.

— Ce geste quelque peu bestial en dit long sur vous, chère enfant...

Voyant qu'il n'était pas fâché, elle soupira de soulagement.

— Il me révèle que vous êtes une femme vibrante d'émotions, une femme de passions, poursuivit-il. À l'aube de votre éveil à la vie, vous possédez déjà une sensualité qui attirera les hommes durant toute votre existence.

Il l'enlaça et l'embrassa avec fièvre. Cette fois, sa bouche se fit plus insistante. Bess lui répondit avec la même ardeur. Elle se blottit contre lui, cherchant son contact. Le feu du désir les embrasa tous les deux, menaçant de fondre leurs corps l'un dans l'autre.

La main de Cavendish errait déjà sur la poitrine de la jeune fille. S'il ne s'arrêtait pas très vite, il allait la déshabiller et la déflorer sans autre forme de procès. À sa grande consternation, des scrupules inattendus l'envahirent soudain. Brutalement, il s'écarta d'elle et se dirigea sans un mot vers son cheval. Pourquoi diable réagissait-il ainsi? Depuis la seconde où il avait posé les yeux sur Elizabeth Hardwick, il brûlait de la faire sienne. Il n'était venu à Chelsea Palace que dans cette intention.

À présent, ils se retrouvaient seuls au cœur de la forêt. Pourquoi ne menait-il pas son entreprise à bien ? En se montrant habile, il pouvait l'exciter jusqu'au point de non-retour. Alors, elle se donnerait à lui corps et âme. Bess était vierge. Elle ignorait qu'une excitation extrême interdisait de revenir sur ses pas. Ensuite, toutefois, elle aurait l'impression d'avoir été trahie, souillée. Et il désirait plus que de rapides ébats dans l'herbe, à l'insu de tous. Il voulait que Bess devienne sa maîtresse à long terme.

William ouvrit sa sacoche et en sortit des provisions et du vin, avant de rejoindre Bess et de déballer un chapon rôti et des pommes croquantes. La jeune fille lui sourit timidement. Il se sentait à nouveau maître de ses sens. Il se réjouissait de partager ce long moment d'intimité avec Bess et était bien décidé à tempérer ses ardeurs. Désormais, il se contenterait de compliments, de mots tendres, de sages caresses.

Bess mordit avec appétit dans une cuisse de chapon, puis elle croqua une pomme verte, dont le jus lui coula sur le menton. Spontanément, elle s'essuya d'un coup de langue gourmand.

— Et si nous buvions un peu de vin ? proposa William. J'ai apporté une outre. Savez-vous la manier ?

Il la guida, lui montra comment presser l'outre pour en faire jaillir le liquide rouge et parfumé. Face à la maladresse de la jeune fille, tous deux s'esclaffèrent. William se réjouit d'avoir trouvé une compagne qui aime rire de bon cœur, avec la simplicité d'une enfant.

Quand ils eurent fini le vin, William s'allongea au soleil et attira la jeune fille contre lui. Les bras autour d'elle, il la regarda dans les yeux. Ils passèrent une heure à échanger baisers et murmures, caresses et éclats de rire. Au prix d'un effort surhumain, William parvint à réprimer son désir. Mais il savait que Bess appréciait ses attentions sages et rassurantes et qu'elle lui en était reconnaissante.

En entendant le son d'un cor de chasse, au loin, Bess se redressa d'un bond et chercha fébrilement sa coiffe dans l'herbe. William la lui tendit. Affolée, elle mit rapidement de l'ordre dans ses cheveux.

— Chérie, je dois me rendre à Douvres pour effectuer l'inventaire du monastère de Sainte-Radegonde. Cette mission risque de me prendre un certain temps, car on m'a également demandé d'évaluer la superficie des terres.

— Quand partez-vous ?

— Demain. Je vous manquerai ?

— Peut-être un peu, répondit-elle.

— Dites-moi la vérité ! Dites-moi que je vais vous manquer cruellement !

L'air solennel, Bess posa la main sur son cœur.

— Je vous offre mon cœur, William.

Attendri, il l'embrassa sur la tempe.

— Chérie, à mon retour, j'aurai une question sérieuse à vous poser. J'envisage d'établir des relations un peu plus stables entre nous. Je veux que nous soyons ensemble.

Le son du cor retentit à nouveau. William se leva.

— Partez devant. Il ne faut pas qu'on nous voie ensemble. Chelsea se trouve dans cette direction. Quant à moi, je rejoindrai les autres dans une heure ou deux.

Il l'aida à monter en selle, profitant de cette étreinte furtive pour l'embrasser une dernière fois.

— N'oubliez pas que je vous adore.

Un sourire ravi sur les lèvres, Bess regagna Chelsea Palace. Était-ce cela, l'amour ? William Cavendish l'adorait et ne s'en cachait pas. Quand il rentrerait de Douvres, la demanderait-il en mariage ? Cela semblait trop merveilleux pour être vrai. Pourtant, tout au fond de son âme, Bess sentait que l'avenir leur réservait un grand bonheur ensemble.

Elizabeth Tudor, la fille du roi Henri VIII, avait passé des jours à errer dans les couloirs du palais de Hampton Court, en explorant les moindres recoins, parcourant inlassablement galeries et escaliers. Elle admirait surtout le prestigieux escalier du Roi, dont les murs et le plafond étaient ornés de fresques exécutées par les plus grands maîtres italiens. Toutefois, ce qui comptait le plus aux yeux de Lady Elizabeth, c'était que cet escalier menait vers les appartements royaux.

Lorsqu'elle arrivait dans l'une des résidences royales, le premier souci de la jeune fille était d'en apprendre parfaitement la disposition. Connaître l'agencement du palais par cœur la rassurait. Ainsi, elle pouvait échapper discrètement, par quelque porte dérobée, aux scènes déplaisantes et aux importuns. Elle se rappelait fort bien Hampton Court, les moments de bonheur qu'elle y avait partagés avec sa chère mère, ainsi que les heures de tristesse absolue qu'elle avait traversées en ces lieux.

En atteignant la Longue Galerie, elle s'arrêta. Au souvenir de sa douce belle-mère, Catherine Howard, elle sentit sa gorge se nouer. Elle imaginait Catherine, courant dans cette galerie, appelant désespérément le roi, juste après avoir appris qu'elle était accusée d'adultère. « Seigneur, songea

Elizabeth, voilà à peine plus d'un an qu'elle a été décapitée... J'ai l'impression de la pleurer depuis des années... » Puis elle pensa à sa mère, Anne Boleyn. Jamais elle ne surmonterait la douleur de sa perte.

Elizabeth Tudor chassa rapidement ces sombres images de son esprit et revint à des événements plus heureux. Catherine Howard, si jeune et enjouée, s'était toujours montrée gentille et patiente avec elle. Catherine était la cousine de sa mère, Anne Boleyn. Elle avait répondu avec sincérité à toutes les questions d'Elizabeth sur sa mère et son mariage fatal avec le roi Henri. Depuis des années, l'enfant brûlait de connaître l'histoire de sa famille, mais dès qu'elle osait murmurer le nom de sa mère, on la faisait taire d'une gifle.

Elizabeth se rappelait aussi son autre belle-mère, Jane Seymour, qui aimait tant parcourir les jardins de Hampton Court avant de donner le jour au petit prince Edward. Elizabeth n'avait que quatre ans à l'époque, mais elle n'avait pas oublié la cruauté de cette femme, qui l'avait exilée à Hatfield pour l'éloigner de son père, le roi Henri.

Elizabeth Tudor émit un petit ricanement de satisfaction. « Jane Seymour a comploté pour remplacer ma mère, songea-t-elle. Mais cette intrigante a elle aussi fini dans la tombe. » Toutefois, le court règne de Jane n'avait pas été un échec total. Elizabeth était désormais pourvue d'un frère et d'un oncle, Thomas Seymour. À cette évocation, elle sourit franchement. Thomas était beau comme un dieu. Il était l'une des rares personnes au monde en qui elle avait confiance et qu'elle aimait tendrement.

Elizabeth ouvrit une fenêtre et se pencha au-dehors. Il faisait bien trop beau pour rester enfermée, décida-t-elle. Alors qu'elle se reculait, elle vit un bateau approcher du débarcadère. Curieuse, elle demeura à la fenêtre pour essayer d'identifier les visiteurs. Un groupe de femmes bavardes débarquait. La jeune fille reconnut vite Lady Frances Grey, marquise de Dorset, dont l'embonpoint était légendaire. Elizabeth appréciait sa simplicité, mais elle considérait sa fille, Lady Jane, comme une petite pimbêche dévote totalement dénuée d'esprit et de malice.

Elizabeth n'ignorait pas que l'enfant était bien placée pour épouser le prince Edward. Bientôt, elle s'installerait dans la nursery royale pour recevoir la même éducation que lui. Plusieurs fils de nobles étaient déjà élevés à la cour avec son frère. La salle d'étude ne tarderait pas à être surpeuplée. Elizabeth éclata de rire en songeant aux fils du comte de Warwick. Les turbulents frères Dudley allaient faire de la vie de la sage Lady Jane un véritable enfer.

Elizabeth se glissa dans la bibliothèque pour choisir un recueil de poèmes à emporter au jardin. Bientôt, les vents de l'automne dénuderaient les arbres et les superbes massifs de fleurs. Pour éviter les visiteuses, elle traversa les appartements royaux en direction des quartiers plus modestes qui bordaient la cour extérieure.

Dans l'une des innombrables galeries, Elizabeth aperçut une jeune fille qui venait à sa rencontre. Juste avant de se croiser, elles s'arrêtèrent net, pétrifiées. Elles portaient une robe pourpre et avaient la même crinière d'un roux flamboyant. Elles étaient minces, de taille identique et tenaient toutes deux un livre. Chacune avait l'impression de se trouver face à son propre reflet.

— Qui diable êtes-vous ? s'enquit Elizabeth.

— Je m'appelle Elizabeth Hardwick. À qui ai-je l'honneur ?

— Je suis Lady Elizabeth.

— Votre Grâce! souffla Bess en esquissant aussitôt une révérence.

— Non, je ne possède pas ce titre. Du moins, pas pour l'instant.

— Je ne puis vous appeler «mademoiselle». Vous êtes une princesse royale…

— Qu'importe! Dans mon dos, certains de mes proches me surnomment bien «la petite bâtarde»!

— Ils s'en mordront les doigts un jour, lorsque vous serez sur le trône.

Les yeux ambrés de la princesse se mirent à scintiller de reflets d'or. En effet, ils le regretteraient, se promit-elle.

— Pourquoi ne vous ai-je jamais croisée au détour d'un couloir? demanda-t-elle.

— Je suis originaire du Derbyshire, Votre Grâce. Lady Zouche m'a engagée pour tenir compagnie à ses filles.

Elizabeth la toisa. Cette demoiselle Hardwick était donc la fille d'un paysan, alors qu'elle-même était la fille d'un roi. Comment pouvaient-elles se ressembler à ce point?

— C'est étrange, nous portons également le même prénom, remarqua-t-elle.

La princesse examina la jeune fille avec attention, détaillant sa frêle silhouette.

— Voyez vos mains… C'est incroyable!

Les deux jeunes filles possédaient de longs doigts très délicats, mais ceux de la princesse étaient ornés de nombreuses bagues.

— Je suis encore trop jeune pour avoir de la poitrine, reprit-elle, mais quand ce jour viendra, je prie le Seigneur pour qu'elle soit aussi superbe que la vôtre.

— Je vous en prie, Votre Grâce, appelez-moi Bess.

Leur complicité était si spontanée qu'elles avaient l'impression de se connaître depuis toujours.

— En fait, Bess, nous pourrions être sœurs. D'ailleurs, je regrette que vous ne soyez pas ma sœur. J'ai plus de points communs avec vous qu'avec celle dont je suis malheureusement affublée.

Elizabeth guetta la réaction de Bess face à ce commentaire désobligeant sur Marie Tudor, sa demi-sœur catholique. Bess parut plus amusée que choquée, et Elizabeth ne l'en apprécia que davantage.

— Que lisez-vous ?

— Oh… Ce livre ne m'appartient pas, Votre Grâce. Il est à Lady Jane Grey. Elle m'a chargée de le récupérer sur le bateau, où elle l'avait oublié, mais je me suis perdue en route. Les pièces du château sont si nombreuses et si étrangement agencées…

Elizabeth faillit s'étouffer de rire.

— Ce palais fait la fierté et la joie de mon père. Personne n'a jamais osé le critiquer. Comme il est agréable d'entendre quelqu'un s'exprimer avec sincérité !

— J'avoue que j'ai parfois la parole un peu trop facile.

Elizabeth hocha la tête, compréhensive.

— J'ai le sens de la repartie, moi aussi, mais je dois mesurer mes propos. Que lit donc Lady Jane ?

Bess lui montra l'ouvrage.

— Du latin ! Cette petite peste ne se promène avec ce genre de livre que pour impressionner son entourage. Quel plaisir une jeune fille peut-elle bien trouver dans un texte en latin, bon sang ?

La spontanéité inattendue de la princesse surprit Bess. Devant son visage stupéfait, Elizabeth rit de bon cœur.

— C'est mon oncle Thomas Seymour qui m'a appris à jurer. Il est marin. Ils ont un vocabulaire très imagé, dans ce milieu. Mon père va le nommer amiral de la flotte.

La princesse était plus jeune que Bess, mais elle semblait très mûre pour son âge.

— Accompagnez-moi dans le parc. Je voudrais bavarder avec vous.

Bess hésita.

— Je risque d'avoir des ennuis si je ne rapporte pas son livre à Lady Jane, Votre Grâce.

— Je m'en charge, répliqua la princesse. Venez.

Sur ces mots, elle l'entraîna vers les appartements royaux. Murmurant de vagues excuses, Bess tendit le livre à Lady Jane. D'après l'expression de Lady Zouche, elle comprit que sa maîtresse avait remarqué sa ressemblance frappante avec la fille du roi.

— Lady Elizabeth, quel plaisir de vous voir! s'exclama Lady Frances. Permettez-moi de vous présenter mon amie, Lady Margaret Zouche.

Frances paraissait sincèrement ravie qu'Elizabeth ait regagné Hampton Court, la demeure que la princesse préférait.

— Lady Margaret, fit celle-ci en hochant brièvement la tête. C'est toujours un plaisir de vous rencontrer, Lady Frances. J'aimerais profiter de la compagnie de Mlle Hardwick, si vous pouvez la libérer pendant une heure.

Lady Zouche en perdit l'usage de la parole. Quant à Frances, elle répondit:

— Bien sûr. Jane est venue voir le prince Edward. Nous attendons une audience avec Sa Majesté le roi, votre père.

— Je vous souhaite un bon après-midi, Lady Elizabeth, déclara gravement Lady Jane.

— *Age quod agis*, rétorqua la princesse d'un ton ironique. «Vaquez à vos obligations.» *Vivat rex!*

— Longue vie au roi! traduisit aussitôt Lady Jane avec ferveur.

Elizabeth voulait à tout prix éviter d'être présente lors de l'arrivée de son père. Le roi était doté d'un caractère très changeant. Dans ses souvenirs d'enfance, les rares fois où il l'avait prise dans ses bras se mêlaient aux images de ses colères, lorsqu'il pointait vers elle un index menaçant. Il lui faisait peur. Elle avait appris à se tenir droite quand il était là, sentant qu'il méprisait tout signe de faiblesse. Chacun disait qu'elle lui ressemblait, mais la princesse savait que sa chevelure flamboyante et son sens de la repartie pouvaient aussi bien amuser son père que le rendre fou de rage.

Sans attendre, la princesse entraîna Bess hors de la pièce. Elles se rendirent dans le jardin privé, puis dans un autre, où trônait une imposante fontaine. Un gros bourdon se débattait dans l'eau claire. Bess le sauva de la noyade et le déposa sur la margelle afin qu'il puisse sécher ses ailes.

— Seigneur, vous êtes bien téméraire! s'écria la princesse. Vous avez agi sans réfléchir.

— Pas du tout. J'ai réfléchi. Je me suis dit que la vie de cet insecte valait bien le risque de me faire piquer.

— Vous avez l'esprit vif, tout comme moi. Mais la vie que je mène m'a enseigné la prudence, expliqua la princesse.

— Sans doute avez-vous trop souvent été piquée.

Elles empruntèrent un labyrinthe bordé d'arbres et de buissons parfaitement taillés.

— Suivez-moi, ordonna la princesse. Par ici, nous serons plus tranquilles.

Elles s'installèrent sur un banc en pierre.

— Parlez-moi de vous. Je veux tout savoir de votre philosophie, de vos rêves, de vos espoirs. Je veux savoir ce que vous avez dans la tête et dans le cœur. Non, attendez! Laissez-moi deviner.

Bess hocha la tête.

— Vous avez un tempérament de feu, déclara Elizabeth, ainsi qu'une certaine vanité. Vous avez soif de connaissances et une grande passion pour la vie. Et, surtout, vous êtes animée d'une immense ambition.

— On dirait que vous vous décrivez, Votre Grâce.

Elizabeth se mit à rire.

— Vous êtes également intelligente, pleine d'esprit et franche.

— Croyez-vous au destin? demanda Bess.

— Oui. Enfin, je crois en mon propre destin.

— Croyez-vous que vous serez reine, un jour?

Elizabeth pinça les lèvres sans répondre.

— De toute façon, je le sais déjà, ajouta Bess en posant la main sur la sienne. Je suis si certaine de ce que me réserve l'avenir que vous devez l'être aussi!

— Je vous écoute.

— Je me marierai avec un homme riche et j'aurai une ribambelle d'enfants. Je posséderai une résidence en ville et une demeure somptueuse à la campagne. Un jour, j'y recevrai la reine Elizabeth Ire d'Angleterre.

— Il est souvent dangereux de partager ses rêves secrets. Pour ma part, je n'ai confiance en personne.

— Prêtons serment de toujours nous faire confiance, proposa Bess, prise d'une soudaine impulsion.

Elizabeth mit la main sur son cœur.

— Quoi qu'il puisse nous arriver, acheva-t-elle.

Elles échangèrent un sourire.

— Connaissez-vous les derniers ragots qui circulent ? s'enquit la princesse.

— Eh bien...

Bess jugeait inopportun de relater ce genre de commérages à la propre fille du roi.

— Vous les connaissez ! Racontez-les-moi, ou je ne vous le pardonnerai jamais !

— Avez-vous entendu parler d'une dame nommée Catherine Parr ?

— Bien sûr. Ma sœur Marie la fréquente beaucoup. Elles vont à la messe ensemble.

— Je n'ose en révéler davantage, Votre Grâce. C'est une histoire qui concerne...

— Mon père ? Seigneur, comment ai-je pu être aussi aveugle ? Cette femme rêve de devenir reine !

— D'après ce qu'on dit...

Elizabeth posa soudain un doigt sur ses lèvres. Deux jeunes gens très bruns surgirent de derrière la haie. En découvrant les jeunes filles, ils parurent enchantés.

— Lady Elizabeth, quel plaisir ! s'exclama l'un d'eux, qui avait à peu près l'âge de la princesse. Nous cherchions un divertissement.

Il s'inclina galamment.

— Robin Dudley, vous n'êtes pas le bienvenu.

Le plus grand, qui devait avoir seize ans, était encore plus basané que son compagnon. Il fixa Bess, les yeux écarquillés, puis il tendit la main et lui effleura la poitrine sans vergogne.

— Sont-ce de vrais seins ? fit-il.

5

Ulcérée par cette réflexion salace sur sa poitrine généreuse, Bess serra les poings et se mit à marteler le torse du jeune homme.

— Grossier personnage! De quel droit vous comportez-vous de la sorte?

— Vous n'auriez pas dû insulter cette jeune fille, mon ami, commenta Elizabeth, les yeux pétillants de joie.

— Pourquoi pas? s'indigna George Talbot. Après tout, ce n'est qu'une servante.

Le mépris manifeste du jeune homme ne fit qu'attiser la colère de Bess.

— Espèce de petit prétentieux! Immonde goujat! Vous me dégoûtez! Comment osez-vous me manquer de respect en présence de Lady Elizabeth Tudor?

— C'est un Talbot, lui expliqua celle-ci. Depuis toujours, les hommes de cette famille se jugent supérieurs aux Tudors. Ils descendent des Plantagenêts, vous ne le saviez pas?

Bess se ressaisit un peu. George Talbot, lui, ne parvenait pas à détacher les yeux de la jeune fille, fasciné par sa beauté.

— À en juger par ses manières, on jurerait plutôt qu'il descend directement du babouin, répliqua-t-elle.

— Auriez-vous les fesses bleues, mon cher George? lui demanda Robin d'un ton narquois.

— Non, répondit le jeune homme avec un sourire satisfait. Seul mon sang est bleu.

Elizabeth, que ces joutes verbales enchantaient, éclata de rire.

— Je vous présente mon amie Bess Hardwick.

— Votre amie ? Je suppose que vous allez monter sur vos grands chevaux et prendre sa défense ! lança Talbot.

— Absolument pas. C'est d'ailleurs la raison pour laquelle nous sommes amies. Bess peut se défendre toute seule. Elle vaut son pesant d'or, croyez-moi. De plus, elle ignore que vous êtes l'héritier du comté de Shrewsbury, le plus puissant du royaume. De toute façon, elle s'en moque éperdument !

En comprenant à qui elle avait affaire, Bess blêmit. Le fils du comte de Shrewsbury ! Son père était presque considéré comme un roi dans le nord du pays. Non seulement il était le seigneur du Yorkshire, du Nottinghamshire et du Derbyshire, mais il possédait également le somptueux château de Sheffield, près de Hardwick, la terre natale de Bess.

— Je suis Robin Dudley, déclara l'autre jeune homme. Les amis de Lady Elizabeth sont mes amis. Vous a-t-elle déjà attribué un surnom ?

Bess se rendit compte qu'il s'agissait du fils du comte de Warwick. D'emblée, elle trouva très sympathique ce jeune homme affable et jovial.

— « Mégère » lui conviendrait à merveille, à mon avis.

— Quelqu'un vous a demandé votre avis ? lança Bess à George Talbot.

Elizabeth sourit.

— George a raison, approuva-t-elle. « Mégère » sied très bien à votre nature emportée. Personnellement, je surnomme Robin « le bohémien », à cause de son teint mat.

Aux yeux de Bess, Talbot était bien plus brun que Robin Dudley. Ses yeux bleu pâle contrastaient avec ses cheveux d'un noir de jais, aux reflets presque bleutés, et avec son visage fin et basané. Il était très élancé et avait les épaules larges.

George Talbot affichait une prestance aristocratique teintée d'arrogance et semblait attendre de tous le respect sans condition qu'il estimait dû à son rang.

— Moi, j'appelle Talbot « le vieillard », parce qu'il est marié depuis l'âge de douze ans. Le pauvre n'a pas eu son mot à dire. Durant sa petite enfance, ses parents l'ont fiancé à Gertrude, la fille du comte de Rutland, afin de sauvegarder la fortune des Talbot.

— Je plains cette pauvre dame, commenta Bess, qui détestait viscéralement Talbot.

— Oh, ils ne vivent pas encore sous le même toit ! Cette chère Gertrude n'est pas en âge d'être déflorée, expliqua crûment Elizabeth.

— Avant que ce jour arrive, George sera vraiment un vieillard ! railla Dudley.

Amusé par ces propos licencieux, Talbot lui donna une tape amicale. Bess était choquée par ces sous-entendus égrillards. À ses yeux, il était inconvenant d'évoquer un sujet si délicat en présence d'une princesse. Pourtant, celle-ci ne paraissait pas troublée le moins du monde.

— Vos paroles sont insultantes pour cette jeune fille, déclara Bess.

— Seigneur, notre petite mégère vient sans doute de la campagne, avec ses idées puritaines et rétrogrades ! répliqua Talbot.

— Bess est en effet originaire du Derbyshire. Comme vous, cher ami.

— Hardwick, n'est-ce pas ? fit-il en fronçant les sourcils.

— Eh bien, je vous trouve charmante, mademoiselle, intervint Dudley avec franchise.

— Moi, je vous trouve unique, renchérit la princesse.

— On peut dire que cette petite a de quoi éveiller les appétits d'un homme digne de ce nom, admit Talbot.

Le souffle coupé par tant d'insolence, Bess faillit le gifler.

— Allez-y, petite mégère ! Je n'attends qu'une occasion de vous enseigner les bonnes manières.

— On se doute de ce que vous aimeriez lui enseigner, dit Dudley. Vous faites vraiment des étincelles, tous les deux.

Bess tourna les talons et s'éloigna vivement.

— Votre amie sait-elle qu'elle ne peut prendre congé sans votre permission ? s'exclama Robin en éclatant de rire.

— Elle l'ignore et elle s'en moque, répondit la princesse.

Bess espérait ardemment avoir choisi la bonne direction pour sortir du labyrinthe. Si elle s'égarait, elle risquait de se ridiculiser. Plutôt mourir que de perdre la face devant cet arrogant de Talbot !

Durant le court trajet en bateau vers Chelsea Palace, les conversations tournèrent autour du jeune prince Edward. Bess resta en retrait, perdue dans ses pensées. La fille du roi jouissait d'une foule de privilèges, tandis qu'elle-même n'était qu'une modeste domestique, comme George Talbot le lui avait si grossièrement rappelé. Pourtant, Bess se dit qu'elle n'échangerait pour rien au monde sa place avec celle de la princesse. Celle-ci possédait de nombreuses richesses, mais son avenir était encore très fragile. Si elle parvenait à réaliser ses ambitions, elle devrait lutter bec et ongles contre l'adversité et les complots de ses ennemis. Toutefois, Bess avait confiance en Elizabeth. « Quand on

a la volonté chevillée au corps, tout arrive »,
conclut-elle en son for intérieur.

Puis les pensées de Bess revinrent à William
Cavendish. Son cœur se mit à battre la chamade.
Si seulement il était encore là ! Elle brûlait de lui
raconter son entrevue avec la princesse. Elle avait
une chance inouïe d'avoir attiré l'attention d'un
homme aussi charmant que William et d'avoir
sympathisé avec lui. Elle savait que son travail le
retiendrait à Douvres assez longtemps. Que se
passerait-il quand il reviendrait ? Bess poussa un
long soupir. Mieux valait laisser William prendre
la situation en main. Il trouverait un moyen d'obtenir ce qu'il voulait. Et, par chance, c'était elle
qu'il voulait !

Pour la centième fois, elle se rappela ses
paroles. À son retour, il souhaitait tisser avec elle
des liens plus durables… Lui demanderait-il de
l'épouser ? Bess repoussa vite ses derniers doutes.
Il ne désirait certainement pas faire d'elle sa maîtresse. Après tout, elle lui avait clairement dit
qu'elle recherchait le mariage et qu'elle refusait de
se comporter comme une fille facile. Certes,
William avait une réputation de bourreau
des cœurs, mais il ne lui avait volé que quelques
baisers. Décidément, Bess sentait au plus profond d'elle-même qu'elle deviendrait un jour
Mme William Cavendish.

Au moment d'aller se coucher, Bess décida d'envoyer une lettre à sa famille pour lui raconter son
séjour de rêve à Chelsea Palace, chez Lady Frances
Grey. La jeune fille aimait beaucoup écrire. Elle
avait déjà longuement parlé des Grey à sa mère et à
sa tante, mais elle mourait d'impatience de leur
relater sa rencontre inattendue avec la princesse.

Elle rédigea plusieurs paragraphes puis s'interrompit, pensive. Devait-elle mentionner William Cavendish ? Elle avait envie de le décrire, d'impressionner sa mère et sa tante en évoquant le travail de William pour la Couronne, mais elle se ravisa. Sa mère ne manquerait pas de lui écrire aussitôt pour savoir s'ils avaient des projets de mariage… Bess secoua la tête. Elle attendrait le retour de William… et sa déclaration.

Elle reprit la plume et écrivit :

Chelsea Palace surplombe la Tamise, tel un château de conte de fées scintillant de mille feux, renfermant des trésors accumulés au fil des siècles. J'éprouve une véritable passion pour Londres et ses superbes demeures. J'ai rencontré de nombreux messieurs évoluant à la cour. Rassurez-vous, j'ai la ferme intention de trouver un mari fortuné. Un jour, je posséderai une grande maison bien à moi où je pourrai tous vous inviter. Si seulement vous étiez là pour découvrir toutes ces merveilles avec moi ! Les courtisans des Tudors, vêtus de velours et de soieries, couverts de bijoux ; les orchestres qui jouent de la musique dans les galeries du château ; les centaines de domestiques en livrée… Pour moi, c'est un rêve qui prend vie. Je compte bien partager les beautés de cette ville avec vous. Un jour, ce sera possible. J'y crois de toutes mes forces. Mes ambitions se réaliseront !

Bess songea au Derbyshire, sa région d'origine. Située au nord de l'Angleterre, elle jouissait d'un climat plus rude que Londres. Sans doute faisait-il déjà très froid chez elle. La jeune fille aimait cette terre, ses proches lui manquaient cruellement, mais elle était heureuse. À ses yeux, la capitale était le centre de l'univers, la cour fastueuse des Tudors un joyau niché au cœur de cet écrin. Elle conclut sa lettre et souffla les chandelles, en remerciant le Seigneur de lui avoir donné la chance de vivre dans un tel milieu.

Le lendemain, Bess fut très occupée. Elle prépara les bagages de Lady Zouche et de ses filles en vue de leur retour à Londres, prévu pour le lendemain. Dans l'après-midi, quand ces dames se retirèrent pour faire la sieste, Bess profita de sa liberté pour aller se promener seule et partir à la découverte du prospère village de Chelsea.

Elle flâna dans les ruelles, puis passa devant Syon House, l'immense propriété du comte de Warwick. Elle avait eu l'honneur de rencontrer l'un de ses fils, Robin Dudley. D'après ce qu'on lui avait dit, Warwick avait engendré une ribambelle d'enfants. Bess observa Syon House d'un œil critique. Construite en pierres gris foncé, cette vaste bâtisse carrée était particulièrement laide. Si Bess avait possédé la fortune colossale des Warwick, elle aurait fait ériger une maison à la fois fonctionnelle et harmonieuse. Pourquoi certaines personnes manquaient-elles à ce point d'imagination lorsqu'elles dessinaient des résidences destinées à traverser les siècles ?

Bess emprunta un sentier qui menait au fleuve. Deux cygnes majestueux glissèrent sur les eaux devant elle. Ces cygnes royaux, des oiseaux magnifiques, étaient bien plus nombreux à Chelsea qu'à Londres. À travers les arbres, Bess aperçut un imposant manoir. Des rires fusaient dans le parc en contrebas. La jeune fille hâta le pas.

Au détour d'un gros massif de rhododendrons, elle découvrit de jeunes garçons en train de se baigner, complètement nus, dans l'eau fraîche du fleuve. En la voyant, deux d'entre eux poussèrent des cris affolés. Ils se précipitèrent vers leurs vêtements, cherchant à cacher leur nudité, puis s'enfuirent, en riant nerveusement de leur mésaventure.

Bess demeura pétrifiée. Elle venait de remarquer la présence d'un jeune homme allongé paresseusement dans l'herbe tendre. Comme ses compagnons, George Talbot était entièrement nu. Bess comprit qu'elle se trouvait certainement sur la propriété de Shrewsbury House et qu'elle avait surpris les frères Talbot.

— Mademoiselle Hardwick ! s'exclama George, l'air provocateur.

La jeune fille s'empourpra. Talbot ne semblait pas gêné le moins du monde. Il se leva, désinvolte, sans essayer de dissimuler son anatomie.

L'héritier du comte de Shrewsbury avait le regard perçant d'un aigle. Ses yeux bleus pétillaient de malice. Bess se refusa à partir en bredouillant des excuses. Ce regard arrogant était un défi qu'il lui fallait relever.

— Vous êtes ici chez moi, sur mon domaine, déclara-t-il froidement.

— Prions le Seigneur qu'il me pardonne ce péché mortel !

— Vous blasphémez, petite insolente !

— De nos jours, les domestiques ne savent pas rester à leur place, railla-t-elle en pointant fièrement le menton en avant.

— Vous avez raison. Vous devriez faire preuve de respect en présence de personnes d'un rang supérieur au vôtre.

Bess fulminait de colère. Rejetant ses longs cheveux roux en arrière, elle répliqua :

— Sachez que nul ne m'est supérieur. Quant au respect, il se mérite !

— Regardez-moi bien ! ordonna George d'un ton moqueur.

Lentement, la jeune fille s'exécuta, passant de la toison hirsute qui couvrait son torse musclé à son ventre plat et à son sexe dénudé. Troublé par cet examen impudique, Talbot ne put réprimer longtemps le désir qui s'emparait de lui.

— Alors, le spectacle vous plaît ? fit-il avec morgue.

Bess était stupéfaite. Jamais elle n'avait vu d'homme nu, encore moins dans cet état d'excitation.

— Vous ressemblez à un rat immonde, avec ce corps velu, rétorqua-t-elle.

— Petite mégère !

— Goujat ! Mufle ! Vous êtes démoniaque !

— Ma parole, vous n'avez que très peu d'insultes à votre répertoire, pauvre paysanne !

Bess prit une profonde inspiration et s'exclama :

— Fils de p… !

— Bravo ! Voilà une fille de tempérament. Digne d'une grande dame !

— Je suis une dame, Talbot !

— Jamais vous ne le serez. Vous avez trop de poitrine pour cela !

— Allez au diable ! lança-t-elle en tournant les talons.

Pour la deuxième fois, George Talbot la faisait fuir, et elle lui en voulut de toutes ses forces.

Cette nuit-là, un orage terrible éclata. Bess passa son temps à rassurer les enfants de Lady Zouche, qui avaient peur des éclairs et des coups de tonnerre. Même Frances Grey, de nature très calme, s'alarma en entendant ses filles, Jane et Catherine, pousser des hurlements de terreur et affirmer que la fin du monde arrivait. À l'aube, elles étaient tranquillisées, mais l'été était bel et bien terminé. La température avait chuté brutalement et le vent du nord balayait les magnifiques jardins de Chelsea.

À bord du bateau qui les ramenait en ville, Margaret Zouche félicita Bess d'avoir pensé à se munir de leurs capes en laine.

— Nous serions sans doute mortes de froid si tu n'y avais pas songé, déclara-t-elle. Voilà encore une preuve de ton efficacité. Tu es capable de faire les bagages de toute une famille sans rien oublier.

Une fois à Londres, Lady Zouche ordonna que toutes les cheminées soient allumées et que la cuisinière prépare un potage réconfortant.

Durant son absence, Bess avait reçu une lettre du Derbyshire. La jeune fille la glissa dans sa poche pour la lire plus tard, dans l'intimité de sa chambre. Après avoir rangé les effets de Lady Zouche et de ses filles, elle alla prendre des nouvelles de son ami Robert Barlow. Malheureusement, le jeune homme avait attrapé un gros rhume et était secoué par une toux inextinguible.

— Robert, depuis quand êtes-vous souffrant ?

— Seulement depuis ce matin, Bess. Il faisait si froid dans cette grande maison ! Le majordome a refusé d'allumer un feu de cheminée avant le retour de Lady Zouche.

— Ce maudit majordome mériterait une correction ! Quand j'aurai mes propres domestiques, je ne tolérerai pas ce genre de comportement. Ce soir, je vous apporterai un cataplasme. C'est une recette de ma tante Marcella, à base de camphre et d'herbes.

La journée avait été longue. Lorsque Bess gravit les marches qui menaient à sa chambre, elle entendit les quintes interminables du jeune page. Elle rebroussa chemin et se rendit à l'office pour chercher du camphre et des herbes, puis remonta frictionner de sa décoction la poitrine malingre du jeune homme.

Elle releva la chemise de Robert et s'assit sur le bord du lit.

— Je vous aime, Bess, murmura le valet entre deux quintes de toux.

— Moi aussi, je vous aime beaucoup. À présent, dormez. J'espère que vous vous sentirez mieux dès demain.

Une fois dans sa chambre, Bess ouvrit enfin sa précieuse lettre. Elle provenait de Jane, sa sœur aînée. Bess en découvrit le contenu avec un certain étonnement.

Très chère Bess,

Je vais bientôt épouser Godfrey Boswell. Il vient de Gunthwaite, dans le Yorkshire, et loue actuellement des terres qui appartiennent à la famille de Robert Barlow, ton ami. J'ai longtemps hésité, mais Godfrey a besoin d'une épouse et notre situation financière est presque désespérée. Ralph Leche, notre beau-père, a lui aussi exploité des terres des Barlow, car Arthur Barlow est trop malade pour s'en occuper lui-même. Malheureusement, Ralph a accumulé du retard dans le paiement de ses loyers, et notre mère est folle d'inquiétude. Quand je serai mariée, ils auront une bouche de moins à nourrir. Pour nous aider, tante Marcella s'est engagée comme cuisinière chez les Leche de Chatsworth. Certains jours, nous devons nous contenter des restes qu'elle rapporte à la maison. Mère t'embrasse affectueusement. Tu nous manques beaucoup. Nous bénissons le Ciel que tu aies trouvé cette place à Londres. Vue d'ici, ta nouvelle vie ressemble à un conte de fées.

Affectueusement,
Jane

Bess posa la lettre et ferma les yeux. Une vague de culpabilité la submergeait. Ses parents croulaient sous les dettes, Jane était obligée de se sacrifier en épousant un fermier, alors qu'elle-même était amoureuse d'un homme qui fréquentait la cour du roi. Et elle rentrait tout juste de Chelsea, où elle avait rencontré la princesse Elizabeth Tudor... Jane avait raison. Sa vie était un conte de fées.

6

Durant un mois, l'Angleterre subit de terribles intempéries. Un vent glacial s'engouffrait dans les rues de Londres, soulevant des tourbillons de feuilles mortes et de poussière. Bess offrit à Robert Barlow le châle en laine que sa tante Marcella lui avait tricoté, mais cette délicate attention n'empêcha pas le rhume du fragile jeune homme de se transformer en bronchite.

Par amitié, Bess se chargea des tâches du valet et fit de son mieux pour le soigner. Elle lui monta bouillons chauds, cataplasmes et remèdes. Finalement, ses efforts se révélant vains, elle dut se résoudre à avoir une discussion sérieuse avec Lady Zouche.

— Madame, je ne voudrais pas vous alarmer, mais le jeune Robert Barlow est très malade. Je crains qu'il ne s'agisse d'une affection chronique, et non d'un refroidissement passager.

— Mon Dieu! Quelle calamité! Prendre des jeunes gens à son service pour leur assurer un bon départ dans la vie est vraiment une lourde responsabilité! Parfois, tout se déroule à merveille –

comme dans ton cas, chère enfant – mais la plupart de ces personnes semblent attirer les problèmes. Toi qui connais si bien les plantes médicinales et les potions, ne peux-tu soigner ce malheureux ?

— Je n'ai cessé de lui appliquer des cataplasmes de camphre, mais je n'ai obtenu aucun résultat. Lady Margaret, je crois qu'il faut appeler le médecin.

— Le médecin ? Seigneur ! Robert serait-il atteint de la peste ? s'exclama la jeune femme, affolée.

— Il fait bien trop froid pour qu'il ait contracté la peste, assura Bess. Mais il souffre peut-être de quelque autre maladie contagieuse.

— Tu as raison. Je vais envoyer chercher le médecin de ce pas. Entre-temps, arrange-toi pour qu'il ne quitte pas sa chambre et qu'il se tienne à distance des enfants. On ne sait jamais.

Le Dr Belgrave se présenta peu après. Bess l'accompagna au chevet de Robert, tandis que Lady Zouche restait dans le couloir, derrière la porte de la chambrette. Le jeune homme avait à présent des boutons de fièvre. Belgrave l'ausculta longuement, écoutant son souffle saccadé. Il sortit de sa sacoche quelques sachets d'une poudre destinée à faire baisser la fièvre et expliqua à Bess comment administrer le remède au malade. Puis il rejoignit la maîtresse des lieux.

— J'aimerais vous parler en particulier, Lady Zouche.

Margaret conduisit le médecin dans son petit salon privé et referma la porte. Sans hésiter, Bess se précipita pour coller son oreille au battant et regarder par le trou de la serrure.

— Ce jeune homme vient du Derbyshire, docteur. Je l'ai pris à mon service en tant que page.

J'avoue qu'il a toujours été un peu chétif, un peu pâle.

— Hum! fit Belgrave en s'éclaircissant la gorge. M. Barlow a une forte fièvre, mais mon remède devrait agir rapidement. Toutefois, je crois pouvoir affirmer que ce garçon souffre d'une maladie chronique des poumons. Son état est grave. Je crains qu'il ne fasse pas de vieux os, aussi je vous suggère fortement de vous séparer de lui.

— Ô mon Dieu! gémit Lady Margaret en se tordant les mains. J'espère que mes chères filles ne risquent pas d'attraper cette affreuse maladie.

— La médecine ne cesse de progresser, mais nous connaissons encore très mal ces affections pulmonaires. Certes, M. Barlow peut se remettre, mais il restera très faible. Mieux vaut être prudent.

Pensive, Bess remonta à l'étage. Elle en avait suffisamment entendu. Pauvre Robert! Qu'allait-il devenir? Elle se félicita de ne pas lui avoir dit que son père était lui aussi très malade et trop faible pour travailler. À quoi bon ajouter de l'inquiétude à sa détresse?

En deux ou trois jours, la fièvre de Robert chuta, mais le jeune homme était encore très fatigué. Un matin, Lady Zouche le convoqua dans son petit salon, en compagnie de Bess. Bien qu'il n'eût que quinze ans, Robert avait grandi très vite et dépassait à présent la jeune fille d'une bonne tête.

Bess n'ignorait pas que le médecin avait conseillé à sa maîtresse de le congédier, aussi tenait-elle à être aux côtés de Robert pour le soutenir en cet instant difficile.

Margaret Zouche affichait une mine grave et déterminée.

— Monsieur Barlow, je me réjouis de constater que

vous n'avez plus de fièvre, mais le Dr. Belgrave juge que vous seriez mieux au sein de votre famille, dans le Derbyshire.

Elle sortit une lettre de sa poche.

— J'ai écrit à votre mère pour lui annoncer que vous rentriez chez vous. Vous emprunterez ma voiture personnelle. Bess vous accompagnera, si elle le veut bien.

Robert parut soulagé. Quant à Bess, elle était abasourdie. Elle aurait pourtant dû se douter de la décision de sa maîtresse. Qui d'autre qu'elle pouvait s'occuper du malade et veiller à ce qu'il arrive sain et sauf à destination ? Lady Zouche semblait attendre sa réponse. La jeune fille hésita. Elle aurait tant aimé être à Londres pour le retour de William Cavendish... Mais un coup d'œil à son ami suffit à l'apitoyer.

— Très bien, Madame. J'accompagnerai Robert dans le Derbyshire.

— Parfait. Vous partirez dès demain. Bess fera vos bagages.

Lady Margaret, jugeant l'affaire classée, ajouta à l'adresse de la jeune fille :

— Tu en profiteras pour voir ta famille. Mais ne tarde pas trop à revenir. Dans une semaine, nous ne serons plus qu'à un mois de Noël, et tu sais combien j'ai besoin de toi pour les préparatifs.

Bess sourit, ravie d'être indispensable à sa maîtresse.

— Bien sûr, Lady Margaret.

Avant de se remettre au travail, Bess envoya un message à sa famille pour lui annoncer sa visite et lui faire part de la maladie de Robert Barlow. Ses parents recevraient sa lettre un jour avant son arrivée, ce qui leur laisserait le temps de prendre les dispositions nécessaires. Bess aurait voulu écrire à

William Cavendish, mais elle ne connaissait pas son adresse. Elle ne pouvait confier une lettre à Lady Frances Grey, de peur que Lady Margaret, apprenant que sa dame de compagnie écrivait secrètement à un homme, ne la congédie sur-le-champ. Avec un peu de chance, Bess serait de retour à Londres à temps pour accueillir William... Elle espérait de toutes ses forces que cette séparation aurait permis à son soupirant de développer de tendres sentiments pour elle.

Le lendemain matin, les malles furent attachées sur le toit de la voiture. Bess et Robert se mirent en route pour Dunstable, la première étape de leur voyage vers le Derbyshire. Prévenante, la jeune fille plaça une bassinoire en cuivre remplie de braises aux pieds du malade, puis elle l'emmitoufla dans une épaisse couverture.

Ils quittèrent Londres lentement, mais le temps ne parut pas trop long à la jeune fille, qui admirait le paysage par la fenêtre. Une fois en pleine campagne, Bess engagea la conversation. Robert ferma son livre et se détendit, buvant ses paroles en la contemplant d'un regard plein d'adoration.

Soudain, le jeune homme fut pris d'une violente quinte de toux. Bess posa la paume sur le front du malade pour s'assurer qu'il n'avait pas de fièvre. Il saisit aussitôt sa main et lui sourit, visiblement ravi de l'intimité que leur offrait l'habitacle de la voiture. Puis il s'assoupit, sans lâcher la main de Bess.

Bess profita de son sommeil pour l'examiner. Robert était un très beau garçon, au teint pâle et aux épais cheveux blonds. Lorsque Bess était arrivée chez les Zouche, un an plus tôt, ils étaient tous deux de la même taille. En quelques mois, l'adolescent avait beaucoup grandi. Cette brusque croissance pouvait expliquer ses ennuis de santé. Le médecin se trompait certainement quand il affirmait que Robert ne ferait pas de vieux os, songea la jeune fille en fronçant les sourcils. Il se remettrait, se promit-elle. Les soins attentifs de sa mère parviendraient à le guérir. Mais Bess se rappela aussitôt la lettre de Jane. Le père de Robert était malade, lui aussi. La pauvre femme devrait déployer de gros efforts pour mener de front ses nombreuses tâches.

Le relais de poste de Dunstable ne disposait pas de chambres voisines. Bess ordonna donc au cocher de ne prendre que deux chambres. Elle en partagerait une avec Robert.

— Comment osez-vous avoir de telles pensées ? s'indigna-t-elle en le voyant hausser les sourcils. M. Barlow est très malade. Je ne puis le laisser seul toute une nuit.

À ses yeux, Robert n'était qu'un enfant, alors qu'elle était déjà une femme.

À l'auberge, ils dégustèrent un ragoût de mouton accompagné de pain croustillant, puis une tarte aux poires. La jeune fille demanda qu'un feu soit allumé dans sa chambre, moyennant un supplément. Puisant dans ses économies personnelles, elle en profita pour commander également du cognac. Quand Robert eut dîné, Bess l'envoya se coucher. Dix minutes plus tard, elle le rejoignit et réchauffa le cognac au coin du feu. Elle en versa quelques gouttes dans sa paume pour frictionner le dos et la poitrine du malade et lui fit boire le reste de l'alcool.

— Vous êtes si bonne de vous occuper de moi, Bess. Pour rien au monde je ne voudrais être ailleurs qu'en votre compagnie, ce soir.

— Ne dites pas de bêtises, gronda-t-elle.

En s'asseyant au coin du feu crépitant, elle dut pourtant admettre qu'il était agréable de se trouver dans un endroit aussi confortable, par cette nuit glaciale. Sous l'effet de l'alcool et de la chaleur, Robert s'endormit rapidement. Lorsqu'elle l'entendit respirer régulièrement, Bess se déshabilla et se glissa sous les couvertures, sur le divan installé au pied du lit.

Le lendemain, ils roulèrent dans la campagne anglaise, entre Dunstable et Northampton. Bess tenta de distraire le malade en lui racontant des contes de Noël, puis ils fredonnèrent gaiement pour passer le temps, jusqu'à ce que Robert commence à manquer de souffle. La jeune fille continua seule à chanter de sa voix cristalline.

À l'étape suivante, l'aubergiste put leur offrir deux chambres voisines. Lorsque la jeune fille borda Robert, celui-ci l'implora :

— Je vous en prie, restez avec moi.

— Je laisse la porte ouverte. Ne vous inquiétez pas, j'ai le sommeil très léger. En cas de besoin, appelez-moi.

— J'ai besoin de vous maintenant, Bess. Je ne supporte pas d'être séparé de vous.

La jeune fille s'assit au bord du lit et lui prit la main.

— Bess, je vais mourir, murmura-t-il.

— Mais non ! Il ne faut pas avoir peur. Le Dr Belgrave m'a assuré que vous alliez vous remettre.

Il lui sourit. Pour une fois, il lui semblait être bien plus mûr que son amie.

— À vos côtés, plus rien ne me fait peur.

Bess attendit qu'il s'endorme, puis elle se recroquevilla sur le lit et sombra à son tour dans le sommeil. Pendant la nuit, elle se leva pour attiser les braises dans la cheminée. Dans la pénombre, elle sentit le regard du jeune homme posé sur elle.

— Bess, je vous aime, avoua-t-il.

— Vous m'aimez parce que vous m'êtes reconnaissant, répondit-elle.

— Non. Je suis amoureux de vous, insista-t-il.

— Mais vous n'avez que quinze ans ! C'est trop jeune pour tomber amoureux, répliqua Bess, un peu contrariée.

— Cela ne change rien. Je vous aime depuis que je vous ai vue.

— Rendormez-vous, fit Bess en lui tapotant la main. Demain, la journée sera longue.

Bess ne s'était pas trompée. À mesure qu'ils progressaient vers le nord, il faisait de plus en plus froid. Un vent glacial s'engouffrait par bourrasques dans la voiture. Les deux jeunes gens durent se blottir l'un contre l'autre pour se réchauffer un peu. En atteignant les rives de la Trent, il fallut traverser la rivière par bateau, ce qui leur prit un temps considérable.

Ils approchaient enfin de leur terre natale. Les gisements de charbon de Nottingham cédèrent la place aux landes du Derbyshire. Les Barlow et les Hardwick habitaient le village de Baslow, là où la Derwent, petit ruisseau de montagne, s'élargissait en une rivière superbe.

Le cocher descendit les bagages de Robert et s'apprêta à emmener Bess chez elle, mais la jeune fille le pria de partir sans l'attendre. Il devrait simplement déposer sa malle chez ses parents. Quant à elle, elle rentrerait à pied, après avoir discuté un peu avec les Barlow. Le cocher avait reçu l'ordre de rester à Ashby, le fief des Zouche, jusqu'à la date prévue pour le retour de Bess à Londres, quelques jours plus tard.

La mère de Robert, qui semblait ravie de retrouver son fils, fut sidérée de voir combien il avait grandi.

— Je n'arrive pas à croire que Lady Zouche t'ait chassé pour une mauvaise toux, déclara-t-elle.

— Il ne s'agit pas d'un simple rhume, intervint Bess. Robert a été très malade. Le médecin a évoqué une maladie chronique des poumons.

— Il a pourtant bonne mine. On ne peut pas en dire autant de son père, le pauvre. Tout espoir de guérison s'est envolé. Il me faut veiller sur lui jour et nuit.

Robert parut abasourdi.

— Bess exagère un peu la gravité de mon état de santé, mère. Je vais vous aider de mon mieux, maintenant que je suis rentré à la maison.

— J'aurai besoin de toi, en effet, répondit sa mère d'un air mystérieux en toisant Bess Hardwick d'un œil critique.

— Où est père ?

— J'ai installé son lit dans le petit salon. Je crains qu'il ne puisse plus jamais remonter dans sa chambre.

Bess se sentit soudain de trop.

— Ma famille m'attend, madame Barlow, mais je passerai demain pour prendre des nouvelles.

— À demain, donc. De toute façon, nous devons discuter affaires. Votre mère vous expliquera la situation.

Bess souhaita une bonne nuit à Robert. Elle savait que ce voyage pénible l'avait épuisé, mais elle n'osa pas conseiller à Mme Barlow de le laisser se reposer. Elle remonta l'allée, puis traversa les champs des Barlow et le petit village jusqu'à la maison que son beau-père, Ralph Leche, tenait de son père.

Dès qu'elle ouvrit le portail, sa mère et sa sœur Jane apparurent sur le seuil. Elles se précipitèrent vers elle et l'accueillirent avec chaleur.

— Chérie! C'est si bon de te revoir après quinze longs mois d'absence! Nous avons reçu ta lettre hier, mais la mère de Robert avait déjà des nouvelles de Lady Zouche depuis la veille, alors nous étions prévenues de ton arrivée.

Dans la maison, les petites sœurs de Bess la contemplèrent avec crainte et respect.

— Ma foi, tu es devenue une ravissante jeune fille! s'exclama tante Marcella. Et fort élégante, qui plus est.

Bess virevolta devant elles, exhibant fièrement la belle robe grise que lui avait donnée Lady Margaret. Sa mère lui tendit un bol de bouillon chaud et la fit asseoir au coin du feu.

— Où sont James et Ralph? s'enquit Bess.

Les deux femmes échangèrent un regard sombre. Marcella serra les lèvres.

— Ralph est allé chercher James à Edensor, répondit sa mère.

— À la taverne d'Edensor, précisa tante Marcella.

— Ne parlons pas de cela ce soir, dit sa sœur. Ne gâchons pas le plaisir des retrouvailles.

— Au contraire, il me semble que c'est le moment idéal pour en parler. Profitons de l'absence des hommes pour discuter sérieusement.

— Racontez-moi tout, demanda Bess en les dévisageant avec anxiété.

Elizabeth Hardwick chassa ses trois plus jeunes filles de la pièce, puis elle déclara:

— James a tendance à abuser de la boisson. Il ne supporte pas l'idée de ne récupérer Hardwick que dans trois ans, à sa majorité. Il travaille d'arrache-pied pour trois fois rien pendant que quelqu'un d'autre empoche les bénéfices du domaine.

— Dans trois ans, James ne sera plus qu'un ivrogne incapable de gérer ses terres, s'il persiste dans cette voie, renchérit Marcella avec sa franchise habituelle.

— N'aide-t-il pas Ralph à exploiter les terres des Barlow ?

— Si, mais les récoltes ont été mauvaises, cette année. Ils n'ont réalisé aucun bénéfice, expliqua Elizabeth.

— Des bénéfices ? railla Marcella. Ralph a du retard dans le paiement de ses loyers. Les Barlow menacent de l'envoyer en prison pour dettes.

— Oh, non ! s'exclama Bess. J'ignorais que la situation était aussi dramatique. Rassurez-vous, j'ai un peu d'argent. Figurez-vous que je l'ai gagné en jouant aux cartes avec Lady Frances Grey. Demain, je le porterai à Mme Barlow. Elle traverse elle-même des moments très difficiles. Son mari et son fils sont tous les deux souffrants.

— Arthur Barlow n'en a plus pour très longtemps, en effet, dit Marcella.

La tante de Bess avait soigné de nombreux malades grâce à ses herbes médicinales, et elle connaissait parfaitement les premiers signes d'une mort prochaine.

— Combien d'argent possèdes-tu, Bess ? demanda sa mère, perplexe.

— Presque deux livres. J'ai dépensé un shilling à l'auberge.

— C'est incroyable ! s'écria Elizabeth en lançant à sa sœur un coup d'œil entendu.

— Alors, Jane, tu vas te marier ? Je suis très heureuse pour toi, déclara Bess en embrassant sa sœur. Quand la cérémonie aura-t-elle lieu ?

— Le 1er décembre. Oh, Bess, comme je suis contente que tu puisses y assister !

— Malheureusement, je serai partie avant. Je regrette sincèrement, Jane, mais Lady Zouche a besoin de moi à Londres pour les préparatifs de Noël.

Jane baissa les yeux. Elizabeth et Marcella se regardèrent, un peu gênées. À ce moment-là, James et Ralph arrivèrent. Pendant toute la soirée, Bess eut la désagréable impression que les femmes de sa famille lui cachaient quelque chose. Manifestement, le retour impromptu des deux hommes les avait empêchées de lui parler.

Le soir venu, Bess partagea le lit de Jane, ainsi qu'elle l'avait fait pendant toute son enfance. Heureuses de se retrouver, les deux sœurs chuchotèrent et gloussèrent une bonne partie de la nuit.

— Tu es si élégante ! dit Jane. Je n'avais jamais rien vu d'aussi raffiné que cette robe grise.

— Alors, je te la donne… Non, attends ! Choisis plutôt parmi mes robes celle que tu préfères.

Elle ouvrit sa malle pour montrer à sa sœur les trésors qu'elle avait apportés.

Jane s'assit sur le lit, fascinée par tant de luxe.

— Tu m'en donnes une ? Vraiment ?

— Bien sûr.

Comme Jane caressait rêveusement la tenue en velours vert, Bess retint son souffle. Cette robe lui rappelait des souvenirs particulièrement chers : la partie de chasse avec William Cavendish, les baisers et les caresses qu'ils avaient échangés.

— Je ne prendrai pas la verte. Cette couleur te va bien mieux qu'à moi. Mais je crois que j'aime beaucoup la pourpre.

Bess la déplia avec soin.

— C'est celle que j'ai portée pour me rendre au palais de Hampton Court, où j'ai rencontré la princesse Elizabeth. Nous étions toutes les deux vêtues de pourpre et nous nous ressemblions étrangement. La seule différence entre nous était le tour de poitrine. La princesse n'a pas encore de seins, mais elle est plus jeune que moi.

Soudain, les yeux de Jane s'emplirent de larmes.

— Bess, tu as une vie si exaltante ! Tu n'aurais jamais dû revenir.

— Qu'est-ce que tu racontes ? Pour rien au monde je ne renoncerais au plaisir de rentrer à la maison !

Le lendemain matin, sa mère et sa tante l'attendaient, l'air grave, et Bess comprit enfin le sens des paroles de sa sœur.

Attablée dans la cuisine, la jeune fille mordait avec appétit dans une tranche de pain quand sa mère déclara :

— Bess, nous avons fait des projets. Nos affaires sont intimement liées à la famille Barlow. Le seul moyen de résoudre les problèmes qui existent entre nos deux familles serait que tu épouses Robert.

Bess émit un petit rire incrédule.

— Pardon ?

Marcella intervint :

— Arthur Barlow va mourir. Robert est encore mineur. Quand son père aura disparu, les autorités confisqueront la propriété et les terres jusqu'à ses vingt et un ans. C'est-à-dire dans six longues années…

Bess songea tristement que le pauvre Robert avait bien peu de chances d'atteindre la majorité.

— Si Robert est marié au moment de son héritage, il en sera tout autrement. D'abord, les autorités ne peuvent confisquer la part de l'épouse de l'héritier, qui équivaut à un tiers du domaine. De plus, lorsque l'héritier mineur est marié, cela complique les choses et la justice est souvent plus souple.

— Mais je ne peux pas épouser Robert Barlow ! Ce n'est qu'un enfant ! s'exclama Bess, outrée.

— Il a quinze ans, l'âge minimum pour se marier, objecta Marcella.

— Non ! Les Barlow n'ont qu'à s'adresser à un notaire, pour faire en sorte que le domaine soit administré par une personne de leur choix.

Bess leur répéta ce que Cavendish lui avait expliqué.

— Ainsi, il sera protégé légalement, conclut-elle.

— Mme Barlow n'a pas les moyens de payer les services d'un notaire. D'ailleurs, à qui pourrait-elle confier le domaine ? Bess, ma chérie, il s'agit d'une décision très cruelle. Je sais que cela exige que tu renonces à tes ambitions, à tes rêves d'avenir. C'est un sacrifice énorme. Mais tu dois aider ta famille. Il faut que tu sois réaliste, déclara Marcella.

— Nous en avons longuement discuté avec Mme Barlow. Elle accepte de ne pas poursuivre Ralph pour dettes si tu consens à épouser Robert, expliqua sa mère.

— Mais j'ai proposé de lui remettre tout mon argent, protesta Bess d'un ton implorant.

— La dette se monte au moins au double de cette somme. Un shilling représentait une semaine de gages.

Bess comprit l'ampleur du désastre.

— Et le père de Ralph ? Sir Francis ne peut-il intervenir en notre faveur ?

— Malheureusement, les Leche rencontrent eux aussi des difficultés financières. Ils essaient même de vendre Chatsworth. Ils possèdent de nombreuses terres, de Bakewell à Chesterfield, mais ce ne sont que des landes arides.

— Je parlerai à Mme Barlow dès aujourd'hui. Je la persuaderai de ne pas porter plainte, dit Bess. Je refuse d'épouser Robert Barlow !

— Bess, il est grand temps pour toi de te marier. Tu as passé un an à Londres et tu n'as toujours pas de fiancé.

— Il se trouve que j'ai un prétendant ! répliqua-t-elle avec véhémence. C'est un homme qui occupe un poste important à la cour ! Il travaille pour le compte du roi.

Pour toute réponse, Bess ne croisa que deux regards apitoyés.

— Je vais lui écrire immédiatement !

Marcella était anéantie par le désespoir de sa nièce. Elle regrettait amèrement qu'il n'existe pas d'autre solution à leurs problèmes. Elle posa une main rassurante sur le bras de sa sœur et l'entraîna dans un coin de la pièce pour lui glisser quelques mots à l'oreille. Puis elle s'approcha de Bess et l'embrassa.

— Écris cette lettre, mon enfant. J'espère que tu obtiendras la réponse que tu souhaites. Si cet homme vient à ton secours ou t'envoie une proposition écrite, tes parents réfléchiront. Mais il ferait mieux de se dépêcher. Le temps presse.

7

William Cavendish savait qu'il avait effectué un travail remarquable à Douvres. Mille fois, il avait résisté à l'envie de retourner à Londres, plaçant le devoir avant le plaisir, mû par son ambition dévorante. Dès son retour dans la capitale, il alla rendre compte de sa mission à Paulet, le trésorier du roi. Une fois de plus, son zèle le servit.

— J'ai une bonne nouvelle pour vous, Cavendish. Le roi Henri est très content de votre travail dans les monastères. Il a pensé à vous pour un autre poste et m'a prié de vous en parler le plus vite possible.

Paulet faisait clairement allusion à un traitement de faveur de la part du souverain. Sans prendre le temps de se changer, William gagna l'antichambre du roi, espérant que celui-ci le recevrait rapidement. Peu après, on l'introduisait dans le salon privé du souverain.

Dès qu'il eut franchi le seuil de la pièce, l'odeur nauséabonde que dégageait la jambe malade et infectée du roi, malgré les litres de parfum dont Henri Tudor s'aspergeait, assaillit les narines de William.

— Cavendish ! s'exclama Henri avec un sourire radieux. Nous apprécions beaucoup le sérieux de vos services. Vous avez fait des prouesses auprès du clergé. Grâce à vous, nos caisses se remplissent à vue d'œil.

Touché par ces compliments sincères, Cavendish s'inclina respectueusement.

— Je remercie Votre Majesté.

— Nous allons de nouveau avoir besoin de vous. Nous envisageons de vous confier une mission un peu plus difficile, peut-être, mais nous considérons que vous possédez les qualités nécessaires pour la mener à bien.

— Votre Majesté, je m'engage à faire de mon mieux pour vous satisfaire.

William savait que le roi appréciait son énergie et sa détermination.

Les petits yeux fourbes du souverain se plissèrent. Cavendish retint son souffle, plein d'appréhension.

— Nous vous envoyons dans une contrée plus lointaine, cette fois. L'Irlande ! lança le roi.

« Seigneur ! songea Cavendish. Il faudrait être magicien pour venir à bout de la ténacité et de la ferveur religieuse de ces fiers Irlandais ! » Toutefois, il était très flatté que le souverain le juge capable de réussir cette tâche délicate.

— L'Irlande, répéta William. Comme l'a précisé Votre Majesté, c'est un défi un peu plus ambitieux, mais je suis prêt à le relever.

— Fort bien ! Si vous obtenez les résultats escomptés, vous serez généreusement récompensé, croyez-le.

En son for intérieur, William l'espérait plus que tout au monde.

Le roi s'approcha pour lui tendre la main. Étourdi par l'odeur pestilentielle qui émanait du souverain, Cavendish eut toutes les peines du monde à ne pas défaillir. Cependant, dissimulant sa répulsion, il s'inclina et baisa les bagues du roi Henri.

— Sire, je remercie Votre Majesté. C'est un grand honneur pour moi.

Avant de regagner sa résidence, Cavendish fit une halte à Suffolk House pour annoncer la bonne nouvelle à son ami Henri Grey.

— Je ne sais si je dois te féliciter ou te plaindre, déclara Henri. Tu n'ignores pas que la situation est explosive, en Irlande. Ce peuple est très attaché à ses monastères.

William s'esclaffa.

— Les Irlandais sont des gens très pieux et très passionnés, certes. Il se trouve que la plupart des ordres auxquels j'ai eu affaire en Angleterre étaient dirigés par des Irlandais. Je ne pense pas rencontrer trop de difficultés.

— Eh bien, je préfère quand même être à ma place qu'à la tienne. Quand pars-tu ?

— Dès que possible. Selon Paulet, ma mission durera au moins un an, peut-être deux.

— Deux ans en Irlande ? C'est une véritable condamnation à perpétuité ! Espérons que cela te vaudra un titre à ton retour !

— C'est aussi ce que j'espère.

— Rends-nous donc visite avant ton départ. Frances sera effondrée d'apprendre que tu t'en vas.

— On parle de moi ? demanda l'intéressée en entrant dans la pièce. Mon cher, si vous devenez un jour Sir William Cavendish, il faudra que j'implore Henri de faire de moi une duchesse.

— Ma femme écoute aux portes, on dirait ! railla Henri.

— Je l'avoue volontiers. C'est ainsi que j'ai su que vous étiez là, William. J'ai quelque chose pour vous.

Elle sortit une lettre de son décolleté généreux et la lui remit.

— Elle provient de votre ravissante petite rousse. Manifestement, vous lui avez beaucoup manqué.

En découvrant le cachet du Derbyshire, William fronça les sourcils. Il était agacé que Bess soit rentrée dans sa famille. Il aurait aimé la trouver à Londres dès son retour, impatiente de le revoir.

— Merci, Frances. Je penserai souvent à vous deux quand je serai en Irlande.

— Pas autant que moi, répondit Frances avec un soupir résigné. Qui va tenir compagnie à mon mari pendant que je raconterai les derniers ragots à mes amies ?

William prit congé des Grey en promettant de leur rendre une dernière visite avant son départ pour l'Irlande.

Dans sa poche, il lui semblait que l'enveloppe

contenant la lettre de Bess le brûlait. Une fois chez lui, il confia son cheval à un palefrenier et ouvrit la lettre sans plus attendre.

Mon cher William,

Lady Zouche m'a priée de raccompagner le jeune Robert Barlow dans le Derbyshire. Le pauvre Robert est en mauvaise santé. Quant à moi, je me retrouve dans une situation très critique dont je ne peux sortir sans votre aide.

Il se trouve que le père de Robert est mourant. Afin de sauvegarder le domaine des Barlow, nos familles respectives envisagent de nous marier.

Je suis fermement déterminée à ne pas épouser Robert. C'est avec vous que je veux me marier.

Je n'ose vous demander de venir jusqu'ici, mais je vous prie de me répondre immédiatement, de me confirmer que vous tenez à moi et que nous sommes promis l'un à l'autre.

Je n'aurais jamais sollicité votre aide si je n'étais pas persuadée qu'il existait des liens profonds entre nous.

Je vous en supplie, ne tardez pas à me répondre.

Votre Bess

Une phrase lui sauta aux yeux : « C'est avec vous que je veux me marier. »

Seigneur, comment pouvait-elle être aussi innocente ? Cavendish aurait pourtant juré que Bess savait qu'il était un homme marié. Or elle l'appelait au secours, et il avait envie de l'aider. Et s'il l'emmenait avec lui en Irlande ? William rangea la lettre dans sa poche. Pour l'heure, il avait d'autres problèmes à régler. Il prendrait la plume plus tard pour lui répondre.

Dès qu'il eut franchi la porte d'entrée, sa fille se précipita vers lui.

— Cathy! Comment vas-tu, ma chérie? demanda-t-il en la soulevant dans ses bras.

— Je vais très bien, père. Mais Eliza est à nouveau souffrante.

— Ne sois pas triste, chérie. La pauvre Eliza ne changera jamais. Elle est peut-être fragile, mais je crois surtout qu'elle aime passer ses journées alitée.

La fillette parut soulagée par cette confidence.

— Nous sommes du même avis, alors.

William Cavendish se mordait les doigts d'avoir épousé Eliza Parris dans le seul but de donner une mère à sa fille. Dès le début de leur vie commune, Eliza avait commencé à se plaindre d'affections plus ou moins imaginaires. Cependant, Cavendish ne s'en voulait nullement de ne pas céder à ses caprices. Cette union n'était qu'un mariage de raison. Jamais il n'avait vraiment considéré Eliza comme sa femme. Il lui avait procuré une belle maison, de nombreux domestiques, tandis qu'il cherchait le plaisir dans les bras de conquêtes de passage.

James Cromp avait déjà défait ses bagages. En entrant dans sa chambre, un bain chaud attendait Cavendish, ainsi que des vêtements propres.

Alors qu'il posait la lettre de Bess sur sa table de chevet, des images lui revinrent à l'esprit. Les yeux sombres et candides de la jeune fille, son regard si franc, ses lèvres charnues, ses cheveux flamboyants, ses seins généreux… Bess n'avait pas quitté ses pensées depuis son départ pour Douvres. Avec un soupir, il se déshabilla.

William trouva Eliza au salon, emmitouflée dans une couverture, en train de boire une tasse de camomille.

— Je suis de retour, annonça-t-il d'un ton enjoué,

chassant d'un geste les deux femmes de chambre qui s'affairaient autour de son épouse.

— Comment ne pas remarquer votre présence, William ? Votre voix est si tonitruante qu'on vous entend dans toute la maison. Et vos grosses bottes de cavalier font grincer le plancher.

Cavendish ravala une réplique caustique. Après tout, la capricieuse Eliza n'aurait pas à supporter sa présence très longtemps. Il s'assit dans un fauteuil, au coin du feu, et déclara :

— Le roi vient de me confier un nouveau poste. Je vais devoir séjourner en Irlande pendant au moins un an.

Aussitôt, Eliza réfléchit aux conséquences de cette nouvelle sur son confort personnel.

— Votre départ ne me dérange pas, répondit-elle enfin, mais Catherine, votre fille, arrive à un âge où elle nécessite une surveillance continuelle. C'est une enfant très turbulente. Dans mon état, je ne puis assumer cette responsabilité.

— Rassurez-vous, je n'ai absolument pas l'intention de laisser Catherine ici, avec vous.

« Je refuse que mon enfant soit malheureuse, songea-t-il. Si elle reste avec vous, vous ferez de sa vie un enfer. »

— Catherine doit épouser le fils de Lord Cobham. Je prendrai donc des dispositions pour qu'elle s'installe chez lui jusqu'à ce qu'elle et le jeune Thomas soient en âge de convoler et de consommer leur union.

— Parfait, approuva Eliza. Merci de votre considération, William. Ayez la gentillesse de jeter une bûche dans la cheminée avant de partir...

William s'exécuta, tout en se demandant comment sa femme parvenait à respirer dans cette atmosphère enfumée.

Il fit envoyer un message à Henri Brooke, Lord Cobham, pour le prier de le recevoir plus tard dans la journée. Puis il décida de s'accorder quelques heures de détente en compagnie de sa fille.

Cavendish s'amusa avec elle comme un enfant. Il céda volontiers à toutes ses requêtes, lui offrit un nouveau harnais orné de clochettes pour son cheval, ainsi qu'une cape en fourrure avec une toque assortie.

— J'aimerais tant l'une de ces jolies collerettes à la mode. M'en achèterez-vous une, père ?

L'image de Bess s'imposa brusquement à lui, et il prit conscience qu'Elizabeth Hardwick n'avait que quelques années de plus que sa fille.

De retour dans l'intimité de sa chambre, il répondit à la lettre de Bess. Au cours de cet après-midi passé avec sa fille, William avait changé de point de vue. Il n'avait aucun droit de séduire une jeune fille innocente d'à peine seize ans. Le meilleur service qu'il pouvait lui rendre était de lui permettre de faire un mariage honorable.

Bess se levait à l'aube chaque matin, attendant avec impatience le courrier en provenance de la capitale, l'estomac noué par l'appréhension. Et si William n'avait pas reçu sa lettre ? Et s'il ne lui répondait pas ? Les hypothèses se bousculaient dans sa tête, plus alarmistes les unes que les autres. Au fil des jours, son inquiétude fit place au désespoir.

Par deux fois, elle avait rendu visite aux Barlow, à la demande de sa mère. Même si Bess se souciait de la santé de Robert, elle ne supportait pas d'entendre Mme Barlow l'exhorter sans cesse à épouser son fils et la menacer presque ouvertement d'envoyer Ralph derrière les barreaux en cas de refus.

Bess passa de longs moments en compagnie de ses sœurs et de ses demi-sœurs. Après le confort luxueux de la vaste demeure de Lady Zouche, il lui semblait que sa propre famille vivait dans la pauvreté et la promiscuité. En cette fin de novembre, son frère James et son beau-père n'avaient plus beaucoup de travail. Ils s'occupaient en allant couper du bois dans la forêt.

Enfin, le courrier tant attendu arriva. Bess regarda l'enveloppe que couvrait l'écriture élégante de William. Son cœur bondit de joie. Embrassant la lettre avec ferveur, elle se précipita aussitôt dans la chambre qu'elle partageait avec Jane. Retenant son souffle, elle déplia la feuille de papier.

Très chère Bess,

Il faut me croire quand je vous affirme que je n'ai jamais cherché à vous faire du mal ou à vous manquer de respect. Je suis à la fois honoré et flatté que vous me jugiez digne d'être votre mari, mais j'étais persuadé que vous me saviez déjà marié.

Bess interrompit sa lecture. William, déjà marié ? Non, ce n'était pas possible ! Elle avait l'impression d'avoir reçu un coup de poignard en plein cœur. Lentement, elle relut la phrase assassine. Elle ne s'était pas trompée. William était déjà marié. Sa vue se brouilla. Non !

La lettre tomba lentement par terre, tandis que la jeune fille se balançait d'avant en arrière, les bras autour du corps, en proie à un terrible chagrin. Elle éclata en sanglots et pleura longuement. La douleur envahit son corps tout entier, s'insinuant dans ses veines. D'une main tremblante, elle ramassa la lettre et reprit sa lecture.

Sa Majesté le roi me confie une mission en Irlande, où je dois recenser les domaines appartenant à l'Église et les saisir en son nom. Je serai absent au moins un an. Vous ne pourriez m'accompagner qu'en tant que maîtresse. C'est pourquoi je ne saurais trop vous conseiller d'épouser un homme honorable dans le Derbyshire.

Affectueusement,
William Cavendish

La lettre lui glissa une nouvelle fois des doigts. Hébétée, Bess descendit au salon, puis elle franchit la porte d'entrée et marcha aveuglément dans le jardin, jusqu'au moment où elle se cogna contre un hêtre. Chancelante, elle enlaça le tronc lisse, comme pour y puiser la force de surmonter sa douleur. Peu à peu, son chagrin céda la place à la colère. Elle se mit à marteler l'arbre de ses poings serrés.

— Monstre ! Scélérat ! Traître ! Vil séducteur ! Je vous déteste, Cavendish ! Je vous déteste !

S'il avait été présent, elle l'aurait tué à mains nues. Sa rage était telle qu'elle regrettait de ne pas être quelque déesse de l'Antiquité, capable de foudroyer William d'un regard.

Les autres l'observaient depuis la maison.

— Ne pouvons-nous donc rien faire pour l'aider ? demanda Jane.

Sa mère secoua la tête.

— Mieux vaut laisser l'orage se calmer de lui-même.

Et Bess resta dehors. À la nuit tombée, Jane commença à s'inquiéter.

— Elle n'a pas de cape. Elle va mourir de froid.

Marcella lui tapota gentiment l'épaule.

— Bess a le sang chaud. Sa nature passionnée lui permettra toujours de s'en sortir. Elle trouvera en elle les ressources qui lui sont nécessaires.

Bess ne rentra qu'à une heure avancée de la soirée. Presque aussitôt, elle monta se coucher.

Plus tard, elle entendit Jane entrer à son tour dans la chambre, sur la pointe des pieds. Elle la sentit se coucher à ses côtés, puis perçut son souffle régulier, tandis qu'elle-même cherchait en vain le sommeil. Enfin, épuisée, elle s'endormit.

Elle pénétra dans une pièce complètement vide. Affolée, elle dévala l'escalier et découvrit que les huissiers emportaient tout ce que sa famille possédait. Bess les supplia, pleurant à chaudes larmes, mais rien n'y fit. Dehors, on entassait les quelques effets de sa famille sur une charrette. Les Hardwick étaient chassés de leur maison et n'avaient nulle part où se réfugier. Une panique indescriptible envahit la fillette. La peur l'étouffait presque. Lorsqu'elle se retourna, la charrette avait disparu, ainsi que sa famille. Même le manoir s'était volatilisé. Bess avait tout perdu. La terreur s'empara d'elle, l'engloutissant tout entière.

— Bess ! Bess ! Réveille-toi ! Depuis quelques minutes, tu pousses des cris effrayants… Tu as fait un cauchemar ?

Bess ouvrit les yeux et se blottit contre sa sœur, tremblant de tout son corps.

— J'étais de retour à Hardwick.

— Toujours le même cauchemar ?

Bess hocha la tête. Ce n'était qu'un rêve, se rappela-t-elle. Cette période était révolue, Dieu merci ! Mais cette impression de vide ne la quittait pas.

Le lendemain matin, Bess se leva très tard. À peine avait-elle franchi le seuil de la cuisine qu'elle entendit frapper violemment à la porte. Robert Barlow surgit, la mine déconfite.

— C'est mon père… Son état a soudain empiré… Nous pensons qu'il va mourir.

— Asseyez-vous, Robert. N'oubliez pas que vous êtes souffrant. Respirez calmement.

— Il faut que j'aille chercher tout de suite le révérend Rufus à Edensor.

Bess prit la situation en main.

— Non. James s'en chargera. Nous devons vite regagner votre maison. Ils ont besoin de nous.

Sa mère, son beau-père, Marcella et Jane se mirent aussitôt en route. Le jeune homme s'attarda avec Bess.

— Je suis vraiment désolée, Robert, dit-elle tristement.

Il posa sur elle des yeux embués de larmes.

— Bess, acceptez-vous de m'épouser ?

Elle ne put répondre. Les mots refusaient de sortir de sa bouche. Non, elle ne voulait pas de ce mariage qui risquait d'anéantir ses ambitions, de gâcher sa vie.

— Bess, ce ne serait pas une condamnation à vie… Il ne me reste que quelques années, tout au plus.

— Ne dites pas de bêtises…

— Je n'ai pas peur de mourir. Enfin, pas si vous êtes à mes côtés. Je vous aime, Bess. Me ferez-vous le grand honneur de devenir ma femme ?

Comment rejeter sa demande ? Avait-elle le droit de le faire souffrir autant qu'elle souffrait elle-même ?

— Je… je vais y réfléchir, promit-elle.

Il lui prit la main et lui sourit, plein d'espoir.

Quand Robert et Bess arrivèrent chez les Barlow, Arthur Barlow déclinait à vue d'œil. Sa respiration sifflante et saccadée annonçait sa mort imminente. Malgré tout, Mme Barlow ne cessait de harceler Ralph Leche.

— Si vous ne forcez pas Bess à se marier avec mon fils, je vous assure que vous vous mordrez les doigts de ne pas avoir réglé vos dettes !

— Je vous en conjure, taisez-vous ! N'avez-vous donc pas la moindre dignité ? s'exclama Bess.

— De la dignité ? Les Hardwick n'en ont aucune ! Votre beau-père et votre frère ont honteusement profité de ma bonté. Pendant que mon pauvre mari se mourait lentement, ils ont exploité nos terres sans nous payer. Quant à vous, Bess Hardwick, vous êtes bien trop égoïste pour accepter de nous aider en cette période difficile !

Robert intervint :

— Cela suffit, mère ! Bess est la personne la plus altruiste que je connaisse. Et je l'aime.

L'apparition du révérend Rufus et de James Hardwick mit fin aux accusations de Mme Barlow. Le pasteur se rendit au chevet du mourant, puis il revint vers la famille.

— Pour célébrer ce mariage, j'ai besoin du consentement d'Arthur Barlow. Et cette union doit avoir lieu du vivant de celui-ci, car Robert est mineur. Madame Leche, madame Barlow, vous le savez aussi bien que moi. Nous en avons discuté sérieusement.

Tout le monde se tourna vers Bess. L'avenir des deux familles était entre ses mains. Elle regarda Robert, qui la suppliait des yeux. Soudain, elle sentit monter en elle une colère indicible, une terrible frustration. Comme d'habitude, il lui fallait tout assumer à la place des autres !

— Je veux une promesse écrite que vous ne porterez pas plainte contre Ralph Leche, déclara-t-elle.

— Nous n'avons pas le temps, objecta le révérend. Arthur se meurt. Nous nous en occuperons plus tard.

Mais Bess n'en démordit pas.

— Sans document écrit, je ne me marierai pas, insista-t-elle.

On griffonna à la hâte une promesse sur une feuille de papier. Bess empocha le document signé, ainsi qu'une attestation affirmant qu'elle recevrait un tiers des revenus du domaine Barlow si son mari venait à mourir avant elle.

Arthur Barlow rendit l'âme avant que les vœux de mariage aient été officiellement prononcés, mais les personnes présentes préférèrent ne rien remarquer. Pétrifiée d'effroi, Bess murmura du bout des lèvres un « oui » hésitant. Tout lui semblait soudain irréel. Ce devait être un cauchemar, elle allait se réveiller.

Elle observa la frêle silhouette de Robert et devina qu'il était au bord de l'évanouissement. Redressant fièrement les épaules, elle fusilla sa belle-mère du regard.

— Veuillez m'excuser, mais je vais coucher mon mari. Sa place est dans son lit.

8

Bien que Robert Barlow eût affirmé à Bess qu'il ne redoutait pas la mort, il ne pouvait s'empêcher de penser à l'agonie de son père avec effroi. Pourtant, il n'avait pas vraiment menti. Avec Bess à son chevet, la maladie lui paraissait soudain plus supportable. Sa mère refusait de l'admettre, mais il souffrait certainement du même mal incurable que son pauvre père, une affection pulmonaire qui affaiblissait peu à peu l'organisme, jusqu'à l'issue fatale. Très vite, il se mettrait à cracher du sang, et cette perspective l'horrifiait.

Ce fut une journée très particulière pour Robert Barlow. Non seulement il avait perdu son père, mais il avait réalisé son rêve en épousant la femme qu'il aimait. Ces émotions contradictoires se mêlaient dans son esprit, créant une telle confusion qu'il crut défaillir. Lorsque Bess l'aida à gravir l'escalier, un profond sentiment de gratitude envers sa jeune femme naquit en lui, faisant bondir son cœur dans sa poitrine.

Sa chambre, spacieuse et confortable, était dotée d'une grande cheminée où crépitait un bon feu. Dorénavant, il y vivrait avec Bess. Il s'assit sur le lit, épuisé. Devinant son immense lassitude, Bess entreprit de le dévêtir. Elle s'agenouilla pour lui ôter ses bottes. Robert se sentit soudain très humble, très vulnérable. En contemplant la chevelure rousse de sa femme, les larmes lui montèrent aux yeux.

— Bess, c'est à la fois le plus beau jour de ma vie et le plus triste, avoua-t-il, très ému.

La jeune fille se redressa et s'assit à côté de lui, puis elle l'enlaça tendrement.

— Robert, nous connaissons tous des journées décisives où notre destin semble se jouer. Dans ces moments-là, tout peut nous arriver, le pire comme le meilleur. Nos vies en sont bouleversées à jamais. Il n'y avait rien à faire pour sauver la vie de votre pauvre père. Il est entre les mains de Dieu, à présent.

Et ce jeune homme souffreteux était désormais entre les siennes, ajouta-t-elle en son for intérieur.

— Maintenant, il faut vous reposer et reprendre des forces, dit-elle.

Elle le déshabilla et le borda, avant d'ajouter une bûche dans la cheminée.

— Bess, restez avec moi.

Elle revint à son chevet et l'étreignit. Robert ne put se retenir plus longtemps. Malgré sa honte, il fondit en larmes. Bess le consola de son mieux, murmurant des paroles apaisantes et pleines de douceur.

Quand Robert s'endormit enfin, Bess descendit au salon. Sa famille était encore là. Marcella avait aidé la veuve à préparer la dépouille d'Arthur pour les funérailles. Ralph et James s'étaient chargés de traire les vaches. Le révérend discutait des obsèques avec Mme Barlow.

Soudain, celle-ci se tut et se tourna vers Bess, le visage empourpré.

— C'est proprement indécent ! Vous ne pouviez donc pas attendre la nuit pour mettre mon fils au lit ?

Bess fut choquée par ces sous-entendus, mais elle soutint fièrement le regard hostile de sa belle-mère.

— Je vous rappelle que Robert est malade, madame. Je ferai de mon mieux pour le soigner, car tel est mon devoir d'épouse. Mais j'apprécierais que vous m'aidiez.

Marcella, qui ravalait à grand-peine ses réflexions cinglantes depuis des heures, intervint :

— Bess a raison, madame Barlow. Si vous n'y prenez pas garde, vous enterrerez bientôt votre pauvre fils aux côtés de son père.

Elle s'adressa ensuite à la mère de Bess :

— Je rentre à la maison pour préparer le repas des enfants.

— Je vous accompagne, proposa Bess. Je dois rassembler mes affaires.

— Nous allons tous nous retirer, décréta Elizabeth Hardwick d'un ton ferme. Je pense que Mme Barlow a besoin d'un peu de calme.

De retour à la maison, Bess monta directement dans sa chambre. La lettre de William était posée sur sa table de chevet. La jeune fille la saisit et la déchira rageusement en deux. Puis, au lieu de continuer son œuvre de destruction, elle plaça les deux moitiés au fond de sa malle.

Elle plia ses vêtements avec soin et, au dernier moment, prit aussi sa poupée de chiffon. Brusquement, elle réalisa que celle-ci n'était qu'une réplique d'elle-même. Elle l'avait baptisée du nom pompeux de Lady Ponsonby, espérant devenir un jour une grande dame elle-même. Quelle naïveté! Bess jeta la poupée dans sa malle et ferma le couvercle. Tout ce qu'elle possédait tenait dans une modeste malle.

Sa mère frappa à la porte et entra dans la chambre.

— Bess, comment te remercier? Tu es si gentille et si généreuse... Tu t'es sacrifiée dans notre seul intérêt.

« Comme elle se trompe! songea la jeune fille. Je suis la personne la plus égoïste au monde. Par chance, personne ne peut lire en moi. »

— Mère, ne perdez surtout pas ce document qu'a signé Mme Barlow. Tant que vous le garderez, il lui sera impossible de porter plainte contre Ralph.

Marcella les rejoignit au moment où Elizabeth s'éclipsait.

— Bess, je ne sais que dire, mon enfant. Ce mariage ne t'apportera guère de bonheur, mais tu auras au moins la satisfaction d'avoir permis à tes parents de retrouver la sérénité.

— C'est Robert qui a besoin de sérénité.

— Et tu la lui procureras, je n'en doute pas une seconde, assura Marcella en l'embrassant sur le front. Ma chère petite... Parfois, le destin nous joue de drôles de tours, mais tu es encore très jeune. Tu as toute la vie devant toi. Si tu donnes un peu de toi aujourd'hui, tu finiras un jour par récolter les fruits de tes sacrifices et atteindre l'objectif qui te tient à cœur.

Bess Barlow avait désormais une mission à accomplir: guérir son jeune époux et rendre sa vie plus agréable. Elle exigea de disposer d'une pièce supplémentaire, contiguë à leur chambre, et en fit un confortable petit salon. La jeune fille passait le plus clair de son temps au chevet de Robert. Elle ne s'absenta que pour assister au mariage de sa sœur. Chaque jour, elle préparait les repas du malade, lui frictionnait la poitrine, lui administrait des remèdes et s'efforçait de lui remonter le moral.

Pour Robert, Bess remplissait tous les rôles: mère, infirmière, amie, compagne... Mais il ne cherchait pas à consommer leur mariage. Bess songeait que le corps juvénile de Robert n'était peut-être pas mûr. Il avait beau être grand, ses attributs virils n'étaient guère développés.

Bess se rendit compte qu'elle ne l'aurait pas su si elle n'avait pas surpris George Talbot entièrement nu au bord de la Tamise, l'été précédent. Elle ne put s'empêcher de comparer les deux jeunes gens. Jamais elle n'aurait imaginé que deux garçons du même âge puissent être aussi différents si elle ne l'avait pas constaté de ses yeux.

George Talbot avait les bras puissants, les épaules larges et les hanches minces. Sa robuste poitrine était couverte d'une toison brune. Bess se rappelait que les muscles de ses jambes, notamment ceux de ses cuisses, saillaient sous sa peau mate. Mais c'était surtout le spectacle de sa virilité qui restait gravé dans sa mémoire.

Ce coquin de George Talbot s'était ouvertement réjoui d'avoir choqué une innocente jeune fille. À ce souvenir, Bess frissonna. Par chance, son jeune époux ne représentait aucun danger pour elle. Robert était littéralement en adoration devant sa femme. Il n'avait simplement pas la force physique de consommer leur union, ce qui soulageait grandement Bess.

Personne n'ignorait les tendres sentiments de Robert pour Bess. Au fil des jours, la mère du jeune homme se montra de plus en plus jalouse de cet amour inconditionnel. Elle s'adressait à sa belle-fille d'un ton méprisant, tout en veillant à ne pas trop la provoquer. La jeune rousse passionnée pouvait être assez intimidante quand elle se mettait en colère. De plus, elle était très utile aux Barlow. Grâce à elle, ils conservaient leur domaine.

Quand les autorités avaient voulu intervenir, la part revenant à Bess – un tiers du patrimoine des Barlow – était en sécurité. Quant aux deux autres tiers, ils furent confiés aux soins de Godfrey Boswell, le mari de Jane Hardwick.

Pendant tout l'hiver, Robert resta alité. Au printemps, il se sentit un peu mieux. En mai, il accompagnait même sa femme dans ses promenades. Ils se rendirent ensemble au mariage d'Alice, l'une des sœurs de Bess, avec le jeune Francis Leche, un neveu de Ralph. Avant de descendre vers Chatsworth, ils se reposèrent au sommet d'une colline.

— Je n'avais jamais vu d'aussi belles terres, commenta Bess en contemplant le paysage bucolique qui s'étalait à ses pieds.

Elle respira à pleins poumons l'air frais et printanier et soupira de contentement. Chatsworth était un domaine verdoyant et prospère. La Derwent, tel un ruban d'argent, serpentait à l'ouest de la propriété, tandis que la forêt de Sherwood en marquait la limite orientale.

— Quand j'étais petite, je venais souvent ici. Je m'imaginais que j'y ferais bâtir un jour un somptueux château de conte de fées.

— Ma pauvre Bess... répondit Robert, attristé. Vous aviez des rêves de gloire et de richesse. Mais je n'ai rien du Prince Charmant, je le crains.

Elle leva les yeux vers lui. Il avait le visage élégant et la chevelure d'un prince. Si seulement il était un peu plus robuste! songea-t-elle avec regret.

— Ne me plaignez pas. Je parie que vous serez l'homme le plus élégant de la fête, assura-t-elle, tout en regrettant qu'il ne fût pas plus mûr, bien plus mûr...

Cette nuit-là, quand ils rentrèrent du mariage de la jeune Alice Hardwick, tous deux étaient encore sous l'effet de l'atmosphère romantique de la cérémonie. Lorsque Robert rejoignit Bess dans le lit conjugal, la jeune femme ne fut guère surprise qu'il l'enlace tendrement. Il aimait la serrer contre lui et caresser ses longs cheveux roux. Bess savait que ces caresses procuraient à Robert un plaisir indicible et ne trouvait pas désagréable d'être ainsi choyée par un mari aimant et sincère.

— J'ai trouvé Alice superbe, dans sa robe de mariée. Et le parc de Chatsworth est un cadre très agréable, déclara Bess avec un soupir.

— Vous êtes bien plus ravissante que votre sœur, ma chérie. Vous seule pouvez faire battre mon cœur. Vous l'entendez ?

Bess posa la joue sur le torse de Robert et l'entoura de ses bras,

— Il faut manger davantage, Robert, dit-elle, atterrée par sa maigreur. Vous n'avez donc jamais faim ?

— J'ai faim de vous, mon amour. Vous êtes une jeune mariée encore vierge. Je désire que vous deveniez ma femme cette nuit. Puis-je vous embrasser ? Rassurez-vous, je ne vous embrasserai pas sur la bouche. Je ne voudrais surtout pas vous transmettre ma maladie. Je vous aime trop pour vous mettre en danger.

Bess déposa un tendre baiser à la commissure des lèvres de son mari. Jouissant d'une excellente santé, elle ne redoutait nullement le contact de Robert. Il avait un peu grandi depuis leur mariage et repris quelques forces. De plus, la jeune fille était curieuse de connaître l'amour physique. Un sourire tremblant se dessina sur sa bouche lorsqu'elle se rappela comme elle avait dû protéger sa vertu contre William Cavendish.

Plus audacieux, Robert la dévora de baisers, fou d'amour et du désir soudain de la posséder. Pour la toute première fois, il lui caressa les seins et posa les lèvres sur sa peau ferme et nacrée. Plus excité que jamais, il sentit son membre se gonfler. En effleurant la cuisse de Bess, il ne put réprimer un gémissement, tandis qu'un délicieux frisson le parcourait de la tête aux pieds.

Enfin, il devenait un homme. Il allait réaliser son rêve, faire de celle qu'il aimait une vraie femme. D'une main hésitante, il souleva la chemise en coton blanc et contempla le corps svelte et pâle de sa femme.

— Vous êtes d'une beauté… à couper le souffle… C'est le cas de le dire.

Robert haletait presque. L'espace d'un instant, Bess s'en inquiéta. Peut-être n'aurait-il pas la force de la déflorer ? Elle ne savait comment l'aider et regrettait amèrement son manque d'expérience. Si seulement elle avait connu les secrets du plaisir charnel… Mais, instinctivement, elle devinait qu'elle ne devait pas se montrer dominatrice. Mieux valait le laisser faire et ne pas prendre d'initiatives.

Il l'attira contre lui, provoquant en elle une sensation étrange de bien-être. Au contact de cette peau nue et chaude contre la sienne, elle frémit. En sentant l'intensité vibrante de son désir contre son ventre, elle écarta les jambes pour l'accueillir en elle. La réaction de Robert la surprit. Il se mit à se frotter violemment contre elle puis poussa un cri, le corps figé dans un spasme. Avec des gémissements de plaisir, il s'abandonna à l'extase, avant de s'écrouler, repu, contre elle.

— Pardonnez-moi… pardonnez-moi… murmura-t-il.

— Ce n'est pas grave, assura Bess. Je n'ai pas souffert du tout.

Pourtant, la jeune femme demeura perplexe. Ce liquide chaud et visqueux qui coulait sur sa cuisse, était-ce le saignement traditionnel dont on parlait ? Mais comment avait-elle pu saigner sans souffrir ? Décidément, les relations conjugales étaient bien mystérieuses. La rumeur disait que les hommes ne pensaient qu'à cela. Le sexe devait avoir plus d'importance pour les hommes que pour les femmes. Bess écarta les cheveux du front moite de Robert et lui caressa tendrement la joue.

— Je vous aime, Bess. Vous êtes une femme douce et généreuse. Il n'existe pas de mots pour exprimer le plaisir et le bonheur que je viens de connaître grâce à vous. Je vous promets de faire mieux la prochaine fois, ma chérie.

Au bout de quelques minutes, il s'endormit profondément, épuisé par cette première expérience.

Bess resta longtemps blottie dans ses bras, à écouter son souffle enfin apaisé. Son corps réclamait autre chose, mais elle était incapable de définir cette envie inconnue. L'acte sexuel la décevait beaucoup. Les bruits qui couraient à propos des choses du sexe étaient vraiment exagérés. Bess s'était attendue à être emportée dans un tourbillon de délices, à être engloutie par le plaisir. Ce bref contact avec son mari lui semblait bien terne.

Une heure plus tard, elle sentit une bouche avide s'emparer de la sienne. Dans son sommeil, elle remarqua avec étonnement que son mari était soudain devenu fort et musclé. Elle se lova contre le corps ferme et viril de cet homme, dont les bras puissants la retenaient prisonnière. Très vite, une douleur exquise enflamma son ventre et se propagea dans tout son corps. Elle faillit crier tant elle le désirait. Sa bouche était exigeante, presque brutale. Sa force incroyable la maintenait plaquée contre lui.

— Quand j'en aurai terminé avec vous, vous ne serez plus jamais la même, déclara une voix grave.

La bouche et les mains fébriles de l'homme l'embrasaient. Puis la silhouette sombre la domina, et elle gémit d'impatience, l'implorant de la faire sienne. Ses seins, sa peau, tout son corps l'appelait. Bientôt, elle ne put réprimer un cri. Oui! Voilà ce qu'était l'amour! Un abandon total, un désir irrésistible, un plaisir indicible.

Soudain, Bess se réveilla. Son rêve l'avait laissée sans forces. Il était au lit avec elle. Elle le voyait, le sentait, le goûtait. Le souvenir de William Cavendish l'avait envahie tout entière, à tel point qu'elle avait eu l'impression qu'il s'était glissé à ses côtés pendant la nuit. Au souvenir de sa réaction passionnée, elle rougit. «Je vous méprise, Cavendish. Allez au diable!» songea-t-elle.

Durant l'été, Robert tenta régulièrement de lui faire l'amour, sans obtenir le moindre résultat. Bess rêvait de plus en plus souvent à William Cavendish. À son réveil, elle ne ressentait qu'humiliation et colère. Un jour, elle se vengerait de ce séducteur cynique, se promettait-elle chaque nuit.

Avec les vents d'automne vinrent les premières quintes de toux de Robert. Bess avait beau le soigner de son mieux, son état empirait à vue d'œil. En octobre, il allait très mal. Il n'avait plus aucune énergie. Bess savait combien il souffrait de sa maladie, mais il ne se plaignait jamais. Il supportait la douleur en silence, sans cesser de lui sourire.

Robert passait son temps à lire. Bess brodait à ses côtés, tandis qu'il dévorait romans et poèmes. Un soir de novembre, il déclara :

— Cela fait presque un an que nous sommes mariés, ma chérie, et ce fut la plus belle année de ma vie.

— Merci de tout cœur, Robert. Cette tapisserie que je suis en train de finir célèbrera notre anniversaire de mariage.

Elle lui montra une scène représentant le château de ses rêves.

— C'est moi, ce bel homme sur son cheval blanc ? s'enquit-il, perplexe.

— Bien sûr. Vous êtes mon prince et je suis votre princesse. Voyez, il ne me reste plus qu'à terminer nos initiales entrelacées et la date.

— Vous avez des doigts de fée, ma chérie. Et vous êtes si douée...

— Mais non. Vous êtes de loin le plus intelligent de nous deux. Vous lisez des ouvrages de philosophie, de poésie. Vous avez même appris plusieurs langues étrangères.

Soudain, une quinte de toux particulièrement violente secoua Robert. Les yeux écarquillés d'effroi, Bess découvrit que son mari crachait du sang. Quand il se fut calmé, elle lui fit prendre un bain et le coucha. Puis elle s'installa à son chevet et lui parla doucement, cherchant à calmer son angoisse, tout en se rassurant elle-même.

— Il est temps de réfléchir à nos cadeaux de Noël. Je songeais à broder quelques coussins pour votre mère. J'ai effectué des croquis du domaine…

Robert avait le regard voilé.

— Bess, c'est notre dernière année ensemble.

— Ne dites pas de bêtises, je vous en prie.

Au début du mois de décembre, Bess dut reconnaître que la santé de Robert déclinait encore. Lorsqu'elle rendit visite à sa famille, sa mère invita le jeune couple à passer les fêtes avec eux. Bess répondit qu'elle s'inquiétait beaucoup pour son mari et qu'il vaudrait peut-être mieux qu'ils restent tranquillement à la maison.

La semaine de Noël était toujours une période très animée à la campagne. L'avant-veille de Noël, la neige se mit à tomber, à la grande joie des enfants. Les jeunes frères et sœurs de Robert en profitèrent pour aller faire de la luge sur les collines avoisinantes. Enlacés devant la fenêtre de leur chambre, Robert et Bess contemplaient le paysage, attendris par le bonheur des enfants.

Le soir de Noël, les habitants de plusieurs villages de la région avaient coutume de se réunir pour assister à la messe, avant de partager un joyeux réveillon. En début de soirée, Mme Barlow salua son fils et sa belle-fille, puis elle rejoignit ses enfants sur le traîneau familial pour se rendre à l'église d'Edensor.

Après leur départ, Bess trouva la maison étrangement calme et silencieuse. Elle regarda les flocons de neige tomber doucement sur la campagne, en proie à une profonde mélancolie.

— Vous êtes bien pensive, ce soir, déclara Robert.

— Mais non, répondit-elle aussitôt.

Elle ajouta une bûche dans la cheminée.

— Je suis désolé de vous priver de toutes ces réjouissances, ma chérie.

— Ne dites pas de bêtises ! Nous allons bien nous amuser, tous les deux. Échangeons nos cadeaux.

Chacun donna à l'autre ses présents, puis Bess sortit une bouteille de liqueur qu'elle avait gardée pour l'occasion. Robert ouvrit son premier paquet. Il s'agissait d'un couvre-livre en soie d'Espagne, sur lequel Bess avait brodé ses initiales.

— C'est magnifique ! s'exclama-t-il. Presque autant que vous... Tout ce que vous faites est merveilleux.

Elle lui adressa un sourire radieux, puis déballa à son tour son cadeau : un coupe-papier en argent, orné d'une tête de cerf sculptée.

— Mon Dieu ! Où avez-vous trouvé ce trésor ? demanda-t-elle, ravie.

— Il appartenait à mon grand-père, qui me l'a légué.

— Il doit vous être très précieux. Pourquoi me l'offrez-vous ?

Robert prit la main de Bess et la serra avec force.

— Bientôt, je n'en aurai plus besoin. Je tiens à ce qu'il vous revienne.

— Ne dites pas de sottises, Robert. Vous savez bien que votre santé est toujours plus fragile en hiver. Au retour du printemps, nous irons nous promener, comme avant...

Il posa un doigt tremblant sur ses lèvres pour la faire taire.

— Bess, j'ai besoin d'en parler. Vous croyez me rendre service en évitant d'en discuter, mais je préférerais que vous me laissiez évoquer ce sujet délicat. Il faut absolument que j'extériorise la peur que je garde en moi.

Elle se tut et attendit patiemment. Robert désigna la tapisserie qui ornait désormais le mur de leur chambre.

— Plus jamais je ne gravirai la colline à cheval, pour vous rejoindre et contempler le paysage de Chatsworth à nos pieds. Mais je veux que vous y retourniez souvent, Bess. En souvenir de moi. N'abandonnez jamais vos rêves les plus fous.

Bess sentit sa gorge se nouer. Ce soir, Robert s'exprimait comme un homme, plus comme un adolescent. Il semblait soudain plus mûr et plus sage.

— Bess, vous rendez ma vie tellement plus belle ! Je vous en supplie, n'ayez aucun remords après ma mort. Mon seul regret sera de ne pas vous avoir donné d'enfant. Vous ferez une mère merveilleuse, ma chérie.

La jeune femme était incapable de prononcer un mot. Elle se contenta de secouer la tête.

— Mais si ! Vous continuerez votre vie sans moi. Vous êtes trop passionnée, trop énergique ! Vous devez vous remarier et fonder une famille. Promettez-le-moi.

— Robert…

Elle ne put réprimer un sanglot.

— Il vous faudra vivre pour nous deux. Ne soyez pas triste, Bess. La plupart du temps, je suis heureux, voire euphorique. Je ne souffre pas trop.

Bess ignorait le sens exact du mot « euphorique ».

Elle ne lisait pas autant que son mari. Mais elle l'enlaça et le serra très fort contre elle.

— À présent, je vais vous border.

Elle insista, avec la patience d'une infirmière déterminée à soigner son patient malgré lui.

Robert ouvrit le tiroir de sa table de chevet.

— Bess, j'ai rédigé un testament… Je vous en prie, écoutez-moi, c'est très important. Quand je mourrai, le pauvre Godfrey Boswell, le mari de votre sœur Jane, perdra tout ce qu'il a investi dans nos terres. Mon jeune frère George est en effet l'héritier direct de la fortune de mon père.

Robert s'interrompit pour reprendre son souffle. Bess lui caressa tendrement le dos.

— Au moins, vous conserverez votre part, même si cela ne compensera jamais les trésors de dévouement que vous avez déployés pour me soigner jour après jour. Les autorités vont saisir les deux autres tiers du patrimoine, car mon frère George est mineur. Dans mon testament, je nomme Godfrey Boswell tuteur, afin de protéger mon frère jusqu'à sa majorité.

— Je comprends, Robert, dit la jeune femme en lui embrassant le front.

Elle le regarda boire un verre de vin, puis sombrer peu à peu dans un sommeil bienfaisant. Quand il fut endormi, elle gagna la fenêtre pour contempler le paysage enneigé. Elle devait affronter la vérité. Elle savait au fond d'elle-même que Robert n'avait plus que quelques mois à vivre et que ses soins attentifs n'y changeraient rien. Une vague de culpabilité la submergea. Combien de fois s'était-elle tenue devant cette fenêtre, avec le sentiment d'être un oiseau en cage, se débattant furieusement contre les barreaux de sa prison dorée ?

Elle demeura très longtemps immobile puis, comme elle frissonnait, elle alla ajouter une bûche dans la cheminée.

Derrière elle, Robert se réveilla en toussant.

— Je suis désolée d'avoir fait du bruit, dit-elle, confuse. Je voulais me réchauffer un peu. Je vais vous donner un verre d'eau.

Robert s'étouffa presque, et sa toux s'amplifia. Bess reconnut les symptômes. Robert avait déjà subi plusieurs fois ce genre de crise. Elle courut chercher un linge propre et le tint devant la bouche de son mari, qui crachait du sang. En quelques secondes, le tissu fut littéralement trempé de sang rouge vif. Bess comprit avec effroi que son mari était victime d'une hémorragie.

Affolée, elle vit Robert se rallonger, épuisé. Elle lui serra la main pour le rassurer, mais il recommença bientôt à cracher du sang.

Bess était pétrifiée. Sur le lit maculé de sang gisait le pauvre corps pâle et sans vie de son mari.

9

Le jour où elle se retrouva veuve, Bess sentit son énergie et sa jeunesse resurgir avec la violence d'un torrent. Il lui semblait avoir passé plus d'un an emprisonnée dans une cellule dont la porte venait soudain de s'ouvrir sur la vie. Une semaine après les funérailles de Robert, Bess partit se promener dans la campagne, malgré le froid et la réprobation tacite de sa belle-mère. Bess ignorait ses regards noirs et ses sous-entendus fielleux. Dorénavant, la jeune femme n'était plus responsable que d'elle-même. Une merveilleuse sensation de liberté l'envahit, atténuant sa tristesse d'avoir perdu son tendre Robert. Elle ne l'avait d'ailleurs jamais vraiment considéré comme son mari, plutôt comme un ami très cher.

En tant que veuve, Bess héritait d'un tiers du domaine des Barlow. À l'aube de la nouvelle année, elle était devenue une autre femme. La jeune fille candide et rêveuse de seize ans, contrainte au mariage pour sauver sa famille, avait disparu. Elle allait bientôt fêter son dix-huitième anniversaire, mais se sentait bien plus mûre que son âge.

Bess se promit de ne plus jamais être la victime de personne, de ne plus jamais laisser autrui décider de son sort. Désormais, elle serait seule maîtresse de son destin. Elle ne savait pas encore que ses bonnes résolutions seraient mises à l'épreuve plus tôt qu'elle ne le pensait.

En février, le domaine des Barlow fut saisi par des émissaires du roi et placé sous tutelle jusqu'à la majorité de George Barlow. Bess était présente lors de l'arrivée du représentant du roi. Muni d'une liasse de documents officiels, l'homme affichait un air supérieur et méprisant.

— Madame Barlow ? s'enquit-il en s'installant sans y être invité dans le plus beau fauteuil du salon.

— Voici Mme Arthur Barlow. Quant à moi, je suis Mme Robert Barlow, répondit Bess.

— Il est inutile que vous assistiez à cet entretien, Bess, intervint sèchement sa belle-mère. Le sort de cette maison ne vous concerne en rien.

Vexée, Bess riposta :

— Au contraire, il me concerne au premier chef, puisque cette maison appartenait à mon défunt mari. Je vous rappelle que mon mariage m'autorise à percevoir un tiers des revenus du domaine.

— Vous mentez, petite intrigante ! Mon fils Robert était encore mineur quand il vous a épousée. Mon mari est mort avant d'avoir pu donner son consentement à cette union.

La jeune femme s'empourpra. La mère de Robert entendait manifestement la léser en usurpant sa part d'héritage.

— Mesdames, je vous en prie, fit l'émissaire du roi. L'heure n'est pas aux chamailleries. Il s'agit d'une simple formalité. George Barlow étant toujours mineur, nous allons mettre la maison et les terres sous tutelle jusqu'à la majorité de ce jeune homme.

Bess se leva d'un bond, folle de rage.

— Il n'en est pas question ! s'exclama-t-elle. Je possède un document signé de la main du père de mon mari, attestant qu'un tiers du domaine doit me revenir. Je détiens aussi le testament de mon mari, qui place les deux autres tiers de l'héritage entre les mains d'un homme de confiance.

— Je ne connais pas ce testament. Où se trouve-t-il ? demanda Mme Barlow en fusillant sa bru du regard.

— Tous les documents importants sont chez ma mère, en sécurité. Si vous le désirez, cher monsieur, je pourrai vous les montrer demain. Sur ce, je vous souhaite le bonjour !

Sidéré par la détermination de la jeune femme, le représentant du roi blêmit et se leva. Dès qu'il eut tourné les talons, les deux femmes laissèrent libre cours à leur animosité.

— Vous savez pertinemment que ce mariage n'était qu'une astuce pour nous éviter de perdre la maison. Jamais je ne permettrai qu'un tiers de nos revenus tombe dans votre poche! lança Mme Barlow d'un ton hautain.

— Vous, madame, vous n'avez droit à rien! C'est par pure bonté d'âme que Robert tolérait votre présence sous son toit, rétorqua Bess. Je toucherai donc un tiers des revenus, et votre fils George les deux autres tiers. Dans son testament, Robert désigne mon beau-frère pour administrer le patrimoine de George. Dès l'âge de six ans, j'ai appris que le monde ne me devait rien et que je ne pouvais compter que sur moi-même pour défendre mes intérêts. Il est temps que vous en preniez de la graine, vous aussi. Croyez-moi, je lutterai jusqu'au bout! Je suis prête à remuer ciel et terre pour faire respecter mes droits et recevoir ma part d'héritage. Et je vous avertis, madame Barlow: j'utiliserai tous les moyens en mon pouvoir!

Sur ces mots, Bess monta dans sa chambre pour préparer ses bagages. Sa colère lui donna la force de traîner sa malle hors de la maison. La tête haute, elle annonça:

— Je reviendrai demain, munie des documents officiels et accompagnée de témoins. Adieu, madame. Je ne vous regretterai pas.

En quittant la maison des Barlow, Bess se sentit soulagée d'un grand poids. Elle ne pouvait vivre sous le même toit que sa belle-mère plus longtemps. Londres l'appelait à nouveau. Mais elle ne regagnerait la capitale que quand elle aurait reçu l'argent qu'on lui avait promis.

En arrivant chez sa mère, Bess fut accueillie à bras ouverts. Ses deux sœurs étant mariées, elle disposait désormais d'une chambre pour elle seule. Elle envoya un message à Jane et à son mari Godfrey pour qu'ils viennent la voir sur-le-champ.

— Qu'espère donc obtenir cette femme odieuse en niant ton droit à un tiers de l'héritage ? s'enquit la mère de Bess. Elle ne veut tout de même pas que l'ensemble du domaine soit confisqué jusqu'à la majorité de George !

— Je connais déjà la réponse, déclara Marcella. Il paraît que Mme Barlow s'est trouvé un bon ami. Il a l'intention de racheter la tutelle de George. Et je vous garantis que ces deux-là ne se satisferont pas des deux tiers du magot !

— Par testament, Robert m'a nommé tuteur, intervint Godfrey. Je suis légalement responsable du domaine jusqu'à la majorité de George.

Le lendemain, toute la famille se rendit chez les Barlow pour affronter le représentant du roi. Quand il exigea que Bess lui remette le document relatif à sa part d'héritage, ainsi que le testament de Robert, la jeune femme refusa catégoriquement. Elle finit par accepter de lui céder deux copies conformes. Avant de partir, l'homme leur apprit qu'il allait soumettre l'affaire aux autorités compétentes, qui se chargeraient de prendre une décision.

Au bout de trois longs mois, Bess n'avait toujours aucune nouvelle. Elle commençait à croire que la justice ne statuerait jamais sur le litige qui l'opposait à la mère de Robert.

Un soir, allongée dans son lit, elle se rappela les paroles de William Cavendish. Elle aurait dû engager un homme de loi. Leurs honoraires étaient souvent élevés, mais le jeu en valait la chandelle. En général, celui qui avait le meilleur avocat l'emportait, avait dit William. Bess décida de faire appel aux services d'un avocat. Mais qui accepterait de défendre les intérêts d'une jeune veuve sans fortune personnelle ?

Le lendemain matin, elle sella son cheval et partit sous le chaud soleil de mai. Des fleurs de toutes les couleurs égayaient les champs. En s'éloignant du village, elle observa les prés verdoyants, où paissaient moutons et agneaux. Bientôt, elle atteindrait son point de vue favori.

Au sommet d'une colline surplombant Chatsworth, Bess stoppa son cheval. Elle s'était levée tôt pour savourer la douceur de cette journée printanière, respirer à pleins poumons cet air pur et limpide, aussi grisant qu'un bon vin, et contempler à loisir cette vue qui s'étendait à l'infini. Elle était persuadée que l'air vivifiant l'aiderait à réfléchir et à prendre la bonne décision. Elle seule pouvait décider de son destin, mais elle savait qu'elle devrait se forger sa propre chance.

Peu à peu, une idée germa dans son esprit. Elle n'obtiendrait aucun résultat sans soutien extérieur. Or, qui était l'homme le plus puissant de la région ? Le comte de Shrewsbury, bien sûr, le grand seigneur du Derbyshire. Son somptueux château de Sheffield ne se trouvait qu'à une vingtaine de kilomètres de chez elle. Son projet ne manquait pas d'audace, mais Bess avait du courage à revendre.

Francis Talbot, comte de Shrewsbury, ne résidait jamais dans son château de Sheffield avant le mois de juin. Pourtant, Bess n'avait pas perdu son temps depuis qu'elle avait décidé de lui rendre visite. Sa tante Marcella et elle avaient rafraîchi la robe grise que Lady Zouche avait donnée à la jeune fille. À présent, le décolleté mettait parfaitement en valeur l'opulente poitrine de Bess. La tante et la nièce avaient également brodé de petites fleurs violettes sur le corsage et sur les manches. Le résultat, quoique très séduisant, demeurait convenable pour une jeune femme en deuil. Le jour venu, Bess songea à prier son frère ou son beau-père de l'accompagner, puis elle se ravisa. Il serait plus facile pour une femme seule d'éveiller l'instinct chevaleresque du comte de Shrewsbury.

Fascinée, Bess remonta la longue allée bordée de chênes centenaires qui menait au château de Sheffield, niché au cœur d'un parc immense. Sur les pelouses impeccables, un bataillon de jardiniers taillait les haies et les massifs de fleurs aux couleurs vives. L'ensemble conférait une élégante gaieté aux lieux. Bess en soupira d'envie. Un jour, elle posséderait un parc aussi prestigieux que celui-ci, se promit-elle.

En atteignant la cour pavée, elle vit deux domestiques venir vers elle. L'un se chargea de son cheval et l'autre l'aida à mettre pied à terre. Bess ôta alors la capeline qui protégeait ses cheveux de la poussière de la route et la rangea dans la sacoche attachée à sa selle. Avant de sortir ses précieux documents, elle brossa sa crinière rousse avec énergie, à la stupeur des domestiques, médusés par cette scène insolite. La jeune femme préféra ignorer leurs regards interrogateurs. Après tout, les nobles ne se souciaient jamais des sentiments de leurs serviteurs.

Les dimensions du château de Sheffield étaient impressionnantes. La demeure devait compter au moins deux cents pièces. Son portique en arcade était flanqué de deux gardes en uniforme. Plusieurs valets s'affairaient dans le vestibule. Leurs belles livrées firent rêver Bess, qui décida que, le jour où elle aurait ses propres valets, ils seraient vêtus de livrées bleu et argent.

Le majordome s'approcha d'elle et s'enquit de l'objet de sa visite.

— Je désirerais voir le comte de Shrewsbury.

— C'est malheureusement impossible, Madame, répondit-il d'un air guindé. Sa Seigneurie ne reçoit pas, aujourd'hui.

Bess se redressa fièrement, résolue à ne pas se laisser intimider par la stature imposante du domestique.

— J'insiste. Il est extrêmement important que je m'entretienne avec votre maître.

— S'agit-il d'une question personnelle, Madame ? demanda-t-il, impassible.

— Non, d'une affaire commerciale, déclara-t-elle avec emphase.

— Alors, vous devez rencontrer le secrétaire de Sa Seigneurie, M. Thomas Baldwin, qui gère les affaires du comte.

Bess s'abstint de protester. Ce domestique était bien trop rigide pour qu'elle puisse l'influencer. Il la précéda dans une enfilade de couloirs et la fit entrer dans un petit salon, où il la pria de patienter. Une demi-heure plus tard, Thomas Baldwin apparut. Avec son visage anguleux et ses doigts tachés d'encre, il avait l'air d'un érudit. Bess espéra qu'il se montrerait plus souple que le majordome. À son grand dépit, ce ne fut pas le cas. Baldwin refusa lui aussi de lui accorder une entrevue avec le comte et lui demanda de décrire son problème. Pleine d'espoir, elle exposa donc sa requête au secrétaire, qui lui répondit d'un ton condescendant :

— Madame, avez-vous une idée du nombre de miséreux qui viennent mendier chaque jour auprès du comte de Shrewsbury ? Il lui est malheureusement impossible de satisfaire la population de toute la région.

Bess s'emporta aussitôt.

— Je ne quitterai pas cette maison avant d'avoir eu un entretien avec le comte !

Quelqu'un frappa à la lourde porte d'entrée. Un grand jeune homme très brun, en tenue d'équitation, franchit le seuil du petit salon et se mit à détailler la ravissante jeune femme qui s'entretenait avec Baldwin. Puis, un sourire arrogant aux lèvres, il s'avança vers eux en jouant avec sa cravache.

— Le diable m'emporte ! Ne serait-ce pas la délicieuse Elizabeth Hardwick ? lança George Talbot d'un air malicieux.

— S'il ne tenait qu'à moi, je laisserais volontiers le diable vous emporter. Pour votre gouverne, je me nomme aujourd'hui Elizabeth Barlow, répondit Bess sans se démonter.

George plissa les yeux et contempla sans vergogne la poitrine généreuse de la jeune femme.

— Vous voilà donc mariée ! Vous avez ainsi l'expérience du lit conjugal... Je parie que vous connaissez quelques pratiques un peu coquines, petite mégère !

Les yeux de Bess brillaient de rage.

— Sachez que je suis veuve depuis peu, misérable goujat ! J'estime avoir droit à un peu de respect.

— Vous ne cesserez donc jamais de vouloir me faire la leçon ? D'ailleurs, je suis sûr que vous pourriez m'apprendre un tas de choses intéressantes. J'ai moi-même plus d'un tour dans mon sac.

Gêné par la tournure que prenait la conversation, Thomas Baldwin resta silencieux. Malgré leur dispute, les deux jeunes gens semblaient partager une certaine intimité.

— En tant que fils de comte, vous avez sans doute reçu une éducation digne de votre rang. Mais je dois dire que vos précepteurs ont lamentablement raté leur mission.

Talbot ignora la remarque de Bess. À l'aide de sa cravache, il souleva délicatement une boucle rousse.

— Cette couleur flamboyante paraît tellement irréelle, commenta-t-il.

— Pourtant, je vous assure que tout en moi est authentique, y compris mon caractère volontaire, répliqua-t-elle.

Elle savait qu'elle était en train de gâcher ses dernières chances d'obtenir l'appui des Talbot, mais elle ne parvenait pas à contenir sa rage.

— Petite mégère ! fit-il.

Elle sentait son regard posé sur elle. Sans dissimuler son intérêt, il la déshabillait des yeux. Ulcérée, elle le gifla violemment.

Aussitôt, George la prit par la taille d'un geste brutal. Si Baldwin n'avait pas été présent dans la pièce, le jeune homme aurait certainement tenté de la faire sienne. Mais, doucement, il desserra son étreinte et murmura :

— Vous me le paierez, petite mégère. Un jour, je me vengerai de cet affront.

Sur cette réplique, il se dirigea vers le secrétaire et commença à lui parler à voix basse.

Bess ne distinguait pas leurs propos, mais elle imaginait sans peine les horreurs qu'ils devaient échanger à son sujet. Des larmes de colère lui montèrent aux yeux. Elle eut toutes les peines du monde à les ravaler.

Les deux hommes discutèrent longuement, puis Baldwin se tourna vers la jeune femme. Bess, qui croyait qu'il allait la renvoyer sur-le-champ, fut étonnée de l'entendre lui demander ses documents officiels. Elle les lui tendit et s'installa plus confortablement pendant qu'il les parcourait.

George Talbot partit aussitôt à la recherche de son père. Il le trouva derrière son imposant bureau, dans la bibliothèque, en train de signer son courrier.

— Père, nous avons la visite d'une jeune femme qui souhaite s'entretenir avec vous.

— Encore une mendiante! Que Baldwin se charge d'elle, répondit le comte, agacé.

— Il est avec elle en ce moment. Père, je vous le demande comme une faveur. J'aimerais beaucoup que vous la receviez en personne.

Le comte haussa les sourcils et posa sur son fils un regard perçant.

— Une seule chose peut éveiller ton intérêt pour une jeune femme, et tu sais très bien de quoi je parle.

George ignora le sous-entendu de son père.

— Il s'agit d'une jeune veuve originaire de Hardwick, un village situé à une vingtaine de kilomètres d'ici. Elle est issue d'une famille de fermiers. «Le sel de la terre», comme vous dites. Sa belle-mère cherche à la léser de sa part d'héritage.

— Alors, c'est un avocat qu'il lui faut, lança le comte.

— Bien sûr, mais elle n'a pas un sou. Elle est venue solliciter votre aide.

— Pourquoi moi? Cette femme serait-elle ta maîtresse? Essaie-t-elle de te faire chanter?

— Non, père, absolument pas. Je l'ai rencontrée à Chelsea. Elle a une réputation sans tache. De plus, elle connaît personnellement la princesse Elizabeth.

— Pourquoi ne l'as-tu pas dit plus tôt?

La fille du roi ne se trouvait qu'en troisième position dans l'ordre de succession au trône, on murmurait qu'elle était une enfant illégitime, mais il n'était pas impossible qu'elle devienne un jour reine d'Angleterre. Le comte griffonna quelques mots à l'intention de Baldwin et chargea un valet de porter le message à son secrétaire.

— Merci, père. Ce geste ne vous coûtera que cinq minutes de votre temps.

Baldwin prit connaissance du message et pria Bess de le suivre. Ils longèrent de nombreux couloirs avant de gravir le grand escalier. Bess était impressionnée par la splendeur du château. Les Talbot, qui possédaient l'une des plus grosses fortunes du royaume, vivaient dans l'opulence.

Thomas Baldwin la fit entrer dans la vaste bibliothèque. En découvrant le comte de Shrewsbury, Bess esquissa une révérence.

— Monseigneur, je vous présente Mme Elizabeth Barlow. Elle est veuve depuis quelques mois. Actuellement, les autorités examinent son dossier. J'ai tenté de lui expliquer qu'il n'y avait rien d'autre à faire que s'armer de patience. Il n'était vraiment pas nécessaire de vous déranger pour si peu.

— Merci, Baldwin. Je préfère que Mme Barlow m'expose elle-même son problème.

Francis Talbot, cinquième comte de Shrewsbury, fut vite fasciné par la beauté de la jeune femme. Il comprenait sans peine que son fils ait perdu la tête pour elle. Subjugué, il l'écouta avec attention. Bess s'exprimait avec aisance et passion. Ses boucles rousses suivaient chaque mouvement de sa tête et de ses épaules. Ses seins généreux saillaient légèrement sous son décolleté. Étouffant un soupir, Shrewsbury regretta de ne pas avoir vingt ans de moins. Cette femme était une véritable déesse.

Il lut ensuite les documents, qui semblaient authentiques, et songea qu'il lui serait facile d'aider une veuve dans la détresse. Une simple lettre à un juriste du Derbyshire désireux de s'attirer les faveurs du comte ferait l'affaire.

Triomphante, Bess rentra chez elle, ignorant qu'elle devait à l'odieux George Talbot cette entrevue inespérée avec le comte.

Deux semaines plus tard, elle fut convoquée au cabinet de MM. Fulk et Entwistle, les avocats les plus en vue du comté. Au bout d'un mois, ceux-ci présentèrent leur requête aux autorités compétentes. En quatre mois, l'affaire était résolue.

— Dix livres ? fit Bess en apprenant le montant de la somme qu'ils avaient obtenue pour elle.

Les deux hommes s'empressèrent de la rassurer, la croyant mécontente :

— Ce n'est qu'un règlement partiel. Mais nous avons accepté d'attendre que le montant définitif soit fixé. Naturellement, votre part augmentera chaque année, grâce aux intérêts.

Bess était folle de joie. William Cavendish avait raison : il suffisait d'avoir les meilleurs avocats pour l'emporter.

— Messieurs, vous êtes très compétents. Je vous remercie du fond du cœur.

Son esprit fonctionnait à toute vitesse.

— Étant donné votre efficacité, j'aimerais vous confier un autre travail. Mon frère James doit hériter du domaine de Hardwick à sa majorité. La maison est sous tutelle depuis une douzaine d'années. James aura bientôt vingt ans. Il ne lui reste donc qu'un an avant sa majorité. Maintenant que j'ai de l'argent, je voudrais racheter sa tutelle afin que ma famille puisse réintégrer la maison.

Les deux hommes furent impressionnés par la détermination de la jeune femme. De plus, elle jouissait de la protection du comte. Ils acceptèrent donc de se charger de l'affaire.

— Nous nous en occupons immédiatement, madame Barlow. Sachez cependant que cela prendra certainement plusieurs mois.

Huit mois plus tard, Bess retrouva enfin la maison où elle était née. Comme le jour de son départ, elle s'adressa à elle, persuadée que les vieux murs l'entendaient et la comprenaient.

— Je t'avais bien dit que je te récupérerais. Plus jamais nous ne te laisserons filer. Tu appartiens aux Hardwick pour toujours. Dans quelques jours, mère s'installera ici avec mes petites sœurs, et tante Marcella plantera des herbes médicinales dans le jardin. Mon frère James vient d'épouser Elizabeth Draycott. Bientôt, les pièces seront pleines de vie et de rires d'enfants. Quant à moi, je retourne à Londres. Mais je reviendrai... Je te le promets.

DEUXIÈME PARTIE

Épouse et mère

Londres, 1546

*Si nous avions le monde à nos pieds et tout notre
temps,
Cette timidité, madame, ne serait pas un crime.
Nous réfléchirions au moyen
De vivre notre longue journée d'amour.*

Andrew MARVELL

10

Bess descendit de la voiture des Zouche et leva les yeux vers l'imposante demeure. Aussitôt, ses deux ans et demi d'absence s'envolèrent comme par enchantement. Margaret Zouche n'avait pas changé, même si ses filles avaient un peu grandi.

— Bess, ma chère! Tu es une femme, maintenant! Quelle tristesse de se retrouver veuve si jeune! J'ai l'impression d'avoir une part de responsabilité dans le malheur qui te frappe.

— Lady Zouche, ce qui m'est arrivé n'est en rien votre faute, assura Bess avec gentillesse.

La jeune femme avait cependant un peu joué sur ce sentiment de culpabilité pour faciliter son retour à Londres et sa réinstallation sous le toit des Zouche. Pendant son absence, Lady Margaret avait engagé une dizaine de domestiques, et toutes les chambres étaient occupées. Mais Bess était prête à reprendre sa place de dame de compagnie sans exiger le moindre salaire en contrepartie. Comment Margaret aurait-elle pu refuser une telle proposition?

— Il s'est passé tant de choses durant ces deux ans! Le roi Henri a épousé Catherine Parr, une veuve d'une trentaine d'années. N'est-ce pas incroyable? Notre souverain aura eu six femmes!

Le roi s'était marié avant le départ de Bess, mais celle-ci se garda de corriger sa maîtresse.

— Oui, on en a beaucoup parlé dans le Derbyshire. Grâce à Lady Grey, j'ai pu rapporter à ma famille tous les commérages que j'avais entendus au sujet de Catherine Parr.

— Pour fuir la peste qui sévissait à Londres, les Grey sont restés tout l'été dans leur résidence de campagne, à Bradgate. Ce n'est pas très loin d'Ashby, aussi leur ai-je rendu visite.

— À quoi ressemble Bradgate ? s'enquit Bess.

— Rien à voir avec une maison de campagne ! C'est un château en brique, avec douves et remparts, même s'ils ne servent que de décoration. La demeure est entourée de jardins et de vergers absolument superbes. À propos, continua Margaret, Frances m'a raconté que notre cher ami William Cavendish, de retour d'Irlande depuis un mois, avait été fait chevalier de la Couronne, en remerciement de ses loyaux services. Sir William est très demandé, en ce moment. Je n'ai pas encore eu l'occasion de le rencontrer pour le féliciter. Il croule littéralement sous les invitations, cette saison. Toutes les dames de Londres souhaitent le recevoir sous leur toit.

Bess sentit son cœur se nouer en entendant prononcer le nom de William Cavendish. Ainsi, il avait réussi à obtenir ce titre tant convoité... Elle s'étonna que la simple mention de son nom la trouble autant, alors qu'elle se croyait indifférente à son charme après cette longue séparation. Alarmée par sa propre réaction, elle tenta d'analyser ses sentiments. Qu'éprouvait-elle exactement pour William Cavendish ? La réponse lui vint très vite : une colère sans limites. Il l'avait fait souffrir, l'avait odieusement trahie, et elle brûlait de se venger.

— Cavendish est un homme marié, dit-elle d'un ton sec, tout en se demandant pourquoi elle énonçait une telle évidence.

— Peut-être plus pour très longtemps... On raconte que sa femme est malade. Crois-moi, s'il se retrouve veuf, Sir William sera le plus beau parti de Londres.

Bess releva fièrement la tête.

— Vraiment ? Je ne me souviens même pas de son visage.

— Ma chère enfant, tu auras bientôt l'occasion de te rafraîchir la mémoire. Lady Grey nous a invités à Suffolk House la semaine prochaine. Elle donne le premier grand bal de la saison. Celui du mois d'octobre dernier a remporté un tel succès qu'elle a décidé d'en faire un événement annuel. Tu viendras avec nous, bien sûr. Lady Frances sera enchantée de te revoir. Ce sera une soirée très élégante. Toutes les dames seront en blanc et les messieurs en noir. J'ai besoin de tes conseils avisés pour ma toilette, Bess. Le temps presse.

— Nous confectionnerons une tenue très spectaculaire, Lady Margaret, assura la jeune femme d'une voix joyeuse.

En réalité, Bess songeait à sa propre toilette, car elle était fermement décidée à impressionner Sir William Cavendish.

Avec l'aide des deux couturières personnelles de Lady Zouche, Bess transforma sa maîtresse et les enfants de celle-ci en cygnes. Elle n'eut aucun mal à déguiser les deux jeunes filles, que la tradition obligeait de toute façon à ne porter que du blanc. Il suffisait d'ajouter quelques accessoires : diadèmes et éventails ornés de plumes. La mère et les filles devinrent des créatures de conte de fées. Du moins Bess les en persuada-t-elle, au point que toutes trois se pavanèrent sans vergogne devant la glace, très fières de leur accoutrement.

Bess trouva sans peine une vieille robe blanche oubliée dans la garde-robe de Lady Margaret. Elle travailla toute une nuit à la retoucher. Elle élargit le corsage en satin blanc, pour qu'il épouse parfaitement les formes généreuses de sa poitrine. Quand elle y eut ajouté son ruban de deuil noir, l'effet lui parut saisissant. La jeune fille dénicha également un vieux col en dentelle un peu jauni, ainsi qu'un éventail en plumes d'autruche, et les teignit en noir. Non seulement on la remarquerait parmi les autres femmes, mais nul ne pourrait lui en faire le reproche, car ces touches de noir symboliseraient son deuil.

— Bess! Quelle joie de vous revoir! s'exclama Lady Frances en serrant la jeune femme sur sa poitrine.

Puis elle s'écarta un peu pour admirer son invitée vêtue de blanc et noir, couleurs qui mettaient en valeur ses superbes cheveux roux.

— Vous avez toujours été une personne très intelligente, reprit-elle. Vous m'avez manqué, vous savez. La plupart des autres femmes sont si stupides et ennuyeuses! Vous seule avez osé désobéir à ma consigne en n'étant pas tout en blanc.

Bess éclata de rire.

— Je n'aime pas suivre les modes. Je préfère les lancer. Pourquoi avoir choisi le blanc, Lady Frances?

— Pour me donner l'occasion de m'amuser, bien sûr! La plupart des vieilles peaux de la cour n'ont pas porté de blanc depuis le jour de leur mariage. D'ailleurs, beaucoup n'étaient déjà plus vierges, à l'époque. Quant au noir, il rendra ces messieurs un peu moins arrogants. Ils ne cessent d'arborer du rouge et du doré, laissant leurs pauvres femmes dans l'ombre.

— Vous ne restez jamais dans l'ombre, Lady Frances.

— Vous non plus, Bess. Je me réjouis de votre retour à Londres. Vous êtes enfin à votre place, ici. Les jeunes veuves sont très convoitées, de nos jours, ajouta-t-elle, faisant allusion à Catherine Parr. Mais n'épousez pas le premier homme qui vous demandera en mariage. Prenez d'abord un peu de bon temps.

En voyant Lady Zouche approcher, Bess dissimula son sourire derrière son éventail. Elle n'allait pas beaucoup s'amuser, chez Lady Margaret. Frances leva les yeux au ciel et murmura :

— Je l'aime beaucoup, mais elle est très collet monté.

Elle se tourna vers son amie.

— Margaret, ma chère ! Tes oies se sont enfin transformées en cygnes !

Malgré la présence d'une dizaine de comtesses et de quelques duchesses, Bess attira tous les regards. Quand on interrogea Lady Frances sur sa mystérieuse invitée aux cheveux roux, elle ne répondit pas qu'il s'agissait d'une dame de compagnie non rémunérée, mais d'une veuve dotée de confortables revenus personnels.

Le premier cavalier de Bess fut Lord Suffolk, le jeune frère de Lady Frances. Elle l'avait toujours considéré comme un enfant, mais sa façon de serrer sa main dans la sienne et de dévorer des yeux sa poitrine généreuse prouvait qu'il avait bien grandi. À la fin de la danse, Bess envoya le jeune homme bavarder avec le mari de sa sœur.

Henri Grey attendit que Bess ait terminé sa révérence pour porter sa main à ses lèvres.

— Ma chère, je me réjouis de votre retour à Londres. Veuillez accepter mes sincères condoléances.

— Merci, Lord Dorset.

— Appelez-moi Henri, dit-il.

— Henri, répéta-t-elle, impressionnée, se demandant si Lady Frances réalisait combien elle avait de la chance d'être mariée à un homme aussi charmant.

— Il y a ici quelqu'un qui souhaite vous rencontrer. Je vous présente Sir John Thynne, qui est originaire du Derbyshire. Sir John, voici Mme Elizabeth Barlow.

— Madame, je suis enchanté de faire enfin votre connaissance. Je crois savoir que vous êtes une demoiselle Hardwick ?

Bess examina le nouveau venu, qui lui plut aussitôt. Il avait environ trente ans, mais ses longs cheveux châtains et bouclés lui donnaient un air juvénile. Elle ne tarda pas à apprécier son élocution, ses manières, ses mains soignées, la lueur d'honnêteté qui brillait dans ses beaux yeux verts. Il lui parut intelligent, gentil, courageux... et, surtout, sincère. Bref, un excellent mari potentiel.

— Sir John, vous connaissez donc les Hardwick ?

— Je n'avais pas eu ce plaisir jusqu'à présent, mais le domaine des Hardwick m'est familier. Je voue en effet un véritable culte aux belles maisons.

— Oh, moi aussi ! Les jolies demeures m'ont toujours fascinée, Sir John.

— Je viens de commencer la construction d'une nouvelle résidence à Brentford.

— Brentford... N'est-ce pas au bord du fleuve, avant Hampton Court ?

— Oui. Brentford est tout proche de Syon House, la propriété du comte de Warwick.

— J'espère que vous érigerez une demeure somptueuse, Sir John. Ce cadre enchanteur mérite un véritable joyau d'architecture.

Elle ajouta sur le ton de la confidence :

— Bien qu'elle soit fort imposante, je trouve Syon House très laide.

Sir John éclata de rire.

— Alors, nous avons un autre point commun.

En l'espace de quelques minutes, ils devinrent aussi complices que s'ils se connaissaient depuis toujours.

Sir William Cavendish arriva délibérément en retard. D'ailleurs, il ne se présenta que parce qu'il avait promis à Lady Frances qu'il ferait au moins une apparition au cours de la soirée. Depuis qu'il était devenu chevalier de la Couronne, il caressait l'espoir de passer conseiller du roi. Pour réaliser cette ambition, il se devait de posséder une demeure digne de son rang, qui lui permettrait de donner de fastueuses réceptions. En attendant, depuis son retour d'Irlande, les Grey lui ouvraient leur maison de jour comme de nuit.

Sir William évita la grande salle de bal, où les danseurs se bousculaient, pour se diriger vers la salle de jeu. Là, les hommes pouvaient s'adonner à leurs deux passions en même temps : le jeu et l'alcool.

— Une minute, espèce de gredin ! dit Lady Frances en lui tapotant l'épaule. Ce n'est pas le moment de vous défiler. Vous allez vous joindre à nous, c'est la règle !

145

— Je fixe mes règles moi-même, répliqua-t-il, avant de se détendre un peu. Je suppose qu'il serait de bon ton de danser avec ma charmante hôtesse.

Lady Frances le prit par le bras et l'entraîna vers la grande salle.

— Vous ne vous en tirerez pas à si bon compte, Sir William. Ce soir, la maison regorge de duchesses et de débutantes qui meurent d'envie de tournoyer dans vos bras.

Cavendish grimaça en découvrant cette marée de robes blanches.

— Seigneur! s'exclama-t-il en entamant une danse endiablée avec la maîtresse de maison. Ces femmes ressemblent toutes à des lits défaits!

— Il y en a sans doute dans lesquels vous aimeriez dormir, railla Frances.

— Ni une duchesse ni une débutante, en tout cas, assura-t-il.

Habilement, Frances parvint à l'emmener vers l'endroit où se tenait Bess. William ne pouvait éviter de la remarquer, tant elle ressortait parmi la foule des invités.

— Dans ce cas, vous laisseriez-vous tenter par une jeune veuve ravissante?

Cavendish s'arrêta brutalement. Pétrifié, il vit une beauté rousse vêtue de noir et blanc deviser gaiement avec Sir John Thynne.

— Veuillez m'excuser un instant, Lady Frances, dit-il distraitement, avant de se diriger vers l'objet de son désir.

Sir John Thynne se retourna et sourit.

— William! Toutes mes félicitations pour votre titre de chevalier!

— Bonjour, Sir John, marmonna Cavendish sans le regarder.

Toute son attention était concentrée sur la jeune femme.

— Bess, murmura-t-il, d'une voix aussi douce qu'une caresse.

Celle-ci se contenta de l'observer froidement, puis elle fronça légèrement les sourcils.

— Ai-je l'honneur de vous connaître, monsieur ?

Très affable, Sir John intervint :

— Permettez-moi de vous présenter. Madame Elizabeth Barlow, voici mon ami Sir William Cavendish, qui vient d'être élevé au rang de chevalier par Sa Majesté Henri VIII.

Bess s'efforçait de demeurer impassible, mais elle sentait son sang bouillonner dans ses veines. William était si proche d'elle qu'il la frôlait presque. Elle éprouvait exactement le même trouble en sa présence que deux ans plus tôt. Il était superbe et semblait encore plus arrogant que naguère, sans doute à cause de son titre. Néanmoins, la jeune femme était déterminée à feindre l'indifférence.

Elle agita nonchalamment son éventail.

— C'est un honneur. Votre épouse doit être très fière, répondit-elle poliment. Vous accompagne-t-elle, ce soir ?

Cavendish vit ses yeux sombres pétiller de malice. Manifestement, Bess savourait sa vengeance.

— Malheureusement, mon épouse est souffrante. Elizabeth et moi nous sommes rencontrés il y a deux ans, à Londres, ajouta-t-il à l'adresse de Sir John.

Bess fit mine de fouiller sa mémoire.

— Je n'arrive pas à m'en souvenir, déclara-t-elle. Je regrette, mais vous m'êtes totalement inconnu. Enfin, quelle importance ? Si nous nous sommes croisés, je vous ai oublié, voilà tout.

Vexé par son manque d'enthousiasme, Cavendish serra les dents. À cet instant, l'orchestre entonna une gaillarde.

— Vous dansez, madame ? demanda William.

— Avec plaisir. J'aime beaucoup danser. Sir John, accepteriez-vous d'être mon cavalier ?

Bess s'éloigna au bras de son nouvel ami. Cavendish eut envie de donner une bonne fessée à l'insolente. Dépité, il rejoignit Frances qui, un peu à l'écart, n'avait pas manqué une miette du spectacle.

Son hôtesse haussa les épaules face à sa mine déconfite, ne cherchant même pas à dissimuler son amusement.

— Que puis-je y faire ? lança-t-elle. Sir John possède un avantage non négligeable sur vous, mon cher.

— Vous croyez ? dit William d'un air menaçant.

— Il est célibataire.

— Qu'il aille au diable !

— Deux hommes qui se battent pour une femme, commenta Frances. Magnifique !

Cavendish se précipita sur la piste et tapota l'épaule de Sir John.

— Excusez-moi, fit-il.

Surpris, le jeune homme comprit alors que les liens entre William et Bess étaient plus complexes qu'il ne l'avait cru. Il s'écarta sans protester.

Bess essaya d'avoir l'air détendu et indifférent, mais mille émotions se bousculaient en elle. Si elle ne s'était pas évanouie en voyant William, c'était uniquement parce qu'elle s'était longuement préparée au choc de cette rencontre.

Pourtant, dès qu'elle avait entendu sa voix suave prononcer son prénom, une onde de chaleur l'avait submergée. Ses efforts pour paraître impassible lui coûtaient énormément. Chaque fois qu'elle parlait, ses mains se crispaient malgré elle. Elle sentait ses ongles s'enfoncer dans ses paumes. Que Sir William Cavendish brûle en enfer! Pourquoi fallait-il qu'il exerce une telle fascination sur elle?

Les mains puissantes de William se posèrent enfin sur elle, et Bess ferma brièvement les yeux, indiciblement troublée par ce contact. Son sang se mit à bouillonner dans ses veines. Sous son corsage, ses seins se dressèrent aussitôt. Son ventre se noua, son cœur s'emballa. Un désir fou naquit entre ses cuisses.

Son cavalier l'attira à lui. Il la souleva de terre, ses mains sur sa taille fine, ses pouces effleurant la base de ses seins. Le temps sembla s'arrêter. Bess eut envie de rejeter la tête en arrière et de rire à gorge déployée, de crier de bonheur et de désir. Elle mourait d'envie de le griffer, de le mordre, de laisser libre cours à ses pulsions. Mais elle n'en fit rien. Finalement, sa rage la sauva. Pensait-il pouvoir revenir dans sa vie et la reconquérir en quelques minutes, comme si rien ne s'était passé?

Lorsque Cavendish la déposa à terre, les pieds de Bess heurtèrent un peu brutalement le parquet.

— Mon Dieu! s'exclama-t-elle. Je me suis tordu la cheville! Je regrette, mais je suis incapable de continuer à danser. Veuillez m'excuser, Sir William.

Elle avait eu l'intention de s'éloigner sans boiter, mais Cavendish avait deviné son stratagème. Il la prit doucement dans ses bras et l'emmena vers une chaise, au bord de la piste. Puis il s'agenouilla devant elle et examina sa cheville. Était-il vraiment attentif à sa douleur ou ne cherchait-il qu'un prétexte pour la toucher, la caresser et lui montrer qu'il n'était pas dupe de son mensonge?

— Je vais mieux, assura-t-elle. Vous pouvez me laisser, à présent.

Elle pria pour que les battements de son cœur se calment.

— Bess, je suis très heureux de vous revoir. Vous êtes encore plus belle que dans mes souvenirs. Cela fait si longtemps… Que diriez-vous de m'accompagner dans un coin tranquille pour bavarder en tête à tête ?

« Il essaie de me séduire, songea-t-elle. Il faut absolument que je m'éloigne de lui au plus vite. »

À ce moment-là, Sir John les rejoignit, l'air inquiet.

— Vous allez bien, madame Barlow ? s'enquit-il.

— J'irais mieux si vous me prêtiez votre bras, Sir John. Aidez-moi à trouver notre hôtesse. Je ne veux pas ennuyer Sir William plus longtemps.

Bess abandonna William et partit fièrement au bras de Sir John.

Cavendish erra dans toutes les pièces du château à la recherche de Bess. Il était d'une humeur massacrante et était fermement décidé à faire entendre raison à Bess, de gré ou de force. Il devait s'arranger pour lui parler en privé. En apercevant le maître de maison, il songea qu'Henri pourrait venir à son secours, mais la réaction de son ami le déçut.

— Jamais je n'attirerai Bess à l'écart pour qu'elle se retrouve seule avec toi, répondit Henri, catégorique. Je suis son ami. Quand tu es là, j'ai tendance à vouloir la protéger.

— La protéger de quoi ? demanda Cavendish.

— De tes pulsions charnelles ! En sa présence, tu te comportes comme un âne en rut.

— Bess n'est plus une vierge de seize ans. Elle est veuve, que diable !

— Frances et moi l'aimons beaucoup.

— Frances ! Je me moque de Frances ! Toi aussi, tu es attiré par Bess, avoue-le !

— Au moins, je ne cherche pas à la séduire.

William saisit à cet instant l'ironie de la situation et se mit à rire.

— Cette petite mégère a réussi à nous faire sortir de nos gonds, remarqua-t-il.

— Peut-être as-tu enfin rencontré une femme à ta mesure, conclut Henri en souriant.

De retour dans la grande salle de bal, Cavendish s'approcha de Lady Zouche.

— Ma chère Margaret, vous êtes radieuse, ce soir!

— Sir William, permettez-moi de vous féliciter pour votre titre. Il est très mérité.

— C'est aussi mon avis, Margaret. Il paraît que Mlle Hardwick est de retour sous votre toit.

— Mme Barlow, maintenant. Elle est veuve, vous savez. Quelle tragédie! Ma maison grouille de domestiques, mais comment lui refuser une place, vu les circonstances?

En l'entendant, William eut envie de la frapper. Cette femme profitait des services de Bess vingt-quatre heures sur vingt-quatre sans débourser un sou.

— Pourriez-vous l'informer que Lady Frances la demande à l'étage? dit-il d'un ton neutre.

Un quart d'heure plus tard, Bess entra dans le petit salon de son hôtesse. En découvrant Cavendish en train de faire les cent pas, elle tourna les talons pour fuir au plus vite.

William la rattrapa sur le seuil et referma brutalement la porte. Puis il s'adossa au battant, lui barrant le passage.

— Il faut absolument que je vous parle, Bess.

— Vraiment? répondit-elle en haussant les sourcils.

Pour se donner une contenance, elle se mit à agiter nerveusement son éventail noir.

Il la dévisagea, hésitant. Le fait qu'il soit marié était le seul obstacle entre eux.

— Bess, je vous assure que je vous croyais au courant de ma situation de famille. Tout le monde le sait, à Londres.

— Vraiment ? répéta-t-elle, apparemment indifférente.

— À quoi vous attendiez-vous donc ? Je suis bien plus âgé que vous !

— Vraiment ? redit Bess en se raidissant un peu.

William serra les poings, à bout de patience et d'arguments.

— Je me suis retrouvé veuf avec une petite fille à élever. J'ai épousé Eliza Parris pour que ma fille ait une mère. Je désirais aussi avoir un fils. Ce n'est qu'après mon mariage que j'ai appris qu'une série de fausses couches avait rendu ma femme stérile. Nous avons toujours fait chambre à part et menons des vies complètement séparées.

— Vraiment ? reprit Bess froidement.

— Posez ce maudit éventail et cessez ce petit jeu !

William s'empara de l'éventail et le jeta à terre. Bess leva la tête, les yeux brûlants de colère.

— Pourquoi pensez-vous que je joue la comédie ? demanda-t-elle.

— Pour me punir. Si vous étiez aussi indifférente que vous cherchez à le paraître, vous ne voudriez pas me faire souffrir ainsi.

— Scélérat ! Goujat ! Vil séducteur !

Il l'attrapa par les poignets et lui immobilisa les mains derrière le dos, profitant de sa force pour attirer la jeune femme contre lui.

— Petite garce, murmura-t-il. Je parie que vous

savez combien vous êtes belle quand vous vous mettez en colère.

Bess sentit des larmes de rage lui monter aux yeux.

— Allez au diable, Cavendish ! Je vous déteste ! Soyez maudit !

— Trop tard, Bess. Je le suis déjà. Le travail que j'effectue pour le compte du roi me vaudra l'enfer après ma mort.

Il se pencha vers elle et l'embrassa avec passion.

Ce baiser ne fit qu'attiser la colère de Bess, qui se dégagea brusquement de son étreinte.

— Vous n'êtes qu'un séducteur de jeunes filles innocentes ! lança-t-elle.

— Je regrette amèrement de ne pas avoir pris votre virginité, ce jour-là, dans la forêt. Mais non, il a fallu que je me conduise avec noblesse. Si seulement je vous avais emmenée en Irlande… Vous seriez devenue ma maîtresse. Jamais je n'aurais dû vous inciter à faire un mariage honorable, comme vous le souhaitiez. Je vous aimais profondément. Seule ma conscience m'a empêché de vous déflorer.

— Quelle conscience ? railla Bess en éclatant de rire. Vous m'avez dissimulé l'existence de deux épouses, sans parler de votre fille. Vous m'aviez dit qu'à votre retour de Douvres vous envisageriez des relations plus stables entre nous. Vous vouliez que nous soyons ensemble, si je me souviens bien. À l'époque, j'étais jeune et naïve. J'étais persuadée que vous alliez me demander en mariage. Or vous saviez que c'était impossible. Vous aviez simplement l'intention de me séduire. Alors, non, vous n'avez aucune conscience !

— Désormais, je n'en aurai plus, en effet.

Bess se mit à marteler son torse de ses poings serrés, puis elle fondit en larmes. William la prit dans ses bras et la porta vers un divan, près de la cheminée. Sans la lâcher, il s'assit, la gardant sur ses genoux. Sans un mot, il lui ôta son col en dentelle et effleura son cou de ses lèvres brûlantes. Puis il glissa les doigts dans son épaisse chevelure et l'embrassa avec tendresse.

— Vous êtes toujours en deuil... Depuis quand votre mari est-il décédé?

— Cela fera un an à Noël, murmura-t-elle. Robert était trop jeune pour mourir.

— Étiez-vous très amoureuse de lui? demanda-t-il avec inquiétude.

— Il m'aimait trop... Il m'adorait. Voyez-vous, Robert était malade, très affaibli. Je dirigeais sa vie, j'étais forte pour lui. Malgré tout, j'avais un peu l'impression de vivre en prison, avant mon retour à Londres, avoua-t-elle.

— Bess, écoutez-moi. Dans tous les couples, il y en a un qui aime plus que l'autre. Mais celui qui aime est le plus heureux. Il a de la chance. Si Robert vous aimait, il devait être heureux.

— Oh, il l'était... même s'il se savait à l'article de la mort. Il était heureux...

— Alors, n'ayez aucun regret. Le passé est révolu. Vous avez l'avenir devant vous. Je voudrais que nous reprenions notre histoire là où elle s'est interrompue. Vous et moi sommes faits l'un pour l'autre. Il est très rare qu'un homme et une femme s'aiment autant l'un que l'autre. C'est notre cas. Bess, laissez-moi m'occuper de vous. Laissez-moi vous acheter une petite maison à Londres. Laissez-moi vous aimer!

Bess réfléchit longuement, en proie à des sentiments contradictoires. Elle redoutait de tomber à nouveau amoureuse de William Cavendish. Sa présence la faisait défaillir de désir, elle tremblait au seul son de sa voix, ses caresses l'enflammaient. Il était si puissant... Comme il aurait été agréable de s'abandonner, pour une fois! Mais elle savait qu'en devenant sa maîtresse elle ne serait jamais rien de plus. Or elle attendait autre chose de la vie. Elle désirait être riche et reconnue. Ses ambitions ne lui permettaient pas de se contenter de moins. Elle ramassa son col en dentelle et le rattacha.

— Vous ne m'avez pas répondu, chérie, dit-il, persuadé d'avoir remporté la partie.

Réprimant ses larmes, elle plongea les yeux dans son regard de braise.

— Ma réponse est non, William. Cela ne me suffit pas. Je veux bien plus que ce que vous me proposez.

11

Peu après son retour au sein de la trésorerie de la Couronne, Sir William Cavendish fut nommé à un poste supérieur, grâce à sa connaissance approfondie des monastères et des terres du royaume. Il travaillait désormais directement sous les ordres du puissant seigneur William Paulet, marquis de Winchester depuis peu.

Cavendish et Winchester contrôlaient ensemble les finances de toute la nation et étaient constamment sollicités par la noblesse pour obtenir faveurs, protection et nominations. Ces menus services leur étaient d'ailleurs très bien rétribués. Tous les puissants et les ambitieux du pays recherchaient désormais le soutien de Sir William Cavendish. Mais celui-ci préparait déjà l'étape suivante de son ascension sur l'échelle du pouvoir : devenir conseiller privé du roi.

Sir William n'avait plus une minute à lui. Il disposait pourtant d'un secrétaire particulier et de nombreux hommes pour l'aider, mais il passait des heures interminables à la cour. Il jouissait d'un vaste appartement au palais de Whitehall, où il dormait le plus souvent. Ses rares moments de détente, il les consacrait aux Grey, à Suffolk House, près de Whitehall, où il se rendait avec plaisir dès qu'il pouvait s'échapper quelques heures. Il lui était malheureusement impossible de voir Bess très souvent, car la jeune femme travaillait chez les Zouche et vivait sous leur toit. Cependant, sa bien-aimée ne quittait pas ses pensées une seconde. Son image envoûtante et radieuse ne cessait d'apparaître à son esprit. Jamais il n'avait rencontré de femme plus belle. Il revoyait chaque détail de son visage, chaque courbe de son corps, ses yeux sombres qui envoyaient des éclairs, ses seins généreux… Parfois, il était si ému qu'il avait l'impression que cette image tremblait. Sous ses airs de veuve vertueuse, Bess jouait les coquettes sans même le savoir. Lorsqu'elle posait sur lui son regard franc, dénué de toute provocation, il succombait aussitôt à son charme.

À force de travail, de détermination et de courage, Cavendish avait réussi tout ce qu'il avait entrepris. À présent, c'était Bess qu'il désirait plus que tout au monde. À quoi bon connaître le succès sans une compagne avec qui le partager ? Le refus de Bess de devenir sa maîtresse ne le décourageait pas, bien au contraire. Pour lui, la situation était simple : il voulait Bess, et il l'aurait.

Un soir, peu avant minuit, Cavendish se présenta à Suffolk House. La maison était encore illuminée de mille chandelles. Il devina que Lady Frances

Grey était en train de jouer aux cartes ou au backgammon.

— William! Je m'ennuie à mourir! s'exclama-t-elle en l'accueillant. Venez donc me raconter les derniers potins de la cour.

Frances congédia ses dames de compagnie, qui se réjouirent de pouvoir enfin aller se coucher.

— Voyons… fit Cavendish. Notre bon ami William Parr a fini par obtenir le divorce. Elizabeth Brooke forme déjà des projets de mariage.

— C'est incroyable! On dirait que ce gredin de Parr a tous les droits, depuis que sa sœur est reine d'Angleterre. D'abord, il devient marquis de Northampton, et voilà qu'il se débarrasse d'une épouse vieillissante. En fait, ce qui m'étonne le plus, c'est que vous soyez au courant avant moi.

— Vous n'ignorez pas que ma fille Catherine doit épouser Thomas, le frère d'Elizabeth Brooke. Il se trouve que je lui ai rendu visite aujourd'hui, chez Lord et Lady Cobham.

— J'avais oublié que Catherine ne vivait plus sous votre toit. Je parie qu'elle est bien plus heureuse chez les Cobham. Pourquoi ne pas vous inspirer de Parr et divorcer de cette capricieuse d'Eliza?

— En Irlande, j'étais décidé à franchir le pas mais, à mon retour, le médecin d'Eliza m'a informé qu'elle souffrait d'une maladie incurable. Un divorce aurait été indigne, en de telles circonstances.

— Vous avez raison. Pourquoi subir le scandale d'un divorce quand les anges de la mort sont sur le point de réaliser votre souhait le plus cher?

Habitué à ce cynisme et à ce ton irrévérencieux de la part de son amie, William la gronda gentiment:

— Frances, ma chère, rien n'est donc sacré à vos yeux?

— Très peu de choses, en effet.

Elle l'observa longuement. Ainsi, la rumeur n'avait pas menti, songeait-elle. Son épouse était mourante. Ils auraient du mal à empêcher les femmes de se jeter à son cou. À peine la pauvre Eliza en terre, elles se crêperaient toutes le chignon pour devenir la prochaine Lady Cavendish. Et Frances espérait bien être aux premières loges pour ne rien rater de ce spectacle.

Cavendish prit la main potelée de Frances dans la sienne et joua distraitement avec ses doigts.

— Chère amie, j'ai un service à vous demander. J'aimerais que vous fassiez de Bess l'une de vos dames de compagnie.

Frances écarquilla les yeux.

— Pourquoi n'y ai-je pas pensé plus tôt ? s'exclama-t-elle. Bess est exactement la personne qu'il me faut pour chasser mon ennui. Mes dames de compagnie actuelles sont ternes et sans intérêt. De plus, elles n'ont rien dans la tête.

— Combien les payez-vous ?

— Cinq livres par an, je crois.

— Proposez-lui-en dix. Je vous verserai cette somme. Je veux qu'elle puisse s'habiller convenablement.

— Sûrement pas ! L'argent n'est rien pour les Tudor. Les tenues dont elle aura besoin lui seront fournies par la garde-robe royale. Ce cher Henri se charge de tous les vêtements portés à Suffolk House, des livrées des domestiques aux corsets des gouvernantes.

— Hum... En tant que trésorier de la Couronne, je devrais peut-être m'intéresser à ces dépenses extravagantes, dit William avec un sourire, ravi que Frances accepte sa suggestion.

— Vous pouvez fouiller parmi mes sous-vêtements si cela vous chante, mon cher, mais ne comptez pas sur moi pour me restreindre. Vous savez pertinemment que la modération m'est inconnue.

— Je sais, Frances. Vous êtes simplement la plus généreuse des femmes et je vous adore, répondit-il en lui baisant la main.

Lorsque Frances Grey lui proposa ce poste, Bess faillit sauter de joie. Elle n'en croyait pas ses oreilles. Par chance, Margaret Zouche ne s'opposa pas à son départ. Elle laissa la jeune femme quitter sa maison, bien qu'à regret.

Frances mit un point d'honneur à offrir à sa protégée un appartement spacieux, avec une chambre et un petit salon. Il se trouvait à l'écart des chambres des autres dames de compagnie. Bess fut subjuguée par le luxe de la décoration et du mobilier. Mais, en quelques jours, elle s'adapta à son nouvel environnement. Par la suite, il lui sembla avoir toujours évolué dans une telle opulence.

Il lui fallait de nouvelles toilettes, décréta Frances, qui décida d'en profiter pour changer sa propre garde-robe. Les deux femmes passèrent des heures à parler chiffons, à choisir des couleurs, à sélectionner des tissus. Bess savait parfaitement ce qui lui allait le mieux. Elle avait un goût immodéré pour les tenues un peu voyantes et pourrait enfin en arborer, pour la première fois de sa vie. Frances opta pour des teintes plus sobres, qui flatteraient ses rondeurs et ses cheveux blonds. Bess préféra des tons audacieux et raffinés : saphir, améthyste, turquoise et émeraude. Elle commanda aussi des jupons en taffetas noir qui bruissaient délicieusement, des bas en dentelle noire et des chaussures à hauts talons.

159

Bess semblait si majestueuse que les domestiques s'empressaient de la satisfaire, comme s'ils avaient eu affaire à une grande dame. Les nobles qui défilaient à Suffolk House la traitaient en égale. Sa complicité avec la marquise de Dorset était manifeste. Bess n'avait aucune tâche précise, aussi était-elle libre d'étudier à loisir la façon dont fonctionnait le foyer des Grey et d'acquérir les compétences nécessaires à cette vie de luxe. Elle déployait une énergie sans limites. Lady Frances attendait d'elle qu'elle l'aide à recevoir ses invités chaque soir jusqu'à minuit, puis qu'elle lui apporte sa tasse de chocolat chaque matin, pour commenter avec elle les derniers ragots.

Un matin, Bess entra dans la somptueuse chambre à coucher de Frances et écarta les épais rideaux.

— Bonjour, Lady Frances!

Elle posa le plateau sur la table de chevet.

— Seigneur, ne me dites pas qu'il est déjà l'heure de se lever! balbutia Frances. Allez-vous-en!

Bess ignora ses protestations.

— Il est presque 10 heures. Vous m'avez demandé de vous rappeler que vous deviez préparer une réception très spéciale, aujourd'hui.

— Chère enfant, comment faites-vous pour supporter mes sautes d'humeur?

Frances prit un miroir et tira la langue.

— J'ai la bouche sèche et pâteuse.

Bess lui tendit une tasse de chocolat et s'assit sur le bord du lit.

— Lady Frances, comment vous remercier pour votre bonté? Je vous suis infiniment reconnaissante...

— Mais non! C'est moi qui devrais vous remercier, au contraire, Bess. Nous nous entendons à merveille. Je n'ai pas le moindre scrupule à partager avec vous mes petits secrets, parce que je sais que je peux compter sur votre entière discrétion. Figurez-vous que j'ai embauché un nouveau palefrenier charmant, qui me rend folle de désir. C'est un grand garçon très viril, une vraie brute ! Vous m'accompagnerez quand j'irai faire du cheval et vous vous arrangerez pour que nous ne soyons pas dérangés. J'aurai besoin d'intimité lorsqu'il me donnera mes leçons d'équitation.

Bess se mit à rire, pensant que sa maîtresse ne cherchait qu'à la provoquer.

— Naturellement, en retour, je veillerai à ce que personne ne vous importune quand vous recevrez un amant. À propos de Cavendish, nous devons nous occuper de cette réception.

Le sourire de Bess s'envola. Elle rougit violemment.

— Cavendish n'est pas mon amant.

Frances la dévisagea, abasourdie.

— Décidément, vous êtes une femme intelligente ! Vous accordez vos faveurs au prix fort, comme l'a fait Anne Boleyn. Pas d'amour avant le mariage ! Comment diable avez-vous réussi à tenir à distance cet étalon en rut de William ? Et comment parvenez-vous à contrôler vos propres pulsions ? Moi, j'en serais bien inca-pable.

Bess songea au trouble infini qu'elle ressentait chaque fois que William la touchait, mais elle répondit :

— Je refuse de me conduire en catin.

— Chérie, nous sommes toutes des catins en puissance. Nous nous donnons soit par intérêt, soit par désir charnel. La seule différence, c'est que certaines d'entre nous font payer leurs faveurs plus cher que d'autres. Vous êtes très avisée d'exiger le mariage, puisque William se retrouvera bientôt veuf. Mais ne laissez surtout pas une autre femme vous coiffer au poteau. Si vous le repoussez d'une main, soyez certaine de l'attirer de l'autre. Rappelez-vous qu'il faut savoir reculer, mais aussi avancer. Il y a quelques années, je vous ai dit que la provocation était le meilleur moyen de mettre le grappin sur un mari. Je suis très flattée que vous suiviez mon conseil.

Ce n'était nullement le cas, pensa Bess, furieuse. Puis son honnêteté prit le dessus. Lady Frances avait raison, s'avoua-t-elle en s'empourprant à nouveau.

— Cette réception en l'honneur de Sir William sera aussi importante pour vous que pour lui, si vous avez pour ambition de l'épouser.

Bess ne nia pas. Elle cessa de protester et écouta sa maîtresse avec attention.

— Pour devenir conseiller privé du roi, Sir William doit recevoir l'approbation et le soutien des autres conseillers, d'où ce dîner. William Paulet étant le parrain de Cavendish, il interviendra en sa faveur, tout comme son ami Parr et William Herbert, comte de Pembroke.

Bess saisit alors toute l'importance que revêtait le mariage à la cour des Tudors. L'une des sœurs de Parr avait épousé le roi Henri, tandis qu'une autre était comtesse de Pembroke. Parr lui-même était sur le point de se marier avec Elizabeth Brooke, fille de Lord Cobham, tandis que le frère de celle-ci, Thomas, était fiancé à la fille de William Cavendish.

— Avez-vous invité les épouses à ce dîner ?

— Bien sûr, Bess. L'influence de sa femme est souvent primordiale pour un homme de pouvoir.

Prenez le conseiller Edward Seymour, par exemple, comte de Hertford. Je déteste son épouse. C'est une vraie garce – envieuse, avare, intéressée. Bref, exactement le genre de femme qu'il faut à un homme ambitieux. Restez sur vos gardes avec elle, Bess. En revanche, vous n'avez rien à redouter de la femme de John Dudley, de Lady Warwick ou de Lady Pembroke, car elles vous connaissent déjà, depuis votre visite à Chelsea.

— Il semblerait qu'un simple dîner puisse donner lieu à des intrigues et des coups de poignard dans le dos. Peut-être ne devrais-je pas y participer, dit Bess, hésitante.

— Si vous voulez jouer gagnant à la cour des Tudors, il faut accepter de vous mettre en danger. Une femme dotée de votre intelligence et de votre beauté peut se révéler un atout précieux pour Sir William Cavendish dans son ascension professionnelle. Soyez sa cavalière, lors de cette soirée, et les plus grands de ce monde vous considéreront comme un vrai couple.

— Sûrement pas! Ma réputation serait anéantie, car nul n'ignore que Sir William est un homme marié. De plus, une telle attitude risquerait de repousser d'autres soupirants éventuels.

— Dans ce cas, je vous placerai à côté d'un autre invité. Voyons… Mon ami, le comte de Shrewsbury, est veuf. Il a besoin d'une cavalière.

— Je connais le comte de Shrewsbury. Il a fait preuve d'une grande bonté lorsque j'ai sollicité son aide.

— Alors, vous serez placée à côté de lui. J'avoue que j'ai du mal à le cerner. C'est l'un des rares hommes de ce pays qui n'ait pas besoin d'argent. Je ne sais s'il soutiendra Cavendish. Prenez soin de porter une robe qui flatte votre superbe poitrine.

C'est notoire, les vieux messieurs y sont très sensibles.

Le soir venu, Bess remonta la Longue Galerie au bras du frère de Frances Grey, Lord Suffolk. Elle croisa Sir William Cavendish, qui venait d'arriver de Whitehall.

— Bess, acceptez-vous de dîner en ma compagnie ?

— Joignez-vous donc à nous, répondit-elle aimablement.

Cavendish toisa le jeune Suffolk avec dédain.

— Lord Dorset vous cherche, lui lança-t-il sèchement.

Le jeune homme, qui n'était pas de taille à affronter le puissant Cavendish, se retira timidement.

— Vous êtes un peu grossier, commenta Bess.

— Ce n'est qu'un gosse. Il vous poursuit de ses assiduités comme un petit chien. Je tiens à rester seul avec vous.

— Je vous assure que nous ne serons pas seuls dans la salle à manger.

— La salle à manger ? répéta-t-il. Nous dînerons dans vos appartements, là où nul ne viendra nous déranger.

— Nous serons vite interrompus. N'oubliez pas que je suis dame de compagnie. Lady Frances aura peut-être besoin de moi.

— Seigneur, ne soyez pas aussi naïve ! répliqua-t-il, amusé. Si nous sommes ensemble, Frances n'osera pas nous interrompre. Je vais commander un repas et je vous rejoins chez vous très rapidement.

— Vous savez donc où je réside ? demanda la jeune femme, un peu étonnée.

— Naturellement. C'est moi qui ai choisi cette suite à votre intention.

En le regardant s'éloigner dans la Longue Galerie, Bess entendit ces derniers mots résonner dans son esprit. Puis elle se rappela les paroles de Lady Frances, lorsque celle-ci lui avait affirmé qu'elle ne l'importunerait pas si elle recevait un amant. Bess eut soudain des soupçons. Lady Frances et William étaient complices. Elle avait été engagée à Suffolk House sur la requête de Cavendish, uniquement pour le plaisir de ce séducteur ! Une sourde colère envahit aussitôt la jeune femme.

Tout en arpentant sa chambre de long en large, elle répéta le petit discours qu'elle comptait lui assener. Ce soir, elle prendrait sa revanche sur la souffrance qu'il lui avait infligée deux ans auparavant. Il n'était rien de plus qu'un vaurien qui complotait encore pour la séduire. Mais il allait découvrir à qui il avait affaire !

Bess s'agenouilla devant sa malle et en fouilla fébrilement le contenu, à la recherche de la lettre infâme qu'il lui avait adressée. Elle en glissa les deux moitiés dans son décolleté et se prépara à la bataille qu'elle entendait livrer contre lui. Dès qu'il frappa à la porte, elle se précipita pour lui ouvrir.

— Immonde bâtard !

Le valet qui portait un plateau lui présenta ses excuses. Le page qui l'accompagnait lui sourit bêtement.

— Posez tout cela sur la table, ordonna-t-elle d'un air dégagé, refusant de trahir sa honte.

Cavendish arriva avant le départ des domestiques, ce qui évita à Bess de l'insulter.

Fascinée, elle le regarda fermer la porte et tourner la clé dans la serrure.

— Vous êtes radieuse, ce soir, ma beauté.

— Ce doit être parce que je suis folle de rage, répliqua-t-elle d'un ton suave.

— Certainement.

Ses yeux pétillaient de malice. Il semblait si satisfait de lui-même que la colère de Bess augmenta encore.

— Dites-moi, Sir William, à quel moment Lady Frances et vous avez décidé que je deviendrais votre maîtresse ? Je n'ai pas souvenance d'avoir été consultée à ce propos.

— Bon sang, Bess, j'essaie de vous faire la cour ! Je ne pouvais me présenter chez les Zouche et vous courtiser sous les yeux de cette prude de Margaret.

— Lady Frances, elle, n'est pas choquée par votre comportement licencieux. Comme c'est pratique ! Peut-être vous a-t-elle toujours permis d'amener vos catins à Suffolk House ?

— Bess, arrêtez immédiatement cette comédie ! Vous savez très bien que je ne vous considère pas comme une catin !

— Vous mentez ! Il suffirait que je cède pour que vous fassiez de moi une traînée dès ce soir ! Vous n'êtes pas en mesure de m'épouser, alors je dois me contenter du rôle de catin !

— Il y a un monde de différence entre une maîtresse et une catin.

Bess était au bord des larmes. Pas une fois il ne lui avait dit qu'il l'aimait, pas une fois il ne lui avait dit qu'il souhaitait l'épouser. Désespérée, elle laissa libre cours à sa colère. C'était le seul moyen d'empêcher ses larmes de couler.

— Il n'y a aucune différence ! Toutes deux offrent leurs faveurs à un homme moyennant rétribution. En m'installant à Suffolk House, vous m'avez compromise. Soyez maudit ! Je refuse de rester ici dans ces conditions.

— Bess, ne soyez pas ridicule. Vous êtes bien mieux à Suffolk House qu'ailleurs.

Bess en était consciente, mais elle continua à exprimer ses griefs. William dissimula son amusement et la laissa se défouler tout son soûl. Elle parla sans reprendre son souffle, les mains sur les hanches, ses cheveux flamboyants rejetés en arrière.

Enfin, haletante, elle se calma un peu. Le désir de William était à son comble. Jamais il n'avait connu créature plus passionnée, plus belle. Il était fasciné de la voir s'emporter ainsi. Elle l'ignorait encore, mais seule une étreinte fougueuse pouvait la soulager.

Il l'enlaça tendrement et écarta quelques mèches de son front moite.

— Vous avez terminé, chérie ?

— Je viens à peine de commencer ! rétorqua-t-elle, hors d'haleine.

Il resserra son étreinte, plaquant ses seins contre son torse puissant.

— J'ai un cadeau pour vous.

William sortit de sa poche un petit écrin en velours. À ce moment-là, il entendit un bruit de papier froissé dans le décolleté de sa robe.

— De quoi s'agit-il ?

— Du dernier cadeau que vous m'avez offert !

Il haussa les sourcils, tandis qu'elle plongeait la main dans son décolleté pour en extraire une lettre déchirée en deux qu'elle brandit sous le regard médusé de William.

— Monsieur Cavendish, naguère, j'avais confiance en vous. Lorsque le monde entier s'est retourné contre moi, je vous ai écrit pour vous demander votre aide, je vous ai supplié. J'ai placé mes derniers espoirs en vous, et vous m'avez abandonnée. En recevant cette lettre, j'ai eu du mal à croire que vous me rejetiez. J'ai eu envie de mourir !

Malgré ses efforts, elle ne put retenir ses larmes plus longtemps.

William lui prit la lettre des mains et la relut.

— Qu'avez-vous fait ? s'enquit-il.

— J'ai lutté !

— Comment ?

— Je suis entrée dans une rage folle.

Soudain, elle riait à travers ses larmes. Décidément, la colère était toujours le meilleur des refuges.

William la serra contre lui sans un mot et l'entraîna vers le divan.

— Bess, je vous adore. Je vous jure sur ma vie que je ne vous décevrai plus. Accordez-moi une seconde chance. Offrez-moi une nouvelle fois votre amour et votre confiance. En retour, je remuerai ciel et terre pour vous donner tout ce que vous voulez.

Elle le regarda droit dans les yeux.

— Même si j'acceptais de vous laisser me courtiser, jamais je ne serai complice d'un adultère avec vous.

Il serra les dents, furieux.

— Pourquoi refusez-vous de coucher avec moi ?

— Parce que vous me feriez un enfant, bien sûr. Et je refuse de subir cet affront.

Il éclata de rire.

— Bess, vous êtes vraiment unique. Jamais je n'ai vu une femme aussi prête à être aimée, aussi ouverte à la passion, mais votre esprit terre à terre l'emporte sur les appels de votre cœur et de vos sens. Au moins, nous nous montrons honnêtes l'un envers l'autre, ce qui n'est pas le cas de tous les couples. J'attendrai que vous soyez dis-

168

posée à vous donner à moi. Je vous ai déjà perdue une fois. Je ne commettrai plus jamais la même erreur.

— Vous me promettez de ne plus chercher à me séduire ?

— Oh, je chercherai à vous séduire, mais je suis d'accord pour patienter jusqu'à ce que vous soyez prête. D'ailleurs, cela ne durera pas très longtemps. Ma femme se meurt...

Bess posa vivement un doigt sur ses lèvres pour le faire taire.

— Il ne faut pas souhaiter la mort de quelqu'un, William. Votre conscience vous tourmenterait à tout jamais.

— Je n'ai pas de conscience, ironisa-t-il.

— Moi, si ! Je ne pourrais vivre heureuse si mon bonheur devait dépendre du malheur d'une autre femme.

— Je ne vous parlerai plus d'elle. Les moments que nous passons ensemble sont trop précieux pour être gâchés par de mauvaises pensées. Il faut savoir profiter de la vie, rire et s'aimer. Allez, ouvrez donc votre cadeau.

Bess s'exécuta et découvrit un superbe collier d'améthystes.

— Je ne puis l'accepter, murmura-t-elle en caressant les pierres du bout des doigts.

— Mais si. Je suis un homme riche. Ne me privez pas du plaisir de vous offrir ce dont vous rêvez. Je suis généreux de nature. J'aimerais déposer le monde entier à vos pieds.

Il prit l'élégant collier et le mit à son cou. Puis il l'embrassa sur la nuque, avant de laisser retomber ses longs cheveux roux.

— Vous cherchez encore à m'attirer dans vos filets, gronda Bess.

Elle n'était plus en colère contre lui, mais n'avait pas l'intention de lui céder ou de lui pardonner.

— Pardonnez-moi, chérie. Mais je vous permets de manger avant de solliciter une petite récompense, ajouta-t-il avec un regard amusé.

— Vous n'êtes qu'un gredin !

— Tout ce que vous direz de moi, en bien ou en mal, sera vrai. Certes, je suis un gredin, mais c'est ce qui fait mon charme, vous ne trouvez pas ?

Décidément, cet homme faisait preuve d'une arrogance incommensurable. Bess devait le remettre fermement à sa place. Elle s'écarta de lui et répondit :

— Peut-être, Sir William, mais vous n'êtes pas le seul homme de la cour à avoir du charme. Loin s'en faut. Si vous souhaitez devenir mon prétendant, il faudra vous joindre aux autres. J'ai décidé de réfléchir très sérieusement à toutes les demandes en mariage que je recevrai.

Blême de colère, William se retint de la plaquer sur le tapis et de la faire sienne. Jamais il n'avait rencontré de femme plus provocante et plus envoûtante à la fois. Le jour où cette petite tigresse lui appartiendrait corps et âme, il ne serait pas déçu, songea-t-il.

12

Le soir de la réception donnée en l'honneur de Sir William, Bess choisit une robe en velours pourpre, dont le décolleté plongeant mettait en valeur son collier d'améthystes. Ses manches bouffantes étaient brodées de motifs en soie rose.

Jamais la jeune femme ne s'était sentie aussi belle.

— Bess, je vous en prie, délacez donc ce maudit corset ! J'étouffe ! implora Lady Frances.

Bess s'exécuta, puis elle aida sa maîtresse à enfiler une robe rouge carmin. Frances ouvrit ensuite son coffret à bijoux et choisit ses plus gros rubis. De temps à autre, Bess regardait par la fenêtre, guettant l'arrivée de Cavendish, excitée comme une enfant. La Tamise était encombrée de bateaux somptueux amenant les prestigieux invités. Elle reconnut l'embarcation des Talbot, ainsi que celle de Thomas Seymour, surmontée du pavillon d'amiral de la flotte. Tout à coup, apercevant le bateau du souverain, Bess retint son souffle.

— Vous n'avez pas invité le roi Henri ?

— Bien sûr que non, répondit Lady Frances. Ce soir, c'est Sir William Cavendish le roi de la fête.

— Le bateau vert et blanc des Tudors est pourtant facile à reconnaître. Je n'ai pu me tromper.

— Vous ne vous méprenez pas, ma chère. Il s'agit de Lady Elizabeth, ma chère cousine.

— Vraiment ? Je me demande si la princesse se souviendra de moi.

— Elizabeth Tudor n'oublie jamais personne. Je l'aime tendrement, mais ne vous avisez pas de la trahir, Bess, sinon elle vous en voudra toute sa vie.

Lady Frances se maquilla avec soin, puis elle se leva et secoua ses jupons.

— À présent, rappelez-vous que, ce soir, Sir William et moi sommes les hôtes. Henri sera votre cavalier jusqu'au moment du dîner. Mon mari s'y entend à merveille pour mettre un nom et un titre sur chaque visage. Si vous avez le moindre doute concernant un invité, adressez-vous à lui. Nous nous tiendrons à l'entrée du grand salon pour saluer les premiers convives. Mais je sais d'expérience qu'il ne vaut mieux pas annoncer le nom de chacun de façon solennelle, comme on le fait à la cour. Le protocole change sans cesse, et je ne veux froisser personne.

À cet instant, Henri Grey entra dans la pièce.

— Chère Frances ! Vous ne pouvez vous empêcher de froisser les gens. C'est d'ailleurs votre seul défaut.

— Le pauvre homme ! Il est bien ignorant ! s'exclama Frances en levant les yeux au ciel.

Henri lança un regard complice à Bess.

— Vous voyez ? Elle ne s'en rend même pas compte ! Mesdames, êtes-vous prêtes à descendre ?

Lorsque Bess apparut, Cavendish afficha un sourire approbateur. Bess sentit sa gorge se serrer. Elle tenait à s'acquitter de sa tâche convenablement, être pour lui un atout et non un fardeau, même si elle n'était qu'une modeste fille de fermier perdue dans une salle pleine de nobles plus titrés les uns que les autres.

La jeune femme redressa fièrement la tête. Après tout, Bess Hardwick avait autant de valeur qu'une aristocrate. Quand Henri Grey commença à la présenter aux invités, elle se détendit un peu, mais oublia aussitôt les noms et titres des convives qu'elle saluait. Elle dut se forcer pour accorder toute son attention aux paroles de son compagnon.

— William Parr, marquis de Northampton, et sa fiancée, Lady Elizabeth Brooke, annonçait celui-ci.

Les deux prénoms les plus courants dans la noblesse étaient assurément William et Elizabeth. Puis Bess se rendit compte qu'elle se trouvait face au frère de la reine, l'un des hommes les plus importants du royaume.

Intéressé, William Parr haussa les sourcils et s'adressa à Henri Grey :

— Ainsi, c'est elle ? Elle est en effet d'une beauté saisissante ! Pas étonnant que ce gredin de Cavendish nous l'ait cachée jusqu'à ce soir !

Bess cligna les yeux. De toute évidence, le frère de la reine se moquait qu'elle n'ait pas de titre. Elle était une femme jeune et désirable, William Parr un homme charmant. Tous deux sympathisèrent rapidement.

Lord et Lady Cobham arrivèrent à leur tour.

— Je vous ai inscrite sur ma liste d'invités pour le mariage, en compagnie de Sir William. Promettez-moi que vous viendrez, fit Lady Cobham.

Bess se rappela qu'il s'agissait des parents d'Elizabeth Brooke. L'entourage de Sir William Cavendish semblait les considérer déjà comme un couple établi. Cette attitude agaçait Bess. William avait-il raconté à tout le monde qu'ils étaient amants ? Du coin de l'œil, elle vit une superbe jeune fille brune embrasser Cavendish avec fougue. Elle se figea et lança un regard noir à sa rivale. La jeune fille éclata d'un rire cristallin et échangea quelques mots avec William, qui s'esclaffa à son tour. Bess serra les dents. Lorsque l'inconnue vint saluer Henri Grey, Bess fut frappée par sa jeunesse.

— Je vous présente Catherine Cavendish, la fille de Sir William, et son fiancé, Thomas Brooke.

— Je suis ravie de vous rencontrer, déclara Catherine. Père m'a dit combien vous comptiez pour lui.

Bess afficha aussitôt un sourire plein de tendresse, soulagée d'apprendre que sa supposée rivale était en fait la propre fille de William. D'ailleurs, elle lui ressemblait de façon frappante.

— Je suis un peu anxieuse, confia la jeune Catherine. Je ne suis encore jamais allée à une réception officielle.

— Ne vous inquiétez pas, chérie, fit Bess avec affection. Vous paraissez déjà très mûre pour votre âge. Je sais que votre père est extrêmement fier de vous. À juste titre, d'ailleurs.

Bess se sentit soudain plus adulte elle-même et reprit confiance en elle.

Soudain, tous les regards se portèrent sur une silhouette mince vêtue de blanc. Lady Elizabeth Tudor arrivait avec sa suite. Elle posa sur Cavendish un regard indifférent, mais embrassa chaleureusement Lady Frances.

— Merci de m'avoir invitée, Frances, lui dit-elle. Je n'oublierai pas votre gentillesse.

Puis elle aperçut Bess et lui témoigna son amitié devant tous les autres convives.

Bess fit la révérence, mais la princesse lui ordonna aussitôt de se relever et l'entraîna à l'écart pour lui dire quelques mots en particulier.

— Pourrons-nous avoir une conversation privée à l'issue du repas ?

— Bien sûr. Je possède mes propres appartements au palais, Votre Grâce.

Bess constata avec étonnement que la princesse avait beaucoup grandi depuis leur dernière rencontre. Elle était très svelte et n'était toujours pas formée, mais elle avait un port de reine et son épaisse chevelure rousse formait comme une cape sur ses frêles épaules. Malgré sa jeunesse, elle affichait le comportement d'une femme raffinée et mondaine. Seule la petite flamme qui brûlait dans ses beaux yeux d'ambre trahissait son âge.

Avant de rejoindre sa suivante et Sir William St. Loe, son garde personnel, Elizabeth dit à Bess :

— À mon signal, je fausserai compagnie à ces deux-là et nous monterons chez vous.

Sur ces mots, elle alla saluer les Dudley et les Herbert.

Les invités affluaient. Lady Frances Grey considéra qu'elle était restée assez longtemps à l'entrée et qu'il était temps pour elle de se mêler à la foule. Elle prit le bras de Cavendish et fit signe aux domestiques de servir du vin avant de passer à table.

Comme un vieil homme élégant s'approchait de Bess, Henri Grey s'inclina et déclara :

— Puis-je vous présenter...

— C'est inutile, Dorset, coupa-t-il. Nous nous sommes déjà rencontrés.

Bess fit une révérence, flattée que le puissant comte l'ait reconnue.

— Lord Shrewsbury, je vous dois toute ma gratitude.

Les yeux du vieil homme se mirent à pétiller.

— J'ai appris que vos problèmes étaient réglés.

— En effet, grâce à votre intervention, Monseigneur. Je vous remercie du fond du cœur.

Le cinquième comte de Shrewsbury baisa galamment la main de la jeune femme.

— Je vous en prie. Il ne m'arrive plus très souvent d'offrir mes services à une jeune et jolie créature et de lui faire plaisir.

Ce sous-entendu un peu égrillard amena un sourire sur les lèvres de Bess.

— Je crois que nous sommes voisins de table, ce soir, Monseigneur, déclara-t-elle en acceptant son bras.

— Tous les jeunes gens vigoureux de l'assemblée vont m'envier. Voici ma belle-fille, Lady Gertrude Talbot, et mon fils aîné George, que vous connaissez déjà, il me semble.

Abasourdie, Bess croisa le regard bleu perçant de George Talbot. Il portait une superbe tunique en velours noir et une lourde chaîne ornée de saphirs, dont la couleur était parfaitement assortie à ses yeux. Ses cheveux ondulaient souplement sur ses épaules, bien plus longs que ne le voulait la mode lancée par le roi. Bess observa ensuite l'épouse du jeune homme, une femme très ordinaire, manifestement enceinte. Elle rougit en se rappelant les paroles moqueuses de Robin Dudley, autrefois, sur l'âge où George pourrait enfin consommer son union avec l'austère Gertrude.

Elle se tourna vers George Talbot, qui se tenait bien droit, sûr de lui, et comprit qu'il avait deviné ses pensées. Il esquissa un sourire sensuel et taquin, et Bess se sentit rougir malgré elle.

— Nous voilà donc réunis à nouveau, madame Elizabeth Barlow, railla-t-il. Comment allez-vous ?

— Très bien, Monseigneur.

Son regard approbateur passa sans vergogne du décolleté de Bess à son visage, s'attardant sur ses lèvres vermeilles.

— En effet, vous êtes radieuse. L'air de Londres vous réussit. Cette ville récompense toujours les ambitieux.

Pour masquer sa gêne, Bess s'adressa à Gertrude :

— Je suis enchantée de vous rencontrer. Lady Elizabeth m'a toujours parlé de vous en termes élogieux.

La princesse n'avait rien dit de tel, naturellement. Au contraire, elle avait déclaré que le pauvre George n'avait été fiancé à la terne fille du riche comte de Rutland que pour préserver la fortune des Talbot. Bess scruta la jeune femme. Elle paraissait si triste que Bess eut pitié de l'enfant qu'elle portait.

Après le dîner, Lady Frances invita ses convives à se disperser librement dans la maison pour bavarder à leur guise. Elle n'avait prévu aucune attraction pour les distraire, mais avait fait venir des musiciens. Dans un salon, des tables de jeu attendaient les amateurs. De nombreux accords se concluaient autour d'une partie de cartes.

Bess rejoignit Frances et Cavendish, qui discutaient avec Henri Grey et William Parr.

— Cette réception est un grand succès. Tout se déroule bien ?

— Je crois que nous avons remporté la partie, ma chère. Le seul conseiller que nous ne pouvions pas manipuler était le comte de Shrewsbury, mais vous êtes une jeune femme si intelligente qu'il vous mange dans la main.

— Il semble en effet me trouver séduisante, confia Bess à voix basse.

Les trois hommes plongèrent le regard dans le décolleté de Bess, d'où jaillissait la naissance de ses seins généreux et parfumés, et échangèrent des coups d'œil entendus.

— Je ne vois pas pourquoi, fit le frère de la reine d'un air innocent.

Bess retint son souffle en sentant deux bras puissants l'attirer contre un corps masculin et ferme.

— Eh bien, Cavendish ! On peut vous faire confiance pour monopoliser la plus belle femme de la soirée. À quoi servent les amis, je vous le demande ?

Bess se dégagea vivement de l'étreinte audacieuse de l'amiral et se rapprocha instinctivement de Cavendish.

— Un ami digne de ce nom ne chasse pas sur les terres d'un autre, Thomas, prévint Cavendish.

Bess était furieuse. Elle n'était la chasse gardée de personne. Dès qu'elle se retrouverait seule avec Cavendish, elle ne se priverait pas de le lui dire.

— Détrompez-vous ! répliqua Thomas Seymour en riant. À la chasse, tous les coups sont permis.

Bess faillit s'étouffer de rage. Elle n'avait su préserver sa vertu qu'à grand-peine, et ce rustre de Thomas Seymour parlait d'elle comme d'une femme légère !

— Toutes les proies ne se laissent pas facilement attraper, Monseigneur.

Seymour inclina galamment la tête.

— Pardonnez-moi. Les rousses flamboyantes ont quelque chose qui rend toutes les autres femmes ternes et sans intérêt.

— Soyez maudit, vil goujat ! lança Lady Frances en le frappant avec son éventail, faisant mine d'être offensée par ses propos.

Tout le groupe s'esclaffa, et la tension s'envola aussitôt.

Thomas Seymour prit l'air sérieux, ce qui lui arrivait rarement.

— J'userai de mon influence auprès du roi pour que vous soyez nommé conseiller privé, William, si vous me promettez de parler en ma faveur aux autres conseillers afin que je sois également nommé.

Bess écouta attentivement ces hommes de pouvoir manœuvrer entre eux pour satisfaire leurs ambitions. Elle absorbait les moindres détails comme une éponge, consciente que ces leçons lui seraient utiles dans l'avenir. À l'autre extrémité de la salle, elle vit soudain Lady Elizabeth lui adresser le signal convenu. Tout lui parut alors irréel. Elle, dame de compagnie de la nièce du roi, fréquentait le frère de la reine, repoussait les avances du beau-frère du roi et conspirait secrètement avec la princesse royale !

Bess sourit. Tout ce qu'elle désirait était désormais à sa portée, elle le sentait. Peut-être lui suffisait-il de tendre la main pour que le monde lui appartienne... Elle hocha la tête et s'éclipsa discrètement, sachant que la princesse lui emboîterait le pas.

Lorsque Bess referma enfin la porte de ses appartements, la princesse balaya la pièce de ses yeux d'ambre.

— Saviez-vous que mon père avait installé ma mère à Suffolk House avant leur mariage, afin qu'ils puissent s'y retrouver ? Nous ne sommes qu'à deux pas de Whitehall. J'imagine sans peine ma mère, attendant son amant dans son grand lit. J'ai certainement été conçue ici même ! Je me demande combien de fois il l'a aimée avant d'inonder ses entrailles de la semence qui allait me donner la vie.

Bess fut un peu choquée par l'intérêt que l'impudique princesse manifestait pour les rendez-vous amoureux et les ébats de ses propres parents.

— Suffolk House possède une histoire fascinante, déclara-t-elle prudemment.

— C'est évident. Mais je ne suis pas venue ici pour échanger des platitudes. Je veux savoir quel effet cela fait d'être possédée par un homme.

— Pourquoi me posez-vous cette question, Votre Grâce ?

— Parce que, depuis notre dernière rencontre, vous vous êtes mariée. Vous avez accompli votre devoir conjugal. À présent, vous êtes veuve. Auprès de qui d'autre pourrais-je me renseigner ?

— Mon défunt mari était encore plus jeune que moi. De plus, il était très malade.

Bess eut soudain honte de son ignorance. Bien qu'elle ait été mariée, elle ignorait tout de l'amour physique.

— Soyez maudite, Bess Hardwick ! Nous avions conclu un pacte de confiance, rappelez-vous !

— Votre Grâce, je vous jure que je vous dirais tout si j'en avais la moindre idée. Je ne l'ai révélé à personne, mais mon mariage n'a pas été consommé.

Elizabeth dévisagea la jeune femme, incrédule.

— Votre mari ne vous a jamais prise ?

La princesse fronça les sourcils, consternée.

— Et Cavendish ? s'enquit-elle.

Bess n'en croyait pas ses oreilles. Une fois de plus, quelqu'un insinuait qu'elle et Cavendish étaient amants.

— Nous n'avons jamais commis l'adultère. N'oubliez pas que Sir William est un homme marié.

— Ce détail n'arrête pas les hommes. En tout cas, il n'a jamais empêché mon père d'agir à sa guise !

— Moi, je ne peux pas, dit tranquillement Bess.

— Seigneur, quelle déception ! Je suis furieuse !

— Je vous garantis que Sir William m'en veut aussi, répondit Bess avec humour.

Elizabeth éclata de rire

— Bess, êtes-vous amoureuse de Sir William ? Est-ce que votre cœur bat la chamade chaque fois que vous le voyez ? Rêvez-vous qu'il vous fait sienne chaque nuit ? Quand il s'approche de vous, avez-vous l'impression que votre sang se met à bouillir dans vos veines ? Que vous flottez sur un nuage ? Avez-vous envie de crier chaque fois qu'il vous touche ?

— Oui, je suis amoureuse de lui. Du moins, je le désire, avoua Bess. Et vous êtes amoureuse aussi, il me semble.

— Moi ? C'est plus que de l'amour ! C'est de la folie ! Vous a-t-il déjà embrassé les seins ? Vous êtes-vous retrouvée nue entre ses bras ?

Bess observa Elizabeth avec inquiétude. Ses yeux brillaient, elle avait le souffle court. La jeune femme savait exactement ce qui était en train d'arriver à la princesse, car elle ressentait le même trouble quand William lui manquait.

— Vous a-t-il montré comment vous masturber pour que vous puissiez échanger du plaisir en toute sécurité ?

Bess n'avait jamais entendu prononcer ce mot étrange, mais elle devina qu'il s'agissait de quelque pratique intime ou érotique.

— Mon Dieu, Votre Grâce ! Vous m'avez dit un jour que vous aviez appris à être prudente. De qui donc êtes-vous amoureuse ?

Elizabeth émit un petit rire.

— En tout cas, je suis assez prudente pour ne pas divulguer son nom. J'aurais dû savoir que vous et moi, étant si proches, nous trouvions exactement au même stade sur le chemin mystérieux de la féminité.

— Non, Votre Grâce, nous ne le sommes pas. J'ai cinq ans de plus que vous. Vous ne devriez même pas être au courant de ces choses. Robin Dudley vous aurait-il ravi votre innocence ?

— Robin n'est qu'un blanc-bec, lança la princesse avec mépris. Je suis amoureuse d'un homme plus âgé, un homme du monde. Je l'ai d'ailleurs choisi pour mari. Voilà, je l'ai dit ! Vous êtes la seule personne à connaître mon secret. Bess, promettez-moi sur votre vie que, dès que Cavendish vous aura pris votre virginité et que vous serez amants, vous viendrez me voir pour tout me raconter. Je ne puis le demander à personne d'autre et je vais mourir si je ne sais pas tout dans peu de temps.

— Votre Grâce, promettez-moi à votre tour de ne pas commettre de bêtises. Vous êtes si jeune ! Vous pourriez gâcher votre vie.

— J'ai peut-être cinq ans de moins que vous sur le calendrier, mais j'ai cinq cents ans pour ce qui est de la maturité et de la sagesse. À présent, descendons rejoindre les autres.

Elizabeth avait une telle autorité que Bess n'osa pas la contredire. La princesse royale n'avait d'ordres à recevoir de personne. De toute façon, elle n'en ferait qu'à sa tête.

En retrouvant Lady Frances dans la salle de bal, Bess était en proie à un cruel dilemme. Si la fille du roi était compromise par quelque courtisan sans scrupule, ne devait-elle pas en informer la cour pour éviter la déchéance de la princesse ? Pourtant, elle ne pouvait trahir une amie, alors que celle-ci lui avait accordé sa confiance. Bess pesa le pour et le contre, mais aucune de ces solutions ne lui parut satisfaisante.

— Que signifie se masturber ? demanda-t-elle à voix basse à sa maîtresse.

— Seigneur ! Pour une veuve, vous êtes bien ignorante ! Il s'agit tout simplement de prendre un homme en main, ce qui se révèle nécessaire de temps à autre.

Frances agita son éventail en direction d'un vieux comte.

— Lui, il est trop vieux. D'ailleurs, il n'a plus le poignet assez souple pour se masturber.

Frances éclata de rire, ravie de sa plaisanterie. Bess détourna la conversation.

— Je n'aurais pas dû venir. Tout le monde semble croire que Cavendish et moi formons un couple, bien qu'il soit marié.

— Ils savent tous qu'il sera bientôt veuf et ils

considèrent qu'il a déjà choisi la prochaine Lady Cavendish, une femme qui pourra devenir sa partenaire sur le plan social et intellectuel. Ils sont tous impressionnés par votre esprit et très soulagés que Sir William ait jeté son dévolu sur vous.

Cavendish et le comte de Shrewsbury se joignirent aux deux femmes.

— Mesdames, je vais prendre congé, annonça le comte, avant de se tourner vers Bess. Jamais je n'ai eu voisine de table plus enthousiasmante. Cavendish, nous nous verrons à Whitehall la semaine prochaine.

Bess adressa au vieil homme un sourire radieux et esquissa une révérence. Soudain, elle se sentit observée. Elle leva les yeux et découvrit George Talbot qui approchait d'elle. L'espace d'un instant, il eut un regard meurtrier, puis il lui sourit comme s'ils partageaient quelque secret.

— J'ai été ravi de vous retrouver ici, à Suffolk House, madame. Peut-être nos chemins se croiseront-ils à nouveau dans un proche avenir ?

« J'espère bien que non », songea Bess en lui rendant cependant son sourire.

— Nul ne sait ce que nous réserve l'avenir, déclara-t-elle.

— Je vous souhaite bonne chance, murmura-t-il, d'un ton bien trop familier au goût de Bess.

— Vous aussi, Monseigneur, fit-elle en baissant les paupières.

Avant même que les Talbot se soient éloignés, Frances commenta :

— Vous avez remarqué que Gertrude portait les célèbres perles des Talbot ? Quel gâchis ! En tout cas, on peut dire que le beau George n'a guère tardé à engrosser sa jument dès qu'il l'a eue dans son lit.

— Gertrude affiche un air très hautain, renchérit Bess. Mais elle me fait de la peine.

— Vous êtes folle ! Quand le vieux Shrewsbury aura disparu, elle deviendra comtesse et son mari héritera d'une fortune considérable. Les Talbot sont dix fois plus riches que les Tudors, sans parler de ces légendaires rangs de perles que recèle leur coffre à bijoux.

— Je préfère de loin mes améthystes, répliqua Bess, soudain heureuse que la bonne société l'associe à William.

Elle croisa le regard de Cavendish et frissonna en lisant le désir dans ses yeux de braise.

Un à un, les invités commencèrent à se retirer. Un homme s'approcha de Bess et s'inclina poliment.

— Permettez-moi de me présenter, madame. Je suis Sir William St. Loe, le capitaine de la garde de Lady Elizabeth. Je regrette, mais je ne la trouve nulle part, et le bateau du roi est sur le point de partir.

— La princesse vous a faussé compagnie, j'ai l'impression, fit Bess en souriant.

— Oui, madame. Son Altesse y prend un malin plaisir.

— Vous devriez peut-être la surveiller de plus près, suggéra Bess.

— Lady Elizabeth met un point d'honneur à ne pas se laisser manipuler. Elle a peu de liberté et encore moins d'intimité. J'essaie de me montrer discret.

— Je crois savoir où elle est, Monseigneur. Je vais lui transmettre votre message.

Bess traversa le grand salon et gravit rapidement les marches menant à ses appartements. Lorsqu'elle ouvrit la porte, Elizabeth et Thomas Seymour s'écartèrent vivement l'un de l'autre.

— Vous osez me déranger !

— Pardonnez-moi, répondit Bess en dissimulant son étonnement de son mieux. Votre capitaine me prie de vous informer que votre bateau est prêt à partir.

— Alors, qu'il parte ! s'exclama la princesse, qui semblait disposée à défier le monde entier. L'amiral m'escortera jusqu'à la maison.

L'intéressé ouvrit la bouche pour raisonner la princesse, qui était sa nièce par alliance.

— Elizabeth, ce ne serait pas raisonnable, dit-il en lui caressant les cheveux d'un geste possessif. Soyez sage.

Thomas Seymour croisa le regard de Bess et lui adressa un clin d'œil complice.

— Nous sommes entre amis et nous connaissons la valeur de la discrétion, ajouta-t-il.

Seymour se retira. Les deux jeunes femmes se retrouvèrent face à face, comme pour se livrer combat. Elizabeth avait les joues empourprées et les yeux brillants. Soudain, elle blêmit. La perplexité se peignit sur son visage.

— Puis-je vraiment vous faire confiance, Bess Hardwick ?

À ses yeux, Bess se nommerait toujours Hardwick. Celle-ci sentit son cœur se nouer. La princesse n'avait personne à qui se confier. Bess esquissa une révérence.

— Votre Grâce, vous pouvez placer votre vie entre mes mains, quoi qu'il arrive.

Avec un soupir de soulagement, la princesse vint vers elle, les bras tendus. En prenant ses mains dans les siennes, elle déclara :

— Un jour, je récompenserai votre loyauté. Je n'ai jamais oublié que vous m'aviez mise en garde contre l'ambition de Catherine Parr.

— Est-elle odieuse avec vous ? s'enquit Bess avec compassion.

— Elle le serait si je n'avais pas appris à la manipuler. Nous avons établi des accords. Elle me permet de rester à la cour. En retour, je la fais passer pour une belle-mère dévouée. Comme elle n'entend rien au latin, je lui traduis prières et poèmes pour qu'elle puisse paraître instruite et pieuse. En échange, elle m'autorise à avoir mes propres précepteurs. Elle cherche à pousser mon père à nous reconnaître à nouveau comme filles légitimes, ma sœur Marie et moi. Ainsi, elle m'est utile.

— A-t-elle une grande influence sur le roi ?

— Oui, mais pas grâce au sexe, comme elle le croyait avant son mariage. Elle est plus une mère qu'une maîtresse, ces jours-ci. Le caractère de mon père est insupportable. Il se montre égoïste, impatient, despotique. En cherchant sans cesse à l'apaiser, Catherine a vieilli de dix ans en quelques mois. Comme toutes ses autres épouses, elle a peur de lui.

— Il est impossible de calmer un tyran, dit Bess.

— Exactement ! Dieu merci, je n'en suis pas là, répondit Elizabeth en riant. Catherine s'en charge pour moi.

13

Cavendish s'attendait à être le cavalier de Bess lors du mariage de William Parr et d'Elizabeth Brooke, mais la jeune femme lui refusa cet honneur.

— J'accepte que vous me courtisiez en privé, mais certainement pas en public. Aussi accompagnerai-je les Grey, décréta-t-elle fermement.

Bien que William Parr fût le frère de la reine, la cérémonie se déroula simplement, sans faste, pour ne pas ajouter au scandale provoqué par le récent divorce du marié.

— La mariée est superbe, murmura Bess à Frances, tout en regrettant de ne pas être à sa place.

— Elizabeth Brooke a la tête sur les épaules. Aujourd'hui, non seulement elle devient marquise de Northampton, mais cette petite futée se retrouve belle-sœur de la reine d'Angleterre. On peut dire qu'elle a bien manœuvré !

Le rire de Bess attira l'attention du frère aîné de la mariée, Henri, héritier du titre des Cobham et de leur fortune colossale. Il demanda aussitôt à être présenté à la jeune femme, puis lui servit de cavalier pendant toute la cérémonie. Époustouflé par la beauté de cette ravissante veuve à la crinière flamboyante, Henri Brooke décida soudain qu'il était en âge de se marier, lui aussi.

Cavendish était assis en compagnie de sa fille Catherine, elle-même fiancée à Thomas, le frère cadet d'Henri. Tandis que Bess et Henri dansaient ensemble, Catherine déclara :

— Père, vous avez acquis un goût très sûr dans le choix de vos conquêtes féminines. Mme Barlow m'a plu tout de suite.

— J'avoue que je peux en dire autant, chérie, répondit William en se rappelant sa rencontre avec Bess, devant Suffolk House.

Soudain, une folle envie d'étrangler son ami Henri Brooke s'empara de lui.

— Pourquoi n'invitez-vous pas Bess à danser ? suggéra Catherine.

— La dernière fois que je l'ai fait, elle m'a laissé planté comme un imbécile au milieu de la piste. Cette petite mégère n'hésiterait pas une seconde à recommencer, crois-moi.

Quelques instants plus tard, Bess virevoltait gaiement entre les bras de Sir John Thynne. Tous deux bavardaient avec entrain, apparemment seuls au monde.

— Qui est cet homme ? demanda Catherine. Son visage me paraît familier.

— Il se montre un peu trop familier à mon goût, commenta Cavendish. Il s'agit de mon ami Sir John Thynne, qui travaille pour Lord Edward Seymour. Il se fait construire une somptueuse maison à Brentford.

— J'espère qu'il n'a pas envie de se marier, déclara Catherine d'un air innocent.

Ivre de jalousie, Cavendish se leva d'un bond.

— Viens, chérie. Je vais te le présenter.

À la fin du morceau, Sir William salua Sir John Thynne avec effusion.

— John, permettez-moi de vous présenter ma fille Catherine, qui doit épouser bientôt le jeune Thomas Brooke. Je suis certain que mon futur gendre ne sera pas offusqué si vous lui proposez cette danse.

Toujours galant, Sir John s'inclina devant la fille de son ami. Bess et Catherine échangèrent un regard complice.

— M'accorderez-vous l'honneur de cette danse ? murmura Sir John à Catherine dès les premières notes de musique.

Sir William s'inclina à son tour devant Bess et lui posa la même question.

Contrariée, la jeune femme se mordit les lèvres.

— Je croyais que les vieux messieurs préféraient

rester sagement au bord de la piste. Enfin, le rythme n'est pas trop endiablé. Vous ne risquez guère de vous fatiguer.

— Quand vous avez dansé la gaillarde, vous avez honteusement dévoilé vos jupons et vos bas en dentelle, marmonna William.

Pour une fois, il ne semblait pas amusé le moins du monde. Bess s'efforça de le dérider.

— N'est-ce pas justement le but de la gaillarde? Exciter les appétits des messieurs? Sir John est plus fort que je ne le pensais. Je craignais qu'il ne réussisse pas à me soulever de terre, mais il n'a pas eu la moindre difficulté.

— Il a été à la hauteur, en effet. Tous les hommes vous couvaient des yeux. J'ai même cru que vos seins allaient jaillir de votre décolleté !

— C'est donc sur mes seins que vos yeux s'attardent? fit-elle avec un sourire charmeur. Votre jalousie serait flatteuse si elle n'était pas aussi ridicule. Nous discutions simplement d'architecture.

— Voilà un sujet qui vous passionne! Vous a-t-il invitée à Brentford?

— En fait, oui.

— Naturellement, vous avez accepté? demanda-t-il d'un air menaçant.

Bess redressa fièrement la tête.

— Oui.

La musique se tut.

— Veuillez m'excuser, Sir William. J'ai promis la prochaine danse à Henri Brooke.

Très tard dans la nuit, les jeunes mariés s'éclipsèrent sous les railleries grivoises de leurs invités. Les derniers convives, quelque peu éméchés, commencèrent à prendre congé. Bess et Henri Grey aidèrent une Frances titubante à grimper en voiture. Soudain, deux bras puissants saisirent Bess.

Sans lui laisser le temps d'appeler au secours, l'homme l'entraîna vers une voiture portant le blason des Cavendish. Furieuse, Bess vit William s'installer à côté d'elle et refermer la portière. Il n'affichait pas sa bonne humeur habituelle. Bess savait qu'elle aurait dû se méfier de son expression morose et écouter ce qu'il avait à dire. Mais, au lieu de cela, elle s'écria :

— Serait-ce un enlèvement ? Vous allez me violer, monsieur ?

— J'avoue que j'en ai sacrément envie !

Ulcérée, elle se jeta sur lui pour lui griffer le visage. William lui attrapa les poignets et les serra fortement.

— Cessez donc de vous conduire comme une traînée, ou je vous donne une fessée bien méritée.

— Et vous, cessez de vous conduire comme si je vous appartenais, car ce n'est pas le cas !

— Seigneur ! Vous me rendez fou ! Il est temps que je vous marque au fer rouge.

Sur ces mots, il l'enlaça et s'empara de sa bouche.

Bess lui mordit aussitôt la lèvre, lui arrachant un juron, mais William ne relâcha pas son étreinte.

— Pendant toute la soirée, vous n'avez pas arrêté de provoquer les hommes !

— Je ne faisais rien de mal. Ils avaient des intentions parfaitement honorables. Tous ne pensaient qu'au mariage. Ce sont des hommes d'honneur.

— Moi aussi, je suis un homme d'honneur.

Sa jalousie évidente réjouit Bess. Le pouvoir qu'elle exerçait désormais sur lui la ravissait.

— J'ai décidé que vous seriez mienne et je ne permettrai à aucun autre homme de vous courtiser en attendant ce jour béni.

Cette fois, la bouche de William se fit possessive

et exigeante. Bess ouvrit les lèvres avec un petit soupir d'aise et accueillit en elle la langue fébrile de Cavendish. Puis, délaissant sa bouche, il déposa une traînée de baisers fougueux dans son cou et sur la naissance de ses seins. D'un geste expert, il dénuda sa poitrine et se mit à la caresser, avant de se pencher pour prendre entre ses lèvres un mamelon durci. Bess s'abandonna volontiers à ces sensations voluptueuses, folle de désir. Sans retenue, elle lui offrit son autre sein.

— Si vous saviez quel effet vous produisez sur moi... murmura-t-il d'une voix rauque.

— Dites-le-moi... souffla-t-elle.

— Non, je vais vous le montrer.

Il attrapa la main de la jeune femme et la posa sans vergogne entre ses jambes pour lui faire sentir l'intensité de son désir. Audacieuse, Bess y porta elle-même son autre main. Au premier contact, le membre viril se raidit encore. Sans hésiter, William glissa alors les doigts sous les jupons de Bess. Il caressa ses cuisses à la peau tendre et nacrée, à l'endroit où le bas s'arrêtait. Bess ne put réprimer un frisson d'émoi.

— Non, William ! Je vous en prie ! Je suis encore vierge...

— Qu'est-ce que vous me chantez là ?

— Mon défunt mari n'était qu'un enfant, ne l'oubliez pas. Je ne crois pas qu'il ait consommé notre mariage. En tout cas, je me sens encore vierge.

— Bess, vous ne cesserez jamais de m'étonner, fit William, abasourdi. Vous êtes certaine que vous ne parlez pas sous l'effet du vin ? ajouta-t-il, sceptique.

Bess regretta de lui avoir avoué qu'elle était vierge.

— J'ai un peu trop bu, je l'admets, et je me suis laissé emporter par mes sens. Heureusement, je sais que vous ne chercherez pas à profiter de la situation.

La voiture s'arrêta devant Suffolk House. William s'empressa d'ôter sa veste avant que le valet ouvre la portière, puis il se plaça devant la jeune femme pour lui permettre de couvrir ses seins nus. Lorsqu'elle eut rajusté sa tenue, il descendit de voiture et lui tendit la main.

À ce moment-là, la voiture des Grey arriva.

— Bess, ma chère, fit Henri, vous voulez bien aider la pauvre Frances ? Elle est un peu grise.

— Je ne suis pas grise, voyons ! Je suis excitée comme une puce. Les mariages ont toujours un effet aphrodisiaque sur moi ! Et sur vous ? demanda-t-elle en adressant un clin d'œil complice à Bess.

Le valet demeura impassible, faisant mine d'être sourd et muet. Bess et William, amusés par le comique de la situation, ne purent s'empêcher de rire.

— Elle a raison, murmura William à l'oreille de la jeune femme. Je suis très excité, moi aussi. Je crois que je ferais mieux de passer la nuit à la cour.

— Henri, je vous attends, mon cher ! lança Frances. Quant à vous, Bess, j'ai besoin de vous pour enlever cet affreux corset.

La saison d'hiver fut l'une des plus animées que Londres ait connue depuis des années. Le mois de novembre 1546 donna lieu à de nombreux bals et soirées mondaines, auxquels se ruèrent les membres de la noblesse.

Cavendish dut partir en mission à Canterbury avant que la neige ne rende les routes impraticables. Sa tâche première était de confisquer les richesses des ordres religieux, qui mettaient un point d'honneur à les dissimuler. En son absence,

Bess eut de nombreux prétendants, qui rivalisaient pour obtenir son attention lors des réceptions des Dudley ou des Herbert. Pourtant, aucun d'eux ne parvint à capturer son cœur, ni à produire sur elle le même trouble dévastateur que Cavendish. En décembre, Bess se mit à compter les jours qui la séparaient du retour de William.

Quand Cavendish se présenta enfin à Suffolk House, Frances l'invita à dîner et lui demanda de les accompagner à Hertford House.

— Edward Seymour et sa délicieuse comtesse donnent une pièce, ce soir, en l'honneur du roi et de la reine. Je ne voudrais pas manquer ce spectacle. J'ai envie de m'amuser un peu.

— Je doute qu'il s'agisse d'une comédie, ma chère, intervint Henri Grey.

— Ne soyez pas stupide, Henri. Ce n'est pas le spectacle qui m'amuse, mais les manœuvres de cette garce d'Anne.

— Merci pour ce succulent dîner, Frances, mais je crois que je me passerai de spectacle, répondit William.

Cavendish rentrait d'une audience avec le roi. Assis face à Bess, il la dévorait des yeux depuis le début du repas, si bien qu'il n'avait prêté aucune attention au contenu de son assiette.

Bess était vêtue d'une robe en velours bleu lavande brodée de fils d'argent et arborait le collier d'améthystes qu'il lui avait offert. Elle vit son regard de braise s'attarder sur la naissance de ses seins, puis remonter jusqu'à ses lèvres gourmandes. Elle devinait qu'il souhaitait s'entretenir avec elle en particulier. Soudain, elle n'eut plus la moindre envie d'aller au spectacle, malgré son goût pour le théâtre. À l'issue du repas, elle se frotta les tempes, les sourcils froncés.

— J'ai très mal à la tête, déclara-t-elle. Je crois que je m'abstiendrai de sortir, moi aussi.

Lady Frances se leva et secoua ses volumineux jupons.

— Bien sûr, chérie, dit-elle en se tournant vers Cavendish. Sir William connaît un remède infaillible contre les maux de tête. Une imposition des mains qui permet de soulager les douleurs. À moins qu'il ne s'agisse d'écarter les jambes, ou de baisser la tête… Enfin, c'est très efficace.

— Frances, vous êtes incorrigible ! gronda Henri en l'entraînant hors de la pièce avant qu'elle ne provoque davantage la jeune femme.

Cavendish suivit Bess dans l'escalier, osant un coup d'œil sur ses jupons et ses bas en dentelle couleur héliotrope. Il fut étonné par la teinte vive de ses dessous. Il savait d'expérience que ce genre de vêtements n'étaient pas faits pour être cachés, mais au contraire montrés à certains hommes. Fou de jalousie, il se demanda qui Bess avait rencontré en son absence, et surtout qui elle avait l'intention de retrouver ce soir.

Dès qu'ils furent dans les appartements de la jeune femme, Cavendish ferma la porte à clé. Bess ouvrit la bouche pour protester, mais il ne lui laissa pas le temps de parler.

— Il me semble qu'il vaut mieux vous enfermer, à en juger par ces dessous audacieux que vous ne cherchez nullement à dissimuler.

— Qu'est-ce que vous dites ?

Il l'entraîna vers le miroir.

— Avec cette robe bleu lavande, vous avez l'air d'un ange de pureté…

William souleva ensuite le bas de la robe.

— Mais, en dessous, vous êtes attifée comme une véritable catin !

Déterminée à ne pas perdre patience alors qu'ils se retrouvaient enfin seuls, Bess éclata de rire.

— Auriez-vous une telle expérience des femmes de mauvaise vie, Sir William ?

Il grommela quelques mots, avant de l'enlacer d'un geste possessif.

— Êtes-vous allée à Brentford, chez Sir John Thynne ?

— Bien sûr, répondit Bess, qui ne voyait aucune raison de lui mentir.

— Et alors ?

— Ce sera une demeure somptueuse. Sir John a vraiment bon goût.

— Au diable l'architecture ! Sir John vous a-t-il touchée ? Ou bien avez-vous repoussé ses avances en lui racontant cette histoire insensée de virginité à préserver ?

La colère de la jeune femme montait peu à peu. Elle s'écarta brusquement.

— Sir John Thynne est un gentleman, contrairement à vous !

— Vous oubliez qu'il est mon ami.

William refusait de croire que Bess puisse lui préférer Sir John.

— C'est sa belle maison qui vous attire, n'est-ce pas ? Voilà donc ce que vous convoitez ?

Bess voulut le gifler pour son impudence, mais il l'attrapa par le poignet et l'attira brutalement contre lui. Haletante, elle déclara :

— J'ai renoncé à une soirée divertissante en compagnie du roi d'Angleterre pour pouvoir être seule avec vous. Je dois vraiment avoir perdu la tête !

— Vous avez de la chance. Je sens moins mauvais que Sa Majesté.

William se pencha vers elle et l'embrassa avec fougue.

— Je sors tout juste d'une audience avec le roi, souffla-t-il.

— Avec le roi en personne ? demanda-t-elle, les yeux écarquillés.

— Il vient de me confirmer ma nomination au poste de conseiller privé.

— William ! s'exclama-t-elle en lui sautant au cou. Qui d'autre est au courant ?

— Personne. Vous êtes la première informée, Bess.

Le cœur de la jeune femme se mit à battre la chamade.

— Pourquoi ne pas me l'avoir dit tout de suite, au lieu de m'accuser de trahison ? Je suis sûre que vous avez fait exprès de me provoquer.

— Peut-être. La colère vous rend encore plus belle.

Il glissa un bras sous ses genoux et la souleva si haut que sa robe remonta sur ses cuisses, révélant ses jambes superbes.

— Vous allez abîmer ma robe neuve !

— Alors, enlevez-la. De toute façon, vous brûlez d'envie de me montrer vos dessous de catin.

— Mes dessous sont parfaitement respectables.

— J'aimerais le vérifier.

Tout en l'embrassant, il dégrafa sa robe de ses doigts habiles. Lorsqu'il reposa la jeune femme à terre, le vêtement tomba à ses pieds.

Un peu gênée, Bess retint son souffle.

— William, vous avez une trop grande expérience des femmes, à mon goût.

— Je vous rappelle que vous êtes veuve.

— Mais je vous ai expliqué que j'étais...

Bess se mordit les lèvres, se rappelant qu'il n'en croyait pas un mot.

Il ramassa la robe et la posa délicatement sur le dossier d'un fauteuil.

— Dans ce cas, vous devriez vous réjouir de mon expérience, dit-il doucement. Je sais comment vous procurer du plaisir sans le moindre risque.

William l'entraîna vers le divan recouvert de velours, près de la cheminée, et la prit sur ses genoux. Ses yeux brûlaient de désir.

— Je vous ai apporté un cadeau. À vous de le trouver… Cherchez bien.

Intriguée, elle le dévisagea, puis balaya son corps du regard. Avec un sourire timide, elle déboutonna sa veste et glissa la main à l'intérieur. William l'interrompit, lui indiquant qu'elle faisait fausse route. Bess passa alors les doigts sur la chemise en lin.

— Plus bas… murmura-t-il d'une voix rauque.

Elle posa les yeux sur l'entrejambe de Cavendish, où se lisait l'intensité de son désir.

— Vous êtes diabolique !

Affolée, elle voulut se libérer de son emprise, mais il la retint.

— Je vous taquine, chérie ! Il est là.

Joignant le geste à la parole, William sortit un petit écrin de sa chemise et le lui tendit.

En soulevant le couvercle, Bess ne put réprimer une exclamation de joie. Une bague ornée d'améthystes et de diamants étincelait sur la soie violette qui tapissait l'intérieur de l'écrin.

— Jamais je n'ai reçu de cadeau aussi précieux ! William, je ne sais que dire !

Subjuguée, elle mit le bijou à son majeur.

— Alors, embrassez-moi, suggéra-t-il en la repoussant doucement sur le divan, avant de se pencher sur elle.

Bess le laissa s'emparer de sa bouche. Elle ne se doutait pas qu'un simple baiser éveillerait en elle un désir si violent qu'elle mourrait d'envie d'aller plus loin.

Encouragé par la réaction de la jeune femme, William dégrafa fébrilement la fine chemise qui couvrait ses seins et contempla ces deux fruits mûrs qui s'offraient à ses caresses.

— Dites-moi qu'ils n'appartiennent qu'à moi !

Ses lèvres ardentes couvrirent sa poitrine de baisers.

Bess savoura cette sensation de langueur et de douce chaleur qui se diffusait dans tout son corps. Les mains puissantes de William avaient le pouvoir de la faire frissonner de la tête aux pieds… Puis, soudain, ce trouble incontrôlable l'inquiéta. Lorsqu'il tenta de continuer à la dévêtir, elle le retint par les poignets.

— Non ! Je refuse de me montrer nue devant vous.

Il devinait à ses doigts crispés qu'elle mentait, mais ne voulut pas la contrarier.

— Vous ne serez pas nue. Pour des raisons de bienséance, vous garderez vos bas.

Bess ne put s'empêcher d'être amusée par l'absurdité de ses propos. Mais elle ne rit pas très longtemps, car elle se retrouva vite en bas, allongée devant lui, révélant à ses yeux gourmands une toison rousse et des cuisses laiteuses.

— Si vous saviez combien de fois je vous ai imaginée ainsi… Vous êtes encore plus belle que dans mes rêves.

Il la contemplait avec une telle adoration qu'elle se sentait plus belle et plus excitée que jamais. Toutefois, quand William tendit la main vers son intimité, elle se raidit.

— Non !

— Si, insista-t-il en l'effleurant à peine. La nature vous a dotée d'un corps superbe, Bess. Il serait criminel de ne pas en jouir.

Ignorant ses protestations, il posa la main sur son ventre et ne bougea plus, pour lui laisser le temps de s'habituer à son contact. Puis, peu à peu, il se mit à jouer de ses doigts experts dans les replis humides de son intimité.

Bess se cambra, l'invitant à poursuivre son exploration, tout en se reprochant intérieurement son audace.

— N'hésitez pas à crier, ma chérie. Cela nous procurera du plaisir à tous deux. Je vais vous caresser jusqu'à ce que votre fleur déploie ses pétales. Vous serez alors épanouie comme une rose.

Ses paroles incitèrent la jeune femme à faire enfin ses premiers pas sur le chemin de la sensualité, lui donnèrent envie de connaître les mille et un secrets du plaisir.

— Je sens que vous en demandez déjà davantage... chuchota-t-il.

Bess poussait de petits gémissements, incapable de se retenir. Elle eut soudain très chaud. Des ondes de feu lui envahirent le corps, montant de son ventre à sa poitrine en vagues puissantes.

— Attendez d'être prête pour vous ouvrir à moi, murmura-t-il à son oreille.

Bess, au comble du désir, ne voulait plus qu'il s'arrête. Se penchant en arrière, elle ouvrit plus largement les cuisses, s'offrant à ses exigences. Ses gémissements s'intensifièrent. Soudain, elle saisit la main libre de William et la porta à sa bouche pour sucer son index.

Tout à coup, elle se sentit submergée de plaisir, emportée dans un tourbillon de sensations exquises. Elle eut l'impression de se déployer comme une orchidée humide de rosée. Gémissant de bonheur, elle ne put s'empêcher de mordre William dans le feu de la passion.

Doucement, William glissa un doigt en elle et découvrit, à sa grande stupeur, un hymen intact.

— Ma chérie, vous n'aviez pas menti…

William était à la fois abasourdi et heureux. Jamais il n'avait été aussi amoureux d'une femme qu'en cet instant.

Les réactions sensuelles de son propre corps subjuguaient la jeune femme. Il lui semblait extraordinaire qu'un homme puisse provoquer en elle une telle jouissance.

— J'étais vraiment innocente, avoua-t-elle, un peu embarrassée.

Attendri, Cavendish l'enlaça.

— Je veux être celui qui vous enseignera tous les mystères de l'amour.

Jamais il n'avait eu à ce point envie de posséder une femme, mais son désir charnel était tempéré par son besoin de la protéger. En lui permettant de lui donner du plaisir, elle venait de lui faire un cadeau merveilleux. Cela prouvait qu'elle avait confiance en lui. Pas totalement, bien sûr, pas encore, mais suffisamment pour que ses pulsions prennent le pas sur sa prudence naturelle.

William savait d'expérience qu'il ne fallait pas abuser de cette confiance. Il était trop tôt pour laisser libre cours à son désir. Au contraire, il devait apprendre à se maîtriser et se concentrer sur le plaisir qu'il pouvait lui procurer sans risquer de la compromettre.

Il encadra son visage de ses mains et l'embrassa.

— Vous êtes si belle… J'en ai le souffle coupé.

Il l'embrassa encore, longuement, pour lui montrer combien elle lui était précieuse. Puis sa bouche se fit plus exigeante, plus sensuelle.

Bess ne se lassait pas de ses baisers. Les lèvres et la langue de William étaient tour à tour douces et tendres, brutales et impérieuses. Elle lui rendit ses baisers avec une ardeur décuplée, une fougue presque sauvage.

— J'aimerais que vous voyiez comme vous êtes belle avec vos bas et votre collier pour toute parure.

Bess avait tout oublié de sa tenue. En découvrant son reflet dans le miroir, elle fut sidérée. Ses cheveux roux volaient dans tous les sens. Avec ses seins blancs et nus ornés d'améthystes, elle ressemblait à quelque déesse païenne. La couleur vive de ses bas contrastait tant avec sa peau d'ivoire et sa toison rousse que la jeune femme s'empourpra.

William s'agenouilla devant elle et prit ses fesses dans ses mains. Il couvrit ses cuisses nacrées de baisers furtifs, puis enfouit le visage entre ses jambes. Du bout de la langue, il entreprit d'explorer sa féminité offerte.

Bess n'eut pas le temps de protester. Le regard rivé sur son image dans le miroir, elle sentit le désir s'emparer d'elle une nouvelle fois, plus intense encore. Elle empoigna William par les cheveux, maintenant sa tête contre son corps, cambrée vers lui, savourant le plaisir indicible qu'il lui procurait. Soudain, elle songea à Lady Frances et éclata de rire au souvenir de ses propos grivois.

Puis elle se mit à murmurer le prénom de William. Quand elle atteignit l'extase, incapable de rester debout plus longtemps, elle s'écroula dans ses bras et se blottit contre son épaule. Aussitôt, la pièce cessa de tourner autour d'elle. Apaisée, elle le regarda droit dans les yeux.

— Suis-je très cruelle de vous obliger à attendre ainsi ? s'enquit-elle.

— Bess, vous êtes la femme la plus innocente et la plus passionnée que j'aie jamais rencontrée.

Brusquement, une pensée traversa l'esprit de Bess. Telle était l'ivresse dont lui avait parlé la princesse Elizabeth. Voilà donc ce que l'amiral lui faisait...

14

Les fêtes de Noël arrivèrent très vite. La famille Grey s'installa à Chelsea Palace. Affirmant que Noël était avant tout prétexte à réunir la famille, Lady Frances insista pour faire revenir sa fille Lady Jane du palais de Hampton Court pour qu'elle séjourne auprès de ses parents et de sa sœur, Lady Catherine.

— J'ai hâte que les festivités de Noël se terminent, confia un jour Frances à Bess. Je préfère de loin les réjouissances du Nouvel An. Je me souviens, dans le bon vieux temps, quand le roi Henri s'était enfin débarrassé de cette religieuse fanatique de Catherine d'Aragon et qu'il courtisait assidûment Anne, Noël donnait lieu à des célébrations très animées. À la cour, les festins s'enchaînaient à un rythme effréné, de sorte que personne ne trouvait le repos pendant une dizaine de jours.

Bess ferma les yeux, se rappelant le triste Noël de l'année précédente. Lorsqu'elle s'occupait de Robert, les journées lui semblaient interminables. À présent, un an plus tard, elle trouvait que le temps avait passé très vite, au contraire. Rouvrant les yeux sur le luxe de Chelsea Palace, elle repoussa vite ces souvenirs amers. L'année 1546 avait mal commencé, mais elle se terminait bien mieux qu'elle n'aurait pu l'espérer. Bess remercia le Ciel de lui avoir apporté tant de joies. Si la chance continuait à lui sourire, l'année 1547 serait encore meilleure.

Bess savait qu'elle ne verrait guère William durant ce mois de décembre. Les conseillers privés se réunissaient en effet tous les jours, soit à White-hall, soit au château de Baynard. Proche du Strand, la somptueuse demeure appartenait à William Herbert, comte de Pembroke, dont l'épouse n'était autre que la sœur de la reine Catherine Parr. Bess faisait toutefois contre mauvaise fortune bon cœur. Depuis quelque temps, ses relations avec William revêtaient une tournure bien trop intime et passionnée. Mieux valait prendre un peu de recul pour tempérer leurs ardeurs. De toute façon, la jeune femme était tenue d'accompagner les Grey dans leurs déplacements entre Chelsea Palace et Hampton Court.

Au cours du trajet en bateau, elle sentit l'air glacial lui balayer le visage. Le regard inquiet d'Henri Grey passait sans cesse de Frances, emmitouflée dans ses fourrures, à Bess, qui ne portait qu'une cape en laine.

— Vous n'avez pas froid, ma chère ? s'enquit-il avec sollicitude.

Bess lui sourit.

— Non, Monseigneur. Je suis bien trop enthousiasmée par cette visite au palais de Hampton Court ! Cette fois, j'ai l'intention de bien observer le roi, la reine, le prince Edward et la princesse Marie.

— Attendez-vous à une cruelle déception, chérie, intervint Frances d'un ton sec. Les Tudors sont des gens exécrables.

La jeune Catherine Grey, vêtue elle aussi d'une cape en fourrure, frissonna. Bess l'attira contre elle.

— Lady Marie ne ressemble en rien à Lady Elizabeth, bien qu'elles soient demi-sœurs. Un peu comme Jane et moi.

— Vous, mon ange, vous êtes le portrait de votre mère, lui dit Bess. Votre sœur ne vous manque pas trop ?

Espiègle, Catherine se mordit les lèvres et lui murmura à l'oreille :

— Jane est un peu trop sage et geignarde à mon goût, mais elle me manque parfois, c'est vrai.

Bess éclata de rire et la serra plus fort. Le bateau approcha enfin du ponton de Hampton Court. Bess eut une vision furtive de la princesse Elizabeth dans les bras de Thomas Seymour. Forte de sa découverte récente de la sexualité, elle se demandait si elle oserait regarder à nouveau Lady Elizabeth en face.

En les accueillant, Elizabeth lança un coup d'œil interrogateur à Bess, puis elle l'embrassa sur la joue en chuchotant :

— Votre hymen est-il toujours intact ?

— Oui. Et le vôtre ? souffla Bess en rougissant.

— Malheureusement, je dois vous répondre par l'affirmative, dit la princesse sans baisser la voix. Éloignons-nous vite de la chapelle avant que je ne sois obligée d'assister à la messe avec cette bande d'hypocrites. Tenez, quand on parle du loup...

Deux dames austères et leurs suivantes s'avançaient dans la galerie. Elizabeth fit une révérence pleine de grâce. Bess, Lady Frances et la jeune Catherine Grey l'imitèrent.

— Votre Altesse Royale, Lady Marie, permettez-moi de vous présenter Mme Elizabeth Barlow, déclara Lady Elizabeth avec l'élégance d'une reine.

Perplexe, Bess dévisagea les deux femmes à qui son amie venait de s'adresser. La reine Catherine

Parr avait eu trois maris et de nombreux amants. Bess s'était donc attendue à trouver une créature aux allures de courtisane provocante. Au lieu de cela, elle découvrit une femme très sage et discrète, qui aurait pu être l'épouse d'un pasteur.

— Votre Altesse Royale, murmura-t-elle avec respect.

L'apparence de Marie Tudor la surprit encore davantage. Bess avait toujours imaginé une princesse jeune et blonde. Or Marie était une petite femme célibataire de trente ans, assez ronde, dont les cheveux déjà grisonnants s'échappaient de sa coiffe.

— Lady Marie, fit Bess.

Chacune des deux dames serrait contre elle une bible reliée de cuir. Elles toisèrent la jeune veuve vêtue d'une robe en velours bleu turquoise. Bess sentit aussitôt l'hostilité de Lady Marie. Son regard froid passa de Bess à Elizabeth, trahissant sa réprobation, comme si elle les comparait et concluait qu'elles étaient de la même trempe. Enfin, les deux dames portèrent leur attention sur Lady Frances et la jeune Catherine, les saluant avec sympathie.

Elizabeth mentit effrontément :

— J'allais vous rejoindre à la messe, mais ma cousine Frances désire que je la conduise auprès du roi. Je vous prie donc d'excuser mon absence.

— Vous l'avez échappé belle, commenta Frances avec sa franchise légendaire. La reine semble épuisée. Je me demande ce que ce cher Henri lui fait subir. Mais cela m'étonnerait qu'il s'acharne sur son devoir conjugal.

— J'ai peine à croire qu'il s'agit de votre sœur, avoua Bess à son amie.

— Moi aussi, répondit sèchement Elizabeth.

— Elle ressemble à un gâteau trop cuit, déclara Frances. Pourquoi ne soigne-t-elle pas sa coiffure au lieu de passer son temps plongée dans sa bible ?

— Venez donc dans mes appartements, Bess. Nous serons plus tranquilles, proposa la princesse.

— Vous vous défilez ! Vous me laissez affronter seule la colère de votre père ! s'exclama Frances.

— Je doute qu'il y ait au monde un seul homme que vous ne puissiez dompter, assura la princesse.

— Eh bien, je dois dire que je ne résiste à aucun homme digne de ce nom. Allez donc vous amuser. Si vous me cherchez, je serai chez Lady Jane.

Les appartements de Lady Elizabeth étaient élégamment meublés, reflétant son bon goût. En traversant les pièces immenses, Bess remarqua que les murs étaient tapissés de livres. La princesse possédait également plusieurs secrétaires. De toute évidence, Elizabeth Tudor aimait autant lire qu'écrire. Les portes étaient équipées de verrous, rappelant à Bess que son amie sauvegardait jalousement son intimité. Elle avait quatre suivantes, qui se montraient très discrètes. Une dame de compagnie aux airs maternels était assise près d'une fenêtre, en train de coudre.

— Je vous présente Mme Catherine Ashley. Elle a toujours été ma fidèle gouvernante. À présent, elle est responsable de mes suivantes. Cat, voici Bess, l'amie dont je vous ai si souvent parlé. Elle est dame de compagnie chez ma cousine Frances.

— Encore une rousse ! Que Dieu nous garde ! s'exclama Mme Ashley avec bonhomie, le regard pétillant de malice.

— Cat est la seule personne au monde en qui j'aie une confiance absolue, expliqua la princesse. J'emmène Bess dans mon sanctuaire. Que personne ne nous dérange. Sous aucun prétexte.

Bess eut l'impression de pénétrer dans un autre monde. La salle était vaste et ornée de somptueux miroirs de Murano. Au plafond, des centaines de chandelles étaient fixées sur un luxueux lustre en cristal. Pour l'heure, la lumière du jour entrait par les hautes fenêtres.

La pièce renfermait de nombreux instruments de musique : violons, luths, harpes. La princesse entraîna ensuite son amie dans une pièce voisine. Bess poussa une exclamation de surprise en découvrant une dizaine de robes superbes, brodées d'or et incrustées de perles.

La princesse lui montra également plusieurs costumes qu'elle réservait aux bals masqués, des perruques de tous les styles et de toutes les couleurs, des pantoufles, des sous-vêtements et un grand coffre à bijoux. La coiffeuse croulait sous les pots de crème, les flacons de parfum et les poudres.

— On m'a interdit de porter ces tenues à la cour. Heureusement, personne ne peut m'empêcher de posséder les robes qui me plaisent et de me parer à ma guise en privé. Parfois, je m'habille et je danse toute seule devant la glace. Regardez ces merveilles !

Elizabeth désigna une robe en satin noir, puis une autre en velours, aux manches doublées d'argent. Toutes deux étaient à la mode française, avec un décolleté très plongeant destiné à mettre en valeur la poitrine et les bijoux des dames. Ces tenues ne convenaient guère à une aussi jeune fille. Bess ouvrait la bouche pour faire part de son opinion à son amie quand la princesse déclara :

— Elles appartenaient toutes à ma mère.

Le souffle coupé, Bess effleura timidement les robes du bout des doigts.

— Elles sont magnifiques. Comment les avez-vous récupérées ?

— Catherine Ashley est l'épouse d'un cousin de ma mère. Ils ont réussi à conserver quelques effets à mon intention. J'en possède d'autres, bien cachés, à Hatfield.

Bess caressa une perruque noire et brillante.

— Vous arrive-t-il de vous déguiser ?

Elizabeth éclata de rire.

— Comment l'avez-vous deviné ?

— C'est ce que je ferais si j'étais l'objet d'une surveillance continuelle, avoua Bess.

— Un jour, je me suis déguisée en garçon, confia la princesse. Il a trouvé cela très drôle.

Bess savait qu'elle faisait allusion à l'amiral. Elle eut soudain peur pour la réputation et la vertu de la princesse et demanda :

— Vous ne le rencontrez tout de même pas ici ?

Malgré les serrures et la nature fantasque de la princesse, une telle chose lui paraissait impossible.

— Non. Nous nous voyons toujours à l'extérieur. Les jardins fourmillent de petits pavillons. Quand le temps le permet, je vais me promener à cheval dans la forêt. À présent, depuis que l'hiver est là, je me contente des rives du fleuve.

L'amiral possédait des embarcations de toutes sortes, en plus de son bateau personnel. En pleine nuit, la jeune fille pouvait facilement se glisser à bord.

— Votre Grâce...

Bess hésita. Sachant combien son amie détestait que son entourage lui dicte sa conduite, elle craignait de la contrarier. Aussi chercha-t-elle ses mots avec soin avant de continuer :

— Moi aussi, je suis amoureuse d'un homme mûr. Il m'a juré que nous ne prenions aucun risque lors de nos... entrevues. Cependant, jamais je ne lui permettrai de consommer notre union tant que nous ne serons pas officiellement mariés. Je dois penser à ma réputation. Pourtant, ma vertu n'est rien à côté de la vôtre. Votre père deviendrait fou de rage si vous étiez compromise. Les conséquences seraient désastreuses pour vous et votre amant. Votre Grâce, je vous en prie, jurons-nous mutuellement de ne pas renoncer à notre virginité avant d'être mariées.

Un coup sec se fit entendre à la porte. La princesse se précipita pour ouvrir et hurla :

— J'ai dit que je ne voulais pas être dérangée !

— Votre Grâce, Sa Majesté vous demande.

— Enfer et damnation !

Elizabeth referma la porte avec soin, à l'aide de la clé qu'elle portait toujours autour du cou, pendue à une chaîne. Puis elle entraîna Bess dans sa chambre à coucher, où deux suivantes l'attendaient avec un linge propre et de l'eau de rose pour lui laver le visage et les mains.

— Vite ! Vite ! ordonna-t-elle avec impatience.

Bess comprit soudain que la princesse redoutait les foudres de son père, à l'instar de toutes les autres femmes de l'entourage du souverain. Cette pensée la rassura. Cette peur pousserait sans doute Elizabeth à rester vierge.

Un page mena les deux jeunes filles vers les appartements privés du souverain et s'arrêta devant la salle à manger. Elizabeth poussa un soupir de soulagement.

— Dieu merci, nous sommes simplement convoquées pour souper en sa compagnie !

Dans la vaste pièce, tous les invités du roi bavardaient gaiement. Le souverain n'était pas encore arrivé. Bess fit un pas hésitant vers Lady Frances, qui s'entretenait avec sa fille, Lady Jane, mais Elizabeth la retint par le bras.

— Je ne veux pas perdre de temps avec cette petite peste, déclara-t-elle. Les Dudley sont là.

Trois jeunes gens élégants entouraient un garçonnet d'une dizaine d'années.

— Voici mon frère, le prince Edward.

Elle s'adressa au prince :

— Votre Grâce, permettez-moi de vous présenter mon amie, Bess.

Une fois de plus, Bess fut désarçonnée. L'enfant un peu chétif avait le visage d'un ange. Comment diable pouvait-il être le fils d'un roi aussi robuste ? Bess fit la révérence et remarqua que le jeune héritier du trône détournait les yeux de sa poitrine généreuse. Pourtant, son regard semblait irrésistiblement attiré par les attraits de la jeune femme.

— Vous vous rappelez sans doute Robin Dudley ? reprit Elizabeth. En tout cas, lui se souvient de vous.

— Mademoiselle Hardwick, dit Robin Dudley, dont les yeux sombres brillaient de malice.

— Je me nomme Barlow, corrigea Bess avec un large sourire. Je suis veuve.

— Hardwick est plus facile à retenir, décréta la princesse.

Robin Dudley se mit à rire.

— George Talbot a rendu votre nom inoubliable.

Bess rougit violemment, tandis qu'il lui présentait ses frères :

— Voici Ambroise et Guildford.

Tous deux étaient robustes et bien bâtis, avec un teint rubicond et des cheveux blonds. Robin tenait sans doute son teint mat de sa mère, songea Bess, qui avait rencontré la ravissante comtesse de Warwick.

— Êtes-vous invitée au bal costumé du Nouvel An ? s'enquit Ambroise Dudley.

— Oui, répondit Elizabeth à la place de son amie. Mais Bess sera déguisée, pour décourager les chenapans de votre espèce.

— Je suis sûr de la reconnaître malgré son costume, reprit Ambroise.

— Gardez-vous bien d'essayer de le soulever, petit coquin, riposta Elizabeth.

Bess ne fut pas offusquée le moins du monde. Les frères Dudley étaient tous plus jeunes qu'elle, et leur ardeur juvénile ne l'inquiétait guère.

À l'entrée de Marie Tudor, Bess fit la révérence. Elizabeth s'en dispensa. Marie lança un regard chargé de mépris à sa sœur, avant de rejoindre Lady Frances et sa fille Jane. Manifestement, Marie et Elizabeth se détestaient. La reine Catherine Parr arriva à son tour, accompagnée par Henri Grey. On pouvait compter sur Sir Henri pour se montrer galant en toutes circonstances, se dit Bess. Cette fois, la princesse Elizabeth esquissa une révérence, comme toutes les autres femmes.

Enfin, le roi Henri apparut. Ses sujets s'inclinèrent sur son passage, comme le voulait le protocole. Le souverain leur ordonna de se relever et de prendre place, selon un ordre très strict. Près de la reine se trouvait l'héritier du trône, puis Lady Marie et Lady Elizabeth. Frances Grey s'installa à gauche de la place du roi, ses filles et leur père à ses côtés. Celui-ci sourit à Bess et lui fit signe de s'asseoir à sa gauche. La jeune femme était pétrifiée de peur face au redoutable roi Henri Tudor.

Jamais Bess n'avait croisé de personnage aussi impressionnant. Il semblait enflé, bouffi, avec un ventre protubérant et une large poitrine. Son visage poupin et rubicond était gonflé comme une outre. Il affichait une expression d'insatisfaction permanente. Il n'avait plus de cou et marchait en traînant sa jambe malade entourée d'un bandage. Sa suite lui emboîtait le pas à distance raisonnable.

« Seigneur, songea Bess, je comprends pourquoi William Cavendish a été vexé lorsque je l'ai confondu avec le roi, le jour de notre première rencontre ! »

Les vêtements du roi Henri étaient somptueux. Il portait une chemise en soie sous une tunique en velours rouge brodée de fils d'or, ainsi qu'un manteau sans manches en brocart. Une grosse chaîne en or pendait sur sa poitrine, ornée d'une émeraude de la taille d'un œuf, assez lourde pour faire ployer tout homme moins corpulent. Il n'avait pas de couronne. Pour toute coiffure, il arborait un chapeau en velours surmonté d'une plume, incrusté d'émeraudes et de diamants.

Catherine Parr se précipita vers lui pour l'aider.

— Où diable étiez-vous passée ? La place d'une reine est auprès de son roi ! gronda-t-il.

— Pardonnez-moi, Votre Grâce, j'étais à la messe avec Lady Marie.

Henri adressa à sa fille aînée un regard meurtrier, puis il s'affaissa sur une chaise en bois sculpté. Une fois assis, il leva les mains pour demander leur attention à ses invités.

Bess frissonna en imaginant ses mains dodues sur elle. Le roi avait de gros doigts boudinés et couverts de bagues.

Dès que le souverain prit la parole, le silence se fit dans la pièce.

— Certains d'entre vous vont s'absenter pour passer Noël en famille.

Il se tut et examina l'assemblée, avant de reprendre :

— À votre retour, Noël fera place aux festivités

212

et réjouissances prévues pour la nouvelle année et la traditionnelle nuit des rois. Nous festoierons ensemble jusqu'à l'aube.

Ce petit discours permettait implicitement aux sujets de quitter la cour et, surtout, les autorisait à y revenir.

Le roi ayant parlé, les convives se détendirent. Elizabeth s'empressa de tourner le dos à sa sœur pour discuter avec Robin Dudley. Frances Grey attendit que l'homme chargé de goûter la nourriture et le vin du roi ait terminé, puis elle brandit sa coupe en s'exclamant :

— Joyeux Noël, Henri !

Henri Tudor était décidément d'humeur morose, et il avait des raisons de l'être. Sa jeunesse s'était envolée depuis longtemps et il avait perdu sa force d'antan. Au fil des ans, la vieillesse s'était insinuée en lui comme un poison. Que n'aurait-il donné pour pouvoir chevaucher à nouveau un étalon ou, mieux, posséder une jolie femme !

Il porta la main à sa braguette avec dégoût. À quoi bon avoir un membre s'il restait désespérément flasque, malgré les attentions de sa femme ? Autant se le couper une fois pour toutes ! Naguère, Henri s'enorgueillissait pourtant de sa virilité légendaire et de sa vigueur inébranlable. Avec un soupir résigné, il observa son épouse. Peut-être était-ce la faute de Catherine ? Après tout, la pauvre femme n'inspirait guère le désir.

Son regard se perdit dans le vide. Chère Anne ! Sa beauté et son rire cristallin le hantaient. Noël était leur saison préférée. C'était après les fêtes de Noël qu'Anne s'était offerte à lui pour la première fois, et avec quel abandon ! Elle s'était révélée une amante insatiable, ne cessant de réclamer ses faveurs. Au bout d'un mois, il l'avait fécondée. Neuf mois plus tard naissait Elizabeth.

Il examina quelques instants sa fille cadette et sa superbe chevelure rousse. Elle était fière et hautaine, comme sa mère. Serait-elle, elle aussi, une sorcière ? En tout cas, Anne avait su l'ensorceler en son temps. Le Noël suivant la naissance d'Elizabeth, Anne avait prié Henri de l'honorer plus souvent, afin qu'elle puisse lui donner un fils. Mais il l'avait perdu. Il se rappela avec nostalgie son corps soyeux, ses formes pleines. Anne était la seule femme qu'il eût aimée. Malheureusement, son entourage, par jalousie, avait fomenté sa chute.

Le roi poussa un long soupir. Le seul plaisir qui lui restait était celui de la bonne chère. Il dévora une bouchée de gibier, arrosée d'une gorgée de vin blanc du Rhin. Puis, se massant le ventre, il rota bruyamment.

— Je reconnais là votre raffinement légendaire, Henri ! lança Frances.

« Il n'y a que ma nièce Frances qui ose me parler franchement, songea le roi. Anne faisait de même. Comme elle me manque… » Il se demanda si elle riait de lui, au Ciel. Non. Elle le maudissait certainement d'avoir déclaré leur fille illégitime. Il regarda attentivement ses trois enfants réunis autour de la table. Seule Elizabeth lui ressemblait. Sa crinière flamboyante proclamait qu'elle était bien la fille du roi. À cet instant, il eut envie de modifier son testament et de rendre à Elizabeth son titre de princesse royale, ce qui la rétablirait dans son droit à la succession au trône. L'enfant d'Anne était tout aussi digne de régner que les enfants de ses autres épouses. Voire davantage.

Ses yeux se posèrent alors sur une autre jeune

femme rousse, qui discutait avec animation avec Henri Grey.

— Serait-ce l'une de vos suivantes ? s'enquit-il auprès de Frances.

— En effet, Votre Majesté. Bess est aussi une amie très chère.

— Elle est superbe. Votre mari couche avec elle, je suppose ?

Frances éclata de rire.

— Dieu l'en préserve ! Sir William Cavendish ne le lui pardonnerait jamais !

15

Dans une pièce de Chelsea Palace, Lady Frances et ses filles étaient entourées de couturières. Installée près d'une haute fenêtre, Bess dessinait d'une main habile les croquis des costumes envisagés pour le grand bal costumé du Nouvel An donné à Hampton Court.

— Il me faut un costume qui dissimule un peu mes formes généreuses. Et je vous préviens tout de suite que je refuse d'endosser quelque ridicule déguisement de bergère ! décréta Lady Frances.

— Pourquoi pas une robe de style médiéval ? suggéra Bess en esquissant un élégant bliaud.

— Peut-être... Que diriez-vous de vous transformer en Vénus de Botticelli ? Cela vous conviendrait à merveille, avec vos cheveux roux.

Bess hésita.

— Je trouve que tous ces masques et déguisements prêtent à un comportement licencieux. Une robe un peu floue de déesse risque de m'attirer des propositions inconvenantes.

— J'ai une idée! Oh, c'est une idée si coquine que vous allez l'adorer! Je porterai une aube noire de mère supérieure, et vous serez une novice, vêtue de blanc.

— C'est délicieusement coquin, en effet.

« Tout le monde comprendra le message : je suis vierge et j'entends le rester. Ainsi William saura à quoi s'en tenir », songea-t-elle.

— J'aimerais être un beau papillon multicolore! s'écria Catherine avec enthousiasme.

— Si vous voulez, répondit Bess en dessinant de longues manches pour figurer les ailes de l'insecte.

— Jane n'aura qu'à se déguiser en livre de latin, murmura malicieusement Catherine.

— Ma chère enfant, vous avez manifestement hérité de l'esprit de votre mère.

Les Grey se rendirent à Hampton Court en calèche. Faisant contre mauvaise fortune bon cœur, Lord Henri avait accepté de s'adapter au costume de sa femme en enfilant un habit de moine.

— J'ai suggéré à William de se déguiser en Robin des Bois, déclara-t-il, mais il m'a envoyée promener, affirmant qu'il se contenterait de ses bottes en cuir noir.

— À mon avis, Robin des Bois était une excellente idée. Après tout, Sir William Cavendish ne prend-il pas aux pauvres pour donner aux riches? L'exact opposé! Bess, où est passé mon loup? Je ne souhaite pas être reconnue.

— Alors, vous allez devoir rester muette toute la soirée, ma chère, railla Henri. Votre langue de vipère risquerait de vous trahir.

— Vous avez peut-être raison. De toute façon, je ne cherche qu'un beau moine pour me défroquer…

Ce soir-là, Hampton Court avait des allures de palais de conte de fées. Des centaines de torches et de chandelles illuminaient les vastes salles ornées de houx, de chérubins dorés et d'archanges. Les couloirs et les salles grouillaient de convives déguisés. Lady Frances se fraya un chemin parmi les musiciens, les domestiques en livrée et les divers artistes en costumes chatoyants.

Au bout de la Longue Galerie, une grande estrade avait été installée pour le roi, la reine et toute la famille royale. Les commentaires sarcastiques de Lady Frances faisaient rire Bess aux éclats.

— Je n'en crois pas mes yeux ! Ces costumes sont d'un goût ! Avez-vous vu cet affreux turban ? Le roi se prend donc pour le sultan de Bagdad ? En tout cas, il en possède le harem !

— N'est-ce pas l'amiral, déguisé en pirate ? demanda Bess, incapable de dissimuler son amusement.

— Quelle idée d'encourager ainsi la piraterie, quand on est chargé de la flotte royale !

Bess cherchait en vain Lady Elizabeth. Elle finit par conclure que son amie s'était si bien déguisée qu'elle était méconnaissable. Elle accepta l'invitation à danser d'un superbe croisé. Il s'agissait de Lord Thomas Darcy, un riche et noble célibataire très en vue. En reconnaissant Guildford Dudley, le frère de Robin, sous les traits d'un cerf aux bois somptueux, Bess rit de bon cœur.

— Je suis atterré, murmura-t-il. Vous êtes couverte de la tête aux pieds. J'espérais que votre déguisement révélerait un peu plus de vos charmes.

— Comment m'avez-vous reconnue ? demanda Bess.

— Je vous ai déshabillée des yeux.

— Petit coquin ! s'exclama-t-elle en le frappant doucement avec le crucifix en bois qu'elle portait autour du cou.

— Cesse donc de te conduire comme une bête ! lança Robin Dudley à son frère.

Robin, en roi des animaux, arborait une superbe crinière surmontée d'une couronne dorée. Quant à son frère Ambroise, il était déguisé en loup.

— Où est Lady Elizabeth ? demanda Bess.

— Elle n'est pas encore descendue. Pour l'heure, elle s'efforce de rassembler son courage.

— Son costume ne peut être scandaleux à ce point !

— Attendez quelques minutes, vous verrez bien, répondit Robin en riant.

— Quel déguisement a choisi notre père ? s'enquit Ambroise.

— Je n'en ai aucune idée, déclara Robin. Mais je parie qu'il montera sur l'estrade avec le roi. Allons jeter un coup d'œil.

Bess remarqua que Marie Tudor portait une simple tenue de bergère. Lady Frances ne manquerait pas de se moquer d'elle. Soudain, la bergère d'un soir perdit le contrôle de son long bâton. Elle voulut le rattraper, mais ne parvint qu'à accrocher le turban du sultan de Bagdad. Ledit sultan poussa un juron et, en tentant de récupérer sa coiffure, projeta le bâton sur sa jambe blessée.

Henri Tudor hurla de douleur. La bergère fondit en larmes. La reine Catherine Parr, parée d'un bliaud médiéval, se précipita pour constater les dégâts. De l'avis de Bess, elle subit les foudres de son mari avec un sang-froid admirable. Il fut décidé que le roi se retirerait dans ses appartements. Lord John Dudley et Lord Edward

Seymour aidèrent le monarque handicapé à gravir les marches du grand escalier.

Quelques minutes après le départ de son père, Elizabeth apparut. Bess mit un certain temps à réaliser que cette femme blonde et à moitié nue était la princesse.

— Bonsoir, Bess. Je suis Circé, qui transformait les hommes en bêtes.

La jeune fille ne portait qu'un fin tissu doré qui révélait ses petits seins. Le regard de Bess passa de la princesse aux mines réjouies des frères Dudley.

— Votre Grâce, vous cherchez à provoquer un scandale, murmura-t-elle.

— Tout le monde n'a pas la vocation, ma sœur ! D'ailleurs, personne ne me reconnaîtra.

— Moi, je vous reconnais, déclara Marie Tudor, très choquée. J'ai honte de ma sœur. Votre mère a mis ce costume lorsqu'elle était la maîtresse de mon père.

— Garce ! Ma mère était sa reine !

Marie Tudor lança un regard furieux à Bess.

— Comment osez-vous vous moquer de moi et de l'Église catholique avec cet accoutrement blasphématoire ? Le roi en sera informé.

— En ce moment, mon pauvre père doit vous maudire et vous souhaiter de rejoindre votre mère en enfer ! rétorqua Elizabeth.

Robin Dudley passa un bras autour de la taille de la princesse et l'entraîna au loin.

Bess était bouleversée. Elizabeth se comportait comme une enfant. Quant à elle, elle aurait mieux fait d'éviter ce déguisement de mauvais goût. Elle sentit ses joues s'empourprer. La salle était surpeuplée, et elle avait trop chaud dans son lourd habit de novice. À la recherche d'un peu d'air frais, elle se dirigea vers une porte-fenêtre qui donnait sur une terrasse.

Avec soulagement, elle vit un homme chaussé de bottes en cuir noir s'approcher d'elle. Pour tout déguisement, il portait un chapeau noir et un loup.

— Où étiez-vous passé ? Venez, j'ai besoin de respirer un peu.

Il la prit par la main et l'emmena sur la terrasse.

— Quel est le problème, adorable petite nonne ?

— Jamais je n'aurais dû choisir un tel déguisement. Je me croyais spirituelle en montrant à tous que j'entendais rester chaste, mais je n'ai réussi qu'à contrarier la princesse Marie.

— Chut…

Il posa les mains sur son visage et se pencha pour l'embrasser.

Bess s'abandonna avec plaisir, se fondant contre lui, réconfortée par ses bras protecteurs.

— Si seulement vous n'étiez pas marié avec une autre…

— Je le déplore aussi, avoua-t-il tout bas.

Bess se mit à frissonner. Après la chaleur de la foule, la nuit lui parut soudain glaciale.

— J'ai très froid, dit-elle. Rentrons.

Au bout de la Longue Galerie, elle aperçut un autre homme en bottes noires. Elle écarquilla les yeux en reconnaissant William Cavendish. Désemparée, elle fit volte-face pour observer l'homme qui l'accompagnait. Elle réalisa enfin qu'il était plus grand que William et plus large d'épaules.

— Qui diable êtes-vous ? demanda-t-elle, furieuse.

Son mystérieux compagnon lui sourit.

— Ne vous inquiétez pas, petite mégère. Même moi, je ne violerais jamais une nonne.

Sur ces mots, il s'éloigna, la tête haute.

Cavendish fendit la foule pour la rejoindre.

— N'était-ce pas George Talbot ? dit-il.

— En effet. Et il me révulse ! répondit fougueusement Bess.

— Attention, vous allez avaler les perles de votre chapelet, chérie. Qu'est-ce qui vous contrarie à ce point ?

— Je vous en prie, William, ramenez-moi à la maison. Je passe une soirée exécrable.

— Très bien, venez. Il n'est pas encore minuit, et je souhaite vous offrir mon cadeau de Nouvel An.

Enlacés, ils gagnèrent en courant la calèche de Cavendish. Dès qu'ils furent à bord, William prit Bess dans ses bras et embrassa ses lèvres glacées.

— J'ai ce qu'il faut pour vous réchauffer, murmura-t-il avec un sourire gourmand.

— Non, je vous en prie, protesta la jeune femme.

— Je plaisante ! Tenez, ouvrez ceci.

Bess ôta le couvercle d'une grosse boîte et poussa un cri de joie. Les torches de la cour éclairèrent une superbe fourrure en renard argenté. Fascinée, elle déploya la cape doublée de velours améthyste et la posa sur ses épaules, savourant sa douceur.

— C'est merveilleux ! Savez-vous qu'il s'agit de ma première fourrure ?

— Ce ne sera pas la dernière, promit-il.

Elle lui tendit les lèvres.

— Bonne année, Bess.

— Bonne année, William.

Elle se blottit tendrement contre lui. Lorsque la voiture s'ébranla, elle lui raconta ses mésaventures de la soirée. William parvint à la dérider. Comme toujours, il préférait considérer l'aspect positif des événements. Soudain, Bess n'eut plus la moindre envie de rentrer à Suffolk House. Elle souhaitait rester dans le cocon sécurisant de la calèche pour admirer l'aube de la nouvelle année, dit-elle à son compagnon.

William soupira. Il avait espéré que cette fourrure pousserait la jeune femme à mettre fin à leur abstinence. Résigné, il ordonna au cocher de les emmener sur les hauteurs de Richmond Hill. Là-bas, ils pourraient assister au premier lever de soleil de l'an 1547 sur la vallée de la Tamise.

Cavendish ne revit Bess qu'à la fin du mois de janvier. Auparavant, il dut se rendre dans le Hertfordshire pour le compte de la Couronne et régler un conflit au sein de l'abbaye de Saint-Alban. Il emmena avec lui son secrétaire et une équipe d'enquêteurs, car les terres et les propriétés de l'abbaye étaient vastes et rapportaient une fortune à l'Église. Le domaine s'étendait jusqu'à Northaw, où William et ses hommes étaient hébergés dans un superbe manoir de campagne.

Bess ne quittait pas ses pensées. William n'ignorait pas qu'il avait de nombreux rivaux susceptibles de la demander en mariage. Il regrettait amèrement de ne pas pouvoir la lier officiellement à lui. Mais, en visitant le manoir de Northaw, il eut une idée lumineuse. Les bijoux et les fourrures n'étaient pas la solution à son problème.

Il se rappela le jour de leur première rencontre. La jeune fille lui avait raconté combien elle regrettait d'avoir été chassée de chez elle et lui avait confié son désir le plus cher : posséder un jour sa propre demeure. Elle s'était d'ailleurs juré de fonder un foyer bien à elle.

Plus William y pensait, plus il était persuadé d'avoir raison. Toute sa vie, Bess avait cruellement manqué de sécurité, cette sécurité qu'elle pensait trouver dans le mariage. Elle recherchait des attaches solides. Peut-être était-ce en partie la raison pour laquelle il lui plaisait. N'était-il pas un homme mûr, fortuné, puissant et expérimenté ?

Cavendish décida toutefois de ne prendre aucune mesure tant que Bess n'aurait pas visité le manoir de Northaw. Si la demeure lui plaisait, il s'arrangerait pour l'acquérir et en faire un nid douillet.

Cavendish arriva à Suffolk House à temps pour dîner avec les Grey. Thomas Seymour, également présent, leur apprit que le roi Henri venait de le nommer conseiller privé. Le repas fut joyeux, ponctué de toasts et de félicitations.

À l'issue du dîner, l'amiral avait acquis la certitude que Bess n'avait divulgué à personne sa liaison secrète avec la princesse Elizabeth. Il en fut soulagé. Il lui baisa la main, plein de gratitude, et murmura :

— Je suis ravi que nous soyons amis et je vous remercie.

Gardant la main de Bess dans la sienne, il se tourna vers Cavendish.

— Vous avez de la chance, Sir William. La dame refuse de se laisser séduire, bien que j'aie déployé tout mon charme.

William entraîna la jeune femme dans un petit salon.

— Avez-vous beaucoup chevauché, ces temps-ci ?

— Nous avons fait du cheval tous les jours à Chelsea, répondit-elle, un peu perplexe, mais nous nous sommes rarement aventurés en dehors du parc. Mes longues promenades à travers les landes sauvages du Derbyshire me manquent.

— Aimeriez-vous chevaucher en ma compagnie, Bess ?

— Bien sûr !

Une lueur de joie apparut dans ses yeux sombres.

— Je voudrais que vous veniez à Saint-Alban. Je suis en train de régler quelques affaires concernant les terres de l'abbaye. C'est assez loin, prévint-il.

Bess sembla soudain hésitante.

— Serait-ce trop loin à votre goût, par ce froid de canard? demanda-t-il.

— Non, ce n'est pas cela, William.

Elle plongea les yeux dans les siens.

— Je n'ai guère envie de vous regarder démanteler un ordre religieux, même sur ordre du roi, avoua-t-elle.

— Chérie, vous ne me connaissez décidément pas très bien. Sachez que je n'use jamais de méthodes brutales. Je traite toutes ces affaires en douceur.

Elle soutint son regard.

— Vous êtes si innocente! Il s'agit de verser des pots-de-vin. Voilà la clé de ma réussite! L'argent met de l'huile dans les rouages des négociations.

— Ne me dites pas que les prêtres et les nonnes acceptent des pots-de-vin!

— Bien sûr que non! lança-t-il. Mais les abbés et les abbesses qui dirigent ces ordres sont d'une autre trempe. Il faut savoir les manœuvrer. Moi, je réussis là où beaucoup ont échoué.

— Vous êtes vraiment un gredin sans scrupule! s'exclama-t-elle en riant.

— Venez avec moi, et vous connaîtrez la nature exacte de mes activités.

— Entendu. Je serai prête à l'aube! promit-elle, enthousiaste.

— Demain, mes affaires me retiennent à Londres. Mieux vaut remettre cette sortie à après-demain.

Il l'attira contre lui.

— Je suis ravi que vous ayez accepté.

Bess rougit. Elle avait conscience que son soupirant avait franchi un pas de plus sur le chemin de la séduction.

Deux jours plus tard, le convoi s'ébranla sous le pâle soleil de janvier. Robert Bestnay, le secrétaire de William, accompagnait le couple. Ils empruntèrent la route menant vers le nord. La ville laissa rapidement la place à une campagne verdoyante et vallonnée.

Cavendish constata avec satisfaction que Bess suivait leur rythme. Lui et son secrétaire passaient de nombreuses heures en selle et étaient habitués à ces trajets fastidieux. La veille, il avait fait expédier un chariot de victuailles et de vins fins à Saint-Alban, en prévision de leur arrivée. Il emmena Bess directement à Northaw, pour juger de sa réaction face au manoir.

Dans la cour pavée, il l'aida à mettre pied à terre.

— J'aimerais avoir votre avis sur cette demeure.

Bess ôta ses gants et entra dans le vaste vestibule, où une flambée crépitait gaiement. Tout en se réchauffant les mains, elle balaya la pièce d'un regard approbateur. Levant les yeux au plafond, elle remarqua d'énormes poutres en chêne sculpté. Le vestibule conduisait à deux autres pièces, une salle à manger et un salon. Dans chacune d'elles trônait une cheminée majestueuse. Derrière l'escalier, dans une vaste cuisine, étincelaient des ustensiles en cuivre.

L'escalier lui-même était de toute beauté. Il montait en colimaçon autour d'un axe sculpté. À l'étage, Bess découvrit huit confortables chambres à coucher, dont les hautes fenêtres donnaient sur les jardins.

Tandis que la jeune femme admirait le paysage qui s'étendait à perte de vue, vers l'ouest, William s'approcha d'elle.

— Ce sont les collines de Chiltern, expliqua-t-il en lui prenant la main.

Il l'entraîna dans une autre chambre, orientée à l'est.

— Là-bas, à quelques miles, se trouve Hatfield, qui appartient à Elizabeth Tudor.

— Vraiment ? Je me demande comment elle peut supporter de quitter un endroit aussi idyllique.

Bess soupira et s'appuya contre William.

— Cette maison est vraiment parfaite. J'envie ses propriétaires. Pourquoi n'est-elle pas habitée ?

— L'abbaye de Saint-Alban la louait, mais les locataires ne payaient plus leur loyer.

— Quel dommage ! Une telle maison devrait être habitée et entretenue avec amour, répondit-elle tristement.

William la fit pivoter sur elle-même et lui caressa la joue.

— Bess, pourriez-vous être heureuse, ici ?

Elle retint son souffle. Les questions se bousculaient dans sa tête. Sans lui laisser le temps de prononcer un mot, il l'embrassa avidement. Puis il lui prit la main et rit en la voyant regarder la chambre d'un air possessif.

— Venez avec moi et écoutez-moi tranquillement pendant que j'achète notre manoir de Northaw.

À l'abbaye, Bess rencontra le père supérieur. William ne le contredit pas lorsqu'il accueillit chaleureusement Lady Cavendish. Bess, elle, s'empourpra. Au cours du repas, la jeune femme se contenta de siroter un verre de vin tandis que William et son secrétaire négociaient l'affaire avec une rapidité stupéfiante.

— Comme vous le savez, mon père, je suis chargé par la Couronne de dissoudre les ordres religieux et de réquisitionner les bâtiments et les terres. Lors de ma première visite, la semaine dernière, telle était d'ailleurs mon intention. J'ai examiné le domaine et dressé l'inventaire de l'abbaye et de ses propriétés. Théoriquement, il ne me reste plus qu'à transférer ces biens à la Couronne.

Face au regard désespéré du religieux, William se montra plein de compassion.

— La religion est le grand problème de notre époque. Mais la Couronne est de confession protestante. Les catholiques en subissent naturellement les conséquences.

— Pouvons-nous au moins tenter de recouvrer les loyers qui nous sont dus ?

— Je crains que cet argent ne revienne aussi à la Couronne. Il s'agit d'ailleurs d'une somme assez considérable.

Cavendish fit signe à son secrétaire, qui montra son registre au religieux. Celui-ci sembla atterré.

— Cette mesure ne me paraît pas très juste, avoua Cavendish. Il se trouve que je jouis dans mon travail d'une grande liberté. Je pourrais vous accorder un an de répit pour que vous récupériez une partie de ces loyers impayés.

William vit une note d'espoir apparaître sur le visage de son interlocuteur.

— Mais je sais d'expérience que ces dettes sont rarement payées.

Le père supérieur plongea de nouveau dans le désarroi.

William feignit d'être en lutte avec sa conscience.

— Je vais vous dire une chose. Rédigez donc de nouveaux baux pour louer toutes les propriétés de Saint-Alban pour un an. Je veillerai à ce que ces loyers vous soient versés personnellement. Au bout d'un an, Saint-Alban reviendra à la Couronne.

— Les loyers me seront versés personnellement ? répéta le religieux, qui n'en croyait pas ses oreilles.

— Vous avez ma parole, assura William en se tournant vers son secrétaire. À combien se montent les pertes pour le manoir de Northaw, Bestnay ?

— Soixante livres, Sir William.

— Si vous me remettez le titre de propriété du manoir pour que je puisse le relouer immédiatement, je vous verserai la somme due aujourd'hui même.

Le père supérieur parut soulagé.

— Sir William, comment vous remercier ?

— C'est inutile, mon cher. Je ne voudrais pas que vous ayez l'impression d'avoir été floué par la Couronne.

Lors du trajet de retour à Londres, à la tombée du jour, Bess serra sa cape de fourrure sur ses épaules.

— William, j'aimerais comprendre ce qui s'est passé, au juste. Comment de telles pratiques peuvent-elles être légales ?

— Vous avez l'air gelée, chérie. Venez sur mon cheval, je vous réchaufferai.

Bess tendit ses rênes à Robert Bestnay et s'installa devant William. Il l'enlaça d'un geste possessif. La jeune femme se blottit contre son torse rassurant. Les larges épaules du cavalier la protégeaient du vent.

— Que mes méthodes soient légales ou non n'est un problème ni pour moi, ni pour Henri Tudor, murmura-t-il à son oreille.

— Vous n'avez tout de même pas l'intention d'inscrire votre nom sur le bail de location ou l'acte de propriété du manoir? fit Bess, n'osant croire William capable d'une telle supercherie.

— Ce sera ma commission pour avoir donné l'abbaye de Saint-Alban à la Couronne, avec le consentement du père supérieur.

— Northaw vous appartiendra légalement? demanda Bess, un peu inquiète.

Il glissa la main sous sa fourrure pour effleurer son sein.

— Je l'enregistrerai à mon nom, mais il vous appartiendra.

Oubliant ses scrupules, la jeune femme fut parcourue d'un frisson de bonheur.

— Lorsque nous serons mariés, ce sera votre maison de campagne, ajouta-t-il en lui mordillant l'oreille.

Pour la première fois, il évoquait le mariage. Enfin, il venait de s'engager à l'épouser! Bess eut envie de se jeter à son cou et de l'embrasser à perdre haleine, mais ils n'étaient pas seuls. Elle se contenta de se frotter sensuellement contre lui. Très vite, elle sentit son membre durcir au creux de ses reins.

— Vous me torturez et vous le savez très bien...

Et, à mesure qu'ils approchaient de leur destination, le désir de William ne cessa de croître.

Ils atteignirent Suffolk House tard dans la soirée. Cavendish aida la jeune femme à mettre pied à terre.

— Je vais chez moi prendre un bain et me changer, mais je reviendrai ensuite, annonça-t-il sans lui demander son avis.

Il la prévenait ainsi de ses intentions. Bess voulait plus que tout au monde se retrouver seule avec lui. Toute la journée, ils avaient supporté la présence d'autres personnes. Whitehall, où William résidait souvent, ne se trouvait qu'à deux pas. Dans moins d'une heure, ils seraient seuls, dans l'intimité de ses appartements. Elle se tourna vers lui, réprimant son envie de l'embrasser.

— Dépêchez-vous, murmura-t-elle.

Au retour de William, Bess avait pris un bain, s'était parfumée et avait enfilé une robe vert pâle toute simple. Un domestique leur apporta à manger juste après l'arrivée de Cavendish.

Dès que le valet se fut retiré, Bess se précipita dans les bras de William. Ils s'embrassèrent longuement, échangeant des mots tendres, puis s'embrassèrent encore, inséparables, heureux d'être enfin seuls au monde. Durant des heures, ils avaient attendu ces tendres retrouvailles.

William la souleva de terre et l'emmena sur le divan, au coin du feu.

— Bess, je suis follement épris de vous. Jamais je n'ai éprouvé de tels sentiments.

Enroulant les bras autour de son cou, Bess se blottit contre lui, à l'abri de son corps puissant.

Les baisers de William se firent plus exigeants à mesure que son désir augmentait. Sans desserrer son étreinte, il glissa les doigts dans la chevelure soyeuse de sa bien-aimée. Ses lèvres dessinèrent une traînée brûlante dans son cou et sur ses épaules nacrées. Le parfum enivrant de Bess envahit ses narines, l'embrasant encore. D'une main ferme, il dénuda ses seins et les embrassa avec volupté. Une douce chaleur envahit la jeune femme, qui ne put réprimer des plaintes de désir.

Oubliant le repas qu'on leur avait préparé, William entraîna Bess dans la chambre à coucher. L'installant sur le grand lit, il entreprit de lui ôter sa robe. En remarquant qu'elle ne portait rien en dessous, il sut qu'elle avait enfin décidé de se donner à lui.

Le spectacle de Bess nue et offerte lui coupa le souffle. Il ne parvenait pas à arracher ses yeux de sa peau d'ivoire. Elle était faite pour l'amour et, finalement, elle allait découvrir les mystères des sens. Il la désirait tant que c'en était presque douloureux. Son regard ardent explora le corps tout entier de la jeune femme, puis ses doigts prirent le même chemin, caressant chaque courbe, chaque parcelle de peau pâle.

Consumée de désir, Bess attendit que William se déshabille à son tour pour se retrouver contre son corps nu et ferme. Frissonnante, elle se redressa et lui tendit ses lèvres. En sentant sa langue s'insinuer en elle, elle gémit, tandis qu'une onde de plaisir l'envahissait tout entière. Sa bouche glissa lentement dans le cou de William, puis elle entreprit de déboutonner sa chemise pour pouvoir embrasser son torse couvert d'une épaisse toison brune. Ses lèvres descendirent sur son ventre, et elle vit poindre son membre gonflé sous le tissu. Elle eut envie de le libérer de son écrin, de le toucher, de découvrir ses secrets.

— Déshabillez-vous. Je veux admirer votre corps, je veux vous sentir contre moi. Êtes-vous aussi excité que moi ? souffla-t-elle. Voyez comme je suis brûlante.

Elle lui prit la main et la posa entre ses cuisses.

— Vous allez brûler bien plus dans très peu de temps, Bess…

— J'ai la fièvre, gémit-elle.

Ses paroles le rendirent fou. Son cœur se mit à battre la chamade. Puis, tout à coup, il entendit un importun frapper à la porte.

— Que se passe-t-il ? dit vivement Bess en se redressant d'un bond.

— Comment ose-t-on nous déranger ? s'écria William.

Bess attrapa un drap pour se couvrir, pendant que William se dirigeait vers la porte. Sans ouvrir, il demanda :

— Qui est là ?

— C'est Henri. Je suis désolé.

À contrecœur, William lui ouvrit en fulminant.

— Le roi est mort, annonça Henri sans préambule.

— Quoi ? fit Cavendish, incrédule.

— Le roi Henri vient de mourir à Hampton Court. Nous devons partir sur-le-champ.

16

Cavendish partit seul à Hampton Court, Bess préférant s'y rendre en compagnie des Grey. Du jour au lendemain, la situation de William au sein de la cour était devenue très précaire, de même que celle de tous les courtisans ayant acquis quelque pouvoir grâce à Henri VIII. Frances et Henri Grey semblaient moins inquiets. Lady Frances était une Tudor et leur fille allait épouser le prince Edward, le nouveau roi d'Angleterre depuis la mort de son père.

À leur arrivée, toute la noblesse londonienne, dont l'archevêque Cranmer et d'autres hommes d'Église, s'était rassemblée au palais. Il régnait une atmosphère grave et silencieuse. Les courtisans, hommes et femmes, étaient sous le choc, désemparés par ce bouleversement brutal. Les Grey se mirent aussitôt en quête de leur fille et du garçonnet de neuf ans qui régnait désormais sur l'Angleterre. Bess, de son côté, se dirigea vers les appartements de Lady Elizabeth.

La jeune femme frappa à la porte et déclina son identité. Elle dut attendre plusieurs minutes avant d'être introduite dans l'antichambre. Enfin, on la conduisit dans la chambre à coucher de la princesse, où les suivantes d'Elizabeth étaient en train de la parer d'une robe de deuil. Bess fit une révérence.

— Votre Grâce, je vous présente mes condoléances. C'est une perte terrible.

Deux des suivantes pleuraient à chaudes larmes, mais la fille du défunt demeurait impassible. Seule son extrême pâleur indiquait son désarroi.

— Vous sentez-vous bien ? s'enquit Bess, alarmée par sa mauvaise mine.

— Veuillez nous laisser, ordonna Elizabeth à ses suivantes.

Ces dernières s'exécutèrent à contrecœur. Dès que les deux amies se retrouvèrent seules, Bess prit les mains d'Elizabeth dans les siennes.

— Cette mort est si soudaine... Je n'arrive pas à y croire... murmura la princesse.

— Venez vous asseoir, proposa Bess.

Elizabeth résista.

— Je ne vais pas avoir de malaise, je vous assure... C'est une formidable sensation de soulagement qui me fait ainsi tourner la tête. Je suis enfin libre ! J'aimerais rire, danser, mais je sais qu'il ne faut pas, avoua-t-elle. J'aimais mon père autant que je le détestais. Comment vous expliquer ? C'était un véritable tyran. Il a tué ma pauvre mère. Pourtant, je suis fière du sang des Tudors qui coule dans mes veines.

— Je vous comprends très bien. L'amour et la haine sont les deux extrêmes d'un même sentiment.

Aurez-vous la force d'affronter tous ces gens, de recevoir leurs condoléances, de porter le deuil de votre père et de présenter vos respects à votre frère Edward ?

La jeune fille se redressa fièrement, la tête haute, et déclara :

— Je suis Elizabeth Tudor ! Je peux tout affronter. Appelez mes suivantes.

Le jeune souverain était flanqué de ses oncles, Edward et Thomas Seymour. D'emblée, les deux hommes annonçaient leurs intentions : ils se plaçaient entre le roi et le monde entier.

Debout à côté de Lady Frances, Bess regarda Elizabeth avancer vers son jeune frère. Ce furent les Seymour qui l'autorisèrent à s'approcher. Soudain, Bess eut peur pour son amie. Désormais, les puissants frères Seymour dirigeaient le royaume. Quatre jours avant sa mort, le roi Henri avait nommé Thomas Seymour conseiller privé. Bess serra les poings, impuissante. Qui allait prendre garde à ce que la liaison entre la princesse et l'amiral n'aille pas trop loin, maintenant que le roi n'était plus ?

Quelques jours plus tard, à la lecture du testament du roi, bien des sujets furent abasourdis mais ravis d'apprendre que le monarque avait réintégré ses deux filles dans l'ordre de succession au trône. Bess se réjouit que son amie ait officiellement retrouvé son titre de princesse royale.

Au cours des semaines qui suivirent, Bess ne vit pas souvent Cavendish. Elle comprenait fort bien qu'il dût passer le plus clair de son temps à la cour, pour conforter sa position en ce début de règne du roi Edward VI. Les Grey restèrent à Chelsea Palace. Ils avaient fait revenir Lady Jane de Hampton Court pour la durée du deuil du roi défunt.

Le couronnement de l'enfant fut aussi simple que possible, marqué par une courte procession vers l'abbaye de Westminster, où eut lieu la traditionnelle et interminable cérémonie religieuse, puis par une fête relativement sage, étant donné le jeune âge du roi. En réalité, il s'agissait surtout de ne pas vider les caisses de la Couronne.

Bess recevait régulièrement des messages de William, par l'intermédiaire d'Henri Grey, qui rapportait à Chelsea toutes les nouvelles de la cour. Dès que son neveu fut couronné, Lord Edward Seymour et sa femme, Anne, s'installèrent à Hampton Court pour rester auprès du roi jour et nuit. À la mi-février, le roi Edward avait octroyé à son oncle le duché de Somerset et l'avait désigné comme tuteur. Les conseillers privés étaient furieux, car ils avaient espéré régner en tant que régents.

On murmurait à la cour que Thomas Seymour s'opposait aux manipulations manifestes de son frère sur le roi. Sur une décision du tuteur, Thomas fut élevé au rang de grand amiral et nommé baron de Sudely pour freiner ses protestations.

Le jeune roi Edward effectuait chaque jour de nouvelles nominations. Avec l'approbation de son tuteur et des conseillers privés, William Cecil, un jeune secrétaire très brillant de la cour, devint le secrétaire personnel du roi. À l'instigation de William Cecil et d'Edward Seymour, le roi Edward demanda une enquête sur la trésorerie du roi défunt. Paulet et Cavendish, ainsi que leurs employés, travaillèrent d'arrache-pied pour établir ces comptes. C'était une tâche de grande ampleur. Tous deux savaient que les livres devaient être en règle avant d'être présentés pour un examen attentif.

À Chelsea Palace, Lady Frances se déclara offensée par le comportement inqualifiable de Seymour.

— C'est ce monstre d'Edward Seymour qui exige un contrôle des comptes. J'espère qu'il ne s'intéressera pas de trop près à mes factures. Pour couronner le tout, sa garce de femme, Anne Seymour, est à présent duchesse ! Pour l'amour du Ciel, Henri, il faut faire quelque chose.

— Que diable pouvons-nous faire, ma chère ? demanda Henri, perplexe.

— Si vous croyez que je vais rester là à me tourner les pouces pendant qu'Anne et Edward Seymour s'en mettent plein les poches en se comportant comme des monarques, vous vous trompez. C'est à leurs risques et périls qu'ils négligent mes droits en tant que Tudor ! Bess, préparez immédiatement mes bagages. Lady Jane retourne à Hampton Court aujourd'hui même, et je suis prête à camper dans l'antichambre du roi jusqu'à ce qu'il me nomme duchesse à mon tour !

Au palais de Hampton Court, Catherine Parr portait naturellement le deuil. Elle n'était plus reine, et une nouvelle se propageait comme une traînée de poudre : Edward Seymour exerçait déjà de subtiles pressions sur elle pour qu'elle quitte Hampton Court au plus vite, car le palais appartenait désormais au jeune roi. Seymour se montra plus direct avec la princesse Marie. Étant de confession catholique, elle fut persécutée sans merci. Le tuteur du roi insista pour que le culte protestant soit pratiqué par tous à la cour. Profondément offensée, Marie s'empressa de se retirer dans son domaine de Beaulieu, à la campagne.

Lady Frances et la jeune Lady Jane arrivèrent au palais en tenue de deuil. Bess portait une robe en taffetas gris ornée d'un petit col blanc. Elles trouvèrent le roi Edward en grande discussion avec sa sœur Elizabeth. En apercevant Lady Jane, le visage de l'enfant s'illumina. Lady Frances s'en réjouit. Sa fille n'aurait certainement aucun mal à persuader le roi de nommer ses parents duc et duchesse.

La princesse Elizabeth, également vêtue de gris, se retira en faisant signe à Bess de la suivre. Les deux jeunes rousses descendirent la Longue Galerie. Bess remarqua que son amie réprimait difficilement son enthousiasme.

— Qu'avez-vous, Votre Grâce ? Que se passe-t-il ?

— Un événement important est sur le point de se dérouler. Je n'ose vous en parler. C'est un secret, murmura Elizabeth.

Bess devina qu'il s'agissait de Thomas Seymour, car celui-ci obsédait la princesse.

— Disons que tout le monde va avoir une grande surprise, reprit Elizabeth d'un air mystérieux. Mais racontez-moi plutôt comment progresse votre propre affaire.

— Elle ne progresse pas, répondit simplement Bess. Sir William est complètement accaparé par son travail à Whitehall.

— Nous allons toutes les deux devoir nous armer de patience, ce qui ne nous sied guère. Je déteste ces tenues de deuil, mais mon frère ne m'autorise que le noir ou le gris. Le pauvre enfant a reçu une éducation très stricte. Il a même semblé heureux de revoir cette petite gourde de Jane.

— Je crois qu'il a beaucoup de choses en commun avec Lady Jane, Votre Grâce.

— Ils se ressemblent étrangement, en effet, dit la princesse en jetant un regard à sa compagne. Comme nous deux.

Fin mai, les contrôles des comptes étaient terminés. Début juin, Paulet et Cavendish furent confirmés dans leurs fonctions. Ils conservèrent leurs postes non parce qu'ils avaient bien administré les comptes du royaume, mais parce qu'ils s'y entendaient à merveille pour faire rentrer l'argent dans les caisses. Tous deux reçurent le vote de confiance de leurs pairs du Conseil privé.

Cavendish s'accorda quelques heures de liberté pour aller dîner chez les Grey et célébrer la bonne nouvelle. Il y retrouva Lord et Lady Herbert, William Parr et son épouse, ainsi que Thomas Seymour. Tous les hommes présents étaient membres du Conseil privé, à l'exception d'Henri Grey, qui prenait toujours soin de n'afficher aucune ambition politique.

Cavendish embrassa Frances. Une fois à table, il proposa un toast en l'honneur du duc et de la duchesse de Suffolk. Durant tout le repas, Bess et William ne se quittèrent pas des yeux. Leur séparation forcée les laissait affamés l'un de l'autre. Malheureusement, en présence des invités, ils ne pouvaient satisfaire leurs appétits, pas plus qu'ils ne pouvaient se retirer discrètement dans les appartements de la jeune femme.

Thomas Seymour, désormais grand amiral, annonça qu'il désirait développer la marine à dix mille vaisseaux, ce qui était un projet très ambitieux.

— Est-ce indispensable ? demanda William Herbert, comte de Pembroke.

— Non, mais il faut bien augmenter le pouvoir de ce cher Thomas, lança Frances en s'esclaffant. Il doit faire quelque chose pour contrer son odieux frère Edward et son insatiable épouse !

Tous les invités rirent de bon cœur, car Edward Seymour n'était guère apprécié de ses pairs. Bess observait Thomas avec attention. Vaniteux, arrogant, sans scrupule… À ses yeux, il ne valait pas mieux que son frère. Instinctivement, elle eut envie de mettre Cavendish en garde.

À la fin du repas, les convives se retirèrent au salon. William rejoignit Bess.

— Je vous dévore des yeux depuis tout à l'heure.

— William, je suis très heureuse que vous conserviez votre poste.

Il porta sa main à ses lèvres.

— Qui d'autre que moi pourrait s'acquitter de cette tâche ? murmura-t-il avec un sourire amusé. Malheureusement, je dois me rendre à Evesham et Bordesley, deux abbayes du Warwickshire.

— Combien de temps serez-vous absent ?

— Pas une heure de plus que nécessaire, promit-il, tout en serrant très fort sa main dans la sienne pour lui montrer combien elle allait lui manquer.

— Je me trompe peut-être, mais je soupçonne l'amiral de vouloir épouser Elizabeth, chuchota-t-elle.

— Vous n'avez pas tort. On lui a ordonné de ne plus y penser. Une telle union est absolument exclue, fit William en secouant la tête. N'en parlez surtout pas.

Bess fut soulagée. Voilà qui mettait un terme à cette liaison dangereuse. Pourtant, elle avait de la peine pour son amie, qui se croyait amoureuse de ce manipulateur sournois.

La conversation portait à présent sur les maisons de campagne.

— Avez-vous déjà visité Sudely ? demanda Frances à Thomas Seymour.

— Non. C'est une imposante bâtisse en pierres des Cotswolds, dans le Gloucestershire. Il paraît qu'elle possède une superbe salle de banquet.

— Je compte me rendre à Bradgate, cet été. Le temps passe vite. Dans un mois, nous ferons déjà nos bagages.

— Essayez d'être de retour avant notre départ pour Bradgate, dit Bess à William.

La jeune femme avait envisagé ce séjour avec plaisir, car sa famille habitait le comté voisin. Mais, soudain, elle n'avait qu'une envie : être à Northaw.

Frances les observa et leur adressa un clin d'œil complice.

— Vous êtes tous conviés à Bradgate pour le temps qu'il vous plaira. William, promettez-moi de venir tenir compagnie à mon cher Henri.

Sir William fut le premier à prendre congé. Lady Herbert attendit que Thomas Seymour ait disparu pour confier à Frances, sous le sceau du secret, ce que lui avait divulgué sa sœur Catherine Parr, la veuve du roi Henri.

— Ce maudit Edward Seymour, qui s'est proclamé protecteur du roi, veut bannir la reine de Hampton Court pour l'exiler à Chelsea.

Frances se moquait éperdument du sort de Catherine Parr, qui avait déjà enterré trois maris, jusqu'à ce qu'Anne Herbert parle de Chelsea.

— Chelsea ? s'exclama Frances outrée. Il a l'audace de penser à l'installer à Chelsea ? Mon Chelsea ? Bess, mes sels, vite !

Bien que Lady Frances ait déclaré à qui voulait l'entendre que Catherine Parr ne mettrait pas les pieds à Chelsea tant qu'elle serait en vie, elle se mit à déménager meubles, tableaux et objets divers qui lui appartenaient, ainsi que tout ce qui lui plaisait. Avec l'aide de Bess et de ses autres dames de compagnie, elle passa presque deux semaines à emballer vêtements, linge, argenterie, rideaux. Certains articles provenaient de Dorset House ou de Suffolk House, mais Frances avait décidé que le plus gros du chargement irait à Bradgate.

Frances, duchesse de Suffolk, protesta officiellement auprès du Conseil privé du roi, faisant valoir qu'elle avait la jouissance de Chelsea Palace depuis des années. La Couronne possédant de nombreuses autres résidences, il était certainement possible de trouver une autre demeure pour la veuve du roi Henri.

— J'ai décidé de résister et de retarder mon départ pour Bradgate, annonça-t-elle à Bess. Dès que j'aurai quitté Londres, ils risquent de fondre sur Chelsea comme des vautours !

— Dans ce cas, ils constateront que la carcasse a déjà été dépecée, répondit Bess avec candeur.

Mais, en dépit des protestations de Lady Frances, Chelsea Palace fut déclaré résidence officielle de Catherine Parr. Étant la belle-mère de la princesse Elizabeth, la veuve d'Henri VIII fut chargée d'héberger cette dernière. Frances se retrouva en proie à un cruel dilemme. Devait-elle permettre à sa fille, Lady Jane, de vivre chez Catherine Parr ou devait-elle la ramener dans son propre foyer ? De toute évidence, l'enfant ne pouvait rester à Hampton Court, devenu un bastion masculin réservé à un jeune roi célibataire.

— Ce maudit tuteur a gagné ! s'exclama Frances, folle de rage. Manifestement, il entend séparer le roi de tous ceux qu'il aime. Edward Seymour est en train de chasser quiconque possède un peu d'influence sur le roi : sa belle-mère, sa sœur et ma fille. Sa garce de femme le manipule, c'est certain !

Lady Frances décida que Lady Jane résiderait à Chelsea avec Catherine Parr et la princesse Elizabeth. Frances, Bess et quelques domestiques allèrent à Hampton Court chercher Lady Jane et ses affaires.

La princesse Elizabeth était elle-même en plein déménagement. Bess ne put passer que quelques instants en sa compagnie.

— Êtes-vous contrariée de devoir vous installer à Chelsea, Votre Grâce ?

— Non, murmura la princesse, ses yeux d'ambre luisant d'excitation. Nous serons à l'abri des regards indiscrets. Nous pourrons nous voir tous les jours, à Chelsea !

Bess en resta bouche bée. Son amie ignorait-elle qu'on avait refusé à l'amiral la permission de l'épouser ?

— Il faut que je parte, Bess. Venez donc me rendre visite à Chelsea.

À la fin du mois, Bess reçut un message confidentiel de Cavendish. Elle ouvrit fébrilement l'enveloppe et prit connaissance de son contenu avec un froncement de sourcils.

Très chère Bess,
J'ai du nouveau. Je passerai vous voir après minuit afin que nous soyons seuls.

W.

Elle imagina mille raisons possibles. Cette nouvelle concernait-elle la princesse Elizabeth, Thomas Seymour, les Grey ? À moins qu'il ne s'agisse de son travail ? De quelque décision du Conseil privé ? Cette missive mystérieuse l'intriguait.

En fin d'après-midi, Bess alla cueillir des fleurs dans le jardin de Suffolk House et emplit des vases de muguet, de lilas et d'aubépine. Après le dîner, elle prit un bain et enfila la robe préférée de

William, cherchant à faire passer le temps jusqu'à minuit.

Enfin, elle l'entendit frapper à la porte. Aussitôt, elle se jeta dans ses bras.

— De quoi désiriez-vous m'entretenir ? Quel est donc ce secret ?

William la serra contre lui et l'embrassa.

— Ma femme est décédée aujourd'hui.

Bess le fixa, incrédule. C'était la seule chose à laquelle elle n'avait pas pensé.

— William…

Elle se blottit contre lui.

— Il faudra cesser de nous afficher ensemble pendant un certain temps, pour respecter mon deuil. Les commérages seraient impitoyables envers vous, dit-il. Mais je veux vous voir. Acceptez-vous de venir passer quelques jours à Northaw ? Nous serons à l'abri des regards indiscrets.

— Bien sûr, William. Je vous aime tant !

Pudiquement, la jeune femme enfouit le visage dans le creux de son épaule pour dissimuler ses larmes de bonheur.

— Nous ne pourrons partir ensemble, mais nous nous retrouverons là-bas. Les funérailles ont lieu après-demain. Je vous rejoindrai dès le lendemain.

— Frances et Henri Grey sont-ils au courant ?

Il secoua la tête.

— Allons leur annoncer la nouvelle ensemble.

Main dans la main, ils gagnèrent l'aile ouest, où se trouvait la suite des Grey. Frances leur ouvrit la porte et porta la main à son cou.

— Mon Dieu, encore un décès ! Je le sens !

— Oui. Celui de ma femme, déclara William.

— Dieu soit loué ! répondit Frances avec un soupir de soulagement exagéré. Henri, servez-nous du cognac, mon cher.

— Les funérailles auront lieu après-demain.

— Nous viendrons, de même que la plupart des membres de la noblesse. Toutefois, Bess devra rester discrète pendant quelque temps.

— Je pars pour Northaw dès demain, annonça la jeune femme. Je voyagerai à cheval.

— Pas question. Vous prendrez une voiture, répliqua Frances.

— Merci, Frances, dit William en lui baisant la main.

— Une voiture discrète, avec un cocher de confiance et un garde, ajouta Henri.

— Bess, aimeriez-vous emmener Cecily avec vous ? Elle se considère comme votre domestique, de toute façon.

— Merci, mais je préfère y aller seule, répondit Bess en s'empourprant.

— Northaw possède son propre personnel, fit William en s'emparant de la main de la jeune femme, qui rougit davantage.

En route pour Northaw, Bess chercha ce qu'elle avait pu oublier dans la fébrilité des préparatifs. Habituée à faire les bagages de familles entières, elle avait décidé d'emporter du linge, des victuailles, du vin. Elle répéta mentalement les paroles qu'elle adresserait au personnel du manoir. Ayant été domestique elle-même, elle se rappelait comment elle aurait aimé être traitée à l'époque.

Une fois à Northaw, elle demanda à Mme Bagshaw, la gouvernante, de réunir tous les domestiques. Le personnel du manoir consistait en une cuisinière, un commis de cuisine, deux valets et deux femmes de chambre. Bess comprit très vite que la gouvernante dirigeait son petit monde d'une main de fer et que si elle parvenait à la conquérir, les autres la suivraient.

— Le nouveau propriétaire, Sir William Cavendish, m'a priée de préparer la maison pour son arrivée. Je suis Mme Elizabeth Barlow, de Suffolk House, où Sir William passe son temps lorsqu'il n'est pas à la cour. Je sais combien il est difficile de servir un nouveau maître.

Bess regarda Mme Bagshaw droit dans les yeux.

— Je ferai de mon mieux pour vous aider. J'attends que vous m'aidiez à votre tour. Vous ne connaissez pas encore les goûts et les exigences de Sir William. Et moi non plus, ajouta-t-elle en souriant. Nous apprendrons ensemble. Je vous remercie.

Elle réitéra son petit discours pour le garde-chasse, les garçons d'écurie et le régisseur, puis elle retourna à la voiture.

— C'est Mme Bagshaw qui est responsable de la maison, dit-elle au cocher et au garde des Grey. Adressez-vous à elle en cas de problème. Il y a de nombreuses chambres au troisième étage. N'hésitez pas à demander ce dont vous auriez besoin. Merci de m'avoir conduite jusqu'ici.

Accompagnée de la gouvernante, Bess ordonna aux femmes de chambre de commencer à épousseter la maison. Les victuailles furent portées à l'office et les piles de draps montées à l'étage. Bess choisit une chambre spacieuse, dont les hautes fenêtres donnaient sur le jardin et les collines de Chiltern. Elle ôta l'épais matelas et les lourds rideaux. Ensuite, elle ouvrit les fenêtres en grand pour aérer la pièce et pria les femmes de chambre de la nettoyer de fond en comble.

Quand la chambre fut nette, Bess disposa sur le lit des draps en lin, une couverture en laine et un couvre-lit en velours vert. Des valets l'aidèrent à suspendre les rideaux assortis. À la fin de la journée, la chambre était enfin prête.

— Merci beaucoup, dit Bess. Demain, nous nous occuperons de l'autre chambre. À présent, je vais déballer ma malle. Descendez prêter main-forte à Mme Bagshaw, à la cuisine. Je prendrai un repas léger. Un peu de fromage et des fruits, peut-être, ainsi qu'une assiette de ce potage qui embaume toute la maison.

Le jour de l'arrivée prévue de William, Northaw regorgeait de fleurs du jardin. Bess indiqua à la gouvernante le menu du dîner, puis elle s'adressa aux valets :

— Sir William sera sans doute accompagné de son valet personnel, James Cromp. Pourriez-vous préparer un bain chaud ? Après son voyage, Sir William voudra certainement se rafraîchir.

Bess s'efforçait de maîtriser son excitation. Mais, à mesure que les heures passaient, elle y parvenait de moins en moins. En début d'après-midi, elle prit un bain parfumé et enfila une robe vert pâle, l'une des préférées de William. Elle brossa longuement son épaisse chevelure et appliqua sur ses poignets une touche de parfum.

Brusquement, son instinct l'avertit qu'il était là, fébrile. Elle descendit vivement les marches et ouvrit la porte au moment où son étalon noir franchissait la grille. Bess le regarda mettre pied à terre, sous le coup de mille émotions qui menaçaient de l'engloutir. Bizarrement, elle se sentit soudain intimidée. Qu'allait-il lui dire ? Et que lui répondrait-elle ?

Sans réfléchir, elle se précipita dans ses bras.

— Pourquoi n'êtes-vous pas au lit ? demanda-t-il, les lèvres collées contre son oreille.

Il éclata de rire, les yeux pétillants de malice.

— Vous n'êtes qu'un gredin! lui lança-t-elle, toute appréhension disparue.

17

Les domestiques étaient rassemblés sur le perron pour souhaiter la bienvenue à Sir William. Tandis qu'il s'adressait à eux, Bess entraîna James Cromp à l'étage et lui montra où déposer les bagages de son maître.

— James, je tiens à ce que nos rapports ne soient pas trop guindés. Après tout, vous serez vite au courant de tous nos secrets, déclara Bess avec sa candeur naturelle. J'ai fait monter de l'eau, et il y a une baignoire dans la chambre voisine.

— Merci, Madame, répondit-il en commençant à déballer les vêtements de Cavendish pour les ranger avec ceux de la jeune femme. Aimeriez-vous que j'allume du feu dans la cheminée, Madame?

— Oui, après le dîner. Hier soir, le temps s'est beaucoup rafraîchi à la tombée du jour.

En songeant qu'elle ne risquait pas d'avoir froid cette nuit, Bess s'empourpra légèrement.

Dès qu'il en eut terminé avec le personnel, Cavendish monta les marches quatre à quatre pour rejoindre Bess. Il entra dans la chambre à coucher et examina attentivement la pièce. Enfin, il hocha la tête, approuvant le choix de la jeune femme.

— William, je suis si heureuse! J'adore cette maison, déclara Bess, le souffle court.

Sans se soucier de la présence de James, il la prit dans ses bras.

— Et moi, c'est vous que j'adore, mon amour, répondit-il en l'embrassant.

Bess ferma les yeux. Elle avait du mal à réaliser que le moment tant attendu était arrivé.

Il l'embrassa encore.

— Laissez-moi le temps de me débarrasser de la poussière de la route.

Bess et William dînèrent en tête à tête dans la salle à manger. Un valet un peu intimidé les servit. Le rôti était cuit à la perfection, les légumes tendres et frais, le pain croustillant. Bess était très fière du menu qu'elle avait établi. Le repas paraissait convenir au robuste appétit de William.

Celui-ci leva son verre.

— À la plus belle femme d'Angleterre ! Ce vin est délicieux. J'ignorais que les caves de Northaw étaient pleines d'aussi bons crus.

— Elles ne le sont pas, répliqua Bess en riant. C'est moi qui ai apporté quelques bouteilles.

— J'ai toujours su que vous étiez une femme avisée. Quelles autres surprises m'avez-vous réservées ? demanda-t-il avec un sourire coquin.

— Ce serait plutôt à moi de vous poser cette question, Monseigneur.

Il s'esclaffa.

— Chérie, ne me dites pas que vous appréhendez cette soirée intime.

— Un peu, avoua-t-elle.

Ému par l'innocence et la sincérité de sa compagne, William contourna la table et prit la jeune femme sur ses genoux.

— William ! Les domestiques ! protesta-t-elle doucement.

— Ils s'en moquent éperdument. Je viens de leur annoncer que j'augmentais leurs gages.

— C'est presque de la corruption !

— C'est de la corruption pure et simple, mon amour. Très bientôt, ils nous mangeront dans la main.

— Vos méthodes ne sont pas très morales.

— Je sais, admit-il en effleurant sa joue d'un baiser. Que voulez-vous, pour le dessert ?

— Des fraises, bien sûr !

— Alors, c'est moi qui vous ferai manger.

Il trempa un fruit rouge et charnu dans du sucre et le porta aux lèvres gourmandes de la jeune femme. Bess lécha d'abord le sucre, avant de refermer la bouche sur la fraise. Devant ce spectacle sensuel, William sentit son désir monter d'un cran.

— Quel délice... murmura-t-il en l'embrassant.

Il répéta le même geste avec chaque fraise, alternant fruits et baisers, jusqu'à ce que Bess demande grâce.

— Assez ! dit-elle en riant. Je n'en peux plus.

— Assez de fraises ou de baisers ? s'enquit-il, taquin.

— Allons faire un tour dans le jardin. Je vous montrerai où elles poussent.

William haussa les sourcils, puis il se rendit compte que Bess avait peut-être besoin d'un peu plus de temps que lui avant de passer dans la chambre à coucher.

La nuit était tombée. Ils flânèrent dans les allées, main dans la main. L'air les enivrait de son parfum fleuri. Bess s'apprêtait à lui parler de ses projets pour le jardin quand il l'enlaça dans la pénombre. Retenant son souffle, elle se mit à frissonner. Elle répondit à son baiser avec ardeur, lui montrant que, malgré son appréhension, elle le désirait autant que lui.

— Bess, je rêve de cette nuit depuis si longtemps... souffla-t-il à son oreille.

Sans un mot, elle le prit par la main et l'entraîna vers la maison, le cœur battant. Elle l'avait fait attendre plus que de raison, mais leur heure était enfin venue. Elle se promit de se donner à lui corps et âme.

De retour dans la maison, ils ne croisèrent aucun domestique. Tendrement enlacés, ils gravirent rapidement les marches, incapables de dissimuler leur impatience.

Avant de refermer la lourde porte en chêne, William s'empara des lèvres de Bess avec une passion qu'il n'avait encore jamais exprimée. Elle accueillit en elle sa langue chaude et humide, qui savait si bien l'embraser.

Encouragé par ses frissons, il l'attira vers la cheminée et entreprit de la déshabiller. William avait les gestes sûrs d'un amant expérimenté. Bess l'aida à dégrafer sa robe et se présenta à lui, vêtue uniquement de ses bas et d'une fine chemise en coton blanc.

William la serra contre lui. Elle sentait la chaleur de ses paumes sur ses cuisses, à travers la soie de ses bas.

— Vous êtes faite pour donner du plaisir à un homme, murmura-t-il en lui caressant les seins.

Il se pencha pour prendre entre ses lèvres un mamelon rose et durci.

Chaque seconde dans ses bras attisait le trouble de Bess, qui s'enhardit et commença à déboutonner la chemise de son amant.

— William, je veux vous admirer et vous toucher, moi aussi.

Bess le regarda se dévêtir, fascinée par ce corps ferme et viril. Jamais elle ne l'avait vu nu. Son large torse et ses épaules puissantes l'enchantèrent.

— Vous êtes si fort, murmura-t-elle en caressant d'une main hésitante ses pectoraux saillants.

Il prit sa main et la posa sur son membre gonflé.

— À cause de vous, je suis dur comme du marbre, murmura-t-il.

— Je veux voir, répondit-elle, tandis qu'une douce chaleur se diffusait dans tout son corps.

Ravi de la curiosité de la jeune femme, William se débarrassa de ses derniers vêtements.

— Mon Dieu ! fit-elle dans un souffle.

Le membre viril était si fièrement dressé qu'elle ne parvenait pas à en détacher ses yeux. Finalement, elle se mit à explorer les mystères de ce corps qu'elle aimait.

William avait les hanches minces et les cuisses musclées d'un cavalier émérite. Du bout des doigts, elle caressa la peau soyeuse de son ventre, puis elle le contempla longuement.

— Vous ressemblez à votre étalon noir, commenta-t-elle, émerveillée.

— J'avoue que c'est exactement l'impression que j'ai en ce moment.

— Je comprends mieux votre empressement, à présent… Seigneur, comme j'étais ignorante ! Il doit être difficile de contrôler un tel désir charnel. Si j'avais eu la moindre idée de ce qui m'attendait…

— J'étais impatient de vous posséder, Bess. Mais, désormais, je prendrai tout mon temps. Je tiens à vous savourer très lentement.

Il la plaqua contre lui pour lui faire sentir l'intensité de son désir.

La chaleur des flammes ajoutait encore au trouble de Bess, qui avait le dos tourné à la cheminée.

— C'est si bon… gémit-elle en se frottant contre William.

Il lui baisa les paupières avec volupté.

— Ces préliminaires sont pour moi un vrai délice, chuchota-t-il.

— Pourquoi ? demanda-t-elle. Parce que je suis encore vierge ?

Il posa les mains sur ses hanches rondes.

— En partie, admit-il. Je sais que c'est la première fois que vous éprouvez un tel désir. Et je serai le premier à vous posséder. Mais, dans un an, quand vous aurez acquis de l'expérience, nos ébats seront tout aussi délicieux. Vous avez un corps de rêve et une sensualité débordante qui ne demande qu'à s'exprimer. Rien ne pourra jamais la maîtriser totalement.

Elle appuya la joue contre la toison brune de sa poitrine et lui mordilla un mamelon.

— Si vous allumez le feu qui couve en moi, vous allez aussi devoir l'éteindre.

— Je ferai de mon mieux, chérie. Mais je devine qu'il ne s'agira pas d'un simple feu de paille.

Lentement, il lui ôta enfin sa chemise et la contempla, vêtue de ses seuls bas.

— Vos jarretelles sont les plus coquines que j'aie jamais vues. Approchez donc, que je puisse les admirer de plus près.

— Que voulez-vous dire ?

Il leva les yeux au ciel, émerveillé.

— Je trouve ces rubans verts incroyables. C'est difficile à exprimer... Avec cette peau d'albâtre, cette toison rousse... Venez, regardez-vous dans la glace.

Bess rougit en voyant son reflet. Le roux et le vert formaient en effet un mélange saisissant. Ce n'était pas la première fois qu'elle s'offrait au regard de William dans cette tenue. Elle se rappelait fort bien ce qu'il lui avait fait, ce soir-là. Désormais, ils ne seraient plus jamais interrompus. Cette fois, ils pourraient poursuivre leurs jeux érotiques tout au long de la nuit, jusqu'à l'extase finale. Bess mit ses mains en coupe sous ses seins et contempla sa poitrine avec candeur.

William ne put réprimer un gémissement de désir. Il la souleva de terre et lui embrassa le haut des cuisses. Elle se cambra aussitôt, poussant de petits cris de plaisir sous ses baisers. N'y tenant plus, il la porta sur le lit.

— Allongez-vous, ordonna-t-il.

Elle obéit, soulevant ses longs cheveux pour les laisser s'éparpiller sur le couvre-lit vert pâle.

— Écartez les cuisses, reprit-il d'une voix rauque.

Bess posa timidement les pieds sur les larges épaules de William. Fébrile, elle s'humecta les lèvres.

— Aidez-moi à enlever mes bas, Monseigneur…

William s'exécuta lentement, baisant la cheville gracile de la jeune femme au passage.

Le comportement sensuel de Bess lui indiquait que son désir était à son comble et qu'elle l'invitait à la posséder. Mais il ne voulait pas la déflorer trop vite, de peur de lui faire mal. Il décida de prolonger ces préliminaires jusqu'au point de non-retour. Il voulait la voir supplier, se tordre de désir, puis connaître l'extase grâce à lui.

Il s'étendit à côté d'elle et l'enlaça d'un geste possessif. Sa bouche était sans doute ce qu'elle avait de plus beau. Il ne se lassait pas de l'embrasser. Il glissa les mains dans la crinière soyeuse et rousse et se pencha pour s'emparer de ses lèvres, se serrant contre elle pour la garder captive de son étreinte.

D'abord, William se montra tendre, langoureux, puis ses baisers se firent plus exigeants. Sa langue plongea dans la douceur chaude et humide de la bouche de Bess. Fous de désir, ils gémirent à l'unisson. Les seins de Bess étaient plaqués contre le torse puissant de William, ses mamelons dressés et durs comme des rubis caressés par sa toison brune.

Du bout de la langue, William traça un sillon brûlant sur la lèvre inférieure de la jeune femme, avant de la mordre tel un fruit bien mûr. Le feu qui brûlait entre eux rendait leur étreinte passionnée, presque bestiale.

William roula sur le dos, entraînant sa maîtresse avec lui, afin qu'elle se retrouve en position de domination. Elle le dévisagea, tandis que ses mains fébriles et sa bouche exploraient les moindres parcelles de son corps viril. Jamais William n'avait séduit une femme aussi audacieuse, aussi sensuelle. Puis, soudain, elle se jucha sur sa cuisse musclée et se mit à la chevaucher, se frottant contre lui comme une chatte, lui griffant la peau.

— William, William, je vous en prie…

Doucement, il coucha la jeune femme sur le lit. Bess voulait qu'il prenne le contrôle de la situation, qu'il la domine, qu'il la fasse sienne. Plus rien ne comptait pour elle que d'apaiser sa soif d'amour.

Plaçant son membre gonflé à l'entrée de son sexe, William donna un coup de reins pour s'enfoncer en elle. La jeune femme était si étroite qu'il frissonna. Puis, par vagues successives, il parvint à la pénétrer.

Jamais, même dans ses rêves les plus fous, Bess n'avait imaginé de telles sensations, un tel cataclysme, un tel tourbillon de délices. D'abord, elle ressentit une brève douleur, qu'elle accepta avec joie, sachant qu'elle ferait vite place au plaisir le plus intense.

William devina que le plaisir de Bess avait chassé

toute autre sensation, car elle se cambra contre lui, enroulant les jambes autour de son corps, le retenant prisonnier. Elle était avide de baisers, de caresses. Folle de désir, elle posa les lèvres sur son cou, l'embrassant avidement, lui mordant l'épaule dans le feu de la passion.

Il faillit plusieurs fois se répandre en elle, mais il rassembla toute sa volonté, sachant qu'il allait soulever en elle une vague qui l'emporterait à tout jamais. Il murmura des mots d'amour à son oreille, enivré par ses gémissements incontrôlés. Soudain, Bess poussa un cri, agrippée à lui. Il s'abandonna enfin, et ils atteignirent l'extase à l'unisson.

Chacun sentit l'autre frémir, comme s'ils ne formaient plus qu'un seul être, puis ils demeurèrent enlacés pendant de longues minutes, incapables de se séparer, le cœur battant à tout rompre.

Lorsqu'il s'écarta, Bess tenta de le retenir, mais il l'enlaça et l'attira tendrement contre lui, le regard plein d'amour. À la lueur des chandelles, elle était radieuse, ses cheveux flamboyants éparpillés autour d'elle. Sur sa cuisse nacrée perlaient une seule goutte de sang et la semence de son amant.

— Je ne me doutais pas que c'était ainsi, murmura-t-elle à son oreille.

Il caressa son front moite.

— Mon amour, c'est rarement aussi intense. Très peu d'amants ont la chance de connaître un tel tourbillon de délices.

Bess se sentait vulnérable, très féminine. Elle aimait l'odeur masculine de la peau de William, son goût un peu salé ; elle aimait cette langueur, cette sensation de satiété, et le parfum de luxure qui flottait dans l'air.

Elle esquissa un sourire, persuadée d'avoir trouvé l'homme de sa vie. Il était fort, viril, de sorte qu'elle pouvait enfin se permettre d'être fragile. En même temps, elle avait envie d'être aussi déterminée et autoritaire que lui.

— William, mon cœur t'appartient, désormais.

Il lui sourit à son tour.

— Je crois que je t'ai pris autre chose, ce soir. Aucun regret ?

Bess s'étira comme une chatte repue.

— Mon innocence ? Je ne l'ai pas perdue. Je l'ai abandonnée avec grand plaisir. Mon seul regret est que nous n'ayons pas fait l'amour plus tôt, répondit-elle, rêveuse.

— Nous allons rattraper ce retard. Dieu sait si j'ai attendu le moment de partager ton lit pendant une nuit entière, de te voir t'endormir à mon côté ! Je suis le plus heureux des hommes.

Il étendit le drap sur elle. Elle se blottit contre lui et ferma les yeux. L'enlaçant à son tour, il posa une main sur son sein ferme et généreux. En sécurité, apaisée et comblée, Bess sombra lentement dans le sommeil.

Au milieu de la nuit, William se réveilla et découvrit que la jeune femme n'était plus là. Son regard fut attiré par le feu qui crépitait dans la cheminée. Bess se tenait devant l'âtre, illuminée par les flammes.

— Tout va bien, mon amour ? s'enquit-il.

Il se leva pour la rejoindre.

— Je suis si heureuse que je n'arrive pas à dormir, chuchota-t-elle, le visage radieux.

Il se plaqua contre son dos.

— Tu as trop d'énergie en toi, trop d'appétits à combler.

Au contact de son corps contre le sien, il frissonna. Ses mains glissèrent des épaules de Bess à ses seins.

— La lueur du feu est comme moi, elle aime caresser ton corps, t'éclairer, te réchauffer.

Ses doigts effleurèrent son ventre, ses hanches, puis s'attardèrent entre ses cuisses, dans sa toison rousse.

Bess pivota et passa les bras autour de son cou, debout sur la pointe des pieds. Avec un gémissement d'aise, elle déclara :

— Plus jamais je ne trouverai le sommeil.

— Je sais ce qu'il te faut, affirma-t-il d'une voix suave. Laisse-moi apaiser tes moindres désirs, te rassasier.

Elle hocha la tête, retenant son souffle tandis qu'il la soulevait de terre pour l'emmener vers le grand lit.

— Je vais t'aider à t'endormir.

Peu après l'aube, Bess ouvrit les yeux et s'étira voluptueusement. William, déjà vêtu d'une culotte en cuir noir et d'une chemise en lin, s'approcha d'elle.

— Chérie, je voulais te faire une surprise. J'avais l'intention de t'acheter un cheval pour que nous puissions chevaucher ensemble. J'espérais être de retour avant ton réveil.

Il se pencha pour l'embrasser. Elle rejeta les draps et s'assit sur ses genoux, complètement nue.

— Je viens avec toi. Tu me montreras comment choisir un bon cheval, d'accord ? Et j'aimerais bien négocier la vente.

Il lui caressa le dos tandis qu'elle lui offrait ses lèvres, puis il glissa les doigts entre ses cuisses. Aussitôt, elle se cambra contre lui.

— Je constate que tu sais déjà obtenir tout ce que tu désires.

Elle déposa un baiser sur ses lèvres.

— Donne-moi une nouvelle leçon. Je veux tout apprendre.

Il s'écarta pour mieux l'enlacer.

— Nous avons un point commun. Nous aimons l'amour le matin.

— Je ne m'en plaindrai pas, répondit-elle.

— Sauras-tu me satisfaire ? demanda-t-il, ivre de désir.

— Tous les matins, promit-elle.

Une heure plus tard, Bess était allongée contre son amant, sur le tapis, devant la cheminée.

— Tu devrais prendre un bain, lui dit-il. J'ai laissé mon odeur sur ta peau.

Il se pencha sur elle, renifla et leva les yeux au ciel pour la faire rire.

— Tu crois que la baignoire est assez grande pour nous deux ?

De retour de Saint-Alban, Bess flatta l'encolure luisante de la jument noire que William venait de lui acheter.

— Je suis désolée de t'avoir traitée de vieux bourrin, lui murmura-t-elle à l'oreille. C'était uniquement un stratagème pour obtenir un meilleur prix.

Cavendish lui sourit.

— Je croyais que tu préférais le cheval blanc.

— C'est vrai, reconnut-elle. Mais j'avais repéré cette jument depuis le début. Nous pourrons l'accoupler à ton étalon pour peupler un peu nos écuries.

William fut attendri de l'entendre échafauder de tels projets. Lors du trajet vers Saint-Alban, alors qu'elle était assise devant lui, sur la selle, elle lui avait fait part de ses idées pour décorer la maison, les plantations du jardin. Et voilà qu'elle s'intéressait aux écuries ! Il secoua la tête, amusé.

— Tu verras ! s'exclama-t-elle. Je te montrerai ce dont je suis capable.

— Je te crois sur parole, dit-il avec un regard possessif. Mais prends garde à ne rien montrer à un autre homme. J'ai remarqué que Sir William St. Loe te dévorait littéralement des yeux.

— J'ai failli m'évanouir de peur quand il est arrivé. Après tout, il est le capitaine de la garde d'Elizabeth.

— St. Loe était venu acheter des chevaux pour Hatfield. Le monde est petit. Dans ton intérêt, mieux vaut que nous restions discrets pendant quelque temps.

— Je sais très bien que nous ne devrions pas vivre ensemble pour l'instant.

William ne put supporter le voile de culpabilité qui assombrit soudain son regard.

— Viens, faisons la course !

— Quel est l'enjeu ?

— Je trouverai bien une récompense. Je t'en parlerai ce soir, au lit.

— Quel prétentieux ! s'écria Bess en gardant ses distances, espérant qu'il serait trop galant pour lui infliger une cruelle défaite.

Lorsque la grille de Northaw fut en vue, Bess lança sa jument au galop, obligeant William à éperonner sa monture. Finalement, il perdit la course.

Il saisit les rênes de la jeune femme.

— Je devrais te donner une bonne fessée !

— Ce serait dangereux. Je pourrais te mordre.

— Mais tu me mords, fit-il en se frottant l'épaule.

La nuit était tombée quand ils achevèrent leur repas. Les deux amants brûlaient d'impatience de se retrouver enfin seuls. Les minutes s'écoulaient trop lentement. Cavendish décida de régler quelques dossiers avant de se retirer, mais il quitta rapidement son bureau, incapable de se concentrer. De retour dans la salle à manger, il attrapa une carafe de vin posée sur une console.

— Pourriez-vous monter cette carafe, Sir William ? demanda Bess d'une voix suave, tandis que Mme Bagshaw tirait les rideaux.

— Bien sûr.

Les yeux pétillants, il regarda Bess gravir les marches, aussi innocente qu'une nonne se rendant aux vêpres. Il la suivit et ferma la porte à clé.

— Mme Bagshaw a eu toutes les peines du monde à garder son sérieux, dit-il. Pourquoi m'appeler Sir William devant les domestiques ?

— Elle ne soupçonne rien, affirma Bess. Elle m'a aidée à préparer deux chambres séparées.

— Qu'a-t-elle pensé, selon toi, en changeant les draps, ce matin ?

Bess réfléchit un instant.

— Qui s'en soucie ? Faisons la course jusqu'au lit !

Elle ôta ses pantoufles et ses bas, puis se débattit en riant avec les boutons de sa robe. William enleva à la hâte sa chemise et ses bottes, mais Bess fut nue la première. Triomphante, elle se précipita vers le lit. Avec un cri de joie, il se jeta sur elle et ils roulèrent ensemble sur le grand matelas.

Bess le saisit par les cheveux en riant.

— Sir William, j'ai envie de faire l'amour toute la nuit !

— Et si Mme Bagshaw t'entendait ? plaisanta-t-il. Tu n'as qu'à le répéter un peu plus fort !

— Chut ! fit-elle en posant la main sur sa bouche. Tu es un monstre. Plus jamais je ne te laisserai me toucher. En tout cas, pas avant que tu m'aies servi un verre de vin.

18

Blottie entre les bras de William, Bess poussa un soupir d'aise. Tour à tour, ils buvaient une gorgée de vin dans le verre qu'ils partageaient. La jeune femme flottait entre ciel et terre, mais elle redoutait déjà l'instant où il lui faudrait se séparer de son amant.

— Quand dois-tu partir?

Elle sentit ses lèvres humides glisser dans son cou, puis son souffle tiède lui effleurer l'épaule.

— Demain. Ce ne sera pas long, cette fois. Ensuite, nous resterons ensemble à jamais, promit William.

— Dès mon retour, viens me voir à Suffolk House.

— Ce ne serait pas raisonnable. Je tiens à te protéger des ragots. Les gens peuvent être très méchants, tu sais. Si l'on apprenait que nous vivons ensemble, on m'accuserait vite d'avoir hâté la mort de ma femme.

— Qui pourrait croire une telle horreur? s'exclama Bess, outragée.

— La cour se nourrit des commérages les plus sordides. N'as-tu pas entendu la rumeur selon laquelle Catherine Parr aurait empoisonné le roi?

Bess se retourna pour le regarder.

— Si j'avais été mariée avec Henri Tudor, je l'aurais empoisonné, moi aussi, avoua-t-elle en riant.

Il l'embrassa pour la faire taire.

— Ne t'avise pas de prononcer de telles paroles en public. Tes opinions doivent demeurer confidentielles, c'est compris?

Bess reprit soudain son sérieux.

— Et si William St. Loe répandait la nouvelle qu'il nous a surpris ensemble à Saint-Alban?

— Sir William St. Loe est un gentleman. Sinon, il n'aurait pas été désigné pour surveiller la princesse. Jamais il ne ternirait la réputation d'une dame.

— Je trouve si injuste qu'Elizabeth ne puisse épouser l'homme qu'elle aime...

— Cet hypocrite de Thomas Seymour ne recherche que le pouvoir qu'elle lui procurerait.

— Comment le sais-tu ? Et s'il était follement amoureux d'elle ?

— Il a demandé au Conseil privé la permission d'épouser l'une des deux princesses, n'importe laquelle. Elizabeth ou Marie, cela lui était égal.

Bess fut profondément choquée par cette révélation.

— Mon Dieu ! Quel misérable ! Au fait, la princesse et Seymour sont tous les deux au courant de nos relations, non ?

— N'aie aucune crainte, mon amour. Bientôt, notre union sera officielle.

— De toute façon, la plupart des membres de notre entourage le savent déjà. Lady Frances commence sans doute à préparer notre mariage.

— Je considère que nous devrions attendre encore un mois avant de nous afficher ensemble.

— Un mois ? gémit-elle. Deux semaines suffiront. Promets-moi que tu viendras me voir dans deux semaines !

Résigné, il l'attira contre lui et lui caressa les cheveux.

— Quinze jours, c'est promis. Si je tiens jusque-là.

Le lendemain, les deux amants furent incapables de se séparer. Ils volèrent une nuit de plus. Mais, malgré l'intensité de leurs sentiments réciproques, ils ne purent empêcher le jour de se lever. Telle une épouse aimante, Bess était debout à l'aube pour partager un dernier petit déjeuner avec Sir William avant son départ pour Londres.

Dans la cour, se moquant de la présence des domestiques, Cavendish enlaça la jeune femme.

— J'ai mille choses à faire, chérie. Je te remercie pour ces moments précieux que nous venons de vivre ici, chez nous. Je t'aime, Bess.

Bouleversée de le voir s'en aller, la jeune femme parvint toutefois à retenir ses larmes. Elle lui adressa un sourire radieux quand il monta en selle, suivi de James Cromp. Ensuite, elle lui fit signe de la main jusqu'à ce qu'il ait disparu à l'horizon. La profondeur de son chagrin était ridicule, songea-t-elle. Elle n'était plus une enfant, mais la femme la plus heureuse du monde, avec une vie de bonheur qui s'ouvrait devant elle.

Bess gravit lentement les marches du perron, pensant à toutes les tâches qui l'attendaient avant de regagner la capitale. En entrant à l'office, elle fredonnait déjà un air enjoué.

— Bess, vous êtes de retour, Dieu merci! s'exclama Lady Frances Grey. J'ai essayé de faire les bagages en vue de notre départ pour Bradgate, mais je suis débordée. Je compte sur vous pour remettre de l'ordre dans tout ce chaos. Comment survivrais-je sans vous? À propos, quand comptez-vous vous marier?

Henri protesta avec vigueur:

— Seigneur, Frances! Le corps de cette malheureuse Eliza est encore chaud!

Frances eut un geste désinvolte.

— Les veufs ont coutume de se remarier très vite. Et Bess est veuve depuis deux ans!

— Mais les funérailles de la femme de Cavendish n'ont eu lieu que la semaine dernière.

— Et alors ? répliqua Frances.

Quinze jours plus tard, se languissant de William, Bess se mit à compter les jours, mais pour une tout autre raison. Chaque matin, elle redoutait un peu plus d'être enceinte de son amant.

Elle s'efforça de chasser cette pensée de son esprit, se plongeant à corps perdu dans le travail et les préparatifs du départ pour Bradgate. Elle guettait avec fébrilité une visite de William à Suffolk House.

Début août, au bord de la panique, Bess pria Henri de transmettre un message à William, lui demandant une entrevue le plus vite possible.

— C'est bizarre, mais je ne l'ai pas revu depuis les funérailles, dit Henri. Qu'importe, je finirai bien par le débusquer.

Dès qu'elle eut fini d'étiqueter les tableaux partant pour Bradgate, Bess s'attaqua aux malles de Lady Frances et de sa fille cadette. Cette nuit-là, pour s'occuper l'esprit, elle dressa un long inventaire de leurs effets.

Le lendemain, Henri Grey vint la trouver.

— J'ai parlé avec Paulet, hier. Il semblerait que William soit en voyage pour le compte du roi. Il est parti pour Oxford et l'abbaye d'Abingdon.

Bess se sentit soulagée d'avoir des nouvelles de son amant. Toutefois, Oxford n'était pas si proche de la capitale.

— Les hommes sont tous les mêmes, la taquina Frances. Il est sans doute en train de jouer les jolis cœurs et de répandre sa semence à tout va, comme un célibataire.

Bess rougit de colère. Cavendish avait en effet

répandu sa semence. Heureusement, Bess ne redoutait pas la concurrence des autres femmes. Elle se savait à la hauteur de n'importe quelle rivale. Ce qui l'inquiétait, c'était la réticence de William pour le mariage. Elle se rappela toutes les paroles qu'il avait prononcées lors de leur séjour à Northaw.

Il lui avait assuré qu'il l'aimait et qu'ils resteraient ensemble à tout jamais, et Bess l'avait cru. À Northaw, William l'avait aimée avec passion, jour et nuit, et lui avait enseigné les mystères de la volupté, mais il ne l'avait pas demandée en mariage. En partant pour leur nid d'amour, la jeune femme était persuadée qu'il voulait l'épouser. Elle aurait dû lui demander une confirmation, un lieu, une date…

Bess ne pouvait s'en prendre qu'à elle-même. Elle s'était jetée aveuglément dans ses bras et dans son lit, avec fougue et sans vergogne. Elle tenta de se convaincre que tout allait bien se passer, que son amant serait bientôt de retour, mais William ne vint pas. Le temps était très humide. Il pleuvait tous les jours. Bess se persuada qu'il avait repoussé son voyage à cause des intempéries qui lui interdisaient tout déplacement.

De son côté, Lady Frances maudissait la pluie.

— Le temps que nous arrivions à Bradgate, l'été sera terminé. Nous devrions déjà être là-bas.

— Si nous étions partis plus tôt, les chariots se seraient embourbés, intervint Bess, qui craignait de manquer William en quittant Londres.

— Vous avez raison, Bess. Ah, que faire ? Je ne sais s'il faut laisser Jane à Chelsea avec la reine ou l'emmener avec nous à Bradgate. En été, j'ai toujours peur de la peste qui sévit en ville, avec cette chaleur.

— Chelsea est une zone saine, bien que proche de la capitale.

— Demain, nous irons à Chelsea et Jane prendra sa propre décision.

Conformément au souhait de sa fille, Frances ramena Lady Jane et ses suivantes à Suffolk House. Il fut décidé que tout le monde partirait pour Bradgate dès le lendemain. Le soir même, les Grey diraient au revoir à leurs amis les plus proches lors de la dernière réception de la saison.

John Dudley et la comtesse étaient présents, ainsi que William Herbert et son épouse, la sœur de la reine. Au moment du repas, William Herbert sourit à Bess.

— Ce cher Cavendish ne se joint pas à nous, ce soir ? s'enquit-il.

— Je... je crois qu'il est en voyage pour le compte du roi, Monseigneur, répondit Bess, évasive.

— Mais non ! intervint Lady Herbert. Il est rentré d'Oxford depuis bien longtemps. Il a dîné en notre compagnie avant-hier, chez mon frère.

Bess eut l'impression de recevoir un coup de poignard en plein cœur. Elle ne parvenait pas à croire que son bien-aimé soit rentré à Londres sans lui envoyer le moindre message. Elle blêmit en réalisant qu'il l'évitait sciemment. William la fuyait, c'était évident. Hébétée, Bess rejoignit Frances.

— Je n'ai pas fini mes préparatifs pour demain. Puis-je me retirer ?

De retour dans ses appartements, Bess se jeta sur son lit et fondit en larmes. William lui manquait plus que jamais. Sans lui, elle se sentait effroyablement seule. Elle ne savait plus que penser. William ne pouvait l'avoir abandonnée, puisqu'il l'aimait !

266

Bess se redressa et essuya ses larmes, soudain folle de rage. Elle connaissait l'adresse de William. Pourquoi ne pas lui envoyer un message pour le prier de venir sur-le-champ?

Non. Il ne fallait surtout pas lui envoyer une lettre suppliante. Elle était trop fière pour s'humilier de la sorte. Plutôt mourir que lui montrer sa douleur! Elle saisit un flacon de parfum et le lança avec force contre le mur.

Elle se mit à arpenter la pièce comme un lion en cage, cherchant à apaiser sa rage. Elle était furieuse non seulement contre William Cavendish, mais aussi contre elle-même. Après tout, elle s'était donnée à lui de son plein gré, sachant ce qu'elle risquait. Maintenant qu'il avait obtenu ce qu'il voulait d'elle, il la délaissait. Elle devrait assumer seule la honte et l'humiliation de porter son bâtard.

Bess s'arrêta brusquement et posa les mains sur son ventre. Par chance, elle quittait Londres le lendemain. Pour l'instant, elle n'avait pas la force d'affronter un scandale. En chemin, elle trouverait peut-être le courage de se confier à Frances, à moins qu'elle ne retourne au sein de sa famille. Les deux possibilités s'offraient à elle. Elle serra les poings, impuissante. Elle avait peur, elle se sentait vulnérable, en danger. Finalement, elle résolut de repousser toute décision à plus tard. Pourtant, elle savait qu'elle devrait un jour ou l'autre prendre son destin en main.

Trois voitures, quatre charrettes et une dizaine de chevaux formaient le convoi des Grey. Lady Jane et ses dames possédaient leur propre véhicule. Quant à Lady Catherine, elle avait insisté pour faire monter ses chiens avec elle.

— Prenez donc le perroquet, Henri, ordonna Frances.

Son mari examina les chiens qui jappaient furieusement.

— J'irai à cheval, décréta-t-il en posant la cage à côté de sa femme. Vous n'aurez qu'à vous occuper vous-même de ce maudit perroquet.

— Ah, les hommes ! À part au lit, ils ne nous sont d'aucune utilité !

Tandis que le convoi s'ébranlait, Frances commença à deviser gaiement.

— Bess, vous avez manqué les ragots les plus croustillants en vous éclipsant si tôt, hier soir. Dans un sens, je me réjouis de quitter la capitale. Si ce que je vais vous dire se révèle exact, il y aura un tel scandale que nous risquons d'être impliqués. Lady Herbert m'a raconté, sous le sceau du secret, bien entendu, que notre ami Thomas Seymour fréquentait Chelsea jour et nuit, si vous voyez ce que cela signifie !

Bess se raidit. Les commérages allaient décidément bon train à la cour et se propageaient plus vite que la peste. Comme Elizabeth était naïve de croire qu'elle pouvait garder secrète sa liaison avec l'amiral !

— Anne Herbert a vraiment du flair, reprit Frances sur le ton de la confidence.

Bess se prépara à entendre les détails de l'affaire.

— Elle soupçonne Catherine Parr et Thomas Seymour d'être mariés en secret !

À la fois désespérée et incrédule, Bess ferma les yeux. Seigneur, comment cet homme pouvait-il se montrer aussi perfide ? La jeune femme essaya de chasser cette pensée horrible de son esprit, mais elle en fut incapable. S'étant vu refuser le mariage avec l'une, Seymour aurait accepté d'épouser

268

l'autre pour continuer ainsi à profiter des faveurs des deux femmes ?

Bess avait la nausée, mais elle n'osait révéler ses symptômes à Frances. La cour était le lieu de tous les ragots. Bess ne voulait pas que son enfant soit la cible des langues de vipère avant même de naître.

— Je n'arrive pas à y croire, dit-elle simplement.

— Moi, si. Thomas a tant d'ambition qu'il est prêt à tout pour obtenir un peu plus de pouvoir que son frère Edward. Puisqu'il ne peut avoir la fille du roi Henri, il a pris sa veuve.

— Pourquoi les hommes agissent-ils toujours comme bon leur semble ?

— Parce que les femmes les laissent faire ! répondit Frances en riant.

« J'en sais quelque chose », songea Bess amèrement.

19

Au cours de la deuxième semaine du mois d'août, Bess s'affaira à déballer et à ranger les effets des Grey dans leur propriété de Bradgate. Ce palais moderne en brique rouge, doté de vingt chambres, était largement assez vaste pour accueillir tout ce que Frances avait réussi à sauver de Chelsea.

Bess dormait dans une chambre de l'aile est, à l'écart de la famille, là où l'on hébergeait en général les invités. Étant toujours occupée, elle ne voyait pas les journées passer. Mais ses nuits lui semblaient interminables. Seule dans son lit, elle se languissait de William et mettait souvent des heures à trouver le sommeil. Alors, ses rêves étaient peuplés du beau visage de son amant, de ses yeux rieurs et de son corps viril. Elle l'aimait et le détestait à la fois. En silence, elle le maudissait, lui souhaitait les pires souffrances, tout en le désirant du plus profond de son être.

Bradgate se dressait au milieu des vergers et des jardins. D'élégants petits ponts enjambaient un ruisseau grouillant de truites. Le parc majestueux offrait l'abri de grands arbres centenaires, ainsi qu'une terrasse pourvue de sièges confortables. L'après-midi, Bess s'installait au soleil, repoussant sans cesse le moment de prendre une décision. Elle ne cessait de réfléchir, tout en sachant que sa situation n'avançait pas d'un pouce. L'heure était pourtant venue d'affronter la réalité.

Elle songea un instant à se débarrasser de l'enfant, mais se ravisa vite. Pourtant, si elle voulait conserver sa place chez les Grey, elle devrait renoncer à son enfant d'une façon ou d'une autre. Elle pouvait accoucher en secret, puis confier le bébé à une nourrice, à la campagne, ou ravaler sa fierté et rentrer dans sa famille. Les siens lui viendraient en aide sans la juger. Elle leur laisserait l'enfant, qui serait aimé et choyé, et reviendrait le voir de temps en temps.

Brusquement, Bess réalisa qu'il ne s'agissait pas d'une question de réputation ou de fierté. C'était son ambition dévorante qui rendait sa décision si difficile à prendre. Elle posa les mains sur son ventre. Cet enfant innocent n'avait rien demandé. Soudain, elle eut envie de le protéger et comprit qu'elle l'aimait déjà passionnément. Ce petit être était une partie d'elle-même, sans doute la meilleure. Ils étaient indissociables. Jamais elle ne pourrait se séparer de lui, le remettre à une autre femme pour l'élever, encore moins s'en débarrasser. Elle avait autant d'ambition pour cet enfant que pour elle-même.

Bess avait peu à peu gravi les échelons de la société et, au moment de toucher au but, le destin semblait jouer contre elle. Pour la deuxième fois, tous ses efforts allaient être anéantis. Ses projets d'avenir s'écroulaient et elle revenait au point de départ. Mais quelle importance, après tout ? Elle avait déjà triomphé de l'adversité, elle survivrait cette fois encore.

La jeune femme était si épuisée qu'elle eut du mal à se lever de son siège. Elle supporta le dîner tant bien que mal, puis une partie de cartes avec Frances et ses invités. Mais, très vite, elle se mit à bâiller. Elle était si lasse qu'elle ne rêvait que d'une chose : dormir.

Cette fatigue inhabituelle chez elle fit rire Frances.

— C'est l'air de la campagne, chérie. Il n'y a rien de plus soporifique. Vous perdez toutes les manches, Bess. Allez donc vous coucher.

Dans sa chambre, Bess se déshabilla lentement, ouvrit sa fenêtre et se coucha. Elle sombra presque aussitôt dans un profond sommeil.

Bess se réveilla, terrifiée. La pièce était complètement vide. Elle se précipita en bas et trouva les huissiers en train d'emporter tout ce qu'elle possédait. Elle supplia, implora, cria. En vain. Dehors, ses modestes effets étaient chargés sur une charrette. On la chassait de sa maison et elle n'avait nulle part où se réfugier. La peur la submergea. La panique lui coupa le souffle. En se retournant, elle vit que la charrette avait disparu, ainsi que les Grey. Même Bradgate s'était volatilisé. Bess avait tout perdu.

Soudain, elle ressentit un grand vide dans son ventre, pire que la faim. Son bébé avait disparu. Elle se sentit désespérée.

Bess se redressa dans son lit, réveillée par ses propres hurlements. Les ténèbres l'enveloppèrent, terrifiantes. Elle porta aussitôt la main à son ventre dans un geste protecteur. De ses doigts tremblants, elle alluma une chandelle. Avec un soupir de soulagement, elle constata que tout était normal. Son cauchemar était revenu la hanter, tout simplement. Elle replia les jambes contre elle et posa le front sur ses genoux, attendant que les battements frénétiques de son cœur se calment, que la peur s'envole.

En entendant la porte de sa chambre s'ouvrir lentement, elle releva la tête. Pétrifiée, elle vit apparaître William Cavendish. Était-ce encore un rêve? Une vague de colère la submergea, balayant sa peur.

— Sors d'ici! Comment oses-tu entrer chez moi? Sors d'ici, je te dis!

Elle chercha un objet à lui jeter et ne trouva qu'un chandelier.

Devinant son intention, William se précipita vers elle.

— Bess, c'est moi! C'est William!

— Je le sais très bien! Qui d'autre aurait l'insolence de se présenter à moi en pleine nuit, dans ma chambre?

— Que se passe-t-il? demanda-t-il en tendant la main vers elle pour lui caresser les cheveux.

— Ne me touche pas! cria-t-elle en reculant.

Cavendish la dévisagea, ne comprenant pas ce revirement d'attitude. Ce ne pouvait être dû qu'à leur différence d'âge. Bess avait à peine vingt ans, alors qu'il approchait de la quarantaine.

— Nous sommes au mois d'août! lui lança-t-elle.

Je ne t'ai pas revu depuis la fin juin ! Après m'avoir déflorée, tu m'as lâchement abandonnée !

Elle haletait de rage.

— T'abandonner ? Ma chérie, comment as-tu pu avoir une idée aussi absurde ? Tu as douté de mon amour ? Je te jure sur ma vie de ne jamais t'abandonner. Je croyais que nous avions une confiance absolue l'un en l'autre. Ces sept semaines de séparation constituent une période de deuil réduite au strict minimum. De plus, j'ai été occupé à la cour. Le temps a passé très vite. J'ai vendu ma maison et acheté celle de notre ami William Parr. Je pensais que Frances et toi seriez affairées à vos projets.

— Quels projets ? s'exclama-t-elle, furieuse.

— Tu as une idée si arrêtée sur ce que tu veux, tu es si déterminée, si opiniâtre que je n'ai pas osé faire la moindre suggestion pour le mariage.

— Tu ne m'as même pas demandé de t'épouser !

— Eh bien, je te le demande maintenant. Que dirais-tu d'un beau mariage à Noël ?

— Noël ? répéta-t-elle en blêmissant.

Désemparée, elle le gifla violemment, avant de fondre en larmes.

William la prit tendrement dans ses bras.

— Bess, que t'arrive-t-il ?

— Je suis enceinte, gémit-elle.

Il resserra son étreinte.

— Mon précieux amour, je comprends que tu te sois sentie abandonnée.

Il la berça en lui caressant les cheveux. Il l'avait toujours crue forte, sûre d'elle, mais réalisait à présent que cette façade dissimulait en fait une certaine fragilité.

— Viens. Habille-toi vite, lança-t-il en écartant les couvertures.

— Pourquoi ?

— Nous allons nous marier.

— Je ne t'épouserais pas, même si tu étais le dernier homme sur terre! rétorqua-t-elle, boudeuse.

— Tu vas m'obéir!

— En pleine nuit? fit-elle.

— Quelle importance? Nous réveillerons le prêtre du village. Frances aura ainsi une anecdote croustillante à raconter à ses amies. Alors, tu t'habilles ou je t'emmène en chemise de nuit?

Le regard de William était si décidé que Bess devina qu'il était capable de mettre sa menace à exécution. Elle se dirigea vers sa garde-robe.

— Je ne sais pas quoi mettre, déclara-t-elle. Je veux être très belle.

— Tu es toujours belle, répondit William, qui ne se serait jamais aventuré à lui prodiguer des conseils vestimentaires. Dépêche-toi. Je reviens te chercher dans quelques instants.

Bess opta pour une robe en soie crème, dont les manches étaient striées de vert. Elle enfila des bas qu'elle attacha à l'aide de jarretelles vertes. Elle se sentait enfin revivre. Tout à coup, elle débordait d'énergie et avait envie de laisser éclater sa joie. Lorsque Frances se présenta dans sa chambre, la jeune femme s'excusa pour l'heure tardive.

— Il n'est que 2 heures. Je n'étais pas encore couchée. J'ai amené Cecily, qui va vous coiffer. Tout Londres sera vert de rage d'avoir raté cet événement. Cavendish est complètement fou. Pourquoi cet empressement soudain?

— Je vais vous le dire, déclara William depuis le seuil.

Bess lui adressa un regard si désespéré qu'il en fut attendri.

— Elle s'est encore refusée à moi. Pas d'amour

274

avant le mariage. Quelle autre solution avais-je, moi qui suis ivre de désir ?

Bess se rendit compte qu'ils étaient le 20 août, date à laquelle elle avait été chassée de Hardwick. C'était pour elle un anniversaire si funeste qu'elle en eut la gorge nouée. Décidément, cette date semblait déterminante dans sa vie. Elle sourit à travers les larmes qui lui brouillaient la vue et prit la main de William.

Lorsqu'ils pénétrèrent dans la chapelle, le prêtre les attendait. Bess eut la surprise de constater que les bancs étaient occupés par les nobles invités des Grey. Sir John Port, récemment fait chevalier lors du couronnement du jeune roi, et sa femme, Lady Port, avec leur famille, les Fitzherbert. Étaient également présents la fille de Lord John et son mari, le comte de Huntingdon, et leurs amis, le comte et la comtesse de Westmorland. Bess fut impressionnée de voir que William était intimement lié aux plus grandes familles du royaume. Cette affluence était sans doute le fruit de son irrésistible ascension professionnelle.

Au moment de prononcer ses vœux, Bess sentit son cœur se gonfler d'amour. William lui glissa une bague ornée d'un diamant au doigt. Les derniers doutes de la jeune femme s'envolèrent aussitôt. Enfin, le prêtre les déclara mari et femme. Elle était désormais Lady Cavendish, comme elle l'espérait depuis des années.

Les invités regagnèrent le palais, jetant des pétales de rose sur le jeune couple. À Bradgate, les musiciens jouaient déjà et les domestiques s'affairaient pour préparer un banquet.

Ils dansèrent jusqu'à l'aube, puis William emmena la mariée dans une suite nuptiale improvisée dans une aile du palais. Il ferma la porte à clé, privant les invités de la traditionnelle cérémonie de la nuit de noces.

— Chérie, en te disant de t'habiller, je ne pensais pas que tu enfilerais plusieurs couches de vêtements.

— Je n'allais tout de même pas me marier nue sous ma robe.

— C'est pourtant ainsi que je t'imaginais, confia-t-il d'une voix rauque, tout en dégrafant son jupon.

— Dans la chapelle ? demanda-t-elle, faisant mine d'être choquée.

— Je t'aurais allongée, nue, sur l'autel, si nous avions été seuls. Tu m'as terriblement manqué, tu sais.

Elle vint se frotter contre lui.

— Cela ne fait que sept semaines, répliqua-t-elle, mi-figue mi-raisin. Et tu m'as dit toi-même que le temps avait passé très vite.

Elle s'écarta brusquement de lui.

— Les nuits étaient une véritable torture, avoua-t-il.

— Une torture ? Tu ne connais pas le sens de ce mot. Veux-tu que je te l'apprenne ?

Elle souleva sa chemise, lui donnant un aperçu de sa toison rousse, puis la laissa aussitôt retomber.

— Petite allumeuse !

Bess lui adressa un sourire mutin.

— Je compte bien te provoquer jusqu'à ce que tu me supplies à genoux…

L'air malicieux, il se déshabilla et se campa devant elle, nu et triomphant.

— Je parie que tu as envie de moi, murmura-t-il d'une voix rauque.

Sans attendre sa réponse, il l'attira contre lui, puis il glissa une main entre ses cuisses.

276

— C'est bien ce que je pensais... Tu brûles de désir, j'en ai la preuve...

Il se lécha avidement les doigts.

Elle se dégagea de son étreinte mais, au lieu de s'enfuir, se dirigea vers le grand lit. Sous le regard enfiévré de son mari, elle s'installa confortablement contre les oreillers.

— Tu as envie de moi ? demanda-t-elle, langoureuse, en se caressant les seins.

Son attitude était si impudique que William eut toutes les peines du monde à lui résister. Il la rejoignit sur le lit et la dévora des yeux, sachant que ses lèvres ardentes suivraient bientôt le même chemin que son regard. Bess s'était donnée à lui pour la vie. Il avait peine à croire à son bonheur. Non seulement son épouse était belle et passionnée, mais c'était une femme ambitieuse, intelligente et vive. Il se jura de l'aimer assez fort pour chasser ses craintes et faire d'elle la femme assurée et confiante qu'elle voulait devenir.

Finalement, les jeunes mariés restèrent enfermés deux jours et deux nuits avant que William n'accepte de partager la compagnie de son épouse avec des tiers.

Bess était impatiente d'emmener William dans le Derbyshire pour le présenter à sa famille.

— Et si nous leur faisions une surprise ? proposa-t-il.

— Jamais je n'oserais débarquer chez eux avec un illustre personnage tel que toi sans les prévenir.

— Moi, un illustre personnage ? s'exclama William. C'est toi, la grande dame.

— Je sais ! lança Bess.

Depuis toujours, William adorait la chasse. Le gibier abondait dans le Leicestershire. Les Grey organisèrent une partie de chasse pour leurs invités. Bess accompagna William pendant quelques heures, puis elle rentra à Bradgate pour écrire une lettre à sa mère. Signant fièrement Lady Elizabeth Cavendish, elle contempla sa nouvelle identité avec bonheur.

Ils se rendirent dans le Derbyshire dans la voiture noire de William. Son mari estima que Bess ne pouvait arriver chez elle les mains vides. Aussi s'arrêtèrent-ils dans la ville de Leicester, où Bess fit quelques emplettes.

Jamais William n'avait rencontré une famille aussi enthousiaste que les Hardwick. Il comprit vite que Bess occupait une place spéciale dans leur cœur. Mais, à sa grande consternation, il semblait les intimider et dut déployer de gros efforts pour les mettre à l'aise.

Seule la tante Marcella faisait exception à la règle. Elle n'avait manifestement jamais été intimidée par personne. William la conquit instantanément. Très vite, le rire grave de Cavendish résonna dans la maison. Ses manières simples encouragèrent les Hardwick à se détendre et apprécier enfin sa compagnie.

James Cromp, le valet de William, partagea une chambre avec le cocher. La seule pièce libre était voisine de celle des jeunes mariés. Lorsqu'elle et William se retrouvèrent seuls, Bess posa un doigt sur ses lèvres et désigna la chambre attenante.

— Je sais bien que tu confies à James bon nombre de tes secrets, mais je ne voudrais pas qu'il entende le bruit de nos ébats. Tu vas devoir réprimer tes ardeurs.

— Moi ? fit-il. Je suis toujours très discret. C'est toi qui vas devoir modérer ta fougue, Lady Cavendish.

Elle se blottit dans ses bras et lui mordilla le lobe de l'oreille.

— Eh bien, je resterai muette comme une tombe.

William resserra son étreinte, émerveillé par sa nouvelle épouse.

La propriété des Hardwick couvrait cinq cents hectares de terre, qu'ils parcoururent à cheval. William indiqua à la jeune femme les aménagements possibles et divers moyens d'obtenir de meilleurs rendements, notamment dans le domaine de l'élevage des moutons. Bess buvait les paroles de son mari, car nul mieux que lui ne connaissait la terre et la façon de l'exploiter. Dans la soirée, elle transmit ses conseils à son frère James, espérant le voir devenir un bon gérant du domaine.

Le lendemain, ils avaient prévu de rendre visite aux Leche. Alice, la sœur de Bess, qui avait épousé Francis Leche et vivait à Chatsworth, attendait son premier enfant. La voiture des Cavendish transporterait tous les membres de la famille, à l'exception du jeune couple, qui partirait à cheval.

Depuis longtemps, Bess avait décrit à William l'endroit qu'elle préférait au monde. Lorsqu'ils firent une halte au sommet de la colline, William comprit pourquoi ce paysage était si cher au cœur de Bess. Il découvrit un lieu féerique, niché parmi les ondulations de la rivière, un petit paradis fertile ponctué de collines verdoyantes et de landes. C'était un cadre idéal pour bâtir une résidence de rêve.

William observa la jeune femme. Il connaissait ce regard avide et fasciné. Il lui arrivait parfois de le regarder ainsi.

— La maison est située au mauvais endroit, commenta-t-il en désignant la résidence des Leche. Elle devrait se trouver là-bas.

Bess se tourna vers lui, abasourdie.

— Tu as raison! William, nous avons les mêmes goûts. Ce paysage merveilleux mérite un palais somptueux. Le parc devrait s'étendre jusqu'à la forêt de Sherwood et abonder en biches et en faisans. Les jardins seraient luxuriants, pleins de fleurs, de ruisseaux et de fontaines. Une telle grandeur au cœur de la nature sauvage! Ce serait merveilleux!

Son expression affamée bouleversa William. Il mit pied à terre et tendit les bras vers elle.

— Viens. J'ai envie de toi.

Bess ne lui posa aucune question. Elle savait qu'il éprouvait la même passion qu'elle pour Chatsworth et qu'il voulait partager cet instant magique avec elle. Elle se jeta à son cou.

— C'est une chance que je sois habillée en vert. De plus, nous n'avons pas à nous retenir, ici. Nous sommes seuls au monde. Je vais pouvoir hurler de plaisir, personne ne m'entendra.

Bess était impatiente de regagner Londres pour commencer sa nouvelle vie de femme mariée. Sa mère, sa tante et ses sœurs lui promirent de lui rendre visite. Cavendish aida James Cromp à charger les bagages, pour permettre à Bess de faire tranquillement ses adieux aux siens. Sa mère l'embrassa tendrement.

— Bess, tu es très courageuse. Marcella avait raison en disant que tu devais tenter ta chance à Londres.

Bess essuya une larme d'émotion. Du courage? Sa mère ignorait combien elle avait eu peur de perdre William.

— C'est William qui me donne cette force.

— Non, Bess, intervint Marcella. Cette force et ce courage t'appartiennent. Tu sais ce que tu veux et tu fais tout pour l'obtenir. Tu avais placé la barre très haut, mais tu as réussi.

— Et ce n'est que le début, assura Bess en embrassant sa tante.

La maison londonienne de Cavendish se trouvait dans Newgate Street, près de la cathédrale Saint-Paul. Dès leur arrivée, William fit faire à la jeune femme le tour du propriétaire. Bess eut la surprise de constater que la plupart des pièces étaient vides.

— J'ai envie de repartir de zéro, déclara William. Ceci est ta maison, Bess. Je désire que tu la meubles entièrement à ton goût. Avant tout, il faut engager du personnel. C'est toi qui t'en chargeras. Tu tiendras également les comptes. Je suis trop occupé par mon propre travail.

Ravie, elle se dressa sur la pointe des pieds pour l'embrasser.

— Merci, William. Je te jure que tu ne seras pas déçu.

Bess se lança aussitôt dans l'aménagement de son nouveau foyer, cherchant à rivaliser avec le luxe des Grey et des Dudley. Le quartier du port offrait tous les trésors possibles et imaginables, et Cavendish lui avait donné carte blanche pour ses achats. Dès le premier jour, elle commença à s'entretenir avec des domestiques potentiels et décida de garder deux hommes qui étaient déjà au service de son mari : Francis Whitfield et Timothy Pusey. Elle engagea aussi une cuisinière et son aide, ainsi que des femmes de chambre et des valets. Ayant choisi d'avoir une couturière à demeure, elle trouva une femme qui brodait merveilleusement bien. Bess esquissa un croquis des rideaux dont elle rêvait et mit aussitôt la couturière au travail.

Au terme de la première semaine, Bess avait un personnel de douze personnes, sans compter James Cromp et Robert Bestnay. Celui-ci lui montra comment tenir les livres de comptes. Chaque jour, Bess notait scrupuleusement ses dépenses et signait le livre avec fierté.

À l'automne, ils quittèrent Londres pour profiter de la saison de chasse à Northaw, où ils restèrent jusqu'à Noël. Leurs amis vinrent leur rendre visite au manoir. Bess prenait un grand plaisir à son rôle de maîtresse de maison. Chaque soir, elle présidait le dîner et dirigeait les jeux de cartes jusque tard dans la nuit. Par ailleurs, elle s'intéressait de près à l'administration du domaine.

Longtemps détenue par le clergé, la propriété n'était pas dirigée selon des méthodes très modernes. William apprit à Bess à augmenter les loyers et les revenus en clôturant des parcelles de terrain en jachère, sur lesquelles les fermiers pouvaient faire paître du bétail supplémentaire.

William mit officiellement la propriété à leurs deux noms et lui expliqua comment confier la gérance à un tuteur, sans toutefois perdre ses droits sur le domaine.

— Je suis plus âgé que toi, Bess. Je tiens à ce que tu hérites de tout à ma mort, ainsi nos enfants ne seront pas privés de leur maison. À propos d'enfants, chérie, combien de temps comptes-tu dissimuler notre secret à tes amis ?

Il était assis au coin du feu. Elle vint s'installer sur ses genoux.

— William, ne t'avise pas de dire un mot sur ce sujet à quiconque !

Il posa la main sur son ventre à peine arrondi, bien qu'elle fût entrée dans son sixième mois de grossesse.

282

— Mais je suis très fier de cet enfant à naître. J'ai le droit de me vanter un peu, non ?

— Je l'annoncerai pour le Nouvel An, répondit-elle.

Mais, quand vint le Nouvel An, Bess changea d'avis. Ils avaient été invités à Chelsea, où Thomas Seymour avait décidé d'organiser des festivités somptueuses pour le roi et la cour, sans oublier le traditionnel bal masqué. Dans la soirée, devant tous les convives, l'amiral annonça que sa nouvelle épouse, Catherine Parr, attendait un heureux événement.

Debout près de Bess, la princesse Elizabeth serra les poings si fort que ses ongles lui entrèrent dans les paumes.

— C'est révoltant ! Les hommes ne cherchent qu'à se vanter de leur virilité devant le monde entier. Ils passent leur temps à exhiber leur puissance comme des coqs dans une basse-cour.

Ces paroles touchèrent Bess en plein cœur. Elizabeth aimait Thomas Seymour depuis son enfance. Elle aurait certainement tout donné pour l'épouser.

Le regard envieux de la princesse s'attarda sur la silhouette déguisée de Bess.

— Bientôt, vous serez enceinte, vous aussi, paradant avec votre ventre arrondi, symbole de féminité.

Bess savait qu'elle ne pouvait lui confier son secret sans ajouter encore à sa tristesse.

Enfin, à la mi-février, lors d'un dîner à Suffolk House, Bess annonça avec plaisir à Frances et à Henri qu'elle allait avoir un bébé.

Lady Frances leva son verre.

— Vous n'avez pas perdu de temps, petit coquin.

Les yeux de William brillaient de joie. Frances ne se doutait de rien.

— Pour quand est prévue la naissance ? s'enquit-elle en scrutant le ventre de la jeune femme.

— Je n'en suis pas très sûre, répondit Bess, évasive. Dans quatre mois, peut-être.

William, qui buvait une gorgée de vin, faillit s'étouffer. Bess était enceinte de sept mois et demi. Henri lui donna une tape amicale dans le dos et le félicita chaleureusement.

— Pourquoi ne pas nous l'avoir dit plus tôt ? demanda Lady Frances, un peu vexée.

— Eh bien, je comptais vous annoncer la nouvelle pour le Nouvel An, mais l'amiral m'a volé la vedette. J'ai d'ailleurs trouvé sa façon de faire un peu vulgaire. William a préféré se montrer un peu plus discret.

Cavendish s'étouffa une fois de plus.

— En tout cas, vous êtes rayonnante.

— Jamais je ne me suis aussi bien portée, dit-elle, sincère pour la première fois depuis le début du repas.

— D'après la sœur de Catherine Parr, celle-ci regrette ses péchés. Elle est malade depuis le moment de la conception.

Bess éprouvait toujours de la compassion pour les personnes qui souffraient. Elle se sentit un peu coupable de vivre aussi bien sa grossesse.

— La pauvre ! fit-elle. Donner la vie devrait être une période de bonheur pour une femme.

— Elle frise les quarante ans. C'est bien trop âgé pour avoir un premier enfant.

Henri préféra détourner la conversation. Il savait que Frances était incapable de prononcer une parole bienveillante sur la femme qui l'avait dépossédée de Chelsea.

— Que préférez-vous, un garçon ou une fille ? s'enquit-il.

— Une fille, répondit William sans hésitation. Une petite fille rousse comme sa maman.

— Qui aurait cru que ce gredin de Cavendish, ce bourreau des cœurs à la vie dissolue, se transformerait en papa attendri ? railla Frances.

Bess sourit.

— Si c'est une fille, nous l'appellerons Frances. Si c'est un garçon, Henri.

— Vous n'êtes pas obligés, protesta Henri, bien qu'il fût très flatté par cette attention.

— Parlez pour vous, Henri, fit Frances. Pour ma part, je considère que ma filleule ne peut porter d'autre nom que Frances.

— Qui s'attendrit, à présent ? plaisanta son mari.

Ce soir-là, assis sur le lit, William déshabilla Bess. Quand elle fut nue, il lui caressa le ventre, dont la peau lisse et tendue avait la douceur de la soie, puis il contempla ses seins lourds et généreux.

— Tu es si belle... murmura-t-il.

Les flammes de la cheminée dansaient sur le corps de la jeune femme, projetant des ombres ambrées sur sa peau blanche. William embrassa tendrement le ventre arrondi de sa femme.

— Tu veux vraiment une fille ? demanda-t-elle.

— Oui. Une superbe petite menteuse comme sa maman.

Les mains de William se posèrent sur les courbes de ses hanches.

— Toi qui es toujours honnête, pourquoi as-tu menti à Frances ?

— Je ne veux pas qu'elle se mette à compter les mois et à colporter des ragots sur nous, répondit-elle. Je refuse qu'un scandale vienne entacher le nom des Cavendish. Laissons les scandales à ces maudits Tudors!

— Mais, chérie, ils devineront la vérité au moment de l'accouchement, déclara-t-il.

— Non, répliqua-t-elle. Le mois prochain, je me retirerai à Northaw. À Londres, personne ne connaîtra la date de mon accouchement.

— Décidément, tu as de la suite dans les idées, commenta son mari en souriant. Quelle entêtée !

— Ce sont des qualités qui te plaisent, on dirait.

— Je suis désolé, chérie, je n'y peux rien. Tu es si épanouie et radieuse…

— Ne t'excuse pas. J'ai envie de toi, moi aussi.

Elle se plaça devant lui et le caressa, avant de prendre son membre gonflé dans sa bouche.

— Et toi ? Tu es sûre de…

— Tu es trop prudent. Tu as toujours peur de m'écraser sous ton poids.

Il ferma les rideaux du baldaquin et s'allongea sur le lit.

— Je sais que tu aimes parfois me dominer, déclara-t-il. Viens donc me chevaucher. Ainsi, tu mèneras la danse à ta guise.

— Tu es prêt à renoncer à ton rôle de dominateur ?

— Pour ce soir, oui. Je serai ta chose.

— Cela ne me déplaît pas, murmura-t-elle.

Doucement, elle se jucha sur lui et le prit très lentement en elle, puis elle commença un mouvement de va-et-vient sensuel. William ne put réprimer un long gémissement de plaisir.

Il sentait le contact de ses cuisses contre sa peau. Elle se pencha sur lui, laissant ses cheveux roux tomber en cascade sur son visage et sur son torse.

Bess adopta soudain un rythme plus rapide, embrasant William. Il voulut intensifier ses coups de reins mais se retint, lui laissant l'initiative.

— Attends… murmura-t-elle.

Bess se mit à onduler, décrivant des cercles au-dessus de lui. Un tourbillon de délices submergea William. À présent, elle le chevauchait presque brutalement. Ses cheveux flamboyants volaient en tous sens.

Fou d'impatience, il sut qu'il ne pourrait se retenir plus longtemps. Dans un dernier spasme, il se répandit en elle au moment où elle atteignait l'extase. Ils demeurèrent longuement enlacés, alanguis et comblés.

Bess finit par écrire à sa famille pour lui annoncer qu'elle allait avoir un enfant. Sa sœur préférée, Jane, vint aussitôt lui rendre visite. Avant que Bess ne parte s'installer à Northaw avec sa sœur, William prit Jane à part.

— Bess refuse de le dire, mais nous avons conçu ce bébé avant notre mariage. Elle peut accoucher d'un jour à l'autre. La sœur de la gouvernante, Mme Bagshaw, est sage-femme. Elle sera présente en cas de besoin.

Il se passa nerveusement la main dans les cheveux.

— Jane, je suis fou d'inquiétude pour elle.

Jane se remit vite de son choc initial. Bess n'en faisait toujours qu'à sa tête.

— Je vais lui ordonner de se coucher. Rassurez-vous, William. Tout se passera bien.

Les paroles de Jane se révélèrent exactes. Le lendemain après-midi, Bess donna le jour à une petite fille. L'enfant n'était pas rousse, mais avait les cheveux bruns de son père.

Le lendemain, la jeune mère était assise fièrement dans son lit, allaitant sa fille, radieuse. Elle exposa à William ses projets pour le baptême.

— Je veux que Frances et Henri Grey soient

287

parrain et marraine, mais le baptême n'aura lieu qu'en juin.

— Chérie, c'est dans deux mois. On baptise les enfants quelques jours après leur naissance.

— À ma connaissance, il n'existe aucune loi en la matière !

William s'entretint de nouveau avec Jane.

— Pourriez-vous essayer de la persuader de se montrer raisonnable ?

Cette fois, la réponse de Jane le surprit.

— William, Bess n'est pas une personne comme les autres. Vous devriez le savoir. Quand elle prend une décision, elle s'y tient.

Selon le souhait de Bess, la petite Frances Cavendish fut baptisée en juin. Le duc de Suffolk fut son parrain, la duchesse de Suffolk et Nan Dudley, comtesse de Warwick, ses marraines. C'était un choix avisé, car les Dudley étaient très puissants sur le plan politique. Les parents donnèrent une fête somptueuse à l'issue de la cérémonie. Nul ne parut se soucier que l'enfant soit âgée de plus de deux mois.

20

Londres, le 15 septembre 1548

Chère mère, chère tante Marcella,
Vous avez sans doute eu vent des rumeurs qui cir-culent sur la situation explosive qui règne à la cour depuis quelque temps. Je tenais à vous informer des derniers développements. Edward Seymour refuse de remettre à Catherine Parr les bijoux que lui a légués le roi Henri VIII, affirmant qu'ils appartiennent au

jeune roi Edward. Thomas Seymour a menacé son
propre frère et souhaite à présent prendre sa place et
devenir tuteur du roi. En tant que grand amiral, il
vient d'engager dix mille hommes dans la marine.
Edward Seymour est si inquiet pour son avenir qu'il
a placé son frère sous haute surveillance.

Bess s'interrompit, cherchant les mots adéquats
pour relater le scandale qui avait éclaté à Chelsea
lorsque Catherine Parr avait surpris son époux,
Thomas Seymour, et la princesse Elizabeth dans
une situation très compromettante, dans la
chambre de la princesse.
Bess reprit sa lettre sur une note un peu triste.

Par ailleurs, j'ai le regret de vous annoncer que,
quatre jours après avoir mis au monde une petite
fille, Catherine Parr a succombé à la fièvre.

Bess leva une nouvelle fois sa plume, tandis que
mille pensées envahissaient son esprit. Seymour
avait-il une responsabilité dans la mort de sa
femme ? Aurait-il assez d'ambition pour faire d'Elizabeth sa prochaine épouse ?

On raconte que l'amiral profite de sa position pour
extorquer des pots-de-vin aux capitaines des vais-
seaux qui se rendent en Irlande et qu'il soutire aux
pirates une part de leurs butins.

Bess n'osait le préciser dans sa lettre, mais elle
savait que sa tante en conclurait que Seymour
réunissait des fonds pour fomenter une rébellion.

La princesse Elizabeth s'est installée dans son
palais privé de Hatfield. Quant à Lady Frances Grey,

elle désire récupérer Chelsea Palace et en faire la rési-
dence officielle de sa fille Lady Jane, car celle-ci
deviendra reine d'Angleterre quand elle épousera le
roi Edward.

Nous passerons les fêtes de Noël à Northaw. Je
regrette que vous ne soyez pas des nôtres. Vous me
manquez beaucoup. Je vous promets de vous rendre
visite à la fin du printemps, quand le temps sera plus
clément.

Je vous embrasse affectueusement,
Bess

À la cour, les événements se succédèrent à un
rythme si effréné que Bess écrivit souvent aux siens
pour les tenir informés des intrigues politiques.

Londres, le 21 mars 1549

Chère mère, chère tante Marcella,
Vous devez savoir que Thomas Seymour a été
arrêté. Les autorités ont enfin réussi à prouver qu'il
s'était enrichi de dix mille livres grâce à la corrup-
tion. De plus, le tuteur du roi a juré que Thomas
avait prévu d'épouser la princesse Elizabeth en grand
secret et qu'il avait tenté de renverser Sa Majesté le
roi et de prendre la direction du Conseil privé.

Catherine Ashley, la gouvernante de la princesse, et
M. Parry, son comptable, furent aussitôt emmenés à
la Tour de Londres pour y subir un interrogatoire. La
princesse fut assignée à résidence à Hatfield, où on
l'interrogea sans relâche pendant plus de deux mois.
Grâce à Dieu, elle a réussi à sauver sa vie et celle de
ses loyaux serviteurs. Le tuteur du roi est parvenu à
persuader le souverain de signer un arrêt contre l'ami-
ral. Hier, Thomas Seymour fut envoyé au billot.

Bess s'interrompit, se rappelant la violente dispute qui avait éclaté entre elle et son mari à propos de cette affaire. Étant membre du Conseil privé, Sir William savait qu'Edward Seymour attendait le moment où son frère lèverait la main sur le roi ou sa sœur pour l'arrêter en l'accusant de trahison. Malgré sa promesse de ne rien révéler à quiconque de ces confidences, Bess s'était rendue sur-le-champ à Hatfield pour mettre la princesse en garde. Cavendish lui en avait terriblement voulu d'avoir failli à sa parole. Quand elle l'avait supplié de lui pardonner cette tromperie, leurs retrouvailles avaient été si passionnées que Bess s'était retrouvée enceinte une nouvelle fois.

La jeune femme reprit la plume.

Passons à des nouvelles plus réjouissantes. J'ai le bonheur de vous annoncer que j'attends un autre enfant. William et moi espérons tous deux avoir un fils. Dès qu'il sera né, nous viendrons vous rendre visite.

Je vous embrasse,
Bess

Au Conseil privé et à la cour, certains considéraient qu'Edward Seymour avait extrêmement mal agi envers son frère. Un mécontentement grandissant à l'égard du tuteur du roi se répandit parmi la population. À l'automne éclata une rébellion. John Dudley, comte de Warwick, se rendit à Norfolk, à la tête de l'armée, pour réprimer la révolte. À son retour à Londres, le Conseil privé lui promit son soutien. Edward Seymour fut arrêté, déchu de ses pouvoirs et enfermé dans les geôles de la Tour de Londres.

Les Cavendish partirent pour Northaw pour la

saison de chasse. Comme de coutume, ils y reçurent leurs amis de la cour. Bess apprit que le jeune roi était souvent malade depuis qu'il avait attrapé la variole. La princesse Elizabeth était anéantie par la mort de Thomas Seymour. Bess résolut de l'aider à surmonter cette période difficile.

À son arrivée à Hatfield, Bess constata avec stupeur que la maison était toujours en deuil. En trouvant Elizabeth alitée, raide comme un cadavre, malade dans son cœur et dans sa chair, Bess sentit sa fureur monter.

— Cette comédie a assez duré, Votre Grâce! dit-elle à la princesse. Vous voulez punir le monde entier de vous avoir enlevé l'homme que vous aimiez, mais vous allez trop loin. C'est vous-même que vous punissez!

Au bord des larmes, Elizabeth posa les mains sur son visage, désespérée.

— Sortez d'ici!

— L'amiral n'en valait pas la peine! insista Bess. Thomas Seymour était l'amant de Catherine Parr bien avant qu'elle n'épouse votre père. C'est lui qui l'a poussée à épouser le roi.

— Vous mentez... murmura Elizabeth.

— Il ne voulait que la puissance que pouvait lui procurer une épouse de sang royal. Il a demandé au Conseil privé la permission d'épouser l'une des filles du roi Henri, n'importe laquelle! Vous n'avez qu'à poser la question à un conseiller, il vous le confirmera.

Bess ouvrit sa cape, révélant son ventre arrondi.

— Moi, je suis décidée à suivre mon destin, mais vous allez gâcher le vôtre! Un jour, vous serez reine d'Angleterre.

— Cela n'arrivera pas. On me traite de bâtarde et de catin.

292

— Retournez donc à la cour et prouvez-leur le contraire ! John Dudley, comte de Warwick, est responsable de tout, désormais. Il fera en sorte que le roi vous reçoive. Ensuite, tous les autres vous accorderont le titre, l'honneur et le respect dus à votre rang.

Elizabeth se leva et se mit à arpenter la pièce, puis elle lança rageusement un livre à travers la chambre. Bess sut qu'elle venait de franchir un pas décisif sur le chemin de la renaissance.

Quelque temps plus tard, Bess donna un fils à son mari. L'héritier fut prénommé Henri. Les parents choisirent le comte et la comtesse de Warwick pour devenir parrain et marraine du nouveau-né. Au printemps, William acheta une vaste maison au bord de la Tamise. Pendant les travaux d'aménagement, ils se rendirent dans le Derbyshire pour présenter les enfants à la famille de Bess.

À la fin de la semaine, ils confièrent les jeunes Frances et Henri à la mère de Bess et à la tante Marcella et partirent faire une promenade à cheval vers Chatsworth. En atteignant le sommet de la colline, Bess s'arrêta pour admirer le paysage. William, lui, se dirigea droit vers la maison et mit pied à terre. Puis il se tourna vers Bess et lui lança un regard taquin.

Bess ne refusait jamais un défi, surtout pas de la part de son mari. Rejetant en arrière ses cheveux roux, elle descendit de cheval à son tour et le rejoignit d'un pas décidé. Passant les bras autour de son cou, elle lui tendit les lèvres. Tout en l'embrassant, elle glissa les mains sous sa veste. Ses doigts ne tardèrent pas à rencontrer un objet métallique. Elle s'écarta aussitôt.

— Qu'est-ce donc ? demanda-t-elle en sortant un trousseau de clés.

— Les clés de Chatsworth, mon amour. J'espère que ce cadeau te fait plaisir.

Bess le dévisagea, incrédule.

— J'ai acheté Chatsworth. Pour toi.

— Seigneur! Ce n'est pas possible!

Bess était abasourdie. Son mari venait de dépenser une forte somme pour le mariage de sa fille Catherine, sans compter l'achat de leur nouvelle maison. Où avait-il trouvé cet argent? Bess fondit en larmes.

William la prit dans ses bras puissants. Plus que jamais, Bess avait besoin d'être rassurée.

— À présent, tu vas pouvoir faire construire le palais de tes rêves.

— Moi? dit la jeune femme d'une petite voix.

— N'est-ce pas ton ambition depuis toujours? Ce palais peut désormais exister.

Les grands yeux foncés de son épouse étaient assombris par l'inquiétude.

— Chérie, dis-moi ce qui te tracasse.

— J'ai peur, avoua-t-elle. Oh, William, mon rêve me plaisait... Il était inaccessible, si loin dans l'avenir. À présent, le moment est venu. C'est trop brutal pour moi, trop tôt. La réalité m'effraie terriblement.

Il lui caressa tendrement le front.

— Viens, fit-il en l'entraînant vers sa monture. Suis-moi.

Lentement, ils regagnèrent le sommet de la colline. Il tendit les bras vers elle pour l'aider à descendre de cheval et l'enlaça tandis qu'ils contemplaient leur paysage favori.

— Lors de notre première rencontre, je t'ai demandé si tu aimerais avoir trois maisons. Tu m'as répondu sans détour que cela te plairait. Tu m'as reproché de me moquer de toi et tu t'es juré de posséder un jour un domaine somptueux. À cet instant, j'ai su que je désirais t'épouser. J'ai senti que ton ambition était à la mesure de la mienne.

Bess songea à la première année qu'elle avait passée à Londres. À l'époque, elle était déterminée à connaître le succès et à prendre sa part des richesses du monde. Elle se l'était promis. Elle envisageait alors son avenir sous les meilleurs auspices. Elle voulait tout !

William la serra contre lui.

— Depuis ce jour, reprit-il, je sais combien tu es décidée, courageuse, forte. Tes hésitations ne sont que des bêtises. Je n'ai aucun doute à ce sujet. Tu as la volonté et l'énergie nécessaires pour faire du palais de tes rêves une réalité.

— William, où trouverons-nous assez d'argent pour financer les travaux ?

— Ne t'inquiète pas pour l'argent. J'en trouverai toujours.

William parlait d'un ton si assuré que les craintes de la jeune femme s'envolèrent.

— La maison se dressera là-bas, expliqua-t-elle d'un ton passionné. Elle sera entièrement en pierre, avec une tourelle carrée à chaque angle. Je veux une cour intérieure et une autre devant les écuries.

— Rien que cela ? Ce sera la demeure la plus imposante du Derbyshire.

— Naturellement ! Nos domestiques seront en livrée bleu et argent.

William se mit à rire, attendri par son enthousiasme.

Bess scruta son visage.

— Je sais pourquoi tu m'as entraînée sur cette colline. Vu d'ici, tout paraît plus petit, moins intimidant. C'est à cet endroit que sont nés tous mes rêves, tous mes projets. Tu m'as amenée ici pour chasser mes doutes et mes peurs.

— Bien sûr que non. Je suis venu uniquement pour te faire l'amour. Te rappelles-tu l'endroit exact ?

— William, mon cœur déborde d'amour pour toi. Je suis la plus heureuse des femmes.

Bess partageait désormais son temps entre Chatsworth et Londres. Ils vendirent le manoir de Northaw et ses terres au clergé. William possédait aussi des terres dans le pays de Galles, trop éloignées pour qu'il puisse les administrer correctement, ainsi qu'un petit domaine dans le Shropshire. Grâce à son poste, il réussit à les échanger contre une vaste propriété à Doveridge, non loin de Chatsworth. Bess mit le château de Meadowpleck en location. L'argent récolté leur permit de financer la construction de leur palais.

Leur nouveau domaine était très riche et fertile. Le sol renfermait du charbon et du minerai de plomb. Bess tenait les comptes avec une grande rigueur, chargeant Francis Whitfield, leur agent, de remettre leurs gains à William, à Londres.

Bess savait aussi se montrer économe. Le bois, la pierre et les briques provenaient du domaine, ainsi que le plomb destiné à la fabrication des fenêtres. Les ouvriers travaillaient en échange du gîte et du couvert. Même les artisans de la région proposaient leurs services à moindre prix. Comme William le lui avait appris à Northaw, Bess développa l'élevage des moutons et vendit de la laine.

Plus Bess réussissait dans ses entreprises, plus elle débordait d'énergie et de confiance en elle. William garda quelques domestiques à Londres, mais elle emmena les autres dans le Derbyshire. Ils vécurent dans l'ancienne maison de Chatsworth pendant la durée des travaux. Sa sœur Jane vint l'aider à éduquer les enfants, accompagnée de sa tante Marcella, à qui Bess confia aussitôt l'élaboration des plans du parc.

Cavendish voyageait régulièrement. À chaque retour, Bess et lui revivaient une nouvelle lune de miel. Neuf mois jour pour jour après qu'il lui eut remis les clés de Chatsworth, sur la colline, Bess lui donna un deuxième fils prénommé William.

Jamais Bess n'avait été aussi heureuse. Quand elle se rendait à Londres, elle revenait avec des charrettes pleines de meubles et d'objets destinés à sa nouvelle maison, qui commençait à prendre forme. Le premier étage serait bientôt achevé. Ensuite, selon leurs moyens financiers, ils feraient ériger un autre étage. Parfois, Bess accompagnait William en mission officielle dans les monastères et les abbayes. Son mari étant chargé de confisquer les trésors du clergé, Bess proposait de racheter contre espèces sonnantes et trébuchantes tout ce qui lui plaisait pour orner sa maison de Chatsworth. Elle n'avait aucun scrupule. Les responsables de l'Église étaient ravis d'empocher l'argent et restaient muets sur ces transactions.

À Londres, le jeune roi contracta une maladie des poumons, et sa santé déclina rapidement. John Dudley, comte de Warwick, et la plupart des membres du Conseil privé, de confession protestante, étaient au bord de la panique. La princesse Marie, catholique fervente et redoutée, était en première place dans l'ordre de succession au trône. Aucun des hommes en place ne souhaitait la voir régner.

Dans un acte désespéré, Dudley exila Elizabeth à Hatfield. Ensuite, il poussa le roi mourant à rédiger un testament faisant de Lady Jane Grey son héritière, sous prétexte que les princesses Elizabeth et Marie étaient des enfants illégitimes. Le Conseil privé n'ignorait pas que Dudley envisageait de marier son fils Guildford à Lady Jane pour conserver les rênes du pouvoir.

Cavendish fut atterré quand il constata que ses amis Frances et Henri Grey adhéraient à ces basses manigances. Début juillet, ils firent revenir leur fille de quinze ans de Chelsea Palace et organisèrent son mariage précipité avec Guildford.

Par chance, Bess ne savait pas ce qui se passait dans la capitale. Cavendish préférait qu'il en fût ainsi. Étant dans le Derbyshire, elle ne risquait pas d'être accusée de complicité dans les manœuvres illégales qui se tramaient à Londres.

Bien que le comte de Warwick ait exigé la discrétion du Conseil privé, ces nouvelles parvinrent vite aux oreilles de la princesse Marie. Alors que le roi Edward venait de rendre l'âme et que Lady Jane Grey était proclamée reine, Marie Tudor réunissait déjà une armée. Cavendish soupçonnait le trésorier Paulet, son supérieur, d'avoir averti Marie, car il était le seul membre catholique du Conseil privé.

John Dudley prit une nouvelle fois la tête de l'armée pour capturer Marie Tudor et vaincre ses hommes. Sa tentative échoua. Il devint évident que le peuple d'Angleterre soutenait la princesse Marie. Les conseillers privés savaient qu'ils finiraient tous sur l'échafaud s'ils ne se ralliaient pas aussitôt à Marie Tudor. Le 19 juillet 1553, John Dudley fut arrêté et Marie Tudor monta sur le trône d'Angleterre.

Les événements s'étaient succédé à une telle vitesse que Lady Cavendish, dans sa résidence du Derbyshire, apprit le même jour la mort du roi, le règne de neuf jours de Lady Jane Grey et le prochain couronnement de Marie Tudor.

21

Bess fit aussitôt ses bagages et partit pour Londres. En chemin, elle eut l'impression que le peuple tout entier se ruait vers la capitale pour assister au couronnement de la nouvelle reine d'Angleterre. Ce mois de juillet décisif touchait à sa fin. Cavendish accueillit sa femme, le cœur serré par l'appréhension.

Avec sa franchise naturelle, Bess prit l'offensive.

— Pourquoi diable ne m'as-tu rien dit de ces événements funestes ? Tu devais pourtant te douter depuis des mois qu'il y avait de la révolte dans l'air !

— Bess, j'ai été débordé, ces temps-ci. Pendant des semaines, le Conseil privé a siégé jour et nuit. J'ai à peine dormi. Même si j'avais eu le loisir de t'écrire, je n'aurais jamais osé coucher quoi que ce soit sur le papier, par mesure de prudence.

— En fait, tu voulais à tout prix éviter que je m'en mêle !

— Je voulais simplement éviter de te mettre en danger, répliqua-t-il.

— Je dois absolument aller voir Frances Grey.

— Pas question ! rétorqua-t-il. Frances et Lady Catherine sont en sécurité à Suffolk House. De leur côté, Henri et Lady Jane sont à l'abri à la Tour de Londres.

— Oui, mais pour combien de temps, avec cette fanatique sur le trône ?

Bess était si furieuse qu'elle fondit en larmes.

— Seigneur ! Je m'inquiète tant pour eux !

William la prit par les épaules, l'obligeant à se calmer pour l'écouter.

— C'est Dudley qui paiera les pots cassés. Frances est une Tudor, une cousine de la princesse

Marie. Son mari et sa fille ne courent aucun danger.

Bess essuya ses larmes.

— J'ai envie de me laver. La poussière du voyage a failli m'étouffer. Pauvre Nan Dudley...

— Va demander qu'on te prépare un bain, ordonna William. Il faut que je te parle.

Tandis que sa femme se détendait dans l'eau chaude et parfumée, William s'assit sur le rebord du vaste cuveau en bois.

— À présent, nous devons nous soucier de notre propre situation. Le Conseil privé a vite compris que nous finirions tous sur le billot si nous ne proclamions pas Marie Tudor reine d'Angleterre.

Bess blêmit.

— William, tu risques de perdre ton poste à cause de moi. Marie Tudor me déteste.

— Bess, je risque de perdre mon poste, en effet, mais pas à cause de petites mésententes personnelles. Marie n'aura aucune sympathie pour un homme qui démantèle depuis des années des monastères et des établissements religieux à travers tout le pays. Sa première mesure sera de rendre à l'Église tous les biens que nous lui avons confisqués.

— Tu as raison, comme toujours. Heureusement, nous nous sommes débarrassés de Northaw pour investir cet argent dans la construction de Chatsworth.

Malgré la gravité de la situation, William se mit à rire.

— Tu gardes vraiment les pieds sur terre, en dépit des circonstances.

— C'est toi qui me l'as appris.

— Eh bien, j'ai pris une mesure concrète. Paulet et moi avons dépensé nos propres deniers pour rassembler une armée destinée à soutenir Marie. Il m'a fallu emprunter sept cents livres, mais c'est une assurance qui ne revient pas trop cher.

— Elle gardera sans doute Paulet au poste de trésorier, puisqu'il est catholique.

— Oui. J'espère être épargné grâce à mes relations avec lui.

— William, j'ai une idée. Convertissons-nous au catholicisme ! Cela ne nous coûterait pas grand-chose de compter un prêtre parmi notre personnel.

— Tu ne trouves pas que c'est un peu excessif ?

— Non. C'est une démarche très avisée, au contraire. Qu'importe la religion, si elle garantit la sécurité de nos enfants et leur héritage ?

Bess posa tendrement les mains sur son ventre.

— Bess, ne me dis pas que tu es à nouveau enceinte !

— À qui la faute ? demanda-t-elle.

— Tu es si féconde... Il me suffit presque de te regarder pour te faire un enfant.

— Tu ne te contentes pas de me regarder ! répliqua-t-elle, taquine.

Il lui tendit une serviette.

— Tu es en colère contre moi ?

— Pas pour l'enfant, déclara-t-elle en l'embrassant avidement. De toute façon, ce n'est pas encore certain.

Il l'aida à sortir de l'eau et l'enveloppa dans une serviette.

— Dans ce cas, au lit ! Je tiens à m'en assurer, dit-il avec un sourire ravageur.

Bess et William jugèrent préférable que la jeune femme reste à Londres, du moins pendant les fêtes du couronnement de la reine, prévu le 3 août. Bess était impatiente de revoir Elizabeth. Sans en parler à son mari, elle décida de trouver un moyen de discuter avec Lady Frances Grey avant de rentrer dans le Derbyshire.

Elizabeth vint de Hatfield pour rencontrer sa sœur à Wanstead, participer à la procession et escorter la reine vers la capitale. Tout au long de la route depuis Hatfield, nobles et roturiers se joignirent à la suite de la princesse Elizabeth. Lorsqu'elle retrouva Marie, l'escorte s'élevait à plus d'un millier de personnes.

Marie nota qu'Elizabeth promettait de lui obéir, mais elle ne lui faisait guère confiance. Sa sœur marchait derrière elle, vêtue de blanc, ses superbes cheveux roux cascadant sur ses épaules. Soudain, une violente jalousie s'empara de Marie, qui se demanda laquelle des deux était acclamée par la foule avec tant de ferveur.

Le lendemain du couronnement, une réception somptueuse fut donnée à Whitehall. Tous les sujets de la reine Marie s'inclinèrent devant leur souveraine, lui jurant obéissance et lui souhaitant la protection divine.

Lady Cavendish, resplendissante dans une robe vert et blanc, les couleurs des Tudors, fit la révérence. La reine Marie ne lui dit rien, se contentant de la toiser du regard. Bess ne put réprimer un frisson. Peu après, elle quitta la salle, laissant Sir William en compagnie du trésorier Paulet.

Bess trouva Elizabeth dans la salle de garde, en compagnie de nombreux jeunes nobles qui semblaient former une cour autour d'elle.

— Lady Cavendish, veuillez m'accompagner.

Les deux amies s'éloignèrent pour chercher un endroit plus discret. Whitehall comptant plus de deux mille pièces, elles n'eurent guère de difficultés à s'isoler.

— Votre Grâce, vous êtes radieuse !

— À présent, je suis héritière du trône. Pourtant, jamais je ne me suis retrouvée en si périlleuse position. Robin Dudley est enfermé à la Tour de Londres. Sa vie est désormais entre les mains de ma sœur.

— Cavendish croit que John Dudley portera toutes les responsabilités sur ses épaules et que la reine pardonnera aux autres.

— Je n'ose prendre la défense de Dudley. Marie me déteste. Elle détient l'autorité suprême et m'obligera à aller à la messe, se plaignit Elizabeth.

— Votre Grâce, dans votre propre intérêt, il faut que vous lui obéissiez, lui conseilla Bess, qui connaissait la nature rebelle de la princesse.

— Je dois donner l'impression d'obéir. Quand elle me forcera à assister à la messe, je m'évanouirai dans la chapelle. Tous les protestants du royaume y verront le signe que je pratique contre mon gré.

— Cavendish et moi avons l'intention de nous plier ouvertement à l'autorité de la reine.

— Cette garce perfide répand déjà la rumeur que nous ne sommes pas du même sang. Elle raconte que je suis une bâtarde de Mark Smeaton !

Bess prit la main de son amie.

— Votre Grâce, il suffit de vous regarder pour constater que vous êtes bien la fille d'Henri Tudor. Tout le monde sait que votre jeunesse et votre beauté la rendent folle de jalousie. Vous avez le port d'une reine et vous attirez tous les regards.

— C'est justement le problème. Dès que possible, je me retirerai à Hatfield, pour vivre une existence paisible de nonne et attendre mon heure.

Durant la semaine qui suivit, William et Bess discutèrent longuement de leur avenir. Le poste de William semblait plus stable, mais ils n'ignoraient pas que tout pouvait changer du jour au lendemain.

— Le Derbyshire est un lieu bien plus sûr que Londres. Tu as vraiment bien fait d'acheter Chatsworth, déclara Bess.

— Nous devrions étendre notre propriété vers le nord. Le comte de Westmorland vend huit mille acres de terre près de Chatsworth. Nous deviendrions les plus gros propriétaires terriens du Derbyshire. Après Shrewsbury, bien sûr.

— Mais nous n'en avons pas les moyens !

Bess savait que leurs dépenses dépassaient déjà leurs rentrées d'argent, car elle tenait des comptes très précis des frais occasionnés par la construction de leur palais.

— J'emprunterai de l'argent à William Parr. Mes pots-de-vin couvriront les remboursements.

L'air choqué de sa femme amusa William.

— Ne sois pas aussi hypocrite. Quand il s'agit d'affaires, tu es aussi impitoyable que moi. En faisant tes comptes, n'inscris pas les intérêts que nous verserons à Parr pour son prêt. L'usure est une pratique illégale.

Presque aussitôt débutèrent des négociations en vue d'un mariage entre la reine Marie et le prince Philippe d'Espagne. Bess espérait que ces projets occuperaient suffisamment les pensées de la reine pour qu'elle ne cherche pas à fomenter une vengeance. La jeune femme poussa un long soupir de soulagement en constatant que Lady Frances Grey avait une certaine influence sur sa cousine Marie. William ne s'était pas trompé. Henri Grey fut libéré de la Tour de Londres, mais on le condamna à payer une lourde amende. Avant de retourner dans le Derbyshire, Bess accompagna William à Suffolk House pour rendre visite à leurs vieux amis.

Bess l'ignorait encore, mais c'était la dernière fois qu'elle voyait Henri Grey. Dans l'année qui suivit sa libération, Henri fut impliqué dans un complot visant à renverser la reine Marie et à placer Elizabeth sur le trône. Lorsqu'elle découvrit ce qui se tramait, la souveraine fit décapiter Henri et sa fille Lady Jane.

La princesse Elizabeth fut emprisonnée à la Tour de Londres et interrogée sur son rôle au sein de ce complot. Pendant trois longs mois, sa vie ne tint qu'à un fil. Puis elle fut libérée et envoyée à Woodstock sous bonne garde.

La tragédie qui touchait les Grey bouleversa Bess. William s'en voulait énormément de n'avoir rien pu faire pour aider ses amis. Folle d'inquiétude pour Elizabeth, Bess pensait sans cesse à elle. Elle-même était en sécurité dans le Derbyshire et se sentait presque coupable de réussir aussi bien. Non seulement elle mettait chaque année un enfant au monde, mais tous ses projets se réalisaient. La fortune semblait lui sourire. Les terres des Cavendish rapportaient beaucoup d'argent. Les deux étages de Chatsworth étaient terminés, les murs du palais ornés de fresques somptueuses. Bess meublait son nouveau foyer des trésors qu'elle avait accumulés depuis des années et recevait toutes les grandes familles du nord de l'Angleterre.

Bess ignorait que ses liens étroits avec les Grey et son amitié pour la princesse Elizabeth lui valaient les foudres de la reine Marie.

Des commentaires élogieux sur la splendeur de Chatsworth commencèrent à parvenir aux oreilles de la souveraine. On racontait que Lady Cavendish possédait une suite de quatorze pièces avec rideaux et baldaquins assortis, que les murs de son palais n'arboraient pas moins de soixante tapisseries. On disait que sa demeure était digne d'une reine, mais Marie n'y fut jamais invitée. En apprenant que Lady Frances Grey et sa fille Catherine y séjournaient fréquemment, ainsi que Nan Dudley, la reine eut l'impression qu'on la poignardait dans le dos. Ces femmes avaient été mariées avec ses pires ennemis, qu'on avait décapités pour haute trahison.

Au bout d'un certain temps, Cavendish eut vent du mécontentement de la reine, dont la politique et le fanatisme étaient de plus en plus impopulaires. Elle incriminait ses conseillers, et l'on murmurait qu'elle entendait se séparer d'eux. Sir William redoutait à présent qu'elle ne l'écarte du Conseil privé à la première occasion.

Toutefois, il était fermement décidé à taire ces rumeurs. Bess avait tendance à s'inquiéter d'un rien. Or il ne désirait que son bonheur. Pour rien au monde il ne voulait troubler sa sérénité. C'était une épouse parfaite, une mère aimante et attentive, une châtelaine distinguée et une femme d'affaires hors pair. Avec l'aide de ses régisseurs, elle gérait à merveille leur domaine.

Cavendish se refusait à lui imposer des soucis supplémentaires. Elle avait assez à faire. Philosophe, il se dit que quitter le Conseil privé ne serait pas une catastrophe. Il pourrait ainsi consacrer du temps à sa famille dans le Derbyshire. Un jour, il reçut une lettre de Chatsworth, lui annonçant que Bess était souffrante. Aussitôt, plus rien n'eut d'importance à ses yeux. Il abandonna à l'instant Londres pour se précipiter au chevet de sa femme.

Il franchit les grilles en fer forgé du palais, sans

un coup d'œil pour le superbe jardin à la française dont il était si fier. Jane et Marcella l'accueillirent, l'air grave. En découvrant que sa belle-mère était là, William sentit sa gorge se nouer. Il gravit les marches quatre à quatre, puis s'arrêta sur le palier pour reprendre son souffle et se ressaisir. Il ne voulait pas trahir sa peur devant Bess.

Il ouvrit doucement la porte de la chambre et s'approcha du superbe lit en bois sculpté. En découvrant Bess alitée et pâle, une vague de panique le submergea.

— Bess, mon amour, c'est moi, murmura-t-il en avalant sa salive.

— William... souffla-t-elle.

Il posa tendrement la main sur son front moite et constata qu'elle avait de la fièvre. Sa mauvaise mine lui parut très alarmante. Bess débordait toujours d'énergie et de joie. Lorsqu'elle jouait avec ses enfants, elle courait dans tous les sens, infatigable. Puis, le soir venu, elle se transformait en une hôtesse élégante, pleine d'esprit, capable de discuter avec les nobles les plus estimés du pays. La nuit, enfin, elle laissait ses cheveux roux tomber librement en cascade sur ses épaules nacrées et devenait une séductrice passionnée, une amante éprise qui embrasait William de désir.

Bess lui fit signe de s'approcher plus près. Elle semblait vouloir lui dire quelque chose de très important.

— Les enfants... chuchota-t-elle.

— Tu as envie de voir les enfants, chérie ?

Bess secoua impatiemment la tête, comme si elle lui reprochait de ne pas comprendre.

— Promets-moi que tu leur trouveras de bons conjoints, qu'ils feront tous un beau mariage. Promets-le-moi !

Convaincu qu'elle délirait, il lui caressa le front. Toutefois, ses paroles restaient assez cohérentes.

— Je veux qu'ils portent tous un titre.

— Oui, mon amour, dit-il, cherchant à la calmer.

Elle enfonça les ongles dans sa paume.

— Cavendish, promets-le-moi ! Jure-le !

Il se rendit soudain compte que Bess se croyait agonisante. Était-elle donc si gravement malade ? En ces instants terribles, elle ne pensait pas à elle, mais à ses enfants. Sa gorge se noua. Il prit la jeune femme dans ses bras.

— Bess, je te le promets. Mais je t'assure que tu ne vas pas mourir. Je ne le permettrai pas ! Tu es jeune. Tu as la vie devant toi. Il ne faut pas me quitter, Bess. Que deviendrais-je sans toi ?

Il gagna le seuil de la chambre et appela :

— Marcella !

La vieille tante surgit.

— A-t-elle vu le médecin ?

— Oui, grommela Marcella avec mépris. Mais après cette maudite saignée, je me suis juré de ne plus jamais faire appel à lui.

— Lui avez-vous administré une potion contre la fièvre ? demanda William, désespéré.

— Naturellement ! Je suis herboriste.

— Elle est si agitée…

— Bess va guérir, maintenant que vous êtes auprès d'elle, Cavendish. Vous êtes sa force, sa raison de vivre.

— Je la veillerai cette nuit.

— Tant mieux. Elle n'a besoin de rien d'autre.

William s'occupa du bain de Bess, puis il lui fit avaler une décoction de plantes préparée par sa tante. Ensuite, il approcha un fauteuil du chevet de la malade et s'apprêta à la veiller toute la nuit, tel un ange gardien. Il n'était pas croyant mais, en la voyant sourire avant de fermer les yeux, il ne put s'empêcher de lui prendre la main et de prier en silence. Bess était sa joie de vivre. Elle lui avait apporté un bonheur sans limites. Elle était sa passion, sa flamme.

À l'aube, Bess sombra dans un sommeil plus paisible. William sortit quelques instants pour se dégourdir les jambes. La maisonnée était déjà réveillée. William trouva la mère de Bess, sa tante et sa sœur dans le petit salon.

— Bess dort. Elle semble aller un peu mieux.

Sa belle-mère se leva d'un bond, mais Marcella foudroya William du regard. Tout autre homme que lui aurait été intimidé.

— Cavendish, dit-elle, oubliant de l'appeler par son titre, Bess a eu trop d'enfants en trop peu d'années. Les deux derniers n'ont que onze mois d'écart. Il faut réprimer vos ardeurs.

En entendant ces paroles avisées, William se sentit un peu coupable.

Marcella quitta le salon, laissant une Jane rougissante derrière elle.

— Ne lui en voulez pas, Sir William, dit-elle. Bess a rendu visite à la femme d'un fermier atteinte de la peste. Ses enfants l'ont attrapée à leur tour, et Bess s'est occupée d'eux.

— Merci, Jane. Cependant, je dois avouer que Marcella n'a pas tout à fait tort, admit William.

En deux jours, la santé de Bess s'améliora nettement. La fièvre disparut aussi vite qu'elle était venue. Dès qu'elle recommença à manger, la jeune femme retrouva son énergie. Elle se promena pendant des heures au bras de son mari, flânant dans les allées bordées d'arbres, au milieu des haies taillées avec soin et des parterres de fleurs multicolores, des pelouses et des terrasses. William avait tracé des plans pour détourner la rivière afin qu'elle traverse les jardins, formant des cascades successives jusqu'à un petit bassin. Il fallait avant tout veiller à éviter toute inondation en cas de crue.

À la fin de la semaine, Bess remonta à cheval. Avec William, elle se rendit à Baslow et à Edensor. Leurs enfants les plus grands les accompagnèrent, juchés sur leurs poneys : Francie, brune et rieuse, le portrait craché de son père, et leurs deux premiers fils aux cheveux roux et bouclés, comme leur mère. William remercia le Ciel de la guérison spectaculaire de sa femme. Il s'émerveillait de son appétit de vivre. En la regardant, il avait peine à croire qu'elle avait été malade.

Ce soir-là, dans l'intimité de leur chambre, Bess se montra d'humeur coquine. Elle se dévêtit très lentement, calculant chacun de ses mouvements sensuels, dévoilant peu à peu son corps aux yeux brûlants de William.

— Qu'en penses-tu ? lui demanda-t-elle d'une voix suave. J'aime porter ces bas en soie sur ma peau nue.

— Manifestement, tu cherches à me séduire, répondit-il en gardant ses distances.

Il lui tourna le dos pour ne pas croiser son regard boudeur.

— Enfile ton peignoir, lui ordonna-t-il. Tu vas attraper froid.

— Je n'ai jamais froid, ronronna-t-elle. Chéri, sers-moi un verre de vin.

— L'alcool te grise.

Bess commença à onduler des hanches.

— Non, il me rend amoureuse.

— Une tisane serait préférable, dit-il.

Bess émit un petit rire.

— Tante Marcella m'a gavée de tisanes et de potions. Je vais devenir folle si tu ne te déshabilles pas tout de suite. Occupe-toi de moi…

— Bess, je ne veux plus de bébés.

— Quoi ? fit-elle en s'immobilisant.

— Nous avons assez d'enfants. Je refuse de mettre ta santé en péril en t'engrossant chaque année.

La jeune femme sembla amusée.

— C'est l'abstinence qui risque de nuire à ma santé.

William s'approcha du lit, décidé à jeter ses bonnes résolutions aux orties.

— Je… je vais devoir me retirer.

Bess s'écroula sur le lit en riant.

— Qu'y a-t-il de si drôle ?

— Je n'en crois pas un mot, William ! Tu es tout aussi incapable de te retirer que de rester chaste !

William la saisit par les chevilles et l'attira vers lui. Il caressa ses cuisses, puis les écarta doucement. Bess se cambra, offerte. Glissant les mains sous ses hanches, il se pencha vers son intimité. Il entama une lente exploration du bout de la langue, tandis qu'elle ondulait comme une chatte. Très vite, il sentit le plaisir exploser en elle.

— William, j'en veux encore, gémit-elle.

— Et moi, je veux t'en donner davantage, souffla-t-il d'une voix rauque.

— J'adore quand tu viens en moi. J'aime le poids de ton corps sur le mien, ta puissance. Je sais que tu me désires et j'ai envie de t'admirer dans l'extase. Mon corps t'appelle…

Les paroles de Bess l'embrasèrent.

— Comment faire ? demanda-t-il, désespéré.

Elle lui adressa un sourire enjôleur.

— Par chance, Marcella m'a prescrit une herbe spéciale qui évite les grossesses.

William poussa un soupir de soulagement et se déshabilla en toute hâte. Bess n'était pas la seule à brûler de désir. Plus que jamais, il voulait sentir ses spasmes de plaisir, connaître la jouissance en même temps qu'elle, puis la serrer contre lui, pantelante et comblée.

22

À son retour à Londres, de nombreuses difficultés attendaient William. Le trésorier Paulet le convoqua pour lui annoncer que la reine Marie avait ordonné un contrôle des comptes du royaume.

— Il y a parmi nous des traîtres qui ont influencé la reine en colportant les pires ragots.

— Cela fait treize ans que je m'occupe de la trésorerie du royaume et je n'ai jamais reçu la moindre plainte ! protesta Cavendish.

— J'ai expliqué à Sa Majesté que votre poste était fort mal rémunéré et que, par conséquent, il était normal que vous perceviez quelques avantages annexes. Malgré cela, elle veut absolument que les livres soient examinés avec attention.

— Je peux fournir deux livres de comptes, mais mes assistants en tiennent des dizaines d'autres qui ne renferment que des brouillons. Les comptes ne sont pas à jour.

— Dans ce cas, je vous recommande de le faire sur-le-champ, William. Je sais que vos finances personnelles sont souvent intimement mêlées à vos affaires professionnelles. Je vous conseille donc de clarifier la situation au plus vite.

Des enquêteurs envahirent les bureaux de Cavendish et commencèrent à éplucher reçus et factures. Leur mission se prolongea pendant des semaines, puis des mois, le temps d'examiner à la loupe treize années de travail.

Cavendish prit soin de cacher ses déboires à Bess. Il interdit également à son secrétaire, Bestnay, de parler de ses problèmes devant sa femme. Mais, à force de vivre sous une pression continuelle, William sentit sa santé décliner. Parfois, à l'issue d'une journée de quinze heures de travail acharné, il souffrait de violentes douleurs au thorax. Seul un verre de vin parvenait à le soulager un peu.

Le rapport détaillé que les enquêteurs remirent enfin à la reine révélait un détournement de plus de cinq mille livres. Paulet fut obligé de demander des explications à Cavendish, afin de satisfaire la souveraine. Sir William se défendit de son mieux : au fil des années, de nombreux employés avaient disparu, emportant avec eux de fortes sommes d'argent. Il déclara également que les deux monarques précédents avaient laissé de lourdes dettes qu'il avait dû éponger à l'avènement de la reine Marie. Il alla jusqu'à fournir des reçus personnels attestant de l'argent qu'il avait dépensé pour offrir son soutien à la reine.

Au début du mois d'août, William n'avait toujours pas été inculpé. Cependant, conscient que cette possibilité n'était pas exclue, il consulta ses avocats londoniens. Épuisé par le travail et les soucis, il se retira dans le Derbyshire pour préparer sa défense. Cinq mille livres représentaient une somme colossale. Le revenu moyen en Angleterre n'excédait pas trois livres par an.

William ne savait comment annoncer la terrible nouvelle à Bess. En cas d'inculpation officielle, il espérait se défendre avec succès et sauver sa carrière, mais il avait le devoir de prévenir Bess qu'ils risquaient de perdre tout ce pour quoi ils avaient travaillé.

Avant de quitter la capitale, William acheta un cadeau d'anniversaire de mariage pour sa femme, un livre à la couverture incrustée de dix rubis, qui renfermait deux petits portraits qu'ils avaient commandés à un peintre l'année précédente. Il avait promis d'être de retour à Chatsworth avant le 20 août, car Bess avait prévu une grande fête.

Le 18, en accueillant son mari, Bess s'inquiéta :

— Chéri, tu te sens bien ? Tu as l'air fatigué.

William chassa aussitôt son inquiétude.

— Le trajet m'a paru épuisant. Toutes les meilleures auberges étaient pleines. J'ai dû manger quelque chose qui ne m'a pas réussi.

Bess s'affairait aux préparatifs de la réception. Comme toujours, elle veillait personnellement à tous les aspects pratiques de l'organisation et vérifiait les moindres détails. La fête aurait lieu en plein air, dans les superbes jardins de Chatsworth. Toutefois, s'il pleuvait, les invités pourraient se replier dans les deux galeries.

La jeune femme trouvait le moment idéal pour présenter ses enfants à ses nombreux amis, aussi demanda-t-elle à ses invités de venir avec leur progéniture. Bien sûr, des domestiques seraient présents pour s'occuper d'eux.

Bess vit son mari boire une bouteille entière de vin blanc au cours du repas, puis une autre dans la soirée. Plus tard, il s'assoupit dans un fauteuil. Bien qu'un peu étonnée, Bess songea qu'il devait être épuisé. Les cheveux bruns de William étaient maintenant striés de gris. Jusqu'à présent, Bess ne s'en était pas rendu compte. Après tout, son mari avait cinquante ans, se rappela-t-elle. Leur différence d'âge n'avait pourtant jamais posé le moindre problème entre eux, car William était un homme énergique et jeune d'esprit. Ce soir-là, en le regardant dormir, elle sentit son cœur fondre. Il était peut-être temps pour lui de se reposer un peu.

La journée du 20 août s'annonçait radieuse. Les voitures commencèrent à affluer à Chatsworth. Les Cavendish étaient rassemblés sur le perron pour accueillir leurs invités et leur faire les honneurs de leur superbe demeure. Bess leur présenta fièrement ses enfants. Elle et sa fille Francie, âgée de neuf ans, portaient toutes deux une robe en soie blanche. La fillette tenait un petit bouquet de roses à la main, et Bess avait placé une fleur dans son décolleté plongeant.

Henri, William et Charles, ses trois fils, étaient vêtus d'une culotte et d'une veste identiques, avec un chapeau à plume sur leurs boucles rousses. Ses deux dernières filles, encore très petites, avaient été confiées aux soins de leur gouvernante. Très vite, le parc résonna des cris des enfants qui couraient en tous sens, pourchassant les papillons. Les dames, parées de leurs plus belles toilettes, se promenaient dans les allées en bavardant gaiement, protégées du soleil par leurs ombrelles. Les hommes étaient réunis en petits groupes et discutaient politique.

La famille de Bess était présente, se mêlant sans complexe à toute la noblesse de la région. Parmi les invités figuraient les comtes et les comtesses de Westmorland, Pembroke et Huntingdon, ainsi que la marquise de Northampton, Lady Port, les Neville, les Fitzherbert, les Pierrepont et, enfin, le comte de

Shrewsbury. Bess avait convié tous les Talbot, non seulement parce qu'ils possédaient la plus grosse fortune d'Angleterre, mais parce qu'ils étaient aussi leurs plus proches voisins et que les deux familles géraient en commun de nombreux domaines.

Bess n'avait pas revu le comte de Shrewsbury depuis qu'il avait accepté d'être le parrain d'un de ses fils. En le saluant, la jeune femme le trouva considérablement vieilli. Le comte était également très dur d'oreille. Refoulant son antipathie pour George Talbot, qui soutenait son père, Bess déclara poliment :

— Merci beaucoup d'avoir amené votre père, Monseigneur. Il a toujours été très généreux envers moi.

George Talbot lui lança un regard sombre.

— Les Talbot se montrent toujours généreux envers les jolies femmes, Lady Cavendish.

— Lady Talbot vous accompagne ? demanda Bess, perfide.

— Non, pas aujourd'hui. Gertrude vient en effet de me donner un autre fils.

— Félicitations, Lord Talbot. Combien d'enfants avez-vous, à présent ? s'enquit-elle.

— Six. Comme vous, Lady Cavendish.

Bess fut abasourdie. George semblait bien trop jeune pour être père de six enfants. Puis elle se rappela qu'ils avaient exactement le même âge. Bess s'excusa. Il était temps d'installer le buffet.

Les domestiques commencèrent à apporter des plateaux d'argent chargés de victuailles. Jamais la jeune femme n'avait été aussi fière de sa réussite. Le gibier, l'agneau et le veau provenaient de ses terres, les truites de la rivière, les fruits du verger, les fromages de ses fermes... Chatsworth produisait même sa propre bière. Pas une seule femme présente ne put s'empêcher d'envier Bess. Quant aux hommes, ils dévoraient la châtelaine des yeux.

Dans l'après-midi, la gouvernante amena la petite Marie à sa mère.

— Je suis désolée de vous déranger, Madame, mais elle n'arrête pas de pleurer.

— Ellen, mes enfants ne me dérangent jamais. Donnez-la-moi. Je vais la bercer.

Bess prit sa fille dans ses bras et se dirigea vers la roseraie, son sanctuaire, derrière une allée bordée de grands ifs. Le bébé se blottit contre la poitrine de sa mère et voulut la téter.

— Oh, non! s'exclama-t-elle en riant. Tu es sevrée depuis des semaines!

Elle s'assit près d'une fontaine en pierre. En une minute, l'enfant s'endormit. Bess la rendit à sa gouvernante, puis ferma les yeux, heureuse, savourant le parfum enivrant des roses.

Dissimulé derrière un if, George Talbot l'observait. En l'entendant parler, il fut sidéré d'apprendre qu'elle allaitait ses enfants. Cette idée lui parut soudain très excitante, comme tout ce qui concernait Bess Hardwick, et depuis toujours. Il aurait payé cher pour entrevoir, ne fût-ce qu'une seconde, la jeune femme en train de donner le sein à son enfant. Il déplorait amèrement qu'il existât entre eux une telle animosité. Ils semblaient incapables d'entretenir une conversation courtoise. Cependant, Talbot était déterminé à repartir sur des bases nouvelles. Dorénavant, il se conduirait bien et gagnerait peu à peu l'amitié de Bess. C'était le plus grand défi qu'il se soit jamais fixé. À pas de loup, il la rejoignit.

— Lady Cavendish...

Bess ouvrit les paupières et dévisagea l'homme élancé et brun qui se tenait devant elle.

— Lord Talbot ? répondit-elle d'un ton interrogateur.

— J'aimerais que nous soyons amis. Nous nous connaissons depuis fort longtemps, mais nous n'avons jamais été très proches.

Elle haussa les sourcils.

— À qui la faute ? s'enquit-elle.

— Je sais que je suis entièrement responsable de cette situation, Lady Cavendish. J'aimerais me racheter, déclara-t-il avec toute la sincérité dont il était capable.

Bess l'examina. George Talbot avait des raisons d'être arrogant, songea-t-elle. Le plus riche héritier du royaume était également le plus bel homme qu'elle ait jamais rencontré, un brun ténébreux plein de charme. Toutes les femmes se jetaient à son cou.

— Autrefois, j'étais un adolescent stupide, avoua-t-il. Votre beauté m'a toujours fasciné. Je me suis comporté comme un goujat uniquement pour attirer votre attention, mais je n'ai réussi qu'à vous fâcher.

— Je suis assez susceptible, je l'admets.

— J'ose croire que j'ai beaucoup mûri depuis notre adolescence.

— Moi aussi, sans doute, fit Bess avec un regard amusé.

— Suis-je pardonné ? demanda-t-il, honteux.

Il ne lui avait pas vraiment demandé pardon, mais Bess savait qu'il n'était pas homme à s'humilier. Elle décida donc de se montrer magnanime. Elle se leva et, avec un sourire radieux, lui tendit la main.

Talbot ne la prit pas, mais attrapa d'un geste vif la rose nichée au creux du décolleté de Bess.

Le sourire de la jeune femme s'envola aussitôt. Elle le foudroya du regard.

— Je me suis trompée. Vous n'avez pas changé depuis le jour de notre rencontre. Vous êtes toujours aussi grossier et arrogant !

— Petite mégère ! lança Talbot.

— Scélérat ! riposta Bess, se retenant de le gifler.

Elle eut toutes les peines du monde à contrôler sa colère. Toutefois, elle réussit à tourner les talons et à quitter la roseraie avant qu'une nouvelle dispute n'éclate.

Elle ne mit qu'un instant à se calmer et finit par rire de sa mésaventure avec George Talbot. En réalité, il n'avait rien fait de mal. Il se comportait simplement comme un homme charmeur. Elle aurait dû être flattée de ses attentions.

Après le départ de la dernière calèche, les enfants allèrent se coucher. Le calme revint dans la maison. Main dans la main, Bess et William gravirent les marches qui menaient à leur suite.

— Cette fête fut un véritable triomphe, Bess. Je suis très fier de toi.

Heureuse, elle se blottit tendrement contre lui.

— Je te dois tout.

En haut de l'escalier, Bess se retourna pour contempler sa maison.

— Tout était parfait, déclara-t-elle. Aujourd'hui, j'ai réalisé mes rêves les plus chers. Grâce à toi, mon amour...

Comment ternir un tel bonheur ? Après tout, les mauvaises nouvelles pouvaient attendre, songea Cavendish. Une fois au lit, il lui donna son cadeau.

— Ce sera mon bien le plus précieux, dit-elle, le souffle coupé. Je le chérirai toute ma vie.

William la garda dans ses bras toute la nuit, redoutant le lendemain, car Bess allait certainement le détester.

À l'aube, en entrant dans son bureau, William découvrit les livres de comptes de Bess, ouverts à l'endroit où il devait les signer. Fou de douleur, il les repoussa d'un geste brutal, regrettant amèrement que ses propres comptes ne soient pas aussi honnêtes. Tout à coup, une douleur fulgurante le saisit. Il porta une main à sa poitrine et appela Bess. Lorsqu'elle le rejoignit, il lui demanda de s'asseoir et se redressa fièrement.

— J'ai des problèmes, déclara-t-il. La reine a ordonné un contrôle des comptes de la Couronne.

— La garce ! Elle l'a fait uniquement parce qu'elle me déteste ! Combien de temps as-tu pour tout arranger ?

— Tout est terminé. Les enquêteurs travaillent sur ce dossier depuis des mois. Ils ont dépouillé le moindre document, la moindre facture.

— Et tu as tout gardé pour toi au lieu de me confier tes soucis ? À présent, je comprends pourquoi tu es si fatigué.

Elle se leva d'un bond, mais son mari la fit rasseoir d'un geste autoritaire.

— Tu n'avais aucune raison de t'inquiéter.

— Et maintenant ? demanda-t-elle en pâlissant.

— D'après le rapport, je suis responsable d'un détournement de fonds d'un montant de cinq mille livres.

— Cinq mille livres ? répéta-t-elle, incrédule.

— Paulet semble satisfait de mes explications, mais je doute que la reine soit aussi compréhensive.

— As-tu été inculpé ?

— Non, mais je m'y attends d'un jour à l'autre. La reine cherche à se débarrasser de moi. Elle est déterminée à remplacer tout son entourage. C'est le seul moyen qu'elle a trouvé.

— Nous allons nous battre ! s'exclama Bess en serrant les poings.

— J'ai contacté mes avocats. Je dois préparer une stratégie de défense.

— Je t'aiderai, William. Je retourne à Londres avec toi. Je ne veux pas que tu restes seul en ces moments difficiles.

Cavendish voulut s'assurer qu'elle avait bien conscience de la gravité de la situation.

— Bess, si je ne suis pas disculpé, il me faudra rembourser ces cinq mille livres, expliqua-t-il. Nous devrons tout vendre, Chatsworth, notre maison londonienne…

— William, je me moque de Chatsworth. C'est toi qui comptes ! Seigneur, si tu n'es pas blanchi, tu risques de te retrouver en prison !

Elle se jeta à son cou.

— Tu ne m'as même pas demandé si j'étais vraiment coupable.

— Je n'ai pas besoin de te poser la question, répondit-elle en riant à travers ses larmes.

— Tu me détestes ?

— Te détester ? Je suis plus coupable que toi. Tu as simplement détourné des fonds. C'est moi qui ai dépensé cet argent !

La première semaine de septembre, Bess et William regagnèrent la capitale. Forts d'une confiance réciproque, ils décidèrent de se battre bec et ongles. Ils avaient toujours eu des amis haut placés, disposés à user de leur influence pour les aider. Mais ces alliés étaient tous de fervents protestants, très mal vus de la reine catholique.

Bess accompagnait William chez ses avocats et n'hésitait pas à intervenir lors de ces entretiens.

— Vous rendez-vous compte de la somme que

nous versons à votre cabinet chaque année ? Bien plus que pour la construction de notre maison ! Et nous avons toujours payé rubis sur l'ongle.

— Lady Cavendish, nous vous promettons de faire de notre mieux.

— C'est tout ce que je vous demande, messieurs.

Le 1er octobre, Sir William Cavendish fut officiellement inculpé. Une semaine plus tard, il passa devant le tribunal de la reine, avec son secrétaire, Robert Bestnay. William présenta sa défense, puis les avocats implorèrent la clémence de la Cour en raison de la loyauté de leur client envers la Couronne et des services qu'il lui avait rendus. Ils espéraient obtenir une peine de mille livres.

Au bout de quinze longs jours, le 23 octobre, William fut à nouveau convoqué au tribunal. On lui apprit que la reine rejetait sa défense. Cavendish s'entretint brièvement avec ses avocats, en vain. D'après eux, il était inutile de nier les faits qui lui étaient reprochés. Il ne pouvait plus compter que sur la compassion de la reine. William finit par accepter de s'humilier en implorant la pitié de la Cour. Ses avocats plaidèrent sa cause, expliquant que Sir William serait ruiné s'il était obligé de rembourser la somme due et que ses enfants se retrouveraient dans la misère.

En rentrant chez lui, ce soir-là, William était fou de rage. Il en voulait à mort à ses avocats et les traitait d'incapables.

— J'ai dû me livrer à une comédie ridicule qui n'a servi à rien.

Bess, elle, en voulait surtout à la reine. William renchérit, maudissant la souveraine.

— Après les services que j'ai rendus à la Couronne, après toutes ces années passées à faire leur sale besogne, voilà comment on me remercie !

— William, je me moque de cette dette, c'est toi qui comptes à mes yeux !

La jeune femme redoutait avant tout de voir son mari emprisonné. Il risquait même d'être décapité. Bess repoussa vite cette perspective terrifiante.

Cette nuit-là, elle ne trouva le sommeil qu'aux premières lueurs de l'aube.

Bess se réveilla, terrifiée. La pièce était vide. Elle descendit les marches en courant et trouva les huissiers en train d'emporter tout ce qu'ils possédaient. Bess les implora, pleurant à chaudes larmes, en vain. Dehors, leurs effets étaient empilés sur une charrette. Ils étaient chassés de chez eux et n'avaient nulle part où se réfugier. La panique l'étrangla. En se retournant, elle constata que la charrette avait disparu, avec sa famille. Même Chatsworth s'était volatilisé. Bess avait tout perdu. Elle éprouva soudain un vide immense. William était parti. Le désespoir l'envahit.

Bess se redressa d'un bond. Après cette nouvelle épreuve, son cauchemar était revenu la hanter. Elle tâta le matelas à côté d'elle. Rien. William avait disparu. Le sentiment de panique qui l'avait submergée était bien réel. Alors, elle aperçut son mari, à l'autre bout de la pièce, et sut que quelque chose n'allait pas. Grimaçant de douleur, il se tenait la poitrine en essayant de se verser un verre de vin.

Bess se précipita vers lui.

— William !

Elle arriva vers lui au moment où il tombait à genoux, terrassé par une crise. Son verre lui échappa. Le vin se répandit sur le tapis, telle une flaque de sang. Bess appela le valet, qui surgit aussitôt.

— James, aidez-le à se coucher !

— Je vais mieux, gémit William en s'appuyant contre ses oreillers. Ce n'est pas grave.

Bess courut chercher Robert Bestnay.

— Le médecin, vite !

Le Dr Turner se présenta, examina le malade et conclut que William venait d'être victime d'un malaise cardiaque. Il lui prescrivit un opiacé pour soulager la douleur et lui recommanda de se reposer.

Bess raccompagna le médecin.

— Va-t-il guérir ? s'enquit-elle.

— Lady Cavendish, il a besoin d'un calme absolu. Il est épuisé par le travail et les soucis. S'il ne reste pas couché, il aura une nouvelle attaque. Je passerai le voir demain.

Folle d'inquiétude et bien déterminée à suivre les recommandations du médecin, Bess rassembla le personnel et lui donna des ordres en conséquence.

William dormit à poings fermés toute la journée et une partie de la nuit suivante. Il se réveilla vers minuit et pria Bess de le rejoindre au lit. La jeune femme quitta son fauteuil et se glissa sous les couvertures. Puis elle l'enlaça et se blottit contre lui, espérant ne rien trahir de sa peur.

Enfin, William s'adressa à elle d'un ton posé :

— Bess, je t'aime. Je suis désolé de te laisser dans un tel pétrin.

— William, tu ne me laisseras pas ! Je ne te le permettrai jamais !

Il sourit, reconnaissant le caractère entêté de sa femme. Elle avait été la lumière de sa vie. Il lui avait tout appris. Elle avait toujours fait preuve de courage mais, à présent, elle saurait se débrouiller seule. Bess n'avait que trente ans, et la vie devant elle.

Le lendemain, William se leva. Bess lui donna à manger en lui interdisant d'évoquer leurs problèmes financiers. En fin d'après-midi, entrevoyant une légère amélioration de son état, elle reprit espoir. Dans la soirée, il la taquina même, lui reprochant d'être trop autoritaire.

Elle descendit à la cuisine pour lui faire chauffer de la soupe. En remontant dans la chambre, elle trouva William debout. Soudain, il crispa la main sur sa poitrine et se pencha en avant. Bess se précipita vers lui, hurlant de terreur. S'agenouillant près de lui, elle l'enlaça et le serra contre elle, jusqu'à ce que son corps fût flasque entre ses bras.

— Non, William, non... murmura-t-elle, les lèvres tremblantes.

Elle frissonna violemment et se mit à sangloter.

— Ne me quitte pas, William... Je ne peux pas vivre sans toi...

TROISIÈME PARTIE

La cour

Londres, 1557

*Il existe un courant, dans les affaires des hommes
Qui, si on le suit, peut mener à la fortune.
Mais si on l'oublie, le périple de leur vie
N'est que misère et pauvreté.*

William SHAKESPEARE

23

Pétrifiée, Bess avait l'impression que le ciel venait de lui tomber sur la tête. Elle était incapable de réfléchir. Son corps ne lui appartenait plus. Cette fois, le destin lui avait joué le plus mauvais des tours. Jamais elle ne s'en remettrait.

Robert Bestnay et James Cromp prirent la situation en main. Ils avertirent immédiatement la famille et demandèrent à Bess ce qu'elle souhaitait pour les funérailles.

La mère de Bess, Marcella et Jane arrivèrent avec les enfants et les domestiques. Tous furent saisis d'inquiétude en voyant que la jeune femme se terrait dans le silence, les yeux perdus dans le vide.

Sir William Cavendish fut inhumé le jour de la Toussaint, au cimetière de Saint-Botolph, à Aldgate, auprès de ses parents et de plusieurs générations de Cavendish. Vêtue de noir, le visage voilé, Bess se tint dignement près de la fosse. Sa fille Francie, qui ressemblait tant à son père, lui donnait la main. Les autres enfants restèrent sagement alignés derrière elles, tandis qu'on descendait le cercueil.

Sir John Thynne fut le premier à s'approcher de Bess. Bien que quadragénaire, il avait conservé son air juvénile. Ses yeux verts étaient pleins de compassion.

— Lady Cavendish… Bess, veuillez accepter mes condoléances. Si je peux faire quoi que ce soit, n'hésitez pas à vous adresser à moi.

Bess le regarda fixement, comme si elle n'avait rien entendu. Lady Frances Grey et Nan Dudley s'efforcèrent à leur tour de la réconforter. Toutes étaient unies par leur haine farouche envers la reine Marie. Bess demeura silencieuse, les yeux secs.

— Je la maudis, murmura-t-elle simplement.

Pendant deux semaines, Bess ne prononça plus un mot. Elle refusa de se nourrir et fut incapable de dormir. Il lui semblait s'être retranchée dans un lieu où rien ne pouvait plus la toucher. Son cœur était mort avec William. Elle ne parvenait pas à imaginer la vie sans lui. Il avait été bien plus qu'un mari, il avait été sa force, sa vie. À ses côtés, elle avait conquis le monde. Chaque fois que sa mère ou sa sœur lui adressait la parole, Bess s'enfermait dans le mutisme. Les deux femmes préférèrent la laisser en paix et firent de leur mieux pour occuper les enfants.

Un jour, Marcella décida d'avoir une bonne discussion avec la jeune veuve. Elle trouva sa nièce allongée sur son lit sculpté aux armes des Cavendish, les yeux rivés sur le baldaquin.

— Cette comédie a assez duré, Bess. Depuis la mort de William, tu fuis toute responsabilité. Il est temps de te ressaisir.

— Vous ne comprenez rien à ma douleur, murmura Bess.

— Non, nous ne te comprenons pas ! Alors, tu vas devoir te lever, quitter la pénombre de cette chambre et venir nous parler.

Bess ne réagit pas. Toutefois, une demi-heure

plus tard, elle rejoignit les autres femmes au salon. D'un ton las, elle leur expliqua ce que William avait enduré au cours des derniers mois de sa vie. Sa mère et sa sœur l'écoutèrent, muettes de stupeur, exposer calmement ses problèmes financiers.

— C'est Marie qui a tué William. Elle lui a tout bonnement planté un couteau en plein cœur, conclut Bess à voix basse.

— Pourquoi ne cèdes-tu pas à la colère? s'enquit Marcella.

Bess se sentait incapable d'éprouver la moindre émotion.

— Si tu ne fais rien, la reine aura gagné! Il faut te battre!

— Vous ne comprenez pas. Elle a déjà gagné, aux dépens de William.

— Bess, c'est toi qui ne comprends pas. William est mort. Ses problèmes sont désormais les tiens. Et tu ne les résoudras pas en restant enfermée dans ta chambre. Tu as une dette de cinq mille livres à rembourser. Tu vas devoir vendre des terres. Ce que William t'a laissé en héritage, ce sont tes enfants.

Soudain, Bess se redressa fièrement.

— Que cette garce soit maudite!

Sur ces mots, elle se précipita vers la porte d'entrée et hurla à pleins poumons dans le froid de novembre:

— Que cette garce soit maudite!

Les autres échangèrent un regard complice. Bess s'était mise en colère. À présent, elle allait s'en sortir.

Le bateau des Cavendish attendait sur la Tamise, prêt à partir. Bess monta à bord et ordonna:

— À Whitehall. J'ai besoin de respirer.

Bess arpenta le pont, vêtue d'un simple châle en laine. Sa colère l'empêchait de sentir le froid. En silence, elle maudit à nouveau la reine, consciente de ne pas être la seule à la haïr à ce point. Marie avait réintroduit la pratique barbare qui consistait à envoyer les hérétiques au bûcher. Ses sujets la condamnaient et la méprisaient.

Lorsque Whitehall se dessina au loin, la rage de la jeune femme était à son comble.

— Marie la Sanglante ! cria-t-elle. Je vais me battre ! Je ne me séparerai jamais de mes terres ! C'est moi qui t'enterrerai, sale garce ! Tu brûleras en enfer !

Cette nuit-là, dans l'intimité de sa chambre, Bess pleura pour la première fois depuis la mort de William. Sa rage avait ouvert les vannes de son chagrin. Ses émotions refoulées se libérèrent avec la force d'un torrent.

Plus tard, apaisée, Bess posa tendrement la main sur l'oreiller de William.

— Mon amour, lorsque j'ai cru mourir, tu m'as juré que nos enfants feraient de beaux mariages. À mon tour, je te le promets. Tu es leur père. Tu dois m'aider à être forte.

Bess nomma Francis Whitfield régisseur de Chatsworth, avec le mari de Jane pour assistant. Timothy Pusey fut chargé de gérer les mines de plomb et de charbon. Robert Bestnay devint le secrétaire de Bess, et James Cromp, en qui elle avait une confiance absolue, son homme à tout faire.

Bess envoya Cromp remettre une lettre à son vieil ami Sir John Thynne, qui lui avait proposé son aide le jour de l'enterrement. Puis, en compagnie de Robert Bestnay, elle rendit visite à ses avocats.

Sans préambule, Bess leur exposa clairement sa position :

— Messieurs, vous considérez sans doute que la meilleure solution pour moi serait de vendre Chatsworth et mes terres afin de rembourser ma dette. Sachez que je n'en ai aucunement l'intention. Je vais lutter jusqu'à mon dernier souffle. J'emploierai tous les moyens en mon pouvoir, mais je ne céderai pas une parcelle de mon domaine à la Couronne.

Ayant réussi à capter leur attention, elle reprit :

— Mon affaire doit passer devant le Parlement. Je connais les procédures juridiques. Elles sont longues et pénibles. Vous veillerez à ce que mon dossier traîne le plus longtemps possible. N'hésitez pas à verser des pots-de-vin si besoin est. Cavendish m'a enseigné l'efficacité de l'argent. Par ailleurs, je mets ma maison londonienne en vente dès aujourd'hui.

Bess savait que seul le travail l'aiderait à survivre. Au bout de trois mois, elle vendit la maison de Londres. Elle loua à Sir John Thynne la maison de Brentford et y installa ses enfants. La demeure se dressait au bord de la Tamise, près de la résidence de son amie Nan Dudley. Le petit village de Chelsea permettait à Bess d'être à l'écart de la cour, tout en restant à proximité de la capitale en cas d'événement imprévu.

Ses fermes et ses mines lui rapportaient trois cents livres par an. À Londres, elle dépensait cette somme pour vivre, de sorte qu'il lui fallut interrompre les travaux de Chatsworth. De plus, elle devait encore de l'argent à Westmorland et à William Parr, pour les terres que William et elle leur avaient achetées.

Le soir, seule dans son lit, elle réfléchissait à son avenir et à celui de ses enfants. Dans la journée, elle affichait une mine décidée, ordonnant à ses avocats d'user de manigances pour retarder l'échéance fatidique. Au fond d'elle-même, elle était assez lucide pour reconnaître que ces manœuvres ne faisaient que repousser l'inévitable. Elle redoutait avant tout d'avoir à sacrifier Chatsworth et ses autres possessions. Par chance, William avait pris des dispositions pour que son nom figure sur tous les actes de propriété.

En se dépensant sans compter, Bess réussit à survivre. Elle jouait avec ses enfants et avait réappris à rire en société. Mais, la nuit, il en allait tout autrement. Elle se sentait effroyablement seule. Son cœur et son corps se languissaient de William. La jeune femme maigrissait à vue d'œil.

Fin janvier, elle reçut un message de Lady Frances Grey.

J'ai une surprise pour vous et Nan Dudley. Retrouvez-moi demain à Syon House.

Bess et Nan portaient toutes deux le deuil, tandis que leur amie Frances arborait fièrement une robe rouge vif.

— Seigneur ! On dirait deux vieux corbeaux. Il est temps d'abandonner ces oripeaux et de prendre des amants !

— C'est sans doute ce que vous avez fait, rétorqua sèchement Bess.

— Vous vous méprenez, ma chère. J'avais des amants bien avant d'être veuve.

Nan Dudley parut choquée par cet aveu.

— Vous avez trompé votre mari ?

— Pourquoi ? Pas vous ? fit Frances en haussant les sourcils.

— Le duc m'a donné treize enfants. Comment aurais-je pu prendre un amant ?

— Bess, vous avez certainement eu des amants, insista Frances.

— Non, jamais. J'avais assez de mal à satisfaire les appétits de Sir William. Il était insatiable.

— Vraiment ? Eh bien, aujourd'hui, je suis moi aussi pourvue d'un mari vigoureux et plein d'ardeur ! annonça Frances en montrant son alliance à ses amies.

— Vous vous êtes remariée ? demanda Nan, incrédule.

— Avec qui ? ajouta Bess.

— Avec Adrian Stokes. Mon maître d'écuries.

Nan Dudley en resta sans voix.

— Quel âge a-t-il ? s'enquit Bess.

— Vingt et un ans. Il a de beaux cheveux roux, et vous savez ce que l'on raconte sur les roux ! Je suis plus épanouie que jamais !

— Vous ne redoutez pas la réaction de Marie la Sanglante ? s'enquit Bess.

— Cette garce m'a bannie de la cour, Dieu merci. On s'y ennuie à mourir, de nos jours.

Frances se pencha vers ses amies et reprit sur le ton de la confidence :

— Ma fille Catherine m'a appris que la reine était malade. Elle a le ventre gonflé, or elle n'est pas enceinte, comme elle aimerait le faire croire. Son mari Philippe est reparti en Espagne. Il en avait assez de ces fausses grossesses !

À la suite de l'exécution de sa sœur Jane, Catherine avait été nommée suivante de la reine, en guise de compensation.

— Que Marie la Sanglante brûle en enfer ! s'écria Bess avec passion.

Les trois amies se lancèrent dans une conversation peu flatteuse pour la reine. Avant le départ de Frances, elles en revinrent au mariage. Bess et Nan félicitèrent leur amie et lui souhaitèrent tout le bonheur possible.

— J'avoue que j'admire Frances, dit Bess quand celle-ci eut disparu. Elle se moque éperdument du qu'en-dira-t-on. Je l'aimerai toujours, quoi qu'elle fasse.

— Vous croyez qu'il existe une chance que la reine soit vraiment malade ? demanda Nan, pleine d'espoir.

— En tout cas, je l'espère de tout cœur, répondit Bess avec ferveur.

— Mes fils aussi, dit Nan en poussant un long soupir. Dès qu'ils ont été libérés, ils sont partis se battre en France. Cette maudite Marie a déclaré la guerre à la France à l'instigation de son mari, pour aider l'Espagne. Je m'inquiète beaucoup pour mes enfants.

— Ils ont passé beaucoup de temps en prison. Qui a réussi à les faire libérer ?

— Je crois qu'Elizabeth a sollicité l'appui de William Cecil. Ce recours avait fonctionné pour mon mari, autrefois. En fait, c'est Dudley qui avait poussé le jeune roi Edward à nommer Cecil secrétaire. La reine Marie ne l'a pas gardé à son service, mais il possède toujours une certaine influence.

Bess se rappela le jeune homme caustique qui avait été leur ami. Elizabeth avait toujours eu confiance en Cecil. Soudain, Bess eut envie d'apprendre à son amie la rumeur qui courait sur la reine, afin de lui donner une lueur d'espoir. Nul autre sujet du royaume ne pouvait souhaiter davantage la mort de Marie la Sanglante que sa propre sœur.

Hormis son cocher, Bess n'informa personne de sa visite à Hatfield. En découvrant des domestiques qu'elle ne connaissait pas, elle réalisa qu'elle n'était pas venue voir son amie depuis fort longtemps. Lorsque la princesse apparut enfin, Bess fit une révérence, puis elle se redressa.

— Je n'arrive pas à croire que quatre ans se soient écoulés, dit Elizabeth en posant un index sur ses lèvres.

Les deux amies n'avaient cessé de correspondre, mais elles devaient souvent lire entre les lignes. Par prudence, elles se gardaient d'exprimer leurs pensées les plus intimes dans leurs lettres. Bess avait annoncé à la princesse la naissance de chacun de ses enfants. Elizabeth lui avait répondu pour la féliciter et, à la mort de Sir William, elle lui avait adressé ses condoléances.

La princesse entraîna Bess dans un petit salon privé où crépitait un feu de cheminée. Bess embrassa Catherine Ashley, qui prit son ouvrage de broderie et se posta à la porte afin de protéger les deux jeunes femmes des oreilles indiscrètes.

— Vous avez beaucoup maigri, Bess. Le veuvage vous a privée de vos charmantes rondeurs.

— Une partie de moi est morte avec William, mais vous connaissez ce sentiment, Votre Grâce.

— En effet. Cependant, le chagrin le plus profond est souvent tempéré par les souvenirs, si amers soient-ils. J'ai appris qu'il y a pire que le chagrin : la peur. Lorsqu'elle m'a enfermée dans une cellule de la Tour de Londres, je ne pensais pas en sortir vivante. Même quand elle m'a libérée pour m'envoyer à Woodstock, je ne dormais plus, de crainte que l'on me poignarde en pleine nuit. Je ne mangeais rien, car je redoutais d'être empoisonnée. Elle est allée jusqu'à placer des espions ici, à Hatfield.

Bess savait que son amie disait vrai. Depuis que William lui avait confié ses problèmes, elle vivait elle-même dans la terreur.

— Votre Grâce, je suis venue vous voir pour cette raison précise. Je voulais vous donner une lueur d'espoir.

Bess baissa la voix.

— Lady Catherine Grey a raconté à sa mère que la reine était souffrante. Il paraît qu'elle a le ventre très enflé, mais qu'elle n'est pas enceinte. Dégoûté et déçu, Philippe est retourné en Espagne.

Les yeux d'ambre de la princesse se mirent à pétiller.

— Elle ne me désignera jamais pour lui succéder. Depuis des mois, ils essaient de me marier en Espagne, mais j'ai réussi à échapper à tous leurs pièges.

Les deux jeunes femmes discutèrent pendant deux longues heures. Elizabeth se plaignit de devoir mener une vie de recluse et d'être obligée de porter des robes grises et strictes. Bess lui parla de sa dette envers la Couronne et de son combat pour conserver Chatsworth.

Bess n'osa s'attarder davantage à Hatfield, de peur d'éveiller les soupçons.

— Il faut que je m'en aille, Votre Grâce.

— Bess, vous m'avez donné l'espoir de voir enfin le bout du tunnel. Promettez-moi de revenir si jamais vous avez du nouveau.

En regagnant Brentford, Bess se sentait plus heureuse. Elle avait apporté un peu de bonheur à son amie, ce qui l'aidait à combler le vide qui l'habitait depuis la mort de William.

Les saisons se succédèrent. Chaque mois, Bess poussait un soupir de soulagement en constatant que le Parlement ne la sommait pas de régler sa dette. Toutefois, il lui était pénible de devoir sans cesse implorer ses avocats de retarder le processus.

Pour s'assurer que son domaine était bien géré,

Bess se rendait régulièrement dans le Derbyshire. Elle avait décidé d'installer sa mère à Chatsworth pour que celle-ci puisse veiller sur la somptueuse demeure. Dans la calèche, sa mère tenta de lui prodiguer quelques conseils.

— Bess, ma chérie, tu es si maigre… Tu travailles trop, tu es rongée par les soucis. Ne crois-tu pas qu'il serait plus raisonnable de vendre Chatsworth et de régler enfin cette maudite dette ? Tu pourrais épouser un nobliau de province et mener une vie paisible.

Bess dévisagea sa mère avec effroi.

— Un nobliau ? Comment osez-vous parler ainsi ? Je vise bien plus haut ! D'ailleurs, je ne me remarierai jamais.

De retour à Brentford, Bess brûla ses chandelles tard dans la nuit pour faire ses comptes, s'efforçant de joindre les deux bouts, estimant attentivement dépenses et recettes. Ses enfants grandissaient, ils n'avaient plus de vêtements à leur taille. De plus, il lui fallait trouver de l'argent pour payer les précepteurs. Elle n'avait pas les moyens d'envoyer ses fils dans des écoles prestigieuses et, sans l'autorité de leur père, ils se conduisaient comme de vrais petits diables.

Un soir de juin, Bess reçut une visite impromptue. En reconnaissant la silhouette imposante de Robin Dudley, elle l'invita dans son salon privé.

— Lady Cavendish, vous êtes encore plus belle que le jour de notre première rencontre.

— Monseigneur, j'ai trente ans.

Il esquissa un sourire amusé.

— N'avouez jamais plus de vingt-sept ans. C'est l'âge idéal pour une femme.

— Très bien, fit Bess en riant. Je m'en souviendrai. Je crois que vous rentrez d'un voyage en France. La situation y est-elle si mauvaise ?

— Ce fut une défaite honteuse, ignoble. Nous avons perdu Calais.

— Je sais. Le règne de Marie est un désastre pour tout le monde. Pour votre famille, pour la mienne et pour l'Angleterre, à présent.

— Lady Cavendish... Bess, puis-je vous parler franchement ?

— Robin, vous pouvez tout me dire.

— Avez-vous parlé à Elizabeth récemment ?

— Il y a cinq mois, je suis allée l'informer que la reine était malade.

— Je me languis de la revoir, mais je n'ose pas encore me présenter à Hatfield. Lui rendrez-vous une nouvelle visite pour lui annoncer que la maladie de la reine est incurable ? Il m'est impossible de révéler mes sources, mais sachez que Marie refuse toujours de désigner Elizabeth pour sa succession. À sa mort, une guerre civile risque d'éclater pour placer Elizabeth sur le trône. Quoi qu'il en soit, nous agirons. Dites-lui que le mouvement est en marche. Elle comprendra.

— Il faudra de l'argent et des hommes.

— Nous avons beaucoup d'amis qui ont promis de nous soutenir, assura-t-il en balayant la pièce du regard. Vous louez cette maison à Sir John Thynne ?

— C'est un ami très cher.

— Il est aussi très proche d'Elizabeth. Sir John possède de nombreuses terres. Il a mis sa fortune à la disposition de notre cause. William Parr, un autre ami commun, devrait fournir dix mille hommes des garnisons de Berwick.

Bess se sentit soudain euphorique. L'événement tant attendu allait-il enfin se produire ?

Cette fois, Bess pria Sir John Thynne de l'accompagner à Hatfield. La princesse venait de recevoir la visite du comte Feria, l'ambassadeur d'Espagne, qui cherchait désespérément à s'attirer sa sympathie. De toute évidence, le règne de Marie touchait à sa fin.

En août, la route menant à Hatfield fut envahie par la foule en liesse, venue acclamer la future reine d'Angleterre. Apparemment, une guerre civile ne serait pas nécessaire pour placer Elizabeth sur le trône. Le peuple n'attendait même pas la mort de Marie pour témoigner son allégeance à Elizabeth.

La vie d'Elizabeth avait bien changé, contrairement à celle de Bess. Coulant des jours paisibles à Brentford, elle passa l'automne à jongler avec ses comptes. Son avenir financier était en péril. Toutefois, une lueur d'espoir scintillait au fond de son esprit. Si la reine Marie mourait bientôt et si Elizabeth accédait au pouvoir, celle-ci pourrait réduire sa dette. Mais Marie était encore en vie et refusait de céder la couronne à sa sœur qu'elle détestait.

Fin septembre, Bess partit pour le Derbyshire avant que les rigueurs de l'hiver ne s'installent. Elle avait une vaste entreprise à surveiller, des conflits entre fermiers à régler, des loyers à négocier, des terrains à aménager et bien d'autres sujets à traiter avec ses régisseurs. Elle se consacra à ses diverses tâches, bien décidée à être de retour auprès de ses enfants pour le premier anniversaire de la mort de William.

Le 25 octobre, Bess et les siens assistèrent à une messe à la mémoire du disparu. Le lendemain, la jeune femme alla à Aldgate fleurir la tombe de son mari. En posant le bouquet sur la pierre tombale, elle déclara :

— Je n'arrive pas à croire qu'un an s'est écoulé. Mon amour, ce fut l'année la plus longue et la plus douloureuse de ma vie. Seigneur, je me demande comment je vais affronter une année de plus sans toi !

Soudain, elle se sentit plus calme. Ses incertitudes s'envolèrent. Elle avait survécu à son chagrin et en sortait plus forte. Elle avait du courage, de la détermination et de l'énergie à revendre. Il ne lui manquait que la joie de vivre. Une bourrasque de vent souleva sa robe, révélant ses jambes gainées de noir.

— Tu es vraiment un gredin, William Cavendish, murmura-t-elle avec un sourire nostalgique.

Durant la première semaine de novembre, une nouvelle se propagea dans la capitale comme une traînée de poudre : Marie avait enfin désigné son successeur. Il s'agissait d'Elizabeth. Les domestiques de la reine se rendirent à Hatfield pour en informer l'intéressée.

Le 17 novembre, Marie Tudor mourut. En apprenant la nouvelle, Bess fondit en larmes. Ce n'étaient ni des larmes de joie, ni des larmes de tristesse. Elle était simplement soulagée.

— Elizabeth n'est pas encore au courant, dit Bess à sa sœur Jane. Le message mettra plusieurs heures à gagner Hatfield. Je dois immédiatement faire mes bagages et partir. La route sera vite envahie de messagers.

Bess ouvrit son journal pour noter l'événement du jour. En inscrivant la date en haut de la page, elle fut parcourue d'un long frisson.

— Il y a un an jour pour jour, en remontant la Tamise, j'ai souhaité la mort de la reine.

Bess se rappelait ses paroles. Elle avait juré d'enterrer Marie la Sanglante et de l'envoyer brûler en enfer.

24

La grande salle du palais de Hatfield grouillait de monde. Bess connaissait presque toutes les personnes présentes. Elle plaisantait avec Robin Dudley et sa sœur, Marie Sidney. Un peu plus tôt, Lord William Parr l'avait saluée d'un baiser, de même que Sir John Thynne, Sir Henri Brooke, William Herbert et une dizaine d'autres messieurs charmants. Elle était fière de côtoyer tant de comtes et de marquis. Sentant une main se poser sur son épaule, Bess se retourna et ne put retenir une exclamation de joie.

— Ambroise Dudley! La dernière fois que nous nous sommes vus, vous n'étiez qu'un adolescent aux joues roses. Vous voilà devenu un homme!

— Quant à vous, vous êtes restée une jeune fille, répondit-il galamment.

Bess le tapota gentiment avec son éventail.

— Sachez que j'ai presque… presque vingt-sept ans, déclara-t-elle en lançant un regard complice à Robin.

Celui-ci se mit à rire et fut bientôt imité par les autres convives. Ce soir-là, l'élite de l'Angleterre retrouva un peu d'insouciance et de gaieté.

Bess passa une partie de la nuit avec Elizabeth et ses suivantes.

— Plus jamais je ne parviendrai à dormir! déclara la jeune reine. Désormais, les chandelles du palais brûleront toute la nuit, et je danserai chaque soir jusqu'à l'aube. Plus de contraintes! Dorénavant, je serai la seule à fixer les règles!

Sur ces mots, Elizabeth ôta sa robe grise et la jeta au feu. En la regardant s'embraser, elle éclata d'un rire hystérique.

— Je veux des robes somptueuses et je changerai de toilette dix fois par jour si cela me chante !

— Je plains vos femmes de chambre, commenta Bess, qui comprenait toutefois l'ivresse de son amie. Et vos bijoux ?

— Seigneur, les bijoux de la Couronne sont à moi ! Et je les porterai tous, croyez-moi !

Catherine Ashley lui apporta une chemise de nuit.

— Chère enfant, il faut vous reposer. Demain, vous devez faire votre première déclaration publique.

Elizabeth se retourna et fixa sa gouvernante.

— Personne n'a le droit de me dicter ma conduite. Tant que je vivrai, je n'aurai plus aucun maître !

Le lendemain, en attendant la reine en compagnie des Dudley, Bess tentait d'imaginer son amie dans ses nouvelles fonctions. Elle se montrerait certainement vaniteuse et autoritaire, mais Bess avait la certitude qu'elle ferait une grande reine. La fille d'Henri Tudor était plus vive et intelligente que n'importe quel homme, plus sournoise, aussi. Elle semblait née pour régner sur l'Angleterre.

— Où diable est-elle passée ? s'enquit Robin Dudley.

Bess lui sourit.

— À mon avis, elle nous observe en secret.

Enfin, Elizabeth apparut dans la grande salle, sous les acclamations de la foule. Elle ne leva pas la main pour les faire taire, savourant cet hommage de la part de ses fidèles sujets. Pendant une demi-heure, ils scandèrent : « Vive la reine ! » Puis la jeune souveraine commença son discours, affichant une maîtrise totale d'elle-même, une aisance et une sérénité déconcertantes.

— Je me réjouis de monter sur ce trône par la volonté du Seigneur. Je promets allégeance à la Couronne et au peuple d'Angleterre. La responsabilité qui m'incombe est considérable, mais j'ai choisi de m'entourer des hommes les plus loyaux et les plus compétents du royaume. Dès aujourd'hui, je nomme Sir William Cecil à la tête de mon Conseil privé. Mes conseillers seront William Parr, marquis de Northampton, ainsi que les comtes d'Arundel, de Bedford, de Derby, de Pembroke et de Shrewsbury. Les autres seront désignés en temps voulu. Je charge Lord Robin Dudley des écuries royales. Sir William St. Loe sera capitaine de la garde royale. William Paulet, marquis de Winchester, demeure mon trésorier. Je nomme Sir Nicholas Bacon garde des sceaux.

Bess était ravie. Bacon, un juriste de renom, était le beau-frère de William Cecil. Il avait souvent rendu service aux Cavendish lorsque William avait souhaité négocier des terres.

Elizabeth reprit :

— Je nomme Mme Catherine Ashley à la tête de mes suivantes. Je désigne également dès aujourd'hui quatre nouvelles suivantes : Lady Catherine Grey, Lady Marie Sidney, Lady Lettice Knollys et Lady Elizabeth Cavendish.

Celle-ci en resta bouche bée. La reine récompensait ses amis en leur attribuant un poste prestigieux. Jamais Bess n'aurait espéré obtenir elle-même une telle distinction. Elle n'était d'ailleurs pas certaine de le vouloir, ayant bien trop à faire dans son propre foyer. Comment allait-elle réussir à jongler entre son rôle à la cour et ses autres responsabilités ? Un refus risquait d'offenser la souveraine. Bess était assez avisée pour deviner que, si elle devait connaître à nouveau la prospérité, ce serait grâce à la protection d'Elizabeth.

Ce soir-là, Bess fut présentée à Lettice Knollys, une cousine d'Anne Boleyn, la mère de la reine. Les quatre nouvelles suivantes remercièrent chaleureusement Elizabeth. Bess rassembla tout son courage et lui demanda une faveur :

— Votre Majesté, puis-je retourner à Brentford pour prévenir ma famille et m'occuper de ma garde-robe ?

— Bess, vos fonctions officielles ne commenceront qu'après mon couronnement. Retournez chez vous et faites vos bagages. Mes propres couturières travaillent déjà jour et nuit. J'ai décidé de rentrer à Londres vêtue de velours pourpre, la couleur royale. John, le mari de Catherine Ashley, sera chargé de protéger les bijoux de la Couronne. Je mettrai bien une semaine à tous les essayer ! Nous célébrerons Noël dans mon palais de Westminster et mon couronnement aura lieu en janvier, pour marquer la nouvelle année.

Le lendemain matin, Bess regagna Brentford. Elizabeth était encore ivre de son pouvoir tout nouveau et passait son temps à échafauder mille projets. La présence de Bess ne lui manquerait pas.

Jane et Marcella accueillirent la nouvelle avec enthousiasme.

— Je suis un peu dans l'embarras, expliqua Bess. Comment faire, si je dois vivre à Westminster et me déplacer selon le bon vouloir de la reine ? Il faudra que vous et les enfants restiez ici, à Brentford.

Marcella frappa dans ses mains.

— C'est merveilleux, Bess ! Ta place est à la cour, au centre de l'univers ! Elizabeth va réunir autour d'elle tous les hommes importants du royaume.

C'est le meilleur moyen de mettre le grappin sur un riche mari !

— Je ne me remarierai jamais, répliqua Bess d'un ton ferme.

— Nous verrons... fit Marcella.

Bess préféra ignorer les prophéties de sa tante.

— Je n'ai aucune ambition pour moi-même. Pour mes enfants, en revanche... Mes relations à la cour leur seront précieuses. Si seulement j'avais assez d'argent pour leur assurer des dots conséquentes...

— Ce qu'il te faut, c'est un mari riche et généreux, insista Marcella. Cela résoudrait tous tes problèmes.

— Vous avez pourtant réussi à vous en passer, objecta Bess.

— J'ai quand même été mariée, ma chère petite. Mais je ne suis pas faite pour l'amour, ce qui n'est pas ton cas !

— Je suis soulagée de ne pas devoir dépenser un sou pour acheter de nouvelles robes. Je possède déjà des toilettes somptueuses.

— Permets-moi de te rappeler que tu les as obtenues grâce à un mari riche et généreux, dit Marcella.

— Il est vrai que Cavendish m'a beaucoup gâtée. Mais j'ai donné mon cœur à William et je lui ai juré un amour éternel. Jamais je ne pourrai ressentir la même chose pour un autre que lui.

Finalement, Bess passa Noël avec ses enfants à Brentford, puis elle fit charger ses affaires sur un bateau en partance pour Westminster, où elle devait se trouver pour les fêtes du Nouvel An.

Bess savait parfaitement à quoi s'attendre à la cour : le luxe et la grandeur, mais aussi leur cortège de bassesses, de mesquineries, de manigances. Tous les courtisans rivalisaient d'opportunisme pour garder les faveurs de la reine.

Bess se vit attribuer des appartements proches de ceux de la suite royale. Elle en fut flattée, car seuls quelques privilégiés y avaient droit. Ses deux pièces luxueuses côtoyaient celles de Marie Sidney, qu'elle connaissait depuis des années.

Marie aida Bess à ranger ses robes.

— Vous possédez des toilettes magnifiques et vous avez un goût très sûr... Laquelle mettrez-vous ce soir ?

— Il y a un bal, ce soir ? s'enquit Bess.

— Comme tous les soirs ! répondit Marie en riant. À moins que ce ne soit une pièce ou un concert. Un grand bal masqué est prévu pour le Nouvel An, demain, mais on ne pourra pas porter n'importe quel déguisement. Nous serons tous des dieux et des déesses de l'Antiquité.

— Cela ne me laisse guère de temps pour préparer un costume. Sa Majesté sera-t-elle une nouvelle fois Circé ?

— Oh, non ! Elle a choisi Vénus. Quant à mon frère Robin, il sera son Adonis.

Marie leva les yeux au ciel et s'éloigna en riant.

Étant toujours en deuil, Bess opta pour sa toilette la plus simple, une robe en taffetas gris, qui froufroutait délicieusement en dépit de sa sobriété. Elle releva ses cheveux en un chignon qu'elle couvrit d'une résille parsemée de perles noires. La jeune femme espérait faire bonne impression en se montrant discrète. Tout le monde avait entendu parler des déboires financiers des Cavendish. Mieux valait demeurer en retrait quelque temps. Elle ne voulait surtout pas avoir l'air d'être en quête d'un mari.

Le premier à l'inviter à danser fut Sir John Thynne. Sa veste en velours vert était assortie à la couleur de ses yeux.

— Je suis encore en deuil, John. Ce ne serait pas convenable.

— Bess, mes intentions sont honorables. Laissez-moi vous courtiser.

Bess fut sidérée par cette requête audacieuse. Sir John semblait décidé à ne pas perdre de temps. Il allait sans doute la demander en mariage. Sa situation financière ne paraissait pas le contrarier.

— Comment avancent les travaux de Longleat ? s'enquit-elle.

Ils partageaient depuis toujours la passion de l'architecture et pouvaient discuter pendant des heures de décoration, de parquets, de fresques et de boiseries. En posant cette question, Bess espérait éluder le sujet délicat des tendres sentiments de Sir John à son égard.

Ensuite, ce fut au tour de Sir Henri Brooke, Lord Cobham depuis peu, de l'inviter.

— Vous êtes très aimable, Lord Henri, mais je ne danse pas, ce soir.

— Ce n'est pas de l'amabilité de ma part, Bess. Il se trouve que je recherche l'âme sœur.

Bess s'efforça de traiter cette déclaration avec humour.

— Henri, vous recherchez l'âme sœur depuis que Thomas, votre frère, a épousé Catherine. Or vous n'êtes toujours pas marié.

— La femme dont je rêve n'était pas libre. À présent, elle l'est.

Il lui prit la main et la baisa.

— Votre sœur vient d'arriver, fit-elle en retirant vivement sa main. J'ai deux mots à lui dire.

Lord Henri suivit Bess auprès d'Elizabeth et William Parr. Tandis qu'Henri engageait la conversation avec sa sœur, Parr embrassa Bess sur la joue et murmura :

— Pourquoi restez-vous seule, Bess ? Je suis là.

Bess n'en croyait pas ses oreilles. Cet homme marié lui faisait des avances ! Elle ne voulait pas l'offenser, car elle lui devait encore de l'argent.

— Comment pourrais-je me sentir seule avec des amies aussi chères que votre épouse ? répondit-elle d'une voix innocente.

La reine, escortée par Robin Dudley, entra alors dans la salle. Elizabeth portait une robe dorée au décolleté très audacieux. Son corsage était incrusté de topazes. À son passage, les dames firent la révérence. La reine leur ordonna de se relever.

Elle toisa Bess avec dédain.

— J'ai brûlé toutes mes robes grises, lui dit-elle. Je suggère que vous en fassiez autant.

— Veuillez m'excuser, Votre Majesté, intervint Robin Dudley. Cette robe donne à Lady Cavendish beaucoup d'allure.

— Beau compliment, de la part d'un homme capable de dévêtir une femme en moins de temps qu'il n'en faut pour le dire, railla la reine.

Téméraire, Robin soutint son regard.

— Dernièrement, je n'ai guère remporté de succès dans ce domaine, Votre Majesté.

Elizabeth lui donna une tape de son éventail, appréciant visiblement ce badinage.

— La vertu se suffit à elle-même. Elle constitue sa propre récompense.

Robin porta la main de la reine à ses lèvres.

— Non, Votre Majesté. La vertu est un châtiment.

Ils flirtaient sans vergogne, au su et au vu de

tous. Dès le lendemain, les rumeurs les plus folles circuleraient à la cour sur une éventuelle liaison. Elizabeth avait-elle choisi Dudley parce qu'il était marié ou parce qu'il l'attirait ? Bess savait combien il pouvait être difficile de résister à une attirance réciproque. Elle se réjouit de ne plus jamais avoir à revivre une telle expérience. Une grande passion exigeait bien trop d'énergie et se révélait parfois destructrice.

Elle gagna le fond de la salle, d'où elle observa les danseurs. Tous semblaient s'intéresser à cette prétendue liaison. Par chance, sa propre vie avait pris une autre tournure. Sentant un regard posé sur elle, elle se retourna. Ce n'était que le comte de Huntingdon. Bess le salua chaleureusement, mais regretta aussitôt sa courtoisie.

— Je me suis sincèrement préoccupé de votre sort, ma chère, fit le comte avec un clin d'œil égrillard. Une dame qui ne peut assouvir ses appétits maigrit vite et devient irritable.

Il se pencha à son oreille et ajouta :

— L'amour permet de rester épanouie.

Bess baissa les yeux sur son verre de vin.

— Alors, je vous suggère de rejoindre rapidement votre épouse, avant qu'elle ne dépérisse... ou ne vous affuble d'une paire de cornes.

Bess s'éloigna vivement. Elle aurait aimé se retirer dans sa chambre, mais le protocole lui interdisait de partir avant la reine. Comme elle s'arrêtait près de la porte, Sir William St. Loe apparut.

— Lady Cavendish, je vous présente mes condoléances.

— Merci, Monseigneur.

St. Loe était le premier à lui témoigner de la sympathie. Cavendish ne lui avait-il pas affirmé un jour que St. Loe était un gentleman, incapable de ternir la réputation d'une dame ? Bess lui adressa un sourire reconnaissant. En réalité, il était le seul homme de l'assemblée avec qui elle se sentît en sécurité.

— Permettez-moi de vous trouver un siège, Lady Cavendish. Sa Majesté va certainement danser pendant des heures.

Bess le remercia. Ils entamèrent une conversation animée.

— Dieu merci, la reine va bien mieux depuis notre dernière rencontre, déclara-t-il. Vous lui avez redonné goût à la vie. Grâce à vous, elle a su puiser en elle le courage dont elle avait besoin.

Tous deux étaient des amis intimes d'Elizabeth.

— Vous avez dû beaucoup souffrir, à la Tour de Londres, dit la jeune femme.

— Cet emprisonnement n'était pas seulement un devoir, mais un privilège.

Bess soupçonna St. Loe d'être épris de la reine. Il évoluait dans son sillage depuis des années et ne s'était jamais marié. Son élégance et ses manières irréprochables lui avaient permis d'obtenir ce poste. Contrairement aux autres courtisans, St. Loe n'avait rien en lui d'arrogant.

Elle sourit à son compagnon. Il devait être quadragénaire, mais son apparence ne changeait pas. Même si sa barbe bien taillée et sa moustache grisonnaient, il conservait un maintien impeccable.

— Je regrette que votre situation ne soit pas aussi heureuse que celle de la reine, Lady Cavendish. J'espère que cette nouvelle année vous sera plus bénéfique.

Faisait-il allusion à ses difficultés financières ou à son deuil ?

— Sir William, j'avoue que je la redoute un peu.

— Demandez à Sa Majesté de vous venir en aide.

Elle peut se montrer très généreuse, vous savez.

— Jamais je n'oserai la solliciter. La cour engendre trop de convoitises et grouille de parasites.

— Vous êtes une amie. À l'issue des festivités, la reine se rappellera certainement votre situation.

« Que Dieu vous entende ! » songea Bess avec ferveur.

Bess avait du mal à s'habituer à un lit qui n'était pas le sien. Ce soir-là, elle passa des heures à penser aux hommes qui l'avaient courtisée. Pas une fois son cœur ne s'était emballé. Elle était devenue totalement indifférente à la gent masculine. Il lui semblait que sa féminité était morte avec William Cavendish.

Le bal masqué du Nouvel An devait réunir cinq fois plus d'invités que la soirée de la veille. Bess dressa l'inventaire de toutes les déesses de l'Antiquité et fit la moue. Elle songea à Isis, déesse de la lune, mais Lettice Knollys avait déjà choisi ce costume. Finalement, elle opta pour Ondine, la nymphe des eaux. Sur une robe bleu clair, elle cousit des morceaux de voile vert, avant d'enfiler par-dessus une chasuble ornée de perles vertes et de fils d'argent.

La foule des invités était si dense que Bess fut vite séparée de Marie et de Lettice. Elle refusa tant d'invitations à danser qu'elle en perdit le compte. Les costumes étaient somptueux. Certains avaient dû demander un travail fou, tel celui de Janus, le dieu à deux visages, tandis que d'autres n'avaient rien à voir avec la mythologie.

Bess s'amusait à deviner qui se cachait derrière chaque masque, ce qui lui était difficile car de nombreux invités venaient de France, d'Espagne ou de Suède. Ils courtisaient la reine, cherchant à nouer quelque alliance.

Une haute silhouette déguisée en diable rouge s'inclina devant elle et lui prit la main pour l'entraîner sur la piste. Bess résista, mais l'homme au masque satanique ne semblait pas comprendre son refus. En voyant ses cheveux d'un noir de jais, elle conclut qu'il s'agissait d'un Espagnol et préféra capituler plutôt que d'entrer dans une discussion interminable. Puis, une fois dans ses bras, elle se rendit compte qu'un catholique n'aurait jamais choisi un tel déguisement.

— Qui êtes-vous donc ? demanda-t-elle, déconcertée.

— Vous ne le devinez pas, petite nonne ?

Bess se rappela le costume de nonne qu'elle avait porté autrefois. Elle fut saisie d'un terrible soupçon. En abaissant le masque de son cavalier, elle découvrit les yeux bleus et rieurs de Lord Talbot. Il se moquait ouvertement d'elle. Ulcérée, elle laissa libre cours à sa colère.

— Si vous cherchez à représenter le diable, ce masque est inutile. Vous ressemblez à Lucifer en personne, lança-t-elle.

— Il paraît, en effet, répondit-il.

Sa veste rouge vif mettait en valeur son teint mat et ses dents blanches, remarqua Bess. Tandis qu'ils discutaient, elle songea qu'il était terriblement séduisant. Talbot avait tout d'un véritable aristocrate. Il émanait de sa personne une grande noblesse, une fierté naturelle.

— Je suis ravi que Sa Majesté vous ait choisie comme suivante. La cour d'Elizabeth sera d'une qualité unique si elle continue à s'entourer de femmes à la fois belles et pleines d'esprit.

Cet homme de trente ans se montrait bien plus subtil et enjôleur que dans sa jeunesse. Pourtant, il était toujours aussi impressionnant, voire inquiétant, qualités que Bess trouvait irrésistibles.

— Et les hommes de la cour ? demanda-t-elle. Doivent-ils être pleins d'esprit, eux aussi ?

George Talbot rit de bon cœur.

— Je vous assure qu'ils n'en manqueront pas, répondit-il en soutenant son regard.

L'orchestre entonnait un nouveau morceau. Soudain, Bess se rendit compte qu'elle se tenait au milieu de la piste. Lorsqu'elle voulut s'éloigner, son cavalier la retint fermement.

— Je ne puis danser, Monseigneur. Je suis en deuil.

— Dans ce costume de nymphe, vous êtes irrésistible. Et il y a plus d'un an que vous avez perdu votre mari. Votre période de deuil est terminée.

— Je me moque des usages. Je faisais allusion à ce que je ressens au fond de mon cœur.

Il la fixa, incrédule. Son mari vieillissant n'avait pourtant réussi qu'à l'impliquer dans un scandale financier.

— J'ai toujours cru que vous aviez épousé Cavendish pour...

— Pour son argent ? coupa-t-elle, furieuse. Je suppose que les gens ont bien ri de mes déboires !

— Je suis désolé, Bess. Mes paroles ont dépassé ma pensée. J'implore humblement votre pardon, j'ignorais qu'il s'agissait d'un mariage d'amour.

— Vous n'avez jamais été humble, rétorqua-t-elle. Et vous ne savez pas ce qu'est la vie lorsque l'on ne peut obtenir ce qu'on veut.

— Vous vous trompez, petite sorcière.

« J'ai très envie de vous », songea-t-il, tout en essayant de ne pas trahir son désir.

Bess l'aurait volontiers giflé. En réalisant qu'elle avait failli causer un scandale en plein bal, elle s'emporta davantage. Puis, soudain, sa colère fit place à une vague d'émotion. Son cœur battait la chamade. Pour la première fois depuis quatorze longs mois, Bess se sentait vivre. Elle était redevenue une femme de chair et de sang.

La peur la submergea aussitôt. Lord Talbot était si attirant que son corps réagissait à son charme malgré elle.

— Allez au diable ! lança-t-elle avant de s'enfuir précipitamment.

En arrivant dans une autre salle, elle dut ralentir le pas, car la foule était dense. Elle croisa William St. Loe qui bavardait avec un garde.

— Lady Cavendish, puis-je me joindre à vous ? s'enquit-il poliment.

Bess lui prit le bras.

— St. Loe ! s'exclama-t-elle. Justement, je vous cherchais, mentit-elle avec candeur.

25

Le 1er janvier, à peine arrivé au palais, George Talbot fut conduit dans les appartements privés de la reine. Elizabeth l'attendait, assise derrière un imposant bureau en noyer.

— Vous avez pris votre temps, me semble-t-il, Talbot !

— Je suis ravi de vous voir, Madame, dit-il avec un sourire désarmant. Ma présence vous serait-elle devenue indispensable ?

— À quoi pourriez-vous me servir, maintenant que je suis reine ?

— Je l'ignore, mais mes coffres sont pleins, répliqua-t-il avec un sourire plein de morgue.

— Selon vous, j'ai besoin de votre argent ? fit-elle, fâchée.

— Vos caisses sont pratiquement vides. Or il reste à financer la guerre contre la France, la révolte qui gronde en Écosse et ce couronnement somptueux que vous envisagez.

— Vous êtes bien insolent, Talbot ! Jamais vous ne ferez un bon courtisan, décréta Elizabeth. De toute façon, on dirait que les évêques catholiques meurent de peur. Alors, pour le couronnement...

— Ils ont tous refusé ?

— En effet. Que la peste les emporte !

— Je vais faire quérir Oglethorpe, l'évêque de Carlisle.

— Vous croyez qu'il acceptera ?

— Il serait bien avisé. Sans Shrewsbury, il ne serait rien.

— Merci, Talbot. Me voilà soulagée. Figurez-vous que le pauvre Cecil est dans tous ses états. Comment va ce cher Shrewsbury ?

— Mon père est très fatigué. Désormais, je me charge de ses affaires dans le Nord.

— Il vous faudra aussi le remplacer au Conseil privé. J'ai renvoyé plus de quarante conseillers qui servaient Marie. J'ai besoin d'hommes de confiance.

— Je suis prêt à tout pour vous satisfaire, Madame.

Elizabeth s'esclaffa, appréciant la franchise de ce jeune homme ambitieux.

— George, vous êtes une perle ! Mais vous avez beau être l'homme le plus actif du royaume, vous ne pourriez administrer votre empire sans un personnel compétent.

— C'est moi qui choisis mes employés, qui les forme et qui les dirige d'une main de fer. Je vous conseille de faire de même, Votre Majesté. Il faut toujours commencer avec fermeté et s'y tenir.

— Enfin, vous m'attribuez mon titre ! Cela signifie-t-il que vous comptez financer mon couronnement ?

— J'en parlerai à Paulet, déclara-t-il, éludant la question. Le Trésor semble en plein chaos. De plus, son personnel est totalement incompétent, Votre Majesté.

— Je ne garde Paulet que parce que mon père l'a nommé, autrefois. Néanmoins, je vais suivre vos conseils et chasser tous les autres. Auriez-vous d'autres recommandations ?

— Lady Cavendish doit cinq mille livres à la Couronne. Il serait très généreux de votre part de réduire sa dette.

— Mais la Couronne a besoin d'argent, vous venez de le dire !

— Votre Majesté, Bess est notre amie. Elle se retrouve seule avec six enfants à élever. Réduisez sa dette à mille livres et je m'engage à financer votre somptueux couronnement.

La reine ne manquerait pas de porter ces quatre mille livres sur la facture du couronnement, ce qui convenait à Talbot, car Bess n'aurait jamais accepté cette somme s'il la lui avait proposée directement.

Au cours des deux semaines suivantes, Bess se réjouit de constater que Lord Talbot ne la courtisait pas ouvertement. Même au palais, où seuls les intimes de la reine étaient admis, il ne cherchait pas à la provoquer, l'appelait toujours par son titre et lui témoignait le respect dû à son rang.

Pourtant, quand il la surprenait seule dans quelque recoin du palais, son attitude changeait radicalement. Plus intime, plus empressé, il s'approchait d'elle et lui prenait la main. Un jour, il lui avait même caressé les cheveux. Lorsqu'elle essayait de s'échapper, il la retenait fermement.

— Bess, cessez de m'ignorer ainsi ! Je ne lâche pas facilement prise, vous savez, lui dit-il un jour.

— Que voulez-vous, Lord Talbot ? demanda-t-elle, exaspérée.

Pour la troisième fois en l'espace de quelques jours, ils s'étaient croisés dans une pièce déserte du palais.

— Je veux vous faire l'amour.

Ces paroles directes choquèrent la jeune femme. Les yeux bleus du jeune homme brûlaient de désir. Face à son visage superbe, elle se sentit défaillir. Soudain, il se pencha vers elle et posa sa bouche sur la sienne. Il se montra si impérieux que Bess céda et entrouvrit les lèvres. Mais, très vite, elle se ressaisit.

— Non ! s'exclama-t-elle en martelant son torse de ses poings serrés.

Il était si musclé que Bess avait l'impression de frapper un mur de pierre. Cette virilité, qui n'avait rien à envier à celle de Cavendish, expliquait sans doute pourquoi son contact la troublait tant.

— Avez-vous la moindre idée de la force de mes sentiments pour vous, Bess ? J'ai la fièvre…

Le regard ardent de Talbot effleura ses seins.

— Vous me traitez comme une courtisane ! lança-t-elle.

George la dévisagea, incrédule. Telle n'était pas

son intention. Avec une courtisane, il ne ressentait que de l'indifférence.

— Bess, je vous respecte plus que tout au monde… Mes intentions sont dignes…

Lisant la panique dans ses yeux, il la relâcha à contrecœur.

— Je ne voudrais surtout pas vous effrayer, dit-il.

En le regardant s'éloigner, Bess comprit qu'elle avait peur, mais pas du séduisant Lord Talbot. Elle avait peur d'elle-même, de ses propres réactions face à cet homme envoûtant, peur du désir qu'elle éprouvait pour lui.

À la suite de cet incident, George cessa de la poursuivre de ses assiduités. Mais, chaque fois qu'ils se retrouvaient, il la dévorait des yeux. Même s'il gardait ses distances, Bess ne se sentait pas libérée de son emprise sensuelle. À son grand désespoir, elle commença à rêver de lui.

Le 14 janvier, Elizabeth parcourut triomphalement les rues de Londres. Le cortège était impressionnant : gardes, officiers et pairs du royaume étaient à cheval, tandis que la reine trônait dans une voiture couverte, drapée dans un manteau d'or et d'argent ourlé d'hermine. Ses suivantes l'accompagnaient, vêtues de robes en velours rouge aux manches striées de fil d'or.

Tout au long du parcours, sur des estrades, des personnages en costume interprétaient des saynètes. Un narrateur se tenait sur le devant de la scène et décrivait le tableau. Tout tendait à rendre la reine sympathique aux yeux de son peuple. Elle s'adressa avec gentillesse aux enfants qui lui offraient des bouquets de fleurs, et la foule l'applaudit en l'acclamant.

Le lendemain, Elizabeth fut couronnée à l'abbaye de Westminster. Elle demeura devant l'autel pendant les cinq longues heures d'une cérémonie fastidieuse. Enfin, elle reçut l'anneau qui la liait à son peuple. Les trompettes retentirent au moment où elle fut sacrée reine d'Angleterre. Ensuite, elle reçut les hommages des nobles du royaume, puis la messe fut célébrée.

Son sceptre à la main, Elizabeth Ire marcha de l'abbaye vers les longs couloirs du palais pour assister au banquet. Quand elle prit congé, après minuit, ses courtisans étaient épuisés. La reine, quant à elle, tomba malade.

Pendant les deux semaines qui suivirent, Robin Dudley, Cecil, Talbot, St. Loe, Catherine Ashley et toutes les suivantes s'affairèrent dans les appartements royaux. Bess était convaincue que son amie n'avait besoin que de repos. Elle avait trop festoyé, comme pour rattraper toutes ces années lugubres qui avaient précédé son accession au trône.

L'indisposition de la reine retarda l'ouverture du Parlement, ce dont Bess se réjouit. Le remboursement de sa dette était donc encore un peu repoussé. La jeune femme savait que son répit serait de courte durée, mais elle saisissait la moindre occasion d'oublier ses soucis.

Le premier jour de février, la reine se leva enfin de son lit, pleine d'énergie et de détermination. Ses suivantes comprirent qu'elle était guérie quand elle se remit à jurer.

— Bon sang ! Je n'ai pas fermé l'œil de la nuit. Quelque débauché était en train de forniquer juste au-dessus de mes appartements. Je veux son nom immédiatement et je le pendrai moi-même par les parties. Allez vous renseigner. Je veux son nom ! répéta-t-elle.

— Moi, Votre Majesté ? fit Lettice Knollys en blê-missant.

— Mais non, pas vous, enfin ! Lady Cavendish sait s'y prendre avec les hommes. Nous avons le même tempérament. Bess, qu'on m'amène ce sauvage pour qu'il sache quel calvaire il m'a fait endurer.

Bess esquissa un sourire mystérieux et s'empressa d'obéir à la requête de la reine. En arrivant à l'étage supérieur, où logeaient Henri, le mari de Marie Sidney, et Ambroise Dudley, elle se retint de rire en apprenant que la famille Dudley au grand complet y avait séjourné la veille. Bess se refusa à porter préjudice à cette famille qui lui était chère. La jeune femme se dirigeait vers l'escalier quand Talbot, surgi de nulle part, lui barra la route.

— Bess, il faut que je vous parle.

— Non ! Nous n'avons rien à nous dire.

Elle s'éloigna, le cœur battant, se sentant prise au piège. Dans sa hâte, elle rata une marche et s'écroula dans un amas de jupons et de dentelles. Elle poussa un cri de douleur et se frotta la cheville.

— Seigneur ! fit Talbot en se lançant à sa poursuite. Pourquoi vous enfuir ainsi ?

Il s'assit sur une marche et la prit sur ses genoux.

— Vous allez bien ? demanda-t-il d'une voix tremblante. Vous avez mal ?

— J'irai encore moins bien si on me surprend dans cette position compromettante. Vous êtes marié. Ma réputation serait anéantie. Je vous en prie, lâchez-moi !

Il l'aida gentiment à se lever et constata qu'elle était incapable de marcher.

— Je vais devoir vous porter.

— Il n'en est pas question, insolent ! Vous m'avez

fait assez de mal pour aujourd'hui. Je peux me débrouiller.

— Taisez-vous! ordonna-t-il fermement.

Lord Talbot était habitué à être obéi en toutes circonstances. Il refusait qu'une femme discute ses ordres, surtout une femme aussi belle et désirable que Lady Cavendish. Il la souleva donc dans ses bras puissants.

Pour résister au trouble qu'il suscitait en elle, Bess se réfugia dans la colère.

— Vous êtes vraiment Lucifer en personne! lança-t-elle.

Lorsque Lord Talbot entra dans la chambre royale chargé de son précieux fardeau, la reine plissa les yeux.

— Eh bien, Talbot? Auriez-vous séduit Lady Cavendish?

Bess se mordit les lèvres, tentée de répondre que Talbot l'avait fait tomber dans l'escalier. Mais elle sentit les mains de George se refermer sur elle en guise d'avertissement.

— Non, Votre Majesté. Je me suis malencontreusement tordu la cheville. Lord Talbot est venu à mon secours.

La reine les observa. C'était la deuxième fois que George jouait les chevaliers servants pour Bess, une fort jolie femme, au demeurant. Même Robin trouvait son charme irrésistible. Il était peut-être temps de la marier.

— Sa cheville est très enflée. Elle ne pourra pas travailler pendant au moins une semaine. Je suggère que vous la renvoyiez chez elle, en attendant qu'elle guérisse, déclara Talbot.

Élizabeth approuva cette idée. Si Bess restait à la cour, ses autres suivantes risquaient de négliger leurs obligations.

— Marie, faites ses bagages. Bess, St. Loe vous escortera. Mais je veux que vous soyez de retour dans une semaine.

Une heure plus tard, Sir William St. Loe aida Bess à monter sur le bateau. Fou de jalousie, Lord Talbot eut toutes les peines du monde à ne pas bousculer Sir William pour lui ravir la belle blessée.

À Brentford, St. Loe installa Bess sur un divan. Marcella plaça un coussin sous la cheville endolorie de sa nièce. Bess profita de l'occasion pour présenter Sir William à ses enfants. Aussitôt, ses deux premiers fils l'assaillirent de questions sur son travail. Ils l'entraînèrent aux écuries pour lui monter leurs chevaux et leurs chiens. St. Loe s'intéressa à leurs études, et les enfants répondirent avec enthousiasme aux questions de leur invité.

Sir William s'attarda à Brentford tout l'après-midi. Lorsque Bess le remercia de son aide, il lui demanda la permission de revenir lui rendre visite.

— Vos enfants sont charmants, Lady Cavendish, et très intelligents. Envisagez-vous d'envoyer les garçons à Eton ?

— Hélas, mes moyens ne me le permettent pas.

— Pardon, Lady Cavendish. Je suis très maladroit...

— Mais non. Je n'ai pas de secrets pour vous. Discuter de mes problèmes financiers ne me dérange absolument pas.

Après son départ, Marcella apporta à Bess un cataplasme.

— William et Henri l'ont adopté d'emblée. Ils se sont montrés très sages et très polis. Ces garçons ont besoin d'un père. Tu dois leur en donner un !

Toute la semaine, loin de la frénésie de la cour, Bess put réfléchir à loisir. Son chagrin était passé par plusieurs stades. D'abord, le choc l'avait isolée du monde. Puis était venue une période sans sommeil ni appétit, un sentiment de culpabilité, et enfin la colère. Accablée par la perte de son mari et par l'idée de cette énorme dette, elle avait cru perdre la raison.

Enfin, en pleurant toutes les larmes de son corps chaque nuit, Bess avait connu le soulagement. Sa nomination à la cour était arrivée à un moment crucial de son existence. Bess comprit qu'elle n'avait d'autre possibilité que de tourner la page et d'aller de l'avant.

Sa semaine de repos touchait à sa fin. Bess ne souffrait presque plus. Le pâle soleil de février attira la jeune femme dans le jardin. Déjà, crocus, tulipes et jonquilles égayaient les pelouses. Installée sur des coussins moelleux au bord de la Tamise, Bess admirait les cygnes sur les eaux calmes du fleuve.

N'étant guère de nature oisive, elle avait apporté ses livres de comptes pour les mettre à jour. La jeune Francie s'ennuya vite et demanda à Jane de l'emmener cueillir des fraises pour le dîner. Restée seule, Bess se plongea dans ses comptes.

La jeune femme baissa les yeux sur sa robe en velours noir et décida d'abandonner le deuil dès son retour à la cour. Elle caressa le tissu. C'était l'une de ses robes favorites, aux manches brodées de petites feuilles d'or. Posant ses livres à côté d'elle, elle ferma les paupières, savourant la douceur du jour.

En rouvrant les yeux, elle vit un petit bateau accoster près de son embarcadère. Distraitement, elle observa l'homme qui en descendait. En le regardant approcher, elle ne fut guère étonnée de reconnaître Talbot, car Shrewsbury House se trouvait tout près.

— Comment allez-vous ? s'enquit-il aimablement.

— Je me suis bien reposée, répondit Bess, songeant soudain au jour où elle l'avait surpris au bord de l'eau, des années auparavant.

Il s'était montré à elle entièrement nu. Avec un sourire, Bess se rappela son étonnement, ainsi que les moindres détails de ce corps de seize ans. À l'époque, George était déjà très grand et son torse musclé était couvert d'une toison brune. Cette image virile, qui l'avait hantée quand elle était mariée avec Robert Barlow, avait dernièrement resurgi dans ses rêves.

— Venez faire une promenade sur l'eau, proposat-il. Avec moi, vous ne risquez rien.

Non seulement Bess ne se sentait pas en sécurité avec ce séducteur, mais elle courait même les pires dangers, elle le savait. Toutefois, il fallait qu'elle cesse de se leurrer. Elle devait admettre qu'il l'attirait. Sinon, elle ne parviendrait jamais à s'en libérer.

— Pourquoi pas ? Mais vous allez devoir me porter.

Bess le vit se raidir un instant et lut un désir intense dans son regard. Décidément, elle jouait avec le feu.

George la souleva sans effort et l'emmena vers l'embarcation. Le corps de la jeune femme réagit au premier contact. Elle avait frissonné avant même qu'il ne la touche, à la seconde où elle avait pressenti sa présence à bord du bateau. Talbot la déposa délicatement sur le siège et s'installa face à elle. Il ne portait pas de veste, simplement une chemise en soie noire dont le col était ouvert. Tandis qu'il ramait tranquillement, Bess sentit sa gorge se nouer. Sous la soie de la chemise, elle devinait un torse large et musclé.

Le charme de George n'était que trop envoûtant. Bess se força à détourner les yeux pour contempler les eaux scintillantes. Talbot avait une idée derrière la tête. Comme Shrewsbury House apparaissait devant eux, elle comprit, affolée, qu'il l'entraînait chez lui. Dès que le bateau accosta, Talbot sauta sur le ponton.

— Que faites-vous ? demanda la jeune femme.

— Je vous enlève.

— Vous m'aviez pourtant promis que je ne risquais rien.

— Vous saviez très bien que je mentais, Bess.

Elle aurait pu se mettre en colère, mais elle refusa de céder à cette facilité. Il revint vers elle, écartant les jambes pour garder l'équilibre, et la souleva dans ses bras. Une fois dans la maison, il se dirigea vers l'escalier. Aucun domestique ne les accueillit. Sans doute George avait-il donné des ordres pour ne pas être dérangé.

Il la conduisit dans une vaste pièce qui devait être sa chambre. Jamais Bess n'en avait vu de plus somptueuse. Tout était noir et or, de l'or véritable, du baldaquin en velours noir au couvre-lit assorti brodé à ses initiales. Près de la cheminée en onyx, des pions en or étaient disposés sur un échiquier.

Talbot installa Bess dans un fauteuil aux coussins moelleux, près de la fenêtre, et la contempla. Sa robe de deuil s'accordait parfaitement à la décoration de la chambre. On aurait dit qu'elle l'avait choisie exprès pour lui.

— Bess, j'aimerais devenir votre amant secret.

Seigneur ! songea la jeune femme. Pourquoi n'étaient-ils pas seuls au monde ? Pourquoi n'y avait-il pas que l'instant présent, sans passé, sans avenir ?

— Je suis sincère, reprit-il. Je ne me vanterai pas de nos relations, je ne paraderai pas à votre bras pour me faire valoir. Je possède une dizaine de résidences dans le Nord. L'une d'elles vous appartiendra. Je vous garantis une discrétion totale. Vous ne me verrez que quand vous le souhaiterez.

Bess s'humecta les lèvres avant de répondre prudemment :

— Qu'est-ce qui vous fait croire que je vais accepter ?

— Vous me désirez. Pas autant que je vous désire, certes, car ce serait impossible. Mais vous êtes sensuelle, passionnée. Je sais que je pourrais vous satisfaire comme nul autre amant.

Bess le trouva arrogant et prétentieux, mais c'était justement ce qui l'attirait en lui. Sa virilité la troublait au-delà des mots. Elle avait envie de lui, mais elle ne tenait pas à devenir sa maîtresse. Lors de leur première rencontre, il l'avait traitée de servante. Si elle cédait à ses avances, il dirait avec mépris : « Ce n'est qu'une maîtresse. »

Bess contempla sa bouche sensuelle et décida de mentir.

— Vous vous trompez, Lord Talbot, déclara-t-elle d'un ton posé. Je ne vous désire pas. Vous m'êtes totalement indifférent.

Le regard de Talbot s'enflamma. Il avait deviné qu'elle mentait.

— Bess, accordez-moi une heure pour vous convaincre. Si, dans une heure, vous ne me suppliez pas de vous faire l'amour, je vous laisserai tranquille.

Comment refuser un tel défi ? Elle devait lui

prouver qu'elle pouvait lui résister… En réalité, elle devait surtout se le prouver à elle-même.

— Pourquoi pas ?

Il retourna un sablier. Le siège avait presque la taille d'un lit. Bess crut qu'il allait s'approcher d'elle et l'enlacer, mais il n'en fit rien. Il posa un pied sur un bras du fauteuil et s'appuya nonchalamment sur son genou.

— Bess, je sais que vous avez eu deux maris, dit-il d'une voix rauque. Mais combien avez-vous eu d'amants ?

— Nul autre que Cavendish, répondit-elle sincèrement.

Il la dévisagea avec attention.

— Vous n'avez donc jamais été aimée par un homme de votre âge, un homme jeune et vigoureux ? Vous n'imaginez pas ce que pourraient être nos ébats… À minuit, je vous enlèverais sur un étalon noir et je vous prendrais là, sur la selle. Je vous enfermerais dans une tour de mon château pendant une semaine, complètement nue, jusqu'à ce que vous frissonniez au moindre contact, folle de désir. Quand je pense à vous, je vois vos lèvres entrouvertes, j'entends vos cris d'extase tandis que je vous pénètre…

Il lui prit les mains et les appliqua sur son torse. Bess sentit la chaleur de sa peau à travers le tissu de sa chemise.

— Chaque soir, je vous porterais jusqu'au lit. Notre première étreinte serait sauvage, fougueuse ; la deuxième plus sensuelle, plus lente. Je vous ferais gémir pendant une éternité, jusqu'à ce que vous connaissiez l'extase. La troisième fois, je vous chérirais de toute mon âme, je vous adorerais de tout mon être, et vous vous abandonneriez totalement.

Ces fantasmes enivraient la jeune femme comme un alcool puissant. Soudain, elle se sentit défaillir.

La bouche de Lord Talbot s'empara de la sienne. Bess ouvrit les lèvres, impatiente. Leur baiser ne fut pas sauvage, il fut parfait. Talbot se montrait ferme et exigeant, sans être brutal. Lorsqu'il approfondit son exploration sensuelle, Bess perdit la raison. Ce n'était pas de l'amour qu'elle ressentait, mais une passion charnelle absolue. Jamais elle n'avait rencontré d'homme aussi excitant. Ses seins, son ventre brûlaient de désir. Elle voulait sentir ses mains et ses lèvres sur son corps, elle voulait prendre son membre durci en elle, savourer sa jeunesse et sa vigueur...

— Oh, oui... chuchota-t-elle.

Elle se ressaisit brusquement, horrifiée. Était-ce bien elle qui venait de l'implorer ? Elle ajouta, pour ne pas perdre la face :

— William... oui...

George se figea sous l'affront. En ouvrant les yeux, elle vit son désarroi et sa colère, qui disparurent aussitôt, laissant la place à un sourire narquois.

— Bess, vous êtes très intelligente. Voilà pourquoi vous m'obsédez jour et nuit. Cet esprit fait partie de votre charme.

— Très bien, Monseigneur. Je n'ai pas été honnête avec vous, mais je le suis à présent. Je ne permettrai pas à mon cœur de dominer ma raison. Je refuse d'être la maîtresse de qui que ce soit. Je mérite mieux.

— Je ne suis pas n'importe qui ! Je suis l'homme le plus riche du royaume. Je pourrais tout vous donner.

— Même une alliance ? Un titre ? Divorceriez-vous pour moi ?

— Mais, Bess, je ne veux pas vous épouser ! répondit George, stupéfait. Le mariage est une prison. Je suis marié depuis l'âge de douze ans. Il n'y a rien de plus stupide et de plus ennuyeux. Le mariage va à l'encontre de l'amour et du plaisir.

— Si c'est ce que vous inspire votre femme, un divorce ne devrait donc pas vous peser. Vous ne seriez pas le premier, d'ailleurs. Même Henri Tudor a divorcé.

— Je ne suis pas un Tudor, mais un Talbot. Un Talbot ne divorce pas. Jamais je n'infligerai une telle honte à mes enfants !

Bess comprit alors que, libre ou pas, il refuserait toujours de l'épouser, car elle n'était pas issue de la haute noblesse. Pour lui, elle demeurait Bess Hardwick, fille de fermier.

— Je ne serai pas votre maîtresse, Lord Talbot. Je ne voudrais pas faire honte à mes enfants. À présent, votre heure est écoulée, Monseigneur. Je rentre chez moi.

Il s'inclina.

— Très bien, petite mégère. Mais vous allez vous en mordre les doigts.

26

En arrivant à la cour, Bess apprit avec étonnement que la reine avait attribué à Robin Dudley une suite voisine des appartements royaux. Elizabeth pria Bess et Marie Sidney, la sœur de Robin, de la rejoindre dans son salon privé.

— Je pense que votre cheville va suffisamment bien pour que vous puissiez danser, Lady Cavendish ?

— Oui, Votre Majesté. C'est très gentil à vous de m'avoir permis de me reposer quelques jours.

— Vous aurez peut-être la possibilité de rentrer plus souvent chez vous si nous trouvons un arrangement satisfaisant. J'ai tant de suivantes et de domestiques que je n'ai pas besoin de vous à mes côtés toute la journée.

Bess et Marie échangèrent un regard déconcerté.

— Je tiens à ce que l'une d'entre vous soit présente dans l'antichambre toutes les nuits, sauf le dimanche, bien sûr. Chaque semaine, Bess sera de garde trois nuits et Marie les trois autres. Le reste du temps, vous serez libres.

Bess remercia la reine avec effusion. Cet arrangement lui permettrait de consacrer quatre jours par semaine à ses enfants.

Elizabeth observa la robe vert pâle de son amie et déclara :

— Je me réjouis de constater que vous ne portez plus le deuil, Bess. Il est temps que vous songiez à convoler à nouveau. Marie est mariée, et l'on m'encourage à prendre un époux, moi aussi. Pourquoi seriez-vous épargnée ?

— Rien ne presse, Votre Majesté, répondit sèchement Bess.

Lors de sa première nuit de garde, le bal se termina juste après minuit. La reine salua ses courtisans et se retira dans sa chambre. Bess traversa l'antichambre pour tirer les lourds rideaux et s'assurer que la reine avait une bouteille de son vin favori et une carafe d'eau à sa disposition. Elle vérifia le nombre de chandelles, puis sortit un peignoir et une chemise de nuit blanche brodée de fils d'or.

Soudain, une main d'homme l'attrapa par la taille et lui arracha le vêtement.

— Je m'en charge, ma chère.

Robin Dudley lui adressa un clin d'œil complice.

— Vous monterez la garde dans l'antichambre, Bess. Nous ne pouvons faire confiance qu'à très peu de personnes.

Elle esquissa une révérence en direction du couple tapi dans l'ombre et, ahurie, gagna l'antichambre. À présent, elle comprenait pourquoi Elizabeth les avait désignées, elle et la sœur de Robin, pour occuper cette nouvelle fonction.

Son étonnement trahissait sa naïveté, songea Bess. Elizabeth permettait à Robin de l'embrasser en public et leur attirance mutuelle sautait aux yeux. Elle aurait dû deviner qu'ils étaient amants. Bess s'assit dans un fauteuil, s'efforçant d'ignorer les chuchotements et les rires étouffés en provenance de la pièce voisine. Après tout, si Elizabeth était obligée d'épouser un étranger pour des raisons politiques, pourquoi devrait-elle se priver du plaisir que Robin pouvait lui procurer ?

Bess se trouva de plus en plus souvent en présence de St. Loe. Elle était flattée de la fascination qu'elle semblait exercer sur lui et sentait qu'il s'était amouraché d'elle. Au contraire de Cavendish, le capitaine était un gentilhomme raffiné, issu d'une très ancienne famille fortunée.

Un jour, au début de l'été, la reine le convoqua. Elle n'y alla pas par quatre chemins.

— Mon cher St. Loe, on vous voit beaucoup en compagnie de Lady Cavendish, ces derniers temps.

— Votre Majesté, bredouilla-t-il en rougissant. Si je vous ai offensée de quelque façon...

— Tout dépend de vos intentions à son égard, coupa-t-elle. Sont-elles honorables, au moins ?

— Je suis un homme parfaitement honorable, Votre Majesté.

— Je ne m'oppose pas à cette union. Puisque vous envisagez le mariage, j'ai décidé de vous nommer majordome du royaume.

Son ton indiquait ce qu'elle attendait de lui. Il savait qu'elle ne supporterait pas qu'il lui désobéisse.

— Votre Majesté, votre confiance m'honore.

— Vous aurez besoin d'argent, dit-elle sèchement. Une jeune mariée coûte cher.

En proie à un cruel dilemme, Sir William rougit de plus belle. La reine lui suggérait-elle d'épouser Lady Cavendish afin qu'il éponge la dette considérable de la jeune femme envers la Couronne ? Il s'éclaircit la gorge.

— Votre Majesté, les dettes de cette dame représentent un inconvénient de taille.

Elizabeth eut un geste désinvolte de la main.

— Je les ai réduites à mille livres. Ses services me sont indispensables.

St. Loe poussa un soupir de soulagement. Bess ne quittait pas ses pensées. Il ne pouvait croire à sa bonne fortune. Non seulement la reine venait de le nommer à un poste prestigieux, mais elle lui permettait de satisfaire son désir le plus cher.

— St. Loe, allez chercher Lady Cavendish.

Sir William croisa Bess dans un couloir. Après trois nuits de garde, celle-ci s'apprêtait à regagner Brentford.

— Lady Cavendish, Sa Majesté sollicite votre présence.

Bess ravala un juron. Elle ne jurait jamais en présence de St. Loe, de peur de le choquer.

— Après votre audience, accordez-moi l'honneur de vous raccompagner, Lady Cavendish. J'aurai une question à vous poser.

Bess fut soudain prise de panique. D'instinct, elle devina qu'il allait la demander en mariage. Elle chercha désespérément un prétexte pour refuser. St. Loe était gentil et attentionné, mais elle ne pourrait jamais l'aimer.

— Votre escorte est la bienvenue, Monseigneur.

Persuadée qu'elle saurait repousser sa demande avec tact au cours du trajet, Bess se rendit chez la reine. Cette nuit-là, Robin Dudley n'avait quitté la chambre royale qu'à 4 heures du matin. Bess avait très peu dormi.

— Vous sentez-vous bien, Votre Majesté ?

— Très bien, et d'humeur très généreuse. Je crois vous avoir trouvé le mari idéal.

— Votre Majesté, je ne veux pas d'un mari ! s'exclama Bess.

— Vous n'en voulez peut-être pas, mais vous en avez cruellement besoin. Un mariage avec un homme respectable vous hausserait dans l'échelle sociale. Aussi ai-je accordé à St. Loe la permission de vous courtiser.

— Votre Majesté, je ne pourrai jamais aimer un autre homme que Cavendish.

— Et alors ? Que vient faire l'amour dans le mariage ? Une femme convole pour acquérir une sécurité financière et un certain prestige. Je viens de nommer St. Loe majordome du royaume. Vous êtes une femme ambitieuse, Bess. Si ce n'est pour vous, épousez-le pour vos enfants.

— Votre Majesté, quel homme raisonnable accepterait de prendre en charge une veuve et six enfants ? Sans parler de mes dettes, qui sont considérables.

— Justement, St. Loe et moi en discutions à l'instant, fit Elizabeth, le regard malicieux.

Bess rougit violemment.

— J'ai décidé de les réduire à un millier de livres. Comme je vous l'ai dit, je me sens d'humeur magnanime, aujourd'hui.

Bess pâlit brusquement. Avait-elle bien entendu ? La joie lui tourna la tête. Après ces longs mois d'angoisse, elle était enfin soulagée d'un lourd fardeau grâce à Sir William St. Loe. Elle s'agenouilla aux pieds de la reine et lui baisa les mains.

— Merci du fond du cœur, Votre Majesté.

Elizabeth baissa les yeux vers elle, jalouse de sa beauté éclatante. Talbot l'avait-il possédée ? Était-ce la raison pour laquelle il était intervenu en sa faveur ? Il était vraiment temps que son amie épouse un homme respectable.

Bess prit congé, euphorique. Oubliant les mille livres qu'elle devait encore à la Couronne, elle alla aussitôt rejoindre Sir William pour le remercier du service qu'il venait de lui rendre.

St. Loe rit de bon cœur en voyant son sourire radieux. Bess ne put se retenir de se jeter à son cou.

— Merci, merci mille fois, St. Loe ! Vous me sauvez la vie !

— Bess, je n'ai rien fait, dit-il en rougissant de plaisir.

— Mais si, Monseigneur. La reine m'a appris que vous aviez parlé de ma dette, tout à l'heure.

— Je lui ai simplement précisé qu'elle était d'un montant considérable, assura-t-il.

— Il a dû vous falloir beaucoup de courage pour aborder le sujet et affronter cette tigresse dans son antre. Elle a réduit ma dette à mille livres. Je vous serai éternellement redevable. Oh, je suis impatiente d'annoncer la bonne nouvelle à ma famille !

— Venez. Laissez-moi vous raccompagner.

Sur le bateau, St. Loe s'assit à côté de la jeune femme et prit sa main dans la sienne.

— Bess, je ne vous avais jamais vue aussi heureuse. La reine m'a autorisé à vous courtiser. Me ferez-vous l'honneur de devenir ma femme ? Ce serait pour moi un privilège de veiller sur votre bien-être.

Elle le scruta attentivement. Avait-il réellement attendu la permission de la reine pour oser se déclarer ? Elizabeth avait-elle une telle influence sur ses sujets ?

— Faites-moi un honneur à votre tour, Monseigneur. Accordez-moi un peu de temps pour réfléchir à votre proposition. Resterons-nous bons amis, quelle que soit ma réponse ?

— Prenez autant de temps qu'il vous faudra, ma chère.

Lorsque Bess apprit à sa sœur et à sa tante que sa dette était réduite à mille livres, les deux femmes surent que leurs prières avaient été entendues. Bien des fois, elles avaient redouté que les soucis n'emportent prématurément Bess. Celle-ci leur avoua aussi que St. Loe l'avait demandée en mariage. Jane écarquilla les yeux, muette de stupéfaction.

— Je n'aurais jamais cru que tu puisses mettre le grappin sur un homme aussi raffiné, commenta Marcella avec son franc-parler coutumier. Ce doit être ta poitrine. Je ne vois rien d'autre.

— Je vais refuser, affirma Bess.

— Tu es folle ! St. Loe peut rembourser ta dette, payer les études des garçons à Eton, fournir une dot à Francie… Ces enfants ont besoin d'un père, même si tu n'as guère besoin d'un mari.

— Ce serait malhonnête. Mon cœur est mort avec Cavendish.

— Si Cavendish était là, il te dirait de sauter sur l'occasion. D'ailleurs, je suis certaine que c'est St. Loe qu'il t'aurait choisi. Ce mariage permettrait à tes enfants d'évoluer dans la haute société. De plus, tu pourrais reprendre les travaux à Chatsworth. Tu sais bien que le mariage n'est qu'une association. Sois raisonnable, comme tu l'as toujours été. Cela t'a plutôt bien réussi, jusqu'à présent.

Pendant quatre jours, Bess réfléchit à ce mariage, en recensant les nombreux avantages. Mais elle n'était pas amoureuse de St. Loe, et cela le rendrait certainement malheureux. Puis elle se rappela les paroles de Cavendish : dans un couple, il y en avait toujours un qui aimait plus que l'autre, et c'était lui le plus heureux.

Bess soupira. Elle devait tant à St. Loe ! Grâce à lui, ses soucis étaient oubliés. De plus, la reine tenait à ce qu'elle se remarie. Elle voyait en St. Loe le mari idéal. Avec un nouveau soupir, Bess prit sa décision. Personne ne se réjouirait de sa réponse, ni sa famille, ni la reine, ni Sir William, mais elle ne pouvait que refuser.

De retour à la cour, Bess apprit qu'un bal masqué était prévu pour la soirée, sur le thème de la forêt. Marie Sidney l'aida à confectionner un costume.

— Avec vos cheveux roux, vous ferez une renarde parfaite. J'ai un très beau masque surmonté d'oreilles pointues. Je possède aussi une queue de renard. Toutes les dames seront vertes de jalousie, et je parie que plus d'un homme se sentira l'âme d'un chasseur.

En entrant dans la salle de bal, Bess n'était pas d'humeur à s'amuser. Elle redoutait d'affronter St. Loe pour lui donner sa réponse. Elle plaisanta sans entrain avec les Dudley et les Parr, remarquant tristement que les autres invités étaient tous en couple. Même la reine tenait Robin Dudley par la main.

Bess se servit un troisième verre de vin et s'éloigna des danseurs. Soudain, un homme déguisé en chasseur lui barra la route. Elle reconnut aussitôt sa haute silhouette.

— Est-ce vrai ? fit-il, ses yeux bleus scintillant sous son masque.

Bess le dévisagea, se demandant comment il avait appris la nouvelle. Les mains puissantes de Talbot la prirent par les épaules.

— Est-ce vrai ? répéta-t-il en la secouant, sans essayer de dissimuler sa rage. Allez-vous vous marier avec St. Loe ?

Bess rougit de colère. Comment osait-il se montrer aussi indiscret et possessif ?

— Auriez-vous du mal à comprendre qu'un homme veuille faire de moi son épouse plutôt que sa maîtresse ?

— Vous vous tenez en haute estime ! Jamais avant le mariage, c'est cela ?

— Certains sont prêts à attendre.

— Bon sang, Bess, vous ne cherchez qu'à m'humilier !

— Je ne suis pas...

— Je vous l'interdis ! Vous m'entendez, je vous l'interdis !

— Me l'interdire ? s'exclama Bess avec passion. Misérable, vous vous prenez pour Dieu ?

Ses trois verres de vin commençaient à faire effet.

— Taisez-vous et écoutez-moi !

— Vous n'êtes qu'un arrogant ! Vous voulez toujours dominer les autres. Eh bien, laissez-moi vous dire une chose, vous ne me dominerez jamais ! J'épouserai qui bon me semblera !

— Encore un vieillard ! dit-il d'un ton sarcastique. Pourquoi donc n'aimez-vous que les hommes mûrs ?

Bess en eut le souffle coupé. Elle allait le gifler quand elle se rendit compte que certains convives se tournaient vers eux, alarmés par ces éclats de voix. Elle baissa le ton et déclara :

— St. Loe est un gentilhomme, contrairement à vous.

— Vous croyez que le fait d'épouser un gentilhomme suffira à vous transformer en grande dame ?

— Oui ! répliqua-t-elle, une lueur triomphante dans les yeux. Je deviendrai Lady Elizabeth St. Loe.

— Vous le regretterez toute votre vie, murmura-t-il en serrant les dents.

Bess regagna la salle de bal, espérant que personne ne l'avait reconnue sous son masque ridicule. Elle se glissa dans une alcôve et ôta sa queue de renard et son masque. La première personne qu'elle croisa en sortant fut Lord St. Loe.

— William, je vous cherchais partout, mentit-elle.

Il lui adressa un sourire plein de tendresse.

— Cela signifie-t-il que la réponse est oui ?

— Bien sûr ! En avez-vous douté un instant ?

— Oh, Bess… Vous faites de moi le plus heureux des hommes.

— Des félicitations sont-elles de rigueur ? demanda une voix impérieuse.

Le cœur battant, Bess entendit St. Loe répondre à la reine :

— Votre Majesté, cette dame vient d'accepter de m'épouser.

Lord Robin Dudley leur présenta ses vœux de bonheur. La reine annonça la nouvelle à tous les invités :

— Chers amis, Lady Cavendish va épouser Sir William St. Loe, capitaine de la garde. Le mariage aura lieu à la cour !

Bess ne fut libérée qu'à 3 heures du matin. De retour dans sa chambre, elle voulut trouver l'oubli dans le sommeil, mais ne réussit pas à dormir. À quel moment avait-elle perdu le contrôle de la situation ? Le destin avait pris les choses en main à sa place et lui avait dicté sa décision.

— Allez au diable, Talbot ! murmura-t-elle, sachant que sans son arrogance, elle aurait refusé la proposition de St. Loe.

Bess frissonna. Elle sentait encore la chaleur des mains de George sur elle. Leurs personnalités étaient si marquées, si passionnées, qu'ils ne pouvaient s'empêcher de s'affronter.

Talbot l'avait accusée de n'épouser que des hommes mûrs. Elle devait admettre en son for intérieur que, durant les premières années de leur mariage, Cavendish lui avait beaucoup appris. Elle avait profité de son expérience. Mais elle l'avait aimé de tout son cœur, en dépit de leur différence d'âge.

Bess songea à ses relations avec William St. Loe. Elle ne l'aimait pas, mais elle éprouvait une affection sincère pour lui. Ses enfants avaient besoin d'un père. Elle se sentait courageuse, intelligente et forte. Talbot se trompait. Elle ne recherchait pas une image paternelle !

Cette union serait heureuse, décida Bess. Elle se promit de ne pas avoir de regrets. Jamais elle ne laisserait la prophétie de Talbot se réaliser.

— ... pour le meilleur et pour le pire, dans la richesse et dans la pauvreté, jusqu'à ce que la mort vous sépare.

La voix de Bess s'éleva dans la chapelle royale :

— Oui, je le veux.

— Par cet anneau, je vous prends pour femme et je me donne à vous, déclara Sir William en glissant une alliance à son doigt.

— Par la volonté de Dieu, je vous déclare mari et femme, au nom du père, du fils et du Saint-Esprit. Amen.

Dès la fin de la cérémonie, Bess nota que Lady St. Loe avait droit à plus d'égards que Lady Cavendish. Elle venait de franchir un grand pas dans la société. Durant tout le banquet, le respect et la déférence des invités la flattèrent et l'amusèrent à la fois.

Bess redoutait d'affronter Lord Talbot. Comment pourrait-elle avaler une bouchée en sentant son regard glacial posé sur elle ? Que ferait-elle lorsqu'il insisterait pour danser avec la mariée ? Comment aurait-elle le courage d'embrasser son mari sous ses yeux ?

Au bout d'une heure, Bess fut rassurée.

— Quel dommage que Lord Talbot ne soit pas parmi nous, ce soir ! s'exclama la reine. Il a été appelé dans le Nord. Le comte de Shrewsbury, son père, est malade.

Talbot avait-il fui la cérémonie volontairement ? La maladie de son père n'était peut-être qu'un pré-texte. Bess eut une pensée émue pour le vieux comte et fit une prière pour lui.

Enfin, la jeune femme put se détendre un peu.

Toutefois, son rang exigeait d'elle une certaine retenue. Elle se promit de ne pas trop boire et de ne plus jurer. Une nouvelle vie s'offrait à elle, et elle voulait faire honneur à son mari.

Les invités semblaient s'évertuer à séparer les jeunes mariés. Sir William et Bess dansèrent beaucoup, mais ne se retrouvèrent qu'en fin de soirée. Quand ils purent enfin se parler, Bess murmura à l'oreille de son mari, d'une voix enjouée :

— Vont-ils nous imposer le rituel de la nuit de noces ?

Sir William s'empourpra.

— J'espère qu'ils ne tomberont pas dans une telle vulgarité.

Bess alla trouver les frères Dudley.

— Je vous préviens, messieurs, tout rituel concernant la nuit de noces est exclu. Mon mari trouve ces pratiques vulgaires.

— Justement ! s'exclama Robin, l'air égrillard.

Ambroise Dudley lui fit un clin d'œil.

— Et si je vous accompagnais jusqu'à la chambre nuptiale pour montrer à Sir William comment s'y prendre ?

— Il est son troisième mari, précisa Robin. Ce serait plutôt à Bess de lui donner des leçons.

Finalement, la reine eut pitié des jeunes mariés. Elle leur permit de se retirer seuls, sachant qu'aucun autre courtisan ne pouvait partir avant elle.

En devenant majordome du royaume, William avait obtenu des appartements situés au deuxième étage du palais, dans la même aile que William Cecil. Bess était ravie de ce nouveau logement, car peu de courtisans jouissaient d'un tel confort.

Quand le valet de Sir William leur ouvrit la porte, Bess n'osa entrer. Son mari la dévisagea, hésitant. Puis il la souleva dans ses bras et lui fit franchir le seuil. Aussitôt, Bess sentit son membre se gonfler contre sa cuisse.

— Renvoyez votre valet, souffla-t-elle à son oreille.

Bess ne redoutait en rien sa nuit de noces. Elle était simplement curieuse. William la déposa sur le tapis et demanda :

— Les effets de Lady St. Loe sont-ils arrivés, Greves ?

— Oui, Monseigneur, répondit le valet.

— Très bien. Vous pouvez disposer, Greves, merci.

Même après le départ du valet, Bess trouva St. Loe excessivement poli et guindé. Il s'inclina et dit :

— Accordez-moi quelques instants.

Bess s'étonna qu'il ne cherche pas à la déshabiller. Son éducation l'empêchait peut-être de se livrer à des gestes aussi intimes sans solliciter sa permission, songea-t-elle. Elle lui sourit et gagna la chambre à coucher. Elle se dévêtit et se rafraîchit à l'aide d'un linge imbibé d'eau de rose, espérant qu'il la rejoindrait. Comme il ne venait pas, elle enfila une chemise de nuit en soie brodée de petites fleurs et se coucha. Au bout d'un moment, elle décida de l'appeler.

— Vous pouvez entrer, William. Je suis prête.

Timidement, St. Loe vint au pied du lit et posa sur elle un regard plein d'adoration.

— Vous êtes si belle...

Il tendit la main vers elle, comme pour lui caresser les cheveux, mais se ravisa. Après avoir soufflé les chandelles, il se déshabilla dans le noir.

Touchée par sa retenue, Bess se demanda si elle devait prendre l'initiative. En le sentant s'allonger à côté d'elle, elle s'efforça de se conduire comme une dame.

Aussitôt, St. Loe oublia sa gêne. Jamais elle n'avait vu un homme s'exciter aussi vite. Dès qu'il posa la main sur elle, il se mit à haleter et à gémir, tout en se frottant contre sa cuisse.

— Elizabeth, je ne peux plus attendre, chuchota-t-il en la pénétrant.

Il donna un brusque coup de reins. Ce désir ardent étonnait Bess, qui ouvrit les cuisses et s'offrit à lui, cherchant à s'adapter à son rythme. N'ayant pas eu de relations sexuelles depuis deux ans, elle regretta cette précipitation.

— Elizabeth... Ô mon Dieu... Elizabeth!

Il se cambra et se répandit en elle au moment où Bess commençait à ressentir une légère excitation. Il l'enlaça, enfouissant son visage entre ses seins.

— Pardonnez-moi, ma chérie... Pardonnez-moi...

Bess crut d'abord qu'il s'excusait de n'avoir pu se retenir. Elle lui caressa tendrement les cheveux.

— Je ne voulais pas vous brutaliser. Pardonnez-moi d'être aussi bestial, l'implora-t-il.

— William, vous ne m'avez pas fait mal. Et vous n'avez rien d'une bête féroce.

Elle s'assit et alluma une chandelle.

— Je vous aime tant. Comment ai-je pu vous imposer cela?

Il semblait honteux et atterré par sa conduite.

— Ce n'est rien. Vous ne m'avez pas brusquée.

— Vraiment? Si vous saviez le plaisir que j'ai ressenti! Vous m'excitez au-delà des mots. Bess, vous êtes si compréhensive...

— William, une femme peut aussi ressentir du plaisir.

Il secoua la tête.

— Quelle joie vous m'avez donnée! Pour un homme, c'est différent. Une femme n'éprouve pas de sensations aussi… charnelles.

Bess eut envie de rire, ou plutôt de pleurer. Ce qu'elle voulait, c'était connaître l'extase. Elle s'humecta les lèvres et s'allongea. Lorsqu'il souffla la chandelle et s'approcha d'elle, Bess sut qu'elle serait prête, cette fois. Il l'embrassa tendrement. Aussitôt, elle se serra contre lui, offerte, mais n'effleura qu'un membre flasque. Il l'embrassa encore, avant de déclarer :

— Bonne nuit, Elizabeth. Et merci.

Bien après qu'il se fut endormi, Bess resta éveillée, à fixer le plafond. Tous les hommes n'étaient pas égaux. Elle commençait à se dire qu'elle avait épousé St. Loe parce qu'il représentait exactement le contraire de Cavendish. Elle se refusait à aimer un autre homme. St. Loe était bon et généreux. Ils formeraient un couple harmonieux. Elle n'avait aucun regret.

Près de son mari, elle se sentit soudain vide, perdue.

— William… murmura-t-elle deux heures plus tard, en sombrant enfin dans le sommeil.

Mais ce ne fut pas Cavendish qui hanta ses rêves, cette nuit-là, ni St. Loe.

Une voix de velours lui murmura à l'oreille : « Vous n'avez jamais aimé un homme de votre âge, un homme jeune et vigoureux. » Bess se jeta dans ses bras. « Une fourrure… un étalon noir… sur la selle… nue… très excitée… jusqu'au bout… encore… je vous ferais gémir… » La troisième fois, il lui fit l'amour avec tendresse, l'adorant de toute son âme jusqu'à ce qu'elle s'abandonne dans un frisson, offerte à ses moindres désirs.

Le lendemain, en arrivant à Brentford, Bess et St. Loe eurent droit à une petite célébration familiale. Les jeunes mariés n'étaient pas tenus de se présenter à la cour. Bess décida de profiter de ce congé pour partir avec sa famille à Chatsworth. Elle mourait d'envie de montrer à Sir William la somptueuse demeure qu'elle se faisait construire et de présenter son époux à ses amis du Derbyshire.

Jane et Marcella, qui approuvaient le mariage de Bess, traitaient St. Loe avec le plus grand respect. Francie semblait un peu plus réticente envers son beau-père, mais les fils de Bess, âgés de neuf, huit et sept ans, rivalisaient pour attirer son attention. Elizabeth et Marie, les deux cadettes, avaient respectivement quatre et trois ans. Elles ne parurent guère impressionnées par ce gentil monsieur à la barbe grisonnante et lui grimpèrent volontiers sur les genoux, comme lors de ses précédentes visites.

Tandis que Bess préparait les bagages, St. Loe achetait épices, artichauts, olives, vin, produits qui abondaient dans la capitale mais qui risquaient de manquer dans le Derbyshire.

Avant son départ, Bess fit une provision d'herbes contraceptives pour ne pas se retrouver enceinte. Elle était peut-être remariée, mais elle ne voulait d'enfants que de Cavendish. Ce fut une véritable expédition qui se mit en route, car les époux emmenaient leurs propres domestiques. Bess refusait de se séparer des précepteurs et gouvernantes de ses enfants.

Lorsqu'ils se retrouvaient seuls dans leur chambre, chaque nuit, le marié était si troublé de partager son lit avec Bess qu'il se montrait de plus en plus fébrile. Ensuite, il s'endormait, repu, épanoui, sans soupçonner que Bess demeurait insatisfaite.

Lorsque Chatsworth fut enfin en vue, Bess crut défaillir de joie. Elle avait failli tout perdre, mais plus jamais elle ne mettrait son patrimoine en péril. Elle s'était juré de ne pas vendre le domaine tant qu'il resterait une lueur d'espoir, et le destin lui avait donné raison. Face à la maison de ses rêves, Bess sut qu'elle avait pris la bonne décision.

Sir William fut impressionné par Chatsworth, dont le parc couvrait plusieurs centaines d'hectares.

— Cette maison est ma grande passion, lui expliqua Bess, des larmes de joie dans les yeux.

— Vous êtes la mienne, chérie. Je veux que les travaux reprennent au plus vite. Il faut achever cette merveille.

— Merci, William. C'est le plus beau cadeau de mariage que vous puissiez m'offrir.

Bess ne perdit pas un instant. Elle commanda les matériaux nécessaires auprès des artisans de la région. Avec l'aide de Francis Whitfield et de Timothy Pusey, ses régisseurs, elle engagea maçons, couvreurs et menuisiers. Puis elle envoya une lettre à son ami Sir John Thynne, à Longleat, pour lui demander de lui adresser son peintre. Elle signa Elizabeth Cavendish. Puis, remarquant son erreur, elle indiqua son nouveau nom, St. Loe.

Sir William était aux anges. Il n'avait jamais connu de vie de famille et s'extasiait devant les enfants de Bess. Il se montrait très généreux, gentil et patient, et accédait aux moindres désirs de son épouse. Il avait hérité de l'immense fortune de son père et se faisait une joie de gâter sa nouvelle famille.

St. Loe n'était à Chatsworth que depuis quinze jours quand il reçut un message de la reine exigeant son retour immédiat. Elizabeth souhaitait installer la cour à Windsor pour la fin de l'été et avait besoin de lui. Dissimulant sa déception, Bess promit de préparer immédiatement les bagages.

— Ma chère, il est inutile que vous veniez aussi. Je préfère que vous restiez ici pour profiter des beaux jours avec les enfants. La reine peut me commander à sa guise, mais elle ne donnera pas d'ordres à ma femme. Dès mon retour à Londres, je réglerai votre dette à la Couronne. Cela mettra Sa Majesté dans de bonnes dispositions. Vous allez me manquer, mais vous aimez tellement cette maison... et je ne cherche que votre bonheur.

— Oh, William, vous allez me manquer, vous aussi... Vous êtes si bon, si généreux.

Après son départ, Bess se consacra corps et âme à la construction du troisième étage de Chatsworth et se lança dans de nouveaux projets. Elle n'avait pas une minute à elle. La loi spécifiait qu'elle pouvait revendiquer toute terre qu'elle avait contribué à exploiter. Elle fit clore un vaste terrain situé à Ashford, qu'elle baptisa Lark Meadow.

Fidèle à sa promesse, Sir William lui envoyait des provisions chaque semaine, y compris des livres, des friandises pour les enfants, des clous de girofle, du gingembre, des dattes et des figues. Il offrit également des tissus en soie d'Espagne à sa femme. Ses lettres étaient tendres et touchantes.

Vers la fin de l'été, Frances Grey vint lui rendre visite depuis Bradgate. Bess constata que son amie avait pris beaucoup de poids, à tel point qu'il fallait l'aider à se lever de son fauteuil. Une fois assise, elle aimait passer la journée à bavarder.

— Eh bien, Lady St. Loe, je suis très fière de vous. Au fil des mariages, vous avez su gravir les échelons de la société. Comment diable avez-vous mis le grappin sur St. Loe ?

Bess rit, pas du tout offensée par les paroles de son amie.

— Selon Marcella, c'est grâce à mes seins, répondit-elle.

— Peut-être, chérie, mais je pense que cela tient surtout à vos cheveux roux et à votre ressemblance frappante avec la reine. St. Loe est sans doute amoureux d'Elizabeth depuis des années.

— En tout cas, j'ai réussi à gagner son affection, dit Bess avec un sourire.

— Ainsi que son argent et ses terres, j'espère. Avez-vous déjà rencontré son frère dissolu, Edward, la brebis galeuse de la famille ?

— Non, mais j'ai du mal à imaginer un St. Loe dissolu.

— Edward est une ordure de la pire espèce, ce qui explique que son frère soit un modèle de vertu. Il rachète les fautes d'Edward. Celui-ci a épousé une riche veuve après avoir empoisonné son mari. En quelques mois, elle est morte, elle aussi. On a parlé de poison. Puis il s'est intéressé à la femme que son père avait choisie pour Sir William et l'a épousée. La famille l'a déshérité. Voilà pourquoi Sir William a hérité des domaines du Somerset et du Gloucestershire à la mort de son père.

Ces ragots sur les St. Loe gênaient Bess. Elle se promit d'interroger son mari. Il lui dirait la vérité, car il était trop honnête pour lui mentir.

— Votre fille Catherine apprécie-t-elle la vie à la cour ? s'enquit-elle pour détourner la conversation. Je ne la vois jamais, car elle n'est de service que le jour.

— Pauvre Catherine ! Que va-t-elle devenir, sans mari, quand j'aurai passé l'arme à gauche ? J'avais écrit à la reine Marie, avant sa mort, pour la prier de renoncer à l'interdiction qu'elle avait faite à

Catherine de se marier. À présent, je vais devoir m'adresser à Elizabeth. Bess, s'il m'arrive malheur, demanderez-vous à la reine de lui trouver un époux convenable ?

— Frances, seriez-vous malade ? s'exclama Bess, soudain alarmée.

Son amie haussa les épaules.

— Je souffre de cette maudite hydropisie. J'ai beau boire des litres d'eau, je ne l'évacue plus.

— Mon Dieu, je suis désolée... Marcella va vous préparer un remède qui vous soulagera. Aimeriez-vous vous allonger ?

Frances lui adressa un clin d'œil complice.

— Depuis que j'ai épousé mon jeune mari, j'ai passé bien assez de temps au lit. Ce n'est rien, Bess. Au moins, je mourrai le sourire aux lèvres.

L'automne arrivait à grands pas. Sir William vint chercher Bess pour la raccompagner à la cour, désormais installée à Windsor. Il avait payé l'inscription des trois garçons à Eton. Les filles restèrent à Chatsworth avec leur grand-mère, Jane et Marcella.

Lors des retrouvailles avec son mari, Bess eut l'impression de vivre une nouvelle nuit de noces. La jeune femme décida de profiter de son séjour à la cour pour apprendre à son mari à maîtriser ses ardeurs.

Ils étaient fort bien logés au sein du château. Leurs appartements, encore plus spacieux et luxueux que ceux du palais de Westminster, disposaient même de deux chambres distinctes. Ils recevaient souvent leurs amis de la cour. Une fois par semaine, les trois garçons leur rendaient visite, car Eton ne se trouvait qu'à deux pas du château.

Au fil des mois, Elizabeth partagea son temps entre William Cecil et Robin Dudley. À la grande surprise de Bess, Robin avait libre accès aux appartements de la reine. Il n'était plus question de secret. Le couple se promenait à cheval chaque matin dans le parc. Ensemble, ils chassaient, tiraient à l'arc ou flânaient au bord de l'eau.

Bess interrogea Marie Sidney sur les négociations concernant le mariage éventuel de la reine avec un étranger. Marie lui confia :

— La femme de mon frère souffre d'une terrible maladie de la poitrine Le médecin affirme qu'il ne lui reste pas un an à vivre. Ces négociations avec la France, l'Espagne et l'Écosse ne sont qu'une parade pour gagner du temps. Robin prétend qu'Elizabeth l'épousera dès qu'il sera veuf.

La semaine suivante, Bess et Sir William, n'étant pas de service, purent passer une nuit ensemble. Bess aborda la question de la liaison de la reine avec Robin Dudley.

— Bess, vous vous méprenez. La reine est vierge.

Elle le dévisagea, stupéfaite. William était pourtant déjà capitaine de la garde lorsque Elizabeth était la maîtresse de Thomas Seymour. Comment pouvait-il se bercer d'illusions à ce point ?

— Les hommes la trouvent charmante et se pressent autour d'elle, pleins de fantasmes. Mais elle n'a jamais permis à quiconque de partager son intimité.

Bess l'observa longuement, puis il lui vint à l'esprit que son mari entretenait lui aussi des fantasmes à propos de la reine. En se mariant avec elle, Sir William était vierge, lui aussi, ou tout comme. Ses problèmes n'étaient pas dus à une timidité excessive, mais à un manque total d'expérience. Chez un jeune homme, cette maladresse aurait été charmante, mais pas chez un homme mûr. Bess esquissa un sourire. Elle allait devoir prendre son mari en main, comme Frances Grey le lui avait finement conseillé.

— Chéri, pouvez-vous m'aider à ôter ma robe ?

Il la rejoignit, les yeux pétillants d'impatience.

— Vous êtes certaine de ne pas préférer votre femme de chambre ?

Elle passa les bras autour de son cou.

— Je veux que ce soit vous, chéri. J'aime le contact de vos mains sur mon corps.

Jamais Bess ne s'était retrouvée nue aussi vite. William l'aida ensuite à enfiler sa chemise de nuit en soie.

— Glissez-vous sous les couvertures, dit-il fébrilement en s'apprêtant à éteindre les chandelles.

— Non ! Je n'ai pas envie de me coucher. Laissez les chandelles allumées, que je vous regarde vous déshabiller.

Il s'humecta les lèvres et enleva vivement sa veste et sa chemise en lin. Il hésita un instant, puis continua sur sa lancée.

Voyant sa gêne, Bess s'approcha de lui et le poussa sur le lit. Elle lui ôta ses bottes, avant de s'attaquer à sa braguette.

— Non… Bess… gémit-il, désespéré. Je vais jouir.

— Oui, chéri, vous allez jouir. Ensuite, vous jouirez encore.

Elle défit les lacets de sa braguette d'un geste sûr. Aussitôt, son membre gonflé surgit hors de son écrin. Elle se mit à le caresser habilement.

William gémit de plaisir, parcouru de frissons. Bess savait qu'il ne pourrait pas se retenir très longtemps. Elle se pencha vers lui, le caressa plus fermement, l'encerclant de ses doigts. Très vite, elle le sentit exploser. Des gouttes de semence jaillirent, éclaboussant sa poitrine et son ventre. William s'écroula sur le lit.

Il la dévora des yeux quelques instants, puis elle lui prit tendrement la main. Lentement, elle lui fit caresser ses seins et son ventre, s'attardant sur ses mamelons dressés. Bientôt, son membre se durcit à nouveau.

— J'ai chaud... murmura-t-elle.

— Bess, comme je vous désire... souffla-t-il.

— Ne nous pressons pas. Nous avons toute la nuit. Et si nous achevions de nous dévêtir ?

Joignant le geste à la parole, elle le débarrassa de ses derniers effets, avant de s'allonger sur lui et de l'embrasser sur les lèvres.

Avec un gémissement de plaisir, il enfouit la langue dans sa bouche. Bess sentait l'intensité vibrante de son désir.

— Vous êtes un amant très égoïste, murmura-t-elle. Je suis capable d'éprouver du désir et du plaisir, moi aussi. Pour cela, vous devez m'exciter.

Il la fixa, n'en croyant pas ses oreilles, les yeux pleins d'espoir. Elle attira la main tremblante de son mari entre ses cuisses nacrées et lui fit découvrir les replis intimes de son corps.

— Sentez-vous ce petit bouton de rose, sous vos doigts ? Si vous le flattez un peu, ma passion s'éveillera. Ensuite, quand vous me pénétrerez, le contact de votre membre me procurera un plaisir infini.

Elle lui apprit à la caresser, gémissant doucement pour lui montrer son trouble. Lorsqu'il glissa un doigt en elle, elle se cambra pour l'encourager.

— Bess, je n'en peux plus... murmura-t-il dans un souffle.

Elle lui sourit, heureuse de l'entendre l'appeler ainsi.

— Moi non plus, chéri. Dépêchez-vous.

Il la pénétra presque brutalement, mais la jeune femme exprima son plaisir en criant son prénom, faisant de lui le plus heureux des hommes. Si elle savait s'y prendre, elle parviendrait à ressentir du plaisir, elle aussi. Certes, elle ne connaîtrait jamais une passion dévorante, mais cet affreux sentiment de vide disparaîtrait enfin.

Sir William devait se lever aux premières lueurs de l'aube. En ouvrant les yeux, Bess trouva son mari déjà habillé. Il la contemplait avec adoration. Il s'assit au bord du lit.

— Bess, j'ai décidé de vous léguer toutes mes terres du Somerset et du Gloucestershire. Vous les transmettrez à votre tour à vos enfants.

— Votre frère n'a-t-il pas droit à une part de votre patrimoine si nous n'avons pas d'enfants ensemble ?

— Mon frère est banni de la famille. C'est un incapable. Toutes ces terres m'appartiennent, et j'en dispose à ma guise. Je sais que vous êtes endettée. Ces terres vous apporteront la sécurité.

Bess était consciente du pouvoir qu'elle avait sur Sir William. Il aurait décroché la lune pour lui plaire, mais elle refusait d'être accusée de manipulation.

— William, je ne voudrais pas créer de difficultés entre vous et votre frère. En tant qu'épouse, j'ai droit à un tiers de votre patrimoine. Cela me suffit amplement.

Après le départ de son mari, Bess se mit à frissonner sans raison. Elle enfila un peignoir et s'approcha de la cheminée. En regardant danser les flammes, elle eut le pressentiment qu'une catastrophe allait se produire. Elle se traita d'idiote, mais fut incapable de chasser le malaise qui l'étreignait.

28

La mort du comte de Shrewsbury attrista Bess. Elle était persuadée que sa prémonition venait de se réaliser. La mort s'annonçait parfois, elle ne pouvait le nier. Elle n'avait guère pensé à Lord Talbot, ces derniers temps. Pourtant, depuis que la triste nouvelle était parvenue à la cour, Bess ne parvenait pas à chasser George de son esprit.

La reine Elizabeth décréta une journée de deuil en mémoire du comte défunt. Bess revêtit sa robe noire aux manches brodées de feuilles d'or. Elle s'assit pour écrire une lettre de condoléances à Talbot, mais ne trouva pas les mots. Elle caressa distraitement le doux tissu de sa robe et se revit, près de la fenêtre, dans la superbe chambre noir et or de George.

Puis, bien qu'il ne se fût rien passé entre eux, ce jour-là, elle imagina la robe, abandonnée sur le tapis, tandis qu'elle se pâmait entre les bras de Talbot, oubliant tout. Ils avaient failli devenir amants. George avait cherché à la dominer, elle avait été à deux doigts de se soumettre. À chacune de leurs rencontres, ils se lançaient dans une sorte de parade nuptiale. Quel était ce pouvoir étrange qui les poussait l'un vers l'autre ?

Ce n'était qu'une attirance physique, songeait-elle. Voilà pourquoi Talbot désirait tant la séduire.

S'ils avaient cédé à leur passion, leurs cœurs se seraient-ils trouvés ? Ils ne le sauraient jamais… Bess sortit de sa rêverie et se concentra sur sa lettre.

En se relisant, elle jugea la missive un peu guindée, trop formelle. À son grand désarroi, elle se rendit compte qu'elle l'avait adressée à Lord et Lady Talbot. Or George n'était plus Lord Talbot, désormais, mais le sixième comte de Shrewsbury, un homme très puissant, bardé de titres, l'un des plus riches du royaume, sinon le plus riche. Elle esquissa un sourire. Il était déjà arrogant et autoritaire. Son caractère n'allait certainement pas s'assouplir. Finalement, Bess adressa sa lettre au comte et à la comtesse de Shrewsbury et la signa Lord William et Lady Elizabeth St. Loe.

Frances Grey, duchesse de Suffolk, mourut au printemps. Bess fut anéantie. Elle pleura son amie pendant des jours. Elle plaignait sa fille, Lady Catherine Grey, qui se retrouvait seule au monde. Quand elle était petite, Bess s'était beaucoup occupée d'elle. À présent, la jeune fille venait chercher un peu de réconfort auprès d'elle.

Catherine était plus qu'une suivante de la reine. Depuis la mort de Frances, Elizabeth avait pris sa cousine sous son aile. Un jour, la reine évoqua le destin de Catherine avec Bess.

— J'ai pensé à l'adopter. Qu'en dites-vous, Bess ?

— L'adopter, Votre Majesté ? Lady Catherine vient d'avoir vingt et un ans. Elle n'est plus en âge d'être adoptée.

— Vous avez peut-être raison, mais cela montrerait à cette présomptueuse de Marie Stuart qu'elle n'est pas la seule prétendante à ma succession !

Bess ravala un commentaire cynique. Elle aurait

dû se douter que son amie n'agissait que pour servir ses intérêts politiques. Elizabeth excellait dans l'art de tromper son entourage, et cela l'amusait énormément. Bess rassembla tout son courage. Elle avait fait une promesse à son amie Frances Grey : demander à la reine d'autoriser Catherine à se marier. Elle inspira profondément et se jeta à l'eau.

— Votre Majesté, Frances aurait aimé que vous trouviez un mari convenable pour Catherine. La reine Marie avait interdit à Catherine de se marier, et Frances lui avait envoyé une lettre pour la supplier de revenir sur cette décision cruelle.

— Cruelle ? Je n'y vois rien de cruel. En tout cas, c'était un acte très avisé, sur le plan politique. Lady Catherine est une héritière potentielle du trône. Lui permettre d'avoir des enfants serait suicidaire. N'importe qui y décèlerait une invitation tacite à me renverser pour la placer sur le trône. Je ne veux plus entendre parler de cette histoire. Suis-je bien claire, Lady St. Loe ?

— Très claire, Votre Majesté.

À cet instant, Bess comprit qu'Elizabeth était une reine avant d'être une femme et qu'elle ne connaissait pas la compassion.

Bess était superstitieuse. À ses yeux, la mort frappait toujours trois fois. Shrewsbury, d'abord, puis sa meilleure amie, Frances Grey, qui s'était montrée si généreuse envers elle. Bess redoutait un troisième deuil. Qui allait la quitter, cette fois ?

Bess n'était pas la seule à croire à cette superstition. Toute la cour s'agitait. Marie Sidney lui avait parlé d'un astrologue que sa sœur avec consulté. Bess pria Marie de le faire venir à la cour pour une soirée de divertissement donnée dans les appartements des St. Loe, entre intimes.

Lettice Knollys et Catherine Grey y assistèrent, ainsi que Marie Sidney, sa sœur Kitty et ses frères, Robin et Ambroise Dudley. Hugh Draper, l'astrologue, que l'on disait aussi sorcier, se présenta avec ses deux assistants. Ils remirent aux personnes présentes une boule de cristal et établirent l'horoscope de chaque invité.

Tous furent soulagés d'apprendre qu'aucune mort n'était prévue. En revanche, on leur prédit une quantité impressionnante de mariages. Robin Dudley, Lettice Knollys, Catherine Grey et même Bess avaient une union dans leur thème. Après la soirée, tous se retirèrent, l'esprit tranquille. Malheureusement, cette bonne humeur se gâta vite le lendemain.

St. Loe avait une nouvelle à annoncer à sa femme. Il attendit que Greves ait débarrassé la table et leur ait apporté du vin.

— Bess, il y a quelques jours, mon frère est venu à Londres. Je l'ai informé de mon intention de modifier mon testament en votre faveur.

— William, je sens qu'il va nous créer des difficultés. J'en ai la prémonition.

Soudain, Bess posa son verre et porta la main à son cœur. Sir William vida son verre et fit le tour de la table.

— Chérie, que se passe-t-il ?

Bess gémit et se retint au bord de la table.

— William… j'ai mal… Je crois que j'ai avalé du poison…

Elle voulut se lever, mais des crampes l'en empêchèrent. Elle s'écroula à terre, entraînant la nappe avec elle.

Greves surgit.

— Allez chercher Cecily, sa femme de chambre ! cria St. Loe, affolé. Et le médecin de la reine !

Soudain, Sir William fut à son tour pris de crampes.

— Nous avons été empoisonnés, souffla-t-il.

Bess dut se mordre les lèvres pour ne pas hurler de douleur. Une brûlure atroce lui déchirait les entrailles.

— Cecily, vite, de l'huile d'olive !

Bess avala quelques gorgées d'huile. Aussitôt, elle régurgita. Son mari se roulait sur le tapis, grimaçant.

— Donnez-lui de l'huile ! ordonna Bess.

Quand ils furent alités, chacun dans leur chambre, les médecins de la cour vinrent enfin les ausculter. Ils déclarèrent qu'ils avaient été empoisonnés. Sans soins, Lady St. Loe serait morte. L'état de santé de Sir William était bien plus grave, mais les médecins estimèrent qu'il se remettrait.

Deux jours plus tard, Bess était debout, à soigner son mari, toujours couché, le teint verdâtre. Elle lui administra du sirop pour soulager ses maux d'estomac et pria avec ferveur pour son rétablissement. Elle redoutait en effet que son mari ne soit le troisième mort de la funeste série de décès.

St. Loe se remit lentement. Bess le veillait avec tendresse et dévouement. Le poison avait gravement endommagé le foie de son mari. William développa une jaunisse, mais Bess parvint à lui faire recouvrer la santé. Bientôt, elle remarqua que la maladie l'avait anormalement vieilli. Elle songea avec tristesse qu'il ne retrouverait jamais toute son énergie.

La reine ordonna immédiatement une enquête pour déterminer les causes et circonstances exactes de l'attentat. Elizabeth avait une peur panique d'être empoisonnée. Elle buvait et mangeait le moins possible, et tous ses aliments étaient testés par des goûteurs. Les soupçons pesèrent vite sur l'astrologue, le seul étranger ayant eu accès aux appartements des St. Loe.

Il fut arrêté et enfermé à la Tour de Londres, avec ses assistants. Il apparut qu'Edward, le frère de Sir William, avait fréquenté le domicile de l'astrologue, dans Red Cross Street. Très vite, la nouvelle se répandit à la cour : Edward St. Loe avait tenté d'empoisonner Sir William et Bess.

— Chéri, votre frère ne sera arrêté que si vous portez plainte contre lui, dit Bess à son mari.

Elle aurait voulu que le traître soit enfermé dans une cellule avec ses complices, pour qu'il ne puisse plus s'attaquer à elle ou à son mari.

— Je n'ai aucune preuve que mon frère soit impliqué dans cette histoire. Même si j'en avais, le scandale qui éclabousserait la famille serait fatal. Dans votre intérêt, il ne faut pas que notre nom soit entaché. Il existe un moyen plus sûr de l'empêcher de nuire. Aujourd'hui, j'ai mis officiellement toutes mes terres à nos deux noms. Ainsi, Edward n'aura plus intérêt à m'éliminer.

— William, vous êtes si bon… Comment pourrai-je jamais vous remercier de tout ce que vous faites pour moi et mes enfants ?

— Vous avez accepté d'être ma femme, cela me suffit. Vous me rendez heureux, Bess.

La jeune femme ne put s'empêcher de se sentir un peu coupable. Elle avait de l'affection pour Sir William, mais n'était pas amoureuse de lui. Elle regrettait de tout son cœur qu'il n'en fût pas autrement.

— Vous avez besoin de changer d'air, chérie. Un été à Chatsworth vous fera le plus grand bien. Je vais de ce pas à Eton pour organiser les vacances des garçons.

— Vous nous accompagnerez, William. Vous avez mauvaise mine. Elizabeth vous oblige à travailler comme un forcené.

Bess savait que son mari n'osait pas critiquer ouvertement la reine, aussi s'en chargeait-elle pour lui.

Une semaine après leur arrivée à Chatsworth, Ralph Leche, le beau-père de Bess, mourut à son tour. Après les funérailles, Bess se signa, consciente que le troisième décès venait de se produire. La semaine suivante, Sir William reçut un message de la reine exigeant son retour immédiat. Elizabeth avait décidé de transférer la cour au palais de Greenwich pour l'été.

— Maudite Elizabeth! s'écria Bess. Elle vous traite comme un chien. Dès que vous vous éloignez, elle vous rappelle.

La jeune femme était furieuse, car son mari avait besoin de repos.

— Je vous accompagne, reprit-elle. Il est de mon devoir d'épouse de m'assurer qu'elle ne vous épuise pas en vous faisant travailler jour et nuit.

— Chérie, je suis habitué aux caprices de la reine et je suis parfaitement capable de m'occuper de moi-même. Vous devriez rester auprès de votre mère pour la réconforter. L'été ne dure pas éternellement. Consacrez un peu de temps à votre famille. Peut-être parviendrons-nous à achever le troisième étage de Chatsworth, cette année.

Bess fut touchée par tant de sollicitude. William faisait toujours passer son bien-être avant le sien. Elle hésita longuement, mais Chatsworth l'emporta dans son cœur, comme toujours.

Toutefois, quand William revint, à la fin du mois d'août, Bess regretta sa décision. Son mari semblait avoir vieilli de dix ans en quelques semaines. Il était voûté et avait le teint cireux. Bess craignait que son foie n'ait été irrémédiablement endommagé par le poison.

Marcella lui prescrivit des décoctions qui avaient un effet apaisant sur ses troubles hépatiques. La jaunisse de Sir William disparut, mais pas sa fatigue.

En refermant la porte de leur chambre, Bess constata avec plaisir que son mari paraissait impatient de se coucher. Une heure plus tard, comme il ne réussissait toujours pas à l'honorer, elle commença à s'inquiéter.

William se leva d'un bond, furieux de son échec.

— Bess, pardonnez-moi. Je ne suis plus bon à rien.

— Ce n'est pas grave.

— Si, c'est grave ! J'ai rêvé de vous toutes les nuits. Si vous saviez comme j'ai eu envie de vous… Et maintenant, je ne vaux plus rien.

— Revenez vous coucher, William. C'est peut-être ma faute. Essayons une nouvelle fois, proposa-t-elle.

Elle le persuada de s'étendre à côté d'elle, mais il demeura immobile, les yeux fixés au plafond. Se rendant compte qu'il redoutait un nouvel échec, elle se blottit contre lui et l'enlaça, puis elle se mit à l'embrasser avec tendresse. Doucement, elle lui caressa le torse et le ventre, avant de glisser la main entre ses jambes. Sentant une légère réaction, elle insista, entoura le membre de ses doigts experts, jusqu'à obtenir l'effet escompté.

Il vint aussitôt s'allonger sur elle, mais son érection disparut. Bess était prête à continuer, mais St. Loe refusa.

— C'est trop humiliant. Jamais je ne pourrai vous honorer.

— Chut... fit-elle. C'est sans doute l'effet de la décoction de Marcella. Demain, vous irez mieux. Reposons-nous un peu.

Elle le prit dans ses bras et le berça comme un enfant. Au bout d'une heure, il s'endormit enfin.

Pleine de compassion pour lui, elle n'osait croire qu'ils n'auraient plus jamais de rapports sexuels, mais soupçonnait que leurs difficultés ne faisaient que commencer.

Bess se réjouit à l'idée que la cour ait regagné Windsor avant son retour, non seulement parce qu'elle retrouvait son vaste appartement, mais parce que ses fils n'étaient pas loin. Le palais s'affairait aux préparatifs de la fête donnée en l'honneur de l'anniversaire de la reine, le 7 septembre.

Un grand bal masqué était prévu. Le décor figurerait un royaume sous-marin et les invités seraient costumés en Neptune et autres sirènes. Chacun travaillait d'arrache-pied pour que tout soit parfait.

Il y eut une partie de chasse et un tournoi médiéval, ainsi que des concours de fauconnerie et de tir à l'arc. Quand le grand jour arriva, les courtisans étaient épuisés. Pourtant, la reine dansa jusqu'à l'aube.

Bess aida Elizabeth à ôter sa robe incrustée de cristal et sa longue perruque verte. Les appartements royaux étaient sens dessus dessous. Les toilettes jonchaient les meubles et les tapis. Elizabeth dit à Bess de tout laisser en l'état, car elle souhaitait dormir quelques heures. Bess se retira donc dans l'antichambre et s'écroula dans un fauteuil, les pieds endoloris.

Elle ne se réveilla qu'à 9 heures et se demanda pourquoi les autres suivantes n'étaient pas venues la remplacer. Marie et Lettice ne s'étaient certainement pas réveillées. Bess se leva et s'étira. Elle mourait d'envie d'ôter sa robe et de se glisser dans son lit. Entrant dans la chambre de la reine, elle tira les épais rideaux pour laisser pénétrer le jour.

— Bonjour, Votre Majesté. Il est plus de 9 heures.

— Bonjour, Bess. Jamais je n'avais eu de plus belle fête d'anniversaire.

Bess lui tendit son peignoir. La reine en enveloppa son corps svelte. Le désordre régnait encore dans la pièce. Atterrée, Bess entreprit aussitôt de tout ranger. Méthodique et rapide, elle ouvrit les armoires et s'acquitta de sa tâche en quelques minutes.

En entendant la voix de Robin Dudley, elle s'interrompit et se prépara à se retirer.

— Amy est morte !

— Enfin ! répondit Elizabeth.

— On l'a retrouvée au pied des marches. Elle s'était brisé le cou.

— Comment ? Robin, vous n'êtes qu'un imbécile, un maladroit écervelé ! Vous avez tout gâché ! Est-ce ainsi que vous me souhaitez mon anniversaire ? Votre femme devait mourir dans son lit, entourée de médecins. Comment avez-vous pu commettre un acte aussi stupide ?

— Elizabeth, je ne l'ai pas tuée ! lança Dudley, la voix tremblante.

Bess s'assit, se sentant défaillir. Elle resta aussi silencieuse que possible.

— Pauvre imbécile ! Je n'ai rien contre le meurtre s'il peut être maquillé en accident, mais cette bévue est irréparable ! Le monde entier va vous montrer du doigt. Pire, il m'accusera et me condamnera à votre place !

— Elizabeth, arrêtez. Je vous jure que je n'ai rien à voir avec la mort de ma femme. Il s'agit soit d'un accident, soit d'un suicide.

— C'était un meurtre, pauvre nigaud ! Si vous ne l'avez pas assassinée, votre pire ennemi s'en est chargé à votre place, pour vous empêcher d'épouser la reine !

— Cecil ! Lui seul possède assez de détermination pour...

— Cecil s'est absenté plusieurs semaines pour négocier la paix avec l'Écosse, coupa la reine. Ne me touchez pas ! Peu importe ce qui s'est passé. Ce qui compte, c'est l'image que les autres vont s'en faire. Je peux vous assurer que les gens croiront que nous avons tout manigancé afin de nous marier plus vite. Si vous êtes reconnu coupable, vous serez décapité !

— Je ne serais pas le premier amant que vous abandonneriez sur le billot !

— Lord Dudley ! lança Elizabeth, le souffle coupé. Vous serez conduit à Kew et assigné à résidence jusqu'à ce que le mystère soit élucidé.

— Je comprends, Madame, répondit-il froidement.

Bess l'entendit se retirer. Aussitôt, Elizabeth poussa un long cri d'angoisse. Bess la rejoignit. La reine la fixa avec effroi, comme si elle venait de se rappeler sa présence.

— Qu'est-ce que vous regardez ainsi ? Espèce de petite garce ! Vous écoutez aux portes, maintenant ? Comment osez-vous me regarder ainsi ? Vous n'êtes qu'une hypocrite, Bess Hardwick. Cavendish et vous avez empoisonné Eliza !

Bess se raidit, choquée par cette accusation.

— C'est faux, Votre Majesté. Jamais je ne pourrais être heureuse au prix de la vie d'une innocente.

— Moi, si ! lança la reine. Et je l'ai fait. Il faut admettre que j'ai été à bonne école.

Ses yeux d'ambre se mirent à pétiller.

— Si vous dites un mot de cette histoire à qui que ce soit, vous vous en repentirez, menaça-t-elle.

— Bien, Votre Majesté, dit Bess avec une révérence. Puis-je disposer ?

— Oui. Sortez !

Dans l'antichambre, Bess croisa Catherine Ashley. Les cris et les jurons d'Elizabeth retentissaient dans les appartements royaux.

— Que se passe-t-il, Bess ?

— C'est affreux. Elle vit tout avec une passion aussi intense que la mienne. Mieux vaut la laisser exprimer sa rage.

29

Tant que Robin Dudley fut banni de la cour, la reine cessa de danser toutes les nuits. Le soir, elle se retirait désormais dans ses appartements. Depuis l'antichambre, Bess l'entendait sangloter pendant des heures. Bien que très offensée par les injures et les paroles cruelles que la reine lui avait lancées sous le coup de la colère, elle n'avait pas démissionné de son poste. Comprenant la douleur de son amie, elle ne souhaitait pas l'abandonner dans l'adversité.

Au début de l'année, l'enquête sur la mort d'Amy Dudley fut classée sans suite. Robin Dudley ne fut ni condamné, ni blanchi. Toutefois, la reine se contenta de ce verdict et accueillit avec plaisir son amant à la cour. Elizabeth ne passait plus ses nuits à pleurer, mais demeurait tendue, feignant l'indifférence face aux plaisanteries malveillantes sur sa liaison avec Dudley.

Elle maigrissait et pâlissait à vue d'œil. Un jour, rassemblant son courage, Bess décida de lui parler à cœur ouvert.

— Votre Majesté, nous nous connaissons depuis longtemps, maintenant. Je sens que votre gaieté est feinte. Vous vous tourmentez davantage chaque jour. Les soucis semblent vous ronger.

La reine la toisa d'un regard méprisant.

— Vous êtes présomptueuse et arrogante, Lady St. Loe !

Puis, après un long soupir, elle reprit :

— Je me trouve à un tournant important de ma vie. D'un côté, mon épanouissement de femme. De l'autre, mon règne. Vous avez eu trois maris, pourquoi ne pourrais-je pas en avoir un, moi aussi ? Serait-ce trop demander ?

— Votre Majesté, je suis mon destin et vous devez suivre le vôtre. Vous rejetez les conseils et vous n'en avez guère besoin. À vous de décider quel sera votre avenir.

Au cours des mois qui suivirent, Elizabeth ne cessa d'honorer Robin Dudley. D'abord, elle lui attribua une pension, puis l'autorisation d'exporter peaux et fourrures. Ensuite, elle le dispensa des impôts sur les vins et les soieries. On murmurait même qu'elle songeait à l'élever au rang de comte.

Les courtisans estimaient que la souveraine avait abandonné toute prudence, mais Bess n'était pas de cet avis. Robin recevait ces faveurs en compensation d'un mariage qui n'aurait jamais lieu. Elizabeth avait choisi sa voie : elle était reine avant tout.

Frances, la fille aînée de Bess, fêta ses treize ans. Le temps était venu de lui trouver un fiancé. L'un des hommes les plus influents de Nottingham était

Sir George Pierrepont, dont la famille vivait à Holme Pierrepont depuis des générations. Henri, le fils de Sir George, n'avait que deux ou trois ans de plus que Frances. Sir George était non seulement très riche, mais il semblait de santé fragile. Le jeune Henri ne tarderait pas à hériter de son titre et de sa fortune.

Bess en discuta longuement avec St. Loe, qui proposa aussitôt de fournir une dot conséquente à la jeune fille. Pour faire bonne mesure avec son généreux mari, Bess décida d'offrir à Francie l'un de ses manoirs en cadeau de mariage. Elle écrivit à Sir George et Lady Pierrepont pour entamer des négociations. Si la réponse était favorable, elle s'arrêterait à Nottingham avant de rentrer à Chatsworth.

Bess venait d'envoyer sa lettre quand Lady Catherine Grey frappa à sa porte. Elle souhaitait s'entretenir avec son amie. En voyant son air désemparé, Bess congédia ses domestiques.

— Que se passe-t-il, ma chérie ?

— Bess, mon impulsivité me joue des tours. J'ai fait une chose qui me semblait très romantique et excitante sur le moment, mais je crains d'avoir commis une terrible erreur.

— Votre chère mère était impulsive, elle aussi. Il est difficile d'aller à l'encontre de sa nature profonde.

— Comme vous le savez, Teddy Seymour et moi nous connaissons depuis l'enfance. J'ai peur de m'être montrée... indiscrète avec lui.

Bess se mit à rire.

— Je suis étonnée que vous soyez restée vierge aussi longtemps. Quand vous étiez petits, vous ne cessiez de vous tripoter, tous les deux !

Catherine rougit violemment.

— Bess, nous nous sommes mariés en secret quand la reine a envoyé la cour à Greenwich.

— Seigneur ! C'est de la haute trahison ! Vous marier sans l'autorisation de la reine ! Quelle stupidité de votre part ! Vous méritez une bonne correction.

— Nous nous aimons, protesta Catherine, comme si cela justifiait son geste.

— Elizabeth est jalouse de toute personne amoureuse. Qui servait de témoin à ce mariage secret ?

— La sœur de Teddy. C'était avant sa mort brutale.

Catherine fondit en larmes.

— Cette mort est tragique, mais elle tombe à pic. Votre témoin a emporté son secret dans la tombe.

— Croyez-vous que la reine me pardonnera ?

— Ne soyez pas aussi naïve, chérie. Elle ne pardonne jamais rien à personne. En tout cas, pas quand il s'agit de la Couronne.

— Bess, que dois-je faire ?

— Détruisez immédiatement votre acte de mariage. Envoyez Teddy en France et niez tout en bloc. Quant à moi, vous ne m'avez rien dit.

Bess ne parla à personne de sa conversation avec la jeune femme, pas même à son mari. Le moment de partir pour Chatsworth pour l'été approchait à grands pas. Bess n'avait pas envie de quitter St. Loe. Il semblait un peu fatigué et n'avait jamais retrouvé sa vigueur sexuelle. À présent, ils faisaient même chambre à part.

Son impuissance représentait pour St. Loe une humiliation insupportable. Bien que Bess eût aimé partager son lit pour profiter de sa chaleur et de sa tendresse, elle comprenait les sentiments de son mari. D'ailleurs, depuis la mort de Cavendish, elle n'avait plus jamais connu d'épanouissement charnel.

Elle se trouvait désormais déchirée entre ses enfants et son devoir envers un mari vieillissant. Quand elle reprochait à la reine de le faire trop travailler, St. Loe prenait la défense de la souveraine. À ses yeux, Elizabeth Tudor était parfaite.

À la fin du mois de juillet, au moment de partir pour Chatsworth, elle apprit une nouvelle qu'elle redoutait déjà depuis quelque temps. Lady Catherine vint lui rendre visite en pleine nuit et éclata en sanglots.

— Bess, je suis perdue ! J'attends un enfant !

Bess la dévisagea avec effroi. Son amie portait un corset si serré qu'elle se demandait comment elle pouvait encore respirer.

— Vous vous saviez déjà enceinte quand vous m'avez parlé de votre mariage, n'est-ce pas ? lança Bess.

— Je refusais de le croire. Teddy est en France. Je n'ai aucun recours.

Bess soupira et prit la jeune femme dans ses bras, regrettant amèrement que Lady Frances ne soit plus de ce monde.

— Allons, chérie, ne pleurez plus. Il n'y a aucun moyen d'échapper à cette grossesse. Il est trop tard. Il faut tout avouer à la reine. Implorez son pardon, c'est votre seul espoir.

— Je n'y arriverai jamais ! gémit Catherine.

Bess se rappela les paroles de la reine quand elle avait évoqué le mariage éventuel de Catherine. Elizabeth l'avait avertie : elle ne voulait plus entendre parler de cette histoire.

— Séchez vos larmes. Je vais demander à Robin Dudley de défendre votre cause. La reine ne lui refuse rien. Je suis certaine qu'il acceptera de me rendre ce service.

Bess espérait vivement ne pas lui donner de faux

411

espoirs. Une fois de plus, elle repoussa son départ pour Chatsworth pour ne pas abandonner Catherine.

Quelques jours plus tard, Bess réussit à s'entretenir avec Dudley en privé.

— Robin, la jeune Catherine Grey a commis une grosse bêtise qui risque de contrarier la reine. Je vous demande comme un service personnel d'essayer de calmer sa colère lorsqu'elle apprendra la nouvelle.

— Bess, vous savez que je suis prêt à tout pour vous obliger.

— Lady Catherine est enceinte de sept mois.

Dudley éclata de rire.

— Quelle ironie du sort ! Elizabeth a justement choisi Catherine parce qu'elle est un modèle de vertu !

— Sa vertu n'est pas en cause. Elle est mariée avec le père de l'enfant.

— Elle s'est mariée en secret ? fit Robin, étonné, car peu de secrets lui échappaient.

— Elle a épousé le jeune Teddy Seymour, expliqua Bess.

— Comment ? Elle doit être folle ! Ils ont tous les deux perdu la raison ! Vous voulez que je dise à Elizabeth que l'héritière potentielle du trône est sur le point d'avoir un héritier, elle aussi ? Pire encore, que le père de l'enfant est apparenté à la mère de feu Edward VI, Jane Seymour ?

— À mes yeux, ce ne sont que deux amoureux. Bien sûr, je comprends que cette situation renforce son droit à la succession au trône. Je sais aussi que la reine risque d'interpréter ce geste comme une trahison délibérée, mais Catherine n'a plus personne pour plaider sa cause.

— Oui, et son père et sa sœur ont été exécutés

pour haute trahison. Elizabeth sera plus que furieuse !

Bess attendit avec angoisse de connaître la réaction de la reine. Enfin, le 16 août, elle apprit que Lady Catherine se trouvait à la Tour de Londres. Bess sollicita aussitôt une audience avec la reine, qui refusa de la recevoir. La jeune femme se mit alors en quête de Robin Dudley, qui semblait l'éviter.

Bess exprima son indignation à son mari qui, en tant que capitaine de la garde, était responsable de l'arrestation de Catherine et l'avait escortée jusqu'à sa prison.

— Elizabeth est injuste. C'est un châtiment trop cruel pour une femme enceinte de plus de sept mois !

— Le jeune comte de Hertford s'apprête à revenir de France. Il va sans doute subir les foudres de la reine, déclara St. Loe.

— Je sais d'expérience qu'Elizabeth est bien plus compréhensive envers les hommes qu'envers les femmes. Très peu de femmes ont ses faveurs.

— Elle vous apprécie, ma chérie.

Bess espérait que St. Loe disait vrai.

Quatre jours plus tard, le 20 août, jour où Bess avait été chassée de Hardwick et date de son mariage avec Cavendish, un des gardes de Sir William vint frapper à la porte de leurs appartements et tendit un mandat à son supérieur. La reine mettait Lady Elizabeth St. Loe en état d'arrestation et l'envoyait à la Tour de Londres. Manifestement bouleversé, St. Loe se tordit les mains. La gorge nouée, il ne parvenait pas à prononcer un mot.

Bess, sous le choc, resta abasourdie, puis la colère la gagna. Elle avait été loyale envers la reine lors des moments difficiles.

— Comment ose-t-elle me traiter de la sorte? Je lui suis fidèle depuis ses douze ans! Nous nous étions promis d'être amies, quoi qu'il arrive. Elle ne peut pas me faire cela!

— C'est la reine, Bess. Elle a tous les droits.

— Qu'elle aille au diable!

— Bess, je vous en prie, arrêtez. Vous devez obéir à cette injonction. Vous n'avez pas le choix, ma chère. Je vous jure que cela ne durera que quelques jours. Vous serez interrogée sur le mariage secret de Lady Catherine Grey. Préparez vos bagages. Je vous ferai envoyer des provisions et tout ce dont vous aurez besoin.

— Ce qu'il me faut, c'est la liberté. Je ne supporterai jamais d'être incarcérée.

— Vous êtes une femme courageuse, Bess. Vous êtes capable de tout supporter avec dignité.

« Comme vous me connaissez mal, St. Loe! songea-t-elle. Je peux tout supporter, certes, mais pas avec dignité. »

Bess décida d'emmener Cecily, sa femme de chambre. Le garde attendit patiemment qu'elle termine ses bagages. Elle refusa de laisser son mari l'accompagner. St. Loe confia de l'argent au garde pour procurer à Bess le plus de confort possible dans sa prison.

Bess entra à la Tour de Londres vêtue de sa plus belle robe. Elle fut enfermée dans le clocher, à l'endroit où Elizabeth avait séjourné, mais pas dans la même cellule. Par la fenêtre, elle apercevait la tour Beauchamp. Pendant trois jours, elle intériorisa sa colère. Puis, n'ayant aucune nouvelle des juges et n'ayant toujours pas été interrogée, elle explosa :

— Retourne à Windsor, Cecily. Je n'ai plus besoin de toi, ici. Si je ne fais rien, ne serait-ce qu'allumer du feu, je vais devenir folle. Tu me rendras visite chaque jour. Aujourd'hui, j'ai besoin de papier et de plumes, en grande quantité. Nul ne sera épargné par mes lettres vengeresses !

Bess était furieuse d'être injustement emprisonnée dans cette tour, alors que l'astrologue Draper, qui avait cherché à tuer les St. Loe, logeait dans la tour voisine. Bess écrivit à Elizabeth, à Cecil, à Robin Dudley et à St. Loe. Son mari fut le seul à lui répondre.

Mon tendre amour,
J'ai passé des heures agenouillé aux pieds de la reine à plaider votre cause. J'ai bon espoir que vous soyez bientôt libérée. Dans votre intérêt, je m'interdis de venir vous voir, afin de ne pas attiser la colère de la reine. Je vous adresse du charbon et des chandelles. Indiquez à Cecily ce dont vous avez besoin. Soyez courageuse, mon amour. Je trouverai un moyen de raisonner la reine.

Votre mari fidèle et aimant,
St. Loe

Bess jeta la lettre au feu.

— On ne peut raisonner un tyran !

Elle alluma une chandelle et suspendit ses vêtements propres. Puis elle tendit à sa domestique les draps à repasser.

— Pourrai-je avoir un miroir, la prochaine fois, Cecily ?

Bess supportait mal l'enfermement. Elle débordait d'énergie. Elle aimait la broderie, mais au bout de trois heures de travail sur une tapisserie, elle n'en pouvait plus. Elle dut se résoudre à attendre patiemment le bon vouloir de la reine. Parfois, elle avait plus pitié de St. Loe que d'elle-même. Elizabeth lui avait certainement interdit de venir la voir, et il n'osait pas lui désobéir. Le pauvre homme était impuissant dans tous les domaines.

Fin septembre, Catherine Grey mit un garçon au monde. Bien qu'elle fût confinée dans la tour, le jeune père eut la permission de rendre visite à son fils, grâce à la générosité de Warner, le lieutenant de la forteresse. Chacun se réjouit de savoir la mère et l'enfant en bonne santé.

Le mois d'octobre s'écoula, puis vint le mois de novembre. Bess espérait être libérée pour Noël. Elle ne pouvait envisager de passer les fêtes en prison. Elle écrivit à sa mère, à sa sœur Jane et à sa tante Marcella. Elle fit des recommandations à Sir William pour les cadeaux des enfants et se consacra aux comptes de Chatsworth, que James Cromp, qui gérait le domaine en son absence, lui apportait chaque mois.

Bess envoya une nouvelle lettre à Sir George et Lady Pierrepont pour négocier une union entre leur fils aîné et sa fille Frances, mais elle ne reçut pas de réponse.

Les lettres quotidiennes de Sir William décrivaient ses devoirs envers la reine, notamment les préparatifs des fêtes de Noël et du Nouvel An, ainsi que les projets de la reine pour l'année à venir. Il implorait chaque jour la souveraine pour obtenir la libération de sa femme et encouragea Bess à lui écrire pour lui présenter des excuses. Bess blêmit. Jamais elle ne demanderait pardon pour une faute qu'elle n'avait pas commise !

En décembre, ses espoirs d'être libre pour Noël s'envolèrent. En réalisant qu'elle était enfermée dans la tour depuis quatre longs mois et qu'elle ne voyait toujours pas le bout du tunnel, Bess sombra dans la dépression. Elle se sentait de plus en plus abandonnée. Dans sa solitude, elle n'avait que trop de temps pour méditer sur sa condition.

Les lettres mièvres et geignardes de William l'agaçaient. Si seulement il avait osé résister à la reine au lieu de s'aplatir devant elle! songeait-elle. Elle n'avait que faire d'un époux qui courbait l'échine. Ce qu'il lui fallait, c'était un homme capable de résister à ce tyran. Cavendish l'aurait tirée de ce mauvais pas, lui. Mais St. Loe n'était pas Cavendish. Bess soupira. La situation était désespérée. Dans ces moments-là, elle regrettait de l'avoir épousé, ainsi que George Talbot le lui avait prédit.

Fin janvier, Bess se mit à faire des rêves étranges, puis son vieux cauchemar resurgit. Allait-elle tout perdre, comme autrefois? Même sa vie? Sa colère se changea peu à peu en appréhension, puis en peur.

Elle commençait à croire qu'elle n'était pas emprisonnée à cause de Catherine Grey, mais parce que Elizabeth redoutait qu'elle ne tienne pas sa langue. Peu de gens savaient que Thomas Seymour avait été son amant, encore moins qu'elle avait peut-être porté son enfant. Combien étaient au courant que, quand Seymour avait épousé Catherine Parr, Elizabeth avait vécu avec eux dans une sorte de ménage à trois? Toutes les personnes impliquées étaient mortes, à part elle!

Bess en savait également plus que quiconque sur l'intimité de la reine et de Robin Dudley. N'avait-elle pas assisté à une conversation confidentielle, au cours de laquelle Elizabeth avait affirmé que Dudley avait tué sa femme afin d'être libre de l'épouser? En réalité, cet emprisonnement était un avertissement que lui adressait la reine. Il fallait qu'elle se taise. Elle ne pouvait confier ses craintes à son mari sans lui divulguer les secrets dont elle avait connaissance. De toute façon, St. Loe ne croirait jamais Elizabeth capable d'une telle cruauté.

Au cours du mois de février, les soupçons de Bess s'amplifièrent. À l'approche du printemps, elle supportait de plus en plus mal son incarcération. Les corbeaux qui peuplaient la tour commençaient à s'accoupler, émettant des cris rauques. Bientôt, les crocus allaient fleurir, puis les jonquilles. Bess aurait tout donné pour une promenade à cheval, pour laisser ses cheveux longs flotter au vent. Ses enfants lui manquaient, elle rêvait de revoir Chatsworth. Cela faisait six mois qu'elle était en prison, et elle craignait de perdre la raison si elle ne sortait pas rapidement.

Avec le printemps, elle sentit également monter son désir. Depuis la mort de Cavendish, ses pulsions s'étaient endormies. St. Loe ne l'avait jamais satisfaite. Toute son énergie était passée dans les travaux de Chatsworth, ses tâches à la cour et sa vie de mère de famille.

Son corps renaissait à la vie, affamé et exigeant. Elle faisait des rêves érotiques et se réveillait frustrée. Elle allait bientôt préférer la mort à la prison...

QUATRIÈME PARTIE

La comtesse

Londres, 1562

> *Hélas, mon amour !*
> *Vous avez tort*
> *De me chasser cruellement*
> *Alors que je vous aime depuis si longtemps*
> *Et que je recherche votre compagnie.*
> *Vous êtes ma joie,*
> *Vous êtes mon bonheur,*
> *Vous êtes mon cœur,*
> *Mais vous n'êtes pas ma femme.*

ANONYME

30

On frappa de grands coups à la porte de la cellule de Bess, puis un garde entra.

— Un monsieur vient vous rendre visite, Lady St. Loe.

— Il était temps, répondit-elle.

Bess en voulait à son mari. Elle savait qu'il n'avait agi que dans son intérêt, mais sa tendresse et son réconfort lui avaient manqué. Elle aurait aimé pouvoir pleurer sur son épaule. Soudain, sa gorge se noua. Et s'il était venu lui annoncer une mauvaise nouvelle ?

En voyant la silhouette qui se profilait sur le seuil, les yeux sombres de la jeune femme s'écarquillèrent d'effroi. Elle fixa, incrédule, l'impressionnant personnage.

— Shrewsbury… murmura-t-elle.

— Bess, pourquoi ne pas m'avoir informé de votre incarcération ? demanda-t-il, fâché.

— Vous êtes venu, murmura-t-elle, stupéfaite.

— Naturellement ! Et je serais venu bien plus tôt si vous m'aviez averti.

— Shrewsbury… répéta-t-elle.

George la domina de sa haute taille pendant un long moment, puis il la prit dans ses bras. Il était soudain le Prince Charmant qui accourait à sa rescousse. Jamais Bess n'avait connu d'homme plus puissant, plus fort que lui. Sans hésiter une seconde, elle se blottit contre son large torse et lui offrit ses lèvres.

Elle s'abandonna au plaisir de cette étreinte rassurante. La bouche de George s'empara de la sienne. Aussitôt, la jeune femme s'embrasa et perdit toute maîtrise de ses réactions. Un intense soulagement se mêlait à sa passion. Elle brûlait de se donner à lui, corps et âme.

Shrewsbury avait l'impression d'être le maître du monde. La réaction de Bess et son désir flagrant attisèrent son ardeur. Il était capable de décrocher la lune, prêt à tout pour la libérer de cet enfer. Ensuite, il la ferait sienne à tout jamais !

Bess était émerveillée par cette virilité qui ne demandait qu'à exploser. Elle ne voulait plus penser à rien, seulement sentir son parfum, toucher sa peau, laisser parler ses sens. Elle plongea les yeux dans son intense regard bleu, et ce fut comme si elle découvrait son beau visage pour la première fois. George avait un charme magnétique. Les yeux clos, les lèvres entrouvertes, elle se cambra, lui offrant son corps voluptueux et avide.

Les doigts experts de Talbot entreprirent de dégrafer sa robe, qui glissa sur ses épaules nacrées. Les bras nus de Bess s'enroulèrent autour de son cou. Elle se dressa sur la pointe des pieds pour mieux se fondre contre lui. La robe tomba sur ses hanches, révélant une fine chemise en soie.

— C'est très féminin de porter des dessous même en prison, là où nul ne peut les admirer.

Lorsque Talbot lui eut ôté son corset, la jeune femme se retrouva torse nu.

— Votre peau ressemble à de l'albâtre. Elle est trop belle pour être enfermée dans un endroit

422

pareil. Vos seins sont encore plus magnifiques que je ne les imaginais. Je vous jure que j'en ai rêvé chaque jour de ma vie depuis notre rencontre.

Bess s'humecta les lèvres.

— Autrefois, vous vous moquiez de moi à cause de ma poitrine généreuse. Vous vous rappelez ?

— Je me rappelle chaque parole que nous avons échangée, ainsi que toutes les pensées lubriques que vous avez fait naître en moi, petite mégère.

Les mains de la jeune femme se posèrent sur la veste de Talbot.

— Vite... souffla-t-elle.

Elle arracha les boutons de sa chemise, impatiente de sentir le contact de sa peau nue contre la sienne. En découvrant son torse musclé couvert d'une épaisse toison brune, la jeune femme retint son souffle, ivre de désir. Elle n'avait plus peur de rien. La passion l'emportait sur tout le reste.

George lui enleva sa robe, puis ses jupons, qui tombèrent à ses pieds. Vêtue de ses seuls bas, elle exposa sa nudité au regard bleu de Talbot.

— Petite mégère, murmura-t-il encore.

Il avait envie de la toucher, de la goûter, de la pénétrer. Sa main tremblante se glissa entre ses cuisses brûlantes. Elle le désirait autant que lui.

Elle s'attaqua aux vêtements de Talbot, l'aidant à son tour à se déshabiller. Brusquement, il la souleva de terre. Elle s'agrippa à ses épaules comme si sa vie en dépendait. Tous deux cherchaient un plaisir violent et rapide. Ils ne songèrent même pas à s'installer sur le lit. Shrewsbury plaqua Bess contre le mur et la pénétra brutalement.

Bess, les jambes enroulées autour de sa taille, faillit hurler de plaisir. Leurs bouches avides se trouvèrent, tandis qu'ils murmuraient des paroles inintelligibles.

Très vite, George fut sur le point d'exploser en elle. Il se retint, l'espace d'une seconde, et fut récompensé par le cri d'extase qui jaillit de la gorge de Bess.

— Oui! cria-t-elle, avant de s'écrouler sur lui.

Ils manquèrent tomber à terre. George porta Bess sur le lit, la sachant incapable de tenir debout, puis il passa les doigts dans ses cheveux flamboyants et emmêlés.

— Vous êtes si belle... Nous avons tant en commun. Nous sommes capables de tout donner et de tout prendre en même temps.

Les yeux de Bess brillaient d'un désir décuplé.

— Notre union est née au paradis ou en enfer. En ce moment, cela n'a aucune importance.

Elle avait l'impression d'avoir absorbé trop d'alcool, se sentait à la fois ivre et assoiffée. Le spectacle de ce corps ferme et souple, le parfum de sa peau, son goût un peu salé... Shrewsbury était viril jusqu'au bout des ongles : dominateur, brutal et dangereux. Et il mettait ses sens en émoi...

Ils s'embrassèrent à nouveau, à perdre haleine. Durant ces longs mois d'incarcération, Bess avait cru perdre la raison. Cette fois, un sentiment encore plus troublant s'emparait d'elle. Plus que tout au monde, elle voulait combler le vide qui l'habitait depuis si longtemps. Elle se cambra entre ses bras, se frottant contre lui pour faire renaître son désir. Enfin, n'y tenant plus, elle écarta les cuisses pour se donner à lui.

Il s'exécuta, cherchant à ralentir le rythme de ses coups de reins, mais il en fut incapable. Son corps ne lui obéissait plus. Il devait d'abord apaiser ses instincts avant de pouvoir l'aimer comme il le souhaitait, avec tendresse. Leurs corps fébriles et moites allaient et venaient au même rythme. Cette fois, il n'eut pas à l'attendre. Dans un dernier spasme, elle poussa un cri d'extase. Cette deuxième étreinte fougueuse ne les rassasia pas. Au contraire, elle les laissa encore plus affamés.

Il se retira et la couvrit de baisers, descendant le long de ses bras, de ses cuisses, caressant sa peau satinée, explorant de la langue les moindres replis de son corps.

Lentement, Bess ouvrit les yeux. La pièce se mit à tourner. Haletante, elle vit les cheveux noirs de Talbot contre son ventre.

Alors, elle se rendit compte qu'elle venait de commettre un adultère. Jamais elle n'avait laissé son cœur prendre le dessus sur sa raison. Pour la première fois, ses pulsions l'avaient emporté. Mais la culpabilité qu'elle éprouvait n'avait aucun rapport avec son mari. En réalité, elle avait l'impression d'avoir trahi Cavendish. Bess effleura les boucles noires de son amant.

— Assez, murmura-t-elle.

— Je voudrais vous aimer encore une fois, implora Talbot, ivre de désir.

— Ce que nous avons fait n'a rien à voir avec l'amour. Il s'agissait de luxure, rien de plus. C'était merveilleux, je l'admets, mais c'était de la luxure.

Shrewsbury ressentait plus qu'un désir charnel pour la jeune femme, mais il se garda d'évoquer ses sentiments profonds.

Bess s'assit et rejeta ses cheveux en arrière.

— Shrewsbury, je viens de trahir mon mari, et vous votre femme. Il est impossible de revenir en arrière, mais nous pouvons faire en sorte que cela ne se reproduise plus jamais.

Plus jamais? George esquissa un sourire sensuel. Bess était incapable de se passer de ce tourbillon des sens. À contrecœur, il ramassa ses vêtements et parut enfin se rappeler le but de sa visite.

— Je reviendrai demain pour vous conduire dans une salle d'interrogatoire. Ensuite, vous ne tarderez pas à être libérée.

Tandis que Bess enfilait ses jupons, il reprit :

— Ne vous rhabillez pas. Je veux vous voir nue jusqu'à mon départ.

Elle n'hésita qu'un instant. Il lui avait donné tant de plaisir. Comment lui refuser cette dernière faveur ?

Après le départ de Shrewsbury, Bess se rendit compte qu'il lui avait apporté bien plus que du plaisir. Il avait chassé ses pensées les plus sombres, lui avait redonné espoir en la vie. Elle avait retrouvé sa confiance en elle. Pleine d'énergie, elle se demanda combien de temps elle allait encore rester enfermée dans la tour. Puis un sourire énigmatique se dessina sur ses lèvres. Après sept mois passés en prison, elle était capable de tout.

Comme promis, Shrewsbury revint le lendemain. Bess garda ses distances, sachant qu'il ne faudrait pas grand-chose pour qu'elle se jette à son cou. Elle avait trouvé un bouton de la chemise de George par terre et le serrait dans son poing, tel un souvenir de leurs ébats.

Dans la salle d'interrogatoire, Shrewsbury lui posa des questions sur le mariage secret de Lady Catherine Grey. Il voulut savoir si elle avait été complice de cette trahison contre la reine. Bess lui raconta la stricte vérité. Talbot parut amusé. Elle lui confia alors des pensées plus intimes.

— À mon avis, mon incarcération n'a rien à voir avec Catherine. C'est une mise en garde contre ce que je pourrais révéler.

Talbot porta un doigt à ses lèvres.

— Quand vous passerez devant le Conseil privé, il faudra tout nier en bloc.

— Avez-vous été désigné pour m'interroger parce que vous êtes un membre important du Conseil privé ?

— Je suis également gouverneur de la région où vous habitez. Toutefois, personne ne m'a choisi, Bess. J'ai insisté pour venir.

Il s'approcha d'elle et lui prit la main.

Bess se sentit aussitôt brûlante. Elle faillit se précipiter dans ses bras, mais parvint à se retenir. En ouvrant le poing, elle constata que le bouton en nacre lui avait meurtri la paume. Un désir intense assombrissait le regard clair de son compagnon. Elle baissa les paupières pour dissimuler son trouble. George lui baisa tendrement la main, mais Bess s'écarta brusquement.

— Je n'ai pas le sang assez bleu pour vous, Monseigneur, déclara-t-elle.

— Votre sang n'est pas bleu du tout, petite sorcière, répondit-il avec un sourire.

— Vous n'êtes qu'un vil séducteur, murmura-t-elle, bien décidée à lui faire payer cette insulte.

Bess fut ensuite interrogée par le Conseil privé, qui remit son rapport à William Cecil. Celui-ci fut abasourdi d'apprendre que Lady St. Loe était encore emprisonnée. Il conseilla à la reine de la libérer sans tarder. Le 25 mars, quinze jours après la première visite de Shrewsbury, Bess vit la porte de sa cellule s'ouvrir enfin.

La jeune femme franchit le seuil, se promettant de ne plus jamais subir une telle épreuve. Par le passé, chaque fois qu'une personne était venue lui demander un service, elle s'était efforcée de se mettre à sa place. Elle se jura alors de ne plus jamais agir de la sorte. Désormais, elle ne lutterait plus que pour elle-même, si égoïste que cela pût paraître.

Ses retrouvailles avec son mari furent tendres et touchantes. Les larmes de St. Loe lui firent oublier ses griefs à son égard.

William lui offrit un coffret en velours qui renfermait un pendentif et des boucles d'oreilles en saphirs d'un bleu profond. Par ce cadeau, il espérait se soulager de la culpabilité qui le hantait. Il savait qu'il aurait dû rendre visite à Bess en prison.

— Chéri, ces merveilles sont encore plus belles que les bijoux que vous avez offerts à la reine. Je vous remercie du fond du cœur.

— Elizabeth a besoin de bijoux pour être éclatante. Pas vous, Bess.

Elle l'embrassa.

— Jamais vous ne m'aviez fait un aussi beau compliment.

En mai, le Conseil privé déclara qu'il n'y avait pas eu de mariage entre Lady Catherine Grey et le jeune Teddy Seymour. Les enfants nés de cette union étaient par conséquent considérés comme des bâtards. Le couple fut enfermé à la tour à vie pour copulation illégale.

Dès son retour à la cour, Lady St. Loe vit affluer ses amies. Elle était invitée à toutes les soirées et s'y rendait, ravie de montrer ses toilettes et ses bijoux somptueux. Après cette absence forcée, elle était plus enjouée et spirituelle que jamais, repoussant les avances de Shrewsbury et profitant des faveurs de la reine comme si rien ne s'était passé.

À la fin du printemps, Bess décida d'avoir une conversation sérieuse avec son mari.

— William, j'aimerais partir assez tôt pour Chatsworth, cette année.

— C'est une excellente idée. Vous pourrez passer plus de temps avec les enfants.

Bess prit une profonde inspiration.

— Je ne reviendrai pas à la cour, cet automne. J'ai l'intention de m'installer à Chatsworth en permanence.

— Et la reine ?

— Elle a démontré qu'elle parvenait très bien à se passer de mes services.

— Vous ne lui avez pas pardonné ! s'exclama-t-il, sidéré.

— Bien sûr que je lui ai pardonné. Je pardonne facilement. Mais je n'oublie jamais.

— Bess, je vous aime tant… Vous allez me manquer.

— J'aimerais que vous songiez à vous retirer de la cour pour m'accompagner. Cavendish s'est tué à la tâche. Ne croyez pas être à l'abri d'un tel accident.

— Bess, la reine a besoin de moi, répondit-il, avec une telle sincérité que Bess en eut les larmes aux yeux.

« À la minute où vous mourrez, songea-t-elle, une dizaine d'hommes viendront prendre votre place. Elizabeth vous offrira des funérailles nationales si elle est d'humeur généreuse, ce jour-là, et ce sera tout. » Toutefois, Bess se refusa à détruire les illusions de son mari.

— Au moins, promettez-moi d'y réfléchir, conclut-elle.

Bess partit pour Chatsworth en compagnie de ses fils. À Nottingham, elle les installa dans la meilleure auberge, avec leurs domestiques, et se rendit à Holme Pierrepont. Ses craintes de se voir refuser l'entrée chez Sir George et Lady Pierrepont s'envolèrent vite. À Nottingham, personne ne se souciait des histoires de la cour et du triste destin de Lady Catherine Grey.

Lady St. Loe et Sir George négocièrent les fiançailles de leurs enfants. Après lui avoir exposé les problèmes d'héritage que son fils Henri risquait de rencontrer s'il n'était pas marié, Bess lui annonça le montant de la dot de Frances, précisant que le jeune couple recevrait en cadeau l'un de ses manoirs après le mariage. Ils signèrent les documents officiels. Lady Pierrepont invita Frances Cavendish à passer l'été chez elle afin que les fiancés apprennent à se connaître. En repartant, Bess se félicita du succès de son entreprise.

À Chatsworth, Bess fut accueillie à bras ouverts. Elle embrassa Francie, puis se pencha vers Elizabeth et Marie, ses cadettes, qui semblaient avoir un tas de choses à lui raconter.

— Comment cette garce a-t-elle osé t'enfermer pendant trente semaines ? s'indigna Marcella, fulminant de rage.

— Trente et une semaines, corrigea Bess, avant d'éclater de rire. Une reine se doit d'être cruelle, sinon elle perd son trône. Enfin, je suis sortie de ma cage et j'ai l'intention de profiter pleinement de ma liberté retrouvée.

— C'est si bon de te revoir parmi nous ! dit sa mère en l'embrassant.

— J'espère que vous êtes sincère, mère, car je compte m'installer ici pour toujours. Avez-vous trouvé un nouveau mari ? ajouta-t-elle en plaisantant.

— À propos de liberté, j'ai décidé de ne plus jamais m'encombrer d'un mari. Ralph et moi nous aimions tendrement, c'est vrai, mais j'avoue que la vie de veuve n'a pas que des inconvénients.

Bess dévisagea sa mère, incrédule, car elle-même se demandait encore comment elle avait survécu à l'épreuve de son veuvage.

— Chérie, je suis si maladroite! s'exclama sa mère.

— Il est temps de tourner la page et de profiter de l'instant présent. *Carpe diem!*

— Toutes ces expressions latines! grommela Marcella. Il n'y a pas à dire, la cour a fait de toi une femme du monde.

— J'ai appris quelques bonnes manières, c'est vrai, mais je ne serai jamais une intellectuelle, répondit la jeune femme.

Elle contempla ses filles avec fierté. Du haut de ses sept ans, Elizabeth était de toute évidence la plus jolie. Elle aimait les belles robes et faisait preuve d'un caractère doux et docile. La petite Marie, en revanche, était un petit monstre roux, au caractère emporté et entêté.

— Vos frères sont sans doute aux écuries, avec les chevaux et les chiens. Allez les rejoindre quelques instants. Je dois discuter sérieusement avec votre sœur aînée.

Main dans la main, Bess et Francie sortirent dans le jardin et s'assirent sur un banc en pierre, au bord d'un étang. Comme toujours, Bess s'émerveilla de la ressemblance de sa fille avec son père. Elle avait ses yeux sombres et rieurs. Frances était bien une Cavendish.

— Chérie, je viens de signer les documents concernant tes fiançailles avec Henri Pierrepont. J'espère que tu n'as pas changé d'avis à ce sujet.

Elle scruta le visage de sa fille, guettant sa réaction, et vit un sourire sincère l'illuminer.

— Je crois qu'il est amoureux de moi, confia la jeune fille.

— Mais toi, Francie ? J'ai connu l'amour. C'est bien plus agréable qu'une simple amitié, tu sais.

— Eh bien, je l'aime peut-être, mais je ne le lui dirai certainement pas, déclara Francie avec un clin d'œil malicieux.

— Lady Pierrepont t'invite à séjourner chez elle cet été pour que vous appreniez à vous connaître. Promets-moi une chose : si tu as le moindre doute, viens aussitôt m'en parler. Tu vas devoir passer ta vie auprès d'Henri. Autrefois, j'ai promis à ton père que tu ferais un beau mariage. Henri est l'héritier des Pierrepont. Tu ne manqueras jamais de rien. Mais je tiens aussi à ton bonheur. La sécurité matérielle ne suffit pas.

— C'est promis, dit la jeune fille. Vous êtes la meilleure des mères. Pourrai-je avoir de nouvelles robes ?

— Nous allons les impressionner avec une garde-robe de princesse. Une femme n'a jamais trop de toilettes.

Une femme… Bess n'arrivait pas à croire que son enfant avait déjà quatorze ans. Sa gorge se serra au souvenir de l'angoisse qui l'avait éteinte quand elle avait découvert qu'elle était enceinte de Cavendish. Mais la vie lui avait fait le plus beau des cadeaux : Francie était merveilleuse.

31

Pleine d'énergie, Bess faisait chaque jour de longues promenades à cheval sur son domaine. Ses enfants l'accompagnaient parfois. Cependant, ses fils préféraient s'amuser et se pourchasser. Bess se retrouvait alors seule dans la campagne et flânait à sa guise. Elle appréciait surtout la forêt de Sherwood, qui grouillait d'une faune riche et variée.

Elle fit couper du bois qu'elle engrangea pour l'hiver. Le moulin de Chatsworth fut restauré. Bess apporta également quelques transformations à ses manoirs d'Ashford, de Lark Meadow et de Dove-ridge. Le domaine couvrait des milliers d'hectares. St. Loe était devenu le plus grand propriétaire ter-rien de la région après Shrewsbury.

Parmi ses nombreux troupeaux, Bess possédait une quarantaine de bœufs, cinq cents brebis dont beaucoup venaient de mettre bas, ainsi que des moutons. La plupart étaient castrés et destinés à l'alimentation. Ses fermiers élevaient aussi des bovins d'excellente qualité et des porcs. Le bétail se nourrissait des récoltes locales, Chatsworth pro-duisant ses propres céréales.

Les travaux d'aménagement de Chatsworth continuaient. Bess fit ériger un porche majestueux. Chaque fois qu'elle entendait parler de la vente d'un domaine, d'une abbaye qu'on démantelait, elle se précipitait pour dénicher des trésors destinés à sa maison. Elle possédait bien plus de tapisseries que sa maison ne pouvait en contenir. Quand elle fai-sait l'acquisition d'un objet d'art, elle était inca-pable de s'en séparer.

Un matin, Bess se leva aux aurores. Le ciel rou-geoyait encore, annonçant un orage avant la fin de la journée. Décidant de chevaucher de bonne heure, la jeune femme se dirigea vers la forêt de Sherwood, où l'on apercevait parfois des biches, à l'aube ou au crépuscule. Elle vit un lièvre détaler devant un renard. S'arrêtant au bord d'un ruisseau, elle contempla oiseaux et poissons.

Au loin retentit un cor de chasse, dont les notes mélodieuses se rapprochèrent peu à peu, accompagnées d'aboiements furieux. Bess s'enfonça dans les arbres et se retrouva soudain face à un groupe de chasseurs. Tous arboraient l'écusson blanc des Talbot. Shrewsbury en personne s'avança, portant un cerf abattu sur la croupe de son cheval.

En la reconnaissant, il mit pied à terre et ordonna à ses hommes de s'éloigner avec les chiens.

Le cœur de Bess se mit à battre la chamade. Pourquoi George avait-il le pouvoir de lui donner envie de vivre ? Elle esquissa un sourire.

— Vous braconnez sur mes terres, Monseigneur... Mais ce n'est pas la première fois, n'est-ce pas ?

— Vous faites allusion à la tour. Il se trouve que j'étais invité, petite sorcière.

Bess parvint à dissimuler son amusement.

— Je ne vous ai pas écrit pour vous remercier de ma libération. Je vous avais payé d'avance.

— Vous avez décidément une langue acérée.

— Pas toujours.

— Je n'en doute pas. Il vous arrive certainement d'avoir une langue de velours.

— Voilà des propos très intimes, Monseigneur.

Durant leur joute verbale, leur désir ne cessa de croître. Shrewsbury la rejoignit et posa une main possessive sur son genou.

— Vous êtes bien audacieux. Méfiez-vous de ma cravache, dit-elle en agitant l'objet en question.

— Si vous n'arrêtez pas de me provoquer ainsi, je vais vous montrer ce dont je suis capable.

— Vous me l'avez déjà montré, je crois. Par deux

fois. À votre âge, vous devriez être en mesure de contrôler vos ardeurs.

— Bess, vous n'imaginez pas les efforts que je déploie en ce moment pour me contrôler. Je meurs d'envie de vous prendre dans mes bras et de déchirer vos vêtements. Pourquoi diable êtes-vous en noir, aujourd'hui ? Vos dessous sont-ils un peu plus gais ?

— Ils sont rouges. Mais ne me touchez pas. Vous avez le sang de ce cerf sur les mains.

— Cela ne se verra pas, sur du rouge.

— Vous ne le saurez jamais, dit-elle en rejetant ses cheveux en arrière d'un air de défi.

D'un regard fier, il releva le défi. Sans hésiter, il glissa une main sous sa jupe. Bess entendit le tissu se déchirer. George venait d'arracher un lambeau de son jupon et brandissait le morceau de soie d'un geste triomphant.

— Vous êtes diabolique, lança-t-elle en brandissant sa cravache.

— Fouettez-moi, pour voir ce qui se passe, suggéra-t-il.

Bess s'humecta les lèvres et se mit à rire.

— Cela vous plairait, n'est-ce pas ? Mais j'ai bien l'intention de rester sage.

Talbot scruta son expression, puis il reprit son sérieux.

— Bess, accepteriez-vous de faire une promenade à cheval en ma compagnie, un jour prochain ?

Elle plongea les yeux dans son regard bleu.

— Bien sûr, puisque vous convoitez cette portion du bois de Sherwood qui m'appartient. Je veux bien chevaucher en votre compagnie, aller à la chasse, bavarder, même dîner, mais je refuse d'avoir des rapports intimes avec vous, alors ne me le demandez pas.

«Nous verrons bien, ma beauté, songea-t-il. Nous verrons bien. »

— Étant donné que vous acceptez de dîner avec moi, je vous invite à Sheffield pour fêter le mariage de mon fils, dans un mois.

Bess retint son souffle. L'héritier du comte de Shrewsbury était certainement le meilleur parti d'Angleterre. Elle se demanda quelle jeune fille au sang bleu Talbot jugeait digne d'être sa bru.

— Qui est l'heureuse élue ? s'enquit-elle d'un ton volontairement léger.

— Anne Herbert, la fille du comte de Pembroke.

Bess faillit s'étouffer de jalousie. William Herbert et sa comtesse avaient conclu une alliance très avantageuse pour leur fille. Jusqu'à cet instant, Bess croyait avoir trouvé un beau parti pour Francie, mais la fortune du jeune Henri Pierrepont faisait pâle figure à côté de celle de Francis Talbot.

— C'est formidable, déclara Bess en ravalant sa rancœur. J'attends votre invitation avec impatience.

— Viendrez-vous ou non ? fit Talbot en soutenant son regard. Vous ne m'avez pas répondu.

— Je viendrai avec plaisir, répondit Bess avec un sourire. Mais je décline toute autre proposition.

— Nous verrons, conclut-il avec son arrogance coutumière.

— Malédiction ! rageait Bess. Cette maudite Anne Herbert a mis le grappin sur le plus beau parti de la décennie en mariant sa fille avec le fils de Shrewsbury !

Marcella haussa les sourcils.

— Je parie que c'est Talbot et William Herbert qui ont négocié l'affaire. La comtesse de Pembroke n'a sans doute rien à voir dans cette union.

— Le simple fait qu'elle soit comtesse est le plus

important, au contraire. Seule une fille de comtesse est digne de cet arrogant de George Talbot !

Robert Bestnay, le secrétaire de Bess, lui apporta le courrier, précisant qu'il était plus abondant que de coutume.

— Quand on parle du loup, fit Bess en découvrant une enveloppe portant le blason du comte et de la comtesse de Pembroke.

Elle prit rapidement connaissance de son contenu et poussa une exclamation de colère.

— Enfer et damnation ! Non seulement cette gourde épouse Francis Talbot, mais ce grand nigaud d'Henri Herbert, son frère, épouse Catherine Talbot, la fille aînée de Shrewsbury, le même jour !

— Il est normal qu'ils cherchent à garder leur fortune dans la famille, commenta Marcella avec bon sens.

— George ne m'en a jamais parlé !

— George ? répéta Marcella d'un ton interrogateur.

Bess secoua la tête en rougissant.

— C'est ainsi que je l'appelle, entre autres noms. Gertrude Talbot doit être une garce sans cœur. Sa fille Catherine n'a pas plus de dix ans. Je trouve ces pratiques honteuses.

— Quand des fortunes aussi colossales que celle des Shrewsbury sont en jeu, il faut les protéger par des mariages précoces. Tu as pourtant le sens des affaires, Bess. Ton attitude me surprend.

Bess ne put s'empêcher d'avouer :

— Je suis simplement verte de jalousie que mes propres enfants ne se marient pas avec ceux des Talbot.

En reprenant la lecture de la lettre, Bess poussa un nouveau cri.

— Anne Herbert écrit qu'elle est impatiente de passer quelques jours à Chatsworth. Mon Dieu! Tous les gens importants seront là!

Elle posa la lettre. Soudain, elle affichait une mine radieuse.

— Tout le monde va m'envier en découvrant ma maison. Robert, trouvez-moi James, Francis Whitfield et Timothy Pusey, ordonna-t-elle. Il faut que les remparts soient terminés avant le mois prochain et que tout soit nettoyé.

Parmi le courrier se trouvaient également des lettres de Nan Dudley et de William Parr, marquis de Northampton, l'informant qu'ils viendraient au mariage. Chacun cherchait à se faire inviter à Chatsworth. Bess garda la lettre de St. Loe pour la fin, ignorant qu'elle contenait la nouvelle la plus époustouflante. Sa Majesté la reine Elizabeth avait l'intention d'assister au double mariage. Elle résiderait à Haddon Hall, à quelques miles de Chatsworth.

— Je n'arrive pas à y croire. Je vais recevoir la reine et sa cour!

Bess s'entretint avec les jardiniers et tout son personnel, à présent considérable, pour leur exposer ses consignes. Elle consulta le garde-chasse pour s'assurer qu'il y aurait du gibier en grande quantité sur les terres. Elle inspecta les livrées des domestiques, ainsi que le linge et la vaisselle. Elle fit venir du vin, puis dressa une longue liste de provisions que St. Loe achèterait dans la capitale et acheminerait par bateau dans le Derbyshire. Elle ordonna à ses musiciens d'apprendre de nouveaux morceaux, car les courtisans appréciaient autant la musique que la danse.

Les trois étages de Chatsworth étaient achevés, Bess savait qu'aucune demeure ne pouvait rivaliser avec la sienne dans toute la région. Certes, le château de Sheffield était plus vaste. Les Talbot avaient davantage de domestiques et des meubles de grande valeur, qu'ils se transmettaient de génération en génération, mais Chatsworth reflétait le goût très sûr de Bess.

Quand elle estima que sa demeure était à sa convenance, Bess réfléchit à sa toilette. Elle voulait être radieuse et éclipser toutes les autres femmes présentes au mariage. Elle convoqua sa couturière et demanda à sa mère et à sa sœur de venir, car elles avaient toutes deux besoin de nouvelles robes.

Bess examina deux pièces de tissu, l'un doré et l'autre argenté, mais ces couleurs étaient trop en vogue à la cour. Elle secoua la tête.

— Non. Je compte porter mes saphirs. Il me faut une robe qui les mette parfaitement en valeur.

— Tes seins s'en chargeront très bien, chérie, intervint sa mère.

— Je crois qu'une robe bleu saphir serait idéale, avec un décolleté plongeant.

— Velours ou brocart, Lady St. Loe ? s'enquit la couturière.

— C'est un peu lourd pour cette saison. Du taffetas, peut-être. Je trouve son froufrou divin.

— On jurerait que tu cherches à séduire un homme, déclara sa mère.

— Je crois plutôt que Bess s'habille pour impressionner les autres femmes, dit Jane. Elle parvient toujours à les rendre ordinaires.

— Merci de l'avoir remarqué, Jane ! s'exclama Bess.

— Dois-je doubler les manches d'argent, Lady St. Loe ? C'est très joli sur une robe foncée.

— Non. Je préfère les manches bouffantes, striées de soie crème.

Bess prit une feuille de papier et un fusain.

— Je veux une robe à la dernière mode. Je vais vous montrer.

Elle esquissa un col rond, qui formait un demi-cercle derrière la tête.

— Je veux que le ton crème fasse ressortir mes cheveux. On pourrait l'ourler de perles bleues assorties à mes saphirs.

Elle soupira et ajouta :

— Si seulement j'avais les moyens de coudre de vrais saphirs sur mes robes ! Seule la reine peut se permettre ces fantaisies.

— Souhaitez-vous des sous-vêtements saphir ou crème, Lady St. Loe ?

Bess réfléchit un instant, puis elle sourit d'un air mystérieux.

— Et si je choisissais une couleur tout à fait inattendue ? Du vert jade, par exemple ?

La couturière parut étonnée, mais elle n'osa lui conseiller une couleur plus discrète. Elle préféra détourner la conversation.

— J'ai terminé la culotte d'équitation en chamois, annonça-t-elle.

— Fort bien ! Je vais l'essayer. Dites à Cecily de me rapporter mes hautes bottes en cuir noir et ma petite veste cintrée.

Bess enfila ces vêtements masculins et admira l'effet obtenu dans une glace.

— Bess, j'espère que tu ne comptes pas t'afficher ainsi en public ! s'exclama sa mère.

— Cette tenue est idéale pour monter à califourchon, répondit la jeune femme en écartant les jambes.

— Une dame ne monte pas à califourchon ! protesta sa mère en blêmissant.

— Qui a dit que j'étais une dame ? Et où est-il

écrit qu'une femme ne peut pas porter une culotte et chevaucher à califourchon sur ses propres terres ?

On frappa à la porte. Robert Bestnay se présenta.

— Je suis désolé de vous déranger, Lady St. Loe, mais Cromp est en bas. Il souhaite vous parler de toute urgence.

Bess descendit l'escalier d'un pas léger, sans se soucier de sa tenue peu conventionnelle.

— James, que se passe-t-il ? Un problème ?

— En effet, Madame. Il y a quelques jours, Timothy Pusey a eu des difficultés à encaisser le loyer de plusieurs fermiers. Je l'ai renvoyé à la charge en lui recommandant d'être ferme, de n'accepter aucune excuse, mais une émeute a éclaté.

— Une émeute ? Qui sont ces fermiers qui posent problème ?

— Ceux de Chesterfield, Madame.

— Allons-y ! décida-t-elle en prenant ses gants et sa cravache.

Un garçon d'écurie commença à seller sa jument préférée, mais Bess l'arrêta.

— Non. Je vais prendre Raven. Il est plus rapide. Mettez-lui une selle normale.

Elle enfourcha sa monture, un superbe étalon noir, et la lança au galop dès la sortie des écuries.

Dans le village de Chesterfield, la foule s'était réunie. Manifestement, l'arrivée du comte de Shrewsbury avait provisoirement mis fin aux bagarres.

— Ce sont mes fermiers, dit Bess. En quoi cette histoire vous concerne-t-elle ?

George dévora des yeux cette femme assise à califourchon sur son étalon, puis il continua à la contempler tandis qu'elle descendait de cheval. Les mains sur les hanches, elle était prête à l'affronter.

— Je fais mon travail. Ce village est trop proche de ma propriété de Bolsover à mon goût. Les émeutes ont tendance à se propager comme une traînée de poudre si l'on n'intervient pas dès le début.

Bess se tourna vers Timothy Pusey, qui avait un œil au beurre noir.

— D'où vient le problème ?

Shrewsbury répondit à la place du régisseur :

— Les journaliers de Hardwick n'ont pas été payés depuis des semaines. Ils refusent donc de régler leurs loyers.

— Comment se fait-il que vous soyez au courant avant moi ? demanda Bess, furieuse.

— Je suis informé de tout ce qui se passe dans cette région, vous le savez bien.

Cette pensée agaçait la jeune femme.

— S'ils refusent de payer leurs loyers, je mettrai des moutons sur ces terres. Ils seront bien avancés.

— Bess, ils sont totalement démunis. Ils ont à peine de quoi manger.

Elle le dévisagea. « Tiens, tiens, songea-t-elle. Qui aurait cru le comte de Shrewsbury capable d'une telle compassion envers le peuple ? »

— J'en parlerai à mon frère, déclara-t-elle.

— Cela ne résoudra pas le problème. James Hardwick laisse son domaine aller à vau-l'eau.

— Êtes-vous en train de rendre mon frère responsable de ces troubles ? s'exclama-t-elle, hors d'elle, tout en sachant qu'il avait raison.

— C'est un incapable, déclara Shrewsbury en soutenant son regard, la mettant au défi d'affirmer le contraire.

Bess se mordit les lèvres et dut admettre l'évidence.

— James n'a guère le sens des affaires. Je fais un homme plus compétent que lui.

442

Shrewsbury observa ses cuisses galbées et sa poitrine.

— Vous êtes une vraie femme. Et ne vous avisez plus jamais de porter cette tenue ridicule et provocante.

Il mourait d'envie de la prendre dans ses bras.

— Vous n'êtes qu'une brute, murmura-t-elle, ravie qu'il la trouve provocante.

Des exclamations de colère s'élevèrent parmi la foule.

— Laissez-moi m'en charger. Je pourrais facilement casser cette émeute par la force. Je possède une armée de quarante hommes. Mais la force n'est pas la solution.

Sans attendre sa réponse, il s'adressa aux paysans :

— J'offre un emploi à tous ceux qui le voudront dans mes mines de charbon et de plomb !

Bess remonta en selle et déclara à son tour :

— Moi aussi, je possède des mines, ainsi que des troupeaux de moutons à garder.

Soudain, Bess se rappela combien il était dur de vivre dans le besoin. Son cœur se serra.

— Je vous accorde une semaine de chasse sur mes terres pour garnir vos réserves. Si vous avez besoin d'autre chose, parlez-en à mes régisseurs.

La foule entoura Bess et Shrewsbury pour les remercier avec chaleur. Ils s'écartèrent, gênés par ces marques de gratitude.

— Venez vous promener avec moi, proposa Shrewsbury.

Bess talonna Raven. Les deux étalons partirent au galop et s'éloignèrent rapidement du village. Arrivés à un bosquet, ils ralentirent, puis s'arrêtèrent. Les cavaliers échangèrent un regard. Shrewsbury s'approcha de la jeune femme.

— Je jurerais que vous vous êtes habillée ainsi pour attiser mon désir.

— Je préfère attiser votre colère.

— Voyez l'effet que vous me faites, dit-il en désignant son entrejambe. Et si nous étions amants ?

Elle releva fièrement le menton.

— Il me faut plus que quinze centimètres de chair pour me pousser à commettre un tel péché.

— Seize, corrigea-t-il.

Ils se toisèrent longuement, avant d'éclater de rire en songeant aux absurdités que leur désir réciproque les poussait à proférer.

— Je parlerai à mon frère des fermiers de Hardwick. Merci de m'avoir aidée.

— Bess, je suis votre humble serviteur, répondit-il.

Elle le regarda partir avec regret. Dire qu'ils auraient pu si bien s'entendre !

32

Se trouvant près de Hardwick, où vivait son frère, Bess s'y rendit à cheval, sans prendre la peine de passer chez elle pour se changer. D'ailleurs, cette tenue masculine lui conférait une certaine autorité, et elle en aurait besoin pour affronter James.

En remontant l'allée qui menait à sa maison d'enfance, Bess se rappela combien elle y était attachée, malgré son état de décrépitude. Elle tira sur les rênes et observa la demeure avec nostalgie. Le souvenir de l'éviction de sa famille lui revint à l'esprit. Aujourd'hui, elle était atterrée de voir le manoir si mal entretenu. Elle s'en voulut presque de se consacrer entièrement à Chatsworth.

À six ans, elle s'était juré de récupérer Hardwick. Et elle avait tenu sa promesse, mais pour le compte de son frère James, pour que ses droits soient respectés. Et voilà ce qu'il en avait fait ! La colère l'emporta rapidement sur la mélancolie et les remords. Pourquoi James ne se conduisait-il pas en homme responsable ? Pourquoi ne gérait-il pas convenablement son domaine ?

Bess mit pied à terre et attacha son étalon à un arbre, puis elle frappa à la porte d'un coup de cravache et entra. Ignorant la domestique qui venait à sa rencontre, elle s'adressa directement à sa belle-sœur :

— Où est-il, Lizzie ?

La jeune femme la dévisagea, choquée par son accoutrement d'homme, et lui indiqua le salon.

Bess avança d'un pas décidé.

— James Hardwick ! Pendant que tu te soûles, tes fermiers se révoltent parce qu'ils ne peuvent plus payer leurs loyers !

— Lady St. Loe ! railla-t-il. Bienvenue dans mon humble demeure.

— Ne me parle pas sur ce ton. Tu es un imbécile et un paresseux !

— Tu as toujours juré comme un charretier, et voilà que tu t'habilles en homme, maintenant. Une queue serait-elle en train de pousser entre tes cuisses, ma chère sœur ?

— Si j'étais un homme, je t'infligerais une sacrée correction, riposta Bess. À présent, explique-moi ce qui se passe sur le domaine.

L'expression moqueuse de James disparut.

— Je ne m'en sors plus, Bess. J'ai pourtant tout essayé. Soit les récoltes sont mauvaises, soit les bêtes meurent de maladie. Ce printemps, je n'ai même pas pu vendre ma laine. Il paraît qu'elle est de mauvaise qualité et infestée de parasites. J'ai tout brûlé.

— Mon Dieu, James, montre-toi un peu plus efficace ! Tu sais pourtant qu'on doit absolument traiter les bêtes. Il faut beaucoup travailler pour faire fructifier des terres et bien les gérer. Nous, les propriétaires, sommes responsables de nos fermiers.

— Il y a des mois que je ne suis pas allé collecter les loyers. Ces maudits fermiers ne peuvent pas payer, dit-il, sur la défensive.

— Tout cela est bien joli, mais que deviennent ceux qui travaillent pour toi et louent mes terres ? Pas étonnant qu'une émeute ait éclaté à Chesterfield ! Mes fermiers doivent payer leurs loyers, eux ! Pourquoi n'as-tu rien fait pour arranger la situation ?

— C'est toi qui es riche à millions ! Et tu n'as rien fait, toi non plus, que je sache ! lança-t-il.

— Au cas où tu l'aurais oublié, je viens de passer presque huit mois dans une cellule de la Tour de Londres.

— Tu le méritais certainement. Tu as toujours été une garce, une intrigante.

Bess avança d'un pas vers son frère et brandit sa cravache. Derrière elle, elle entendit sa belle-sœur crier :

— Ne le blessez pas, par pitié ! James est resté un mois à la prison de Fleet pour dettes.

Bess fit volte-face et fixa sa belle-sœur. Puis son regard perçant se porta sur son frère.

— Comment en es-tu sorti ?

— J'ai emprunté de l'argent pour régler mes dettes.

— Tu as hypothéqué Hardwick ? demanda Bess.

James hocha la tête. D'un geste furieux, Bess lui assena un coup de cravache sur l'épaule.

Il attrapa vivement l'objet.

— Quel autre moyen avais-je de trouver de l'argent ? Me marier, comme toi ?

— Ordure !

Bess saisit le tisonnier et se précipita vers lui. James recula d'un pas, sachant qu'elle n'hésiterait pas à le frapper encore.

— Pourquoi n'es-tu pas venu me voir ? dit-elle.

— Par fierté, je suppose.

— Mais tu n'as aucune fierté ! Regarde cette maison !

— Je viens d'emprunter de l'argent pour effectuer des travaux, répliqua-t-il.

— Annule cet emprunt immédiatement. Je paierai moi-même les réparations, y compris la réfection de la toiture. Je te prêterai aussi de quoi acquérir du bétail et faire des plantations.

— Tu as toujours voulu mettre le grappin sur Hardwick. Tu as enfin trouvé le moyen d'arriver à tes fins.

— James, tu n'as donc rien dans la tête ? Tu ne comprends pas que je pourrais acheter cette maison à tes créanciers pour une bouchée de pain ?

Il le savait pertinemment, aussi décida-t-il de la laisser agir à sa guise. Mais Bess ignorait encore les projets de son frère : une fois les travaux terminés, James avait l'intention de vendre la maison pour s'installer à Londres.

Le jour du double mariage, Bess décida de prendre deux voitures pour se rendre à Sheffield. Elle voulait avoir de la place pour ne pas froisser sa somptueuse robe en taffetas bleu saphir. Sa mère, en rose pâle, et ses deux dernières filles,

vêtues de blanc, partiraient avec elle dans la première voiture, tandis que ses trois fils emprunte-
raient la seconde avec Marcella et Jane.

St. Loe ne se joignit pas à sa famille. Il devait
escorter la reine depuis Haddon Hall. Il était venu
à Chatsworth la veille pour passer quelques heures
avec les siens. Sa mauvaise mine avait attristé Bess.
Voûté, le teint cireux, son mari avait encore maigri.
Les femmes de la famille s'étaient empressées de
s'occuper de lui, lui donnant à manger, lui faisant
avaler des potions destinées à lui ouvrir l'appétit. Il
leur avait assuré qu'il se sentait parfaitement bien.
Cependant, Bess avait décidé de lui parler sérieusement. Il faudrait qu'il travaille un peu moins,
après le mariage.

La voiture de Bess et celle de la reine arrivèrent
en même temps. Robin Dudley, à cheval, escortait
Elizabeth. Bess profita de l'occasion pour présenter ses deux plus jeunes filles à la reine.

— Je suis ta marraine, dit la souveraine à la jeune
Elizabeth. C'est pourquoi tu portes mon prénom.

La fillette, qui avait presque huit ans, fit une
révérence en murmurant :

— Je suis très honorée, Votre Majesté.

— Une vraie petite Cavendish ! commenta la
reine.

Son regard se posa ensuite sur la petite Marie,
qui lui tira la langue.

— Quant à celle-ci, c'est une Hardwick. Que Dieu
lui vienne en aide !

Bess leva les yeux au ciel. Robin ne dissimulait
pas son amusement. Bess enviait la robe de la
reine, en satin blanc, brodée de perles noires. Sur
le corsage, les perles alternaient avec de vrais diamants.

— Votre Majesté, vous êtes radieuse.

— Quant à vous, vous êtes habillée à la dernière mode. Ce col met merveilleusement vos cheveux en valeur. Je crois que je vais l'adopter immédiatement.

Bess s'effaça pour laisser passer la souveraine, mais celle-ci déclara :

— Allons saluer notre hôtesse ensemble. Voyons comment est habillée la maîtresse de maison.

— Je parie qu'elle aura choisi le vert des Tudors en votre honneur, Votre Majesté, intervint Robin.

Tandis que Gertrude Talbot descendait vivement les marches pour venir au-devant de la reine, Elizabeth murmura :

— Mon Dieu, ce n'est pas notre vert ! Quelle est donc cette teinte répugnante ?

— Caca d'oie, selon moi, chuchota Bess derrière son éventail.

La reine éclata de rire.

— Votre esprit me manque lorsque vous n'êtes pas à la cour, Lady St. Loe.

Gertrude Talbot lança un regard haineux à Bess. La femme de George était une petite femme rebondie qu'aucune toilette au monde n'aurait pu flatter. Pour couronner le tout, elle affichait continuellement une moue boudeuse et méprisante.

— Votre Majesté nous honore.

— En effet, répondit Elizabeth, caustique. Le vieillard n'est pas là pour m'accueillir ?

Shrewsbury apparut soudain. Sa haute silhouette projeta une ombre dans le soleil radieux de cette journée d'été. Il s'inclina avec élégance.

— Voici les deux plus belles femmes du royaume. Bienvenue à Sheffield.

— Je refuse de partager cet honneur avec une mégère aux gros seins, déclara crûment la reine.

Tous quatre revinrent des années en arrière, au temps de leur adolescence.

Dudley rit si fort qu'il faillit s'étouffer. La reine pleurait presque de rire. Bess et Talbot se joignirent à l'hilarité de leurs amis, mais les autres convives étaient perplexes. La reine, Dudley, Talbot et Bess partageaient une complicité unique.

Le comte et la comtesse de Pembroke se présentèrent à leur tour, puis la cohorte des invités se mit en route vers l'église qui se dressait sur le domaine de Sheffield. St. Loe rejoignit discrètement Bess à l'intérieur. En découvrant le jeune âge des deux mariées, Bess sentit sa gorge se nouer d'émotion. Elle pria pour que toutes deux soient heureuses.

La cérémonie religieuse ne se prolongea pas. Sans perdre de temps, les invités se dirigèrent vers le château pour participer aux réjouissances. Les familles nombreuses étaient en vogue, et les nobles étaient venus accompagnés de leur progéniture. Les enfants de Bess s'éclipsèrent rapidement, en compagnie des petits Talbot, des Herbert, des Howard et des Stuarts.

La réception était somptueuse, comparable aux banquets de la cour. Les soixante adultes s'attablèrent dans la grande salle. De nombreux valets se tenaient prêts à les servir.

Le prix de l'argenterie aurait permis de nourrir une ville entière pendant un an, songea Bess, une fois assise. Les tableaux et les tapisseries qui ornaient les murs étaient d'une valeur inestimable. Ils appartenaient à la famille Talbot depuis des siècles. Bess s'efforça de ne pas paraître trop curieuse, mais elle était fascinée de voir tant de richesses accumulées en une seule demeure.

Après le repas, les convives se rendirent dans la

salle de bal. William Parr invita aussitôt Bess à danser. Celle-ci lança un regard interrogateur à son mari.

— Amusez-vous donc, ma chère. Je n'ai guère envie de danser, mais je ne voudrais pas vous priver de ce plaisir.

Le cœur serré, elle vit St. Loe se joindre à un groupe d'hommes âgés. Il préférait discuter avec William Herbert plutôt que de la faire danser. Au fil des heures, Bess profita pleinement des festivités. Elle dansa avec tous les comtes et seigneurs de la région. Enfin, elle se retrouva au bras de Shrewsbury pour une gaillarde endiablée.

Les yeux de Talbot pétillèrent en découvrant l'énorme saphir qui ornait sa poitrine, niché entre ses seins nacrés.

— Superbe, murmura-t-il.

— Merci. C'est un cadeau de St. Loe.

— Je ne pensais pas au saphir.

Elle ignora le sous-entendu.

— Je pourrais vous parer de diamants et d'émeraudes, ma belle, si vous me permettiez de vous les offrir.

Elle croisa son regard et le soutint fièrement.

— Et les célèbres perles de la famille Talbot ?

Shrewsbury éclata de rire.

— Vous êtes la femme la plus audacieuse que je connaisse. Et la plus attirante, aussi.

— Les hommes désirent toujours ce qu'ils ne peuvent obtenir, dit-elle d'un ton léger.

— Les femmes aussi, apparemment. Sinon, pourquoi convoiteriez-vous ces perles ?

Bess savait parfaitement que le seul moyen de porter un jour ces perles était de devenir comtesse de Shrewsbury. En entendant George insinuer qu'elle ne les posséderait jamais, elle fut vexée.

— Gardez donc vos perles et je garderai ma vertu.

Elle sentit ses muscles se raidir lorsqu'il la souleva de terre. Aussitôt, son désir s'éveilla. Les pupilles de Talbot se dilatèrent quand il aperçut le jupon vert jade, l'espace d'une seconde

— Vous en mourez d'envie, murmura-t-il à son oreille. Pourquoi le nier ?

Elle leva les yeux vers lui.

— Vous voulez la vérité ? Parce que nous sommes tous les deux mariés. C'est la seule raison qui me pousse à refuser vos avances.

— Je doute que St. Loe puisse vous satisfaire. Il était déjà âgé lorsque vous l'avez épousé. À présent, il n'est plus que l'ombre de lui-même.

— J'aurais d'autant plus de scrupules à le trahir.

— Alors, vous allez mener une vie de nonne uniquement pour respecter des engagements que vous n'auriez jamais dû prendre ?

— Si je me souviens bien, vous me trouviez plutôt attirante en habit de nonne, autrefois.

Ils se trouvaient près de la porte. Avant qu'elle puisse réagir, George l'entraîna hors de la salle.

— Non !

Elle essaya de se dégager de son emprise, en vain.

— Je n'ai pas l'intention de vous enlever, grommela-t-il.

« Si seulement vous m'enleviez, vous, songea-t-il, tout serait bien plus simple. »

Ils coururent dans le jardin parfumé, sur les pelouses impeccables, jusqu'à un chêne majestueux qui avait déjà dû abriter bien des rendez-vous amoureux. Bess ne cria pas, de peur de provoquer un scandale.

Talbot la prit par les mains et la regarda droit dans les yeux.

452

— Vous avez invité tout le monde à Chatsworth, à part moi, dit-il.

— Seigneur! Je reçois Sa Majesté. Je ne puis me permettre la moindre distraction.

— Ainsi, je vous distrais, vous l'admettez?

Il l'enlaça et l'attira contre son corps ferme.

— Vous êtes parfaitement conscient de l'effet que vous produisez sur moi. Comme Lucifer, vous représentez la tentation du péché.

— Le désir n'est pas un péché, Bess.

— Mais ce n'est pas de l'amour, c'est du désir charnel, rien de plus! protesta Bess.

— Nos deux âmes complices se sont enfin trouvées.

— Nous sommes deux êtres sensuels qui ne peuvent s'empêcher de se toucher.

— Vous ne semblez guère avoir de mal à me résister.

— Talbot, si je m'écoutais, je vous dévorerais sur-le-champ.

George gémit de désir et l'embrassa avec une ardeur qu'il n'avait encore jamais exprimée. Tout contre ses lèvres, il demanda:

— Savez-vous ce que j'ai ressenti en vous voyant danser avec tous ces hommes, sachant qu'ils posaient leurs mains sur vous, qu'ils profitaient de votre décolleté de rêve, espérant apercevoir un mamelon?

— Je vous en conjure, ne m'embrassez plus ainsi. Nous ne pourrions plus nous arrêter.

Pour toute réponse, il s'empara à nouveau de sa bouche. Bess recula, furieuse.

— Je vous en prie, Talbot! C'est de la folie. Vous mariez vos enfants, aujourd'hui. À ce rythme, nous allons nous retrouver en train de copuler sauvagement derrière un buisson.

Soudain, un cri retentit. Ils se figèrent et dressèrent l'oreille.

— Il se passe quelque chose, souffla Bess en entendant un autre cri. Partez.

Elle attendit quelques minutes, puis, tapie dans l'ombre, regagna à son tour le château. Elle arriva au moment où le comte de Shrewsbury se penchait vers la comtesse, allongée par terre. Il la prit dans ses bras et la porta jusqu'à leurs appartements. Les trois suivantes de Gertrude lui emboîtèrent le pas, folles d'inquiétude.

— Que se passe-t-il ? demanda Bess à St. Loe, qui se tenait aux côtés de la reine.

— Elle a eu une crise. Par chance, Shrewsbury a des médecins à demeure. L'émotion, sans doute, déclara Elizabeth.

Anne Herbert prit la parole, dissimulée derrière son éventail.

— Gertrude s'est disputée avec son fils Francis, mon nouveau gendre. Lui et la mariée voulaient se retirer, et Gertrude refusait de les laisser seuls. Apparemment, elle aime régenter la vie de ses enfants. Ses filles la redoutent comme la peste.

Elizabeth haussa les sourcils.

— Je savais bien qu'on pouvait compter sur vous pour obtenir des détails croustillants, Lady Herbert.

Anne ne releva pas la pique.

— Maintenant que Francis est marié, il a décidé de résister à l'autorité de Gertrude. Alors, celle-ci a rougi et s'est écroulée à terre.

— Ce n'était sans doute qu'un évanouissement. Un peu de repos lui fera du bien, affirma Bess.

Anne Herbert toussota, les lèvres pincées, puis elle énonça son propre diagnostic :

— Gertrude est paralysée du côté gauche. Elle ne peut plus parler, ni se lever. Cela me paraît sérieux.

— J'espère que non, murmura Bess avec ferveur, pleine de remords.

La reine dévisagea la comtesse de Pembroke.

— Quelle chance que vous soyez là pour jouer les hôtesses au pied levé, Anne !

— Ce rôle me revient, en effet, déclara celle-ci en élevant la voix. Écoutez-moi tous, mesdames et messieurs. La comtesse de Shrewsbury vient d'avoir un léger malaise dû à la chaleur. Elle va se reposer quelques instants. William, veuillez faire jouer la marche solennelle afin que les mariés puissent saluer les invités avant de se retirer.

— Nous voilà entre des mains compétentes, déclara Elizabeth, l'air grave.

Les autres se mordirent les lèvres pour ne pas éclater de rire.

— St. Loe, vous devriez peut-être demander les voitures, dit la reine. Nous retournerons à Haddon Hall au lieu de passer la nuit à Sheffield. Robin, vous présenterez nos excuses à Shrewsbury. Qu'il nous donne des nouvelles de la pauvre Gertrude.

St. Loe prit congé de sa femme et murmura :

— Sa Majesté ne supporte pas la maladie. Bonne nuit, ma chère. Je viendrai à Chatsworth demain, si mon devoir me le permet.

Shrewsbury réapparut avec Dudley pour saluer la reine et sa suite, puis il affirma aux autres invités que Gertrude se sentait mieux.

En essayant de rassembler ses enfants, Bess découvrit ses trois fils en train de jouer avec Gilbert Talbot. L'enfant avait hérité du teint mat de son père. Elle s'interrogea quelques instants, soudain folle d'ambition. Il était grand temps qu'elle se soucie de l'avenir de sa progéniture. En se retournant, elle vit Shrewsbury qui l'observait depuis le pas de la porte.

— Les enfants, dites bonne nuit à Lord Talbot et remerciez-le de son hospitalité.

Interrompant leur jeu à contrecœur, ses fils s'inclinèrent poliment et quittèrent la salle, suivis du jeune Gilbert.

Bess s'approcha de Shrewsbury et posa la main sur son bras.

— Anne Herbert prétend que Gertrude ne peut ni parler ni marcher…

— Le médecin affirme qu'elle se remettra, mais ce charlatan ne m'inspire aucune confiance, répondit-il.

— Je suis désolée, fit-elle. Vous devez vous sentir coupable, à présent.

Il lui prit la main.

— Vous vous trompez, Bess. Je suis incapable d'avoir le moindre remords en ce qui vous concerne. Vous, en revanche, semblez tourmentée. C'est pourquoi je cesserai de vous poursuivre de mes assiduités tant que Gertrude sera souffrante. Je vous le promets.

Il paraissait sincère, mais comment le croire ? Bess baissa les yeux.

— Bonne nuit, Monseigneur. Surtout, tenez-moi informée de sa santé.

33

La semaine qui suivit fut l'une des plus tumultueuses de la vie de Bess. Elle avait l'honneur de recevoir sous son toit la reine Elizabeth et sa suite. Les splendeurs de Chatsworth remportèrent un vif succès auprès de ses invités, faisant l'envie de tous.

Bess profita de l'occasion pour solliciter un an de congé de la cour. À son grand soulagement, la reine accepta sa requête.

Avant que St. Loe ne reparte, Bess s'entretint avec lui de ses deux premiers fils.

— Henri achève son dernier trimestre à Eton. Son avenir est tout tracé. Il héritera du patrimoine des Cavendish. Je ne m'inquiète pas pour lui. À présent, il me suffit de lui trouver une riche héritière à épouser. C'est l'avenir de William qui me préoccupe. J'aimerais qu'il fasse son droit. C'est la profession la plus lucrative, dans notre pays. Je suis bien placée pour le savoir, puisqu'une grande partie de mes revenus a fini dans les coffres des hommes de loi.

— C'est une excellente idée. Naturellement, William devra faire ses études à Cambridge. Les frais ne poseront pas de difficultés, mais je crois qu'il est très difficile d'obtenir une place.

— Pourriez-vous vous renseigner ?

— Bien sûr. Et prévenez-moi lorsque la date du mariage de Francie sera fixée.

— Et si cette chère Elizabeth exige de vous avoir auprès d'elle ? demanda Bess d'un ton ironique.

— Je serai à Holme Pierrepont pour le mariage de Francie, quoi qu'il arrive. Je vous le promets.

Bess savait que William était un beau-père dévoué et s'en réjouissait. Elle lui fit ses adieux et le supplia de ne pas trop se fatiguer.

— Ne vous inquiétez pas pour moi, chérie. Marcella m'a préparé de nombreuses provisions. J'ai de quoi soutenir un siège.

Bess leva les yeux au ciel. Sa tante était persuadée qu'il suffisait de manger pour rester en bonne santé.

Après le départ de tous ses invités, Bess se retira de bonne heure. C'était au lit qu'elle réfléchissait le mieux. Elle n'avait malheureusement rien d'autre à y faire. Elle songea aux messages qu'elle avait reçus de Shrewsbury. Gertrude avait un peu retrouvé l'usage de la parole, et les médecins espéraient qu'elle remarcherait bientôt. Ces lettres étaient tout à fait sages, même si chacune d'elles commençait par : « Ma chère nonne »...

Bess esquissa un sourire amer. Elle menait effectivement une existence de nonne. Shrewsbury lui laissait entendre que ce n'était pas irrémédiable. Avec un soupir, Bess mit de côté ses pulsions charnelles pour penser à ses enfants. Une idée avait germé dans son esprit, le soir du double mariage. Si les Herbert avaient uni deux de leurs enfants à des Talbot, pourquoi n'en ferait-elle pas autant ? Il lui restait cinq enfants à marier, et quatre des petits Talbot étaient encore célibataires.

Naturellement, Talbot était si fier de descendre des Plantagenêts qu'il serait certainement choqué par l'audace de sa proposition. Les enfants Cavendish ne possédaient en effet aucun titre. Mais ses filles avaient une chance d'en acquérir par le mariage, si elle visait assez haut et jouait les bonnes cartes. Hormis les Talbot, Bess avait remarqué Charles Stuart, le fils de la comtesse de Lennox. Sa fille Elizabeth était assise près de lui lors du banquet. En tant que cousin de la reine, Charles occupait même une place non négligeable dans l'ordre de succession au trône. Finalement, Bess chassa ses rêves. Mieux valait garder les pieds sur terre. Avant tout, elle devait fixer une date pour le mariage de Francie, puis installer le jeune couple à Meadowpleck, près de chez elle.

Le mariage de Frances Cavendish et Henri Pierrepont fut célébré à Holme Pierrepont le 1er septembre 1562. Il ne donna pas lieu à une grande réception, car Sir George, le père du marié, était souffrant. Lorsque Sir William St. Loe revint de Londres pour assister au mariage, chacun put constater qu'il était malade, lui aussi.

Le cœur lourd, Bess emmena son mari à Chatsworth. Tous deux devinaient qu'il ne retournerait jamais à la cour. Elle le soigna avec tendresse, sachant que ses jours étaient comptés.

Quand St. Loe en avait la force, il s'installait dans la bibliothèque de Chatsworth, emmitouflé dans une robe de chambre, et rédigeait sa correspondance. Bess lui tenait compagnie en faisant ses comptes.

Un jour, son mari leva les yeux d'une lettre en provenance de Cambridge.

— Je suis désolé, ma chérie, mais je crains que nous n'arrivions pas à inscrire William à Cambridge. C'est la deuxième fois que je propose sa candidature, et elle vient d'être refusée à nouveau. Les places sont décidément très chères.

Bess posa sa plume et se mit à arpenter la pièce.

— Vous n'y êtes pour rien, lui assura-t-elle. Ce système de classes est injuste. S'il s'agissait d'un jeune seigneur ou de l'héritier d'un titre, le doyen ferait des pieds et des mains pour lui trouver une place. Le modeste William Cavendish n'a aucune chance !

— J'ai écrit à Shrewsbury, il y a quelques jours, pour solliciter son aide.

Bess porta les mains à son visage, affolée.

— Mon Dieu, William ! Quelle idée !

— Je ne vous comprends pas, chérie. C'est un homme charmant, et son influence est sans limites.

— Je ne veux pas lui être redevable d'un quelconque service, expliqua Bess.

— Ne vous mettez pas dans cet état. Shrewsbury occupe plusieurs postes très importants à la cour. Je suis certain qu'il ne verra aucune objection à donner un coup de pouce à votre fils.

Les joues empourprées, Bess gagna la fenêtre pour dissimuler son trouble. Soudain, son cœur se mit à battre la chamade. Elle venait de reconnaître au loin l'imposante silhouette de Shrewsbury. Elle fit volte-face et s'écria, sans réussir à maîtriser son énervement :

— Le voici, justement ! Êtes-vous certain d'être en état de le recevoir ?

Elle, en tout cas, ne l'était pas.

Shrewsbury ôta sa cape et ses gants et les tendit au majordome.

— Je viens voir Sir William, annonça-t-il.

— En effet, Lord Talbot. Ils vous attendent. Veuillez me suivre dans la bibliothèque, Monseigneur.

Shrewsbury sentit sa poitrine se gonfler de joie à la perspective de retrouver Bess. Cet automne avait été le plus long et le plus solitaire de sa vie. Pas une fois il n'avait croisé la jeune femme. Il l'avait pourtant cherchée partout, chevauchant pendant des heures sur ses terres. Il avait même failli lui rendre visite chez elle. En recevant le message de St. Loe, il s'était réjoui d'avoir enfin un prétexte pour pénétrer à Chatsworth.

Dès qu'il franchit le seuil de la bibliothèque, George ne vit plus qu'elle. Elle s'approcha de lui pour le saluer. Avec sa robe vert pâle brodée de perles, aux manches striées de soie jaune, elle était radieuse. Il imaginait déjà ses sous-vêtements aux couleurs audacieuses. Son corps réagit violemment à cette évocation. Il plongea son regard dans le sien et comprit pourquoi sa vie était si morne. Il se languissait d'elle depuis des mois.

Elle lui tendit poliment la main.

— Lord Talbot, comme c'est gentil à vous d'être passé !

Il porta les doigts fins de la jeune femme à ses lèvres, effleurant de son pouce une tache d'encre. Un parfum frais et fleuri émanait de la jeune femme.

— Vous m'excuserez de ne pas me lever, Lord Talbot.

Pour la première fois, Talbot se rendit compte de la présence de St. Loe. Il fixa avec stupeur l'homme chétif emmitouflé dans une robe de chambre, n'en croyant pas ses yeux.

— Sir William, je suis venu dès que j'ai reçu votre message.

Il n'osa s'enquérir de sa santé. De toute évidence, le pauvre homme se mourait.

— Bess m'a reproché de vous avoir appelé au secours.

— Bien sûr que non, William ! Mais je ne voudrais pas imposer nos difficultés familiales à Lord Talbot. Il a certainement d'autres préoccupations.

— Vous ne me dérangez en rien, Lady St. Loe. J'ai déjà écrit au doyen de Cambridge en lui recommandant d'inscrire le jeune William Cavendish à Clare Hall dès la rentrée prochaine.

— Vous voyez, Bess ? Je vous avais bien dit que Lord Talbot était un homme de confiance.

— Comment vous remercier ? fit Bess d'une voix guindée.

« Seigneur, Bess, calmez-vous ! songea-t-il. Je ne vais pas vous violer sous les yeux de votre mari ! »

Il s'en voulut, car il se savait incapable de la regarder sans trahir son désir pour elle.

— Puis-je vous offrir un verre de cognac, Monseigneur, ou du vin chaud, peut-être ?

— Non, je vous remercie.

— Je vous en prie, restez encore un peu pour raconter à Sir William les dernières nouvelles de la cour.

Ses yeux sombres l'implorèrent. Talbot comprit que St. Loe n'avait guère de distractions.

— Très bien, répondit-il. Un peu de vin chaud me fera du bien avant de repartir dans le froid pour Sheffield.

Le regard plein de gratitude de Bess le toucha profondément. Elle quitta la pièce, laissant les deux hommes seuls. Talbot s'éclaircit la gorge et s'assit près de son hôte.

— Je n'ai passé qu'un mois à la cour, car j'ai été rappelé au chevet de ma femme, dont la santé se détériore de jour en jour.

Shrewsbury était un homme discret. Il ne pouvait mentionner devant St. Loe les réprimandes que Gertrude infligeait quotidiennement à ses enfants. Elle les rendait responsables de sa maladie et ne cessait de leur faire des reproches pleins d'amertume. Naturellement, les enfants évitaient leur mère et, bien que Talbot eût préféré les imiter, il lui fallait consacrer une partie de son temps à sa femme et subir ses foudres. Mettant cette violence sur le compte de quelque maladie mentale, il déployait des trésors de patience.

St. Loe murmura quelques paroles de sympathie, puis il aborda le sujet qui lui tenait à cœur :

— Que devient Sa Majesté ?

— Toujours pas mariée, si c'est ce que vous voulez savoir, répondit Shrewsbury d'un ton léger.

Voyant que St. Loe ne riait pas, il continua :

— Le Conseil privé a proposé l'archiduc Charles d'Autriche. Une alliance avec l'Espagne permettrait de mieux lutter contre les Français.

St. Loe ferma les yeux, pris d'une douleur foudroyante. Lorsqu'il se sentit mieux, il dit avec un sourire :

— Elizabeth joue la carte du mariage très habilement.

— En fait, c'est une question de religion. Les catholiques contre les protestants. Cecil et elle excellent à ce petit jeu.

Bess revint. Un valet l'accompagnait, tenant un plateau chargé de trois tasses. La jeune femme donna une tisane à son mari. Il n'avait plus la force de manger, mais ce mélange de camomille et d'opium apaisait ses douleurs à l'estomac.

Ensuite, elle offrit du vin chaud à Talbot et porta sa tasse près de la cheminée. George la vit attiser les braises du bout du tisonnier et attendre que celui-ci soit bien rouge. À ce moment-là, il s'approcha d'elle et lui tendit sa tasse. Elle plongea le métal brûlant dans le liquide qui se mit à bouillonner, dégageant un délicieux arôme épicé.

Il remarqua les cernes violacés qui soulignaient les yeux de la jeune femme.

— L'hiver passera, déclara-t-il. Le printemps reviendra.

Comprenant le sens caché de ses paroles, Bess hocha la tête. L'émotion l'empêchait de prononcer le moindre mot.

Talbot but son breuvage à petites gorgées, mourant d'envie de prendre Bess dans ses bras pour apaiser son angoisse. Malheureusement, la bienséance l'obligeait à garder ses distances. Enfin, il laissa sa tasse vide sur la cheminée. St. Loe commençait à s'assoupir. Talbot posa un doigt sur ses lèvres et se dirigea vers la porte sur la pointe des pieds.

Bess le suivit. Ensemble, ils descendirent le grand escalier de Chatsworth. Bess attendit en silence que le majordome rende sa cape et ses gants au visiteur.

— Merci, murmura-t-elle quand le domestique eut disparu.

— Cambridge est...

Il s'interrompit en la voyant secouer la tête.

— Merci d'avoir tenu votre promesse.

Sir William St. Loe mourut début janvier, bien avant que le printemps ne fasse éclore les premières fleurs. La reine Elizabeth décréta une journée de deuil en souvenir de son loyal capitaine de la garde, mais elle ne lui fit pas l'honneur de funérailles nationales.

Bess accompagna la dépouille de son mari à Londres. Sachant que ce long trajet serait trop ardu pour sa mère et sa tante Marcella, elle demanda à sa sœur Jane de la suivre. Les trois fils de Bess, qui fréquentaient Eton, rejoignirent leur mère pour les funérailles. Sir William St. Loe fut inhumé à Bishopsgate, aux côtés de son père, Sir John St. Loe.

Ensuite, Bess et ses fils allèrent se recueillir sur la tombe de William Cavendish, à Aldgate. Alors qu'elle enterrait son troisième mari, Bess comprit qu'elle n'avait jamais vraiment cessé de pleurer Cavendish. Tout lui parut soudain irréel. Pourquoi avait-elle survécu à ses trois époux ? Qu'avait-elle fait pour mériter de continuer à vivre ? Et qu'avaient fait ces trois hommes pour mériter la mort ? Étrangement, elle ne pleura pas. Elle connaissait à nouveau cette sensation de paralysie qui la transformait en femme de pierre.

En rentrant à Chatsworth, Bess était épuisée. Elle se retira aussitôt dans ses appartements, mais ne put trouver le sommeil. Les jours suivants, elle perdit aussi l'appétit. Elle ne ressentait plus rien qu'une terrible impression de vide.

Elle relut le testament de St. Loe, qui lui laissait la majeure partie de ses terres du Somerset et du Gloucestershire. Elle fut surprise de constater qu'elle héritait également des terres de Glastonbury. Ils avaient passé la plus grande partie de leur mariage séparés, à cause du dévouement de St. Loe envers la reine. Bess savait que son mari l'avait aimée, tandis qu'elle-même n'avait jamais eu pour lui qu'une affection sincère. Alors, pourquoi ne se sentait-elle pas coupable ? Triste ? Furieuse ? Pourquoi n'éprouvait-elle aucune émotion ?

Dans le petit salon, George Talbot présenta ses condoléances à la mère de Bess et à la tante Marcella. Jane se précipita à l'étage pour informer sa sœur de la présence du comte.

— Présente-lui mes excuses, dit Bess. Je ne souhaite recevoir personne.

— Mais il s'agit du comte de Shrewsbury ! Tu ne peux pas refuser de le voir.

— Je l'ai pourtant fait bien des fois, répondit Bess. Je t'en prie, laisse-moi tranquille.

Jane rejoignit les autres à contrecœur.

— Ma sœur vous adresse ses excuses, Lord Talbot, mais elle ne veut recevoir aucune visite ce soir.

Talbot la dévisagea comme si elle avait perdu la raison.

— Lui avez-vous dit que c'était moi ?

Jane rougit.

— Ce refus n'a rien de personnel, Monseigneur, assura-t-elle. Bess préfère rester seule.

— Je vous assure que c'est une question personnelle. Pourriez-vous aller l'avertir que si elle ne descend pas, c'est moi qui monterai ?

Jane demeura pétrifiée.

— Lord Talbot ! s'exclama la mère de Bess, profondément choquée.

Marcella fit un pas en avant, l'air décidé. Elle avait deviné qu'il existait un lien secret entre sa nièce et George.

— Montez, Monseigneur. Bess a besoin d'une personne encore plus déterminée qu'elle pour sortir de sa torpeur.

Shrewsbury ne se fit pas prier. Il gravit les marches quatre à quatre et trouva d'instinct la chambre de Bess. Il frappa à la porte et entra sans y avoir été invité.

— Qui vous a permis de monter ? demanda Bess d'un ton froid.

— Je n'ai pas l'habitude de demander la permission à qui que ce soit.

La jeune femme était debout près la fenêtre. Elle tenait un objet à la main. Sa robe noire lui donnait l'air d'un spectre. En s'approchant, Talbot fut frappé par sa pâleur. Lorsqu'il lui prit l'objet des mains, elle ne résista pas. George examina le livre relié de cuir et incrusté de précieux rubis. En l'ouvrant, il découvrit deux portraits, l'un de Bess, l'autre de William Cavendish.

— Seigneur, vous pleurez encore Cavendish ! s'exclama-t-il.

Posant le livre sur un guéridon, il souleva Bess dans ses bras. Puis il la porta sur un divan, près de la cheminée, et l'installa sur ses genoux. Avec une tendresse infinie, il la berça contre son cœur.

466

— Bess, laissez-vous aller.

Il lui caressa les cheveux, émerveillé par les reflets dorés de sa crinière flamboyante, et sentit son corps frissonner. Il resserra son étreinte, cherchant à la rassurer, et attendit patiemment qu'elle se détende un peu.

— Vous avez fait preuve de courage assez longtemps. À présent, il faut exprimer votre chagrin. Je serai votre force.

Elle se mit à trembler de la tête aux pieds, malgré la chaleur du feu. Il l'étreignit encore plus fort. Peu à peu, elle se calma, avant de fondre en larmes, déversant enfin toute l'émotion qu'elle retenait depuis des jours.

Bess s'agrippa à lui pendant une heure, pleurant toutes les larmes de son corps. Quand elle s'arrêta enfin, elle fut prise d'un rire nerveux, presque hystérique. Elle se leva d'un bond et commença à courir en tous sens dans la pièce, brisant tous les objets qui lui tombaient sous la main. Le spectacle était terrifiant. Cette femme faisait preuve d'une passion hors du commun, qui rendait les tirades amères de Gertrude bien ternes en comparaison.

Puis Bess lui parla. Elle lui raconta ses déboires, tout ce qui lui donnait des remords. Enfin, elle vint se rasseoir sur ses genoux et pleura encore.

Shrewsbury secoua doucement la tête, compréhensif et émerveillé à la fois. Jamais il n'avait rencontré femme plus passionnée. Il l'aimait à perdre la raison. Après l'avoir laissée sangloter quelques minutes, il déclara fermement :

— Cela suffit, ma beauté.

Il entreprit de dégrafer le dos de sa robe.

— Que faites-vous ?

— Je vous déshabille.

Elle écarquilla les yeux.

— Vous n'y pensez pas !

— Ne soyez pas ridicule. Je vais simplement vous mettre au lit.

Il continua tranquillement, comme s'il avait eu l'habitude de la dévêtir tous les soirs. Sous sa robe de deuil, elle portait des jupons noirs et la chemise la plus sage qu'il ait jamais vue.

— Mon Dieu ! Quelle tristesse ! Bientôt, vous mettrez une robe de bure.

Elle ne rit pas, mais lui adressa un regard complice. Il fit glisser ses bas le long de ses cuisses avec un calme qui l'étonna lui-même, puis il alla chercher une chemise de nuit. Il choisit une tenue en laine qui lui tiendrait bien chaud dans son grand lit froid. Près du feu, il lui passa le vêtement. Enfin, il la porta jusqu'à son lit et la borda. Avant de partir, il tira les rideaux des quatre fenêtres. Dehors, il commençait à neiger. Son trajet de retour serait long et pénible. Il posa une chandelle allumée près du lit. Bess avait déjà fermé les yeux. Ses cils, encore humides de larmes, formaient des ombres sur ses joues pâles.

Talbot descendit les marches du grand escalier. En bas, il croisa trois regards anxieux. Il devait être près de minuit, mais les trois femmes avaient entendu le vacarme, les cris, les objets brisés, et attendaient des explications. Il s'empressa d'apaiser leurs craintes.

— Elle s'est endormie comme une enfant. Demain, elle ira bien mieux.

Talbot sauta en selle et talonna son étalon. Soudain, la neige n'avait plus aucune importance. Son sang bouillonnait dans ses veines. La simple évocation de Bess l'aidait à affronter le froid.

34

Bess reçut de nombreuses lettres de condoléances. Ses amies et connaissances de la cour lui conseillaient de revenir. Offusquée par certaines réactions, elle lut quelques passages aux femmes de la famille :

— Écoutez donc ce que m'écrit Anne Herbert : « La cour est le meilleur terrain de chasse pour trouver un nouveau mari. » Quant à Lettice Knollys, elle déclare : « Demandez donc à la reine de vous faire monter en grade. Nous ne sommes que trois à nous occuper du Conseil privé et je vous garantis que ces messieurs sont très lubriques. »

— Cette femme n'a aucune pudeur, commenta la mère de Bess. Tu es en plein deuil !

— Le deuil n'est plus en vogue à la cour. Les veuves fortunées se font harponner en un clin d'œil, expliqua Bess.

— Tu représentes certainement un beau parti pour tout homme ambitieux, dit Marcella.

— Plus jamais je ne me remarierai. Mon argent, mes manoirs et mes terres reviendront à mes enfants. Je refuse que ma fortune passe dans les coffres d'un mari. J'ai travaillé trop dur pour en arriver là.

De plus, un seul homme au monde lui donnait l'impression d'être en vie. Et il était marié depuis l'âge de douze ans.

Le mois d'avril marqua la fin d'un hiver rigoureux. Bess profita de la douceur du temps pour inspecter ses terres et visiter ses fermes. Les moutons commençaient à peupler les collines verdoyantes. Bientôt, des fleurs sauvages égaieraient la campagne.

Bess se réjouissait de la discrétion de Shrewsbury. Pourtant, chaque fois qu'elle partait en promenade, elle s'attendait à le rencontrer. Elle savait au fond de son cœur qu'elle le croiserait un jour ou l'autre. L'animosité qui avait régné entre eux pendant des années avait disparu. Bien qu'il fût toujours le plus arrogant des hommes, Bess avait pu constater que Talbot se montrait humain avec ses gens et généreux envers les fermiers. Elle en conclut que George était un homme bon, juste et d'une grande droiture, sauf lorsqu'il s'agissait d'elle-même. Il prétendait qu'ils s'aimaient, mais la jeune femme persistait à croire qu'il ne s'agissait que d'une attirance physique réciproque. Cependant, elle n'était pas insensible... Mieux valait protéger son cœur à tout prix avant qu'il ne soit trop tard. George lui avait accordé trois mois de répit, le temps de son deuil. On était en avril. Il reviendrait bientôt à la charge.

Bess reçut une lettre déconcertante de son ami Sir John Thynne, qui lui annonçait sa venue dans le Derbyshire pour visiter plusieurs propriétés. Il souhaitait en effet découvrir Chatsworth, précisant qu'il lui serait agréable de devenir son voisin afin qu'ils renouent leur vieille amitié. Il aurait aimé acquérir un domaine nommé Stoke Abbot, dans le Lincolnshire, à l'est de Sheffield, mais le comte de Shrewsbury l'avait devancé.

Bess rangea la lettre dans son secrétaire, se demandant comment le décourager poliment. Elle soupçonnait en effet Sir John d'avoir autre chose en tête qu'une simple amitié. Un rayon de soleil vint illuminer son bureau. La jeune femme eut soudain envie de sortir au grand air. Elle décida de rendre visite à sa fille Francie à Meadowpleck. Bess espérait que l'arrivée du printemps apaiserait le chagrin de la jeune mariée, qui avait beaucoup pleuré son beau-père disparu.

Lasse de porter du noir, Bess enfila des dessous fuchsia sous sa robe de deuil. Sur le chemin des écuries, en cueillant un crocus, elle se rappela les paroles de Shrewsbury. «Le printemps reviendra», avait-il dit.

Bess se dirigea vers la rivière, respirant l'air frais à pleins poumons. Il lui semblait renaître enfin à la vie. En croisant un lapereau, elle se demanda si Francie aurait un enfant dans l'année. À trente-trois ans, ou peut-être un peu plus, elle ne se sentait pas encore en âge d'être grand-mère.

Au loin, elle aperçut soudain un cavalier. Son cœur s'emballa. Elle connut un moment de panique. Devait-elle faire demi-tour et s'enfuir au galop ? Bess rit de sa bêtise. George se lancerait aussitôt à sa poursuite et la rattraperait facilement.

Elle ne ralentit que lorsqu'il arriva à sa hauteur et lui barra la route.

— Quelle bonne surprise ! lança-t-il avec un sourire éclatant. Comment saviez-vous que je viendrais, ma beauté ?

— Je ne suis pas votre beauté, répliqua-t-elle en redressant fièrement la tête.

— Si, vous l'êtes.

— Et j'ignorais que j'allais vous rencontrer.

— Vous mentez, Bess. Vous vous doutiez que nous nous rencontrerions, peut-être pas aujourd'hui, mais un jour prochain.

Bess s'efforça de rester calme. Elle était une veuve respectable et se conduirait comme telle.

— Lord Talbot, je suis en deuil, fit-elle en baissant les yeux.

Il éclata de rire.

— J'aperçois un pan de votre audacieux jupon !

— Vous êtes diabolique ! lança-t-elle en dissimulant vivement le vêtement scandaleux.

— Inutile de jouer la comédie avec moi, petite sorcière. Je vous connais trop bien.

— Vous êtes immonde ! s'exclama-t-elle, le souffle coupé.

— C'est pourquoi nous sommes faits l'un pour l'autre, répondit-il avec un sourire narquois.

Elle ne put s'empêcher de rire.

— Pourquoi me provoquez-vous ainsi ? Vous savez pourtant que je m'emporte facilement.

— J'aime attiser votre tempérament passionné. La colère fait partie de votre charme. C'est la seule façon que j'ai de vous exciter sans vous toucher.

— Cessez, je vous en prie !

— Bess, vous êtes libre, à présent. Une nouvelle vie vous attend. Vous n'allez tout de même pas la refuser.

— Seigneur, vous ne renoncerez donc jamais ?

— Ce ne serait pas de l'adultère, ma beauté. Vous n'avez plus cette excuse.

— Pour vous, si ! s'écria-t-elle.

— Je me charge de mes propres péchés ! dit-il en riant.

Il mit pied à terre et lui tendit les bras.

— Venez faire un tour au bord de l'eau. J'aimerais vous parler.

Bess mourait d'envie de se promener avec lui, de bavarder avec lui, mais elle savait que, s'il l'enlaçait, la passion les emporterait aussitôt.

— J'accepte, si vous promettez de ne pas me toucher et de discuter tranquillement.

Le regard bleu de George la scruta longuement. Il se demandait sans doute si elle plaisantait. Finalement, il la laissa descendre de cheval seule et entama une conversation banale.

— Je viens d'acheter un terrain dans le Lincolnshire. J'envisage d'y faire construire une maison aussi somptueuse que Chatsworth.

— Stoke Abbot! Sir John Thynne me disait justement dans sa lettre que vous lui aviez soufflé ce domaine. Il cherche lui aussi à acheter dans la région.

— Satané Thynne! C'est à vous qu'il s'intéresse. Jurez-moi que vous ne vous remarierez pas, dit-il en posant les mains sur ses épaules. C'est incroyable! Tous les hommes commencent à vous tourner autour.

— Cela m'étonnerait! répondit-elle.

— Comment? Vous allez recevoir tant de propositions que vous serez remariée d'ici la fin de l'année!

— Shrewsbury, mettriez-vous donc en doute mon intelligence? Plus jamais je ne me laisserai prendre au piège. Il me suffirait de convoler pour que mon patrimoine tombe entre les mains de mon nouveau mari. C'est la loi, et je connais très bien mes droits. Or j'entends conserver ce qui m'appartient pour le transmettre à mes enfants. Le moindre manoir, la moindre parcelle de terrain, jusqu'au dernier sou!

— Je me réjouis que vous vous montriez raisonnable. Le mariage est une prison, une condamnation à vie qui vous ronge l'âme. C'est l'enfer sur terre.

— Je suis désolée que votre expérience vous donne cette impression. Ce peut aussi être le paradis sur terre.

Il prit son visage entre ses mains.

— Bess, j'ai droit au paradis, moi aussi. Vous seule pouvez m'ouvrir ses portes.

Elle posa une main sur la sienne et effleura sa paume de ses lèvres. Comme elle avait été aveugle et entêtée ! Elle était sa faiblesse autant qu'il était la sienne. Mais Talbot était aussi sa force. Il représentait tout ce dont elle avait besoin. Depuis des années, elle savait au fond d'elle-même que c'était inévitable. Pourquoi avait-elle mis si longtemps à réagir ?

Après la mort de Cavendish, elle avait eu peur de tomber à nouveau amoureuse, de crainte de souffrir une nouvelle fois. Elle n'avait épousé St. Loe que pour éviter la passion.

— Qu'allons-nous faire ? demanda-t-elle.

Il l'enlaça d'un geste possessif.

— Nous efforcer d'être ensemble, répondit-il. Chaque fois que ce sera possible, n'importe où. Je dois me rendre à la cour dès demain. Je réglerai mes affaires le plus vite possible. Ainsi, nous aurons le reste de l'été à partager. Je vous emmènerai à Wingfield, Rufford Abbey, Buxton Hall, Worksop, Welbeck... partout. Je sais que vous avez une passion pour les maisons. Je veux vous faire découvrir toutes les miennes. Vous en aimerez certaines, d'autres pas, comme le château de Tutbury, un lieu humide et froid...

— Shrewsbury, vous allez trop vite.

— M'accompagnerez-vous ? demanda-t-il.

— Oui, répondit-elle. Je viendrai. Mais ces maisons ne grouillent-elles pas de domestiques ?

— Chacune possède un petit nombre de serviteurs. Je m'assurerai de leur discrétion. Il nous faut éviter le scandale à tout prix. Nous devons penser à nos enfants.

— Et à la reine, ajouta Bess.

— Restez avec moi, cet après-midi. Je vous emmènerai dans les collines, loin de toute civilisation. Nous serons seuls au monde.

Il s'exprimait comme s'il avait été le maître de l'univers. Et, à cet instant, ils étaient tous deux prêts à le croire.

Ils chevauchèrent côte à côte, riant avec insouciance, et galopèrent pendant deux heures jusqu'au sommet d'une colline, la plus haute de la région. Là, ils s'arrêtèrent et se tinrent par la main pour admirer le paysage qui s'étendait à leurs pieds.

— Vous rendez-vous compte, ma beauté, qu'à nous deux nous possédons toutes ces terres à perte de vue ?

Talbot avait l'impression de se trouver au sommet du mont Olympe.

— N'est-ce pas une sensation enivrante ? demanda-t-elle avec un sourire.

— Je suis certainement moins ivre que vous, petite sorcière.

Deux semaines plus tard, Bess reçut une nouvelle lettre de Sir John Thynne. Il avait entendu dire que Hardwick était à vendre et souhaitait l'acquérir.

Bess posa la lettre et convoqua Robert Bestnay.

— Trouvez-moi James. J'ai besoin de lui.

James Cromp, le régisseur de Chatsworth, était devenu l'ami de Bess depuis la mort de Cavendish. Ils n'avaient pas de secrets l'un pour l'autre. Bess interrogea les deux hommes :

— L'un de vous a-t-il eu vent d'une rumeur selon laquelle Hardwick serait à vendre ?

— Hardwick et ses terres ? demanda James, incrédule. Absolument pas. Sinon, je vous l'aurais dit immédiatement.

— Je viens de régler les factures des travaux de rénovation, déclara Bestnay. C'est impossible.

— J'ai fait livrer du bétail la semaine dernière,

renchérit James. Toutefois, cela ne m'étonnerait guère que...

— Quel malotru ! coupa Bess, soudain rouge de colère. Robert, allez immédiatement chez mon avocat, à Derby, et emmenez-le à Hardwick.

Elle consulta l'horloge et ajouta :

— James et moi vous retrouverons vers 14 heures.

À 13 heures, Bess arriva à Hardwick en compagnie de son régisseur. Maîtrisant tant bien que mal sa fureur, elle inspecta les travaux effectués sur sa chère demeure et pria son frère James de lui montrer les troupeaux qu'elle avait achetés pour lui. Elle l'interrogea sur les récoltes futures et lui donna mille fois l'occasion de lui parler de la vente. Voyant qu'il restait muet, elle lui demanda :

— Combien le domaine a-t-il rapporté, l'an dernier ?

James parut troublé par cette question.

— Rien. Tu sais bien que j'avais des dettes, répondit-il, sur la défensive.

— Avec ces nouveaux troupeaux, quelles sont tes prévisions pour cette année ?

— La première année, j'aurai de la chance si je parviens à rembourser mon emprunt. Hardwick n'a jamais été rentable, Bess.

— Ainsi, tu ne lui accordes guère de prix ? s'enquit-elle d'un ton détaché.

James changea aussitôt d'attitude.

— Je ne dirais pas cela... Mais c'est drôle que tu me poses cette question. Hier, je pensais justement à mettre le domaine en vente.

— Hier ? Et quel prix voulais-tu en demander ?

— Cinq cents livres.

— Tant que cela ? s'écria Bess, abasourdie.

476

— De quoi rembourser mon emprunt et m'acheter une maison à Londres.

— Londres ? Ce doit être très cher.

— Cela ne te regarde en rien !

— Ah, non ? fit Bess, affectant un calme qu'elle était loin de ressentir. Je te rappelle que je viens de financer les travaux de rénovation et que je t'ai acheté du bétail.

— Je ne t'ai rien demandé. C'est toi qui as proposé de payer. De plus, tu as les moyens, tu es riche.

— James, je ne sais pas ce qui me retient de te frapper. Peu importent tes propos insultants, ils ne me touchent guère. Mais ta lâcheté et ta sournoiserie me rendent malade ! Tu as mis Hardwick en vente derrière mon dos, auprès d'un agent d'un autre comté.

— Hardwick m'appartient de droit. Je suis libre de le vendre si cela me chante ! cria-t-il.

— Alors, tu peux me le vendre... Tiens, nous avons de la visite.

Ils regagnèrent la maison.

— James, tu connais sans doute maître Entwistle, mon avocat ? Je l'ai prié de venir pour négocier la vente de Hardwick.

James fut décontenancé par la tournure que prenaient les événements. L'attitude de sa sœur l'effrayait. Bess avait un tel tempérament qu'il ne savait à quoi s'attendre. Mais la présence de l'avocat prouvait sa détermination à racheter le manoir. Elle en avait les moyens. L'occasion s'offrait peut-être à lui de se libérer de ce boulet qu'il traînait depuis des années.

— Entrez donc, messieurs. J'espère que nous allons faire affaire ensemble.

— Tu demandes cinq cents livres, n'est-ce pas, James ? dit Bess.

Il devrait certainement marchander pendant des heures. Il avait fixé un prix un peu excessif, et Bess était redoutable en affaires.

— Cinq cents livres, confirma-t-il. Hardwick les vaut largement.

— Qu'en pensez-vous, Cromp? demanda Bess à son régisseur.

— Selon moi, c'est trop cher, répondit-il.

— Maître Entwistle? demanda Bess.

L'avocat fronça les sourcils.

— Une livre l'acre de terrain? C'est impensable, voyons. Le prix moyen dans la région est bien inférieur. Il faut tenir compte des revenus éventuels.

— Oh, je pense pouvoir tirer bénéfice de ce domaine, maître, affirma Bess. Mes régisseurs sont très compétents. Je suis disposée à faire preuve de générosité. J'accepte de payer cinq cents livres.

— Marché conclu? s'exclama James avec enthousiasme. Cinq cents livres?

Bess opina du chef.

— Marché conclu. Veuillez rédiger l'acte de vente, maître. James, va chercher les titres de propriété.

Bess se tourna ensuite vers son secrétaire.

— Bestnay, avez-vous apporté les factures des travaux de rénovation? Combien avez-vous dépensé en tout?

— Réfection de la toiture, remplacement de la charpente, réparation des cheminées, de deux murs, le tout pour cent livres. La nouvelle grange a coûté cinquante livres, ce qui monte l'addition à cent cinquante livres.

— Cromp, combien avez-vous payé pour le bétail?

— Cent livres, Lady St. Loe.

James s'empourpra.

478

— Bon sang, Bess, cela ne me laisse que deux cent cinquante livres !

— Je ne te l'avais pas dit ? J'ai également racheté ton hypothèque. Maître, à combien s'élevait l'hypothèque sur Hardwick ?

— Deux cent cinquante livres, Lady St. Loe.

— Espèce de garce ! Ton avarice te perdra. Tu as enterré trois maris et pris leurs terres. À présent, tu cherches à me déposséder des miennes !

— Les tiennes ? Je possède les documents prouvant qu'elles m'appartiennent, désormais.

— Tu es vraiment rusée et sournoise ! Tu te moques de moi, pas vrai ? Tu dois bien rire, à présent.

— Au contraire, James. En mon for intérieur, je pleure.

La gorge de Bess se noua. Incapable de prononcer un mot de plus, elle se leva et alla s'installer devant la fenêtre. Elle contempla longuement le paysage, puis elle se ressaisit et rejoignit les autres.

— Maître Entwistle, ayez la bonté de brûler le document d'hypothèque et de rédiger un acte de vente pour la somme de cinq cents livres. Comme l'a précisé mon frère, Hardwick vaut bien cette somme. Du moins à mes yeux.

Lorsque les documents furent signés, Bess quitta le manoir, l'acte de propriété en main.

— Faites en sorte d'enregistrer cette vente immédiatement, dit-elle à l'avocat.

— Certainement, Lady St. Loe, répondit-il en glissant le document dans sa chemise de cuir. Quelle triste nouvelle ! ajouta-t-il sur le ton de la confidence. Cette pauvre comtesse de Shrewsbury !

— Quelle nouvelle ?

— La comtesse est décédée cette nuit, lui annonça James Cromp. Tout Derby en parlait, ce matin. Et le comte se trouve à la cour, en ce moment. Le pauvre, une mort si soudaine! Quel choc!

— Oui, il… il sera certainement choqué, parvint à balbutier Bess, stupéfaite.

Bess regagna Chatsworth en silence. Pour une fois, elle laissa ses régisseurs ouvrir la marche, les suivant plus lentement, perdue dans ses pensées. En arrivant à Chatsworth, elle partit en quête de sa mère et de sa tante.

— Gertrude Talbot est morte! leur apprit-elle.

— Quand? demanda sa mère en pâlissant.

— Cette nuit, paraît-il. Shrewsbury est à la cour. Il mettra deux ou trois jours à rentrer chez lui. Je ne sais que faire.

— Vas-y, bien sûr, lui conseilla sa mère avec un regard étrange.

Marcella lui lança un coup d'œil entendu.

— En tant que voisine et amie, tu dois te rendre immédiatement au palais de Sheffield. Tu présenteras nos condoléances aux enfants et tu te rendras utile jusqu'au retour du comte.

— Naturellement. Je demanderai à Francie de m'accompagner. Elle connaît très bien la jeune Anne Herbert.

35

À Sheffield, Lady St. Loe et sa fille aînée furent accueillies par les suivantes éplorées de la comtesse de Shrewsbury. En voyant leurs yeux rougis et leur air angoissé, Bess comprit qu'elles craignaient pour leur avenir.

— M. le comte nous déteste, déclara l'une d'elles.

— Aimeriez-vous vous recueillir devant la dépouille de la comtesse ? proposa une autre. Elle repose dans la chapelle.

— Non, merci, répondit précipitamment Bess. Nous sommes venues voir les enfants.

— Ces petits monstres sont des enfants indignes. Tout est leur faute !

Bess fut atterrée par ces accusations. Elle observa les domestiques qui s'affairaient dans le vestibule.

— J'aimerais les voir, je vous prie, insista-t-elle.

— Les jeunes filles sont avec leurs gouvernantes et les garçons avec leurs précepteurs. Nous n'avons aucun rapport avec les enfants.

— Tant mieux pour eux, rétorqua Bess, hors d'elle. Veuillez informer qui de droit de ma présence. Shrewsbury n'apprécierait guère d'apprendre que l'on me fait attendre.

Bess suivit une domestique au salon, où elle découvrit les filles des Talbot : Catherine, Marie et Grace.

Catherine fondit en larmes. Bess la prit dans ses bras.

— Pleure, chérie. Cela te soulagera.

— J'aimerais que père revienne, mais j'ai peur qu'il nous punisse.

— Il ne vous fera rien du tout. Il vous aime.

Du haut de ses neuf ans, Grace déclara :

— C'est nous qui avons tué mère. Nous irons tous brûler en enfer !

Peinée par l'attitude des enfants, Bess attira Grace contre elle.

— J'ai l'impression qu'on vous a raconté des bêtises. Vous n'avez pas tué votre mère. Elle était malade depuis longtemps et Dieu l'a rappelée à Lui.

Grace la dévisagea, l'air grave, pendant un long moment. Francis et Anne Herbert, sa jeune épouse, apparurent à leur tour.

— Je suis ravie de vous voir, Lady St. Loe, dit Anne.

— Vous pouvez m'appeler Bess, maintenant que vous êtes une femme mariée.

Anne et Francie s'embrassèrent.

— Bess dit que nous n'avons pas tué mère, lança la petite Grâce à son frère. C'est Dieu qui l'a tuée.

Le jeune Gilbert entra dans la pièce. Enfin réunis, les enfants eurent le courage de rapporter à Bess la terrible dispute qui avait opposé Francis et sa mère. Voyant que les autres soutenaient leur frère, Gertrude avait frappé son fils à coups de canne. Épuisée par cet effort, elle était tombée à terre, terrassée par une crise fatale.

Bess discuta longuement avec les enfants, essayant d'alléger leur sentiment de culpabilité, leur assurant qu'ils ne seraient pas tenus pour responsables.

— Père nous punira-t-il quand même ? demanda enfin Grace.

— Non, chérie, promit Bess. Je vais lui écrire une lettre. Il sera sans doute de retour dès demain. Il vous aime tous beaucoup. Il ne veut que votre bonheur.

Dans son message, Bess expliqua à Shrewsbury que les enfants se reprochaient la mort de Gertrude. En guise de conclusion, elle écrivit :

Je compte sur vous pour les soulager de ce poids comme vous m'avez aidée à la mort de St. Loe. Vous êtes fort et plein de compassion. Mieux que quiconque, vous savez apaiser la souffrance des autres. Mon cœur est avec vos enfants, et avec vous.

Cette nuit-là, Bess ne trouva pas le sommeil. Avant le départ de George pour la capitale, ils s'étaient promis de devenir amants et de passer l'été ensemble. À présent, Talbot devait revenir veiller son épouse décédée et organiser ses funérailles. Il lui faudrait respecter une longue période de deuil. La mort de Gertrude bouleversait leurs projets.

Malgré son trouble, Bess finit par s'endormir. Peu à peu, elle sentit une douce chaleur dans son dos, qui se propagea doucement dans tous ses membres. Elle s'étira, savourant cette sensation délicieuse qui l'envahissait. Soudain, elle se rendit compte qu'il était dans son lit, à ses côtés. Elle se blottit dans ses bras.

— Vous êtes venu, murmura-t-elle.

Il s'empara de ses lèvres, puis murmura contre sa bouche :

— Bien sûr que je suis venu.

Avec un gémissement de plaisir, elle se fondit contre son corps ferme et ouvrit les lèvres pour accueillir ses baisers. Ses seins, son ventre brûlaient sous ses caresses. Elle voulait sentir ses lèvres et ses mains sur sa peau, son membre durci entrer en elle. Mais, par-dessus tout, elle voulait devenir comtesse de Shrewsbury.

— Vous êtes folle ? s'exclama-t-il en s'écartant brutalement d'elle. Vous n'êtes qu'une servante.

Bess se leva d'un bond pour l'affronter, se moquant d'être nue et échevelée.

— Je suis Bess Hardwick. J'ai autant de valeur que quiconque, voire davantage !

— En tout cas, vous êtes attirante à souhait. Vous me troublez.

— Gredin ! Vil séducteur !

— C'est vous qui m'avez provoqué, petite mégère, dit-il en riant.

— J'ai changé d'avis. Je refuse de coucher avec vous. Jamais je ne serai votre maîtresse. Vous n'obtiendrez rien de moi, à moins de m'épouser !

— Vous vous accordez trop d'importance ! Jamais vous ne serez comtesse de Shrewsbury.

— Mais si, assura-t-elle.

Bess se réveilla en sursaut et se redressa dans son lit. Elle avait le front moite. Son cœur battait à tout rompre. Elle alluma une chandelle et constata avec soulagement qu'elle se trouvait dans sa chambre, à Chatsworth. Son rêve lui revint à l'esprit. Il n'était constitué que de souvenirs. Shrewsbury l'avait toujours désirée, mais uniquement en tant que maîtresse. Pour lui, il allait de soi qu'elle ne méritait pas plus. Elle-même avait volontairement refoulé ses sentiments pour lui pendant des années. À présent, il était libre. Bess devait accepter la vérité. Son cœur lui disait qu'elle l'aimait. Puis, aussi clairement que s'il avait été dans la pièce, elle entendit sa voix grave prononcer la phrase fatidique :

— Jamais vous ne serez comtesse de Shrewsbury.

Désespérée, Bess se recroquevilla sur elle-même. Elle resta une heure entière dans cette position, perdue dans ses pensées, puis elle esquissa un sourire.

— Mais si, murmura-t-elle pour elle-même. Je le serai un jour.

Deux semaines s'étaient écoulées depuis les funérailles de Gertrude, qui avaient réuni toute la noblesse du pays, à part Bess, représentée par sa fille Francie et son gendre. Bess et Shrewsbury ne s'étaient pas revus depuis l'après-midi qu'ils avaient passé ensemble dans les collines du Derbyshire.

Le dernier jour de mai, au crépuscule, quand Bess entendit sonner la cloche annonçant le repas, elle ordonna à ses filles de rentrer. Avant de les suivre, elle s'attarda un peu dans la roseraie pour savourer le doux parfum des fleurs en cette fin de journée. En levant les yeux d'une rose superbe, elle vit l'imposante silhouette de Shrewsbury approcher.

— Vous m'avez beaucoup manqué, dit-il simplement.

— Comment vont les enfants?

À cette question, George comprit pourquoi ses enfants lui parlaient sans cesse de Bess. Les aînés l'admiraient. Quant à la petite Grace, elle s'était attachée à elle et voulait qu'elle devienne sa nouvelle maman.

— Ils vont bien, assura-t-il. Nous sommes plus proches, à présent. Merci de leur avoir parlé. Votre compréhension les a beaucoup réconfortés.

— Je ne suis pas venue aux funérailles, car je trouvais cela hypocrite.

— Je vous comprends. Mais pourquoi m'évitez-vous, Bess?

— Tout a changé.

— Rien n'a changé, au contraire, dit-il.

— Puis-je vous inviter à dîner?

— Serons-nous seuls?

— Bien sûr.

Bess avait attendu sa visite avec impatience. Elle savait exactement ce qu'elle allait lui dire, ce qu'elle allait faire. Depuis sa plus tendre enfance, on lui avait enseigné l'art de mettre le grappin sur un mari. Elle était bien décidée à en tirer parti.

La mère de Bess et Marcella présentèrent leurs condoléances au comte avant de se retirer. Bess fit servir le repas dans son petit salon privé. Dès qu'elle eut refermé la porte, George tendit les bras vers elle.

— Non, dit-elle.

— Pourquoi pas ?

— Je tiens à mettre les choses au point. Veuillez vous asseoir. C'est un peu difficile à expliquer, alors ne cherchez pas à m'interrompre.

Sans un mot, Talbot s'installa dans un fauteuil en cuir.

— Je vous évitais parce que notre situation n'est plus la même. À présent, vous êtes veuf. Je tiens à vous dire que je ne vous épouserai pas.

Elle le vit hausser les sourcils, mais il resta muet, comme elle le lui avait demandé.

— Je sais que vous convoitez les terres que je possède à Sherwood et que vous rêvez de posséder Chatsworth. Je suis parfaitement consciente des avantages que vous tireriez d'une association entre nous. Nos domaines, étant voisins, ne nécessitent pas une gestion distincte. Or, pour la première fois de ma vie, j'ai des revenus considérables, et pas la moindre dette. Je suis une riche veuve et j'ai déjà reçu deux demandes en mariage. Je n'en souhaite pas de troisième.

— Qui diable...

À ce moment-là, un valet chargé d'un plateau entra dans la pièce.

Bess dissimula sa satisfaction. Cette interruption tombait à point nommé.

— Nous nous servirons nous-mêmes. Ce sera tout, dit-elle au domestique, qui s'inclina et se retira. Ne me demandez pas de qui viennent ces propositions de mariage. Je ne voudrais pas vous fâcher. Vous êtes suffisamment possessif comme cela. Mangeons avant que cela ne refroidisse.

George se leva et la rejoignit.

— Au diable le repas ! Est-ce Sir John Thynne ? demanda-t-il.

— Non, il ne s'agit pas de Sir John, même si sa correspondance est assez explicite.

Elle lui sourit et posa la main sur sa joue.

— D'ailleurs, quelle importance ? Je vous ai donné mon cœur...

Fou de désir, il la prit dans ses bras.

— Bess, ne me faites pas cela ! Vous savez que je vous aime depuis toujours. Ce ne sont pas vos terres que je veux, c'est vous.

Bess n'ignorait pas que les hommes recherchaient toujours ce qu'ils ne pouvaient obtenir. Dans ces cas-là, ils étaient prêts à remuer ciel et terre pour obtenir ce qui leur échappait.

— Chéri, murmura-t-elle pour la première fois, si vous commencez à m'embrasser, nous ne parviendrons jamais à dîner. Or nous n'aurons pas souvent la possibilité de partager un repas dans l'intimité. Profitons-en.

Ils dégustèrent une pintade rôtie accompagnée de petits légumes, le tout arrosé de vin blanc. Bess sentait le regard brûlant de George fixé sur elle.

— Vous ne semblez guère vous intéresser au contenu de votre assiette, remarqua-t-elle.

— J'ai faim de vous. La seule saveur qui me tente est celle de votre peau.

Il recula sa chaise et contourna la table. Une fois devant elle, il lui tendit la main pour qu'elle se lève et prit sa place.

— Je n'ai pas terminé, protesta-t-elle, tandis qu'il l'installait sur ses genoux.

— Et moi, je n'ai pas commencé.

Il souleva les cheveux de Bess, dégageant sa nuque, et posa les lèvres sur sa peau nacrée. Elle sentait déjà l'intensité de son désir. Son membre vibrait à chaque battement de cœur. Incapable de résister à l'envie de la mordre, George planta doucement les dents dans sa chair.

Il glissa les mains sous ses seins, éveillant en elle mille sensations. Aussitôt, ses mamelons se durcirent au contact de ses doigts impatients.

— Chéri, nous ne sommes pas pressés. J'aimerais que vous passiez la nuit avec moi.

Elle savait que ses paroles achèveraient de l'embraser. Il enfouit les mains sous sa robe pour caresser la peau nue de ses cuisses, juste au-dessus des bas.

— Cela faisait si longtemps que j'attendais de vous entendre prononcer ces paroles...

Alors, il oublia tout. Sa bouche avide s'empara de la sienne. Sa langue plongea en elle, exigeante, tandis que ses doigts exploraient l'intimité offerte de Bess. Il sentit qu'elle était prête à le recevoir en elle.

Au moment d'atteindre l'extase, elle se raidit contre lui. Ce n'était qu'un avant-goût de ce qu'il lui réservait pour le reste de la nuit. Impatient, il entreprit de dégrafer sa robe, brûlant de la déchirer.

Elle quitta ses genoux et sourit en voyant son air contrarié.

— Je vais me déshabiller rien que pour vous. Armez-vous de patience et contemplez-moi. J'éprouve un plaisir indicible à faire naître dans vos yeux la flamme du désir...

Elle se mit à aller et venir devant lui, tirant les épais rideaux de chaque fenêtre. Puis elle alluma toutes les chandelles d'un candélabre en argent. Très lentement, elle dégrafa sa robe grise et la laissa glisser à ses pieds.

En découvrant ses sous-vêtements orange, George retint son souffle. Ces dessous étaient particulièrement adaptés à son tempérament de feu. Sous une apparence sage et austère, Bess cachait une sensualité qui ne demandait qu'à s'exprimer. Il devinait déjà les secrets de son corps, ce corps qu'il posséderait bientôt.

Elle ôta ses jupons et les jeta à terre. Il ne lui restait plus qu'une chemise et ses bas en dentelle noire. Elle souleva lentement sa chemise en coton, dévoilant des jarretelles assorties à ses dessous et sa toison flamboyante.

Provocante, Bess s'humecta les lèvres et ne dénuda pas tout de suite ses seins. Elle devinait que cette attente ne faisait qu'intensifier le désir de George.

Il l'admirait ouvertement, ne se lassant pas de ce spectacle enivrant. Son corps épanoui parlait de lui-même. Il appelait les caresses, promettant la plus belle des récompenses à celui qui saurait le satisfaire et combler un désir si longtemps contenu.

— Vous êtes la plus belle maîtresse qu'un homme puisse désirer.

— Je ne veux pas être votre maîtresse. C'est un rôle dégradant. L'homme s'offre les faveurs d'une femme moyennant une rétribution. C'est presque de la prostitution. Je veux que nous soyons amants, mais égaux en tous domaines. Me le promettez-vous ?

Disposé à lui promettre la lune, il se dévêtit en toute hâte, jeta ses effets à terre et bondit sur sa proie. Il la pénétra, ses bras musclés la maintenant au-dessus du sol. Aussitôt, elle enroula les jambes autour de sa taille. Il frissonna au contact de ses bas dans son dos. Ses cuisses étaient déjà brûlantes. Ce contraste entre la fraîcheur de la soie et la chaleur de sa peau était délicieux. Il plongea en elle avec une force décuplée. Les ongles de Bess s'enfoncèrent dans ses épaules. Incapable de rester debout plus longtemps, il l'allongea à terre afin de s'enfouir plus profondément en elle. Ivre de plaisir, il ne put retenir un grognement.

Il était si puissant, si dominateur que Bess se cambrait sous son corps ferme, suivant le rythme de ses coups de reins, totalement offerte. Leurs mouvements s'accélèrent soudain, chacun en demandant encore davantage. Bess aimait le moindre contact de sa peau, de ses mains, elle aimait tout en lui. Mieux que tout autre homme, il savait éveiller la passion qui couvait en elle. Elle s'agrippa à lui, l'attirant toujours plus loin en elle.

Lorsque ses gémissements se muèrent en cris de plaisir, il s'empara de sa bouche, buvant ses plaintes, de peur qu'on ne les entende. Sentant ses premiers spasmes, il sut qu'elle frôlait l'extase et s'accorda à son rythme. Ils jouirent ensemble puis, le souffle court, ils s'immobilisèrent.

Après quelques minutes, George se releva et s'agenouilla devant elle.

— Ce fut divin, mon amour. Ma patience est récompensée.

Il lui caressa doucement les seins.

— Tu as un corps superbe, souffla-t-il. J'aimerais te voir marcher nue devant moi.

Comme elle hésitait, il ajouta :

— Ne me dis pas que tu es intimidée...

— Non, mon amour. Mais je me sens pleine de toi, de ta semence...

— Cela faisait si longtemps...

Il prit une serviette et un verre de vin.

— Ouvre-moi tes cuisses, ma beauté, ordonna-t-il dans un murmure.

Il trempa la serviette dans le vin et admira le spectacle de ses cuisses écartées et de ses reins cambrés. Lentement, il passa la serviette humide sur son corps.

— Je vais t'emmener au lit, annonça-t-il ensuite.

— Je croyais que tu voulais que je me promène nue devant toi.

— Plus tard. Le vin m'a donné d'autres idées.

Il la porta dans la chambre. Après l'avoir allongée sur le lit, il lui ôta lentement ses bas. Il embrassa ses orteils, glissant les lèvres le long de son pied jusqu'à sa cheville.

— D'abord, j'aimerais te voir frissonner de désir.

Bess retint son souffle. Elle ne fut pas déçue, même s'il la tortura longuement avant d'en arriver là où elle le souhaitait. Ensuite, elle fut émerveillée d'atteindre aussi vite l'extase. Elle regarda sa chevelure brune entre ses cuisses, savourant les caresses intimes de sa langue avide. L'extase la fit tressauter contre sa bouche. Il entreprit alors de couvrir l'intérieur de ses cuisses de baisers furtifs. Quand elle retrouva enfin l'usage de la parole, Bess susurra :

— Ce fut un délice. J'aimerais te donner ce plaisir à mon tour. Je vais te rendre fou.

Shrewsbury émergea d'un profond sommeil. Se rappelant où il se trouvait, il sentit son cœur s'emballer de joie. Le parfum de cette femme l'enveloppait, ses lèvres l'effleuraient. Être réveillé par un baiser de Bess était un fantasme qui le hantait depuis des années. Retrouvant toute sa vigueur, il tendit les bras vers elle.

— Chérie, comment pourrais-je me lasser de toi ?

— Je regrette, dit-elle en riant, mais il est déjà 4 heures. Il est temps que tu t'en ailles.

— Je ne veux pas te quitter, grommela-t-il, frustré.

— Il le faut. Je suis la maîtresse de ces lieux, mais je ne tiens pas à ce que ma mère et ma tante te croisent dans les couloirs demain matin.

Il protesta encore, bien qu'il sût qu'elle avait raison. Leur liaison devait rester secrète, afin de sauvegarder leur réputation et celle de leurs enfants. À contrecœur, il se leva tandis que Bess allumait une chandelle. Il rassembla ses vêtements éparpillés dans la pièce, mais son regard était irrésistiblement attiré par Bess. Elle se drapa dans un peignoir, dissimulant ses épaules et ses seins.

— S'il ne tenait qu'à moi, tu resterais nue à tout jamais. Je t'enfermerais dans une chambre, sans le moindre vêtement, avec un lit pour tout mobilier.

— Voilà qui est flatteur, répondit Bess. À mon tour de te complimenter.

Elle fit le tour du lit et s'agenouilla entre ses jambes.

— Pour la première fois depuis des années, peut-être pour la première fois de ma vie, je me sens comblée. J'adore ta sensualité. Ton corps sait me satisfaire et je m'en réjouis.

Il prit son visage entre ses mains. Il avait tant de choses à lui dire !

— Tu fais partie de moi, désormais. Quand puis-je revenir ?

— Jamais, chéri. Le mois de juin approche. Mes fils vont rentrer du collège. Ils sont trop grands pour ne pas comprendre la situation.

— Enfer et damnation ! jura George, tout en cherchant désespérément une solution.

Il sentait la caresse de ses seins contre ses cuisses et mourait d'envie de l'enlacer.

— Nous irons à Rufford ou Worksop. Ce sera notre nid d'amour. Je t'enverrai un message.

Shrewsbury rentra chez lui, frustré, obsédé par

l'image de Bess. Si elle était comblée, lui ne l'était pas. Et il ne s'agissait pas uniquement de ses ardeurs. Malgré la nuit torride qu'ils venaient de vivre, il se sentait insatisfait. Il désirait partager son quotidien, lui ouvrir sa maison, lui offrir sa vie, ses enfants. Il avait envie de la porter dans son lit tous les soirs et de se réveiller chaque matin à ses côtés.

Il rêvait de la couvrir de bijoux, de fourrures, de crier au monde entier qu'elle lui appartenait. Il voulait la posséder corps et âme. Il ne connaîtrait pas un instant de paix tant qu'il ne lui aurait pas juré un amour éternel. Il étouffa un juron. Bess tenait à sa liberté et refusait de l'épouser.

Il talonna furieusement son étalon. Elle croyait pouvoir agir à sa guise avec lui. Si elle lui avait soutiré la promesse de ne pas la demander en mariage, c'était pour être libre de se débarrasser de lui à la première occasion. Désemparé, il lui avait donné sa parole. Mais les promesses n'étaient-elles pas faites pour être rompues ? Il lutterait farouchement et la forcerait à lui céder. Il savait qu'il ne trouverait le repos que lorsqu'elle capitulerait.

36

Bess savait que George Talbot était l'homme dont elle avait besoin. S'il existait un être au monde qui soit plus déterminé qu'elle, c'était bien lui. Il était si autoritaire qu'il parvenait même à imposer sa volonté à la reine Elizabeth.

Elle comprit vite qu'il était amoureux d'elle, mais devina aussi qu'il ne lui permettrait pas d'agir à sa guise très longtemps. Si elle voulait l'épouser, il lui faudrait manœuvrer avec précaution. Pendant de longues années, il avait été prisonnier d'un mariage sans amour. Maintenant qu'il était libre, il ne se laisserait sans doute pas facilement passer la corde au cou.

Bess devait admettre que, s'il ne s'était pas retrouvé subitement veuf, elle se serait contentée d'être sa maîtresse pour le reste de sa vie. Rien n'aurait pu la pousser à se marier une quatrième fois. Elle avait bien trop d'ambition pour ses enfants pour déverser sa fortune dans les coffres d'un époux. Mais Shrewsbury était différent. L'homme le plus riche et le plus puissant du royaume possédait huit résidences en plus de ses palais de Londres et de Chelsea, ainsi que des terres dans cinq comtés. Il occupait un poste clé au sein de la cour. Et il était aussi l'homme qu'elle aimait.

Bess se demandait souvent ce qui l'attirait tant chez lui. Était-ce sa personnalité, sa fortune, ses maisons, son pouvoir, son titre ? En toute honnêteté, elle devait reconnaître qu'elle appréciait tous ces aspects. Talbot représentait le grand rêve de sa vie. Elle voulait qu'il l'aime suffisamment pour faire d'elle Elizabeth, comtesse de Shrewsbury.

Il lui envoya une broche ornée de rubis. Le bijou avait la forme d'un croissant de lune. Bess esquissa un sourire mystérieux et épingla le bijou sur le corsage de sa robe, afin qu'il attire le regard sur sa poitrine. Deux jours plus tard, elle reçut un message de George, qui lui proposait de le retrouver au manoir de Worksop. Elle l'ignora délibérément. Un deuxième message lui parvint, demandant pourquoi elle ne s'était pas présentée au rendez-vous. Elle répondit que l'invitation était arrivée trop tard.

George lui écrivit encore, lui fixant un nouveau rendez-vous. Bess devinait son impatience grandissante. Elle mourait d'envie de le voir, mais était déterminée à suivre les conseils que sa raison lui prodiguait. Elle lui fit donc savoir que ses fils venaient d'arriver et qu'elle ne pouvait pas se libérer.

Sa lettre suivante n'était plus une invitation mais un ultimatum. Si elle ne se présentait pas à Worksop, disait George, il viendrait chez elle. Le lendemain, Bess se rendit à Sheffield à cheval, en compagnie de ses trois filles. Shrewsbury les accueillit poliment, malgré sa colère.

Bess parvint à dissimuler son amusement.

— C'est une si belle journée ! Il aurait été dommage de ne pas en profiter pour faire une promenade à cheval. Le mois de juin est si agréable, vous ne trouvez pas ?

— Il faut en profiter, en effet, répondit-il. Il touche à sa fin.

Le cœur de Bess battait la chamade. La frustration manifeste de George l'enchantait.

— Mes filles avaient envie de rendre visite aux vôtres. Francie et Anne, votre belle-fille, sont amies depuis toujours. Étant toutes deux jeunes mariées, elles ont sans doute un tas de choses à se raconter.

— Anne et mon fils sont peut-être mariés, mais ils ne vivent pas encore ensemble. Ils ne sont pas en âge de cohabiter, expliqua-t-il.

— Mais ils sont follement amoureux ! Il est cruel de les séparer ainsi. Toutefois, il paraît que l'abstinence forge le caractère et entretient l'amour.

Elle vit la mâchoire de Talbot se crisper. Grace apparut alors en haut de l'escalier.

— Ne sois pas timide, chérie ! appela Bess. Nous sommes venues te dire bonjour.

La fillette descendit les marches d'un pas léger et se jeta au cou de Bess.

— Tu ne glisses jamais le long de la rampe ? demanda celle-ci. C'est très amusant.

— Nous n'en avons pas le droit, répondit Grace en jetant un coup d'œil à son père.

— Pourtant, ton père adore jouer, lui aussi, déclara Bess, taquine.

— Ce jeu-là ne me dit rien qui vaille, riposta-t-il d'un air entendu.

Bess préféra ignorer cet avertissement tacite, ravie de la tension presque palpable qui régnait entre eux.

— Et si nous allions faire une promenade à cheval tous ensemble ? proposa-t-elle. Je rêve de visiter le parc de Sheffield.

Les enfants se montrèrent si enthousiastes que Shrewsbury n'osa pas protester. Aux écuries, ils croisèrent les deux fils aînés de George, Francis et Gilbert, qui décidèrent de se joindre à eux.

— J'aurais dû amener mes garçons, dit Bess. Il faudra leur rendre visite à Chatsworth, à l'occasion, suggéra-t-elle, sans tenir compte de la mine renfrognée de Talbot.

— Je suis invitée aussi, Bess ? s'enquit la petite Grace.

— Il est très grossier de s'imposer. De plus, tu ne dois pas appeler Lady St. Loe par son prénom, gronda son père.

— J'ai donné à vos filles la permission de m'appeler Bess, Lord Talbot. Quant à vous, appelez-moi Lady St. Loe si cela vous chante.

En remarquant qu'il serrait les dents, elle se demanda si elle n'avait pas un peu exagéré.

— Monseigneur, reprit-elle pour l'adoucir, vous êtes le bienvenu à Chatsworth... à condition que vous veniez accompagné de vos adorables filles, naturellement.

Les enfants s'éloignèrent au galop dans le parc. Shrewsbury parvint à retenir les rênes de Bess, la forçant à rester près de lui.

— Je n'apprécie guère ton petit jeu.

— Cela me semble évident, à en juger par ton air maussade. Tu n'es donc pas heureux de me voir ? J'ai pourtant fait un long trajet.

— Rien ne t'obligeait à te déplacer aussi loin. Worksop se trouve à mi-chemin entre nos deux résidences.

— Chéri, tu ne crois pas que j'aimerais être à Worksop, en ce moment ? Rien que nous deux ? Je me languis de toi. J'aimerais que tu me fasses l'amour toute la nuit.

Bess désigna la broche en rubis qu'elle portait près de son sein. À l'évocation de leurs ébats, ses mamelons se dressèrent.

— J'ai envie de toi, reprit-elle. Chaque nuit, je me retourne dans mon lit, brûlante de désir. Quand je m'endors enfin, je ne rêve que de toi. Je me réveille moite et tremblante.

Ses paroles le convainquirent, car elles étaient sincères.

— Bess, viens me retrouver ! Tu n'as jamais voulu vivre une existence de nonne. Quant à moi, je n'ai pas la vocation d'un moine.

— C'est difficile. Nous devons nous montrer prudents. Les gens se poseraient des questions si je découchais.

— Alors, voyons-nous dans la journée, suggéra-t-il, désespéré.

— Tu me laisserais repartir à la nuit tombée ?

— Si je dis non, tu n'accepteras aucun rendez-vous.

— Alors, mens-moi, implora-t-elle, fascinée par sa bouche.

Grace fit demi-tour et revint vers eux au trot. Elle fixa Bess et déclara :

— Père dit que vous ne pouvez pas devenir ma nouvelle maman si vous ne l'épousez pas.

— Grace, tais-toi ! Pas un mot de plus ! ordonna George.

— Ce n'est pas grave. Les enfants aiment obtenir des réponses à leurs questions. Grace, il faut que ton père respecte une période de deuil en mémoire de la mère de ses enfants.

— Comment de temps ?

— En général, un an.

— Un an ! C'est bien trop long ! s'exclama l'enfant.

— Cela suffit, Grace. Va rejoindre tes sœurs. Lady St. Loe et moi avons à parler.

La fillette obéit à contrecœur. Un silence pesant s'installa entre les deux adultes. Quand Bess eut le courage de tourner les yeux dans la direction de Talbot, elle remarqua qu'il l'observait avec attention.

— Bess...

— Ne me pose surtout pas la question ! prévint-elle.

— Tu ne comprends donc pas que ce serait la solution à nos problèmes ?

Bess était folle de joie. Son cœur battait la chamade. Son plan fonctionnait à merveille. Talbot s'apprêtait à la demander en mariage... Mais elle devrait accepter ses conditions. Comme il était séduisant ! Pour une fois, elle aurait aimé pouvoir donner la priorité à son désir, et non à ses enfants. La femme et la mère se livraient une lutte acharnée dans son esprit.

Elle afficha à grand-peine une mine de circonstance et le regarda droit dans les yeux.

— Je t'ai offert mon cœur et mon corps. Cela ne te suffit pas ? Tu veux également que tout ce que je possède au monde vienne enrichir la fortune colossale des Talbot ?

— Bon sang, Bess ! Combien de fois faudra-t-il que je te répète que ton argent ne m'intéresse absolument pas ? Tu ne réalises donc pas ce que tu aurais à y gagner, de ton côté ?

— Je ne gagnerais quelque chose que si tu mourais. Et je préfère ne pas y penser.

Soudain, ses paroles prirent tout leur sens à ses yeux. Son cœur se serra.

— Continuons ainsi, reprit-elle. Je promets de venir te voir cette semaine, à Worksop. N'oublie pas de congédier les domestiques.

— Demain ? proposa-t-il.

— Non. À la fin de la semaine… Disons vendredi.

— Jure-le !

Avant le départ de Bess et de ses filles, Francis Talbot et Anne Herbert, son épouse, attirèrent la jeune femme à l'écart.

— Bess, accepteriez-vous d'user de votre influence auprès de mon père ? Nous voulons obtenir l'autorisation de vivre ensemble. Je suis un homme, mais père me traite comme si j'étais encore un enfant. Nous ne pouvons jamais nous retrouver seuls sans être espionnés par les domestiques.

— Francis, faites donc preuve d'un peu d'ingéniosité. Vous êtes l'héritier d'une demi-douzaine de maisons dans la région, des endroits bien plus discrets que Sheffield. Emmenez votre épouse en promenade dans un domaine de votre patrimoine. Certains manoirs sont très romantiques. Et les domestiques y sont rares.

Le vendredi matin, Bess enfila sa toilette préférée, une robe pourpre, et choisit des sous-vêtements bleu lavande. Elle rassembla quelques produits de toilette, ainsi que ses brosses à cheveux, et les porta aux écuries. Elle prit une selle de femme, cette fois, et quitta Chatsworth à l'aube, avant que ses enfants ne soient levés.

Elle arriva très tôt à Worksop, mais Shrewsbury l'attendait déjà. Lorsqu'il tendit les bras pour l'aider à mettre pied à terre, elle soupira d'aise.

— Tu es superbe, petite sorcière.

— J'espère bien! répondit-elle en riant. Telle était mon intention.

Bess scruta les alentours.

— Il n'y a même pas un garçon d'écurie. Nous sommes seuls, assura George.

La simple pensée d'être seule avec lui dans les écuries troublait Bess. Son amant portait une culotte en cuir et une chemise blanche déboutonnée. En le voyant devant elle, si viril, la jeune femme eut soudain la gorge sèche. Elle se jeta dans ses bras dans un froufrou de jupons.

Aussitôt, la bouche de Talbot s'empara de la sienne, et elle ouvrit les lèvres pour l'accueillir en elle. Il glissa une cuisse ferme entre ses jambes, tandis qu'elle se plaquait contre son torse puissant. Lorsqu'il relâcha enfin son étreinte, elle chancela. Avec un rire rauque, elle releva sa robe jusqu'aux genoux.

— Tu vas devoir m'aider à enlever mes bottes, dit-elle.

Il fixa ses jambes, puis avala sa salive.

— Non. Pour l'instant, j'aimerais que tu les gardes.

Il l'entraîna vers une botte de foin, l'allongea délicatement et la déshabilla, embrassant chaque parcelle de son corps à mesure qu'il la dénudait. Enfin, elle se retrouva nue, uniquement parée de ses bottes en cuir noir.

Les yeux mi-clos, elle le regarda se dévêtir à son tour, redécouvrant ce corps superbe qui avait hanté ses rêves depuis son adolescence. Il se pencha pour embrasser la peau délicate de ses cuisses, juste au-dessus des bottes, puis remonta vers son ventre, plongeant la langue dans le puits de son nombril. Il goûta ensuite la saveur de ses seins avec un plaisir indicible. Il les caressa longuement, avant de les dévorer comme des fruits mûrs, faisant se durcir ses mamelons sous sa bouche. Enfin, lentement, il se redressa et vint s'étendre sur elle. Aussitôt, elle enroula les jambes autour de sa taille.

— Je crois que je vais exploser… murmura-t-il.

— Si seulement je pouvais emporter cette partie de ton corps à la maison, avec moi…

— Te rends-tu compte de ce que tu dis, parfois ? Tu me rends fou de désir. Je suis insatiable.

— Je sais. Et je ne connais rien de plus érotique qu'une botte de paille.

Lascive, elle glissa la main entre eux, jusqu'à son membre gonflé.

— L'odeur du foin, son picotement sur ma peau, la bestialité de ton étalon… J'ai l'impression que je vais perdre la raison.

— Dis-moi quelles sont tes envies, ma beauté.

— Quand tu m'auras chevauchée, je veux te chevaucher à mon tour !

Ce fut une expérience unique. Les deux amants profitèrent pleinement de leur intimité dans le jardin, sur les rives du ruisseau, dans les cuisines du manoir. Ensuite, repu, George contempla Bess qui, vêtue de sa seule chemise, préparait une omelette.

Ils avaient cueilli des fraises que Bess rinça dans l'eau fraîche. Talbot s'approcha d'elle pour l'enlacer. En riant, elle lui tendit une fraise bien mûre, dans laquelle il mordit avidement.

Sentant renaître son désir, il effleura sa cuisse nacrée, mais elle se dégagea et s'enfuit. Il la pourchassa dans la cuisine, puis dans un long couloir tapissé de portraits des Talbot. Bess s'élança dans l'escalier majestueux, à toute vitesse, mais il la rattrapa sur le palier. Sachant qu'il n'y avait que des chambres à l'étage, elle se mit à califourchon sur la rampe et se laissa glisser jusqu'en bas.

Il descendit vivement les marches. Au moment où elle touchait le sol, il bondit sur elle. Ils s'écroulèrent à terre, tels deux enfants turbulents livrés à eux-mêmes.

— Je crois que nous avons besoin d'une petite sieste, dit-il en reprenant son souffle.

— C'est un bon bain qu'il nous faut.

— Suis-moi à l'étage.

— Essaie de me convaincre, ronronna-t-elle.

— Si tu viens avec moi là-haut, je te donnerai quelque chose que tu vas adorer, murmura-t-il.

— Est-ce gros ?

— Pourrai-je jamais te donner quelque chose de petit ?

— Est-ce dur ?

— Pourrai-je jamais t'offrir quelque chose de mou ?

— Je me demande ce que c'est. Aide-moi à deviner.

— Hum, voyons... C'est quelque chose qui te procurera beaucoup de plaisir, déclara-t-il en effleurant ses seins du dos de la main. En le voyant, tu auras le souffle coupé.

— C'est donc quelque chose d'énorme !

— Je te promets que cela t'ira à merveille, en tout cas.

— Comment résister ?

Elle se leva et courut vers l'escalier, sachant qu'il la rattraperait avant l'étage. En sentant son bras autour de sa taille, elle sourit. De sa main libre, Talbot s'intéressait déjà à ses rondeurs.

— Tu as les fesses en forme de cœur. L'avais-tu remarqué ?

— J'ignorais qu'un comte pouvait se permettre de telles comparaisons.

— Il y a un tas de choses que tu ignores encore de moi.

Bess se retourna pour l'enlacer.

— Je ne demande qu'à les découvrir, répondit-elle en se blottissant contre lui.

Il l'entraîna vers la suite et l'installa au bord du lit.

— À présent, ferme les yeux et tends la main.

Bess obéit, impatiente, croyant deviner la nature de l'objet qu'il allait placer dans sa paume. En sentant la forme ronde d'une bague, elle rouvrit les yeux. Il s'agissait d'un énorme diamant entouré d'émeraudes.

— Elle est superbe ! s'exclama-t-elle en la glissant à son doigt.

Malgré son plaisir, elle se devait de protester faiblement, songea-t-elle. Elle croisa son regard.

— George, je ne puis accepter cette bague. Ce serait un symbole trop fort, qui nous lierait à tout jamais.

Elle retint son souffle, espérant l'entendre prononcer les paroles qu'elle attendait de lui. Elle voulait qu'il lui dise qu'il l'aimait, qu'il avait besoin d'elle à ses côtés...

— Bon sang, Bess, c'est une preuve d'amour, rien de plus ! Je désire t'offrir ce qu'il y a de plus beau.

Ne me prive pas du plaisir de te gâter un peu. J'aimerais que tes doigts étincellent de bijoux.

Elle s'humecta les lèvres.

— Très bien, si cela te fait plaisir…

Pendant l'heure qui suivit, Bess s'abandonna à l'homme qui savait si bien éveiller la passion en elle. Ensuite, rassasiés, ils demeurèrent enlacés. George ne parvenait pas à se détacher d'elle. Il aurait voulu garder le visage enfoui dans ses cheveux à tout jamais. Ainsi entremêlés, ils se laissèrent gagner par le sommeil, en sécurité dans leur cocon d'amour.

Ils n'entendirent pas la voix du jeune homme qui ouvrit la porte d'entrée pour faire franchir le seuil à son épouse. Ils n'entendirent pas non plus le rire étouffé de la jeune femme quand son mari devint plus entreprenant.

— Francis, et les domestiques ? murmura Anne, un peu nerveuse.

— Allons dans la suite, suggéra-t-il. Si un domestique se présente, il croira qu'il s'agit de mon père et n'osera pas le déranger.

Tout en l'embrassant, il l'entraîna vers l'escalier, impatient de se retrouver enfin seul avec elle. Déjà, il lui caressait les seins. Une fois, devant la porte de la chambre, Anne, effrayée, voulut rebrousser chemin.

— N'aie pas peur, Anne. Je ne te ferai pas mal. Je t'aime.

D'un geste déterminé, il enlaça son épouse, posa la main sur la poignée de la porte et poussa le battant.

Lorsque Bess ouvrit les yeux, réveillée par le grincement de la porte, son amant gémit et se serra plus fort contre elle.

— Père ! s'exclama Francis Talbot, horrifié, en lâchant sa femme.

Talbot s'écarta de Bess et se dissimula vivement sous les draps.

— Bon sang ! Qu'est-ce que tu fais là ? hurla-t-il. Non, ne dis rien, c'est inutile. Tu n'es qu'un monstre lubrique !

Anne détala sans demander son reste.

— Oh, non ! fit Bess en comprenant sa bévue.

Les chances qu'ils se croisent au même endroit le même jour étaient infimes. Voyant que son père s'était absenté de Sheffield, Francis avait tout naturellement voulu profiter de la situation.

Le jeune homme ne se laissa guère impressionner.

— Je ne serais pas venu, si j'avais su que vous étiez ici en compagnie de votre catin !

Talbot bondit hors du lit et saisit son fils par le col.

— Demande pardon immédiatement ! ordonna-t-il d'une voix menaçante.

Les joues empourprées, Francis semblait sincèrement désolé.

— Pardonnez-moi, Lady St. Loe. J'ignorais que vous étiez la maîtresse de mon père.

Son père le gifla. Francis chancela, puis déguerpit à son tour.

— George, rattrape-le. Ce n'est pas sa faute, dit Bess en se levant pour ramasser les vêtements de Talbot. Tiens, chéri. Vas-y. Je m'occupe d'Anne.

Elle enfila son jupon et fouilla l'étage, jusqu'à ce qu'elle débusque la jeune femme.

— Bess, je suis terriblement gênée.

— Que dire ? Nous sommes amoureux, tout comme Francis et toi. Viens m'aider à me rhabiller. Ensuite, nous bavarderons.

Bess se recoiffa et se rendit au salon, tenant Anne par la main. En apercevant l'imposante silhouette de son beau-père, la jeune fille frissonna. Bess l'encouragea du regard, puis elle s'adressa à son amant, abandonnant le tutoiement réservé à l'intimité :

— Ne les punissez pas, George. Tout est ma faute. C'est moi qui leur ai conseillé de venir ici.

Talbot répondit d'un ton glacial :

— J'étais en train d'expliquer à Francis que nous allions nous marier. Montrez-leur votre bague de fiançailles, chérie.

Il la foudroya du regard, mais parvint à contrôler sa colère.

Dès que les jeunes gens eurent quitté Worksop, une violente dispute éclata entre Bess et George. Elle s'en voulait d'être à l'origine de ce scandale, mais la réaction de son amant la mit hors d'elle : à ses yeux, elle les avait compromis volontairement. Ulcérée par cette accusation, elle le gifla et disparut sans ajouter un mot.

37

Le lendemain matin, George se présenta à Chatsworth, résolu à régler le litige une fois pour toutes. Le regard noir, Bess l'introduisit dans la bibliothèque et ferma la porte à double tour. Talbot s'assit sur le bureau en noyer, tandis qu'elle arpentait la pièce comme un lion en cage. Comment le convaincre qu'elle ne lui avait pas tendu un piège ? Elle prit aussitôt l'offensive.

— Pourquoi leur as-tu menti ? Si c'était par quelque ridicule esprit chevaleresque, pour sauvegarder ma réputation, tu m'insultes. Et si tu cherchais à sauver la face, c'est raté. Tu n'as fait qu'empirer les choses.

— Je ne leur ai pas menti. Nous allons nous marier, répondit-il, implacable.

En entendant le ton de sa voix, Bess comprit qu'elle aurait bien du mal à lui résister. George représentait le pouvoir absolu. Il était inconcevable de s'opposer à l'une de ses décisions. Aussi utilisa-t-elle le seul argument qui lui vint à l'esprit.

— Le comte de Shrewsbury ne saurait se remarier alors que le corps de sa femme est encore chaud. Imagine le scandale! Ma réputation serait ternie à tout jamais. On raconterait partout que je t'ai piégé, que je t'ai poussé au mariage parce que je suis une garce, une femme intéressée. Mon propre frère m'accuse d'épouser n'importe qui pour acquérir de nouveaux biens.

Elle se tut et tendit les mains vers lui.

— Si je t'épousais, conclut-elle, mon nom serait traîné dans la boue.

Il l'obligea à se calmer.

— Il y aura toujours des ragots à ton sujet, affirma-t-il posément. Toutes les femmes sont jalouses de ta beauté. Elles t'envient ton charme et ton courage. Te soucies-tu vraiment de ce que les gens disent?

— Je m'en moque, pourvu que ce soit vrai! Je ne suis pas une sainte! J'admets volontiers que je ne manque pas d'ambition. Mais ce que les gens ne comprennent pas – et toi pas plus que les autres –, c'est que je suis surtout ambitieuse pour l'avenir de mes enfants. Ne crois-tu pas que j'aimerais devenir comtesse de Shrewsbury?

— Alors, épouse-moi, pour l'amour du Ciel!

— Non, George, je retourne à la cour, répondit-elle.

— Pas question ! s'écria-t-il en la saisissant par les épaules. Je te l'interdis, tu m'entends ?

Il était furieux et décidé à lui montrer qui commandait.

— À la cour, tu vas attirer les soupirants comme des mouches ! Tu m'as déjà échappé une fois. On ne m'y reprendra plus !

— Ces propos arrogants sont-ils une façon de me dire que tu m'aimes ?

— Petite sorcière, tu sais bien que je t'aime, déclara-t-il en l'enlaçant. Si tu m'épouses, tu n'auras qu'à demander à tes maudits avocats de rédiger le contrat de ton choix. Du moment que tu es heureuse, je le suis aussi.

— Je suis la prochaine comtesse de Shrewsbury ! annonça Bess, les yeux écarquillés, comme si elle n'y croyait pas encore elle-même.

Sa mère, Jane et Marcella en restèrent bouche bée. Lorsqu'elle eut retrouvé l'usage de la parole, sa tante ne cacha pas son admiration.

— Bien joué, Bess ! Quand tu étais enfant, j'ai dit à ta mère que tu nous sauverais. Ma prédiction s'est réalisée.

— Shrewsbury est l'homme le plus puissant du pays, déclara sa mère. T'es-tu assurée que ses intentions étaient honorables ?

Bess rejeta la tête en arrière et éclata de rire.

— Je connais la différence entre une demande en mariage et une proposition grivoise. On peut dire que j'en ai eu ma part !

— Bess ! protesta sa mère. Tu vas devoir châtier ton langage et maîtriser ton caractère emporté, sinon tu perdras le comte.

— George et moi nous entendons à merveille. Nous formons un couple idéal, lança Bess, avant de regagner la bibliothèque pour écrire à ses avocats.

Les trois autres femmes échangèrent un regard perplexe.

— Croyez-vous que ce soit vrai ? fit Elizabeth Leche.

— C'est possible, intervint Jane. Bess n'est pas comme les autres.

— Mais ils sont tous deux si autoritaires, si déterminés ! Avec des personnalités aussi fortes, ils ne vont cesser de s'affronter. Que peut-il bien lui trouver ?

— Ce sont ses seins, répondit Marcella avec conviction. Je ne vois que cela.

Bess et George ne pouvaient se retrouver en tête à tête. Le comte de Shrewsbury ne devait pas révéler son intention d'épouser Bess. Pourtant, même si la nouvelle ne s'était pas encore répandue, comment empêcher parents, juristes et domestiques de parler, lorsqu'ils seraient tous au courant ?

Un jour, Bess réunit ses enfants pour leur annoncer que Lord Talbot serait leur nouveau beau-père. Ses fils étaient conscients du pouvoir et du prestige de Shrewsbury, qui avait permis au jeune William d'entrer à Cambridge. Les petites filles se réjouissaient surtout d'avoir bientôt de nouvelles compagnes de jeux.

Lorsque Shrewsbury informa à son tour ses enfants de son projet, ceux-ci laissèrent éclater leur joie. Les aînés voyaient en Bess une confidente qui saurait adoucir le caractère autoritaire de leur père, tandis que les plus jeunes l'imaginaient déjà en mère tendre et attentive, capable de leur dispenser l'affection qui leur faisait cruellement défaut.

Bess insista pour que Talbot vienne passer quelques jours à Chatsworth avec ses enfants. La petite Grace Talbot se prit aussitôt de passion pour cette demeure de rêve, qui contrastait avec le sombre et austère château de Sheffield où elle avait toujours vécu.

Bess et Francis Talbot devinrent complices. La jeune femme lui promit qu'Anne et lui auraient leur propre aile du château une fois qu'elle serait officiellement sa belle-mère. Son fils aîné, Henri Cavendish, et Gilbert Talbot étaient les meilleurs amis du monde. Elle décida que les deux jeunes gens pourraient un jour voyager en Europe, comme l'avait fait George dans sa jeunesse.

Bess n'était guère inquiète à l'idée d'avoir douze enfants au lieu de six. Pour aider le comte à s'habituer à cette idée, elle suggéra qu'ils aillent visiter tous ensemble leurs domaines respectifs. Elle fut charmée par Rufford, à tel point que Talbot choisit cet endroit pour leur lune de miel et commença à échafauder des projets secrets.

Entre-temps, les hommes de loi des futurs époux avaient entamé les négociations du contrat de mariage. Les avocats de Talbot étaient affligés, car le comte était disposé à accorder à Bess tout ce qu'elle désirait. Ils furent étonnés de voir la jeune femme si intraitable en affaires, alors que n'importe quelle autre fiancée aurait accepté toutes les conditions du comte les yeux fermés. Le débat se prolongea pendant trois semaines.

L'impatience du comte augmentait chaque jour davantage. Enfin, George déclara qu'il en avait assez. Les fiancés se réunirent avec leurs avocats et dictèrent eux-mêmes les termes du contrat. Bess obtiendrait la part de la fortune des Talbot qui lui revenait en tant qu'épouse, à savoir le tiers de tout ce que George possédait. Un document annexe stipulait qu'elle conservait tous ses biens actuels, ainsi que leurs revenus, sa vie durant. Ceux-ci seraient transmis aux enfants éventuels nés de son mariage avec le comte. Henri Cavendish, le fils aîné de Bess, hériterait de Chatsworth. Par ailleurs, Shrewsbury offrait à William et à Charles, les deux autres fils de Bess, une très forte somme d'argent à leur majorité.

Quand tous les documents officiels furent signés et scellés en présence des témoins, Shrewsbury poussa un soupir de soulagement et reprit l'organisation de ses projets secrets. Il mit la famille de Bess dans la confidence, lui annonçant son intention d'enlever la mariée. Ils promirent de ne rien dévoiler pour ne pas gâcher la surprise.

Par une superbe journée d'août, Shrewsbury arriva à Chatsworth en compagnie d'un valet.

— Je t'emmène en promenade, dit-il à Bess.

— George, tu sais bien que nous ne pouvons pas chevaucher seuls. De plus, je dois préparer les affaires que je compte emporter à Sheffield.

— J'aimerais avoir ton avis sur une propriété.

Il se doutait que la jeune femme ne résisterait pas au plaisir de découvrir une nouvelle maison.

— Je serai très sage, reprit-il. Je suis venu avec un valet. Si tu crains pour ta réputation, demande à Cecily de se joindre à nous.

— J'accepte, répondit-elle avec un sourire radieux.

Bess souhaitait s'entretenir avec lui d'une question très importante. Depuis longtemps, elle avait l'ambition de fiancer deux de ses enfants avec deux des enfants du comte, mais n'avait jamais osé aborder le sujet.

Son bon sens lui dictait d'attendre d'être mariée avant d'en parler, au cas où son audace fâcherait

George. Mais elle souhaitait se montrer honnête et directe, aussi décida-t-elle d'évoquer la question à la première occasion.

Ils partirent en direction de Rufford, en lisière de la forêt de Sherwood.

— Cette propriété est donc voisine de Rufford? s'enquit Bess, incapable de dissimuler son impatience.

— Très proche, avoua-t-il.

— Tu es un monstre, fit-elle. Si je l'avais su, je l'aurais achetée moi-même.

— Ma chérie, tu vas devoir cesser de raisonner en égoïste. Dorénavant, il te faudra dire «nous».

— Tu es sincère?

— Absolument. Ce qui est à moi est à toi.

Il lui adressa un sourire narquois et ajouta :

— Mais, de toute évidence, tu es fermement décidée à garder tes biens, petite avare.

Bess éclata de rire.

— Allons visiter Rufford, le cadre le plus romantique qui soit, suggéra-t-elle.

Il feignit de céder à son caprice et envoya son valet et Cecily prévenir les domestiques. Au bord d'un ruisseau, ils s'arrêtèrent pour faire boire leurs montures. Shrewsbury aida la jeune femme à descendre de cheval. Elle s'assit devant lui, sur l'herbe, entre ses cuisses.

Émerveillée par le contact de son corps puissant, elle lui offrit ses lèvres. Ce fut leur premier baiser depuis des semaines. Allait-il pousser l'audace jusqu'à lui faire l'amour en pleine forêt? Que penseraient les domestiques de Rufford en les voyant arriver, les joues rouges et les cheveux en désordre?

Il l'enlaça et se mit à lui caresser les seins, puis il se pencha pour lui murmurer à l'oreille :

— Je viens de t'enlever, ma beauté. Ce soir, nous dormirons ensemble. Tu n'as pas le choix.

Bess frémit. Elle savait qu'il était inutile de protester. Quand le comte décidait quelque chose, personne ne pouvait l'en dissuader. D'ailleurs, pourquoi aurait-elle fait une chose aussi ridicule ? Elle avait l'impression d'avoir attendu ce moment pendant une éternité.

Ils laissèrent les chevaux dans l'herbe, près du mur d'enceinte de la vieille abbaye. George prit Bess par la main. Ensemble, ils franchirent l'arcade qui donnait dans la cour pavée.

— Je souhaite que nous échangions nos vœux dès aujourd'hui, dans la chapelle de l'abbaye. Ce sera une cérémonie simple et intime. Veux-tu m'épouser, Bess ?

— Tu m'as amenée jusqu'ici pour m'épouser ? s'exclama-t-elle, ahurie.

« Nous sommes le 20 août, songea-t-elle, date anniversaire de mon mariage avec Cavendish. » Elle chercha le regard de Talbot et, soudain, elle comprit qu'il avait tout prémédité. Il était déterminé à lui faire oublier le fantôme de Cavendish.

Elle esquissa un sourire.

— Oui, répondit-elle avec ardeur. Oui, je veux t'épouser.

Ce matin-là, en ouvrant les yeux, elle avait pensé au jour de son mariage avec William et avait dit adieu au père de ses enfants. Elle savait qu'il aurait approuvé cette union qui lui permettait d'accéder à la haute noblesse, et pas seulement à cause des avantages que ce rang procurerait à ses enfants. Il se serait réjoui de voir qu'elle avait retrouvé le grand amour.

Main dans la main, George et Bess entrèrent dans la chapelle. Un prêtre les attendait derrière l'autel. Cecily et le valet, assis au premier rang, seraient leurs uniques témoins. Tout à coup, Bess se sentit aussi intimidée que si elle se mariait pour la première fois. Elle regarda l'homme qu'elle aimait et le trouva si beau que les larmes lui montèrent aux yeux. George porta la main de Bess à ses lèvres, puis ils s'agenouillèrent pour échanger enfin leurs vœux.

Le prêtre s'adressa d'abord à George :

— Acceptez-vous de prendre cette femme pour épouse, de l'aimer, de l'honorer et de la protéger, pour le meilleur et pour le pire, jusqu'à ce que la mort vous sépare ?

— Oui, dit Shrewsbury d'un ton solennel, en serrant la main de Bess dans la sienne.

Ensuite, le prêtre se tourna vers la jeune femme et lui posa la même question, ajoutant qu'elle devait obéissance à George.

— Oui, répondit-elle, bien que l'idée d'obéir à son mari ne l'enchantât guère.

Shrewsbury lui ôta sa bague de fiançailles et glissa une alliance à la place.

— Par cet anneau, je me donne à toi.

« Désormais, je suis la femme la plus riche du pays, après la reine ! » pensa Bess. Elle faillit s'évanouir de joie. Le prêtre les déclara mari et femme. Dans un état second, elle sentit George l'entraîner vers la sacristie pour signer un registre posé sur une table. Les témoins les rejoignirent. George lui tendit la plume. Bess hésita un moment, perdue, puis elle afficha un large sourire et inscrivit fièrement son nouveau nom.

Elizabeth, comtesse de Shrewsbury.

Quand les formalités furent terminées, George la prit dans ses bras.

— Puis-je embrasser la mariée ? fit-il.

Bess se mit à rire.

— C'est bien la première fois que tu me demandes la permission.

Elle lui offrit ses lèvres.

— Bess, c'est le plus beau jour de ma vie, murmura-t-il. J'espère que tu es aussi heureuse que moi. Nous allons passer une semaine ici, tous les deux, seuls au monde.

— Oh, George, je suis heureuse ! Tu viens de réaliser tous mes rêves !

— Tu voulais une alliance, tu voulais porter mon nom. T'en souviens-tu ?

— J'étais cruelle. Tu étais déjà marié. C'était impossible.

— Si tu savais combien j'ai regretté de ne pouvoir te les donner ! Bess, tu es mon seul amour. Tu es la première... et la dernière.

Bess se haussa sur la pointe des pieds pour l'embrasser.

— Je t'aime pour toujours, chuchota-t-elle.

Enlacés, ils s'éloignèrent de la chapelle.

— Cet endroit est si romantique... dit Bess.

Il déposa un baiser sur sa tempe.

— C'est la raison pour laquelle je l'ai choisi. Je regrette de ne pouvoir rester plus d'une semaine.

— Je commence seulement à entrevoir ta nature sentimentale, Shrewsbury. Tu es incroyable !

Il la souleva dans ses bras et la porta jusqu'à la maison. Sur le seuil, le personnel était réuni pour accueillir la nouvelle comtesse. Un à un, le majordome, la gouvernante, la cuisinière, la lingère, les valets, les femmes de chambre, le garde-chasse, les jardiniers et les garçons d'écuries s'inclinèrent devant elle et lui souhaitèrent la bienvenue.

— Je vous remercie de cet accueil chaleureux, déclara Bess, très émue. Je constate que vous étiez tous dans la confidence. C'est la plus belle surprise qu'on m'ait jamais faite.

Les domestiques furent aussitôt charmés par la simplicité de leur nouvelle maîtresse.

— Lady Talbot, dit Cecily, vos affaires sont à l'étage, y compris votre baignoire personnelle.

— Comment diable as-tu réussi à tout manigancer ? demanda Bess, stupéfaite.

— Ce fut assez simple, répondit Talbot. Tu étais si occupée avec tes avocats que tu ne voyais même pas ce qui se passait sous ton nez. Dépêchons-nous, lui murmura-t-il à l'oreille, il nous reste un peu de temps avant le dîner.

Bess décida de le taquiner un peu. Elle rougit et lui répondit sur le même ton :

— Non, non, George. Si nous prenons un bain ensemble, tout le monde le saura.

— Ne dis pas de bêtises, fit-il, sans se départir de son calme. Les domestiques des Talbot sont formés pour ne rien entendre et ne rien voir.

— À la bonne heure.

À l'étage, George avait choisi deux chambres contiguës pour abriter leur lune de miel. Bess découvrit que ses robes préférées étaient là, ainsi que sa baignoire. Puis son regard fut attiré par un vêtement posé sur le lit. Elle avança et constata qu'il s'agissait d'une délicate chemise de nuit en soie blanche. Sur la poitrine étaient brodées ses nouvelles initiales.

— Elle est magnifique, commenta-t-elle, mais difficile à porter.

— Que veux-tu dire ? demanda George, perplexe.

— Mon amant est si fougueux qu'il va la déchirer en lambeaux.

— Alors, laisse-la sur le lit. Nous nous contenterons de l'admirer.

516

— Pourquoi ? Mon mari est peut-être plus patient que ne l'était mon amant !

— J'en doute, ma beauté.

Lorsqu'il entreprit de la déshabiller, pourtant, elle se rendit compte que ses gestes étaient plus doux. Il la traitait comme si elle avait été en porcelaine. Quand ils furent nus, il l'emmena dans l'autre pièce, où les attendait un bain chaud. Il trempa d'abord un pied pour s'assurer que l'eau était à la bonne température, puis ils s'installèrent dans la baignoire.

Bess s'appuya contre lui et posa la tête sur son épaule.

— Je viens de m'engager devant Dieu à te chérir, chuchota-t-il en soulevant ses cheveux pour l'embrasser sur la nuque.

Il l'entoura de ses bras et lui mordilla le lobe de l'oreille, tout en lui murmurant mille compliments.

— J'aime la courbe de tes reins. Elle me donne envie de te caresser comme une chatte, pour te faire ronronner. Tu as la taille si fine… J'adore caresser tes hanches, puis remonter jusqu'à tes seins… comme cela. Ta peau est aussi douce que de la soie, et tu réagis avec tant de passion à la moindre caresse… Tu me permets les fantaisies les plus coquines. Quel homme ne rêverait pas de prendre un bain avec sa bien-aimée ? De la tenir captive de ses bras, de la toucher à loisir ?

Ses mains possessives s'arrêtèrent sur ses hanches. Il la souleva légèrement pour placer son membre gonflé entre ses cuisses, puis il la caressa, veillant toutefois à ne pas la mener jusqu'à l'extase.

Avant que l'eau ne refroidisse, il la savonna doucement. Bess frissonna de plaisir au contact troublant de ses doigts. Elle se sentait détendue, aimée.

— Laisse-moi te savonner à mon tour, chéri, demanda-t-elle.

— Non, ne me touche pas. Je n'y résisterais pas. Prolongeons encore un peu le plaisir de l'attente… Je veux que cette nuit soit parfaite.

Il sortit de l'eau et se pencha vers elle pour la rincer. Avec des gestes délicats, il passa l'éponge sur chaque parcelle de sa peau pour ôter toute trace de savon. Enfin, il l'enveloppa dans une serviette épaisse et la porta jusqu'au lit. Tout en la séchant, il la dévorait des yeux. Bess avait l'impression de flotter sur un nuage de félicité. George déposa un chapelet de baisers sur ses tempes, ses joues, ses lèvres. Cette tendresse nouvelle enchantait tant la jeune femme qu'elle en avait les larmes aux yeux.

— Je veux que notre nuit de noces soit merveilleuse, déclara-t-il.

Avec une douceur infinie, presque avec révérence, il lui fit l'amour, l'honorant jusqu'au dernier spasme d'extase, se donnant tout entier à elle.

38

Au petit déjeuner, Bess découvrit près de son assiette un coffret en velours. Visiblement impatient d'observer sa réaction, son mari lui demanda de l'ouvrir. Elle mordit dans sa tranche de pain tartinée de miel et avala une gorgée de chocolat chaud, cherchant à le taquiner un peu. Enfin, avec un regard malicieux, elle souleva le couvercle.

Aussitôt, George vit le visage de sa femme s'illuminer de joie. Presque intimidée, Bess prit les perles entre ses doigts. Émerveillée par leur taille et leur finesse, elle resta sans voix. Elle savait que le précieux bijou avait été rapporté d'Orient par le premier comte de Shrewsbury et qu'il avait une valeur inestimable.

— Oh, George... fit-elle en passant le collier autour de son cou.

Son mari s'approcha d'elle et l'embrassa.

— À mon avis, tu es la première comtesse de Shrewsbury dont la beauté éclipse celle de ces perles.

Ils passèrent la journée dehors, au sein d'un paysage qui semblait avoir été créé pour abriter leurs amours. Le domaine de Rufford était traversé par trois rivières. Dans le jardin ceint d'un mur de pierre, les nombreux massifs de fleurs regorgeaient de delphiniums, d'œillets et de roses. Les sentiers embaumaient la lavande et le romarin. Sous la brise d'été, lupins et campanules dansaient doucement. La vigne et les rosiers grimpants envahissaient les murs de la maison.

Main dans la main, ils bavardaient tranquillement, s'embrassaient, formaient des projets d'avenir, comme tous les amoureux depuis la nuit des temps. Sachant qu'ils ne pourraient rester seuls éternellement, ils entendaient profiter pleinement de leur intimité.

Shrewsbury avait fait venir son cuisinier de Sheffield. Chaque soir, respectant le protocole devant les domestiques, le jeune couple dégustait des plats succulents et des vins fins, sans cesser de se dévorer des yeux.

Les jours se suivaient selon le même rituel. Après une longue nuit d'amour, George offrait à Bess un nouveau rang de perles pour le petit déjeuner. C'était sa façon de la remercier pour le bonheur qu'elle lui apportait, de lui dire qu'il pensait à elle, d'évoquer leurs ébats de la nuit à venir. Il semblait captif de son charme, comme envoûté par ses pouvoirs magiques.

Ils faisaient de longues promenades à cheval, partageant la même monture, ou se reposaient à l'ombre d'un saule, sur le ponton de bois, au bord de l'étang. Chaque fois que Bess le touchait, George sentait la fièvre s'emparer de lui. La jeune femme était consciente de son pouvoir. Elle prenait soin de se tenir très près de lui pour lui faire entendre le coquin froufrou de ses jupons et l'enivrer de son parfum fleuri. Il lui suffisait d'un battement de cils pour l'embraser. Elle attisait ses sens, enflammait son imagination. Parfois, tous deux étaient envahis d'une passion dévorante, presque sauvage. De temps à autre, aussi, ils se roulaient dans l'herbe comme des enfants insouciants, riant aux éclats.

À la nuit tombée, ils aimaient se promener dans le jardin et savourer la douceur du soir, jusqu'à ce que la lune apparaisse et transforme tout en argent. Alors, ils regagnaient leur chambre, oubliant la présence des domestiques qui s'efforçaient de se montrer discrets. La semaine initialement prévue dura huit jours, puis neuf. Enfin, à contrecœur, ils se résignèrent à rentrer à Sheffield, après une dernière journée à Rufford.

Ce soir-là, Bess souleva le couvercle du coffret en velours et admira les reflets nacrés des perles à la lueur d'une chandelle.

— À présent, je possède les huit rangs. Je devrais faire réaliser mon portrait avec mes perles.

— Seulement avec les perles ? plaisanta George.

Bess comprit ce qu'il voulait. Elle le laissa se retirer dans le cabinet de toilette, comme chaque soir, puis elle se dévêtit et mit ses perles. Elle admira son reflet dans le miroir, prenant des poses provocantes.

La jeune femme se dit qu'elle portait une véritable fortune sur sa peau nue. Combien de femmes avaient été aussi choyées par un homme ? Cléopâtre ? Hélène de Troie, peut-être ? Même Elizabeth Tudor ne pouvait se vanter de posséder un bijou d'une telle valeur.

Bess releva les perles sur son cou pour qu'elles cascadent dans son dos. Elles descendirent jusqu'à ses reins, lui donnant l'impression d'appartenir à quelque harem oriental.

Dans le miroir, Bess vit apparaître la haute silhouette brune de son mari. Son visage exprimait un désir fou, ses yeux bleus brillaient de passion face au spectacle de ces perles chatoyantes sur le dos nu de sa femme. Elle sentit ses doigts descendre le long de sa colonne vertébrale, puis ses mains chaudes s'attardèrent sur ses hanches, son ventre, ses fesses. Enfin, ses doigts fébriles se glissèrent entre ses cuisses, explorant son intimité, lui arrachant des plaintes de plaisir.

Bientôt le membre gonflé de George vibra au creux de ses reins. Bess se raidit lorsqu'il entra en elle. Ses jambes menaçaient de se dérober sous elle tant la sensation était intense. La langue chaude et humide de George lui caressa la nuque et les épaules. Une douce chaleur l'envahit tout entière.

N'y tenant plus, Bess gémit son prénom. Aussitôt, George la porta sur le lit et la fit mettre à quatre pattes, cambrée, offerte à ses désirs. Bess ne connaissait pas cette position étrange, mais elle comprit vite qu'elle permettait à son mari de la caresser et d'amplifier son plaisir.

Peu à peu, il accéléra le rythme de ses coups de reins. Bess l'accompagna, les doigts crispés sur la couverture, tandis qu'ils montaient vers le sommet de l'extase. Les perles lisses et fermes roulaient entre leurs corps moites, créant mille sensations nouvelles. George prit ses seins dans ses mains, émerveillé par leur beauté. Bess ne put réprimer un cri. Ils explosèrent ensemble, s'abandonnant à la jouissance dans un dernier spasme.

— Aimerais-tu avoir d'autres enfants ? demanda Bess un peu plus tard.

— Tu ne trouves pas que nous en avons suffisamment ?

Elle se mit à rire, soulagée par sa réponse.

— Oui. J'avoue que je n'ai guère envie de me remettre à pouponner.

— Il sera déjà assez difficile de trouver des conjoints acceptables pour les neuf qui ne sont pas encore mariés, déclara-t-il.

— Justement, je comptais évoquer ce sujet avant notre mariage, mais je n'en ai pas eu l'occasion.

— Chérie, s'il s'agit des enfants, cela peut attendre. Nous serons bientôt à Sheffield. Très vite, ils vont nous accaparer.

— George, j'ai déjà attendu assez longtemps. J'ai de grandes ambitions pour leur avenir. Je voudrais que tu me donnes ton accord.

Tout en l'écoutant, il vida son verre de vin, un sourire heureux sur les lèvres. La vie l'avait comblé, songea-t-il en observant sa superbe femme.

— J'ai l'intention d'attribuer de bonnes dots à mes filles. En se mariant, chacun de mes enfants recevra un manoir et des terres.

— C'est très généreux de ta part, mon amour, commenta George en fermant les yeux.

— J'aimerais que nos enfants fondent une grande dynastie. Il faut tout organiser avec soin, former les couples, distribuer les richesses et les terres. Nous devrons signer les documents tous les deux et faire rédiger des contrats par nos hommes de loi.

— Chérie, tu n'as qu'à coucher tes idées par écrit. J'en prendrai connaissance à l'occasion.

Il se rapprocha d'elle et l'attira contre lui.

— J'adore dormir avec toi, murmura-t-il. Plus jamais mon lit ne sera froid.

Le lendemain, il pleuvait à verse. Bess passa la matinée assise derrière un bureau. Elle réfléchissait depuis si longtemps aux mariages entre les Cavendish et les Talbot qu'elle savait exactement quel conjoint attribuer à chacun.

Elle réservait Gilbert Talbot pour Marie, sa dernière fille. Il avait de grandes chances d'être comte de Shrewsbury un jour et de faire de sa fille une comtesse. De tous les fils de George, Gilbert était celui qui ressemblait le plus à son père, un brun ténébreux un peu arrogant. Avec ses boucles rousses et son caractère entêté, Marie était le portrait en miniature de sa mère. « Ils formeront un couple de rêve, comme George et moi », se dit Bess.

Son premier fils, Henri Cavendish, était appelé à hériter de Chatsworth. Bess lui choisit Grace pour épouse. Elle avait une tendresse particulière pour la jeune Grace, qui aimait déjà Chatsworth de tout son cœur. Henri avait quelques années de plus qu'elle. Ils devraient attendre un peu pour consommer leur union, ce qui laisserait le temps au jeune homme de profiter de la vie lors de son grand voyage à travers l'Europe.

Dans son enthousiasme, Bess fit quelques ratures. Elle préféra recommencer sur une nouvelle feuille avant de remettre le document à son mari. Non sans fierté, elle le signa de son nom, Elizabeth, comtesse de Shrewsbury.

— Bess, qu'est-ce que tu me caches ? Il ne pleut plus. Je parie que la forêt abonde de cerfs et de chevreuils. Allons faire un tour à Sherwood pour profiter de notre dernière journée.

Connaissant la passion de George pour la chasse, Bess accepta de le suivre.

— Je dois me changer, mais je n'en ai pas pour très longtemps, chéri. Pendant ce temps, lis cette feuille. J'y ai noté les noms des conjoints que j'envisage de donner à nos enfants.

Il la regarda s'éloigner, puis lui lancer un dernier regard mutin par-dessus son épaule. Comment pouvait-elle lui demander de s'intéresser aux mariages de ses enfants, alors qu'il ne rêvait que de l'aider à se changer? Il parcourut la feuille de papier posée sur le bureau, curieux de savoir ce que Bess manigançait. En découvrant les couples qu'elle rêvait de former, George éclata de rire, sidéré par la folie de ce projet.

Au cours de l'après-midi, Bess n'évoqua pas le sujet qui lui tenait tant à cœur. Son mari avait pris connaissance de ses propositions, c'était déjà un début. Elle voulait lui laisser le temps de réfléchir et de se rallier à son opinion.

Plus tard, tandis que George et le garde-chasse dépeçaient le cerf que son mari avait abattu, Bess aida Cecily à terminer les bagages. La jeune femme était triste de quitter Rufford, mais impatiente de jouer son rôle de comtesse de Shrewsbury et de maîtresse de Sheffield. Elle brûlait d'entamer les travaux de décoration de son aile privée, d'apposer sa touche personnelle dans l'empire des Talbot.

George se changea, puis il rejoignit sa femme pour déguster un verre de vin avant le dîner.

— Nous avons été très heureux ici, Bess. Nous reviendrons souvent, rien que nous deux.

Elle posa les yeux sur la feuille de papier, restée sur le bureau.

— N'oublions pas d'emporter la liste.

Elle lui adressa un sourire radieux.

— Que penses-tu de mon idée ? Elle est excellente, non ? demanda-t-elle.

— Tu plaisantes, je suppose ? Chérie, tu n'es pas sérieuse ?

Le sourire de Bess s'évanouit aussitôt.

— Je n'ai jamais été aussi sérieuse, au contraire. C'est très important pour moi, George.

— Les futurs conjoints de mes enfants comptent également à mes yeux, même si tu n'en sembles pas persuadée, répliqua-t-il d'un ton sarcastique. Mais d'où t'est venue cette idée saugrenue ?

— Elle m'est venue lorsque tu as marié deux de tes enfants avec deux des enfants de William Herbert ! s'exclama-t-elle, hors d'elle.

— Il se trouve que William Herbert est comte de Pembroke. Nos enfants respectifs sont égaux en titre et en richesse.

Bess sentit ses joues s'empourprer.

— Tu considères donc que mes enfants ne sont pas dignes des Talbot ? Quelle prétention !

— Ce n'est pas ce que j'ai dit.

— Alors, parle ! lança Bess. Sois franc !

— Très bien. Puisque tu me le demandes, je vais être honnête. J'estime que c'est à moi de prendre les décisions, pas à toi. Je ne t'autoriserai jamais à te conduire en chef de famille et à te substituer à moi. Tu crois manifestement que, parce que je t'aime profondément, tu pourras tout régenter dans notre vie. Il n'en est pas question ! Jamais je ne te laisserai me manipuler. Bess, j'entends rester maître sous mon propre toit.

— Tu n'es qu'une brute ! Un tyran de la pire espèce ! Comment oses-tu me parler ainsi ? cria-t-elle, telle une tigresse prête à bondir.

— Tu es une femme superbe, Bess. Jusqu'à présent, cette beauté exceptionnelle t'a permis d'obtenir tout ce que tu voulais. Depuis ta prime jeunesse, tu mènes les hommes à ta guise. Tu dominais peut-être tes autres maris, Bess, mais pas moi, ma chérie. Tu apprendras à tes dépens que je suis moins docile que les autres.

— Ne t'avise pas de me menacer, scélérat !

George venait de prendre l'offensive, ce qui obligeait la jeune femme à se défendre.

— Mon devoir de mère est de veiller sur les intérêts de mes enfants !

— Ton ambition est sans limites. Elle consume tout le reste. Je refuse que ta soif de reconnaissance sociale nous détruise.

Ulcérée, Bess attrapa l'encrier et le lui jeta au visage. Elle manqua sa cible, mais l'encre se déversa sur un précieux tapis persan.

Furieux, Talbot plissa les yeux.

— Vous vous oubliez, madame ! Vous vous conduisez comme une vulgaire poissonnière !

— Et vous comme un arrogant de Talbot !

— Je pense que les domestiques en ont assez entendu. Quand vous serez disposée à me demander pardon, vous me retrouverez à l'étage, dit-il froidement.

— Jamais ! Je regrette de t'avoir épousé ! cria-t-elle.

— Mais tu l'as fait, ma chérie, rétorqua-t-il posément. Et tu t'es engagée devant Dieu à m'obéir. Ne te méprends pas, Bess. Je parviendrai à te dompter, quoi qu'il arrive.

Elle resta muette tandis qu'il s'éloignait. George avait raison : il ne lui mangeait pas dans la main comme les autres hommes qu'elle avait connus.

— Va au diable, Shrewsbury ! lança-t-elle en se massant les tempes.

« Ce cuistre croit pouvoir me dompter ? songea-t-elle. Eh bien, qu'il essaie ! Je vais lui montrer, moi ! Je vais le quitter, retourner chez moi, à Chatsworth, dès ce soir ! »

Elle appela sa femme de chambre.

— Cecily, nous partons. Oubliez ces maudits bagages.

Puis elle ajouta, haussant le ton pour être certaine que son mari l'entende :

— Et je ne veux pas de ces fichues perles non plus !

Le lendemain matin, la mère et la tante de Bess eurent la surprise de la trouver dans la salle à manger.

— Que fais-tu ici ?

— J'habite ici, répliqua-t-elle sèchement.

— Où est passé Shrewsbury ? demanda sa mère.

— Ne prononcez plus jamais son nom en ma présence !

Bess fit venir son secrétaire.

— Robert, vous monterez mes livres de comptes à la bibliothèque.

Marcella leva les yeux au ciel.

— Je crains que leurs deux natures impétueuses ne commencent à s'affronter.

— C'est déjà un miracle qu'ils aient tenu si longtemps sans se disputer, murmura sa mère.

Bess se lança à corps perdu dans le travail. Elle rendit visite à ses fermiers, fit effectuer les travaux nécessaires sur ses domaines, tout en guettant en vain la venue de Shrewsbury. Toujours sans nouvelles de lui, elle inspecta ses mines et alla à Hardwick, où l'on venait de découvrir un important gisement de charbon.

Pendant une semaine interminable, Bess jura, pesta, tempêta. Souvent, elle s'écroulait sur son lit en pleurant. Quand elle eut enfin surmonté sa colère et qu'elle eut cessé de s'apitoyer sur elle-même, elle commença à y voir plus clair. Elle demeurait persuadée que les unions qu'elle envisageait pour ses enfants étaient judicieuses, mais elle admettait volontiers qu'elle avait eu tort de ne pas aborder ce sujet avant le mariage. Lorsque George viendrait à Chatsworth, elle devrait le lui avouer.

Bess parvenait à occuper ses journées, mais ses nuits lui paraissaient sans fin. Shrewsbury lui manquait terriblement. Elle avait l'impression de mourir à petit feu tant elle se languissait de lui, de ses caresses, de ses baisers. Pourquoi tardait-il tant à arriver ? Parce qu'il n'était qu'un monstre d'arrogance, une brute entêtée, et qu'il s'attendait à être obéi de tous ! Elle pinça les lèvres, sachant que cette description peu flatteuse s'appliquait également à elle-même. Et si George ne venait pas ? Cette perspective lui était intolérable. Et s'il s'était lassé d'elle ? Jamais elle ne survivrait à un pareil scandale. Mais il y avait pire que la peur du qu'en-dira-t-on. Elle aimait George à la folie, bien plus qu'elle ne voulait le reconnaître. Manifestement, ce n'était pas réciproque. Qu'allait-elle devenir ?

Bess envisagea de se rendre à Sheffield pour implorer son pardon, mais elle était trop fière. Jamais elle ne parviendrait à prononcer le moindre mot d'excuse. Elle imagina divers prétextes pour attirer George à Chatsworth et les écarta aussitôt, sachant que son mari devinerait facilement ses intentions. Elle n'avait pas fermé l'œil depuis une semaine. En désespoir de cause, elle monta une bouteille de vin cuit dans sa chambre.

Bess se réveilla, terrifiée. La pièce était complète-ment vide. Elle se précipita au rez-de-chaussée et découvrit que les huissiers emportaient tout ce qu'elle possédait. Bess les supplia, les implora, en vain. Dehors, ses effets étaient entassés sur une charrette. On la chassait de sa somptueuse demeure, et elle n'avait nulle part où se réfugier. Une panique indescriptible l'envahit. La peur l'étouffait presque. Lorsqu'elle se retourna, la charrette avait disparu, ainsi que sa famille. Même Chatsworth s'était volatilisé. Bess avait tout perdu. La terreur s'empara d'elle, menaçant de l'engloutir. Shrewsbury était parti !

Lorsque Bess se réveilla, elle tremblait violem-ment et hurlait le nom de son mari.

Peu à peu, elle se remit. Plus jamais elle ne vou-lait se retrouver seule dans ce grand lit froid. Elle était responsable de cette situation. Elle avait cher-ché à dominer Talbot, un homme qui refusait toute autorité. Seul l'orgueil démesuré de la jeune femme les empêchait de se réconcilier. Elle avait toujours reproché à George d'être trop fier de ses origines, de sa noblesse. À présent, elle se rendait compte que sa propre fierté était tout aussi dangereuse.

Aux premières lueurs de l'aube, Bess savait ce qu'il lui restait à faire.

— Cecily, où en est cette toilette que j'ai dessinée spécialement pour mon entrée au château de Shef-field en tant que comtesse ?

Cecily sourit. Sa maîtresse s'exprimait parfois comme si elle avait été la reine en personne.

— Je vais me renseigner auprès des couturières, Madame. Elle doit être terminée.

Bess se pavana sans vergogne devant le miroir pour juger de son apparence. Elle se trouva sublime. Son corsage couleur crème mettait ses

529

seins généreux en valeur. Sous sa jupe d'un vert éclatant, ses jupons offraient toutes les nuances de vert imaginables. Ses gants et ses bottes en agneau étaient teints dans le même ton que son corsage. L'ensemble était incrusté de perles fines.

Cependant, la pièce la plus spectaculaire de sa tenue était un chapeau très audacieux, orné d'une plume d'autruche qui retombait sur ses boucles rousses. Bess aimait particulièrement cette coiffure, qui lui seyait à merveille. Elle descendit dans le vestibule, tenant ses gants et son chapeau à la main, pour ordonner aux garçons d'écuries de seller son cheval. À cet instant, un valet vint lui annoncer l'arrivée du comte de Shrewsbury.

Bess retint son souffle. Son cœur s'emballa. Elle observa l'imposante silhouette de son mari, déjà troublée par sa présence.

— Tu es venu… murmura-t-elle.

— Je suis venu te remettre dans le droit chemin, répondit-il en la toisant de la tête aux pieds.

Elle redressa fièrement la tête, les yeux pétillants de colère, ravalant une réplique cinglante. Elle devait maîtriser ses pulsions, car il la provoquait ouvertement.

— Dites ce que vous avez à dire, Monseigneur. Je vous écoute, déclara-t-elle.

— Je suis venu te chercher. Nous rentrons à Sheffield. Dorénavant, tu seras une épouse obéissante.

Il s'interrompit, avant de conclure :

— Si tu refuses, c'en est terminé de notre mariage. Crois-moi, c'est la dernière fois que je te pose la question, Bess.

En réalité, il ne lui posait aucune question, songea-t-elle amèrement. Mais elle se garda bien de le lui faire remarquer, de peur de paraître insolente.

530

— Puisque vous ne me laissez pas le choix, je me vois dans l'obligation de vous obéir, Monseigneur.

Elle posa son chapeau sur sa tête et enfila ses gants.

— Je suis prête, Monseigneur.

Sur ces mots, elle s'éloigna d'un pas décidé, tel un fier vaisseau prenant la mer.

En apercevant la voiture, Bess se mordit les lèvres. « Seigneur, il veut que j'arrive au château comme une grande dame ! songea-t-elle. J'aurais préféré une chevauchée dans la campagne. »

— C'est très aimable à vous d'avoir pensé à la voiture, déclara-t-elle d'une voix douce, tandis que son mari enfourchait son cheval.

Elle se réjouit de ne pas voyager en sa compagnie, car elle se sentait incapable de jouer cette comédie de l'indifférence pendant très longtemps.

Bess fit une entrée triomphale au château de Sheffield, comme elle l'avait prévu, au côté de son mari le comte. Très fier de sa ravissante épouse, George s'arrêta devant plusieurs centaines de domestiques réunis pour les accueillir.

— Mesdames et messieurs, j'ai le grand honneur de vous présenter ma femme, Elizabeth, comtesse de Shrewsbury.

Bess les remercia un à un. Au bout de deux longues heures, George parvint enfin à l'entraîner vers la bibliothèque, où il s'enferma avec elle. Il lui prit son chapeau des mains et le posa sur un guéridon. Puis il ouvrit un tiroir et en sortit un document qu'il tendit à Bess. Celle-ci le parcourut rapidement, n'osant croire qu'il confirmait les fiançailles de Marie Cavendish avec Gilbert Talbot et de Grace Talbot avec Henri Cavendish. Au bas de la page, elle reconnut la signature de son mari, ainsi que son sceau.

Le cœur battant à tout rompre, elle chercha son regard.

— Pourquoi fais-tu cela ?

— Je veux te récompenser de m'avoir obéi, répondit-il sérieusement.

— Je reconnais bien là ton arrogance ! lança-t-elle, avant de se jeter à son cou.

En riant, il l'enlaça. Sa bouche s'empara de la sienne, brutale, puis son baiser se fit plus doux. Il la souleva pour l'asseoir sur le bord du bureau et entreprit de lui expliquer son raisonnement.

— L'autre soir, à Rufford, une fois calmé, j'ai entrevu les avantages de ta proposition. Ces mariages nous permettaient de conserver notre fortune au sein de la famille et d'en faire profiter non seulement nos enfants, mais nos petits-enfants pour de nombreuses générations. J'étais furieux que tu places cette histoire avant notre amour, même s'il s'agissait du bonheur et du bien-être de nos enfants. Puis j'ai compris que tu te battais pour un principe, que tu étais prête à tout sacrifier au nom de tes convictions profondes et de ce que tu croyais bon pour tes enfants. Tu mettais en jeu non seulement ton titre et ta fortune, mais ton propre bonheur. J'ai trouvé ce geste d'une grande noblesse, Bess. Je suis fier de toi.

La jeune femme en resta sans voix. Il la trouvait noble... Dieu merci, il ignorait qu'elle avait été sur le point de venir implorer son pardon à genoux !

Il prit son visage entre ses mains et l'embrassa encore. Son regard s'attarda sur sa toilette.

— Tu es resplendissante, dit-il en lui caressant la joue, le cou et la naissance des seins.

George était soulagé que Bess ait accepté de le

suivre à Sheffield. En la voyant aussi élégante, il avait cru qu'elle partait pour Londres. Il défit les petits boutons en nacre de son corsage pour dénuder ses seins généreux. Aussitôt, son désir s'embrasa.

Bess baissa les yeux vers la surface lisse du bureau. Combien de comtesses s'étaient allongées, nues, sur le bureau de la bibliothèque de Sheffield ? Certainement aucune.

— George, j'aimerais être la première comtesse de Shrewsbury à succomber en ce lieu...

ÉPILOGUE

Été 1567

Le comte de Shrewsbury avait fait venir un spécialiste des mines à Hardwick pour déterminer si le sol recelait d'autres gisements de charbon. Bess se tenait devant la maison de son enfance, à présent inhabitée. En remontant l'allée pour la rejoindre, son mari la contempla. À quarante ans, Bess avait toujours l'air d'une jeune fille, dans sa robe en mousseline vert pâle. Il l'aimait plus que jamais.

— À qui parles-tu, ma beauté ?

— À ma maison, bien sûr.

— Tu crois qu'elle t'entend ? demanda-t-il, déconcerté.

— Naturellement. Je lui explique mes projets d'aménagement.

Attendri, George se pencha pour aider sa femme à monter en selle, devant lui.

— Et si tu m'en parlais, à moi aussi ? suggéra-t-il en l'enlaçant.

— Quand les travaux seront terminés, Hardwick sera la plus belle demeure du pays. Elle fera l'envie de tous.

— Et Chatsworth ?

— Oh, Chatsworth est avant tout une résidence confortable ! Hardwick Hall l'éclipsera vite.

— Hardwick Hall ? répéta-t-il. Que deviendra le malheureux manoir laissé à l'abandon ?

— Je ne le ferai pas démolir. Il formera le cœur du nouveau palais. Je veux que Hardwick devienne un havre de bonheur et de lumière, un château de conte de fées tout en verre, dont les tourelles toucheront les nuages.

— Des tourelles ? dit Talbot, perplexe.

— Oui. Il y en aura six, car j'avais six ans quand ma famille a été chassée d'ici.

Shrewsbury comprit ce qui poussait sa femme à transformer un modeste manoir délabré en un élégant palais : la même ambition qui avait fait d'une fille de fermier une comtesse. Il resserra son étreinte. Dans ces moments-là, Bess semblait vibrante, forte, presque invincible. Pourtant, elle conservait au plus profond d'elle-même cette vulnérabilité qui la hantait.

— Je suppose que tu comptes apposer ton blason sur cette superbe demeure ? plaisanta-t-il.

— George ! Quelle merveilleuse idée ! Au sommet de chaque tourelle, il y aura mes initiales sculptées dans la pierre.

— Chérie, je te taquinais ! s'exclama-t-il.

— Ne t'avise pas de te moquer de moi. La reine fait bien graver ses initiales sur tout ce qu'elle touche. Je suis une Talbot, non ? Tout le monde sait que les Talbot sont de sang bien plus noble que les Tudors, car nous descendons des Plantagenêts.

Son mari rit aux éclats, mais Bess l'ignora.

— Je ne vois rien de drôle à rappeler aux générations futures que le château de Hardwick fut érigé par Elizabeth, comtesse de Shrewsbury.

George l'embrassa dans le cou.

— Ce n'est pas parce que je suis l'homme le plus riche d'Angleterre que tu as l'intention de me ruiner, j'espère ?

— En tout cas, je ferai de mon mieux ! lança-t-elle en s'esclaffant à son tour.

Ce mois-ci, découvrez également
deux nouveaux romans de la collection

Amour et Destin

Le 2 octobre 2000
L'amant secret
de Anne Stuart (n° 5679/G)

Carolyn Smith est au chevet de Tante Sally, la seule mère qu'elle ait jamais connue, rongée par la maladie. Et voici que resurgit Alexander, fils unique de Sally, disparu dix-huit ans auparavant. Le seul problème, c'est que cet homme ne peut être Alex... car le soir de sa « disparition », Carolyn était témoin : il a été assassiné. Ce retour sera-t-il le prélude à une succession de révélations incroyables ?

Le 24 octobre 2000
Sens dessus dessous
de Jill Mansell (n° 5680/M)

Dans ce petit village anglais, il y a beaucoup de monde et on ne s'ennuie pas une seconde. D'abord, il y a Jessie, brunette peintre-décoratrice qui vit avec son fils Oliver, barman au pub. Ensuite il y a Lili, qui s'occupe de ses enfants. Charmante et sexy, elle a beau être mariée, elle n'en est pas moins amoureuse de Drew, le vétérinaire local. Enfin il y a Toby, célèbre acteur de cinéma qui s'installe dans le village et retrouve Jessie, son amour de jeunesse...

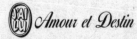 *Amour et Destin*

Quand l'amour donne aux femmes le choix de leur destin

Composition Chesteroc Graphics International
Achevé d'imprimer en Europe (France)
par Maury-Eurolivres – 45300 Manchecourt
le 4 septembre 2000.
Dépôt légal septembre 2000. ISBN 2-290-30445-X

5681

Éditions J'ai lu
84, rue de Grenelle, 75007 Paris
Diffusion France et étranger : Flammarion